Mit über fünfundzwanzig internationalen Bestsellern gehört Victoria Holt zu den populärsten und beliebtesten Romanautorinnen der Welt. Schon ihr Vater, ein englischer Kaufmann, fühlte sich zu Büchern stärker hingezogen als zu seinen Geschäften. In ihrem Domizil hoch über den Dächern von London schrieb sie die spannenden, geheimnisumwitterten Geschichten aus vergangenen Zeiten, in denen sich der milde Glanz der Nostalgie, interessante Charaktere und aufregende Vorgänge aufs glücklichste ergänzen. Victoria Holt starb am 18. Januar 1993 auf einer Schiffsreise.

Victoria Holt

Verlorene Spur

Roman

Aus dem Englischen von
Margarete Längsfeld

Knaur

Von Victoria Holt sind außerdem erschienen:

Der Teufel zu Pferde (Band 60181)
Der Schloßherr (Band 60182)
Meine Feindin, die Königin (Band 60183)
Die Ashington-Perlen (Band 60184)
Tanz der Masken (Band 60185)
Unter dem Herbstmond (Band 60187)
Das Vermächtnis der Landowers (Band 60188)
Die Insel Eden (Band 60189)
Geheimnis einer Nachtigall (Band 60190)
Fluch der Seide (Band 60191)
Der indische Fächer (Band 60192)
Die Lady und der Dämon (Band 1455)

Dieses Buch wurde auf chlor- und säurefreiem Papier gedruckt.

Vollständige Taschenbuchausgabe 1986, 9. Auflage 1993

Titel der Originalausgabe »The Judas Kiss«

Originalverlag William Collins Sons & Co.Ltd., London
Umschlaggestaltung: Agentur Zero, München
Umschlagabbildung: IFA-Bilderteam/West Stock
Satz: Ventura Publisher im Verlag
Druck und Bindung: Elsnerdruck, Berlin
Printed in Germany
ISBN 3-426-60186-9

2 4 5 3 1

Inhalt

Greystone Manor

Mit sechzehn Jahren erfuhr ich, daß meine Schwester Francine ermordet worden war. Ich hatte sie beinahe fünf Jahre nicht gesehen, aber ich hatte jeden Tag an sie gedacht, mich nach ihrer Heiterkeit gesehnt und ihr Verschwinden aus meinem Leben betrauert.

Bis sie fortging, hatten Francine und ich uns so nahegestanden, wie es bei zwei Menschen nur möglich ist. Ich, um fünf Jahre jünger als sie, suchte bei ihr Schutz, und den hatte ich, als Greystone Manor nach dem Tod unserer Eltern unser Zuhause wurde, bitter nötig.

Das war vor sechs Jahren gewesen, und beim Rückblick auf die erste Zeit meines Lebens schien es mir, als hätten wir damals im Paradies gelebt. Abstand verklärt den Blick, pflegte Francine zu sagen, um mich zu trösten, und deutete damit an, daß die Insel Calypso nicht gänzlich vollkommen gewesen sei, folglich sei Greystone Manor vielleicht auch nicht so finster, wie es auf uns wirkte, die wir seit kurzem zu seinen Bewohnern zählten. Obgleich Francine von so zartem Äußeren war wie etwas aus Meißener Porzellan, habe ich nie jemanden gekannt, der im Leben praktischer veranlagt war. Sie war realistisch, einfallsreich, nicht unterzukriegen und immer optimistisch; sie schien wahrhaftig unfähig, etwas falsch zu machen.

Ich hatte immer geglaubt, daß Francine alles, was sie zu tun beabsichtigte, auch erfolgreich ausführte. Deswegen war ich so erschüttert, so fassungslos, als ich auf dem Speicher in Tante Graces Truhe jenen Zeitungsausschnitt fand. Kniend hielt ich das Stück Papier in der Hand, und die Worte tanzten mir vor den Augen.

> Baron von Gruton Fuchs letzten Mittwoch ermordet im Bett seiner Jagdhütte im Bezirk Bruxenstein aufgefunden. Bei ihm war seine Geliebte, eine junge Engländerin, deren Identität noch nicht geklärt ist. Es wird aber angenommen, daß sie sich schon länger bei ihm in der Hütte aufhielt.

Daran war noch ein anderer Ausschnitt angeheftet.

> Die Identität der Frau konnte festgestellt werden. Es handelt sich um Francine Ewell, seit längerer Zeit eine »Freundin« des Barons.

Das war alles. Es war unglaublich. Der Baron war ihr Ehemann! Ich erinnerte mich genau, wie sie mir erzählt hatte, sie würde heiraten, und wie ich mit mir rang, um die Trauer über ihren Verlust zu verscheuchen und mich über ihr Glück zu freuen. Und dann hatte sie mir doch auch von ihrer Trauung geschrieben.

Ich blieb auf dem Speicher knien, bis meine Glieder sich verkrampften und meine Knie schmerzten. Dann ging ich mit den Zeitungsausschnitten in mein Schlafzimmer, setzte mich benommen hin, dachte zurück … dachte an alles, was sie für mich gewesen war, bis sie fortging.

Wir hatten unsere idyllische Kindheit mit unseren angebeteten, uns über alles liebenden und gänzlich weltfremden Eltern auf der Insel Calypso verbracht. Es waren wundervolle Jahre. Sie hatten geendet, als ich elf und Francine sechzehn war, und ich konnte vieles von dem, was um mich vorging, nicht wirklich begreifen. Ich wußte nichts von den Geldnöten und den Alltagssorgen, wenn eine Zeitlang keine Besucher ins Atelier meines Vaters kamen. Allerdings waren diese Sorgen niemals augenfäl-

lig, denn wir hatten ja Francine. Sie hielt uns alle mit ihrem Geschick und ihrer Tatkraft, die wir wie selbstverständlich hinnahmen, über Wasser.
Unser Vater war Bildhauer, ein Künstler. Er meißelte wunderbare Statuen von Cupido und Psyche; Venus, die den Wogen entstieg, kleine Meerjungfrauen, tanzende Mädchen, Urnen und Blumenkörbe, und die Besucher kamen und kauften diese Dinge. Meine Mutter und Francine waren seine Lieblingsmodelle. Auch ich saß ihm Modell, denn sie wären niemals auf den Gedanken gekommen, mich zu übergehen, obwohl ich nicht jene sylphidenhafte Grazie besaß wie Francine und meine Mutter, die sich so vollendet in Stein verwandeln ließ. Sie waren die Schönheiten. Ich ähnelte mit meinen dichten, glatten, ständig unordentlichen Haaren von eigentlich undefinierbarer Farbe, die sich noch am ehesten als mittelbraun beschreiben läßt, meinem Vater. Ich hatte grünliche Augen, die je nach Umgebung die Farbe wechselten, eine Nase, die Francine »keck« nannte, und einen ziemlich großen Mund. »Großzügig« nannte ihn Francine. Sie wußte immer zu trösten. Meine Mutter war von feenhafter Schönheit, die sie Francine vererbt hatte: blondes, lockiges Haar, blaue, dunkelbewimperte Augen und eine Nase, die genau dieses gewisse Mehr an Länge besaß, das ausreichte, um sie schön zu machen; dazu eine ziemlich kurze Oberlippe, die ganz leicht vorstehende, perlengleiche Zähne enthüllte. Über alledem lag jener Zug weiblicher Hilflosigkeit, der in den Männern den Wunsch erweckte, ihnen zu dienen und sie vor den Widrigkeiten der Welt zu beschützen. Meine Mutter mag dieses Schutzes bedurft haben; Francine hatte ihn niemals nötig.
Die Tage waren lang und warm – wir ruderten mit dem Boot in die blaue Lagune, um dort zu schwimmen; wir nahmen hin und wieder Unterricht bei Antonio Farfalla, der dafür mit einer Skulptur aus dem Atelier unseres Vaters entlohnt wurde. »Eines Tages wird sie ein Vermögen wert sein«, versicherte ihm Fran-

cine. »Sie müssen nur abwarten, bis mein Vater berühmt ist.« Trotz ihres zarten Äußeren konnte Francine große Bestimmtheit ausstrahlen, und Antonio glaubte ihr. Er verehrte Francine. Bis wir nach Greystone kamen, schien jedermann Francine zu verehren. Sie nahm Antonio auf charmante Art unter ihre Fittiche, und wenn sie sich auch häufig über seinen Nachnamen lustig machte, der übersetzt »Schmetterling« bedeutete, er aber der schwerfälligste Mann war, den wir je gekannt hatten, zeigte sie sich doch stets mitfühlend, wenn seine Unbeholfenheit ihn bedrückte.

Es dauerte geraume Zeit, ehe ich mir wegen der ständigen Krankheiten meiner Mutter Sorgen machte. Sie pflegte in ihrer Hängematte zu liegen, die wir draußen vor dem Atelier befestigt hatten, und es war stets jemand da, der mit ihr plauderte. Anfangs, so hatte mein Vater mir erzählt, waren wir nicht gerade freundlich auf der Insel aufgenommen worden. Wir waren Fremde, und die Leute waren ein eigenwilliges Inselvolk. Sie lebten dort seit Jahrhunderten, bauten Wein an, züchteten Seidenraupen und arbeiteten in dem Steinbruch, aus dem mein Vater seinen Alabaster und Serpentin bezog. Doch als die Leute merkten, daß wir genauso waren wie sie und gewillt waren, wie sie zu leben, akzeptierten sie uns schließlich. »Deine Mutter hat sie erobert«, sagte mein Vater oft, und das konnte ich mir gut vorstellen. Sie sah so schön aus, so ätherisch, als könne der Schirokko sie davontragen, wenn er blies. »Nach und nach kamen sie herbei«, erzählte mein Vater. »Dann lagen manchmal kleine Geschenke auf der Türschwelle, und als Francine geboren wurde, hatten wir das ganze Haus voll Helfer. Bei dir war es genauso, Pippa. Du wurdest ebenso willkommen geheißen wie deine Schwester.« Das schärften sie mir immer wieder ein, bis ich mich allmählich fragte, warum das nötig sei.

Francine fand über die Geschichte unserer Familie so viel heraus, wie sie nur konnte. Sie war stets wißbegierig und wollte alles erfahren. Unwissenheit war ihr zuwider. Sie wollte auch die geringste Einzelheit wissen: warum der Seidenraupenertrag höher oder niedriger war, wieviel Vittoria Guizzas Hochzeitsschmaus kostete, und wer der Vater von Elizabetta Caldoris Baby war. Alles, was vorging, war für Francine von größtem Interesse. Sie wollte auf alles eine Antwort haben.

»Es heißt«, sagte Antonio, »daß diejenigen, die alles wissen wollen, eines Tages auf das Unerfreuliche stoßen.«

»In England sagt man, ›die Neugier hat die Katze umgebracht‹«, erklärte ihm Francine. »Nun, ich bin keine Katze, aber ich bin nun einmal neugierig ... und wenn es mich umbringt.«

Damals lachten wir alle darüber, aber im Rückblick machte es mich nachdenklich.

Es waren selige Inseltage: die warme Sonne auf meiner Haut, der derbe Duft von Frangipani und Hibiskus, das sanfte Rauschen des Mittelmeers an den Gestaden der Insel; lange traumhafte Tage; nach dem Schwimmen im Boot liegen, um die Hängematte sitzen, in der unsere Mutter gemächlich schaukelte, und Francine beobachten, die ins Atelier trat, wenn wir Besucher hatten. Diese kamen aus Amerika und England, vornehmlich aber aus Frankreich und Deutschland, und im Laufe der Jahre beherrschten Francine und ich diese Sprachen recht gut. Francine servierte Wein in Gläsern, deren Ränder sie mit Hibiskusblüten verziert hatte. Das gefiel den Besuchern, und sie zahlten hohe Preise für die Arbeiten meines Vaters, wenn Francine mit ihnen redete. Es sei eine Geldanlage, versicherte sie ihnen, denn mein Vater sei ein großer Künstler. Er halte sich nur wegen des Gesundheitszustandes seiner Frau auf dieser Insel auf. Eigentlich sollte er in seinem Atelier in Paris oder London weilen. Doch nun habe es sich gefügt, daß diese guten Leute Gelegenheit hätten, hier Kunstwerke zu äußerst günstigen Preisen zu erwerben.

Sie erkannten Francines Schönheit in den Statuen wieder und kauften sie, und ich bin sicher, sie bewahrten sie gut auf und erinnerten sich noch lange an bezaubernde Nachmittage, da sie

von einem schönen Mädchen bedient wurden, das ihnen Wein in mit Blumen geschmückten Gläsern kredenzte.
So lebten wir in jenen lange zurückliegenden Tagen, dachten nie über den Augenblick hinaus, standen des Morgens bei Sonnenschein auf und gingen des Abends, nach von angenehmem Tun erfüllten Tagen, köstlich ermattet zu Bett. Es war aber ebenso vergnüglich, im Atelier zu sitzen und zu lauschen, wenn der Regen herabprasselte. »Der treibt die Schnecken heraus«, sagte Francine dann, und wenn er aufgehört hatte, gingen wir mit unseren Körben hinaus und sammelten sie. Francine verstand sich bestens darauf, diejenigen herauszusuchen, die man Madame Descartes verkaufen konnte, der Französin, der das Gasthaus am Hafen gehörte. Sie wies mich an, keine mit weichen Häusern aufzulesen, weil die zu jung waren. »Die armen kleinen Dinger, sie haben ja noch gar nicht richtig gelebt. Laß sie noch ein wenig leben.« Das klang zwar human, aber natürlich wollte Madame Descartes nur solche, die für die Küche brauchbar waren. Wir brachten die Schnecken zum Gasthaus und erhielten etwas Geld dafür. Sie kamen in einen Käfig, und wenn sie nach ein paar Wochen herausgenommen und zubereitet wurden, gingen Francine und ich ins Gasthaus, und Madame Descartes gab uns eine Kostprobe. Wenn sie mit Knoblauch und Petersilie gekocht waren, fand Francine sie köstlich. Ich habe mir nie viel daraus gemacht. Aber es war ein Ritual: der Abschluß der Schneckenernte, und deshalb brachte ich es mit meiner Schwester feierlich hinter mich.
Dann kam die Weinlese, und wir zogen Holzpantinen an und halfen beim Stampfen der Trauben. Francine beteiligte sich mit Feuereifer: singend und tanzend wie ein wilder Derwisch, mit fliegenden Locken und leuchtenden Augen, so daß jedermann ihr zulächelte und mein Vater meinte: »Francine ist unsere Botschafterin.«
Es waren glückliche Tage, und ich kam nie auf den Gedanken, daß sich das einmal ändern könnte. Meine Mutter wurde immer

schwächer, doch es gelang ihr, das weitgehend vor mir zu verbergen. Vielleicht auch vor meinem Vater, aber ich frage mich, ob sie es Francine verheimlichen konnte. Doch falls meine Schwester es bemerkte, so tat sie es gewiß ab wie alles, von dem sie nicht wollte, daß es geschah. Zuweilen glaubte ich, das Leben habe Francine mit so vielen Gaben bedacht, daß sie meinte, selbst die Götter würden für sie arbeiten, und sie brauchte nur zu sagen, »ich will nicht, daß es geschieht«, und dann geschah es auch nicht.

Ich erinnere mich deutlich an jenen Tag. Es war im September – zur Zeit der Weinlese – und in der Luft lag jene Aufregung, die ihr jedesmal vorausging. Francine und ich gesellten uns zu den jungen Leuten der Insel und stampften die Trauben zu den Melodien aus Verdi-Opern, die der alte Umberto auf seiner Fiedel kratzte. Wir sangen alle inbrünstig, und die alten Leute saßen dabei und sahen zu, die knotigen Hände im schwarzen Schoß verschränkt, ein Leuchten der Erinnerung in den triefenden Augen, während wir tanzten, bis unsere Füße schwach und unsere Stimmen immer heiserer wurden.

Doch es gab noch eine andere Ernte. Eines meiner Lieblingsgedichte hieß »Der Schnitter und die Blumen«.

> Es ist ein Schnitter, der heißt Tod,
> Hat Gewalt vom höchsten Gott,
> Heut wetzt er das Messer,
> Es schneid'schon viel besser,
> Hüte dich, schön's Blümelein!

Francine erklärte mir die Bedeutung; sie verstand es vorzüglich, etwas zu erklären. »Es bedeutet, daß junge Menschen manchmal der Sichel in den Weg geraten«, sagte sie, »und dann werden auch sie niedergemäht.« Heute leuchtet es mir ein, daß sie selbst eine dieser Blumen war, die sich hüten sollten. Damals jedoch starb unsere Mutter, und auch sie war wie eine Blume. Denn der Tod kam auch für sie zu früh; sie war noch zu jung.

Es war furchtbar, als wir sie tot fanden. Francine hatte ihr das Glas Milch gebracht das sie jeden Morgen zu sich nahm. Sie lag ganz still, und Francine berichtete später, daß sie eine geraume Weile drauflos plauderte, ehe sie merkte, daß die Mutter nicht zuhörte. »Da trat ich ans Bett«, sagte Francine. »Ich brauchte sie nur anzusehen, da wußte ich alles.«

So war es denn geschehen. Alle Zauberkünste Francines hatten es nicht verhindern können. Der Tod war mit seiner Sichel gekommen und hatte die schöne Blume genommen.

Unser Vater war stets wie ein Besessener. Er war eben ein Künstler, und wenn er in seinem Atelier arbeitete und diese schönen Frauengestalten schuf, die meiner Mutter oder meiner Schwester glichen, wirkte er immer abwesend. Wir lachten oft über seine Entrücktheit. Francine hielt alles bei uns in Ordnung, auch im Atelier. Meine Mutter war lange Zeit zu krank gewesen, um viel zu tun; sie war einfach da – eine gütige Erscheinung, die uns alle beseelte. Sie hatte Besucher begrüßt und mit ihnen geplaudert, und denen hatte das gefallen. Weil Francine da war, ging alles seinen geordneten Gang.

Nun war unsere Mutter tot, und Francine nahm vollends das Heft in die Hand. Sie sprach mit den Besuchern und gab ihnen das Gefühl, ein gutes Geschäft zu machen. Ich weiß nicht, wie wir jenes Jahr ohne sie überstanden hätten. Als unsere Mutter auf dem kleinen Friedhof nahe den Olivenhainen zur letzten Ruhe gebettet war, wäre unser Hauswesen verkommen, wenn wir Francine nicht gehabt hätten. Sie wurde gewissermaßen das Oberhaupt der Familie, obwohl sie erst fünfzehn Jahre alt war. Sie kaufte ein, sie kochte, sie hielt alles in Schwung. Sie weigerte sich, noch Unterricht bei dem Schmetterling zu nehmen, wie sie Antonio nannte, bestand jedoch darauf, daß ich weiterhin unterwiesen wurde. Unser Vater lebte mit seinem Stein, doch seine Gestalten hatten den gewissen Zauber verloren, der ihnen vorher innegewohnt hatte. Er wollte nicht mehr, daß Francine ihm

Modell stand. Das hätte zu viele Erinnerungen heraufbeschworen.
Die traurigen Monate vergingen allmählich, und ich verspürte eine Veränderung in mir. Ich war damals zehn Jahre alt, aber ich hörte auf, ein Kind zu sein.
Während jener Zeit sprach unser Vater mit uns, zumeist abends, wenn wir auf dem grünen Hang saßen, der zum Meer hin abfiel; und wenn die Dunkelheit hereinbrach, betrachteten wir den phosphoreszierenden Glanz, der von den Fischschwärmen ausging und wie eine irrlichternde Botschaft des Wassers wirkte: unheimlich und doch auch tröstlich.
Unser Vater erzählte uns, wie er gelebt hatte, bevor er auf die Insel kam. Francine war schon lange neugierig darauf und hatte ein wenig darüber in Erfahrung gebracht, indem sie ihm oder unserer Mutter in unachtsamen Momenten ein paar Einzelheiten entlockte. Wir fragten uns oft, warum es ihnen so widerstrebte, von ihrer Vergangenheit zu sprechen. Wir sollten es bald erfahren. Ich nehme an, jeder, der einmal in Greystone Manor gelebt hat, wünscht, von dort zu entfliehen und sogar zu vergessen, daß er jemals dort gewesen ist. Denn es war wie ein Gefängnis. So beschrieb es mein Vater, und später sollte ich das verstehen.
»Es ist ein vornehmes altes Haus«, erzählte mein Vater, »ein richtiges Herrschaftshaus. Die Ewells leben dort seit vierhundert Jahren. Denkt nur, der erste Ewell erbaute es vor der Elisabethanischen Zeit.«
»Dann muß es aber sehr stabil sein, wenn es so lange gehalten hat«, begann ich, aber Francine brachte mich mit einem Blick zum Schweigen; sie gab mir zu verstehen, daß wir unserem Vater nicht bewußt machen durften, daß er laut dachte.
»Damals verstand man noch zu bauen. Die Häuser mögen zwar unbehaglich gewesen sein, aber dafür hielten sie nicht nur der Witterung, sondern auch Angreifern stand.«

»Angreifern«, rief ich aufgeregt, aber wieder wurde ich von Francine zum Schweigen gebracht.
Und darauf sagte er: »Es war wie ein Gefängnis. Für mich war es ein Gefängnis.«
Tiefe Stille trat ein. Unser Vater blickte durch all die Jahre zurück bis zu der Zeit, als er noch ein Junge war, bevor er meine Mutter kennenlernte, bevor Francine geboren wurde. Doch mir fiel es schwer, mir eine Welt ohne Francine vorzustellen.
Unser Vater machte ein finsteres Gesicht. »Ihr Kinder habt ja keine Ahnung«, sagte er. »Ihr wart in Liebe gebettet. Sicher, wir waren arm. Das Leben war nicht immer bequem, aber es gab Liebe im Überfluß.«
Ich lief zu ihm hin und warf mich in seine Arme. Er hielt mich eng an sich gedrückt. »Kleine Pippa«, sagte er, »du bist glücklich gewesen, nicht wahr? Denke immer an Pippas Gesang. Danach haben wir dich genannt, Pippa:

Gott ist im Himmel,
In Frieden die Welt!«

»Ja«, rief ich. »Ja, ja!«
Francine sagte: »Setz dich hin, Pippa. Du hast Vater unterbrochen. Er möchte uns etwas erzählen.«
Unser Vater schwieg eine Weile, dann fuhr er fort: »Euer Großvater ist ein guter Mensch. Das darf man nicht verkennen. Aber manchmal ist mit guten Menschen nicht leicht auszukommen – jedenfalls nicht für Sünder.«
Wieder trat Schweigen ein; diesmal wurde es von Francine gebrochen, die flüsterte: »Erzähle uns von unserem Großvater. Erzähle uns von Greystone Manor.«
»Er war immer stolz auf die Familie. Wir haben unserem Vaterland treu gedient. Wir waren Soldaten, Politiker, Gutsherren, aber niemals Künstler. Doch, einen gab es ... das ist lange her. Er wurde in einem Wirtshaus in der Nähe von Whitehall getötet. Sein Name wurde nie mehr erwähnt es sei denn mit Abscheu.

›Gedichte schreiben ist kein Leben für einen Mann‹, meinte euer Großvater. Ihr könnt euch denken, was er sagte, als er erfuhr, daß ich Bildhauer werden wollte.«

»Erzähl's uns«, flüsterte Francine.

Unser Vater schüttelte den Kopf. »Es schien einfach unmöglich. Meine Zukunft war genau geplant. Ich sollte in meines Vaters Fußstapfen treten. Ich sollte nicht Soldat werden, auch kein Politiker. Ich war der einzige Sohn des Gutsherrn, und deshalb sollte ich in seine Fußstapfen treten. Ich sollte lernen, das Gut zu verwalten, und den Rest meines Lebens in dem Bemühen verbringen, genau so zu sein wie mein Vater.«

»Und das konntest du nicht«, sagte Francine.

»Nein – es war mir verhaßt. Alles an Greystone war mir verhaßt. Ich haßte das Haus und das Reglement meines Vaters, seine Haltung uns gegenüber: meiner Mutter, meiner Schwester Grace und mir. Er hielt sich für unseren Herrn und Meister. Er verlangte Gehorsam in allen Dingen. Er war ein Tyrann. Und dann – begegnete ich eurer Mutter.«

»Erzähl uns davon«, bat Francine.

»Sie kam ins Haus, um für Tante Grace Kleider zu nähen. Sie war so lieb, so zart, so schön. Die Begegnung mit ihr gab für mich den Ausschlag.«

»Und du bist von Greystone Manor fortgelaufen«, sagte Francine.

»Ja. Ich bin aus dem Gefängnis ausgebrochen. Wir liefen fort, in die Freiheit: deine Mutter aus einem Leben der Plackerei für die Schneiderwerkstatt, in der sie arbeitete ... ich von Greystone Manor. Keiner von uns hat es auch nur eine Sekunde bereut.«

»Wie romantisch ... wie schön«, hauchte Francine.

»Die Zeiten waren hart am Anfang. In London ... in Paris ... überall der Kampf um den Lebensunterhalt. Dann lernten wir in einem Cafe einen Mann kennen. Ihm gehörte das Atelier auf dieser Insel, und er bot es uns an. So kamen wir hierher. Francine ist hier geboren ... und du auch, Pippa.«

»Ist er nie zurückgekommen, um das Atelier wieder zu übernehmen?« fragte Francine.
»Er kam zurück. Er blieb eine Weile bei uns. Du warst noch zu klein, um dich daran zu erinnern. Dann ging er nach Paris, wo er recht wohlhabend wurde. Vor einigen Jahren ist er gestorben und hat mir das Atelier vermacht. Wir haben unser Auskommen gehabt, wir lebten bescheiden, aber frei.«
»Wir sind sehr glücklich gewesen, Vater«, sagte Francine bestimmt. »Glücklichere Mädchen kann es gar nicht geben.«
Danach umarmten wir uns alle – wir waren eine überschwengliche Familie – aber auf einmal wurde Francine ganz sachlich und meinte, es sei Zeit zum Zubettgehen.

Wenige Wochen nach dieser Unterhaltung ertrank unser Vater. Er war mit dem Boot zur blauen Lagune hinausgerudert, wie wir es so oft taten, als plötzlich Sturm aufkam und das Boot kenterte. Später fragte ich mich, ob er überhaupt ernsthaft versucht hatte, sich zu retten. Seit dem Tod unserer Mutter hatte sein Leben seinen Reiz verloren. Zwar hatte er seine beiden Töchter, aber wahrscheinlich meinte er, daß Francine besser für sich und mich sorgen könnte als er selbst. Überdies mochte er den Lauf der Ereignisse vorausgeahnt und gedacht haben, daß es so für uns das Beste sei.
Ich hatte ein unheilvolles Gefühl, fast als ahnte ich, was kommen würde. Es war mir längst klar geworden, daß nach dem Tod meiner Mutter nichts mehr so sein konnte wie vorher. Wir hatten zwar versucht, unsere alte Heiterkeit wiederzugewinnen, und Francine war es auch leidlich gelungen, doch selbst sie konnte sich nicht gänzlich verstellen.
An dem Tag, als unser Vater neben der Mutter nahe den Olivenhainen begraben wurde, saßen wir uns im Atelier gegenüber.
»Dorthin sehnte er sich, seit sie dort liegt«, sagte Francine.
»Was wird nun aus uns?« fragte ich.
Sie war beinahe heiter. »Wir haben doch uns. Wir sind zu zweit.«

»Du bist immer guten Mutes und sorgst dafür, daß ich es auch bin«, meinte ich.
»So soll es sein und bleiben«, fügte sie bekräftigend hinzu. Unsere Freunde auf der Insel überschütteten uns mit Wohlwollen. Wir wurden versorgt und verwöhnt, und man gab uns das Gefühl, geliebt zu sein.
»Das ist ganz nett für den Anfang«, bemerkte Francine, »aber so geht es nicht weiter. Wir müssen uns etwas einfallen lassen.«
Ich war damals fast elf, Francine war sechzehn. »Natürlich«, meinte sie, »könnte ich Antonio heiraten.«
»Das könntest du nicht. Das würdest du nicht tun.«
»Ich hab' den Schmetterling gern, aber du hast recht. Ich könnte es nicht und würde es nicht tun.«
Ich sah sie fragend an. Es kam selten vor, daß ihr nichts einfiel, aber diesmal schien sie ratlos. »Wir könnten fortgehen«, schlug sie schließlich vor.
»Wohin?«
»Irgendwohin.« Dann erzählte sie mir, sie habe immer gewußt, daß sie eines Tages fortgehen würde. Sie konnte es nicht ertragen, so eingeschlossen zu sein, wie man das auf der Insel war. »Es war etwas anderes, als unsere Eltern noch lebten«, sagte sie. »Da war hier unser Zuhause. Eigentlich ist es das jetzt nicht mehr. Was sollen wir hier überhaupt anfangen?«
Unser Problem wurde bald durch einen Brief an Francine gelöst. »Miss Ewell«, stand auf dem Umschlag. »Das bin ich«, erklärte Francine. »Du bist Miss Philippa Ewell.«
Als sie ihn öffnete, sah ich die Aufregung in ihren Augen. »Er ist von einem Anwalt«, sagte sie. »Er vertritt Sir Matthew Ewell. Das ist unser Großvater. Angesichts der unglücklichen Umstände wünscht Sir Matthew, daß wir uns unverzüglich nach England begeben. Unser rechtmäßiges Heim sei Greystone Manor.«
Ich starrte sie entgeistert an, doch ihre Augen leuchteten. »O Pippa«, sagte sie, »wir gehen ins Gefängnis.«

Die Vorbereitungen für die Abreise brachten viel Aufregung, und das war gut, denn sie hielt uns davon ab, über unseren Verlust nachzugrübeln, dessen Größe uns noch gar nicht bewußt war. Wir packten alles zusammen, dann übergaben wir das Atelier samt Zubehör Antonio, der es traurig von uns übernahm.
»Aber so ist es das Beste für euch«, meinte er. »Ihr werdet wie große Damen leben. Wir haben immer gewußt, daß Signor Ewell ein vornehmer Herr ist.«
Ein Mann von dem Anwaltsbüro kam, um uns in unser neues Heim zu bringen. Er trug einen schwarzen Gehrock und einen glänzenden Zylinder. Er wirkte auf der Insel völlig fehl am Platz und wurde mit großem Respekt betrachtet. Anfangs war er uns gegenüber ein wenig scheu, doch Francine nahm ihm bald seine Befangenheit. Seit dem Tod unseres Vaters trat sie sehr würdevoll auf: ganz und gar die Miss Ewell, die von höherem Rang war als Miss Philippa Ewell. Der Name des Herrn war Mr. Counsell, und es war ihm deutlich anzumerken, daß er der Meinung war, für einen Mann in seiner Position sei es eine höchst unpassende Aufgabe, zwei Mädchen nach England zu begleiten.
Wir sagten unseren Freunden Lebewohl und versprachen zurückzukommen. Ich war im Begriff, sie alle nach England einzuladen, doch Francine warf mir einen warnenden Blick zu.
»Stell sie dir in dem Gefängnis vor«, sagte sie.
»Sie würden ja doch nicht kommen«, meinte ich.
»Wer weiß«, gab sie zurück.
Es wurde eine lange Reise. Wir waren zwar schon mehrmals auf dem Festland gewesen, aber ich fuhr nun zum ersten Mal mit dem Zug. Ich fand es ungemein spannend und schämte mich ein wenig, weil ich die Fahrt genoß. Ich war sicher, daß Francine ebenso empfand. Die Leute sahen Francine an, und mir wurde klar, daß man sie immer so anblicken würde. Sogar Mr. Counsell war von ihrem Liebreiz ein wenig gefesselt und behandelte sie eher wie eine schöne junge Dame denn ein Kind. Sie stand, nehme ich an, genau dazwischen. In mancher Hinsicht war sie

eine gänzlich unschuldige Sechzehnjährige, in anderer Hinsicht war sie schon recht reif. Sie hatte unseren Haushalt geführt, mit den Kunden verhandelt und die Rolle als unser aller Wächter übernommen. Andererseits war das Leben auf der Insel recht einfach gewesen, und ich glaube, daß Francine anfangs dazu neigte, jedermann an den Menschen zu messen, die sie bis dahin in ihrem Leben gekannt hatte.

Wir überquerten den Kanal, und zu Mr. Counsells Bestürzung verpaßten wir in Dover den Zug, der uns nach Preston Carstairs, der zu Greystone Manor gehörenden Bahnstation, bringen sollte. Wir erhielten die Auskunft, daß wir etliche Stunden auf den nächsten Zug warten müßten. Mr. Counsell führte uns in ein Gasthaus nahe den Docks, wo wir ein delikates, aber uns exotisch anmutendes Mahl aus Roastbeef und Pellkartoffeln einnahmen. Während wir aßen, kam die Frau des Wirtes, um mit uns zu plaudern. Als sie hörte, daß wir so lange warten mußten, meinte sie: »Warum schauen Sie sich unterdessen nicht ein wenig in der Gegend um? Sie können eine kleine Spritztour in unserem Einspänner machen. Unser Jim hat schon ein Stündchen Zeit.«

Mr. Counsell schien das für eine gute Idee zu halten, und so kam es, daß wir die Kirche von Birley besichtigten. Francine hatte einen Schrei des Entzückens ausgestoßen, als wir daran vorüberfuhren. Die Kirche wirkte sehr interessant. Sie war normannisch, aus grauem Stein, und Francine fand es aufregend, sich vorzustellen, wie viele Jahre sie schon dort stand. Mr. Counsell meinte, es spreche nichts dagegen, die Kirche zu besichtigen. Er verstand ziemlich viel von Architektur und genoß es, Kenntnisse weiterzugeben, auf die er sichtlich stolz war. Während er auf die interessanten Besonderheiten hinwies, standen Francine und ich da und staunten. Es kümmerte uns nicht, daß die Säulen und Halbrundbögen die hohen Mauern des Lichtgadens stützten; uns hatten es der eigentümliche Geruch von Feuchte und Möbelpolitur angetan und die Glasfenster in

den herrlichen Farben, die überall blaue und rote Schatten warfen; wir studierten die Liste der Pfarrer, die hier seit dem zwölften Jahrhundert amtiert hatten.
»Wenn ich einmal heirate, möchte ich in dieser Kirche getraut werden«, sagte Francine.
Wir setzten uns in die Bankreihen. Wir knieten auf den Gebetsmatten. Wir standen ehrfürchtig vor dem Altar.
»Wie schön«, sagte Francine.
Mr. Counsell gemahnte uns an die verrinnende Zeit, und wir begaben uns wieder zum Gasthaus und von da zum Bahnhof, von wo uns der Zug nach Preston Carstairs brachte.
Als wir dort ankamen, stand eine Kutsche bereit. Sie trug ein kunstvolles Wappen. Francine stupste mich an. »Das Wappen der Ewells«, murmelte sie. »Unser Wappen.«
Erleichterung spiegelte sich in Mr. Counsells reizlosen Zügen. Er hatte seine Schützlinge wohlbehalten hergebracht.
Es war Francine anzusehen, daß sie aufgeregt war, aber ebenso wie bei mir machte sich nun auch in ihrem Verhalten Beklommenheit breit. Man hatte sich leicht über das Gefängnis lustig machen können, solange es meilenweit entfernt war; etwas ganz anderes aber war es, wenn man innerhalb der nächsten Stunde darin eingekerkert werden sollte.
Ein finster dreinblickender Kutscher erwartete uns. »Mister Counsell, Sir«, sagte er, »sind das die jungen Damen?«
»Ja«, erwiderte Mr. Counsell.
»Die Kutsche steht bereit, Sir.«
Er musterte uns, und wie zu erwarten war, blieben seine Augen auf Francine haften. Sie trug einen schlichten grauen Umhang, der unserer Mutter gehört hatte, und auf dem Kopf hatte sie einen Strohhut mit einer Margerite in der Mitte und Bändern unter dem Kinn. Es war ein bescheidenes Habit, aber Francine sah auch darin bezaubernd aus. Die Augen des Kutschers streiften mich kurz, und schon sah er wieder Francine an.

»Sie sollten jetzt aber einsteigen, meine jungen Damen«, sagte er.

Die Pferdehufe klapperten auf der Straße, als wir losfuhren, vorbei an grünen Hecken, über belaubte Pfade, bis wir an ein schmiedeeisernes Portal kamen. Dessen Flügel wurden augenblicklich von einem Jungen geöffnet, der angesichts der Kutsche kurz einen Finger grüßend an die Stirn legte, und dann rumpelten wir eine Auffahrt entlang. Die Kutsche hielt vor einer Rasenfläche, und wir stiegen aus.

Wir blieben beisammen stehen, meine Schwester und ich, Hand in Hand, und ich merkte, daß sogar Francine tief beeindruckt war. Da stand es, das Haus, das unser Vater so erbost als sein Gefängnis bezeichnet hatte. Es war riesengroß und aus grauem Stein, wie der Name schon andeutete, und an jeder Ecke erhob sich ein zinnenbewehrter Turm. Ich bemerkte die Zinnen und den hoch aufragenden Bogengang, durch welchen ich in einen Innenhof blicken konnte. Es war ein erhabener, ehrfurchtgebietender Anblick, und ich fühlte mich ganz beklommen.

Francine drückte meine Hand und hielt sie fest umklammert, als ob sie aus der Berührung Mut schöpfte, und zusammen schritten wir über den Rasen auf ein großes Tor zu, das sich soeben geöffnet hatte. Im Eingang stand eine Frau mit gestärkter Haube. Die Kutsche war unter dem Bogen hindurch in den Innenhof gefahren, und die Frau beobachtete uns von der Schwelle aus.

»Der Herr wünscht Sie gleich zu empfangen, wenn Sie eingetroffen sind, Mister Counsell«, sagte sie.

»Kommt.« Mr. Counsell lächelte uns aufmunternd an, und wir gingen auf das Tor zu.

Den Eintritt in das Haus werde ich nie vergessen. Ich zitterte vor Aufregung, die eine Mischung aus Verzagtheit und Neugier war. Das Haus der Vorfahren! dachte ich. Und dann: das Gefängnis.

Die dicken Steinmauern, die Kälte, als wir eintraten, die Erhabenheit der großen Halle mit der gewölbten Decke, der steinerne Fußboden und die Wände mit den funkelnden Waffen, die vermutlich von lange verblichenen Ewells benutzt worden waren: das alles fesselte mich und flößte mir gleichzeitig Furcht ein. Unsere Schritte hallten laut, und ich bemühte mich, leise aufzutreten. Ich sah, daß Francine den Kopf erhoben hatte und jenen kühnen Blick annahm, der besagte, daß ihr ein wenig banger zumute war, als sie sich anmerken ließ.

»Der Herr hat befohlen, daß Sie unverzüglich zu ihm kommen«, wiederholte die Frau. Sie war ziemlich rundlich, mit ergrauenden, straff aus der Stirn gekämmten Haaren, die von ihrer weißen Haube keineswegs verdeckt wurden. Ihre Augen waren klein, die Lippen fest zusammengepreßt wie eine Falle. Sie schien zu dem Haus zu passen.

»Wenn Sie bitte hier entlang kommen möchten, Sir«, sagte sie zu Mr. Counsell.

Sie drehte sich um, und wir folgten ihr zu dem großen Treppenhaus und stiegen hinauf. Francine hielt noch immer meine Hand. Wir gingen eine Galerie entlang und blieben vor einer Tür stehen. Die Frau klopfte an, und eine Stimme sagte: »Herein.«

Wir traten ein. Die Szene hat sich meinem Gedächtnis auf ewig eingeprägt. Ich nahm schemenhaft ein düsteres Zimmer mit schweren Vorhängen und wuchtigen, dunklen Möbeln wahr, aber beherrscht wurde der Raum von unserem Großvater. Er saß in einem Sessel wie auf einem Thron und sah aus wie ein biblischer Prophet. Offensichtlich war er ein großer Mann. Er hatte die Arme vor der Brust verschränkt, und ich war sogleich beeindruckt von dem langen, üppigen Bart, der ihm über die Brust wallte und die untere Hälfte seines Gesichtes verdeckte. Neben ihm saß eine bläßliche Frau mittleren Alters. Ich nahm an, das müsse unsere Tante Grace sein. Sie wirkte klein, kraftlos und unscheinbar, aber vielleicht machte das nur der Gegensatz zu der imposanten Hauptfigur.

»Sie haben also meine Enkelinnen hergebracht, Mister Counsell«, sagte mein Großvater. »Kommt her!«
Francine trat vor und zog mich mit.
»Hm«, machte mein Großvater, indem seine Augen uns eindringlich begutachteten. Mir war, als versuchte er, einen Makel an uns zu finden. Ich wunderte mich, weil er von Francines Liebreiz unbeeindruckt schien.
Ich hatte mir vorgestellt, er würde uns küssen oder uns wenigstens die Hand geben. Doch er sah uns nur an, als hätten wir etwas ausgesprochen Abstoßendes an uns.
»Ich bin euer Großvater«, erklärte er, »und dies ist von nun an euer Heim. Ich hoffe, ihr werdet euch seiner würdig erweisen. Ich bezweifle nicht, daß ihr eine Menge lernen müßt. Ihr lebt jetzt in einem zivilisierten Land. Ihr werdet gut daran tun, das zu bedenken.«
»Wir haben immer in einem zivilisierten Land gelebt«, sagte Francine.
Stille trat ein. Ich sah die Frau, die neben meinem Großvater saß, zusammenzucken.
»Dem möchte ich widersprechen«, sagte er.
»Da irren Sie sich aber«, fuhr Francine fort. Ich sah, daß sie sehr nervös war, aber sie spürte in seinen Bemerkungen eine Verunglimpfung unseres Vaters, und sie war nicht gewillt, das hinzunehmen. Sie hatte unwillkürlich gegen das höchste Gebot des Hauses verstoßen, welches lautete, daß unser Großvater sich niemals irrte, und er war dermaßen verblüfft, daß es ihm für einen Augenblick die Sprache verschlug.
Dann sagte er kalt: »Ihr habt wahrhaftig eine Menge zu lernen. Ich war darauf gefaßt, daß wir es mit unbotmäßigen Manieren zu tun bekämen. Nun denn, wir sind gerüstet. Als erstes werden wir nun unserem Schöpfer Dank sagen, daß ihr eure Reise wohlbehalten überstanden habt. Wir wollen auch der Hoffnung Ausdruck geben, daß denen, die der Demut und Dankbarkeit bedürfen, diese Tugenden zuteil werden, und daß sie dem Pfad

der Rechtschaffenheit folgen, welcher in diesem Hause der einzig gangbare ist.«
Wir waren fassungslos. Francine brannte vor Entrüstung, und ich wurde mit jedem Augenblick verzweifelter und ängstlicher. Da waren wir nun; müde, hungrig, bestürzt und über die Maßen verängstigt, knieten wir in diesem finsteren Raum auf dem kalten Fußboden und dankten Gott, daß er uns in dieses Gefängnis gebracht hatte, und flehten um die Demut und Dankbarkeit, die unser Großvater von uns für das elende Heim, das er uns bot, erwartete.

Tante Grace brachte uns zu unserem Zimmer. Arme Tante Grace! Wenn wir von ihr sprachen, hieß es stets *arme* Tante Grace. Sie wirkte, als sei ihr Leben versickert; sie war ungemein mager, und das Braun ihres Baumwollkleides betonte noch die Blässe ihres Teints. Ihr Haar, das einstmals schön gewesen sein mochte, war straff aus der Stirn gekämmt und im Nacken unbeholfen zu einem Knoten geflochten. Dennoch waren ihre Augen freundlich, braune Augen mit vollen dunklen Wimpern – abgesehen von der Farbe waren sie denen Francines ähnlich –, doch während sie bei meiner Schwester funkelten, blickten die ihren dumpf und hoffnungslos. Hoffnungslos! Das war der Ausdruck, den man sogleich mit Tante Grace verband.
Wir folgten ihr eine weitere Treppe hinauf, und sie ging wortlos voran. Francine schnitt mir eine ziemlich hilflose Grimasse. Ich erriet, daß es Francine schwer werden würde, ein solches Hauswesen mit ihrem Charme zu erobern.
Tante Grace öffnete die Tür zu einem Zimmer und trat beiseite, um uns hineinzulassen. Der Raum war recht freundlich, doch die dunklen Vorhänge, welche die Fenster halbwegs verdeckten, ließen ihn düster erscheinen.
»Das ist euer gemeinsames Zimmer«, sagte Tante Grace. »Euer Großvater hält es nicht für angebracht, zwei Räume zu benutzen.«

Ich verspürte eine plötzliche Woge der Freude. Es hätte mir nicht behagt, in diesem unheimlichen Haus allein zu schlafen. Francine hatte einmal gesagt, nichts sei gänzlich schlecht – oder gänzlich gut, je nachdem. Jedes müsse ein wenig vom anderen enthalten, und sei es noch so geringfügig. Das war gerade jetzt ein tröstlicher Gedanke.

In dem Zimmer waren zwei Betten. »Ihr könnt euch aussuchen, wer welches nimmt«, sagte Tante Grace, als ob sie uns, wie Francine hinterher bemerkte, die Königreiche der Welt anbiete.

»Danke, Tante Grace«, sagte Francine.

»Jetzt wollt ihr euch nach der Reise gewiß waschen und umkleiden. Wir essen in einer Stunde. Euer Großvater duldet keine Unpünktlichkeit.«

»Das kann ich mir denken«, erwiderte Francine, und ihre Stimme hatte einen hysterischen Unterton. »Es ist so finster hier«, fuhr sie fort. »Ich kann gar nichts sehen.« Sie trat an die Fenster und zog die Vorhänge zurück. »So! Das ist besser. Oh, was für eine herrliche Aussicht!«

Ich ging auch ans Fenster, und Tante Grace stellte sich unmittelbar hinter uns.

»Der Wald da unten ist der Rantown Forest«, erklärte sie.

»Sieht interessant aus. Alle Wälder haben etwas Interessantes. Wie weit ist es von hier zur See, Tante Grace?«

»Ungefähr zehn Meilen.«

Francine hatte sich zu ihr umgewandt. »Ich liebe die See. Wo wir gelebt haben, waren wir stets vom Meer umgeben. Da muß man es einfach lieben.«

»Ja«, meinte Tante Grace. »So wird es wohl sein. Jetzt lasse ich euch heißes Wasser heraufbringen.«

»Tante Grace«, fuhr Francine fort, »Sie sind die Schwester unseres Vaters, und doch erwähnen Sie ihn nicht. Möchten Sie nicht etwas von Ihrem Bruder hören?«

In dem Licht, das Francine hereingelassen hatte, konnte ich ihr Gesicht deutlich sehen. Es zuckte, und sie sah aus, als würde

sie gleich anfangen zu weinen. »Euer Großvater hat verboten, ihn zu erwähnen«, sagte sie.
»Ihren eigenen Bruder ...«
»Er hat sich – unverzeihlich benommen. Euer Großvater ...«
»Er macht hier die Gesetze, wie ich sehe«, sagte Francine.
»Ich – ich verstehe dich nicht.« Tante Grace bemühte sich, streng dreinzublicken. »Du bist jung«, fuhr sie fort, »und mußt noch viel lernen, und ich will dir einen Rat geben. Nie, nie wieder darfst du mit deinem Großvater sprechen, wie du es heute getan hast. Du darfst nie sagen, daß er sich irrt. Er hat –«
»Immer recht«, ergänzte Francine. »Er ist allmächtig, allwissend – wie Gott, selbstverständlich.«
Tante Grace streckte hastig die Hand aus und berührte leicht Francines Arm. »Du wirst auf der Hut sein müssen«, sagte sie beinahe flehend.
»Tante Grace«, mischte ich mich ein – denn ich glaubte, etwas bemerkt zu haben, was Francine in ihrer Empörung vielleicht entgangen war –, und in diesem Moment wurde meine Tante für mich die *arme* Tante Grace, »sind *Sie* froh, daß wir gekommen sind?«
Ihr Gesicht zuckte abermals, und ihr Blick verdüsterte sich. Sie nickte und sagte: »Ich schicke das heiße Wasser.«
Dann war sie verschwunden.
Wir sahen einander an. »Ich hasse ihn«, sagte Francine. »Und unsere Tante ... was ist sie schon? Eine Marionette.«
Seltsamerweise war ich es nun, die Francine zu trösten vermochte. Weil sie älter war als ich, konnte sie vielleicht deutlicher voraussehen, wie unser Leben hier verlaufen würde. Vielleicht klammerte ich mich an einen Strohhalm, um Trost zu finden.
»Wenigstens sind wir zusammen«, meinte ich.
Sie nickte und blickte sich im Zimmer um.
»Es schaut besser aus, seit du Licht hereingelassen hast«, fand ich.
»Wir wollen uns geloben, diese gräßlichen Vorhänge nie mehr

zuzuziehen. Ich nehme an, er hat sie anbringen lassen, um die Sonne auszusperren. Bestimmt haßt er die Sonne, was meinst du? Ach Pippa, sie sind alle so leblos. Die Frau, die uns aufgemacht hat, der Kutscher … Es ist, als ob man sterben würde. Vielleicht sind wir sogar schon tot. Vielleicht hatten wir einen Unfall mit dem Zug, und das hier ist der Hades, wo wir warten müssen, bis entschieden ist, ob wir in den Himmel oder in die Hölle kommen.«

Ich lachte. Das tat gut, und Francine stimmte bald ein.

»Marionetten«, sagte sie. »Sie sind zwar wie Marionetten, doch wie du weißt, kann man Marionetten tanzen lassen.«

»Aber sieh doch nur, wer hier der Puppenspieler ist!«

»Wir sind nicht seine Marionetten, Francine.«

»Niemals!« rief sie aus. »Niemals!«

»Ich glaube, Tante Grace ist eigentlich ganz nett.«

»Tante Grace! Ein Nichts ist sie. ›Nie wieder darfst du mit deinem Großvater sprechen, wie du es heute getan hast‹«, äffte sie. »Und ich tu's doch, wenn ich will!«

»Er könnte uns fortjagen. Wohin sollten wir dann gehen?«

Das war ein ernüchternder Gedanke, und Francine wußte nichts darauf zu erwidern.

Ich legte meine Hand in die ihre und meinte: »Wir müssen abwarten, Francine. Wir müssen abwarten … und einen Plan machen.«

Pläne fand Francine stets aufregend. Langsam sagte sie: »Du hast recht, Pippa. Ja, du hast recht. Wir müssen den rechten Augenblick abwarten … und einen Plan machen.«

Wir lagen in unseren Betten und sprachen lange Zeit kein Wort. Ich durchlebte im stillen noch einmal den seltsamen Abend und wußte, daß Francine das gleiche tat.

Wir hatten uns gewaschen und die bunten Baumwollkleider angezogen, die wir auf der Insel immer getragen hatten. Daß sie hier unpassend sein könnten, kam uns nicht in den Sinn, bis wir dem Großvater und der Tante gegenübertraten. Der entsetzte

Blick der armen Tante Grace warnte mich. Ich sah die kalten Augen des Großvaters auf uns ruhen und betete, daß er nichts sagen möge, was Francine zornig machen würde. Ich stellte mir vor, wie es wäre, wenn wir fortgejagt würden, und war ich auch keineswegs von Greystone Manor und meiner Verwandtschaft begeistert, so war mir doch klar, daß es ein schlimmeres Schicksal geben konnte als jenes, das uns hier bevorstand.

Wir wurden ins Speisezimmer geführt. Es war sehr geräumig und hätte hell und farbenfroh sein können. Doch die Gegenwart unseres Großvaters genügte, um einen Raum zu verfinstern. Eine einzige Kerze beleuchtete den langen, kunstvoll geschnitzten Tisch, und ich fragte mich, was mein Vater empfunden haben mochte, als er an dieser Tafel saß. Wegen ihrer Ausmaße waren die Abstände zwischen uns sehr groß. Der Großvater saß an dem einen Ende, Tante Grace am anderen, Francine und ich saßen uns gegenüber.

Wir machten gleich im ersten Moment einen Fehler, indem wir uns hinsetzten, während es in Greystone Manor Sitte war, stehenzubleiben und zu beten.

»Wollt ihr nicht eurem Schöpfer danken, daß ihr zu essen habt?« verlangte unser Großvater mit donnernder Stimme zu wissen.

Francine wies darauf hin, daß wir ja noch gar nichts bekommen hatten.

»Wilde«, murmelte mein Großvater. »Aufgestanden, wird's bald.«

Francine sah mich an, und ich dachte schon, sie würde sich widersetzen, aber sie gehorchte. Die Danksagung war endlos. Unser Großvater bat Gott für unsere Undankbarkeit um Vergebung und gelobte, es werde nicht wieder vorkommen. Er dankte ihm in unserem Namen, und fuhr mit eintöniger Stimme fort und fort, bis ich schrecklich hungrig wurde, denn wir hatten seit einer ganzen Weile nichts gegessen.

Endlich war es vorüber, und wir setzten uns. Der Großvater redete die ganze Zeit über kirchliche Dinge, über die Leute auf

dem Gut und die Veränderungen, die unser Kommen für den Haushalt mit sich brachte, so daß wir das Gefühl bekommen mußten, sehr lästig zu sein. Tante Grace murmelte in den geeigneten Momenten ja oder nein und bewahrte während des ganzen Monologs eine Miene gespannter Aufmerksamkeit.
»Es sieht ganz so aus, als hättet ihr überhaupt keine Erziehung gehabt. Wir müssen unverzüglich eine Gouvernante finden. Grace, das wird deine Aufgabe sein.«
»Ja, Vater.«
»Ich kann nicht dulden, daß man meinen Enkelinnen nachsagt, sie seien ungebildet.«
»Wir hatten auf der Insel einen Hauslehrer«, sagte Francine. »Er war sehr gut. Wir sprechen beide fließend Italienisch, ein wenig Französisch und ziemlich gut Deutsch.«
»Wir sprechen hier Englisch«, unterbrach sie der Großvater. »Und ihr müßt auf jeden Fall lernen, wie man sich benimmt.«
»Unsere Eltern haben uns erzogen.«
Tante Grace machte ein so erschrockenes Gesicht, daß ich Francine einen flehenden Blick zuwarf. Sie verstand und hielt inne.
»Grace«, fuhr unser Großvater fort, »du wirst dich deiner Nichten annehmen, bis die Gouvernante eintrifft. Mach ihnen klar, daß in einer höflichen Gesellschaft wie der unseren Kinder nur reden, wenn sie gefragt sind. Man soll sie sehen, aber nicht hören.«
Sogar Francine schien gezähmt; hinterher sagte sie allerdings, sie sei zu hungrig gewesen, um sich mit diesem fürchterlichen Alten anzulegen, und sie habe nur noch ans Essen gedacht. Überdies kam ihr der Gedanke, daß er der Ansicht sein könnte, Kinder müßten ohne Abendbrot ins Bett, wenn sie ungezogen waren, daher sah sie sich vor … bloß für den Anfang.
»Bloß für den Anfang!« Das wurde in jener ersten Zeit unsere Parole. Wir wollten durchhalten, bis wir herausgefunden hatten,

wie wir entkommen konnten. »Aber zuerst«, sagte Francine, »müssen wir die Lage erkunden.«
So lagen wir also an jenem ersten Abend eine Weile schweigend, dann gingen wir die Ereignisse des Tages durch und riefen uns jede Einzelheit der Begegnung mit unserem Großvater zurück.
»Er ist der schrecklichste alte Mann, dem ich je begegnet bin«, sagte Francine. »Ich habe ihn vom ersten Moment an gehaßt. Es wundert mich nicht, daß Vater sagte, es sei wie im Gefängnis, und er daraus entflohen ist. Zu gegebener Zeit werden wir auch fliehen, Pippa.«
Dann sprach sie von dem Haus. »Was für ein Ort, um Entdekkungen zu machen! Und denk nur, *unsere* Vorfahren haben seit Jahrhunderten hier gelebt. Darauf kann man stolz sein, Pippa. Wir werden einen Weg finden, dem Alten zu zeigen, daß *wir* ihn nicht für Gott halten, und wenn er es wäre, dann würde ich zur Atheistin. Er hat nicht das geringste Interesse an uns. Er tut lediglich seine Pflicht. Wenn ich etwas noch mehr hassen könnte als den Alten, dann ist es das Gefühl, für jemanden so etwas wie eine Aufgabe zu sein.«
»Nun«, meinte ich, »hier hast du die beiden dir am meisten verhaßten Dinge unter einem Dach.«
Darüber mußten wir lachen. Wie dankbar war ich damals, daß ich Francine hatte ... mehr als je zuvor. Ich schlief mit dem Gedanken ein, daß alles nicht so schlimm sei, solange wir zusammen waren.
Am nächsten Tag entdeckten wir einiges. Ein Hausmädchen brachte heißes Wasser. Als sie kam, schliefen wir noch, weil wir so lange wachgelegen und geredet hatten. Das wurde unsere erste Begegnung mit Daisy.
Sie stand lachend zwischen unseren Betten. Wir richteten uns im gleichen Augenblick erschrocken auf. Die Erinnerung daran, wo wir waren, wurde wieder lebendig, und am stärksten beeindruckte uns, daß wir jemanden sahen, der tatsächlich lachte.
»Sie sind mir ja ’n paar feine Schlafmützen«, sagte sie.

»Wer bist du?« fragte Francine.
»Ich bin Daisy«, erwiderte sie, »das zweite Hausmädchen. Man hat mich mit Ihrem Waschwasser raufgeschickt.«
»Danke«, sagte Francine und fügte verwundert hinzu: »Du hörst dich ja richtig fröhlich an.«
»Meiner Seel', Miss, hat doch keinen Sinn, was anderes zu sein ... sogar in diesem Kasten, wo man ein Lächeln für so was wie 'nen Schritt auf dem Weg in die Hölle hält.«
»Daisy«, sagte Francine, indem sie sich die blonden Locken aus dem Gesicht schüttelte, »wie lange bist du schon hier?«
»Sechs Monate, aber es kommt mir vor wie zwanzig. Ich verschwinde, sobald es eine gute Gelegenheit gibt. Meine Güte, sind Sie hübsch.«
»Danke«, sagte Francine.
»Das wird nicht gern gesehen, nicht in diesem Haus. Man behauptet sogar von mir, ich wär' von der flatterhaften Sorte.«
»Und stimmt das?« fragte Francine.
Daisy zwinkerte uns so vielsagend zu, daß wir lachten.
»Ich will Ihnen was verraten«, sagte sie, »ich bin froh, daß Sie gekommen sind, Das bringt 'n bißchen Leben in diesen alten Kasten. Ich verrat' Ihnen noch was: Auf dem ollen Totenacker ging's lustiger zu als hier.« Sie lachte, als wäre ihr etwas sehr Komisches eingefallen. »Ja, ehrlich. An dem genannten Ort hat's 'ne Menge Spaß gegeben – das heißt, wenn man dort nicht gerade einen Geliebten begraben hat. Na ja, man muß ans Leben denken, sag' ich immer. Die Toten sind hin, und man soll nicht schlecht von ihnen denken, weil sie im Leben 'n bißchen Spaß gehabt haben.«
Das war eine ungewöhnliche Unterhaltung, und Daisy schien es selbst zu bemerken, denn sie brachte sie abrupt zu Ende, indem sie sagte: »Sie sollten sich jetzt lieber in Schale werfen. Der Herr kann's nicht leiden, wenn man zu spät kommt. Und Frühstück gibt's um acht.«

Sie ging hinaus. An der Tür drehte sie sich um und zwinkerte uns nochmals so wunderlich zu.
»Die gefällt mir«, sagte Francine. »Daisy! Ich muß schon sagen, ich bin erstaunt, daß es in diesem Haus jemanden gibt, den wir leiden können.«
»Scheint ein gutes Vorzeichen«, bemerkte ich.
Francine lachte. »Komm, zieh dich an. Wir müssen bald beim Frühstück erscheinen. Denk dran, unser heiliger Großvater kann es nicht leiden, wenn man ihn warten läßt. Mehr noch, er wird es nicht dulden. Ich bin neugierig, was der heutige Tag bringt.«
»Abwarten und Tee trinken.«
»Eine sehr treffende Bemerkung, liebe Schwester. Was sollen wir sonst tun?«
Francine hatte zu ihrem alten Ich zurückgefunden, und das war tröstlich.
Das Frühstück war wie eine Wiederholung der letzten Mahlzeit, nur mit anderen Speisen. Davon gab es reichlich, denn ungeachtet seiner Heiligkeit liebte der Großvater gutes Essen durchaus. Als wir hereinkamen, nickte er uns zu, und da es keinerlei Klagen gab, nahm ich an, daß wir uns auch nicht um den Bruchteil einer Sekunde verspätet hatten. Die Danksagung zog sich ziemlich in die Länge, doch danach durften wir uns vom Buffet nehmen, nachdem Großvater und Tante Grace sich bedient hatten. Es gab gebratenen Speck, geschabte Nieren und verschiedene Eierspeisen. Das war etwas ganz anderes als das Obst und die Hörnchen auf der Insel, wo wir nach Lust und Laune aufstanden und uns zu essen nahmen, was gerade da war, manchmal allein, manchmal zusammen, während unser Vater oft die ganze Nacht in seinem Atelier gearbeitet hatte, um ein Meisterwerk zu vollenden, und deswegen lange in den Tag hineinschlief!
Hier war alles ganz anders. Hier hatte alles seine Ordnung.
Während er sich mit Behagen über sein Essen hermachte, gab

unser Großvater bellend Befehle. Tante Grace sollte sich unverzüglich mit Jenny Brakes in Verbindung setzen. Die sollte sogleich ins Haus bestellt werden, um für seine Enkelinnen eine angemessene Garderobe anzufertigen. Die waren ja auf dieser fremdländischen Insel so liederlich wie die Eingeborenen herumgelaufen. Man konnte sie kaum der Nachbarschaft vorstellen, ehe sie nicht gebührend ausstaffiert waren. Ich fing Francines Blick auf und war gefährlich nahe daran, zu kichern. »Das hat sich ja angehört, als wären wir römische Krieger, die in die Schlacht ziehen«, sagte sie hinterher.

Dann mußte Tante Grace eine geeignete Gouvernante finden. »Erkundige dich bei deinen Freunden in der Pfarrei.« Ich fand, er sprach ziemlich höhnisch, und da Tante Grace leicht errötete, mußte die Bemerkung wohl eine Spitzfindigkeit enthalten haben. Ich wollte es Francine später berichten, falls es ihr nicht selbst aufgefallen war.

Als Großvater fertig gegessen hatte, wischte er sich umständlich die Hände an seiner Serviette ab, warf diese beiseite und erhob sich schwerfällig. Das war für uns alle das Zeichen, auch aufzustehen. Niemand blieb mehr am Tisch, wenn er beschlossen hatte, daß die Mahlzeit beendet war. »Wie Königin Elisabeth«, bemerkte Francine. »Glücklicherweise scheint er ein guter Esser zu sein, so daß wir Gelegenheit haben, ebenfalls tüchtig zuzulangen.«

»Als erstes«, verkündete er, während er sich erhob, »sollten sie zu ihrer Großmutter gebracht werden.«

Wir waren verblüfft. Wir hatten vergessen, daß wir eine Großmutter hatten. Da von ihr nie die Rede war, hatte ich angenommen, sie sei tot.

Tante Grace sagte: »Kommt mit.«

Wir folgten ihr. Während wir hinausgingen, hörten wir unseren Großvater zum Butler sagen: »Der Speck war heute morgen nicht richtig knusprig.«

Während wir Tante Grace folgten, dachte ich, wie leicht man

sich in Greystone Manor verlaufen könnte. Gänzlich unerwartet tauchten Treppenhäuser auf, und es gab zahllose lange Korridore, von denen kleinere Flure abzweigten. Tante Grace schritt voran in der geübten Art desjenigen, der mit allen Wendungen und Biegungen des Hauses wohlvertraut ist und brachte uns schließlich bis an eine Tür. Sie klopfte, und eine Frau mit weißer Haube in einem schwarzen Kammgarnkleid öffnete.

»Mrs. Warden, ich habe meine Nichten gebracht, damit sie ihre Großmutter besuchen.«

»Ja. Sie wartet schon.«

Die Frau sah uns an und nickte. Sie hatte ein heiteres Gesicht. Das fiel mir besonders auf, weil mir der Mangel an dieser Eigenschaft hier im Haus bereits bekannt war.

Tante Grace führte uns hinein. Auf einem Stuhl neben einem Himmelbett saß eine alte Dame in Rüschenhaube und einem Kleid mit durchgezogenen Bändern. Sie wirkte gebrechlich. Tante Grace ging zu ihr und küßte sie, und ich spürte sogleich, daß in diesem Zimmer eine andere Atmosphäre herrschte als im übrigen Haus.

»Sind sie da?« fragte die alte Dame.

»Ja, Mama«, erwiderte Tante Grace. »Francine ist die ältere. Sie ist sechzehn Jahre alt, und Philippa ist fünf Jahre jünger.«

»Bring sie zu mir.«

Zuerst wurde Francine nach vorn geschoben. Die Großmutter hob die Hände und strich meiner Schwester über das Gesicht.

»Gott segne dich«, sagte sie. »Ich freue mich, daß du gekommen bist.«

»Und dies ist Philippa.« Ich wurde nach vorn geführt, und ihre Finger berührten sanft mein Gesicht.

Francine und ich schwiegen. Sie war also blind.

»Kommt, meine Lieben«, sagte sie, »setzt euch zu mir, jede auf eine Seite. Hast du Schemel für sie, Agnes?«

Mrs. Warden brachte zwei Schemel, und wir setzten uns. Die Finger der Großmutter ruhten auf unserem Haar. Sie lächelte.

»Ihr seid also Edwards Töchter. Erzählt mir von ihm. Es war ein trauriger Tag, als er uns verließ, aber ich konnte ihn verstehen. Ich hoffe, er hat immer gewußt, daß ich ihn verstanden habe.«

Francine hatte sich von ihrer Überraschung erholt und erzählte von unserem Vater und davon, wie glücklich wir auf der Insel gewesen waren. Ab und zu sagte ich auch etwas. Diese Stunde, die wir bei unserer Großmutter verbrachten, war so ganz anders als alles, was uns bisher in diesem Haus widerfahren war.

Tante Grace hatte uns allein gelassen. Sie sagte, sie habe viel zu erledigen: zum Beispiel die Schneiderin zu bestellen und eine Gouvernante zu finden. Ihr Weggehen erinnerte uns an die düstere Welt außerhalb dieses Zimmers. »Wie eine Oase in der Wüste«, beschrieb Francine es später.

Unsere Großmutter war sichtlich entzückt, uns bei sich zu haben und alles erzählt zu bekommen, was sie wissen wollte. Am allermeisten wollte sie von unserem Vater hören. Die Zeit verging wie im Flug, und nachdem wir uns von der anfänglichen Bestürzung über ihre Blindheit erholt hatten, fühlten wir uns in ihrem Zimmer richtig zu Hause.

»Dürfen wir Sie oft besuchen?« fragte ich.

»So oft wie möglich«, antwortete unsere Großmutter. »Ich hoffe, daß ihr gern kommt.«

Francine sagte: »Und ob. Sie sind die erste, bei der wir das Gefühl haben, daß wir hier erwünscht sind.«

»Oh, gewiß seid ihr erwünscht. Euer Großvater hätte auch nicht eine Minute daran gedacht, euch ein Heim zu verweigern.«

»Er hält es für richtig, und Großvater hat immer recht«, sagte Francine mit einem Anflug von Spott. »Aber wir wollen nicht aufgenommen werden, weil es richtig ist, sondern weil wir gern gesehen sind und dies unser Heim ist.«

»Ihr seid willkommen, mein Kind, und dies ist euer Heim. *Ich* will euch hier haben, und mein Heim ist auch eures.«

Francine ergriff die magere weiße Hand und küßte sie.

»Durch Sie hat sich alles verändert«, sagte sie.

Dann meinte Mrs. Warden, Lady Ewell sei ein wenig müde. »Sie ermüdet leicht«, flüsterte sie, »und dies war aufregend für sie. Ihr müßt sie von jetzt an oft besuchen.«
»O ja, das tun wir bestimmt«, rief Francine.
Wir küßten die welke Wange der Großmutter und wurden von Agnes Warden aus dem Zimmer geführt.
Wir standen im Flur, unsicher, welche Richtung wir einschlagen sollten, und Francine blickte mich mit glitzernden Augen an. »Das ist unsere Chance, das Haus zu erkunden«, sagte sie. »Wir wissen den Weg nicht mehr und müssen ihn wiederfinden, verstehst du?«
Wir hielten uns an den Händen und liefen den Flur entlang.
»Wir sind sehr hoch oben«, sagte Francine, »im obersten Stockwerk.«
Am Ende des Korridors war ein Fenster. Dort sahen wir hinaus.
»Wie schön«, bemerkte Francine. »Anders als die Insel und das Meer ... auf andere Art schön. Die vielen Bäume, und der Wald da hintern, und wie grün alles ist. Wenn der Großvater wie die Großmutter wäre, könnte es mir hier gefallen.«
Ich stand dicht bei meiner Schwester und spürte, wie tröstlich ihre Gegenwart war. Nichts war wirklich schlimm, wenn wir es teilen konnten.
»O schau!« rief sie. »Da drüben ist ein Haus. Sieht interessant aus.«
»Ziemlich alt, glaube ich.«
»Tudor, würde ich sagen«, meinte Francine sachkundig. »Die roten Ziegel ... und es hat anscheinend bleigefaßte Fenster. Gefällt mir. Das müssen wir uns näher ansehen.«
»Wie diese Gouvernante wohl sein wird?«
»Zuerst müssen sie eine finden. Komm, laß uns weiter forschen.«
Wir stiegen eine schmale Wendeltreppe hinab und kamen zu einem Treppenabsatz. Wir gingen durch eine Tür und befanden

uns in einem langgestreckten Raum, an dessen anderem Ende ein Spinnrad stand.
»Wir machen eine richtige Entdeckungsreise«, sagte Francine. »Wir werden alle Ecken und Winkel aufspüren, all die dunklen Geheimnisse unserer Vorfahren.«
»Woher weißt du, daß es hier dunkle Geheimnisse gibt?«
»Es gibt immer dunkle Geheimnisse. Hier kann man sie direkt spüren. Dies dürfte das Sonnenzimmer sein, das Solarium, denn es hat fast den ganzen Tag Sonne, weil nämlich auf jeder Seite Fenster sind. Hübsch. Hier müßten Feste und Bälle mit einer Menge Leute stattfinden. Falls ich dies einmal erbe, werde ich dafür sorgen.«
»Du – erben? Francine, wie kämst du denn dazu?«
»Ich bin in der Erbfolge, das steht fest. Vater war der einzige Sohn. Es ist unwahrscheinlich, daß Tante Grace noch Kinder kriegt. Möglicherweise ist sie die Kronprinzessin, die gesetzliche Erbin. Ich könnte die mutmaßliche Erbin sein. Das hängt davon ab, wie diese Dinge geregelt werden.«
Ich lachte laut heraus und sie ebenfalls. Sie konnte fast alle Situationen ins Spaßige verkehren.
Wir durchquerten das Sonnenzimmer und gingen einen weiteren Korridor entlang. Dann stiegen wir eine Treppe hinauf, ähnlich jener, die wir herabgekommen waren, und stießen auf einen Flur mit lauter Schlafzimmern, alle mit den unvermeidlichen Himmelbetten, den schweren Vorhängen und dunklen Möbeln.
Wir stiegen wieder eine Treppe hinab und gelangten zu einer Galerie.
»Familienporträts«, stellte Francine fest. »Sieh nur. Ich bin sicher, dies hier ist König Karl der Erste. Karl der Märtyrer. Und diese Herren sehen ihm alle ziemlich ähnlich. Ich wette, wir waren der Monarchie treu ergeben. Ob unser Vater auch darunter ist? Vielleicht werden wir eines Tages auch hier hängen: du und ich, Pippa.«

Da hörten wir Schritte, und Tante Grace kam aufgeregt herbeigeeilt.
»Ah, hier seid ihr. Ich war oben bei eurer Großmutter, um euch zu ermahnen, konnte euch aber nicht finden. Ihr kommt zu spät zur Andacht.«
»Zur Andacht?« fragte Francine.
»Wir haben nur noch drei Minuten. Euer Großvater wird sehr ungehalten sein …«
Arme Grace. Sicher würde sie dafür verantwortlich gemacht werden, wenn wir nicht rechtzeitig da waren.
Die Kapelle war von der großen Halle aus über eine Treppe zu erreichen. Es war ein kleiner Raum, eben groß genug für die Familie und das Personal. Alle waren schon versammelt, als wir atemlos ankamen.
Ich sah die neugierigen Augen der Dienstboten auf uns gerichtet und war erstaunt, wie viele es waren. Rechts im Hintergrund saß das Hausmädchen Daisy, die uns das heiße Wasser gebracht hatte. Unsere Blicke trafen sich, und sie bedachte mich wieder mit ihrem Zwinkern. Die übrigen wirkten sehr sittsam und senkten die Augen, als wir auf unsere Plätze in der vordersten Reihe hasteten.
Unser Großvater saß bereits und blickte weder nach rechts noch nach links.
Tante Grace huschte neben ihn, dann folgte Francine und danach ich.
Der Gottesdienst wurde von einem jungen Mann abgehalten, der etwa Mitte Zwanzig gewesen sein mochte. Er war groß und sehr mager, hatte unruhige dunkle Augen, und sein Haar wirkte neben der Blässe seiner Haut beinahe schwarz.
Man sang Lobeshymnen, und es wurde eine Menge gebetet, wobei wir eine scheinbar endlose Zeit auf den Knien verharren mußten. Dann hielt der junge Mann eine Predigt, während der er alle an die Fürsorge des Allmächtigen erinnerte, der sie nach Greystone Manor gebracht hatte, wo sie Nahrung und Obdach

fanden und alles, dessen sie nicht nur für ihr leibliches, sondern auch für ihr seelisches Wohl bedurften.
Unser Großvater saß währenddessen mit verschränkten Armen da und nickte hin und wieder zustimmend. Es folgten noch ein Lobgesang und weitere Gebete, und dann war der Gottesdienst endlich vorüber. Er hatte nur eine halbe Stunde gedauert, aber uns war er endlos vorgekommen. Die Dienstboten marschierten hintereinander hinaus, wir aber blieben zurück mit dem Großvater, Tante Grace und dem jungen Mann, von dem ich annahm, daß er wohl so etwas wie ein Pfarrer war.
Unser Großvater lächelte zwar nicht gerade, doch er blickte wohlgefällig auf den jungen Mann. »Arthur«, sagte er, »ich möchte dir deine Cousinen vorstellen.«
»Cousinen!« Ich spürte Francines Überraschung, die gewiß nicht größer war als meine.
»Hochwürden Arthur Ewell«, sagte unser Großvater. »Euer Cousin gehört dem geistlichen Stande an. Ihr habt ihn gestern abend nicht kennengelernt, weil er einer kranken Nachbarin geistlichen Beistand leistete. Es freut mich, daß du rechtzeitig zur Andacht zurück warst, Arthur.«
Hochwürden Arthur neigte in nahezu selbstgefälliger Demut den Kopf und sagte, ihre gemeinsamen Gebete hätten Mrs. Glencorn offensichtlich geholfen.
»Arthur, deine Cousine Francine.«
Arthur verbeugte sich ausgesprochen höflich.
»Guten Tag, Cousin Arthur«, sagte Francine.
»Und dies«, fuhr unser Großvater fort, »ist Philippa, deine jüngere Cousine.«
Die dunklen Augen von Cousin Arthur musterten mich ziemlich kurz, aber ich war es schließlich gewöhnt, daß das größere Interesse der Leute meiner Schwester galt.
»Euer seelisches Wohl wird in guten Händen sein«, fuhr unser Großvater fort. »Und merkt euch bitte, daß die Zusammenkunft

in der Kapelle jeden Morgen um elf stattfindet. Alle im Haus nehmen daran teil.«

Francine konnte sich die Bemerkung nicht verkneifen: »Ich sehe, daß man unserem geistigen Wohl höchste Aufmerksamkeit widmet.«

»Dafür werden wir Sorge tragen«, bestätigte unser Großvater. »Arthur, möchtest du gern ein paar Worte mit deinen Cousinen allein sprechen? Vielleicht möchtest du herausfinden, was für eine religiöse Erziehung sie genossen haben. Ich fürchte, du wirst einen ziemlichen Schock bekommen.«

Arthur fand, das sei eine ausgezeichnete Idee.

Großvater und Tante Grace verließen die Kapelle und lieferten uns der Gnade von Cousin Arthur aus.

Er schlug vor, wir sollten uns setzen, und begann uns auszufragen. Er war entsetzt, als er hörte, daß wir auf der Insel nicht zur Kirche gegangen seien, was aber vielleicht ganz gut gewesen sei, da die Bewohner vermutlich katholisch waren, denn viele Eingeborene seien katholisch und beteten Idole an.

»Viele Menschen verehren Idole«, gab Francine ihm zu bedenken. »Nicht unbedingt steinerne Götzenbilder, sondern bestimmte Regeln und Gesetze, die zuweilen auf die Unterdrükkung von Liebe und Güte hinauslaufen.«

Arthur sah sie unverwandt an, und wiewohl seine Miene Mißbilligung ausdrückte, entdeckte ich in seinen Augen ein Leuchten, das ich schon früher bei den Leuten wahrgenommen hatte, wenn sie Francine ansahen.

Wir sprachen eine Weile mit ihm, Francine jedenfalls. Mir hatte er wenig zu sagen. Ich war sicher, daß sie ihn gehörig schokkierte mit dem, was sie ihm über unsere Erziehung erzählte, und daß er unserem Großvater berichten würde, es sei eine eingehende Unterweisung vonnöten, um uns zur Gnade zu führen.

Als wir ihm entkamen, war es schon beinahe Zeit für das Mittagessen. Tante Grace meinte, ob wir nicht anschließend einen Spaziergang machen wollten, und schlug uns vor, in den Garten

zu gehen. Es sei aber nicht ratsam, draußen umherzustreifen, und wir möchten bitte daran denken, um vier Uhr zurück zu sein, wenn im roten Salon, gleich neben der Halle, der Tee serviert würde. Sie selbst gehe zum Pfarrhaus, denn sie müsse den Pfarrer in einer dringenden Angelegenheit sprechen. Wir könnten dort erst einen Besuch machen, wenn wir entsprechende Kleider hätten, aber das würde nicht mehr lange dauern, denn Jenny Brakes käme morgen vormittag mit Stoffen, und dann würde damit angefangen, unsere Garderobe zu nähen.
»Freiheit!« schrie Francine, als wir allein waren. »Und im Garten bleiben! Kommt gar nicht in Frage! Wir werden uns umschauen, und unsere erste Mission wird es sein, dieses interessante alte Haus in Augenschein zu nehmen, das wir vom Fenster aus gesehen haben.«
»Francine«, sagte ich, »ich glaube, du fängst an, dich hier wohl zu fühlen.«
Und so war es auch. Sie war von Greystone Manor fasziniert, und jede Stunde brachte neue Entdeckungen. Sie ahnte, daß es irgendeinen Kampf geben würde, und das war genau das, was sie brauchte, um die Erschütterung über den Tod unserer Eltern zu überwinden. Ich wußte das, weil mir selbst ebenso zumute war.
So brachen wir an jenem Nachmittag voll Abenteuerlust auf. Wir hatten etwa zwei Stunden für uns. Wir müßten rechtzeitig zum Tee zurück sein, sagte Francine. Es würde denen keineswegs behagen, wenn sie entdeckten, daß wir uns auf eigene Faust hinausgewagt hatten. »Sie sollen glauben, daß wir auf den Gartenwegen geblieben sind«, fuhr sie fort, »und die Ordnung bewundert haben, die sicher überall herrscht, und sie sollen denken, daß wir dann hin und wieder begeistert die Vortrefflichkeit unseres Großvaters gepriesen haben, der so heilig ist, daß es mich wundert, wieso man ihn nicht für zu gut für diese Welt hält.«
Wir waren vorsichtig, bis wir an die Einfahrt kamen und zum Tor der Pförtnerloge hinausschlüpften. Glücklicherweise waren

die Bewohner des Pförtnerhauses nicht in Sicht. Vielleicht konnten sie sich nur dann ein bißchen ausruhen, wenn unser Großvater Siesta hielt.
Wir befanden uns auf einer Straße, die zu beiden Seiten von hohen Hecken gesäumt war. Als wir an ein Tor kamen, schlug Francine vor, wir sollten hindurchgehen und das Feld überqueren, denn sie sei sicher, daß in dieser Richtung das Haus liege. Gesagt, getan. Am Ende des Feldes standen vier Hütten, und vor einer war eine Frau mit einer Figur wie eine Doppelsemmel; ihre Haare lösten sich widerspenstig aus dem Knoten am Hinterkopf, und die leichte Brise spielte mit den Strähnen. Als wir uns näherten, blickte sie auf. Wahrscheinlich kamen nicht viele Leute dorthin, denn sie war sichtlich überrascht, uns zu sehen.
»Einen schönen guten Tag!« rief sie uns entgegen, und als wir näher herankamen, sah ich die Neugier in ihren lebhaften dunklen Augen, und ein Ausdruck größten Interesses und Vergnügens lag auf ihrem ziemlich dicken Gesicht. Auch wenn man erst kurz in Greystone Manor war, fiel einem so etwas gleich auf, denn dort hatte jeder ernst und verdrießlich dreinzublicken.
»Guten Tag«, erwiderten wir.
Die Frau war dabei, nasse Kleidungsstücke auf eine Leine zu hängen, die mit einem Ende an einem Pfosten und mit dem anderen seitlich an der Hütte befestigt war. Indem sie eine Wäscheklammer aus dem Mund nahm, sagte sie: »Sie sind die neuen jungen Damen von Greystone.« Es war mehr eine Feststellung als eine Frage.
Francine bejahte und fragte, woher sie das wisse.
»Na ja, Gott segne Sie, es gibt nicht viel, was in Greystone vorgeht, was ich nicht weiß. Meine Tochter ist dort.« Ihre Augen weiteten sich, als sie Francine anstarrte. »Meiner Seel', sind Sie hübsch. Ist nicht ganz so, wie Sie's erwartet haben da oben, wie?«
»Wir wußten nicht, was uns erwartete«, sagte Francine.
»Hm, wir haben Mister Edward gekannt. War ein guter Mensch,

nicht wie ... o nein, er war anders, jawohl ... und das reizende junge Mädchen, mit dem er auf und davon ist ... hübsch wie ein Gemälde, und Sie sind ihr wie aus dem Gesicht geschnitten, Miss. Ich schätze, Sie hätte ich überall erkannt, ich hätte Sie auf der Stelle herausgepickt.«

»Wie schön, daß Sie unseren Vater und unsere Mutter gekannt haben«, sagte Francine.

»Tot, alle beide. Aber so geht's im Leben, nicht? Die Besten müssen meistens gehen ... und andere bleiben.« Sie nickte und war einen Augenblick traurig, dann aber lächelte sie wieder. »Sicher kennen Sie schon unsere Daise.«

»Daise«, sagten wir beide wie aus einem Munde. »Ach so ... Daisy.«

»Sie ist dort in Stellung. Als zweites Hausmädchen. Nichts für ungut, aber ich weiß nicht, ob das lange gutgeht. Daise ist ein kleiner Wildfang.«

Die Frau zwinkerte auf eine Weise, die mich an Daisy erinnerte. Hinterher sagte ich zu Francine, das scheine ja eine regelrechte Zwinkerfamilie zu sein.

»Immer ein bißchen wild«, fuhr die Frau fort. »Ich wußte nicht mehr aus noch ein mit ihr. Ich sag' zu ihr: ›Du wirst noch an mich denken, Daise, eines Tages setzt du dich in die Nesseln.‹ Sie lachte bloß. Ich weiß nicht. Sie hat's immer mit den Jungens gehabt und die Jungens mit ihr. Das war schon so, als sie noch in der Wiege lag. Ich hab' sechs von der Sorte. Sie ist die Älteste. Ich hab' zu Emms gesagt – das ist ihr Vater – also ich hab' gesagt: ›Jetzt reicht's aber, Emms.‹ Aber ob Sie's glauben oder nicht, jetzt ist schon wieder eins unterwegs. Was soll man mit 'nem Mann wie Emms machen? Aber Daise haben wir im Gutshaus untergebracht. Ich dachte, wenn sie da nicht ehrbar wird, dann wird sie's nirgends.«

»Wir kennen Daise schon«, sagte Francine. »Allerdings haben wir sie erst einmal gesehen. Sie hat uns heißes Wasser gebracht. Aber sie gefällt uns.«

»Sie ist ein braves Mädchen, im Grunde ihres Herzens. Wenn nur die Jungens nicht wären. Ich war ja selbst mal so. Na ja, das hält die Welt in Gang.«
Francine fragte: »Was ist das da drüben für ein großes Tudor-Haus?«
»Das ist Granter's Grange.« Sie lachte. »Hat 'nen Mordswirbel gegeben deswegen.«
»Wir finden, es sieht interessant aus und würden es gern aus der Nähe sehen.«
»Fremde haben es gekauft ... ist ein Jahr her oder zwei. Sir Matthew wollte es, aber er hat's nicht gekriegt. Das hat ihn geärgert. Er denkt, ihm gehört hier die ganze Gegend, und das stimmt ja auch gewissermaßen. Aber Granter's Grange ... nun, die Fremden waren vor ihm da.«
»Was sind das für Fremde?«
»Oho ... Sie stellen aber Fragen! Sehr hochgestellte Fremde ... Großherzöge und so – aber von irgendwo aus dem Ausland. Hier bei uns gelten sie nicht viel.«
»Großherzöge«, flüsterte Francine.
»Aber sie sind jetzt nicht da. Sie sind nicht oft hier. Alles vergammelt und verlassen. Irgendwann kommen Dienstboten und machen 'nen regelrechten Frühjahrsputz, und dann folgen die Herrschaften. Alles sehr vornehm, haben wohl was mit dem Königshaus zu tun. Ihrem Großvater gefällt das nicht ... es gefällt ihm ganz und gar nicht.«
»Geht es ihn denn überhaupt was an?« fragte Francine.
Darauf lachte Mrs. Emms schallend und zwinkerte wieder auf ihre Art. »Er bildet es sich jedenfalls ein. Er ist der Herr in dieser Gegend. Emms sagt, die Königin selbst könne nicht mehr Macht über ganz England haben, als Sir Matthew Ewell hier über uns alle ausübt ... ich bitte um Vergebung, wo er doch Ihr Großvater ist.«
»Deswegen brauchen Sie sich doch nicht zu entschuldigen. Ich glaube, wir stimmen mit Ihnen überein«, sagte Francine, »Ob-

wohl wir noch nicht gar so viel gesehen haben. Die Großherzöge sind jetzt also nicht da?«

»Meiner Treu, nein, schon seit zwei Monaten war keiner da. Aber sie werden kommen, o ja, sie werden kommen. Das gibt immer ein bißchen Aufregung. Man kann nämlich nie wissen. Sicher werd' ich eines Tages hinten zum Fenster rausgucken und sie sehen. Sie sind nämlich genau hinter mir, da kann ich alles bestens beobachten.«

»Nun, wir gehen mal hin und schauen es uns an«, sagte Francine. »Wir haben nicht viel Zeit, denn wir müssen um vier zurück sein. Das Haus liegt also genau hinter Ihrem.«

»Ja ... wie Sie sehen. Es gibt eine Abkürzung an den Hütten vorbei, die können Sie nicht verfehlen. Durch die Hecke durch, und schon sind Sie da.«

»Vielen Dank, Mrs. Emms. Hoffentlich sehen wir uns mal wieder.«

Sie nickte und zwinkerte abermals. Francine sagte: »Komm, Pippa.«

So kamen wir zu dem Haus. Über allem lag tiefe Stille, und ich wurde ganz aufgeregt. Ich bin sicher, daß es Francine ebenso erging, und später fragte ich mich, ob das eine Vorahnung war, da dieses Haus eine so wichtige Rolle in unserem Leben spielen sollte.

Auf dem Torbogen über dem von Marmorsäulen getragenen Portal konnten wir eben noch die Jahreszahl erkennen: 1525. Wir entriegelten das Tor und gingen hinein. Ich langte nach Francines Hand, und sie umklammerte die meine ganz fest. Auf Zehenspitzen überquerten wir den mit Gänseblümchen übersäten Rasen. Wir kamen zum Haus, und ich streckte eine Hand aus und berührte die roten Ziegelsteine. Sie waren ganz warm von der Sonne. Francine blickte durch ein Fenster ins Innere. Sie stöhnte leise und wurde bleich.

»Was ist?« rief ich.

»Da ist jemand. Da steht einer. Ein Gespenst ... in Weiß.«

Ich fing an zu zittern, trotzdem drückte ich mein Gesicht an das Glas. Dann lachte ich und sagte: »Es ist nur ein Möbelstück. Mit einem Schonbezug. Das sieht so aus, als ob da einer steht.«
Sie spähte wieder hinein, und dann tollten wir herum in einem Anfall von Ausgelassenheit, der vielleicht einen Anflug von Hysterie in sich barg. Das Haus hatte irgend etwas, das uns stark anzog.
Wir gingen außen herum und sahen durch alle Fenster im Erdgeschoß. Überall waren die Möbel mit Schonbezügen abgedeckt.
»Es muß wunderbar sein«, sagte ich, »wenn die Großherzöge kommen.«
Francine versuchte, die Tür zu öffnen. Sie war natürlich verschlossen. Die Figur auf dem Türklopfer schien uns zu verhöhnen.
»Ich bin sicher, das Scheusal hat sich bewegt«, sagte Francine.
»An so einem Ort kann man sich allerhand einbilden«, gab ich ihr zu bedenken.
Das gab sie zu. »Stell dir vor, wie es wäre, wenn man einmal abends hierher käme. Ich hätte Lust dazu.«
Der Gedanke, sie könnte es tatsächlich vorschlagen, ließ mich voller Furcht erschaudern. »Laß uns den Garten anschauen«, sagte ich ablenkend. Die Rasenflächen hätten dringend gemäht werden müssen. Wir trafen auf Haine, Statuen, Lauben und schmale, durch Buschwerk führende Pfade.
Ich schlug vor: »Wir sollten zurückgehen. Wir kennen den Weg nicht genau. Wenn wir uns verspäten, und die kommen dahinter, daß wir nicht im Garten spazierengegangen sind –«
»Dann komm«, sagte Francine. »Laß uns an den Hütten vorbei zurückgehen.«
Wir kehrten im Eiltempo um, denn es war schon halb vier. Daisys Mutter war nicht mehr zu sehen, aber die Leine voll flatternder Wäsche bewies, daß sie ihre Arbeit beendet hatte.
Wir rannten den ganzen Weg zurück und waren pünktlich am

Teetisch. Und während wir der obligaten Danksagung lauschten, dachten wir beide an das nachmittägliche Abenteuer.

Am nächsten Morgen sahen wir Daisy wieder, als sie uns das heiße Wasser brachte. Wir erzählten ihr von unserer Begegnung mit ihrer Mutter, und sie lachte vergnügt.

»Die gute alte Ma«, sagte sie. »Hat die sich gefreut daß ihre Älteste jetzt ehrbar wird!«

»Und bist du nun ehrbar, Daisy?« fragte Francine.

»Oh, jedenfalls beinahe. Heute kommt übrigens die Schneiderin. Schade. Mir gefallen Ihre Kleider. Die sind richtig hübsch.«

»Tagsüber sieht man dich gar nicht«, sagte Francine.

»Da arbeite ich in der Küche.«

»Es war nett, deine Mutter kennenzulernen. Sie hat uns von Granter's Grange erzählt.«

»Ah, da wär' ich gern in Stellung.«

»Dort ist aber niemand.«

»Aber wenn, dann ist was los, kann ich Ihnen sagen, Bälle und Feste. Bei denen geht es hochfeudal her. Eine Menge Leute. Kommen aus dem Ausland. Das Ganze soll einem König gehören oder so was.«

»Einem Großherzog, hat deine Mutter gesagt.«

»Sie wird's schon wissen. Schätze, sie schwätzt mit den Dienstboten dort. Ausländer, die meisten, aber das ist Ma egal.«

Sie zwinkerte und ging hinaus, und wir kleideten uns schnell an, um rechtzeitig zum Frühstück zu kommen.

Es war fast genauso wie am Tag zuvor. Ich fürchtete, wenn wir uns erst einmal in den alltäglichen Trott eingewöhnt hätten, wäre sicher ein Tag wie der andere. Wir besuchten unsere Großmutter wieder. Tante Grace holte uns rechtzeitig bei ihr zur Andacht ab und eröffnete uns, daß wir den Rest des Vormittags damit verbringen würden, uns von Jenny Brakes schickliche Kleider anmessen zu lassen; die Gouvernante werde voraussichtlich noch in dieser Woche eintreffen, und Cousin Arthur werde uns Religionsunterricht erteilen. Außerdem hatte unser Großvater gesagt, wir sollten reiten lernen, weil das bei einer Dame von Stand zur Erziehung gehöre. Es sah so aus, als ob unsere Tage ziemlich ausgefüllt würden.

Wir überstanden den Gottesdienst in der Kapelle, und Francine eröffnete mir, daß sie Cousin Arthur von Herzen verabscheute, vor allem, weil er so tugendsam aussah und Großvater offensichtlich große Stücke auf ihn hielt. Die arme kleine Jenny Brakes war so bleich und so übereifrig bemüht, daß sie mir leid tat und ich so still stand, wie ich nur konnte, während sie mit einem Mundvoll Stecknadeln neben mir kniete und mir den dunkelblauen Serge anmaß, der mir außerordentlich mißfiel.

Francine erging es ebenso. »Wir werden so düster ausschauen wie Greystone Manor«, bemerkte sie. Sie irrte sich, denn sie konnte niemals düster aussehen, und der marineblaue Serge unserer Alltagskleider sowie der braune Popeline unserer guten Kleider unterstrichen durch den Kontrast nur noch ihre hellhäutige Schönheit und ihren Liebreiz. Mir standen sie nicht so gut. Ich verabscheute die Farben, die nicht zu meinem dunklen Teint paßten, aber ich war froh, daß die neuen Sachen Francines Aussehen keinen Abbruch taten.

Daß mit unserer Ankunft Veränderungen für den Haushalt einhergingen, war wohl jedem klar, außer vielleicht unserem Großvater. Er war dermaßen in seine eigene Wichtigkeit und Frömmigkeit vertieft, daß er vermutlich kaum etwas oder jemand anderes für bedeutsam hielt. Er ahnte wohl nicht, welche Vorfreude unsere Großmutter hatte, wenn sie unsere morgendliche Visite erwartete. Ich glaube, er stattete ihr täglich einen Pflichtbesuch ab, und ich konnte mir vorstellen, wie es dabei zuging.

Im Laufe der Woche war unsere Gouvernante eingetroffen. Miss Elton war Mitte Dreißig; ihr streng in der Mitte gescheiteltes braunes Haar war zu einem kleinen Nackenknoten frisiert. Werktags trug sie schlichte graue Kleider und sonntags ein dunkelblaues, welches dem Sabbat zu Ehren mit einem Spitzen-

kragen prunkte. Sie prüfte uns und befand, daß wir abgrundtief ungebildet wären, ausgenommen auf einem Gebiet: Sprachen. Sie selbst sprach leidlich Französisch, und ihr Deutsch war vorzüglich. Später erzählte sie uns, daß ihre Mutter Deutsche gewesen und sie mit beiden Sprachen, Deutsch und Englisch, aufgewachsen sei. Sie war über unsere Sprachkenntnisse erfreut und meinte, wir sollten uns anstrengen, sie zu vervollkommnen. Sprachen würden gewiß zu unseren Lieblingsfächern gehören. Miss Elton war Großvater gegenüber servil und zu Tante Grace von liebenswürdiger Höflichkeit.
»Unterwürfig«, bemerkte Francine abfällig.
»Aber verstehst du denn nicht?« erwiderte ich heftig. »Sie möchte die Stellung hier behalten. Sie hat Angst, sie zu verlieren. Also sei nett zu ihr und betrachte die Sache von ihrem Standpunkt.«
Francine sah mich nachdenklich an. »Weißt du, Philippa, Schwesterchen«, sagte sie, »du hast eine gewisse Klugheit und kannst dich besser als die meisten Leute in die Lage anderer versetzen. Das ist eine seltene Gabe.«
»Danke«, erwiderte ich erfreut. Ich erkannte, daß ihr an meinem Urteil mehr und mehr gelegen war. Ich war stiller als sie, und deshalb vielleicht aufmerksamer. Zuweilen dachte ich, das käme daher, weil ich mehr am Rande des Geschehens stand und eher Zuschauer denn Hauptdarsteller war. Francine mit ihrem auffallenden Aussehen und ihrer Persönlichkeit stand stets im Mittelpunkt aller Ereignisse. Solche Menschen sehen zuweilen nicht so klar wie diejenigen, die sich ein wenig abseits der Szene bewegen.
Sie machte sich also mein Urteil über die Gouvernante zu eigen, und statt sie zu necken, wie sie es sonst vielleicht getan hätte, wurde sie eine recht willige Schülerin. Nach den ersten Tagen, in denen wir uns noch fremd waren, verstanden wir uns leidlich mit Miss Elton, und die Unterrichtsstunden verliefen ganz erfreulich.
Unsere Reitstunden machten uns beiden Spaß. Sie wurden unter

Aufsicht des Kutschers abgehalten, der uns am Bahnhof abgeholt hatte. Meistens war auch sein Sohn Tom dabei, der als Stallknecht diente und etwa achtzehn oder neunzehn Jahre alt war. Er mußte die Pferde satteln und nach dem Unterricht abschirren. Auf der Koppel ritten wir stundenlag im Kreis, zuerst mit Leitzügeln, dann ohne. Ich war stolz, als Tom sagte: »Miss Philippa, Sie sind ein Naturtalent. Aus Ihnen wird mal 'ne prima Reiterin.«
»Und wie steht's mit mir?« fragte Francine.
»Ach, Sie werden's schon schaffen, Miss«, sagte er.
Ich war hingerissen, ich konnte nicht anders: Es war das erste Mal, daß ich Francine in etwas übertraf. Aber gleich darauf war ich schuldbewußt und schämte mich. Das wäre jedoch nicht nötig gewesen, denn Francine freute sich mit mir.
Eines Tages wurde sie in der Koppel abgeworfen. Ich war erschrocken, und als ich sie auf der Erde liegen sah, wurde mir bewußt, wieviel sie mir bedeutete. Mit einem Satz war ich vom Pferd gesprungen und zu ihr gelaufen, aber Tom war schon da. Francine zog eine Grimasse und stand zögernd auf. Sie war gerührt von meiner Ergriffenheit, die ich nicht verbergen konnte, doch sie tat so, als lachte sie darüber »So ergeht es einem, wenn man kein Naturtalent ist«, sagte sie.
»Francine, bist du unverletzt? Bist du sicher ...«
»Ich glaube schon.«
»Verletzt sind Sie nicht, Miss«, stellte Tom fest. »Aber Sie werden es morgen trotzdem spüren. Sie brauchen was zum Einreiben für die Prellungen. Das gibt 'n paar hübsche blaue Flecke. Keine Bange, die sind da, wo man sie nicht sehen kann. Ich schicke Daisy mit der Salbe rauf. Nur einmal auftragen. Ist'n scharfes Zeug, das könnte Ihnen sonst in Null Komma nichts die Haut abziehen.«
»Soll ich nicht lieber auf den Gaul steigen, der mich abgeworfen hat, und ihm zeigen, wer hier das Kommando hat?« Tom grinste. »Oh, der weiß schon, wer das ist, und das sind nicht Sie, noch

nicht, aber das wird schon. Ich an Ihrer Stelle würde mich hinlegen. Das ist das Beste. Morgen können Sie wieder reiten.«

»Ja«, sagte ich. »Ich gehe mit dir nach oben, und Daisy soll gleich die Salbe holen.«

Ich war noch immer um sie besorgt und führte sie in unser Zimmer.

»Mach nicht so ein ängstliches Gesicht, Pippa«, sagte sie. »Um mich umzubringen, braucht es schon mehr als diese elende alte Schindmähre.«

Ich schickte nach Daisy und trug ihr auf, die Salbe zu besorgen.

»Tom erwartet dich unten im Stall«, sagte ich.

»Ich weiß schon, wo Tom zu finden ist«, erwiderte sie und verschwand. Sie war alsbald mit der Salbe zurück, und wir trugen sie auf die bereits sichtbar werdenden blauen Flecken auf.

Ich bestand darauf, daß Francine sich hinlegte, obwohl sie behauptete, sich ganz wohl zu fühlen. Daisy kam herein und fragte, ob sie die Salbe wieder mitnehmen könne, und ich gab sie ihr.

Francine legte sich hin. Ich stellte mich ans Fenster und sah Daisy zum Stall laufen. Tom kam ihr entgegen. Einen Augenblick standen sie dicht beieinander. Sie reichte ihm die Salbe, er nahm sie und ergriff gleichzeitig Daisys Arm. Er zog sie zum Stall, und sie tat so, als wolle sie nicht mitgehen, aber sie lachte dabei. Ich dachte an die Bemerkung ihrer Mutter: »Sie hat's mit den Jungens.«

»Was siehst du da draußen?« fragte Francine.

Ich erwiderte: »Daisy und Tom. Sie scheinen irgendein Spielchen zu treiben.«

Francine lachte. Da kam Tante Grace herein. Sie war sehr besorgt. Aber mit gelegentlichem Pech müsse man eben rechnen, meinte sie, und hoffentlich sei es nichts Schlimmes.

Francine sagte schwach: »Tante Grace, ich fühle mich nicht

wohl genug, um heute abend zum Essen hinunterzukommen. Kann man mir etwas heraufschicken?«
»Selbstverständlich.«
»Und, Tante Grace, könnte Philippa auch hier oben essen? Falls ich …«
»Das läßt sich machen«, sagte Tante Grace. »Jetzt ruh dich aus. Und du, Philippa, bleibst bei deiner Schwester.«
»O gewiß, Tante Grace.«
Sie ließ uns allein. Als sie fort war, lachte Francine. »Denk nur. Wir versäumen eine von diesen gräßlichen Mahlzeiten. Das nennt man Glück im Unglück!«
Es war beinahe eine Stunde später, als ich Daisy wieder aus dem Stall kommen sah. Ich saß in der Fensternische und plauderte mit Francine. Daisys Haar war zerzaust, und sie knüpfte gerade ihre Bluse zu. Sie lief behende ins Haus.
Francine war doch stärker angegriffen, als wir anfangs dachten, und am nächsten Morgen hatte sie schlimme Schwellungen. Daisy schrie bei deren Anblick auf und sagte, sie wolle sogleich zu Tom gehen, der hätte vielleicht ein Mittel dagegen.
Die Schwellungen klangen jedoch innerhalb weniger Tage ab, und Francine konnte wieder reiten. Cousin Arthur bekundete seine Anteilnahme und ermahnte Francine, vor ihren Reitstunden zu beten, auf daß Gott auf ihre Sicherheit achte.
»Ach, ich nehme an, er ist viel zu beschäftigt, um sich darum zu kümmern«, sagte Francine schnippisch. »Das muß man sich mal vorstellen: Wenn ER über ein universales Problem nachdenkt, kommt ein Engel angelaufen und sagt: Es ist Zeit für Francine Ewells Reitstunde, und DU hast sie neulich stürzen lassen. Sollen wir einen Schutzengel schicken? Sie hat brav ihre Gebete aufgesagt!«
Es machte ihr Spaß, Cousin Arthur zu ärgern. Er war ihr ebenso zuwider wie unser Großvater, und zwischen Francine und dem alten Herrn machte sich zunehmende Feindseligkeit breit. Ich glaube, weil ich stiller und unauffälliger war, hielt man mich für

folgsamer. In Francine erkannte Großvater die Rebellin – gleich unserem Vater –, und er behielt sie im Auge. Er nahm wohl an, ich sei mehr wie Tante Grace. Ich nahm mir aber vor, nicht so zu werden.

Ich freute mich auf die Besuche bei unserer Großmutter. Ihr Gesicht hellte sich auf, wenn wir hereinkamen, und sie streckte die Hände aus und erforschte mit den Fingern unsere Gesichter. Agnes Warden hielt sich in der Nähe, während unsere Großmutter von früher erzählte, und das hörten wir natürlich gern. Wiewohl sie alt war und aus einer anderen Welt als wir, konnten wir ganz offen mit ihr sprechen. Sie fragte uns ständig nach der Insel aus und hatte wohl nach einer Woche ein genaues Bild von ihr. Francine, die immer frei heraus war und oftmals sprach, bevor sie sich ihre Worte überlegt hatte, fragte sie, wie sie nur unseren Großvater habe heiraten können.

»Das wurde so arrangiert«, sagte sie. »Das ist bei Leuten wie uns so üblich.«

»Unser Vater hat aber nicht getan, was sein Vater wollte«, hielt Francine ihr entgegen.

»Rebellen hat es immer gegeben, Liebchen, auch damals. Euer Vater war so einer. Seltsam … er war ein stiller Junge. Du erinnerst mich an ihn, Philippa. Er war zielbewußt; ich glaube, das wärst du auch, wenn es darauf ankäme. Ich war sehr jung, als ich euren Großvater heiratete. Ich war sechzehn, so alt wie du jetzt bist, Francine. Ich wirkte jedoch viel jünger und wußte noch nichts vom Leben.«

Schrecken spiegelte sich in Francines Zügen. Mit dem Großvater vermählt! Im gleichen Alter wie sie! Ich glaube, ein schlimmeres Schicksal konnte sie sich kaum vorstellen. Francine sagte nichts, aber es war erstaunlich, wie Großmutter Stimmungen spüren konnte. Sie versicherte sogleich: »Oh, damals war er ganz anders. Er ist nicht mehr derselbe, der er als junger Mann war.«

»Arme Großmutter«, sagte Francine und küßte ihr die Hand.

»Natürlich«, fuhr unsere Großmutter fort, »führte er von Anfang an im Haus ein eisernes Regiment. Er war mit der Heirat zufrieden, weil dadurch unsere Ländereien zusammengelegt wurden. Er hatte von jeher eine Leidenschaft für den Familienbesitz, und da der schon so lange den Ewells gehört, kann man das verstehen. Uns Granters betrachtete er gewissermaßen als Emporkömmlinge. Wir waren erst seit etwa hundert Jahren auf unserem Landsitz.«

»Das ist das Tudor-Haus.«

»Ja ... ja. Oh, das gab eine Aufregung deswegen. Mein Bruder weigerte sich, es eurem Großvater zu verkaufen, der es unbedingt haben wollte. Er konnte es nicht ertragen, daß es etwas gab in dieser Gegend, das nicht ihm gehörte. Wißt ihr, inzwischen besitzt er das ganze Anwesen der Granters, bis auf das Landhaus. Vieles davon habe ich als Mitgift bekommen, aber der größere Teil fiel an meinen Bruder. Der war jedoch nicht so ein geschickter Geschäftsmann wie euer Großvater; er hat das meiste verloren. Er behauptete, euer Großvater habe ihn betrogen. Das war natürlich nicht wahr; es gab Streit, und euer Großvater erwarb den größten Teil des Besitzes. Aber mein Bruder war fest entschlossen, ihm das Landhaus nicht zu überlassen. Er verkaufte es an einen Ausländer, jemanden von der Botschaft irgendeines weit entfernten Landes. Bruxenstein heißt es, glaube ich ... oder so ähnlich.«

»Das Haus hat mich fasziniert«, sagte Francine.

»Es bedeutet mir viel«, sagte unsere Großmutter. »Es war mein Elternhaus.«

Sie schwieg eine Weile, und ich wußte, daß Francine jetzt auch daran dachte, wie wir durch die Fenster gespäht und geglaubt hatten, ein Gespenst zu sehen.

»Es wird nicht häufig benutzt«, sagte meine Großmutter. »Agnes sagt, sie kommen nur von Zeit zu Zeit, dann gehen sie fort, und es ist wieder verlassen. Aber wenn sie da sind, ist *es* im Nu von Leben erfüllt. Eine komische Art haben die. Ich habe gehört, daß sie es ursprünglich für einen verbannten Adeligen gekauft haben, und nachdem er einen Monat oder zwei dort war, gab es in seinem Land einen Staatsstreich, und er konnte wieder zurück.«

»Dann hätten sie doch das Haus an Großvater verkaufen können«, meinte Francine.

»Nein, sie wollten es behalten. Vielleicht für einen anderen Verbannten. Ich glaube, in diesen kleinen deutschen Staaten ist ständig Aufruhr. Man hört, daß sie von Zeit zu Zeit ihre Regenten wechseln. Großherzöge ... oder Markgrafen, wie immer sie sich nennen. Es ist merkwürdig, sich diese Leute in meinem früheren Heim vorzustellen.«

»Romantisch«, fügte Francine hinzu, und meine Großmutter zauste ihr zärtlich das Haar.

Ich merkte, daß Francine sich noch mehr für dieses Landhaus interessierte seit sie erfahren hatte, daß es das Elternhaus unserer Großmutter gewesen war. Sie sagte, sie sei froh, daß die romantischen Prinzen, oder was immer sie waren, es gerettet hatten und daß Großvater einmal im Leben überlistet worden war.

Ein andermal erzählte uns die Großmutter von unserem Vater und Tante Grace. Sie blühte auf, wenn sie mit uns plauderte, und ihr Vergnügen an unserer Gesellschaft schien sie verjüngt zu haben. Fast konnte ich mir vorstellen, wie sie als Braut nach Greystone Manor gekommen war, ein junges Mädchen, das von der Ehe keine Ahnung hatte. Wir waren froh, daß wir in dieser Hinsicht nicht so unwissend waren. Die Inselbewohner waren ein leidenschaftliches Volk, und oft hatten wir junge Liebende in enger Umarmung am Strand liegen gesehen; wir wußten, daß es die Folge dieser Umarmungen war, wenn die Mädchen schwanger wurden, und es war mir klar, daß sie ihre Hochzeit vorweggenommen hatten. Ich wußte auch, was Mrs. Emms gemeint hatte, als sie sagte, Daisy habe es mit den Jungens, und

ich konnte mir denken, was sich abgespielt hatte, als sie mit Tom in dem Stall war.
Doch für unsere Großmutter muß der Eintritt in die Ehe ein schlimmer Schock gewesen sein, und ich vermochte mir unseren Großvater nicht als zärtlichen Liebhaber vorzustellen. »Er war damals ein leidenschaftlicher Mann«, sagte unsere Großmutter. »Er wünschte sich sehnlichst Kinder und war überglücklich, als euer Vater geboren wurde. Danach mußte er sich länger gedulden, weil Grace erst fünf Jahre später zur Welt kam. Euer Großvater war enttäuscht, weil es ein Mädchen war. Er hat sich aus ihr nie so viel gemacht wie aus Edward. Er glaubte, Edward würde sein zweites Ich. Derartige Pläne schlagen immer fehl. Und dann war da Charles Daventry.«
»Erzählen Sie uns von ihm«, drängte Francine.
Unsere Großmutter ließ sich nicht lange bitten. »Edward ging nach Oxford, und von da an lief alles verkehrt. Vorher hatte er sich für das Gut interessiert. Euer Großvater war ernst und streng, wie ihr euch denken könnt, aber es kam zwischen ihnen nie zu richtigen Reibereien, bis Edward nach Oxford ging. Dort lernte er Charles kennen. Charles war Bildhauer, und die beiden hatten vieles gemeinsam. Sie wurden gute Freunde. Edward brachte ihn in den Ferien mit nach Hause, und euer Großvater konnte ihn auf Anhieb nicht leiden. Er verabscheute Künstler aller Art. Er sagte, sie seien Träumer und seien weder sich selbst noch anderen von Nutzen.«
»Unser Vater war ein großer Künstler«, sagte Francine hitzig. »Er hätte berühmt werden können. Ich glaube, er wird es eines Tages ... er hat so wunderbare Sachen gemacht ... die sind in aller Welt verstreut. Eines Tages ...«
Jetzt war sie wieder ganz die Francine, die im Atelier die Kunden beeindruckte.
Unsere Großmutter tätschelte ihr die Hand. »Du hast ihn innig geliebt«, sagte sie. »Er war sehr liebenswert. Euer Großvater meinte, mit dem Behauen von Steinen könne man kein Geld

verdienen, doch solange es eine Liebhaberei bleibe, sei er bereit, sie zu dulden. Und dann war da noch Grace. Sie war scheu und in sich gekehrt ... aber hübsch war sie damals. Sie war wie ein Rehkitz: braune Augen, braunes Haar; sehr schönes Haar hatte sie damals. Sie gingen immer zu dritt auf den Kirchhof, weil sie sich alle für die steinernen Statuen auf den Gräbern interessierten. Charles Daventry ist ein Neffe des hiesigen Pfarrers, und durch diese Verbindung hatten die beiden jungen Männer sich kennengelernt. Merkwürdig, daß sie beide diesen Hang zur Bildhauerei hatten, aber ich vermute, deswegen sind sie so gute Freunde geworden.«

»Ich finde, die Menschen sollten in diesem Leben tun und lassen dürfen, was sie wollen«, sagte Francine wieder hitzig.

»Ach ja«, stimmte Großmutter zu, »und die einen starken Willen haben, tun es auch! Der Entschluß eures Vaters stand schließlich fest. Nie habe ich euren Großvater so erschüttert gesehen wie damals, als er erfuhr, daß Edward fort war. Er konnte es einfach nicht fassen. Ihr wißt, daß eure Mutter zum Nähen hierher kam.«

»Ja«, bestätigte Francine.

»Sie war ungemein hübsch, zierlich wie eine Fee, und euer Vater hat sie vom ersten Augenblick an geliebt.«

»Und bis zur Stunde seines Todes«, fügte ich leise hinzu.

Die Finger meiner Großmutter liebkosten mein Haar, und ich wußte, daß sie verstand, warum ich den Tränen nahe war.

»Sie gingen zusammen fort. Euer Vater hat euren Großvater nicht mehr gesehen, bevor er ging. Aber mir hat er es gesagt. Er meinte: ›Du wirst verstehen, Mutter, daß ich nicht mit Vater sprechen kann. Das ist seine Tragik. Man kann nicht mit ihm reden. Wenn er doch wenigstens manchmal zuhören würde ... Ich glaube, das hätte ihm viele Unannehmlichkeiten erspart.‹ Er litt, als Edward fort war, aber er wollte es nicht zugeben. Er hat gewütet und getobt und ihn enterbt. Ich glaube, er hoffte,

Edward würde einen Sohn bekommen, der eines Tages zu uns zurückkehren würde.«

»Und dann bekam er bloß zwei Töchter!« sagte Francine.

»Nun, da ich euch kenne, wünsche ich mir nichts anderes. Als euer Vater fort war, wandte euer Großvater sich Grace zu. Aber sie hatte sich in Charles Daventry verliebt, und der kam natürlich nicht in Frage.«

»Warum nicht?« erkundigte sich Francine.

»Euer Großvater meinte, er sei ihr nicht ebenbürtig. Er ließ sich hier nieder ... ich glaube, um in Graces Nähe zu sein. Er hat ein kleines Grundstück, das ans Pfarrhaus angrenzt, dort fertigt er seine Skulpturen an. Die Leute kaufen sie für Gräber, und unser Kirchhof ist wegen einiger dieser Figuren und Bildnisse berühmt. Es heißt, Charles sei sehr tüchtig, aber es ist ein armseliges Dasein. Glücklicherweise kann er bei seinem Onkel im Pfarrhaus wohnen. Er verrichtet auch gewisse Arbeiten in der Pfarrei. Er ist ein reizender Mensch ... aber auch ein Träumer. Er und Grace ... ach, das ist hoffnungslos. Er ist nicht in der Lage, um heiraten zu können, und euer Großvater will nie mehr etwas davon hören.«

»Arme Grace«, sagte ich.

»Arme Grace ... ja«, sagte auch unsere Großmutter. »Sie ist ein guter Mensch. Sie klagt nie, aber ich spüre ihre Traurigkeit ...«

»Schrecklich!« rief Francine aus. »Wie können Menschen es wagen, sich in das Leben anderer einzumischen!«

»Man braucht einen starken Willen, um sich gegen euren Großvater aufzulehnen, und Grace ist Schwierigkeiten stets aus dem Weg gegangen. Schon als kleines Mädchen hat sie sich immer versteckt, bis alles vorbei war. Euer Großvater wollte natürlich auch mit Grace nichts mehr zu tun haben, zeigte bald darauf Interesse am Sohn seines jüngeren Bruders: eurem Cousin Arthur.«

Francine schnitt angewidert eine Grimasse.

»Er hat sich um Arthur gekümmert, seit der Junge sechzehn

Jahre alt war. Arthurs Vater ist damals in Afrika umgekommen. Seine Mutter war ein paar Jahre vorher an Schwindsucht gestorben. Euer Großvater meinte, Arthur sei jung genug, um noch geformt werden zu können. Arthurs Vater hatte nicht viel hinterlassen, und euer Großvater übernahm die Erziehung des Jungen. Als Arthur den Wunsch äußerte, sich dem Dienst der Kirche zu widmen, hielt er ihn nicht zurück. Ihr wißt ja, euer Großvater ist ein sehr frommer Mann. Es gab keinen Grund, warum Arthur nicht in den geistlichen Stand eintreten sollte, auch wenn er als Erbe des Vermögens vorgesehen war. Ein wichtiger Gesichtspunkt für die Erbschaft ist sein Name. Er ist ein Ewell, und in den Augen eures Großvaters ist es sehr wichtig, daß der Name fortbesteht. Francine ... wie gefällt dir dein Cousin Arthur?«
»Wie er mir gefällt?« rief Francine aus. »Überhaupt nicht. Er gefällt mir in keiner Weise.«
Unsere Großmutter schwieg.
»Was ist Ihnen?« fragte ich.
Großmutter tastete nach Francines Hand. »Ich denke, ich sollte dich warnen«, sagte sie. »Dein Großvater hat Pläne. Sicher, Arthur ist dein Cousin zweiten Grades, aber Verwandte zweiten Grades können durchaus heiraten.«
»Heiraten!« rief Francine. »Cousin Arthur!«
»Weißt du, Liebes, das wäre eine saubere Lösung, und dein Großvater liebt saubere Lösungen. Du bist seine Enkelin, und deine Kinder würden zwar zur direkten Linie gehören, aber er will nicht, daß der Name Ewell ausstirbt. Wenn du Arthur heiraten würdest, würden eure Kinder auch Ewell heißen, und die Familie würde in direkter Linie weiterbestehen. Das wird zwar erst frühestens in einem Jahr zur Sprache kommen, aber Francine, Liebes, ich möchte nicht daß es ein Schock für dich wird, wenn es soweit ist.«
Wir schwiegen erschrocken. Ich wußte, daß Francine fort wollte, um über diese entsetzliche Aussicht zu reden.

Wir hatten es wieder und wieder durchgesprochen. Wir hatten erörtert, was wir tun sollten, wenn es je zu einem solchen Vorschlag kommen sollte. Francine meinte, dann müßten wir fortgehen. Aber wohin? Wir lagen im Bett und redeten. Vielleicht könnten wir auf die Insel zurückkehren. Aber was sollten wir dort tun? Wovon könnten wir leben? Wir müßten irgendwo arbeiten. Ob sie sich als Gouvernante durchschlagen könnte? fragte sich Francine. Und ich? Was sollte ich anfangen? »Du müßtest hier bleiben, bis du alt genug bist um auch fortzugehen.«

Aber dann hätten wir uns trennen müssen, und das durfte niemals geschehen.

Ein paar Tage hing dieser Schatten über uns, und Francines Abneigung gegen Cousin Arthur wuchs zusehends. Während des Religionsunterrichts war sie abweisend zu ihm. Ich war erstaunt, wie geduldig er das hinnahm. Ich konnte es mir nur so erklären, daß sie auf ihn dieselbe Wirkung ausübte wie auf viele andere Menschen. Auf seine sanfte und korrekte Art zeigte er sich von ihr angetan. Aber vielleicht war das auch nur so, weil er wußte, daß mein Großvater sie miteinander vermählen wollte.

Es war nicht Francines Art, längere Zeit deprimiert zu sein, und nach der Niedergeschlagenheit der ersten Tage erwachten ihre Lebensgeister wieder. Schließlich würde es doch noch lange nicht soweit sein. Sie war ja erst sechzehn. Sicher, unsere Großmutter hatte mit sechzehn geheiratet, aber Francine fand, es sei früh genug, sich dann Gedanken zu machen, wenn ihr der Vorschlag unterbreitet würde. Unterdessen wollte sie Cousin Arthur zu verstehen geben, daß sie nichts für ihn fühlte; vielleicht würde sein Stolz ihn dann abhalten, die Sache weiter zu verfolgen. Und je älter sie würde, desto einfacher würde sich eine Lösung finden lassen.

Nachdem wir von Tante Graces Romanze gehört hatten, trieb uns die Neugier zu dem Grundstück beim Pfarrhaus, und dort lernten wir Charles Daventry kennen. Er gefiel uns auf Anhieb,

weil er uns an unseren Vater erinnerte, und weil wir dessen Töchter waren, war er sehr angetan, uns zu sehen.
Er kochte gleich in seiner Werkstatt Tee auf einem alten Spirituskocher. Wir erzählten Charles von der Insel und wie wir dort gelebt hatten. Er zeigte uns einige seiner Werke. Ich bildete mir ein, daß die meisten Frauengestalten Tante Grace glichen.
Francine meinte später, er sei ein trauriger, stiller Mensch. »Ich ärgere mich über ihn. Die beiden verdienen ihr Schicksal, weil sie sich einfach vom Leben überrollen lassen ... es beutelt sie nach Lust und Laune, und sie tun nichts dagegen. Das ist doch keine Art zu leben! Wir werden nie so sein, Pippa. Unser Vater war auch nicht so, nicht wahr? Wir lassen unser Leben nicht von diesem alten Patriarchen bestimmen.«
Inzwischen war es Sommer geworden. Die Landschaft war herrlich, wenngleich auf andere Art als auf der Insel. Dort war das blaue Meer immer gleich gewesen und hatte sich nur verändert, wenn der Regen kam und der Schirokko blies. Hier dagegen schien sich alles fast täglich zu verändern. Es war wundervoll, die Bäume sprießen zu sehen und zu beobachten, wie sich an den Obstbäumen, den wilden Rosen und den Erdbeeren unter den Hecken die Knospen bildeten und als Blüten aufsprangen. Man sah die Fliegen über den Teichen tanzen und konnte den Vogelstimmen lauschen und versuchen, sie zu erkennen. Unter den Bäumen blühten erst die Glockenblumen und später der Fingerhut. Der schwere Duft von Geißblatt lag in der Luft, und die Dämmerung zog sich so lange hin, daß es schien, als würde das Tageslicht nur widerwillig gehen. Ich fand das alles herrlich, und mir war plötzlich, als sei dies meine Heimat. Es war ein merkwürdiges Gefühl, denn ich war doch auf der Insel geboren und hatte die meiste Zeit meines Lebens dort verbracht.
Ich lag gern allein im hohen Gras und lauschte den Grashüpfern und dem Summen der Bienen, die sich an den purpurfarbenen Buddlejas oder dem süßduftenden Lavendel labten. Dies ist der Friede, dachte ich, und hätte am liebsten die Zeit aufgehalten,

damit alles noch lange so bleibe. Wahrscheinlich spürte ich, daß etwas Drohendes in der Luft lag. Doch wir wurden ja älter. Bald würde unser Großvater Francine sagen, was er von ihr erwartete, und sie würde bestimmt niemals gehorchen. Was dann? Würde man uns fortjagen?
Ich dachte daran, was mein Vater zu mir gesagt hatte, als wir draußen vorm Atelier saßen und er mit jenem Heimweh über das Meer blickte, das alle, die im Exil leben, von Zeit zu Zeit haben. Er zitierte mein Lied. »Pippas Gesang«, sagte er, »von einem großen Dichter, der wußte, was Heimweh war.«

Das Jahr ist durchwebt
von Frühling und Glanz
Menschengewimmel
Auf tauigem Feld
Die Lerche entschwebt
Zum luftigen Tanz
Gott ist im Himmel
In Frieden die Welt!

Das spürte ich, als ich dort im Gras lag: »In Frieden die Welt.« Und in diesem Augenblick konnte ich die Wolken, die sich zusammenballten, vergessen.
»Die Wolken ziehen vorüber«, sagte mein Vater oft. »Manchmal bekommt man einen Regenguß ab. Aber dann scheint die Sonne wieder, und die Welt ist in Frieden.«
Wir kamen oft an Granter's Grange vorbei und versäumten selten, einen Blick hineinzuwerfen. Dann jammerte Francine jedesmal: »Ach lieber Großherzog, wann kommst du endlich, um die Szenerie zu beleben?« Ich versuchte ihr immer klarzumachen, daß es für uns doch egal war, ob die Leute kamen oder fortblieben, worauf sie meinte, es wäre doch nett, wenn man einen Blick von der vornehmen Pracht erhaschen könnte.
Wir besuchten Charles Daventry. Wir sahen ihm gern bei der Arbeit zu. Er freute sich jedesmal, wenn wir kamen, und erzählte

uns besonders gern von der Zeit, die er mit unserem Vater in Oxford verbracht hatte und von ihren großen Plänen, in London oder Paris ein gemeinsames Atelier zu haben und einen Salon, wo sich Künstler und Literaten trafen.

»Ihr seht, wie einem das Leben mitspielt«, sagte Charles. »Euer Vater landet in einem Atelier auf einer Insel, und ich hocke hier ... mehr oder weniger als Steinmetz. Was soll man machen?«

»Aber Sie haben es so gewollt«, hielt Francine ihm vor. »Wenn man es sich einrichtet, wie man will, muß man auch die Konsequenzen auf sich nehmen.«

»Oho, da haben wir es ja mit einer Philosophin zu tun«, sagte Charles.

»Ich finde, man muß im Leben mutig sein«, fuhr Francine fort. Sie war immer noch ungehalten über ihn, weil er hier allein lebte und Tante Grace in Greystone Manor, und keiner von beiden den Mut hatte, sich unserem Großvater zu widersetzen.

Francine sprang plötzlich auf und sagte, wir müßten gehen, und dabei stolperte sie über einen Steinblock. Sie richtete sich auf und versuchte zu stehen, aber es ging nicht. Sie wäre gestürzt, wenn ich sie nicht gehalten hätte.

»Ich kann nicht mehr auftreten«, sagte sie.

»Höchstwahrscheinlich verstaucht«, meinte Charles, indem er sich hinkniete und ihren Knöchel betastete.

»Ich muß aber zurück. Wie soll ich das schaffen?«

»Da gibt's nur eins.«

Charles hob sie auf und trug sie. Als wir zu Hause ankamen, gab es eine ungeheure Aufregung. Daisy kam herausgelaufen, und als sie sah, daß Francine getragen wurde, wurde ihr Mund vor Staunen zu einem runden »O«. Und als sie erkannte, von wem, wurde ihre Aufregung noch größer. Sie ging und holte Tante Grace, die zuerst rot und dann weiß wurde. Ich erfuhr erst später, daß Charles das Betreten des Hauses verboten und Tante Grace jegliche Verbindung mit ihm untersagt war. Mein Großvater hätte Charles am liebsten aus der Nachbarschaft verbannt, doch der Pfarrer widersetzte sich und weigerte sich, seinen Neffen unserem Großvater zuliebe fortzuschicken. Deshalb waren sie nicht gut aufeinander zu sprechen.

Tante Grace murmelte: »Charles!«

»Ihre Nichte hatte einen Unfall«, sagte er.

Ich war sicher, daß Francine das Schauspiel genoß, obwohl sie Schmerzen hatte. Charles erbot sich, sie ins Bett zu tragen und sodann den Doktor vorbeizuschicken.

Mit bleichem Gesicht, erfreut und gleichzeitig verängstigt, stammelte Tante Grace: »O ja … ja bitte, Charles … und vielen herzlichen Dank. Francine wird Ihnen gewiß sehr dankbar sein.«

Charles legte Francine aufs Bett, und Grace war sehr ungeduldig, ihn aus dem Haus zu bringen, während sie sich gleichzeitig wünschte, er möge dableiben.

Der Doktor kam und stellte eine schlimme Zerrung fest. Francine müsse ein paar Tage, möglicherweise eine ganze Woche, im Bett bleiben, und wir sollten heiße und kalte Umschläge machen. Ich blieb als Krankenschwester bei meiner Schwester, und Tante Grace schickte Daisy zum Helfen herauf.

Der Schmerz ließ innerhalb der nächsten Stunden beträchtlich nach; es tat Francine nur weh, wenn sie ihr Gewicht auf den Knöchel verlagerte, und da ihr der Doktor eben dies untersagt hatte, humpelte sie eben mit meiner oder Daisys Hilfe umher. Sie fühlte sich bald wieder ganz wohl und gratulierte sich, weil sie auf diese Art wieder einmal für eine Weile diesen endlosen Mahlzeiten, den Gebeten und der Gesellschaft des unausstehlichen Arthur entronnen war.

Es folgte die angenehmste Woche seit unserer Ankunft in Greystone Manor. Wir blieben in unserer kleinen Oase, wie Francine es nannte, und Daisy war ständig bei uns. Sie unterhielt uns mit dem Klatsch der Umgebung und zeigte uns, wie wir unsere Kleider enger machen konnten, um unsere Figur besser zur Geltung zu bringen.

»Nicht, daß Sie etwa schon eine hätten, Miss Pip«, sagte sie. So nannte sie mich, denn sie hatte die Angewohnheit, alle Namen abzukürzen, und wir fanden das lustig. »Aber das kommt noch«, fügte sie hinzu. »Und Sie, Miss France, nun, Sie haben eine Figur, wie sie unter Tausenden nur einmal vorkommt. Kurven an der richtigen Stelle, wie eine Sanduhr, und trotzdem so schlank. Es ist eine Sünde, Sie in diesen blauen Serge zu stekken. Einmal hab' ich in Granter's Grange ein paar von den feinen Damen gesehen. Die Kleider von denen haben richtig geglitzert. Es war bei einem Ball oder so was, und sie waren alle im Freien ... man konnte die Musik hören. Ich war mit einem von der Dienerschaft befreundet, der hieß Hans ... oder so ähnlich. Komischer Name für 'nen Mann, aber der Hans war ein prima Kerl. Hatte die Hände überall, wo sie nicht hingehörten, wenn Sie mich fragen ... aber vor Miss Pip sollte ich wohl lieber nicht von so was reden.«
»Meine Schwester weiß schon, was du meinst«, sagte Francine, und wir lachten alle.
»Also, ich hab' mich mit diesem Hans angefreundet. Er hat mich in die Küche mitgenommen und überall herumgeführt. Er hat mir auch Sachen mit nach Hause gegeben. Das war, bevor ich hierher kam. Wir hofften, ich könnte in Granter's Grange unterkommen, und das hätte auch geklappt, wenn sie dageblieben wären. Kann ich Sie nicht 'mal kämmen, Miss France? Ich hab' mir schon immer gewünscht, diese Haare mal in die Finger zu kriegen. Das nenn' ich richtig schönes Haar.«
Francine lachte gutgelaunt und ließ sich von Daisy frisieren, die erstaunlich geschickt war.
»Dazu hab' ich wirklich Talent. Eines Tages werde ich sicher Zofe bei einer feinen Dame. Vielleicht, wenn Sie heiraten, was, Miss France?«
Durch die Erinnerung an Francines Heirat wurde unsere Stimmung getrübt.
»Oh, es ist dieser Mister Arthur, nicht wahr?« sagte Daisy. »Er

sieht aus wie ’n kalter Fisch, aber bei Männern kann man nie wissen. Nicht gerade Ihr Typ ... mein Fall wär er auch nicht. Nicht, daß er mir Augen machen würde, jedenfalls sicher nicht mit Heiratsgedanken. Aber Absichten haben die manchmal ... ’n flottes Späßchen und weiter nichts, und am nächsten Tag guckt er dich an, als hätte er dich noch nie gesehen. Die Sorte kenn’ ich. Aber Mister Arthur ist sicher nicht so einer.«

Tante Grace kam herauf, um nach uns zu sehen. Daß Charles Daventry im Haus gewesen war, hatte sie sehr beeindruckt und verändert. Ihre Augen hatten nun einen lebhaften Blick. War es ein Blick der Hoffnung?

Francine war stolz darauf, dazu beigetragen zu haben, daß die beiden einander wieder näherkamen. Sie sagte: »Jetzt müssen wir aufpassen, wie es weitergeht.«

Wie genossen wir in jenen Tagen die Freiheit! Es war aufregend, die Geheimnisse und den Zauber des alten Hauses gleichsam zu spüren und lachend die bevorstehende Bedrohung zu vergessen. Was für ein Vergnügen! Wir beide lebten in den Tag hinein und Daisy erst recht.

Tante Grace holte uns in die Wirklichkeit zurück. Sie besuchte uns jeden Nachmittag immer zur gleichen Zeit und brachte Grüße von Cousin Arthur. Daisy meinte, er würde es wohl für unschicklich halten, das Schlafzimmer einer Dame zu betreten, solange er nicht mit ihr verheiratet sei. Es war jedesmal sehr ernüchternd, wenn im Zusammenhang mit Cousin Arthur von Heirat geredet wurde.

Tante Grace war so sanft, daß ich vermutete, sie habe sicher Charles besucht. Sie sah Francine voller Mitgefühl mit ihren Rehaugen an. »Dein Großvater freut sich zu hören, daß es dir besser geht. Er fragt immer nach deinem Befinden.«

»Ich bin ihm sehr dankbar«, sagte Francine mit einem Anflug von Ironie. »Das ist sehr liebenswürdig von ihm.«

Tante Grace zögerte. »Er wird dir etwas zu sagen haben, wenn du hinunterkommst.«

Sie sah Francine nachdenklich an. Ich war bedrückt, denn ich wußte, was unser Großvater zu sagen hatte. Francine würde bald Geburtstag haben, und mit siebzehn war man reif genug … jedenfalls reif genug zum Heiraten.

Was sollten wir tun?

Tante Graces Bemühungen, uns diese Aussicht schmackhaft zu machen, scheiterten kläglich. Sie wußte ja, welche Leiden einen erwarteten, wenn unser Großvater nun über unser Leben bestimmen wollte.

»Ich tu's nicht«, sagte Francine mit Nachdruck, als Tante Grace gegangen war. »Nichts kann mich dazu bewegen. Wir müssen uns jetzt unbedingt einen Ausweg überlegen.«

Die Sache bedrückte uns immer noch sehr, als Daisy am nächsten Tag in großer Aufregung hereinkam.

»Ich stand mit Jenny Brakes unten bei der Hütte am Zaun, und da hab' ich gesehen, wie sie angekommen sind …«

Jenny Brakes wohnte in der Hütte neben Emms'; in den anderen waren die Wohnungen der Gärtner, die im Gutshaus arbeiteten.

»Sie können sich ja denken, daß ich Augen und Ohren aufgesperrt hab'. Sie sind vom Bahnhof gekommen, genau wie letztes Mal. Ich hab' Ma rausgerufen, und wir standen da und haben geguckt. Sie sind alle reingegangen. 'n Teil von der Dienerschaft … und es kommen immer mehr. Alles bereit für die Verwandlungsszene, sozusagen. Jetzt gibt's 'n bißchen Jux. Jubel und Trubel in Granter's Grange.«

Wir vergaßen, was unser Großvater Francine sagen wollte, wenn sie hinunterkäme. Wir redeten aufgeregt mit Daisy, und sie beschrieb uns, wie es sonst immer gewesen war, wenn diese Ausländer nach Granter's Grange gekommen waren.

Die Fremden in Granter's Grange

Von diesem Zeitpunkt an wurde manches anders. Francine konnte nicht mehr in der Zurückgezogenheit unseres Zimmers Zuflucht suchen, sondern mußte zu den Mahlzeiten erscheinen. Als unser Großvater sie begrüßte, hatte er einen schwachen Schimmer von Wärme in den Augen. Cousin Arthur war zwar zurückhaltend, aber doch sichtlich froh, sie zu sehen. Tante Grace sah noch immer so versonnen drein, wie seit dem Tag, an dem Charles Daventry Francine in die Halle getragen hatte, und ich bemerkte, daß sie einen besonders hübschen Spitzenkragen auf ihrem Kleid trug.

Die Spannung nahm zu; am stärksten drückte sie sich bei unserem Großvater aus, der sich beinahe milde gab. Zu Francine war er so liebenswürdig wie möglich. Einmal kam er zu ihr in den Garten, und hinterher erzählte sie mir, daß er die ganze Zeit über die Ländereien gesprochen habe, wie ausgedehnt und einträglich sie seien, und daß sie den Ewells seit Jahrhunderten gehörten. Eines Morgens forderte er sie auf, mit ihm einige Pächter aufzusuchen. Sie fuhren in Begleitung von Cousin Arthur in der Kutsche davon. Unterwegs tranken sie Wein bei Mr. Anderson, dem Verwalter, der, wie Francine sagte, auffallend höflich zu ihr war. »Mit einem Wort«, stellte sie fest »die Situation wird von Tag zu Tag eindeutiger. Bald wird man mir den Willen seiner Hoheit eröffnen. Was soll ich nur tun, Pippa?«

Mir fiel auch nichts ein, obwohl wir endlos über die Angelegenheit geredet hatten. Francine war überzeugt daß es nur eines gab, nämlich davonzulaufen. Das war leicht gesagt, doch das Problem war: wohin?

Auch unsere Großmutter spürte die wachsende Spannung, sie schien ihr bewußter zu sein als den Sehenden. »Es wird sich schon etwas finden, Liebes«, sagte sie. »Verlaß dich drauf.«

Eines Tages platzte Daisy in unser Zimmer. Sie benahm sich uns gegenüber nicht mehr wie ein Dienstmädchen, sondern wir waren wie Verschwörer. Daisy machte kaum Unterschiede zwischen den Menschen; sie war immer impulsiv, leidenschaftlich und gutmütig. Außerdem war sie einfallsreich. Sie hatte ständig Querelen mit Mrs. Greaves, der Wirtschafterin, und wenn man ihr mit Entlassung drohte, war sie keineswegs niedergeschlagen.

»Es kommt, wie's kommen muß«, sagte sie mit Nachdruck. »Und es wird sich immer etwas finden«, fügte sie hinzu. Das hatte unsere Großmutter auch gemeint. Daisy hatte eine Menge kluger Sprichwörter parat, die alle optimistisch waren: »Abwarten und Tee trinken. Es gibt immer einen Weg. Der liebe Gott läßt Sie nicht im Stich.« Einmal wies ich sie darauf hin, daß sie aber den lieben Gott immer nur erwähnte, wenn es darum ging, daß er die Sünder nicht im Stich ließ.

»Das wird ihn nicht stören«, erwiderte sie. »Er wird sagen, es ist ja nur diese Daise.«

Sie war sehr aufgeregt. »Hans ist wieder da«, verkündete sie.

»Hans mit den umherschweifenden Händen?« erkundigte sich Francine.

»O ja … und er ist schlimmer denn je, wenn Sie mich fragen. Ist der froh, daß er mich wiedersieht!«

»Das wird Tom aber gar nicht gefallen«, meinte ich.

»Ach, Tom braucht sich nicht zu beklagen, das verspreche ich Ihnen.«

»Versprich es lieber Tom statt uns«, scherzte Francine, und wir lachten alle. Wir waren froh, wieder für eine Weile den drohenden Schatten vergessen zu können.

»Hans sagt, in Granter's Grange tut sich was. Dieser Baron ist im Anmarsch. Das ist ein bedeutender Mann. Er stammt aus einer Familie, deren Zweige verschiedene Interessen haben.«
»Wovon sprichst du eigentlich, Daisy?« wollte Francine wissen.
»Na ja, der Hans hat ein bißchen darüber geredet.«
»Laß dich ja nicht in deutsche Politik verwickeln, Daisy«, warnte Francine mit gespieltem Ernst. »Die ist sehr kompliziert, wie ich höre.«
»Hans will uns das Haus zeigen. Ich hab' ihm erzählt, daß Sie es gern sehen möchten. Das muß aber bald sein, bevor die anderen kommen. Das kann jeden Tag sein.«
»Wie gut, daß wir unsere Spione haben«, sagte Francine.
»Auf die können Sie sich verlassen«, konterte Daisy.
Ein paar Tage später sagte sie uns, daß es soweit sei und wir am Nachmittag hingehen könnten, denn die Herrschaften würden am nächsten Tag erwartet. Den ganzen Vormittag aber waren wir ziemlich aufgeregt, und ich weiß nicht, wie wir unseren Unterricht durchstanden, ohne Miss Elton merken zu lassen, daß etwas in der Luft lag. Wir mußten uns leise davonstehlen und trafen uns wie verabredet mit Daisy bei der Hütte ihrer Mutter.
»Wir müssen um die Stallungen herumgehen«, erklärte Daisy. »Hans sagt, um diese Zeit machen die meisten Dienstboten ein Nickerchen. Stellen Sie sich so was mal vor.« Sie schnalzte mit der Zunge. »Ausländer!« fügte sie hinzu.
»Das gibt's bei uns auch«, sagte Francine, die es sich nie verkneifen konnte, etwas richtigzustellen.
»Ja, aber bei denen ist es gang und gäbe. Hans sagt, die Luft ist rein. Und selbst wenn ein paar auf den Beinen sind, das macht gar nichts. Die wissen, wer Sie sind, und sind ganz gespannt auf Sie. Hans sagt, wenn diese Francine schön ist ... Als ich ihm sagte, daß Sie das Haus sehen möchten, hat er eine Kußhand in die Luft geworfen, als ob's Ihnen gegolten hätte. Das ist mir einer! Wollen wir jetzt gehen?«

Daisy liebte es genauso wie Francine, jede Situation ein bißchen zu dramatisieren; und ich fand, Daisys Lebenseinstellung sei genau das, was Francine in dieser Zeit nötig hatte, und deshalb war ich ihr dankbar.
Als wir zu den Stallungen von Granter's Grange kamen, wartete Hans auf uns. Er machte eine tiefe Verbeugung, und an der Art, wie er Francine ansah, konnte man sehen, daß er sie bewunderte. Er war erfreut, als sie ihn auf deutsch ansprach.
Er hatte sehr blondes, fast weißes Haar, und seine Augen verblüfften mich, weil seine Brauen und Wimpern so hell waren, daß man sie kaum sehen konnte. Außerdem hatte er eine frische Haut, gesunde Zähne und ein fröhliches Lächeln.
»Der Baron ist hierher unterwegs«, sagte er auf deutsch. »Er ist eine sehr bedeutende Persönlichkeit.«
Daisy verlangte, daß ihr das übersetzt würde, und Francine erkundigte sich, wie lange der Baron bleiben würde.
Hans zuckte mit den Schultern und sagte: »Das steht noch nicht fest. Es kommt darauf an ...« Er sprach Englisch mit starkem ausländischem Akzent. »Wir sind nicht sicher. Bei uns gab es einen ...«
»Doch nicht schon wieder so'n Streich?« meinte Daisy.
»Oh ... einen Staatsstreich ... ja doch, so könnte man es nennen.«
»Die gibt's nämlich dort dauernd«, erklärte Daisy, die sich in ihrer Rolle gefiel.
»Kommen Sie«, sagte Hans und ging voran. Wir folgten ihm durch einen Nebeneingang, über einen dunklen Flur in eine große Küche mit Fliesenboden. An zwei Seiten standen Bänke und darunter waren Körbe voller Gemüse und verschiedener anderer Eßwaren, die wir alle nicht kannten. Auf einem Stuhl saß ein dicker Mann und schlief.
Hans legte einen Finger an die Lippen, und wir schlichen auf Zehenspitzen durch die Küche.
Wir kamen in eine hübsch getäfelte Halle. Auf der einen Seite

war ein riesiger Kamin und rechts und links davon Sitzgelegenheiten, deren erlesener Leinenbezug mir auffiel. Inmitten der Halle stand ein massiver Eichentisch, darauf ein Kandelaber. Etliche Holzstühle standen vor den Wänden, an welchen Waffen hingen, die unsere Vorfahren benutzt haben mußten, da dies ja das Elternhaus meiner Großmutter und offenkundig mit dem Inventar verkauft worden war. »Die große Halle«, verkündete Hans.

»Ein hübsches altes Haus«, bemerkte Francine. »Ganz anders als Greystone Manor. Spürst du's, Pippa? Hier herrscht nicht diese gedrückte Stimmung.«

»Das machen unsere dunklen Möbel«, sagte ich.

»Das macht unser Großvater«, ergänzte Francine.

»Dort ist das Treppenhaus«, fuhr Hans fort. »Nach unten geht's zur Kapelle. Die wird von uns nicht benutzt. Gehen wir also nach oben. Hier ist das Speisezimmer.«

Es war ein schöner Raum mit drei hohen bleigefaßten Fenstern. Auf dem großen Tisch stand ein Kandelaber ähnlich dem in der Halle; an den Wänden hingen Tapisserien in Blau und Beige, die zu den Stoffbezügen der Stühle paßten.

»Schön«, hauchte Francine.

»Ich kann verstehen, daß unser Großvater es kaufen wollte«, murmelte ich.

»Ich bin froh, daß er's nicht bekommen hat«, sagte Francine impulsiv. »Er hätte es so düster gemacht wie Greystone. Dabei ist es ein so schönes Haus. Spürst du was, Pippa? So etwas Gewisses in der Luft?«

Die liebe Francine, sie war wirklich sehr besorgt. Sie meinte, daß irgendein Wunder geschehen müsse und wurde allmählich so deprimiert, daß sie es an den unmöglichsten Stellen suchte.

Wir stiegen noch ein paar Treppen hinauf. »Hier sitzen sie beim Wein.«

»Und die Damen ziehen sich sicher hierher zurück«, sagte

Francine, »wenn sie nach dem Dinner die Herren beim Portwein alleinlassen.«
Ein paar Stufen führten durch einen Bogengang, und wir kamen in einen Korridor, den wir entlanggingen. Als wir an einigen Türen vorbeikamen, ermahnte uns Hans mit erhobenem Finger, still zu sein. Daisy kicherte leise, und ich hätte es ihr am liebsten gleichgetan. Die Tatsache, daß wir hier unbefugt eingedrungen waren, konnte die Aufregung nur noch steigern. Ich brannte darauf, meiner Großmutter zu erzählen, daß wir ihr Elternhaus besichtigt hatten.
Wir stiegen zum Sonnenzimmer hinauf, das demjenigen in Greystone glich. Auf jeder Seite waren Fenster, und meine Phantasie bevölkerte den Raum mit prächtig gekleideten Damen und Herren, die sich erregt über die Vorgänge in ihrer Heimat unterhielten. In einer Wand war ein Loch. Es war so versteckt in den Stein eingelassen, daß es mir gar nicht aufgefallen wäre, wenn Hans uns nicht darauf hingewiesen hätte.
»Durch dieses Loch kann man in die Halle hinuntersehen«, erklärte er. »Auf der anderen Seite ist auch eins. Von dort sieht man in die Kapelle. Gute Idee. Man kann sehen, wer kommt ...«
»Faszinierend!« rief Francine. »Erinnerst du dich, unsere Großmutter hat uns von den Gucklöchern erzählt. Sie sagte, manchmal seien sie nicht zur Andacht in die Kapelle hinuntergegangen, sondern hätten vom Sonnenzimmer aus zugeschaut.«
Hans war plötzlich ganz wachsam. Er stand unbeweglich, hatte den Kopf auf die Seite geneigt, und langsam wich die Farbe aus seinem Gesicht.
»Was ist?« fragte Daisy.
»Ich höre Kutschenräder. O nein, nein. Das muß ...«
Er lief geschwind ans Fenster, und dann griff er sich an den Kopf, als wolle er sich die Haare raufen.
»Oh, was machen wir nun? Sie sind da! Viel zu früh! Sie sollten erst morgen kommen. Was soll ich mit Ihnen anstellen?«
»Mach dir um uns keine Sorgen«, sagte Daisy.

»Ich muß gehen«, rief Hans verzweifelt. »Ich muß hinunter. Das ganze Personal versammelt sich. Da muß ich dabei sein.«
»Was sollen wir tun?« fragte Francine.
»Sie bleiben hier ... Sie verstecken sich ...« Er sah sich um. »Verstecken Sie sich hinter den Vorhängen, wenn jemand kommt. Ich bringe Sie raus, sobald ich kann. Ich befreie Sie. Aber jetzt muß ich gehen.«
»Geh nur«, sagte Daisy beschwichtigend. »Wir kommen schon zurecht. Überlaß das nur uns.«
Hans nickte und stolperte aus dem Zimmer.
Daisy schüttelte sich vor Lachen. »Das ist ja 'ne schöne Bescherung!«
»Was werden die nur von uns denken?« sagte Francine. »Wir sind unbefugt hier eingedrungen. Wir hätten nicht herkommen sollen.«
»Hat keinen Sinn, über verschüttete Milch zu jammern, Miss France. Es nützt nichts, die Stalltür zu versperren, wenn das Pferd geklaut ist. Hans schafft uns hier raus. Der ist schlau, der Hans.«
Das vordem so stille Haus belebte sich nun mit dem Trubel, den die Ankunft hoher Herrschaften immer mit sich bringt. Daisy schlich auf Zehenspitzen zum Guckloch und winkte uns heran. Die Halle war voller Menschen. Der dicke Koch, den wir in der Küche hatten schlummern sehen, trug nun einen blendend weißen Kittel, eine hohe weiße Mütze und Handschuhe. Er stand als erster in einer Reihe, und ihm gegenüber stand eine Frau mit sehr stolzem Gehabe in einem glänzenden schwarzen Mieder.
Die Tür ging auf, und ein prächtig gekleideter Mann kam herein und rief etwas. Dann traten die Herrschaften ein. Zuerst ein Mann und eine Frau, und die Dienstboten, die sich in zwei Reihen aufgestellt hatten, verbeugten sich so tief, daß ich dachte, sie würden mit den Köpfen zusammenstoßen. Alle, denen so gehuldigt wurde, trugen Reisekleidung; unter ihnen befand sich

ein großer junger Mann mit sehr blondem Haar. Es kamen immer mehr, insgesamt etwa zwanzig, darunter auch ein Mädchen und ein Knabe.
Die Dienstboten stoben nun in alle Richtungen davon, während die Ankömmlinge auf die Treppe zusteuerten.
»Jetzt heißt es, auf der Hut sein«, sagte Daisy. »Wir verstecken uns am besten hinter den Vorhängen. Hans weiß schon, wo er uns finden kann, wenn er kommt.«
»Hierher werden sie nicht kommen«, sagte ich. »Sie gehen bestimmt in ihre Zimmer, um sich zu erfrischen.«
»Wer weiß«, meinte Francine. »Los, verstecken wir uns.«
Auf der Treppe waren hastige Schritte und Stimmengewirr zu vernehmen. Wir hatten uns gerade noch rechtzeitig versteckt, als die Tür zum Sonnenzimmer aufging. Mein Herz klopfte wild, als ich mir unsere Entdeckung ausmalte. Ich stellte mir vor, wie man uns nach Greystone schickte und sich bei unserem Großvater über uns beschwerte. Mir war klar, daß uns das in arge Schwierigkeiten bringen würde.
Ein Mädchen trat herein. Sie schien ungefähr in meinem Alter zu sein. Sie war klein; ihre blonden Haare waren zu zwei ordentlichen Zöpfen geflochten, die ihr bis zur Taille reichten. Ihre Haut war sehr blaß, und die hellblauen Augen standen eng beieinander. Sie blieb einen Moment stehen und sah sich um, während wir den Atem anhielten und hofften, auch richtig versteckt zu sein. Sie ging auf Zehenspitzen weiter und blieb abermals stehen, als ob sie lauschte. »Wer ist da?« fragte sie auf deutsch.
Mir war übel vor Scham und Schrecken. Und dann sagte das Mädchen mit starkem Akzent: »Wer hat sich da versteckt? Ich weiß, daß Sie da sind. Ich sehe einen Fuß unter dem Vorhang.«
Francine trat hervor. Sie wußte, daß unsere Entdeckung ohnehin nicht mehr zu vermeiden war.
»Wer sind Sie?« fragte das Mädchen.

»Ich bin Francine Ewell von Greystone Manor«, antwortete Francine.
»Sind Sie hier zu Besuch?«
»Ja«, erwiderte Francine.
»Ist sonst noch jemand da?«
Darauf kamen Daisy und ich heraus. Das Mädchen sah mich an, vielleicht weil wir etwa gleichaltrig waren.
»Bist du hier zu Besuch?« fragte sie mich.
Ich fand, es sei das beste, die Wahrheit zu sagen. »Man hat uns das Haus gezeigt«, erklärte ich. »Es hat uns interessiert, weil es das Elternhaus unserer Großmutter war.«
»Ihr kennt meinen Vater ... meine Mutter ...«
»Nein«, sagte ich.
Francine mischte sich ein. »Sicher werden wir sie kennenlernen, wenn sie lange genug hierbleiben. Wir sind von Greystone Manor. Wir sollten jetzt wohl lieber gehen.«
»Wartet«, sagte das Mädchen. Sie lief zur Tür und rief: »Mutti!«
Eine Frau kam herein. Sie war sehr stattlich und blickte uns erstaunt an. Jetzt saßen wir wirklich in der Falle.
Francine trat vor und sagte sehr würdevoll und in fehlerfreiem Deutsch: »Sie müssen uns vergeben. Wir haben uns einer Indiskretion schuldig gemacht. Wir wollten unbedingt das Haus sehen, weil es einst das Elternhaus unserer Großmutter war und sie so oft davon spricht. Wir wußten nicht, daß Sie kommen würden, und wir dachten, heute wäre eine gute Gelegenheit, es zu besichtigen ...« Sie brach ab. Die Entschuldigung war allzu fadenscheinig, und die Frau sah Francine sehr verwundert an.
»Wie heißen Sie?« fragte sie.
»Francine Ewell. Ich wohne bei meinem Großvater in Greystone Manor. Das ist meine Schwester Philippa und das unser Dienstmädchen Daisy.«
Die Frau nickte. Dann lächelte sie schwach. Sie sah Francine noch immer an, die mit den durch das Abenteuer geröteten Wangen und leuchtenden Augen besonders reizend aussah.

Die Frau sagte: »Wir sind soeben angekommen. Wie nett, daß Sie uns besuchen. Sie müssen ein Glas Wein mit mir trinken.«
Daisy war einen Schritt zurückgetreten. Ich glaube, sie war sprachlos vor Bewunderung, mit welchem Geschick uns Francine aus einer heiklen Situation gerettet hatte.
»Kommt mit mir«, sagte die Frau. »Und du ... du bist ...?«
»Daisy«, sagte Daisy, ausnahmsweise eingeschüchtert. »Ich schicke ...«
In diesem Augenblick kam Hans. Er war sehr nervös, und als er sah, wer da war, machte er ein Gesicht, als wüßte er nicht, ob er kehrtmachen und davonlaufen oder irgendwelche Erklärungsversuche machen sollte.
»Wir haben Gäste, Hans«, sagte die Frau auf deutsch. Francine und ich verstanden jedes Wort. »Nimm Daisy mit in die Küche und biete ihr etwas Wein an, und schicke auch noch welchen in die Weinstube.«
Hans blickte verwundert drein. Daisy ging zu ihm, und ich war sicher, daß sie ihm zuzwinkerte, obgleich ich ihr Gesicht nicht sehen konnte. Sie entfernten sich, und Francine und ich folgten der Frau in das kleinere Zimmer, durch das wir kurz zuvor gegangen waren.
»Bitte nehmen Sie Platz«, forderte uns unsere Gastgeberin auf. »Nun erzählen Sie. Sie sind von Greystone Manor. Das ist das große Haus dort drüben. Es ist größer als das hier. Unseres ist nur ein bescheidenes Landhaus dagegen, hm? Es ist nett, daß Sie uns besuchen.«
Francine meinte, einen Besuch könne man das kaum nennen. Eher sei es schon eine rechte Unverschämtheit.
»Unverschämtheit?« rief die Frau. »Was soll daran unverschämt sein? Wahrscheinlich ist es eine englische Sitte.«
Francine lachte auf ihre ansteckende Art, und bald stimmte unsere Gastgeberin ein.
»Wissen Sie«, erklärte Francine, »wir waren sehr neugierig.«

Die Frau hörte aufmerksam zu. Dann wurde der Wein gebracht, und gleichzeitig erschien das Mädchen, das uns entdeckt hatte. »Tatjana, was willst du?« fragte die Frau.
Das Mädchen sagte auf deutsch, daß sie die Gäste sehen möchte, und die Frau, die wir für ihre Mutter hielten, schalt sie. »Es ist unhöflich, nicht in der Sprache unserer Gäste zu reden. Du hast doch Englisch gelernt. Also sprich es auch.«
Francine sagte: »Wir sprechen ein wenig Deutsch. Wir haben es gelernt, als wir noch bei unseren Eltern waren. Und jetzt haben wir eine Gouvernante, die eine deutsche Mutter hatte und die Sprache mit uns spricht.«
»Ah, sehr gut. Mit den Sprachschwierigkeiten ist das so eine Sache. Man hat mir gesagt, dieses Zimmer war früher die Punschstube. Ich habe gefragt, was Punsch ist, und man sagte mir, es sei ein Getränk. ›Also,‹ habe ich gesagt, ›dann soll es von nun an unsere Weinstube sein.‹«
Tatjana setzte sich und beobachtete uns aufmerksam. Während der Unterhaltung erzählte uns unsere Gastgeberin, daß ihre Mutter Russin sei und sie ihre Tochter nach ihr genannt habe, und wir erfuhren, daß sie die Gräfin Bindorf war. Sie meinte, sie werde mit dem Grafen und ihrer Familie sicher eine Weile hierbleiben.
Es wurde eine ganz ungewöhnliche halbe Stunde. Wir wurden von der Gräfin Bindorf bewirtet, tranken Wein, den man eigens für uns hatte kommen lassen, und wurden wie Ehrengäste behandelt statt wie Eindringlinge. Sie erkundigte sich eingehend nach uns, und wir erzählten ihr, wie wir nach dem Tod unserer Eltern zu den Großeltern nach Greystone Manor gekommen waren. Tatjana fragte mich manchmal etwas, und da Francine sich ganz zwanglos mit der Gräfin unterhielt, sah ich keinen Grund, warum ich nicht ebenso frei mit Tatjana plaudern sollte.
Schließlich meinte Francine, wir müßten gehen, und die Gräfin bat uns, sie doch wieder zu besuchen. Ich sah, daß Francine sie

gern nach Greystone Manor eingeladen hätte, aber sie tat es nicht, weil sie wohl rechtzeitig gemerkt hatte, daß dies eine Torheit gewesen wäre.
Wir wurden zur Tür begleitet, wo Daisy sich wieder zu uns gesellte. Wir waren so aufgeregt und immer noch ganz verblüfft, und redeten auf dem Heimweg alle durcheinander. Daisy sagte, Hans habe sich sehr gewundert, wie sich alles gewendet habe, und er sei uns dankbar, weil wir ihn herausgehalten hatten.
Francine fand die Gräfin reizend. Der Gedanke, daß sie diese beinahe nach Greystone Manor eingeladen hätte, erschreckte sie noch immer.
»Da merkt man erst«, sagte sie, »was für ein zurückgezogenes Leben wir führen. Soll das denn ewig so weitergehen?« Ich sah an dem Leuchten ihrer Augen, daß sie entschlossen war, es nicht dabei zu belassen.

In dieser Nacht schliefen wir lange nicht ein. Wir lagen wach und sprachen über unser Abenteuer, und Francine meinte, wir sollten erst eine Woche verstreichen lassen und dann wieder einen Besuch machen.
Daisy war sehr aufgeregt. Sie verstand sich wieder sehr gut mit Hans, und der Stallbursche Tom war furchtbar eifersüchtig. Daisy genoß *es, so* begehrt zu sein.
Es waren noch zwei Wochen bis zu Francines siebzehntem Geburtstag, und als wir am Abend nach unserem Abenteuer beim Essen saßen, kam unser Großvater darauf zu sprechen und meinte, dies sei eine Gelegenheit, ein Fest zu veranstalten. Tante Grace fingerte nervös an ihrem Kragen und bemühte sich, reges Interesse zu heucheln. Sie wußte nur zu gut, was der Zweck dieses Festes war, und da sie selbst ein Opfer der despotischen Befehle unseres Großvaters war, hatte sie Angst um Francine.
Hinterher sagte Francine: »Du weißt, was er auf dem Fest vorhat. Er will die Verlobung bekanntgeben.«
Ich nickte trübsinnig und wartete auf einen Einfall.

»Ich werde die Gräfin aufsuchen«, sagte Francine. »Wir gehen heute nachmittag zu ihr.«
»Gut und schön«, erwiderte ich, »aber was hilft dir das?«
»Ich weiß es nicht«, erwiderte sie, aber an ihrem grübelnden Blick sah ich, daß sie etwas im Sinn hatte.
Wir schritten beherzt durch das Portal; wir zogen die Glocke und hörten sie durch das Haus schallen. Ein Diener in farbenprächtiger Livree öffnete, und wir traten in die Halle.
»Wir sind gekommen, um der Einladung der Gräfin Folge zu leisten und ihr einen Besuch abzustatten«, sagte Francine wichtigtuerisch auf deutsch.
Der Mann erwiderte: »Die Frau Gräfin ist nicht zu Hause.«
»Ach?«
»Und Lady Tatjana?« sagte ich aus einem plötzlichen Impuls. Sie hatte sich ja für uns interessiert und würde uns vielleicht empfangen.
Der Diener schüttelte den Kopf. Sie schien also auch nicht zu Hause zu sein. Es blieb uns nichts anderes übrig, als niedergeschlagen wieder zu gehen. Die Tür fiel zu, und als wir uns umdrehten, kam ein Mann herangeritten. Er sprang vom Pferd, sah uns an und verbeugte sich. Er rief etwas, und ein Knecht kam herbei, um sich des Pferdes anzunehmen.
»Sie wirken so ... verloren«, sagte der Mann, indem er die Augen auf Francine heftete. »Vielleicht kann ich Ihnen helfen.«
Er sprach gut Englisch und hatte lediglich eine winzige Spur eines ausländischen Akzents. Francines Miene hellte sich merklich auf. Er sah sehr gut aus: groß, blond, mit grauen Augen und einem gewinnenden Lächeln. Ich schätzte ihn auf Anfang Zwanzig.
»Wir wollten die Gräfin besuchen«, erklärte Francine.
»Sie hatte uns eingeladen ... und nun ist sie nicht zu Hause.«
»Ich glaube, sie kommt erst später. Würden Sie mir gestatten, sie zu vertreten? Bitte trinken Sie doch mit mir Tee ... den nehmen Sie doch um diese Zeit?«

Francines Wangen hatten jenes reizende Rosa, das ihr so gut stand, und ihre blauen Augen glitzerten vor Aufregung. »Das wäre sehr gütig«, sagte sie.
»Kommen Sie.« Er zog die Glocke, und der Diener öffnete die Tür wieder. »Wir haben Gäste«, sagte der Mann.
Der Diener zeigte sich nicht überrascht von unserem abermaligen Erscheinen, und der junge Mann ordnete auf deutsch an, den Tee zu servieren. Dann führte er uns in den gleichen Raum, in dem wir beim letzten Mal Wein getrunken hatten, und bat uns, Platz zu nehmen.
»Sie sind gewiß mit der Gräfin verwandt?« fragte Francine.
»Nein ... nein. Wir sind nicht verwandt. Aber erzählen Sie mir von sich.«
Francine erklärte, daß wir in Greystone Manor wohnten, und schilderte ihm, wie wir der Gräfin begegnet waren. »Sie hat gesagt, wir dürften sie wieder besuchen«, wiederholte sie mit Nachdruck.
»Sie rechnet gewiß damit und wird enttäuscht sein, weil sie Sie verpaßt hat. Das ist Pech für sie, aber Glück für mich.«
»Sie sind sehr galant«, sagte Francine mit einem Anflug von Koketterie.
»Wer wäre das nicht in Gegenwart einer solchen Schönheit?« erwiderte er.
Francine blühte auf wie immer, wenn man ihr Bewunderung entgegenbrachte, obwohl ihr das oft widerfuhr. Bald plauderte sie drauflos und erzählte ihm von unserem Leben auf der Insel und in Greystone Manor, und er hörte sehr aufmerksam zu.
»Ich bin froh, daß ich just im rechten Augenblick gekommen bin«, sagte er. »So hatte ich doch das große Vergnügen, Sie und die schweigsame junge Dame kennenzulernen.«
»Oh, Pippa ist gewöhnlich nicht so schweigsam. Normalerweise ist sie sogar sehr geschwätzig.«
»Ich bin gespannt zu hören, was sie zu sagen hat.«
Der Tee wurde gebracht, und dazu die appetitlichsten Küchlein,

die ich je gesehen hatte. Sie waren von unterschiedlicher Farbe und mit Sahnehauben verziert.
Der junge Mann sah Francine an. »Sie müssen ... wie sagt man? ... die Honneurs machen? Das ist Aufgabe der Dame, nicht wahr?«
Francine machte sich freudig mit der Teekanne zu schaffen. Ihr blondes Haar, nicht von dem Band zurückgehalten, das sie in Greystone tragen mußte, fiel ihr ins Gesicht. Selten hatte ich sie so voller Liebreiz gesehen.
Wir erfuhren, daß der junge Mann Rudolph von Gruton Fuchs hieß und daß er aus einer Gegend war, die Bruxenstein hieß.
»Das hört sich sehr grandios und weit entfernt an«, sagte Francine.
»Weit entfernt ... nun ja, vielleicht. Aber grandios? Möglicherweise besuchen Sie meine Heimat eines Tages, und dann sehen Sie selbst.«
»Das würde ich gern.«
»Ich würde mich sehr freuen, wenn ich Sie dort willkommen heißen könnte. Nur gerade jetzt ...« Er zögerte und sah sie wehmütig an. »Bei uns gibt es Unruhen«, fügte er hinzu. »Wie so oft.«
»Das scheint eine unruhige Gegend zu sein«, meinte Francine.
»Das könnte man sagen. Aber es ist weit weg, und wir verbringen hier einen reizenden Nachmittag.«
Sein Blick streifte mich, doch ich hatte den Eindruck, daß es ihm schwerfiel, ihn von Francine zu wenden.
»Sie haben gewiß eine Menge Abenteuer erlebt«, sagte Francine.
»Keines«, versicherte er ihr, »das so vergnüglich war wie dieses hier.«
Francine redete eine ganze Menge. Sie schien trunken von diesem Nachmittag. Sie war in fieberhafter Erregung entschlossen, sich zu amüsieren, so sehr fürchtete sie sich vor dem, was ihre Geburtstagsfeier bringen würde. Wenngleich sie schwor,

niemals eine Ehe mit Cousin Arthur einzugehen, war sie doch nüchtern genug, um sich zu fragen, was wir tun würden, wenn unser Großvater durch ihre Weigerung in Zorn geriet – oder schlimmer noch, wenn er sie nicht hinnahm. Daher war Francine fest entschlossen, sich bei diesem kurzen Intermezzo zu amüsieren. Rudolph gefällt ihr, dachte ich, und sie ihm auch. Ich merkte, daß sie versuchte, den Nachmittag auszudehnen, aber schließlich erhob sie sich zögernd und sagte, wir müßten gehen.
»So früh schon?« fragte Rudolph. Aber es war nicht früh. Wir hatten eineinhalb Stunden geplaudert.
»Bei uns daheim herrscht ein strenges Reglement«, sagte Francine. Ich fand es ziemlich indiskret von ihr, so von unserem Zuhause zu sprechen.
Er erbot sich, uns zu begleiten, aber Francine schien von diesem Vorschlag so bestürzt, daß er davon abließ. Er ging jedoch mit uns bis zum Portal, und dort küßte er uns mit einer tiefen Verbeugung die Hände. Ich bemerkte, daß er Francines Finger länger festhielt als meine.
»Welch ein Abenteuer!« sagte Francine. »So etwas habe ich noch nie erlebt.«

Die Einladung wurde durch Hans geschickt, der sie Daisy gab, und die überbrachte sie Francine. Sie war von der Gräfin, welche Francine einlud, sie am gleichen Tag um drei Uhr zu besuchen, da sie ihr etwas mitzuteilen habe. Von mir war in der Einladung nicht die Rede, daher ging Francine allein. Ich war sehr gespannt zu erfahren, was sich abgespielt hatte, und wartete auf dem Feld bei den Hütten auf sie.
Als sie nach ungefähr einer Stunde kam, waren ihre Wangen gerötet, und sie war aufgeregter, als ich sie seit langem gesehen hatte.
»War er da?« fragte ich. »Dieser … hm … Rudolph?«
Sie schüttelte den Kopf. Sie machte einen verwirrten Eindruck. Ich fragte mich, ob sie vielleicht einen neuen Verehrer hatte.

»Es ist so aufregend«, sagte sie. »Ich war bei der Gräfin, und denk nur, sie hat mich zum Ball eingeladen.«
»Zu einem Ball! Wieso?«
»Ganz einfach so. Sie geben einen Ball, und ich bin eingeladen.«
»Für mich hört es sich überhaupt nicht einfach an. Ob Großvater das erlauben wird? Und du brauchst ja auch ein Ballkleid.«
»Ich weiß. Daran hab' ich auch schon gedacht. Aber ich habe zugesagt.«
»In blauem Serge, oder etwa in deinem guten Popelinkleid?«
»Sieh doch nicht so schwarz. Ich muß eben irgendwie an ein neues Kleid kommen.«
»Irgendwie ist gut.«
»Was ist in dich gefahren, Pippa? Bist du neidisch?«
»Aber nein!« rief ich. »Ich will, daß du mit Rudolph auf den Ball gehst, aber ich sehe einfach nicht, wie dir das gelingen soll, das ist alles.«
»Pippa«, sagte sie – und nie habe ich jemand entschlossener gesehen als Francine in jenem Augenblick – »ich *werde* hingehen.«
Wir sprachen auf dem ganzen Heimweg und die halbe Nacht darüber. Rudolph war nicht dagewesen. Francine hatte mit der Gräfin Tee getrunken, und die hatte ihr erzählt, daß sie diesen Ball veranstalten würden und daß sie entzückt wäre, wenn Francine daran teilnähme. Sie war unsicher, wie sie ihr die Einladung zukommen lassen sollte. Wir mußten wohl sehr deutlich zum Ausdruck gebracht haben, wie das Leben in Greystone Manor verlief, und sie hatte gewiß vermutet, daß eine über unseren Großvater vermittelte Einladung eine sofortige Absage zur Folge gehabt hätte. Francine müsse unbedingt kommen, hatte sie gesagt. Sonst würde dem Ball etwas fehlen.
In einem Ausbruch von Euphorie und in dem unerschütterlichen Glauben an ihre Kraft, das Unmögliche zu erreichen, hatte Francine die praktischen Details sorglos beiseite geschoben und zugesagt. Sie war sicher, es werde schon irgendwie gehen.

»Vielleicht kommt eine gute Fee?« neckte ich sie. »Wer könnte das sein? In Bruxenstein mag es die vielleicht geben. Aber in Greystone Manor? Undenkbar! Sollen wir einen Kürbis suchen als Kutsche? Ein paar Ratten wird's hier gewiß geben, die Pferde hätten wir also.«
»Pippa, hör auf, dich über eine ernste Sache lustig zu machen.«
Es war alles ziemlich hoffnungslos, aber ich war froh, daß ihre Gedanken vorübergehend von der bevorstehenden Geburtstagsfeier abgelenkt wurden.
Als wir am nächsten Tag unsere Großmutter besuchten, spürte sie mit ihrer wachen Empfindsamkeit sogleich, daß etwas geschehen war. Sie wußte, daß Francine beklommen zumute war, weil sie fürchtete, zur Heirat mit Cousin Arthur gezwungen zu werden, und es währte nicht lange, bis sie die ganze Geschichte aus uns herausgelockt hatte. Sie hörte gebannt zu. »Die alte Punschstube ist also jetzt eine Weinstube. Die Gräfin und dieser charmante Rudolph scheinen nette Leute zu sein, nach dem, was ihr erzählt.« Unsere Großmutter war eine überaus romantische Frau, und es war gewiß eine furchtbare Tragödie für sie, mit einem Mann wie unserem Großvater verheiratet zu sein. Wundersamerweise hatte diese Erfahrung sie nicht verbittert; es hatte sie vielmehr milder und duldsamer gemacht.
Sie sagte: »Francine muß auf diesen Ball gehen.« Ich hörte staunend zu. Großmutter hatte für alles eine Lösung. Das Kleid? Mal überlegen. Sie glaubte, in einer Truhe sei ein Stoff. Sie hatte einmal davon geträumt, die Geburt ihres zweiten Kindes zu feiern. Nein, nicht Grace … das eine, das dann tot geboren wurde. Damals hatte sie sich einen wunderhübschen blauen Seidenchiffon gekauft, mit Sternen aus Silberfäden bestickt. »Es war der schönste Stoff, den ich je gesehen hatte«, sagte sie. »Aber als ich das Kind verlor, konnte ich es nicht mehr ertragen, ihn anzuschauen. Ich habe ihn zusammengefaltet und weggelegt. Falls die silbernen Sterne nicht angelaufen sind … Wir wollen Agnes bitten, ihn zu suchen.«

Agnes freute sich, ihre Herrin so glücklich zu sehen. Einmal flüsterte sie mir zu, unsere Großmutter habe sich verändert, seit wir da waren. »Sie war wohl ein wenig wie deine Schwester, als sie jung war … aber heutzutage gibt es mehr Freiheiten.« Nicht viel mehr, dachte ich. Es war gut, Agnes als Verbündete zu haben, denn Verbündete hatten wir nötig.

Wir fanden den Stoff. Francine schrie entzückt auf, als sie ihn sah. Die Sterne funkelten wie eh und je.

»Nimm ihn«, sagte unsere Großmutter lächelnd, als könne sie ihn deutlich sehen, und ich war sicher, daß sie ihn im Geiste vor sich sah. »Geh zu Jenny. Sie soll gleich mit der Arbeit anfangen. Sie wird es gut machen. Sie näht hin und wieder Ballkleider für Debütantinnen.«

Aufgeregt gingen wir zu Jenny. Daisy kam mit, denn sie war der Meinung, sie habe an dem Abenteuer teil, da wir durch sie zum erstenmal nach Granter's Grange gekommen seien, und das habe schließlich alles ins Rollen gebracht. Sie war selbst tief in eine Liebschaft verstrickt. Tom, der Stallbursche, hatte ihre Freundschaft mit Hans entdeckt. Er sei, wie sie sagte, fuchsteufelswild und drohe mit allen möglichen Racheakten. Das Leben war gewiß aufregend für diese zwei umschwärmten Heldinnen. Und mir genügte es, Zuschauerin zu sein.

Daisy wußte von Hans, daß die Gräfin Francine mehr oder weniger auf Geheiß des Barons, der eine sehr wichtige Persönlichkeit war, eingeladen hatte. Hans hatte gesagt, daß der Baron sogar der bedeutendste Mann im Haus war, und er wußte auch, warum, aber das erzählte er nicht einmal Daisy. »Er wird den Mund schon noch aufmachen … man muß ihm nur Zeit lassen«, sagte sie zuversichtlich. Sie genoß es offenkundig, in diesen Strudel von Intrigen hineingezogen zu sein, und versorgte uns mit bruchstückhaften Auskünften über die Herrschaften. Die Gräfin war offenbar sehr ehrgeizig und streckte bereits ihre Fühler nach standesgemäßen Heiratskandidaten für ihre Kin-

der aus. Hans sagte, daß sie in Bruxenstein keine Gelegenheit dazu versäumte.
Jenny Brakes war ein wenig erstaunt, als sie den Stoff sah und hörte, daß sie ein Ballkleid daraus machen sollte.
»Für Ihre Geburtstagsfeier, Miss Francine?« fragte sie. »Miss Grace hat mir schon gesagt, daß ich ins Haus kommen soll. Sie hat einen hübschen Taft für Ihr Festkleid. Das soll ja eine ganz besondere Angelegenheit werden.«
»Nein«, sagte Francine. »Aber das hier soll ein ganz besonderes Kleid werden.«
»Und zwar heimlich«, fügte Daisy hinzu.
Jenny machte ein erschrockenes Gesicht.
»Komm schon«, sagte Daisy. »Braucht ja niemand zu wissen.«
»Wirklich ... ich verstehe nicht, Miss Francine ...«
»Ganz einfach«, erklärte Francine. »Ich möchte schleunigst ein Ballkleid haben, und du sagst nirgends, daß du es für mich machst.«
»Aber Sie haben doch schon den Taft –«
»Das möchte ich auch noch«, sagte Francine.
Arme Jenny Brakes! Ich weiß, wie ihr zumute war. Sie hatte schreckliche Angst, sich gegen meinen Großvater zu versündigen. Sie wohnte in einer seiner Hütten, und wenn er erführe, daß sie hinter seinem Rücken ein Ballkleid für seine Enkelin nähte, würde er gewiß sehr zornig werden, und dann kannte er kein Erbarmen.
Schließlich fiel mir eine Lösung ein. Jenny brauchte gar nicht zu wissen, daß es heimlich war. Das Kleid sollte für Francine gemacht werden, und weil es schnell gehen mußte, war es für Jenny einfacher, es bei sich zu nähen. Falls wir entdeckt würden, ließ sich beweisen, daß Jenny an dem Komplott gänzlich unbeteiligt war.
Schließlich willigte sie doch ein und zeichnete sogleich einen Entwurf. Was für ein Vergnügen war es für uns, Vorschläge zu machen! Es mußte gewagt sein; es mußte schlicht sein; es

mußte ausgeschnitten sein, um Francines Schwanenhals zu zeigen. Es mußte ihre zierliche Taille betonen. Es mußte einen bauschigen Rock haben.

Die Aufregung war so groß, daß ich fürchtete, Francine würde sich verraten. Ich glaube, Tante Grace ahnte, daß etwas in der Luft lag, aber sie war zur Zeit zu sehr mit sich selbst beschäftigt. Ich war sicher, daß sie Charles Daventry heimlich besuchte, seit er Francine ins Haus getragen hatte.

Wir klügelten einen Plan aus. Am Abend des Balles wollte Francine aus dem Haus schleichen und zur Hütte der Familie Emms gehen. Daisys Mutter war der Verschwörung bereitwillig beigetreten, so daß Jenny nichts mehr damit zu tun hatte. Mrs. Emms würde das Kleid bei sich aufbewahren, und Francine konnte sich dort umziehen und dann über den Rasen nach Granter's Grange schleichen. Mrs. Emms liebte das Abenteuer ebenso wie ihre Tochter. Falls sie entdeckt und den Zorn unseres Großvaters erregen würde, wollte sie die Konsequenzen schon auf sich nehmen. »Er wird uns schon nicht rauswerfen«, sagte sie. »Wir leben schon so lange in dieser Hütte, und außerdem ist mein Jim unentbehrlich.«

So war denn alles abgemacht.

Daisy wußte zu berichten, dies würde der glanzvollste Ball, den es je in Granter's Grange gegeben habe. Er wurde zu Ehren einer sehr hochstehenden Persönlichkeit gegeben, vermutlich Francines Verehrer. »Diese Vorbereitungen ...«, schwärmte Daisy. »Was es da alles zu essen gibt ... und die vielen Blumen und das alles. Richtig königlich, jawohl. Ich schätze, im Buckingham-Palast könnten sie's auch nicht besser, oder in diesem Sandringham, wo sich der Prince of Wales immer amüsiert.«

Der große Tag kam, und wir waren ganz unruhig vor Aufregung. Irgendwie vergingen die Stunden dann doch. Während des Unterrichts waren wir sehr geistesabwesend, und Miss Elton machte eine Bemerkung über unsere Unaufmerksamkeit. Ich glaube, sie ahnte, daß etwas im Gange war. Sie wußte ebenso

wie alle anderen, daß Francine Cousin Arthur heiraten sollte, und wenn sie von unserem Vorhaben gewußt hätte, hätte sie bestimmt alles getan, um Francine zurückzuhalten.
Ich ging mit Francine zur Hütte der Familie Emms und half ihr mit Daisy beim Anziehen. Einige der Kinder schauten staunend zu, und als sie fertig war, sah sie aus wie eine Märchenprinzessin. Die Aufregung machte sie noch schöner, und keine Farbe hätte ihr besser stehen können als das silberbesternte Blau des Chiffons. Freilich, sie hätte silberne Schuhe gebraucht statt ihrer schwarzen Satinpumps, aber die waren kaum sichtbar. Ich sagte ihr, daß sie fabelhaft aussehe.
Wir hatten verabredet, daß ich an unserem Fenster Ausschau hielt, und wenn sie nach Hause käme, wollte ich hinunterschleichen und sie hereinlassen. Zuvor würde sie wieder in die Hütte gehen und ihr Alltagskleid anziehen. Das Ballkleid wollte sie dort lassen. Daisy sollte es am nächsten Tag mitbringen.
»So eine Unternehmung muß sorgfältig geplant sein«, hatte ich betont. »Jede Einzelheit will gut überlegt sein.«
»Philippa ist unser General«, rief Francine kichernd. »Ich muß auf ihr Kommando hören.«
Nachdem alles so genau vorbereitet war, hätte nur noch ein Unheil unsere Pläne vereiteln können. Ich beobachtete aus gebührender Entfernung, wie Francine mit den anderen Gästen in das Landhaus trat, dann ging ich nach Greystone zurück. Ich setzte mich an das Fenster und sah über den Rasen hin in die Ferne. Dort konnte ich die Türme von Granter's Grange und die Lichter erkennen und hörte sogar ganz leise Musik. Auch die Kirche konnte ich sehen und die grauen Grabsteine, und ich dachte an die arme Tante Grace und an Charles Daventry, denen der Mut fehlte, ihr Leben selbst in die Hand zu nehmen. Francine würde dieser Mut niemals fehlen.
»Gott ist im Himmel«, dachte ich, indem ich zu dem schwarzsamtenen Firmament hinaufsah, zu den funkelnden Sternen und dem fast vollen Mond. Was für ein herrlicher Anblick! Ich betete

um Francines Glück, um ein Wunder, das sie vor Cousin Arthur retten sollte. Ein altes spanisches Sprichwort fiel mir ein, das ich einmal von meinem Vater gehört hatte und das ungefähr so lautete: »Gott sagt: Nimm dir, was du willst, aber denke daran, daß du es auch bezahlen mußt.«
Also nahm man und hatte zu bezahlen und durfte sich nicht über den Preis beklagen. Mein Vater hatte für die Art zu leben, die er sich gewählt hatte, mit dem Verzicht auf sein traditionsreiches, väterliches Erbe bezahlt. Mein Großvater hatte auch getan, was er für richtig hielt und ließ alle nach seiner Pfeife tanzen. Aber er hatte ebenfalls dafür bezahlen müssen und dabei die Liebe verloren. Nicht um alle Macht der Welt hätte ich mein Großvater sein mögen.
Es war gegen elf Uhr, als ich unten einen Tumult hörte. Mein Herz schlug so heftig, daß ich am ganzen Körper zitterte. Von Francine war nichts zu sehen gewesen. Sie hätte unter mein Fenster kommen sollen, und ich war doch schon die ganze Zeit auf meinem Posten. Aber ich hatte nichts bemerkt, und eigentlich war elf Uhr auch noch zu früh, um von einem Ball heimzugehen.
Ich ging zur Tür und horchte. Ich hörte die Stimme meines Großvaters: »Undankbar ... Unzucht ... Sünde ... geh in dein Zimmer. Ich werde mit dir verfahren, wie du es verdienst. Ich habe meinen Augen nicht getraut ... Unter meinem Dach ... erwischt ... *in flagranti crimine.*«
Jemand kam auf die Treppe zu. Ich schloß hastig die Tür und wartete. Ich rechnete damit, daß Francine jeden Augenblick hereinplatzen würde.
Aber nichts geschah. Wo blieb sie nur? Er hatte gesagt: »Geh in dein Zimmer!« Aber sie kam nicht, und ich verstand nicht, was das bedeutete.
Ich ging wieder ans Fenster. Unten war alles still. Ich ging zurück zur Tür und lauschte. Da hörte ich Schritte auf der Treppe. Es war mein Großvater, der in sein Zimmer ging.

Ich war verwirrt und hatte schreckliche Angst.
Ungefähr eine halbe Stunde später klopfte es leise an die Tür. Ich lief hin, und Daisy fiel beinahe ins Zimmer. Ihr Haar war zerzaust und ihre Augen weit aufgerissen.
»Das war dieser Tom!« schimpfte sie. »Der war's. Der hat uns verpetzt.«
»Warst du das, mit der mein Großvater vorhin gesprochen hat?«
Sie nickte.
»Ach Daisy, was ist nur passiert?«
»Er hat uns erwischt – Hans und mich, auf dem alten Kirchhof. Mir hat's dort immer gefallen. Es ist so weich auf dem Gras. Das ist eben das Leben, nicht wahr ... Leben unter den Toten.«
»Du bist verrückt. Ich dachte, es wäre Francine. Komm, setz dich zu mir ans Fenster. Ich muß für sie Wache halten. Sie ist sicher noch auf dem Ball.«
»Und zwar noch eine ganze Weile, denk' ich.«
»Erzähl mir, wie das passiert ist.«
»Hans sagte, er könnte sich um halb elf fortstehlen, und ich sagte, ich würde bei dem Grab von Richard Jones sein. Der hatte drei Frauen, und die sind alle mit ihm zusammen begraben. Er hat einen schönen Stein für sich und die drei machen lassen. Da kann man sich anlehnen, und drüber ist ein hübscher Schutzengel. Da fühlt man sich irgendwie geborgen und glücklich. Tom war auch gern dort.«
»Was habt ihr dort gemacht?«
»Na ja, das übliche.« Sie lächelte bei der Erinnerung. »Der Hans hat so was Gewisses. Tom war natürlich fuchsteufelswild. Hans hat mir 'nen Zettel geschrieben, daß er zu dem Grab von Richard Jones kommen würde, und ich hab' den Zettel verloren. Tom muß ihn in die Finger gekriegt haben. Ich hätte nie gedacht, daß er sich so aufführen könnte, aber Sie wissen ja, wie das so ist mit der Eifersucht. Aber nein, wie sollten Sie, Sie sind ja noch so jung. Manchmal vergesse ich, wie jung Sie sind, Miss Pip. Na ja, mit mir und Ihrer Schwester ... nun, durch uns werden Sie halt

ein bißchen schneller erwachsen. Also, wir haben uns dann dort getroffen. Ihr Großvater muß uns beobachtet haben. Hat sich wohl irgendwo versteckt. Ich wette, hinter dem Stein von Thomas Ardley. Den hab' ich nie leiden können. Der hat mir immer eine Gänsehaut eingejagt. Da schnellt der Alte auf einmal hoch und erwischt uns ... auf frischer Tat ... sozusagen. Er hat irgendwas gerufen, und ich stand da, das Mieder offen und den Rock halb ausgezogen. Und Hans ... nun ja. Ihr Großvater sagte andauernd: ›Und das an einem solchen Ort!‹ Dann packte er mich am Arm und zerrte mich weg. Sie müssen ihn in der Halle gehört haben. ›Hinauf in dein Zimmer!‹ schrie er. ›Morgen werde ich mich mit dir befassen.‹ Damit ist's hier für mich aus. Was wird Ma nur sagen? Sie war so erpicht darauf, daß ich hier die Stellung kriege und ehrbar werde.«

»Du wirst wohl nie ehrbar, Daisy.«

»Ich fürchte, Sie haben recht«, gab sie wehmütig zu. »So, und morgen werde ich rausgeschmissen. Dann heißt es, das Bündel geschnürt, und heim zu Ma. Mein Geld wird ihr fehlen. Aber vielleicht krieg ich ja doch 'ne Stelle in Granter's Grange. Hans könnte ein Wort für mich einlegen.«

Wir blieben am Fenster sitzen. Die alte Kirchturmuhr schlug Mitternacht. Ich war hellwach. Daisy würde bestimmt entlassen. Ich versuchte mir vorzustellen, wie es ohne sie sein würde; immerhin hatte sie in unserem Leben eine große Rolle gespielt. Es war fast zwei Uhr, als Francine kam. Ich lief hinunter und schob den schweren Riegel zurück. Sie strahlte und war noch ganz in ihren Träumen befangen, als wir auf Zehenspitzen in unser Zimmer schlichen. Daisy war noch dort, und wir erzählten Francine rasch, was geschehen war.

»Daisy, du Dummkopf!« rief sie aus.

»Ich weiß«, gab Daisy zu. »Aber es wird schon werden. Ich geh' zu Hans.«

»Wie war's auf dem Ball?« fragte ich.

Francine faltete die Hände, und ihre verzückte Miene sagte uns alles. Es war wunderbar gewesen. Sie hatte den ganzen Abend mit dem Baron getanzt. Alle waren von ihr bezaubert. Es waren natürlich lauter Ausländer da. »Es war, als wäre der Ball mir zu Ehren gegeben worden. Jedenfalls kam ich mir so vor. Und Baron Rudolph ... er ist die Vollkommenheit in Person. Er ist so, wie ich mir einen Mann immer erträumt habe.«

»Eben so, wie Cousin Arthur nicht ist«, fügte ich hinzu und wünschte sogleich, ich hätte ihn nicht erwähnt, weil ich fürchtete, sein Name würde die Stimmung verderben.

Aber das war nicht der Fall. Francine hörte kaum hin. Sie war wie betäubt. Es war sinnlos, an diesem Abend noch mit ihr zu reden.

Ich sagte zu Daisy; sie solle in ihr Zimmer gehen und ein bißchen schlafen. Sie müsse an die schwere Prüfung denken, die ihr am nächsten Tag bevorstand. Zögernd entfernte sie sich, und Francine zog sich langsam aus.

»Das werde ich niemals vergessen«, sagte sie, »was auch geschieht. Er wollte mich nach Hause begleiten, deshalb mußte ich ihm alles offenbaren. Er brachte mich zur Hütte von Daisys Mutter und wartete draußen, während ich mich umzog, und als ich in meinem alten Sergekleid herauskam, war er immer noch da. Er brachte mich bis dorthin, wo der Rasen anfängt. Ich habe ihm alles erzählt ... über Großvater und Cousin Arthur. Er war sehr verständnisvoll.«

»Aber nun ist es vorbei, Francine«, sagte ich.

»Nein«, gab sie zur Antwort, »das ist erst der Anfang.«

Am nächsten Morgen mußten wir uns alle zur öffentlichen Verurteilung Daisys in der Kapelle versammeln. Francine und ich saßen mit Tante Grace in der ersten Reihe. Meine Schwester strahlte immer noch. Ich sah ihr an, daß sie in Gedanken noch auf dem Ball war. Großvater kam mit Arthur herein, und ich bemerkte bei ersterem einen Ausdruck unterdrückter Erregung, als sei ihm dies alles durchaus nicht unangenehm.

Er trat auf die Kanzel, nachdem Cousin Arthur neben Francine Platz genommen hatte. Sie rückte daraufhin ein wenig näher zu mir, und ich hätte gern gewußt, ob er es wohl bemerkte. Großvater hob eine Hand und sagte: »Zu meinem Leidwesen ist etwas vorgefallen, das mich mit Scham und Abscheu erfüllt. Jemand von meinem Personal – jemand, den ich unter meinem Dach beherbergt habe – hat durch sein Benehmen Schande über dieses Haus gebracht. Ich kann mein Entsetzen bei der Entdekkung nicht beschreiben.«

Und doch schwelgst du in diesem Entsetzen, Großvater, dachte ich.

»Diese leichtfertige Kreatur hat sich auf eine Weise benommen, daß der Anstand es mir verbietet, es zu beschreiben. Sie wurde auf frischer Tat ertappt. Da ich es für meine Pflicht hielt, zwang ich mich, Zeuge ihrer Verderbtheit zu werden. Sie stand unter meiner Obhut, und ich konnte nicht glauben, daß jemand von meinen Leuten sich einer solchen Tat schuldig machte. Ich mußte es mit eigenen Augen sehen. Jetzt soll sie in ihrer Sündhaftigkeit vor uns treten. Ich werde Gott bitten, ihr gnädig zu sein und ihr Gelegenheit zur Reue zu geben.«

»Wie großmütig von ihm«, flüsterte Francine.

»Bringt sie herein«, rief er.

Mrs. Greaves kam mit Daisy herein, die aber nicht mehr die einheitliche Dienstbotenkleidung von Greystone, sondern einen Umhang über einem dunklen Kleid trug.

»Komm her, Mädchen«, befahl mein Großvater. »Alle sollen dich sehen, damit sie aus deiner Torheit lernen.«

Daisy kam nach vorn. Sie war blaß und nicht so selbstsicher wie sonst, auch ein wenig trotzig; gar nicht die Daisy, die wir so gut kannten.

»Diese Kreatur«, fuhr unser Großvater fort, »ist dermaßen in Lasterhaftigkeit verstrickt, daß sie nicht nur sündigt, sondern dies auch noch an einer heiligen Stätte tut. Die Tat von gestern nacht wird nicht ohne Folgen bleiben. Das Böse, das wir tun,

lebt fort bis in die dritte und vierte Generation. Ich fordere euch alle auf, niederzuknien und für die Seele dieser Sünderin zu beten. Noch ist Zeit, daß sie ihre Schlechtigkeit bereut. Ich flehe zu Gott, daß sie es tun möge.«
Die Augen unseres Großvaters funkelten, als er auf Daisy herabsah, und ich glaube, im Geiste sah er sich selbst in der Situation, in der er sie erwischt hatte, und genoß die Erinnerung. Es schien, als hätte er Spaß an der Sünde anderer, weil er selbst dann um so tugendhafter erschien. Und diese Art von Sünde schien ganz besonders auf ihn zu wirken, anders als zum Beispiel ein Diebstahl. Ein Mann war einmal deswegen entlassen worden, und da hatte es keine solche Zeremonie in der Kapelle gegeben. Es war wie bei den Puritanern, von denen ich gelesen hatte, und es wunderte mich, daß er nicht verlangte, Daisy solle einen scharlachroten Buchstaben auf dem Mieder tragen.
Cousin Arthur hielt eine kurze Predigt über den Lohn der Sünde, und dann beteten wir abermals. Daisy stand während der ganzen Zeit dort und machte einen ziemlich verwirrten Eindruck. Am liebsten wäre ich zu ihr gegangen, hätte sie in die Arme genommen und ihr gesagt, was sie auf dem Kirchhof getan habe, sei nicht halb so schlimm wie das, was mein Großvater ihr jetzt antat.
Endlich war die Sache vorüber. Mein Großvater sagte: »Nimm dein Bündel, Mädchen, und geh. Laß dich hier nie wieder sehen!«
Wir gingen ins Schulzimmer. Miss Elton war bleich und schweigsam.
Francine platzte plötzlich heraus: »Ich hasse ihn. Er ist ein gemeiner alter Kerl. Ich will hier nicht bleiben.«
Sie war den Tränen nahe, und wir faßten uns fest bei den Händen. Diese scheußliche Szene in der Kapelle würde ich nie vergessen. Miss Elton tadelte uns nicht. Auch sie war erschüttert über das, was sie gesehen hatte.

Am gleichen Tag noch sagte Francine zu mir: »Ich gehe Daisy besuchen. Kommst du mit?«

»Natürlich«, erwiderte ich, und wir gingen zu der Hütte. Mrs. Emms war zu Hause, und wie immer rannten etliche Kinder ständig ein und aus. Daisy war nicht da.

»Sie ist in Granter's Grange«, erklärte Mrs. Emms, »bei diesem Hans.« Sie nickte grimmig. »Sie ist also in Greystone rausgeflogen. Ich dachte zuerst, es wäre wegen Ihnen und diesem Ballkleid.«

»Davon weiß unser Großvater nichts«, sagte Francine.

Mrs. Emms zwinkerte. »Gnade Gott uns allen, wenn er je dahinterkommt.«

»Der schert mich nicht mehr. Wie habe ich ihn heute morgen gehaßt ... und diesen aufgeblasenen Arthur! Ich hasse Greystone! Ich will fort.«

»Meine arme Daise. Und bloß, weil sie auf'm Kirchhof ein bißchen Spaß hatte. Es sollte mich nicht wundern, wenn sie nicht die erste wäre.«

»Wir machen uns Sorgen um Daisy. Was hat sie vor?«

»Sie wird schon was finden. Sie kann durchaus für sich selbst sorgen, unsere Daise.«

»Glauben Sie, daß sie bald zurückkommt?«

»Woher soll ich das wissen? Sie ist jetzt ihr eigener Herr.«

»Würden Sie ihr ausrichten, daß wir hier waren?« bat Francine.

»Sagen Sie ihr, uns war das alles genauso zuwider wie ihr. Sagen Sie ihr, wir fanden es entsetzlich.«

»Ich werd's ausrichten. Sie hält große Stücke auf Sie beide.«

Gerade als wir aufbrechen wollten, kam Daisy herein.

Von der niedergeschlagenen Sünderin in der Kapelle war ihr nichts mehr anzumerken. Wir umarmten sie stürmisch. Sie sah sehr zufrieden aus, und ihre Mutter sagte: »Da kenn' sich einer aus.«

»Daisy!« rief Francine, »wir haben uns solche Sorgen um dich gemacht.«

»Nicht nötig«, triumphierte Daisy. »Ich hab' schon eine neue Stellung.«
»Nein!« riefen wir wie aus einem Mund.
»Aber ja doch, Miss. Ich hatte schon vorher eine halbe Zusage. Hans sagte: ›Warum kommst du nicht nach Granter's Grange? Ich leg ein Wort für dich ein.‹ Da bin ich hin und hab' mit dem Küchenchef gesprochen. Ein sehr wichtiger Mann mit 'nem gezwirbelten Schnurrbart und feisten Backen. Der gab mir'nen Klaps und sagte: ›Fang morgen an.‹ Küchenmädchen! Und in was für'ner Küche!«
»Das ist ja wundervoll!« rief ich.
Mrs. Emms setzte sich, spreizte die Beine und stützte die Hände auf ihre Knie. Sie schüttelte nachdenklich den Kopf. »Und was wird, wenn sie abreisen? Sie bleiben nie länger als ein paar Monate.«
»Hans meint, ich kann mit ihnen gehen.«
Da war es vorbei mit der gerade wiedergefundenen Fröhlichkeit. Wir stellten uns alle vor, was werden würde, wenn sie abreisten. Weder Mrs. Emms noch wir wollten Daisy verlieren. Und für Francine war die Vorstellung, daß die Herrschaften fortgingen, so bedrückend, daß sie es nicht ertragen konnte, auch nur daran zu denken.

Von da an überstürzten sich die Ereignisse. Der Ablauf der Geburtstagsfeier in der ersten Septemberwoche wurde festgelegt. Die Gäste würden montags eintreffen; Francines siebzehnter Geburtstag fiel auf einen Dienstag; am nächsten Tag sollte noch gefeiert werden, und am Donnerstag würden die Gäste abreisen.
Jenny Brakes kam und nähte das Taftkleid für Francine. Es war dunkelrot, und ich bekam ein dunkelblaues. Tante Grace fand, daß die Farbe mir stehe. Die arme Jenny Brakes war ein wenig verlegen. Ihre kürzlich begangene Sünde, heimlich das blaue Chiffonkleid zu nähen, lastete schwer auf ihr, und angesichts

dessen, wie es Daisy Emms gegangen war, war ihr sehr unbehaglich zumute. Es war natürlich kein so schweres Vergehen wie Unzucht auf dem Kirchhof, aber mein tyrannischer Großvater war ein sehr gefürchteter Mann. Francine meinte, Daisy wäre genauso unbarmherzig hinausgeworfen worden, wenn sie nicht ihre Familie in der Nähe gehabt hätte, zu der sie gehen konnte. »Er kennt kein Mitleid«, sagte sie. »Wenn das ein guter Mensch sein soll, dann bewahre mich Gott vor den guten Menschen.«

Sie war in dieser Zeit trotz des nahenden Verhängnisses in gehobener Stimmung, weil sie täglich nach Granter's Grange ging. Manchmal ritt sie auch allein aus. Aber ich wußte, daß sie nicht allein blieb, sondern ein Rendezvous mit diesem romantischen Baron hatte.

Die Einladungen wurden verschickt. Umfangreiche Vorbereitungen wurden getroffen. Mrs. Greaves war sehr zufrieden und meinte, so müsse es in einem großen Haus immer zugehen. Sie hoffte, daß es in Zukunft allerlei Kurzweil geben würde. Das junge Paar würde frischen Wind ins Haus bringen, und dann würde man auch an eine gute Partie für Miss Philippa denken müssen.

Francine war nicht annähernd so aufgeregt, wie ich erwartet hatte, und ich fragte mich beunruhigt, was das zu bedeuten habe.

Ungefähr zwei Wochen vor dem Fest schickte unser Großvater nach Francine. Sie ging hocherhobenen Hauptes in die Bibliothek. Ich wartete ängstlich in unserem Schlafzimmer, denn ich war sicher, daß nun die Entscheidung bevorstand.

Nach einer halben Stunde kam sie zurück. Ihre Wangen waren leicht gerötet, ihre Augen strahlten.

»Francine!« rief ich. »Was ist passiert?«

»Er hat mir gesagt, daß ich Cousin Arthur heiraten werde, weil sein frommer Neffe bei ihm um meine Hand angehalten und er sie ihm gnädig gewährt habe. Da ich wisse, daß dies auch sein

Wunsch sei, habe er keinen Zweifel, daß ich mit Freuden zustimmen werde.«
»Und was hast du gesagt?«
»Ich habe es sehr schlau angestellt, Pippa. Ich habe ihn in dem Glauben gelassen, daß ich einverstanden bin.«
»Soll das heißen, du hast es dir anders überlegt?«
Sie schüttelte den Kopf. »Mehr kann ich dir jetzt noch nicht sagen. Ich muß fort.«
»Wohin?«
Wieder schüttelte sie den Kopf. »Ich verspreche dir, ich erzähle es dir später. Bevor ich etwas unternehme, weihe ich dich ein.«
Es war das erstemal, daß sie mich nicht vollständig ins Vertrauen zog, und ich war beunruhigt. Allmählich veränderte sich alles um mich herum. Daisy war fort. Und was hatte Francine gemeint? Würde sie tun, was unser Großvater verlangte, und Cousin Arthur heiraten? Oder was sonst?
Miss Elton fragte mich, wo Francine sei, und als ich sagte, ich wisse es nicht, drang sie nicht weiter in mich. Ich hatte Miss Elton immer für eine farblose Person gehalten, aber ich glaube, sie begriff recht gut, was vorging; manchem war klar geworden, daß Francine und Cousin Arthur so wenig zusammenpaßten, wie es bei zwei Menschen nur möglich ist.
Ich ging zu unserer Großmutter hinauf. Wir hatten ihr von dem Ball erzählt, und sie hatte lächelnd zugehört und unsere Hände gehalten, wie es ihr zur lieben Gewohnheit geworden war. Sie sorgte sich jetzt um Francine, weil auch sie dachte, daß sie mit Cousin Arthur nicht glücklich werden würde.
»Ich würde beruhigt sterben, wenn ich wüßte, daß mit euch zwei Mädchen alles gut wird, und damit meine ich, daß ihr ein lebenswertes Leben führt. Das muß nicht unbedingt immer vollkommene Seligkeit sein … das wäre zuviel verlangt … aber ein Leben, das ihr euch selbst einrichtet. Euer Großvater hat mein Leben zu dem gemacht, was es war … leer … nie konnte ich über mich selbst bestimmen. Bei Grace war es dasselbe. Er

hat es auch mit eurem Vater versucht. Ihr müßt mutig sein und versuchen, euer eigenes Leben zu leben. Nehmt es ... lebt es ... dann braucht ihr auch nicht zu bereuen, was daraus wird, denn ihr habt es euch selbst so eingerichtet.«

Ich verstand, daß sie recht hatte. Ich erzählte ihr das von Daisy, und sie meinte: »Er hält sich für sehr gerecht. Er hat einen Sittenkodex aufgestellt, der nicht unbedingt mit der Moral im Einklang steht. Daisy ist ein Mädchen, das es stets mit den Männern haben wird. Sie mag sich dadurch in Schwierigkeiten bringen, aber sie wird sich auch wieder herauswinden.

Und seine Lieblosigkeit seine Hartherzigkeit, dieses Schwelgen in der sogenannten Gerechtigkeit, die für andere Härte bedeutet, das ist eine größere Sünde, als irgendeine Daisy je auf dem Kirchhof begehen könnte. Liebes Kind, dies mag aus meinem Mund seltsam klingen ... Früher hätte ich dergleichen nicht gesagt ... nicht einmal gedacht. Erst als ich blind wurde und wußte, daß mein Leben praktisch zu Ende war, sah ich alles klarer, als ich es je mit sehenden Augen konnte.«

Ich fragte: »Was meinst du, was in Granter's Grange vorgeht?«

»Das können wir nur vermuten. Vielleicht tut sich dort ein Fluchtweg auf. Sie darf nicht heiraten, wenn sie nicht liebt. Sie darf nicht das Opfer eures Großvaters werden.«

Bald nachdem ich meine Großmutter verlassen hatte, kam Francine zurück. Nie hatte ich sie so aufgeregt gesehen. »Ich gehe fort von Greystone«, verkündete sie und warf sich in meine Arme. Wir hielten uns fest umklammert.

»Fort ...«, stammelte ich. »Und ich bleibe allein ...«

»Ich lasse dich nachkommen, das verspreche ich dir.«

»Wann, Francine ... und wie?«

»Rudolph und ich werden heiraten. Wir reisen sofort ab. Es ist alles sehr verwickelt.«

»Du willst England verlassen?«

»Ja. Ich gehe mit ihm in seine Heimat. Pippa, ich bin so glücklich ... es ist alles sehr verworren. Ich werde es schon noch

verstehen. Pippa, ich bin ja so glücklich … bis auf eines … daß ich dich verlasse.«
Ich hatte gewußt, daß es unausweichlich war. Sie hätte Cousin Arthur niemals geheiratet. Dies war eine Flucht vor ihm, aber auch aus Liebe. Ich versuchte, an ihr Glück zu denken, aber ich konnte nur an mich selbst denken und an die schreckliche Einsamkeit ohne sie.
»Kopf hoch, Pippa«, sagte sie. »Es ist nicht für lange. Rudolph sagt, du kannst zu uns kommen, bloß jetzt noch nicht. Er muß schleunigst abreisen. Er ist in seinem Vaterland ein sehr bedeutender Mann, und dort sind alle möglichen Intrigen und dergleichen im Gang. Wir können ohne einander nicht sein … das ist uns beiden klar. Deshalb gehe ich mit ihm. Wir gehen noch heute nacht. Hilf mir, ein paar Sachen zusammenzupacken. Nicht viel. Ich bekomme alles neu. Aber mein Ballkleid mit den Sternen nehme ich mit. Ich hole es bei Mrs. Emms. Daisy wird mir helfen. O Pippa, mach nicht so ein erschrockenes Gesicht. Guck nicht so verloren. Ich lasse dich nachkommen.«
Ich half ihr, einiges zu packen. Sie war so aufgeregt, daß sie kaum zusammenhängend sprechen konnte. Ich sagte: »Du mußt zu Großmutter, bevor du weggehst. Du mußt es ihr sagen.«
»Sie wird es verstehen«, meinte Francine zuversichtlich.
Es wurde ein merkwürdiger Abend. Das Essen verlief wie gewohnt. Großvater war milde gestimmt, weil er glaubte, alles werde sich seinem Wunsch gemäß abspielen. Cousin Arthur machte ein selbstgefälliges Gesicht; er hatte vermutlich schon gehört, daß Francine seinen Antrag annehmen würde. Tante Grace sprach wie immer sehr wenig, doch ich glaube, sie war ziemlich traurig. Vielleicht hatte sie gehofft, Francine würde sich nicht fügen, wie sie es hatte tun müssen. Vielleicht plante sie auch selbst einen Aufstand und wünschte sich Verstärkung durch eine weitere Rebellin.
Francine war unnatürlich lebhaft, aber das schien niemandem

aufzufallen. Unser Großvater sah sie mit so etwas wie Zuneigung an, wenigstens schien er diesem Gefühl so nahe, wie es ihm nur möglich war.

Sobald die Mahlzeit beendet war, zogen wir uns in unser Zimmer zurück. Francine wollte um zehn Uhr aufbrechen, und eine Viertelstunde vorher schlich sie mit meiner Hilfe aus dem Haus. Ich trug ihren Umhang über dem Arm, damit sie, falls uns jemand sah, nicht zum Ausgehen angekleidet war. Wir standen einander einige Minuten gegenüber. Die Nacht war still, nicht der leiseste Windhauch bewegte die Blätter. Francine lachte hell auf. Dann nahm sie mich in die Arme und drückte mich fest an sich.

»Ach, kleine Pippa«, sagte sie, »ich wollte, du könntest mit mir kommen. Wenn ich dich nur mitnehmen könnte, dann wäre ich vollkommen glücklich. Aber bald … bald. Das verspreche ich dir.«

»Leb wohl, Francine. Schreib mir. Berichte mir alles.«

»Ich versprech's dir. Leb wohl.«

Sie war fort.

Ich blieb ein paar Minuten stehen und lauschte. Ich folgte ihr im Geiste zur Hütte, wo Daisy sein würde.

Ich horchte in die Dunkelheit. Kein Laut war zu hören. Dann kehrte ich um und stahl mich in das stille Haus zurück, und mich beschlich ein Gefühl der Verlassenheit, wie ich es nie zuvor in meinem Leben gekannt hatte.

Die Sakristei

Vier Jahre waren vergangen seit jenem Abend, als Francine davonlief, und ich hatte sie seitdem nicht wiedergesehen. Sie schrieb mir an die Anschrift von Daisys Familie, weil sie fürchtete, wenn sie ihre Briefe nach Greystone Manor schickte, würde man sie mir nicht aushändigen.

Nie wieder möchte ich eine Zeit erleben wie diejenige, die auf Francines Abreise folgte. Der Verlust ging mir dermaßen nahe, daß der Zorn meines Großvaters über mich hinwegglitt, ohne mich im geringsten zu berühren. Für mich zählte nur, daß meine Schwester fort war. Und auch Daisy hatte ich verloren. Ein paar Wochen nach Francines Flucht verließen der Graf und die Gräfin mit ihrem Gefolge Granter's Grange, und Daisy, die nun zum Personal gehörte, zog mit ihnen.

Am Morgen nach Francines Abreise brach der Sturm los. Als sie beim Frühstück fehlte, fragte man mich natürlich nach ihr. Da ich sagte, ich wüßte nicht, wo sie sei, nahm man zunächst an, sie habe einen frühen Morgenspaziergang gemacht und darüber die Zeit vergessen. Ich sagte nicht, daß ihr Bett unberührt war; denn ich wußte nicht, wie weit sie inzwischen gekommen war, und im Geiste sah ich schon meinen Großvater sie verfolgen. In seiner neuen Duldsamkeit gegenüber meiner Schwester – er war ja überzeugt, daß sie sich seinen Plänen bereitwillig fügte – sah er ihr das Fehlen beim Frühstück nach. Obgleich Miss Elton Bescheid wußte, als Francine nicht zum Unterricht erschien, und obwohl Tante Grace über ihr Fernbleiben informiert war, erreichte die Neuigkeit meinen Großvater nicht vor Mittag.

Dann ging das Gewitter los. Ich wurde befragt und gerügt, weil ich nicht gemeldet hatte, daß sie am Vorabend fortgegangen war. Ich stand ihm trotzig gegenüber, zu unglücklich, als daß es mich gekümmert hätte, was mit mir geschah.
»Sie ist fortgegangen, um einen Baron zu heiraten«, sagte ich.
Ich wurde gescholten und geschüttelt. Ich sei niederträchtig gewesen und hätte eine schwere Strafe verdient. Ich hätte gewußt, was vorging und nichts getan, um es zu verhindern. Seine Enkelin habe ihm Schmach und Schande gebracht.
Ich suchte Zuflucht bei meiner Großmutter, und sie behielt mich den ganzen Tag bei sich. Mein Großvater kam in ihr Zimmer hinauf und begann zu schimpfen. Sie hob die Hand, richtete ihre blinden Augen auf ihn und sagte: »Nicht in diesem Zimmer, Matthew. Dies ist mein Refugium. Dem Kind kann man keinen Vorwurf machen. Bitte laß sie bei mir.«
Zu meiner Verwunderung gehorchte er. Sie tröstete mich und strich mir übers Haar. »Deine Schwester wird das Leben führen, für das sie sich entschieden hat«, sagte sie. »Sie mußte fortgehen. Hier, unter dem Reglement deines Großvaters, hätte sie nicht bleiben können. Sie hat den richtigen Weg gewählt. Und du, kleine Pippa, bist nun traurig, weil du deine liebste Gefährtin verloren hast, aber auch für dich wird die Zeit kommen, du wirst sehen.«
Doch sie vermochte mich nicht zu trösten, weil es einfach keinen Trost gab. Vielleicht wußte ich irgendwo in meinem tiefsten Innern, daß ich Francine für immer verloren hatte. Und ich war in Greystone Manor und meinem Großvater auf Gnade und Ungnade ausgeliefert.
Nachdem auch der Graf und sein Gefolge Granter's Grange verlassen hatten, ging bei uns alles wieder seinen gewohnten Gang, jedenfalls für die anderen. Für mich konnte ohne Francine nichts mehr so sein wie ehedem. Mein Großvater erwähnte den Namen meiner Schwester immer seltener. Er hatte gleich zu Anfang erklärt, daß sie nie wieder über seine Schwelle treten

dürfe, aber gleichzeitig gab er zu verstehen, daß er mir gegenüber nach wie vor seine Pflicht erfüllen werde.

Die Aufsicht wurde strenger denn je. Miss Elton mußte mich begleiten, wenn ich das Haus verließ, so daß ich nie allein war. Ich erhielt mehr Religionsunterricht. Denn aus dem Benehmen meiner Schwester war schließlich klar ersichtlich, daß unsere Kindheit auf dieser heidnischen Insel üble Auswirkungen hatte. Miss Elton zeigte sich mitfühlend, und das half mir sehr. Sie hatte Francine gern gehabt, wie fast jeder, und sie hoffte, daß sie es gut haben würde. Daher durfte ich in Miss Eltons Beisein die Hütte der Familie Emms aufsuchen und mich dort mit Daisy treffen. »Ich hab' Ihrer Schwester versprochen, daß ich Sie im Auge behalte«, erklärte sie mir. »Arme kleine Miss Pip. Sie haben nicht viel zu lachen bei diesem ollen Scheusal wie Miss France ihn oft nannte.«

Als Granter's Grange wieder verlassen und Daisy fort war, kannte meine Niedergeschlagenheit keine Grenzen. Einmal überredete ich Miss Elton, mich durch die Fenster spähen zu lassen. Als ich die mit Tüchern verhüllten Möbel und das Vertiko sah, das wie eine menschliche Gestalt wirkte, hätte ich mich am liebsten zu Boden geworfen und geweint. Ich schaute nie wieder hinein. Die Erinnerung war zu schmerzlich.

Ich verabscheute Cousin Arthur genauso, wie Francine ihn verabscheut hatte. Die Unterrichtsstunden bei ihm waren mir zuwider. Er liebte Gebete über alles und ließ mich eine Ewigkeit auf Knien verharren, während er mich dem Allmächtigen befahl, auf daß er einen guten Menschen aus mir mache, damit ich gehorsam und unendlich dankbar gegen meinen Vormund werde.

Meine Gedanken wanderten indessen zu Francine, und ich versuchte mir vorzustellen, was geworden wäre, wenn sie statt ihres Barons Cousin Arthur geheiratet hätte.

Dann wäre sie wenigstens hier, dachte ich.

Die arme Tante Grace scheute sich aus lauter Furcht vor meinem Großvater, mir ihr Mitgefühl zu zeigen. Mein einziger Trost in diesen Tagen war meine Großmutter. Sie war meine einzige wahre Freundin. Agnes Warden redete mir zu, sie häufig zu besuchen. Ich glaube, sie war meiner Großmutter von Herzen zugetan.

Es heißt, die Zeit heilt alle Wunden, und wenn es auch nicht ganz stimmt, so betäubt sie doch den Schmerz.

Ein ganzes Jahr verging – das traurigste meines Lebens –, und ich klammerte mich an die ständige Hoffnung auf eine Nachricht von Francine.

Als ich eines Tages im Garten war, sah ich eines von Daisys Geschwistern hereinstarren.

»Miss Pippa«, rief der Junge. Er blickte um sich, um zu sehen, ob wir beobachtet wurden. »Meine Mama hat was für Sie.«

»Danke«, sagte ich.

»Ob Sie vorbeikommen und sich's holen?«

»Sag ihr, ich komme, sobald ich kann.«

Ich mußte behutsam vorgehen. Ich durfte ja nicht allein aus dem Haus, daher sagte ich auf einem Spaziergang zu Miss Elton, ich wolle der Familie Emms einen Besuch machen, und sie wartete unterdessen auf dem Feld auf mich.

Mrs. Emms zog einen Brief aus ihrer Schublade.

»Schätze, der ist von Ihrer Schwester«, sagte sie. »Ist hierhergeschickt worden. Und wir haben auch einen, von unserer Daise. Jenny Brakes hat ihn mir vorgelesen. Es geht ihr gut, unserer Daise. Erzählt von lauter hohen Herrschaften. Sie können ihren Brief lesen. Hans hat ihr dabei geholfen. Hat's nicht so mit dem Schreiben, unsere Daise. Aber jetzt wollen Sie gewiß erst mal sehen, was Ihre Schwester geschrieben hat.«

»Ich nehme den Brief mit nach Hause und lese ihn dort, und morgen komme ich wieder her und sehe mir Daisys Brief an.«

Mrs. Emms nickte, und ich lief zu Miss Elton hinaus. Sie stellte keine Fragen, aber sie ahnte wohl etwas, weil ich, kaum wieder in Greystone Manor, sogleich in mein Zimmer hinaufging. Mit zitternden Fingern öffnete ich den Brief.

Er war auf festem, pergamentähnlichem weißem Papier geschrieben und trug ein prächtiges goldenes Wappen.

Meine liebste Pippa!
Ich ergreife die erste Gelegenheit, um Dir zu schreiben. Hier passiert so viel, und ich bin so glücklich, Rudolph ist all das, was ich mir je von einem Ehemann gewünscht habe. Wir wurden in der Kirche von Birley getraut. Erinnerst Du Dich an die Kirche, die wir besichtigt haben und die uns so gut gefallen hat? Das führte zwar zu einer geringen Verzögerung, aber Rudolph hatte es bereits arrangiert, bevor wir aufbrachen, so daß wir das Land so schnell wie möglich verlassen konnten. Rudolph ist in seiner Heimat ein sehr wichtiger Mann. Ich kann Dir gar nicht sagen, wie bedeutend er ist.
Wir sind von Intrigen eingekreist, und unsere Feinde trachten danach, Rudolph seines Erbes zu berauben. Oh, das ist schwer zu begreifen; wenn man bedenkt, wie wir gelebt haben: auf der Insel und dann in Greystone. Wir hatten keine Ahnung von der Welt, nicht wahr? Und schon gar nicht von einer Gegend wie Bruxenstein. Hier gibt es verschiedene Herzogtümer, und jeder Markgraf oder Baron will das Oberhaupt sein. Aber ich schweife ab. Es ist sinnlos zu versuchen, Dir ihre Politik zu erklären, weil ich sie selbst nicht verstehe. Jedenfalls leben wir ziemlich gefährlich. Aber Du möchtest gewiß von meinen Erlebnissen hören.
Rudolph schlug also vor, daß wir heiraten sollten, bevor wir nach Bruxenstein kämen. Es müsse ein fait accompli *sein, weil es dort Leute gäbe, die versuchen würden, es zu verhindern. So wurden wir denn getraut, und ich bin jetzt Baronin von Gruton Fuchs. Stell Dir vor, ich mit einem so hochtrabenden Namen! Ich nenne mich Frau Fuchs. Das ist einfacher, und Rudolph findet es lustig.*
Wir waren also verheiratet und überquerten den Kanal und

fuhren durch Frankreich nach Deutschland, bis wir endlich nach Bruxenstein kamen. Ich wollte, Du könntest es sehen, aber eines Tages wird es ja soweit sein. Du kommst, sobald alles geregelt ist, Rudolph sagt, ich darf Dich jetzt noch nicht herholen. Es wäre zu schwierig. Weißt Du, er ist eine sogenannte gute Partie, das heißt, er ist hier der begehrteste Mann. Er ist so was wie der Kronerbe ... bloß, daß es kein Königreich ist ... und sie wollten, daß er eine andere heiratet ... die sie für ihn ausgesucht haben. Diese Leute mischen sich immer ein ... genau wie unser Großvater. Es ist alles ein bißchen durcheinander, wie Du siehst; Rudolph muß jedenfalls vorsichtig sein.

Du, ich habe phantastische Kleider. Wir haben ein paar Tage in Paris Station gemacht, und dort wurden sie für mich angefertigt. Das blaue Sternenkleid habe ich aber behalten. Rudolph sagt, er werde es immer lieben, weil ich es an jenem Abend trug, Du weißt schon. Aber die Sachen, die ich jetzt habe, sind wirklich prachtvoll. Ich habe sogar ein Diadem, das ich manchmal aufsetze.

Es wäre himmlisch, wenn Du hier wärst. Rudolph sagt, es dauert bestimmt nicht mehr lange. Sie fürchten sich vor dem, was Daisy immer einen »Streich« genannt hat. Dauernd haben sie hier diese Unruhen ... es ist der Neid zwischen den rivalisierenden Familienmitgliedern. Manche wollen einfach haben, was den anderen gehört.

Jetzt muß ich Dir ein Geheimnis verraten. Es wird sich ungeheuer viel ändern, wenn es ein Junge wird. Ja, Pippa, ich bin schwanger! Ist das nicht wundervoll? Stell Dir nur vor, Du wirst Tante. Ich sagte zu Rudolph, daß ich ohne Dich nicht zurechtkomme, und er sagt andauernd ›bald‹. Er verwöhnt mich. Ich bin so glücklich. Aber ich wollte, sie würden mit ihren dummen Streitereien aufhören. Ich muß mich vom Schloß fernhalten, besonders jetzt, da ich schwanger bin. Rudolph hat Angst um mich. Weißt Du, wenn ich einen

Sohn bekomme ... Aber ich rede schon wieder über diese alberne Politik.
Liebe Pippa, halte Dich jederzeit bereit. Eines Tages wirst Du in Granter's Grange die geschäftigen Vorbereitungen bemerken. Dann kommt das Heer der Dienstboten, und dann bin ich da ... und das nächste Mal, Pippa, liebste kleine Schwester, kommst Du mit mir. Ich hab Dich so lieb wie noch nie.

Francine.

Ich las den Brief wieder und wieder. Ich trug ihn unter meinem Mieder, so daß ich ihn auf der Haut fühlen konnte. Er belebte meine Tage, und wenn ich besonders unglücklich war, las ich ihn noch einmal.
Die Hoffnung, eines Tages in Granter's Grange Zeichen von Betriebsamkeit zu erkennen, half mir über jene schweren Zeiten hinweg.
Nach den ersten schlimmen Monaten vergingen die Tage schneller. Der Ablauf war stets derselbe: Frühstück mit dem Großvater, Tante Grace und Cousin Arthur; Gebete, Unterricht und Reiten mit Miss Elton; Besuche bei der Großmutter und religiöse Unterweisung bei Cousin Arthur. Ich haßte diesen Tagesablauf, und ohne die langen Ausritte in die Umgebung wäre er unerträglich gewesen. Ich war inzwischen eine perfekte Reiterin geworden. Außerdem waren natürlich die Stunden bei meiner Großmutter eine schöne Abwechslung, in denen wir von Francine sprachen und ausmalten, wie es ihr erging.
Ein ganzes Jahr verstrich, ehe ich wieder von Francine hörte. Auch diesmal kam der Brief über Mrs. Emms.

Liebste Pippa!
Du darfst nicht eine Sekunde lang annehmen, ich hätte Dich vergessen. Alles hat sich so sehr verändert, seit ich Dir das letzte Mal schrieb. Damals machte ich Pläne, Dich herkom-

men zu lassen. Leider sind sie gescheitert. Wir mußten schrecklich oft umziehen und leben jetzt sozusagen im Exil. Falls Du mir geschrieben hast, habe ich Deinen Brief nicht erhalten, und vielleicht hast Du meinen auch nicht bekommen. Ich nehme an, bei Euch geht alles weiter in diesem öden Trott. Arme Pippa! Sobald hier wieder Ordnung eingekehrt ist, kommst Du her. Ich habe zu Rudolph gesagt, daß ich meine kleine Schwester unbedingt bei mir haben muß. Er ist einverstanden. Er fand Dich reizend, dabei behauptet er immer, er hätte für keine andere Augen, nur für mich. Aber er möchte wirklich, daß Du kommst.

Jetzt muß ich Dir von dem großen Ereignis berichten. Ja, ich bin Mutter. Denk nur, Pippa, ich habe einen Sohn. Das entzückendste Wesen, das Du Dir vorstellen kannst. Er ist blond und hat blaue Augen. Ich finde, er gleicht Rudolph, aber Rudolph sagt, er ist mein Ebenbild. Er hat einen grandiosen Namen: Rudolph (nach seinem Vater) Otto Friedrich von Gruton Fuchs. Ich nenne ihn Cubby, Füchschen. Ich brauche Dir nicht zu sagen, daß Cubby das wunderbarste Kind ist, das je geboren wurde. Von dem Augenblick an, als er zur Welt kam, zeigte er eine erstaunliche Auffassungsgabe. Aber was würdest Du von meinem Kind anderes erwarten? Du mußt ihn unbedingt sehen. Wir werden uns etwas einfallen lassen.

Ich wollte, diese jämmerlichen Streitereien würden endlich aufhören. Wir müssen so vorsichtig sein. Es herrscht ein ständiger Kampf zwischen den verschiedenen Zweigen der Familie. Mal soll die Markgrafschaft dem einen gehören ... mal dem anderen. Es ist sehr zermürbend. Rudolph ist hineinverwickelt. Es finden geheime Zusammenkünfte statt, und es ist ein ständiges Kommen und Gehen in dem Jagdhaus, wo wir jetzt wohnen. Du mußt nicht denken, das ist so eine heruntergekommene Hütte! Keineswegs. Diese Markgrafen und Barone verstehen schon, für sich zu sorgen. Wir leben prächtig, aber wir müssen vorsichtig sein. Rudolph ist deswegen sehr ärgerlich. Er sagt, sobald wir wieder im Schloß sind, kann ich Dich kommen lassen. Ich kann es auch kaum erwarten. Ich werde Cubby von Dir erzählen. Noch starrt er mich nur an, aber ich schwöre, er begreift alles, denn er hat so ein kluges Gesicht.

Ich hab Dich lieb, Schwesterchen. Ich denke sehr viel an Dich. Keine Angst, ich werde Dich aus Greystone Manor erretten.

Francine die Baronin (Frau Fuchs).

Nachdem ich den Brief erhalten hatte, lebte ich einige Wochen in einem Zustand der Euphorie. Ich spazierte ständig an Granter's Grange vorbei und hielt nach Zeichen der Geschäftigkeit Ausschau. Es war aber nichts zu sehen.

Ich ging häufig zu Mrs. Emms. »Keine Post?« fragte ich jedesmal, und sie schüttelte bedauernd den Kopf.

»Von Daise ist ein Brief gekommen. Sie ist ganz aus dem Häuschen. Sie hat diesen Hans geheiratet. Aber sie ist nicht bei Ihrer Schwester. Sie muß bei Hans bleiben, wissen Sie. Sie schreibt, sie fürchten sich alle vor einem ›Streich‹.«

Da bekam auch ich es mit der Angst. Ich war verzweifelt. Dieses ständige Gerede von einem Staatsstreich; es war schwer, sich das Leben so weit entfernt von der friedlichen Ruhe unseres viktorianischen England vorzustellen. Granter's Grange und seine Bewohner hatten für mich zu einer bunten romantischen Welt gehört, wo die seltsamsten Abenteuer möglich waren. Das war für mich faßbar gewesen, und ich hatte mit Francine darüber sprechen können. Nun aber hatte mich die Unwirklichkeit all dessen eingeholt, und Francine war mit hineingezogen.

Ich betete jeden Abend für sie. Es gab etwas Neues in meinem Leben: Angst um ihre Sicherheit.

Wieder kam ein Brief. Diesmal ging es nur um das Kind. Francine war nun mehr als drei Jahre fort, und ihr kleiner Cubby

mußte jetzt achtzehn Monate alt sein. Er fing an zu sprechen, und sie konnte es kaum wagen, ihn einmal aus den Augen zu lassen.
Sie erzählte ihm von seiner Tante Pippa.

Das Wort Pippa gefällt ihm, und er wiederholt es ständig. Komisch, wie Kinder eine Vorliebe für manche Wörter haben, und Pippa ist so eines. Er hat ein drolliges Spielzeug, hier heißt es Kasperl. Diesen Kasperl nimmt er mit ins Bett und lutscht an seinem Ohr. Ohne ihn will er nicht schlafen gehen. Er nennt ihn Pippa. Siehst Du, Schwesterchen, jetzt gibt es einen Kasperl, der nach Dir heißt.
Du würdest Dich auf der Stelle in mein Baby verlieben. Es ist hinreißend.

Deine Schwester Francine.

Das war der letzte Brief. Dann hörte ich lange Zeit nichts von ihr, und ich war sehr beunruhigt. Mrs. Emms sagte, auch von Daisy sei keine Nachricht gekommen.
Ich wurde älter, und die Wolken, die ehedem als Schatten am Horizont erschienen waren, ballten sich nun über mir zusammen.
Ich war erst zwölf gewesen, als Francine fortging, und nun stand mein sechzehnter Geburtstag bevor. Verhängnisvolle Zeichen wurden sichtbar. Mein Großvater bekundete Interesse an mir und war freundlicher zu mir. Er lud mich zu einer Rundfahrt über die Güter ein, und ich erinnerte mich, wie er Francine einmal mitgenommen hatte. Cousin Arthur begleitete uns. Allmählich ging mir ein Licht auf, was das zu bedeuten hatte.
Von Francine hatte er nichts mehr wissen wollen, aber da war ja noch eine Enkelin. Und die würde binnen kurzem im heiratsfähigen Alter sein.
An meinem sechzehnten Geburtstag wurde eine Abendgesellschaft gegeben, zu der etliche Familien aus der Umgebung

eingeladen wurden. Jenny Brakes nähte mir ein Taftkleid, in dem ich ziemlich erwachsen wirkte, und Miss Elton sagte mir, daß mein Großvater den Wunsch – nein, den Befehl – geäußert habe, daß ich für diesen Anlaß mein Haar aufsteckte.
Mit der neuen Frisur sah ich noch erwachsener aus. Ich ahnte, was für meinen siebzehnten Geburtstag geplant war.
Wenn ich neben Cousin Arthur saß, legte er seine Hand auf mein Knie, und alles in mir schreckte vor ihm zurück. Ich versuchte, meinen Widerwillen nicht zu zeigen, und zum erstenmal seit Francines Fortgang hatte ich meinetwegen Probleme. Ich haßte Cousin Arthurs schlaffe Hände; denn ich konnte mir denken, was in ihm vorging.
Mit meiner Großmutter konnte ich über meine Befürchtungen sprechen.
»Ja«, bestätigte sie, »so wird es kommen, und du solltest darauf vorbereitet sein. Dein Großvater wird verlangen, daß du Cousin Arthur heiratest.«
»Das werde ich nicht tun«, protestierte ich ebenso bestimmt wie einst Francine.
»Ich fürchte, er wird darauf bestehen. Ich weiß nicht, was er tun wird, aber du kannst unmöglich hierbleiben, wenn du dich nicht fügst.«
»Was kann ich denn tun?«
»Wir müssen uns etwas einfallen lassen«, sagte sie.
Ich sprach mit Miss Elton. Sie war selbst in Sorge, weil sie sah, daß es mit ihrer Stellung hier bald ein Ende haben würde. Meine Großmutter meinte, der einzige Ausweg für mich wäre, irgendwo eine Arbeit anzunehmen, und ich solle mich umschauen, denn es sei nicht leicht, eine Stellung zu finden. Mein Großvater könne mich jederzeit zu einem Verlöbnis zwingen, und die Hochzeit würde vermutlich für meinen siebzehnten Geburtstag geplant, darauf müsse ich gefaßt sein.
Seit den ersten Monaten nach Francines Abreise hatte ich mich nicht mehr so bedrückt gefühlt. Ich machte mir Sorgen um sie,

weil keine Briefe mehr kamen, doch nun hatte ich selbst ein brennendes Problem … Ja, der einzige Ausweg war eine Stellung, und ich dachte viel über diese Möglichkeit nach.
Miss Elton sagte mir, daß in der Zeitung Stellen angeboten würden, und wir besorgten uns die Zeitungen, denn auch sie war entschlossen, sich etwas anderes zu suchen.
Wir sahen uns die Anzeigen an. »Ihr Alter ist Ihnen im Wege«, meinte sie. »Wer sucht schon ein sechzehnjähriges Mädchen als Gouvernante oder Gesellschafterin? Sie müssen vorgeben, daß Sie älter sind.«
»Ich werde nächstes Jahr siebzehn.«
»Auch siebzehn ist noch sehr jung. Man könnte Sie für achtzehn halten, wenn Sie das Haar aus dem Gesicht kämmen. Wenn Sie eine Brille hätten … warten Sie einem Moment.« Sie ging zu einer Kommode und nahm eine Brille heraus. »Probieren Sie die.«
Ich setzte sie auf, und Miss Elton lachte. »Ja, das ist gut, und mit den zurückgekämmten Haaren sehen Sie richtig streng aus … wie zwanzig … vielleicht sogar ein- oder zweiundzwanzig.«
»Aber ich kann durch die Brille nichts sehen.«
»Man kann sie auch mit gewöhnlichem Glas bekommen. Trotzdem, Sie sind zu jung. Man wird Sie nicht nehmen. Frühestens in ein oder zwei Jahren können Sie auf eine Stellung hoffen.«
»In zwei Jahren! Aber ich bin sicher, daß er für meinen siebzehnten Geburtstag die Hochzeit plant.«
Ich mußte trotzdem darüber lachen, wie ich in Miss Eltons Pelerine, mit den zurückgekämmten Haaren und der Brille aussah.
Miss Elton versprach, mir eine Brille zu besorgen. Sie würde sagen, jemand brauche sie lediglich als Schutz vor dem Wind, da er ihm Kopfschmerzen mache. Miss Elton war sehr mitfühlend, seit Francine fort war, und das hatte uns einander nähergebracht.
Sie besorgte die Brille, und als ich sie aufsetzte, mußte ich daran denken, wie Francine bei meinem Anblick gelacht hätte.

Miss Elton sah sich nach Stellungen um und fand etliche, die ihr zusagten. Sie war immerhin eine erfahrene Gouvernante in gesetztem Alter. Je mehr wir darüber sprachen, um so mehr erkannte ich die Hoffnungslosigkeit meiner Lage, und ich lachte mich selbst aus, weil ich mir eingebildet hatte, daß eine Brille meinen Mangel an Erfahrung wettmachen könnte.

Es würde nicht klappen, das wußte ich, und selbst Miss Eltons Elan, ihre eigene Sache voranzubringen, erlahmte ein wenig.

»Vielleicht ist es noch zu zeitig«, sagte sie. »Es wird sich später noch etwas finden.«

Während wir derlei Überlegungen anstellten, ereignete sich in Greystone Manor etwas Ungeheuerliches. Tante Grace brannte zu Charles Daventry durch! Wäre ich nicht so in meine eigenen Angelegenheiten vertieft gewesen, hätte ich es vielleicht kommen sehen. Mit Tante Grace war eine merkliche Veränderung vorgegangen, seit Francine fort war. Offenbar hatte ihr deren Beispiel von Auflehnung Mut gemacht. Und wenn Tante Grace auch Jahre gebraucht hatte, bis sie sich dazu durchgerungen hatte, so hatte sie schließlich doch die Ketten zerrissen, mit denen ihr Vater sie gefesselt hatte. Ich freute mich für sie.

Sie ging einfach eines Tages fort und hinterließ meinem Großvater einen Brief, in dem sie erklärte, daß sie endlich beschlossen habe, ihr eigenes Leben zu leben, und daß sie nun bald sein werde, was sie eigentlich schon seit zehn Jahren hätte sein sollen: Mrs. Daventry.

Meine Großmutter war natürlich in das Geheimnis eingeweiht, und ich hätte gern gewußt, wie weit sie Grace zugeredet hatte.

Der Großvater war außer sich. Wieder fand in der Kapelle eine Versammlung statt, während der er Tante Grace anprangerte. Sie sei ein undankbares Kind, und der Herr wende sich mit Abscheu von ihr. Hatte ER nicht gesagt: »Du sollst Vater und Mutter ehren«? Sie aber hätte die Hand gebissen, die sie fütterte, und solche Pflichtvergessenheit werde der Allmächtige nicht hinnehmen.

Ich sagte hinterher zu Cousin Arthur: »Ich glaube, mein Großvater sieht in Gott so eine Art Verbündeten. Wieso nimmt er an, daß Gott immer auf seiner Seite ist? Wer weiß? Vielleicht hält er zu Tante Grace.«
»So darfst du nicht reden, Philippa«, erwiderte er finster.
»Warum soll ich nicht sagen, was ich empfinde? Wozu hat Gott mir eine Zunge gegeben?«
»Um ihn zu preisen und deine Wohltäter zu ehren.«
»Sie meinen, den Großvater womöglich ... sich selbst, Cousin Arthur?«
»Du sollst deinem Großvater Achtung erweisen. Er hat dich aufgenommen. Er hat dir Obdach gewährt. Das darfst du nie vergessen.«
»Großvater vergißt es bestimmt nicht, und er wird alles tun, damit auch ich es nicht vergesse.«
»Philippa, ich möchte deinem Großvater nicht erzählen, was du gesagt hast, aber wenn du weiter in diesem Ton redest, zwingst du mich dazu.«
»Armer Arthur, Sie passen wirklich prima zu ihm. Ihr seid die heilige Dreifaltigkeit: Sie, mein Großvater und Gott.«
»Philippa!«
Ich sah ihn verächtlich an. Jetzt hast du meinem Großvater wirklich was zu erzählen, dachte ich.
Aber er tat es nicht. Er wurde vielmehr ziemlich freundlich zu mir, doch meine Abneigung gegen ihn nahm im Laufe der Zeit immer mehr zu.
Ich besuchte Tante Grace in der Werkstatt beim Friedhof. Sie war sichtlich glücklich und hatte nichts mehr mit der tristen Frau gemein, die in Greystone Manor gelebt hatte.
Ich umarmte sie, und sie bat mich um Entschuldigung. »Ich wollte es dir sagen, Philippa, aber ich hatte Angst, es irgend jemandem zu erzählen ... außer Mama. Ach Liebes, ich bin sicher, wenn ihr nicht gekommen wärt, hätte ich nie den Mut gehabt. Doch seit deine Schwester fort war, habe ich immerzu

daran gedacht. Charles hat mich seit Jahren bedrängt, aber ich konnte mich nie entschließen ... Als Francine dann fortging, dachte ich plötzlich, genug ist genug ... und was mir bis dahin unmöglich erschienen war, kam mir allmählich ganz einfach vor. Ich brauchte es nur zu tun.«

Charles gab mir einen Kuß und sagte: »Ich muß euch dankbar sein. Was findest du, wie sieht Grace aus?«

»Wie ein neuer Mensch«, erwiderte ich.

Tante Grace war voller Pläne. Sie hatten ein Zimmer im Pfarrhaus und wollten eine Weile dort wohnen bleiben. Das würde meinen Großvater erzürnen, aber über den Pfarrer hatte er keine Gewalt. Die Pfründe war Sache des Bischofs, und der hatte – »aber erwähne das mit keinem Wort«, bat Tante Grace – unseren Großvater nie leiden können. Sie waren zusammen zur Schule gegangen und hatten schon damals immer Reibereien. Und der Pfarrer stand mit Greystone Manor nicht auf gutem Fuße, aber mit dem Rückhalt beim Bischof hatte er das auch nicht nötig.

Grace plauderte angeregt weiter, und ich war sehr froh, sie so zu sehen.

»Ich kann meine Mutter nicht besuchen«, sagte sie, »weil man mir das Haus verboten hat und sie nicht herauskann, aber du wirst gewiß unsere Botschaften überbringen und ihr sagen, wie glücklich ich bin.«

Das versprach ich.

Es war ein schöner Nachmittag. Wir saßen inmitten der Steinfiguren und tranken Tee, den Charles für uns machte. Über Graces Glück vergaß ich für kurze Zeit meine Schwierigkeiten, und als ich mich wieder darauf besann, tröstete mich das Gefühl, daß ich mit Tante Grace darüber reden konnte.

»Ja«, bestätigte sie, »er will dich mit Cousin Arthur verheiraten.«

»Ich werde ihn aber niemals heiraten«, sagte ich. »Francine hat es nicht getan, und ich werde es auch nicht tun.«

Tante Grace wurde still, als ich Francine erwähnte. Ich fuhr fort: »Ich sorge mich um sie. Ich habe so lange nichts von ihr gehört. Ich verstehe nicht, wieso sie nicht schreibt.«
Tante Grace schwieg.
»Das ist doch merkwürdig«, redete ich weiter. »Ich weiß natürlich, daß es schwierig ist mit der Post … wo sie doch so weit weg ist.«
»Seit wann hast du nichts mehr von ihr gehört?« fragte Tante Grace.
»Seit über einem Jahr.«
Tante Grace schwieg wieder eine Weile. Dann sagte sie: »Philippa, ob du mir wohl ein paar Sachen bringen könntest? Du müßtest sie heimlich aus dem Haus schaffen. Ich nehme an, man hat dir verboten, mich zu besuchen.«
»Dieses Verbot werde ich nicht beachten«, versprach ich.
»Sei vorsichtig. Dein Großvater kann sehr hart sein. Du kannst noch nicht auf eigenen Füßen stehen, Philippa.«
»Das werde ich aber müssen, Tante Grace. Ich muß es jedenfalls versuchen und mich um eine Stellung bemühen, um meinen Unterhalt zu verdienen. Miss Elton hilft mir dabei.«
»Oh … so weit ist es also schon?«
»Es muß sein, wegen Cousin Arthur.«
»Das ist das Beste. Du mußt ein neues Leben anfangen. Ich hatte selbst einmal vor, eine Stellung anzunehmen, aber mir hat immer der Mut gefehlt. Du wirst die Vergangenheit hinter dir lassen wollen, alles … einfach alles, Philippa. Und dann findest du vielleicht einen guten Ehemann. Das wäre das Beste. Vergiß alles … und beginne von neuem.«
»Francine und unser gemeinsames Leben könnte ich niemals vergessen.«
»Du wirst schon einen Weg finden. Und Philippa, ich möchte, daß du mir noch etwas bringst. Mein Notizbuch. Es ist in der braunen Truhe auf dem Speicher. Es enthält Zeitungsausschnitte und dergleichen. Es ist ein rotes Heft. Mein Name steht auf

dem Vorsatzblatt. Sei so lieb und hole es. Du findest es ganz leicht.«

Ihr ernster Blick, ihre zitternde Hand, die plötzliche Verfinsterung des Leuchtens, das ihr neues Glück ihr verliehen hatte ... aus all dem hätte ich erahnen können, daß ich in dem Notizbuch etwas Schreckliches finden würde.

Sobald ich nach Hause kam, ging ich auf den Speicher.

Ich öffnete die Truhe und fand das Buch, um das Tante Grace gebeten hatte. Ich schlug es auf. Innen stand ihr Name, wie sie gesagt hatte, aber es war der Zeitungsausschnitt, der mir sofort auffiel. Die Worte formten sich zu Sätzen und ließen entsetzliche Bilder vor mir erstehen.

> Baron von Gruton Fuchs letzten Mittwoch ermordet im Bett seiner Jagdhütte im Bezirk Bruxenstein aufgefunden. Bei ihm war seine Geliebte, eine junge Engländerin, deren Identität noch nicht geklärt ist. Es wird aber angenommen, daß sie sich schon länger bei ihm aufhielt.

Ich sah auf das Datum. Es lag über ein Jahr zurück. Ein zweiter Ausschnitt war angeheftet.

> Die Identität der Frau konnte festgestellt werden. Es handelt sich um Francine Ewell, seit längerer Zeit eine »Freundin« des Barons.

Das Papier glitt mir aus den Händen. Ich kniete noch immer und kam ins Wanken, während in meinen Gedanken Bilder von einem Schlafzimmer in einem Jagdhaus heraufstiegen. Als ziemlich aufwendig hatte sie es beschrieben. Sie hatten gewiß viele Dienstboten. Ich stellte sie mir in einem Bett vor, den hübschen Liebhaber neben sich ... und überall Blut ... das Blut meiner geliebten Schwester.

Ich ging in mein Zimmer, um nachzudenken. Deshalb also hatte ich nichts von ihr gehört. Man hatte mir nichts gesagt, und sie

wurde nicht betrauert; meine liebe, schöne, unvergleichliche Schwester hätte ebensogut nicht existiert haben können.
Tot! Ermordet! Francine, die Gefährtin meiner glücklichen Tage. Nach all der Zeit der Angst war dies das Ende. Bis dahin hatte es immer noch eine Hoffnung gegeben. Nun konnte ich nicht mehr zur Hütte gehen und bitter enttäuscht sein, wenn wieder keine Nachricht gekommen war. Es würde keine Nachricht mehr geben ... nie mehr.
Es hieß da, sie wäre seine Geliebte. Aber sie war doch seine Frau! Sie waren in der Kirche von Birley getraut worden, bevor sie auf den Kontinent fuhren. Das hatte sie mir doch geschrieben. Und sie hatten einen Sohn. Cubby. Wo war Cubby? Von ihm war nicht die Rede.
»O Francine«, murmelte ich, »ich werde dich nie wiedersehen. Warum bist du fortgegangen? Wärst du doch hiergeblieben ... hättest Cousin Arthur geheiratet ... alles ... alles lieber als dies. Wir hätten zusammen fortgehen können. Wohin? Wie? Irgendwohin ... alles lieber als dies.«
Ich wollte es nicht glauben. Es mußte jemand anderes sein. Aber da stand sein Name ... und ihrer. Hatte sie mir über die Heirat die Wahrheit gesagt? Hatte sie es nur geschrieben, weil sie dachte, ich hätte gern, daß alles anständig und korrekt, förmlich und richtig sei? Ja, ich hätte *es so* gewünscht. Aber deshalb hätte sie mich doch nicht belügen müssen. Sie hätte die Sache einfach übergehen können. Und da war noch das Kind. Was war aus dem Kind geworden? In der Zeitung stand nichts von ihm. Es war nur ein ganz kurzer Bericht, wie in einer englischen Zeitung nicht anders zu erwarten. Nur eine knappe Notiz über die üblichen Querelen, die in diesen turbulenten deutschen Staaten weitab vom friedlichen England an der Tagesordnung waren. Die Sache war überhaupt nur erwähnt worden, weil die beteiligte Frau Engländerin war.
War das alles, was ich darüber wissen sollte? Wo konnte ich mehr erfahren?

Das rote Notizbuch unter den Arm geklemmt, lief ich zum Pfarrhaus. Tante Grace wartete zwischen den Statuen auf mich. Sie hatte wohl erwartet, daß ich kommen würde. Ich hielt ihr das Buch hin und sah sie an.
»Ich habe es dir damals nicht erzählt«, stammelte sie, »weil ich dachte, es würde dich zu sehr aufregen. Aber jetzt ... dachte ich ... ist sie älter. Nun solltest du es wissen.«
»Und ich habe die ganze Zeit auf eine Nachricht von ihr gewartet ...«
Tante Graces Lippen zitterten. »Es ist entsetzlich«, sagte sie. »Sie hätte doch lieber nicht fortgehen sollen.«
»Gibt es noch mehr, das ich nicht weiß, Tante Grace? Noch mehr Zeitungsausschnitte ... noch andere Berichte?«
Sie schüttelte den Kopf. »Nichts. Das war alles. Ich habe es gelesen und ausgeschnitten. Ich habe es niemandem gezeigt. Ich hatte Angst, jemand würde es lesen. Dein Großvater zum Beispiel. Aber die Leute kümmern sich nicht viel um Nachrichten aus dem Ausland.«
»Sie war mit ihm verheiratet«, sagte ich.
Tante Grace blickte mich mitleidig an.
»Ganz bestimmt«, beharrte ich. »Sie hat es mir geschrieben. Francine hätte mich nie belogen.«
»Es muß eine Scheintrauung gewesen sein. Dergleichen kommt unter solchen Leuten vor.«
»Aber sie hatten ein Kind!« rief ich. »Was ist aus ihm geworden? Von dem Kind ist nicht die Rede.«
Tante Grace murmelte: »Ich hätte dich weiter im unklaren lassen sollen. Aber ich hielt es für das Beste.«
»Ich mußte es jetzt endlich erfahren!« rief ich. »Ich will alles über sie wissen. Und die ganze Zeit bin ich im dunkeln getappt ...«

Ich konnte an nichts anderes denken als an Francine. Ich wurde den Gedanken nicht los, wie sie in jenem Bett lag, tot ... ermordet. Francine ... so lebensvoll. Es war unvorstellbar. Lieber hätte *es so* sein sollen, daß sie mich vergessen hätte, weil in ihrem neuen, bunten und abwechslungsreichen Leben kein Platz mehr für ihre unscheinbare kleine Schwester gewesen wäre. Aber das hätte nicht zu Francine gepaßt. Das Band zwischen uns war so stark und hielt ewig ... bis der Tod uns trennte. Der Tod. Der unwiderrufliche ... gewaltsame ... erschreckende Tod!

Sie nie wiedersehen! Francine nicht und nicht diesen hübschen jungen Mann, den ich nur flüchtig gekannt hatte, der ganz wie ein romantischer Held war, der richtige Ehemann für das schönste aller Mädchen. Aber sie hatten freilich gefährlich gelebt.

Ich konnte nur mit meiner Großmutter darüber sprechen. Sie wußte auch, daß Francine tot war; Tante Grace hatte es ihr erzählt.

»Ihr hättet es mir sagen müssen!« rief ich heftig.

»Wir hätten es dir gesagt ... später. Aber wir wußten, wie sehr ihr euch geliebt habt, und du warst ja noch so jung. Wir wollten warten, bis deine Schwester nur mehr eine ferne Erinnerung wäre. Das hätte den Schlag gemildert.«

»Sie wäre nie eine ferne Erinnerung geworden.«

»Aber es wäre besser gewesen, mein Kind, wenn du angenommen hättest, sie habe dich bei ihrem aufregenden neuen Leben vergessen, statt zu wissen, daß sie tot ist ... jedenfalls zunächst.«

»Es ist schon vor einem Jahr passiert.«

»Ja, aber es war besser, bis jetzt zu warten. Grace hat spontan gehandelt. Sie ist ein anderer Mensch geworden. Ihr Leben lang hat sie gezögert ...«

»Sie schreiben, Francine war nicht verheiratet. Großmutter, ich *weiß,* daß sie verheiratet war.«

»Ja, mein Liebes, du mußt *es so* sehen. Er war ein Mann aus den obersten Kreisen seines Landes. Für solche Leute werden Heiraten arrangiert. Wenn sie außerhalb der Gesetze heiraten ...«

»Es heißt, sie war seine Geliebte. Aber Francine war seine Frau. Sie hat es mir geschrieben.«

»Natürlich. Sie hat sich als seine Frau betrachtet.«

»Sie schrieb, daß sie in einer Kirche getraut wurden, ich kenne die Kirche. Wir haben sie an dem Tag besichtigt, als wir in England ankamen. Wir haben einen Ausflug gemacht, weil wir in Dover auf den Zug warten mußten und so viel Zeit hatten. Ich weiß es noch ganz genau. Damals hat Francine gesagt, das wäre eine hübsche Kirche, um zu heiraten, und dort ist sie getraut worden.«

Meine Großmutter schwieg, und ich fuhr fort: »Und was ist aus dem Kind geworden?« Ich mußte immerzu an den Buben denken.

»Es ist bestimmt in guten Händen.«

»Bei wem? Wo?«

»Das hat man gewiß geregelt.«

»Sie war so stolz auf ihren Sohn. Sie hat ihn so geliebt.«

Meine Großmutter nickte.

Ich rief aus: »Ich will genau wissen, was passiert ist.«

»Mein liebes Kind, du mußt es vergessen.«

»Francine vergessen! Bestimmt nicht. Ich will dorthin ... ich muß alles herausfinden.«

»Mein liebes Kind, du hast doch eigene Probleme.«

Ich schwieg einen Augenblick. Die plötzliche Entdeckung hatte alles andere aus meinen Gedanken verscheucht. Aber mein Problem blieb bestehen. Sogar als ich jetzt dasaß und an Francine dachte ... Bilder der Erinnerung, aber auch der Phantasien, vor allem solche in einem Schlafzimmer in dieser Jagdhütte ... selbst da konnte ich beinahe Arthurs schlaffe Hände auf mir spüren. Ich sah das Brautgemach von Greystone, einen düsteren Raum mit schweren grauen Samtvorhängen und einem hohen Himmelbett; ich sah mich dort liegen und Cousin Arthur kommen; ich stellte mir vor, wie er vor dem Bett kniete und Gott bat, unseren Bund zu segnen, bevor er sich an die praktische Ausführung machte. Das könnte ich niemals ertragen!

Und doch konnte ich nicht lange daran denken. Immer wieder

fiel mir Francine ein, und ich sah sie in diesem blutbefleckten Bett, ihren toten Geliebten neben sich.

Ich ging nach Granter's Grange und kam an der Hütte der Familie Emms vorüber. Wie so oft sah ich Mrs. Emms draußen Wäsche aufhängen. Sie schien unaufhörlich zu waschen. Das war bei einer so großen Familie wohl unvermeidlich, und doch machten sie nicht den Eindruck übermäßiger Reinlichkeit. Ich blieb stehen und unterhielt mich mit ihr.

»Ich hör' gar nichts mehr von Daise«, sagte sie. »Ich frag mich oft, was sie dort treibt mit diesem Hans. Na ja, die Kinder ziehen in die Fremde, und dann sind sie eben weg. Auch keine Nachricht von Ihrer Schwester?«

Ich schüttelte den Kopf. Ich wollte nicht mit Mrs. Emms über die Tragödie sprechen.

Aber ich mußte nach Granter's Grange gehen und das Haus ansehen. Ich war so niedergeschlagen und auch zornig, weil ich noch so jung war. Trotzdem mußte ich etwas unternehmen.

Miss Elton hatte Nachricht von ihrer Cousine, die irgendwo in Mittelengland als Kindermädchen arbeitete. Sie schrieb, sie würden bald eine Gouvernante benötigen, und sie habe Miss Elton empfohlen. In drei Monaten wäre es soweit. Wenn sie so lange warten könne, würde sie die Stellung bekommen.

Miss Elton war also versorgt. Sie hatte eine Unterredung mit meinem Großvater und erklärte ihm, sie glaube, daß ich bald keine Gouvernante mehr brauchte, und man habe ihr diese Stellung angeboten, die sie in drei Monaten antreten könne. Mein Großvater lobte sie huldvoll wegen ihrer weisen Voraussicht und sagte, er wolle sie gern noch drei Monate in Diensten halten, bis für mich, wie sie richtig erkannt habe, keine Gouvernante mehr nötig sei.

Darin lag etwas Unwiderrufliches. Mein Großvater machte einen sehr selbstzufriedenen Eindruck. Er war überzeugt, daß er mit mir nicht dieselben Schwierigkeiten haben würde wie mit meiner Schwester.

Und dann wurde es zu meiner großen Aufregung in Granter's Grange lebendig. Der kleine Tom Emms erzählte es mir, als er kam, um seinem Vater bei der Gartenarbeit zu helfen. Er sprach mich an, und ich war sicher, daß Mrs. Emms ihm aufgetragen hatte, es mir zu berichten.
»Da sind Leute im Haus«, flüsterte er verschwörerisch.
»In Granter's Grange?« rief ich aus.
Er nickte.
Mehr brauchte ich nicht zu wissen. Sobald das Mittagessen beendet war, machte ich mich auf.
Mrs. Emms erwartete mich. Wenn sie keine Wäsche aufhängte, war sie im Garten und beobachtete die Nachbarschaft.
Sie trat ans Gatter, sobald ich erschien. »Nur die Dienstboten bis jetzt«, sagte sie.
»Ich muß hin«, erklärte ich.
Sie nickte. »Ich bin hingegangen, um nach unserer Daise zu fragen. Ich dachte, vielleicht ist sie dort.«
»Ist sie nicht da?«
Mrs. Emms schüttelte den Kopf. »Man hat mir die kalte Schulter gezeigt. Nein, Daise ist nicht da. Hans auch nicht. Das sind auch gar nicht dieselben Leute wie früher. 'ne komische Art haben die, ich muß schon sagen.«
Ich ließ mich nicht beirren und ging zu dem Landhaus. Mein Herz schlug heftig, als ich die Auffahrt entlangging. Ich betätigte den Klopfer mit der Figur, und der Ton hallte durchs Haus.
Endlich hörte ich Schritte nahen, und ein Mann öffnete die Tür.
Wir standen uns einen Moment gegenüber und sahen uns an. Er hob fragend die Brauen, und ich sagte: »Ich möchte einen Besuch machen. Ich bin von Greystone Manor.«
Er erwiderte: »Niemand zu Hause. Keiner da.«
Er wollte die Tür schließen, doch ich war einen Schritt vorgetreten, so daß er mich nur mit Gewalt hätte hinausdrängen können.
»Wann wird die Gräfin eintreffen?« fragte ich.

Er zuckte die Achseln.
»Bitte, sagen Sie es mir. Ich habe sie vor ein paar Jahren kennengelernt. Mein Name ist Philippa Ewell.«
Er sah mich merkwürdig an. »Ich weiß nicht, wann sie kommen. Vielleicht überhaupt nicht. Wir sind hier, weil so lange niemand mehr nach dem Haus gesehen hat. Guten Tag.«
Mir blieb nichts anderes übrig, als enttäuscht zu gehen.
Aber ich war von fiebriger Ungeduld ergriffen. Früher hatte die Ankunft der Dienstboten bedeutet, daß das Haus bald bewohnt sein würde, also würde sicher bald jemand kommen, der mir etwas über Francine sagen konnte.
Bald nachdem ich in Granter's Grange gewesen war, fiel mir etwas Seltsames auf. Ich begegnete neuerdings ständig demselben Mann. Mit seiner gedrungenen Gestalt und seinem kurzen, dicken Hals sah er irgendwie germanisch aus, so daß ich ihn für einen Ausländer hielt, einen Ferienreisenden vielleicht, der im Gasthof Three Tuns nahe beim Fluß abgestiegen war, wohin gelegentlich Leute zum Forellenangeln kamen. Das Merkwürdige daran war, daß ich ihm so oft begegnete. Er sprach mich nie an; ja, er schien mich überhaupt nicht zu bemerken. Er war einfach nur da.
Miss Elton, deren Zukunft nun gesichert war, zeigte sich sehr mitfühlend und machte sich ernstlich Sorgen um mich. Die Zeit verging so schnell, und in sechs Monaten würde ich siebzehn sein. Sie wußte, daß mir der Gedanke verhaßt war, Cousin Arthur zu heiraten. Doch was konnte ich sonst tun, was blieb mir übrig?
Sie sagte: »Sie sollten unbedingt etwas unternehmen.«
»Und was?« fragte ich.
»Sie sind so gleichgültig gegen sich selbst. Sie quälen sich mit Gedanken an das, was Ihrer Schwester zugestoßen ist. Sie ist tot, aber Sie leben und müssen weiterleben.«
»Ich wollte, ich könnte nach Bruxenstein gehen. Ich bin überzeugt, daß es dort ein Geheimnis zu lüften gibt.«

»Das ist doch alles ganz klar. Er hat ihr den Kopf verdreht und ihr die Ehe versprochen ...«

»Aber er hat sie wirklich geheiratet. In der Kirche, die wir einmal besichtigt haben.« Mir kam eine Idee. »Gibt es in Kirchen nicht Register und dergleichen? Wenn sie dort geheiratet haben ... dann müßte das doch beurkundet sein, nicht wahr? Und die Akten würden in der Kirche aufbewahrt, oder?«

Miss Elton sah mich eindringlich an. »Sie haben recht« sagte sie.

»Oh, Miss Elton. Ich muß zu dieser Kirche. Ich muß es selbst sehen. Wenn die Eheschließung dort registriert wäre ... das würde doch beweisen, daß ein Teil des Zeitungsberichts falsch war, nicht?«

Miss Elton nickte langsam.

»Ich gehe hin ... irgendwie. Kommen Sie mit?«

Sie schwieg eine Weile. »Ihr Großvater. Er wird wissen wollen ...«

»Soll ich mein Leben lang seine Sklavin bleiben?« fragte ich.

»Ja, wenn Sie jetzt nicht handeln.«

»Ich werde handeln, und als erstes sehe ich in der Kirche von Birley nach, ob die Eheschließung meiner Schwester dort registriert ist.«

»Und wenn, was dann?«

»Dann muß ich etwas unternehmen. Das würde die Sache doch ändern, sehen Sie das nicht? Ich möchte herausbekommen, warum meine Schwester ermordet worden ist. Und noch etwas. Ich möchte ihren Sohn finden. Was ist aus dem kleinen Jungen geworden? Er muß jetzt drei Jahre alt sein. Wo ist er? Wer kümmert sich um ihn? Er ist Francines Kind. Verstehen Sie das nicht? Ich kann nicht tatenlos hier herumsitzen.«

»Ich sehe nicht, was Sie tun können, außer zu beweisen, ob Ihre Schwester verheiratet war oder nicht. Und was nützt Ihnen das?«

»Ich weiß es nicht. Aber es würde mich ein wenig erleichtern.

Wenn diese Urkunde vorhanden ist, heißt das, daß Francine die Wahrheit gesagt hat. Sie schrieb, sie sei Baronin. Sie nannte sich Frau Fuchs, weil das einer seiner Nachnamen war.«

»Sie war immer recht leichtfertig.«

»Sie war der liebste Mensch, den ich gekannt habe, und ich ertrage es nicht ...«

»Regen Sie sich nicht auf. Wenn Sie entschlossen sind, diesen Ort aufzusuchen – in der Nähe von Dover, sagten Sie? – könnten wir es in einem Tag hin und zurück schaffen. Das macht die Sache einfacher.«

»Sie würden mitkommen, Miss Elton?«

»Natürlich. Sie können Ihrem Großvater doch nicht erzählen, was Sie vorhaben, nicht wahr? Wie wäre es, wenn ich ihm erkläre, daß wir im Unterricht über alte englische Kirchen gesprochen haben, und daß es in der Nähe von Dover eine besonders interessante normannische Kirche gibt die ich Ihnen gern zeigen möchte?«

»Oh, Miss Elton, Sie sind ja so gut!«

»Er ist neuerdings nicht mehr ganz so streng mit uns. Vielleicht weil ich ohnehin bald gehe, und weil er denkt, Sie sind eine fügsame Enkelin und gehorchen seinen Wünschen.«

»Es ist mir einerlei, was er denkt. Ich will in diese Kirche und mir das Register ansehen.«

Miss Elton hatte meinen Großvater richtig eingeschätzt. Er erklärte sich huldvoll mit dem Ausflug einverstanden, und wir brachen frühmorgens von der Bahnstation Preston Carstairs auf. Für die Rückfahrt könnten wir noch den Dreiuhrzug erreichen. Merkwürdig, gerade, als wir am Bahnhof anlangten, kam der geheimnisvolle Fremde vom Gasthof Three Tuns zum Zug geeilt. Er sah uns überhaupt nicht an, aber ich fand es doch recht seltsam, daß er schon wieder da war und auch noch in demselben Zug fuhr wie wir. Ich dachte dann aber, daß er ja vermutlich in Ferien hier war und sich halt auch ein wenig die Gegend ansah, und da Dover und seine Umgebung historisch sehr

interessant sind, war es nur natürlich, daß er es besichtigen wollte.
Aber ich war wegen meines Vorhabens so aufgeregt daß ich bald nicht mehr an ihn dachte.
Die Fahrt dauerte ziemlich lange, und weil ich so ungeduldig war, schien es mir, daß der Zug recht langsam dahindampfte. Ich sah hinaus auf grüne Weiden, auf kleine Häuschen, die zum Trocknen des Getreides dienten, auf den reifenden Hopfen und die mit Früchten überladenen Bäume in den Obstgärten, die für diese Landschaft charakteristisch waren. Alles war grün und lieblich, ich aber war nur begierig, endlich zu der Kirche zu kommen.
Als wir in Dover einfuhren, sah ich die Festung auf dem Hügel, und die weißen Klippen und die See boten einen phantastischen Anblick. Aber ich konnte nur an das denken, was ich zu finden hoffte, denn ich zweifelte nicht, daß es tatsächlich vorhanden war.
Wir stiegen aus dem Zug und verließen den Bahnhof.
»Die Kirche ist nicht sehr weit von hier«, sagte ich. »Francine, Mister Counsell und ich sind in einem Einspänner hingefahren, der einem Gasthaus gehörte, und jemand von dort hat uns kutschiert.«
»Könnten Sie das Gasthaus wiederfinden?«
»Bestimmt.«
»Dann lassen Sie uns dort hingehen und etwas essen. Danach können wir uns erkundigen, ob man uns die Kutsche für die Fahrt zur Kirche zur Verfügung stellen kann.«
»Mir ist nicht nach Essen zumute.«
»Aber wir müssen etwas zu uns nehmen. Außerdem gibt uns das die Möglichkeit, mit dem Wirt zu sprechen.«
Wir fanden das Gasthaus mühelos, und man tischte uns heißes Brot frisch aus dem Ofen auf, dazu Cheddarkäse, süß eingelegte Gurken und Apfelmost. Es hätte ein wohlschmeckendes Mahl sein können, wenn ich in der richtigen Stimmung gewesen wäre.

»Ich war früher schon einmal hier«, erklärte ich der Frau des Wirts.
»Zu uns kommen so viele Gäste«, erwiderte sie, sich entschuldigend, weil sie mich nicht erkannte.
»Damals habe ich die Kirche von Birley besichtigt.«
»Wir würden gern wieder hingehen«, sagte Miss Elton. »Wie weit ist es?«
»Ach, ungefähr drei Meilen von der Stadtgrenze.«
»Das letzte Mal sind wir in Ihrem Einspänner gefahren«, sagte ich. »Könnte uns heute wieder jemand hinbringen?«
Sie zog die Schultern hoch und blickte ein wenig unschlüssig drein. »Ich geh mal fragen«, sagte sie.
»Ach bitte, sehen Sie zu, daß es sich machen läßt«, bat ich. »Es ist furchtbar wichtig für mich.«
»Ich werde sehen, was ich tun kann.«
»Wir müssen die Fahrt sicher bezahlen«, meinte ich, als sie draußen war.
»Ihr Großvater hat mir für diesen Bildungsausflug etwas Geld mitgegeben«, beschwichtigte mich Miss Elton. »Und so viel wird es sicherlich nicht kosten.«
Die Frau kam zurück und meldete, der Einspänner sei in einer halben Stunde bereit. Ich war so ungeduldig, daß mir das Warten schwerfiel, und als ich so dasaß und wünschte, die Zeit würde schneller vergehen, sah ich eine Gestalt am Fenster vorbeihasten. Ich war sicher, daß es der Mann war, der auch in den Zug eingestiegen war. Und nun war er auch bei diesem Gasthof angelangt!
Als die halbe Stunde endlich herum war, stand der Einspänner für uns bereit, und nun sah ich den Fremden abermals. Er verhandelte um eines der Pferde, die zum Gasthof gehörten, und begutachtete es gerade.
Ich vergaß ihn sogleich, als wir dahinrumpelten, denn ich wurde von den Erinnerungen an damals eingeholt, als Francine und ich, dicht nebeneinander sitzend, diese Straße entlanggefahren

und so gespannt waren, was uns im Hause unseres Großvaters erwarten würde.
Wir kamen zu der kleinen, grauen, uralten Kirche und gingen durch den Friedhof. Viele Grabsteine waren braun vor Alter, und ihre Inschriften waren fast unleserlich. Ich erinnerte mich, wie Francine einige laut gelesen hatte, und ich meinte, ihr helles Lachen über ihren sentimentalen Inhalt zu hören. Wir traten in den Vorraum, und ich nahm wieder diesen Geruch von Feuchte, Alter und Möbelpolitur wahr, der solchen Kirchen eigen ist. Ich stand vor dem Altar. Das Licht das durch die bunten Glasfenster flimmerte, fiel auf das messingne Lesepult und den goldenen Fransenbesatz des Altartuchs. Es war ganz still.
Miss Elton brach schließlich das Schweigen. »Ich schlage vor, wir gehen ins Pfarrhaus«, sagte sie.
»Ja, natürlich. Wir müssen den Pfarrer aufsuchen.«
Als wir uns zum Gehen wandten, knarrte die Tür, und ein Mann trat herein. Er blickte uns verwundert an und fragte, ob er etwas für uns tun könne.
»Ich bin hier der Küster«, erklärte er. »Interessieren Sie sich für die Kirche? Es ist ein normannischer Bau, und ein sehr schönes Beispiel für eine Kirche von dieser Größe. Sie ist kürzlich restauriert worden, und wir mußten am Turm eine Menge instandsetzen. Hier kommen nicht viele Leute zur Besichtigung her; es liegt ein wenig abseits.«
Miss Elton sagte: »Wir sind nicht gekommen, um die Architektur zu bewundern. Wir wollten uns erkundigen, ob es möglich ist, das Register einzusehen. Wir möchten uns vergewissern, daß hier eine Trauung stattgefunden hat.«
»Gut, wenn Sie das Datum und die Namen der Beteiligten kennen, dürfte das kein Problem sein. Unser Pfarrer ist bis zum Wochenende abwesend. Deshalb sehe ich hier nach dem Rechten. Wenn ich Ihnen irgendwie behilflich sein kann …«
»Könnten Sie uns das Register zeigen?« fragte ich begierig.

»Ja. Es wird in der Sakristei aufbewahrt. Ich muß nur den Schlüssel holen. Ist es schon lange her?«
»Nein. Vier Jahre«, sagte ich.
»Nun, dann dürfte es wirklich kein Problem sein. Gewöhnlich wollen die Leute Einträge sehen, die hundert Jahre und länger zurückliegen, weil sie ihren Vorfahren nachspüren. Das ist neuerdings in Mode gekommen. Ich sause nur mal schnell ins Pfarrhaus. Bin gleich wieder da.«
Als er fort war, blickten wir einander triumphierend an. »Hoffentlich finden Sie, was Sie suchen«, sagte Miss Elton.
Wie versprochen, kehrte der Küster bald mit dem Schlüssel zurück. Wir folgten ihm in die Sakristei, und ich zitterte vor Aufregung.
»Nun ...«, sagte er. »Wann soll das gewesen sein? Aha ... da ist die Seite.«
Ich sah hin. Da stand es. Es stimmte. Ihre Namen, so deutlich, wie ich es mir nur wünschten konnte.
Mit einem Triumphschrei drehte ich mich zu Miss Elton um. »Da!« rief ich. »Es gibt keinen Zweifel. Es ist bewiesen.«
Eine große Erregung ergriff mich, denn ich wußte, daß ich es nicht bei diesem Beweis belassen würde. Ich mußte mehr über das Geschehene herausfinden. Überdies verfolgte mich der Gedanke an den kleinen Buben, das Kind, das meinen Namen so gern ausgesprochen und seinen Kasperl nach mir genannt hatte.
Als wir aus der Kirche kamen, glaubte ich zu sehen, daß sich jemand zwischen den Grabsteinen versteckte. Aber es war nur ein Mann, der sich über ein Grab beugte und die Inschrift auf dem Stein zu lesen schien.
Ich beachtete ihn nicht weiter. Ich war so selig über das, was, ich entdeckt hatte, daß ich auf dem ganzen Heimweg nur daran dachte.

Ich konnte es nicht erwarten, meine Großmutter aufzusuchen. Ich setzte mich auf den Schemel zu ihren Füßen und erzählte ihr, was ich im Kirchenregister gefunden hatte.
Sie hörte aufmerksam zu. »Ich bin froh«, meinte sie. »Francine hat also die Wahrheit gesagt.«
»Aber warum schreiben die dann, sie war seine Geliebte?«
»Ich nehme an, weil er ein wichtiger Mann war. Vielleicht hatte er bereits eine Ehefrau.«
»Das glaube ich nicht. Francine war so glücklich.«
»Meine liebe Philippa, du darfst nicht mehr darüber grübeln. Was auch geschehen ist, es ist aus und vorbei. Du mußt an dein eigenes Leben denken. Bald wirst du siebzehn. Was wirst du anfangen?«
»Ich wollte, ich könnte nach Bruxenstein. Ich möchte so gern herausfinden, was sich dort abgespielt hat.«
»Das ist unmöglich. Wenn ich jünger wäre ... wenn ich mein Augenlicht noch hätte ...«
»Sie würden mit mir kommen, nicht wahr, Großmutter?«
»Es würde mich jedenfalls reizen ... aber es ist unmöglich, für dich ebenso wie für mich. Aber etwas anderes, liebes Kind, was willst du denn in der Sache tun, die dir hier bevorsteht? Ich habe mir überlegt, wenn dein Großvater darauf besteht, daß du deinen Cousin heiratest, könntest du vielleicht zu Grace ziehen.«
»Aber das geht doch nicht. Sie haben nur ein Zimmer im Pfarrhaus.«
»Ich weiß, es wäre schwierig. Ich versuche ja auch nur, eine Lösung zu finden. Du klammerst dich an einen Strohhalm, mein liebes Kind. Du hast dich in dieses Geheimnis vertieft, das du nicht ergründen kannst, und selbst wenn es dir gelänge, würde es dir deine Schwester nicht zurückbringen. Unterdessen kommst du selbst in Gefahr.«
Sie hatte freilich recht. Vielleicht sollte ich doch versuchen, eine Stellung zu finden, wie Miss Elton und ich anfangs erwogen

hatten. Aber wer würde mich beschäftigen? Wenn ich daran dachte, kam mir der ganze Plan lächerlich vor.

Am nächsten Abend hatten wir Gäste, die Glencorns mit ihrer Tochter Sophia. »Nur ein kleines, intimes Abendessen«, hatte mein Großvater gemeint, wobei er mich mit jenem Wohlwollen ansah, das er mir neuerdings entgegenbrachte. »Sechs ist eine treffliche Zahl«, fügte er hinzu.

Lustlos zog ich das braune Taftkleid an, das Jenny Brakes für mich geschneidert hatte. Es stand mir nicht, denn Braun war keine Farbe für mich. Rot und Smaragdgrün paßten zu mir, aber eigentlich interessierten mich Kleider und mein Aussehen zur Zeit nicht im geringsten. Meine Gedanken waren weit fort bei Francines kleinem Sohn. Mir war, als würde ich ihn kennen. Blondhaarig und blauäugig, eine Francine en miniature mit einem Kasperl im Arm. Wie sah wohl ein Kasperl aus? Ich stellte mir etwas wie einen Zwerg darunter vor. Ein Kasperl, den er nach mir Pippa genannt hatte.

Er war irgendwo weit weg … es sei denn, auch er wäre ermordet worden. Vielleicht war es so, und da er ein Kind war, hatten die englischen Zeitungen ihn einer Erwähnung nicht für wert befunden.

Ich steckte wieder mein Haar auf. So wirkte ich größer, und ich sah nicht mehr so schrecklich jung aus. Und ich sah aus wie jemand, der durchaus imstande war, sich durchzusetzen.

Der Gedanke an die Abendgesellschaft war mir zuwider. Ich hatte die Glencorns ein- oder zweimal gesehen. Sie wohnten in einem großen Haus an der Grenze der großväterlichen Güter. Ich erfuhr, daß mein Großvater Land von ihnen gekauft hatte; sie hatten es widerwillig veräußert, aber es war ihnen, wie mein Großvater schadenfroh bemerkte, nichts anderes übriggeblieben. Sir Edward Glencorn war unfähig gewesen, die ererbten Güter zu verwalten. Er sei ein Narr, sagte mein Großvater. Er verachtete Narren, doch die Glencorns waren seine Nachbarn, und wenn ihr gesamter Besitz zum Verkauf stand – und er war

sicher, daß dies innerhalb der nächsten Jahre der Fall sein werde –, wollte er die erste Gelegenheit wahrnehmen, um ihn zu erwerben. Es war das Lebensziel meines Großvaters, seinen Besitz zu vermehren, deshalb war er auch so wütend gewesen, als Granter's Grange seinem Zugriff entglitten war. Land und Leute: er wollte alles besitzen, um seine Pläne zu verwirklichen. Er war wie ein irdischer Gott, der sich sein eigenes Universum schuf. Deshalb war er, obwohl er ihn verachtete, gern in Sir Edward Glencorns Gesellschaft, was selbstverständlich auch das Gefühl seiner eigenen Überlegenheit steigerte.
Das Dinner war eine Tortur, wie alle Mahlzeiten in diesem Haus, und es fiel mir schwer, mich auf die Unterhaltung zu konzentrieren. In Arthurs Nähe überlief es mich kalt. Er war widerwärtiger denn je. Die Zeit rückte näher, da ich mich entweder mit ihm abfinden mußte oder allein und mittellos dastehen würde.
Bei einer Zusammenkunft wie dieser war es schwierig, nicht an all das zu denken, und da ich mich wegen Francines Schicksal immer noch in einem Schockzustand befand, war ich, gelinde ausgedrückt, geistesabwesend.
Sophia war ein stilles Mädchen, wenngleich ich das Gefühl hatte, daß man bei ihr nie recht wußte, woran man war. Ich bemerkte immer wieder, daß sie mich eindringlich musterte, als versuche sie, meine geheimsten Gedanken zu lesen. Wäre Francine bei mir gewesen, und wäre ich nicht von dieser entsetzlichen Furcht und Ungewißheit bedroht gewesen, so hätten wir uns gewiß eingehender mit Sophia Glencorn befaßt.
Sir Edward machte mir ein Kompliment über mein Aussehen, bestimmt nur aus Höflichkeit, denn ich wußte doch, daß der braune Taft nicht zu meinem Teint paßte, und zudem hatte mein Kummer sicherlich Spuren hinterlassen. Er hatte schon eine geraume Weile mit mir gesprochen, und ich konnte mich nicht erinnern, was ich geantwortet hatte. Sicher hielt er mich für dumm.

»Kein kleines Mädchen mehr, hm? Eine richtige junge Dame.« Mein Großvater blickte beinahe gütig drein. »Ja, es ist erstaunlich, wie schnell Philippa erwachsen geworden ist.«
Verhängnisvolle Worte! Ich konnte die Pläne in seinen Augen lesen. Eine Hochzeit ... eine Geburt ... ein Erbe, ein kleiner Ewell, den er auch nach seinen Vorstellungen formen würde.
»Philippa bekundet großes Interesse an den Gütern«, ergänzte Cousin Arthur.
Wirklich? Das war mir neu. Ich machte mir ganz und gar nichts aus den Gütern. Alles, was mich interessierte, waren meine eigenen Angelegenheiten und das Schicksal meiner Schwester.
Mein Großvater nickte und sah auf seinen Teller. »Besitz verpflichtet aber«, sagte er. »Man erbt Ländereien, Güter und mit ihnen Verantwortung.«
Wie hätte das Francine amüsiert!
»Philippa interessiert sich auch für Architektur«, fuhr Cousin Arthur fort.
Ich wünschte, sie würden nicht ständig von mir sprechen, als wäre ich nicht da.
»Miss Elton hat sie in diesem Fach unterwiesen«, ließ sich mein Großvater vernehmen. »Was war das doch gleich für eine Kirche, die ihr kürzlich besichtigt habt?«
Ich sagte: »Es war die Kirche von Birley ... nicht weit von Dover.«
»Ein ziemlich weiter Weg, um sich ein paar Steine anzuschauen«, bemerkte Lady Glencorn.
Großvater bedachte sie mit einem nachsichtigen, doch ziemlich verächtlichen Lächeln.
»Es war eine normannische Kirche, nicht wahr?« sagte er. »Ich finde, das interessanteste Merkmal der normannischen Bauweise sind die Dächer mit ihren Holzverstrebungen in den Dachstühlen, die das Tonnengewölbe bilden. Das stimmt doch, Philippa?«
Ich hatte nur eine verschwommene Ahnung, wovon er sprach,

denn Miss Elton und ich hatten nichts mit Architektur im Sinn, bevor ich den Wunsch hatte, die Kirche von Birley zu besuchen.
»O ja«, sagte ich ablenkend. »Miss Elton ist ziemlich traurig, weil sie uns bald verläßt.«
Mein Großvater konnte seine Zufriedenheit nicht verhehlen.
»Philippa ist schon so erwachsen, daß sie keine Gouvernante mehr braucht. Sie wird sich nun anderen Dingen zuwenden.«
Dies war wahrlich merkwürdig, denn bislang war mir nicht bewußt gewesen, daß ich so wichtig war. Doch das hieß nur, daß ich jetzt zu einer wichtigen Figur auf dem Schachbrett geworden war, die er nach Belieben hin und her schieben konnte. Ich war froh, als die Mahlzeit vorüber war und wir ins Sonnenzimmer gingen, wo nach dem Dinner Wein und Likör serviert wurden, wenn wir Gäste hatten. Sophia wurde aufgefordert, auf dem Klavier vorzuspielen. Sie hatte eine ziemlich kräftige Stimme und trug ein paar alte Lieder vor, wie »Cherry Ripe« und »Drink to me Only with Thine Eyes«. Letzteres sang sie sehr gefühlvoll, während Arthur hinter ihr stand und die Noten umblätterte. Jedesmal, wenn er sich vorbeugte und eine Seite umwendete, legte er seine Hand auf Sophias Schulter und ließ sie dort eine Weile ruhen.
Ich hatte Cousin Arthurs Hände stets verabscheut, weil ich es haßte, wenn sie mich streiften, und mir fiel auf, daß er es sehr darauf anlegte, körperlichen Kontakt mit mir zu bekommen. Aber jetzt merkte ich, daß er das wohl immer so machte, denn ich sah, daß er Sophia wieder und wieder berührte. Das verschaffte mir einen eigentümlichen Trost, denn es zeigte, daß sein Interesse nicht eigentlich mir, sondern der Sache an sich galt.
Endlich war der Abend vorüber, und die Glencorns fuhren in ihrer Kutsche ab. Großvater, Cousin Arthur und ich verabschiedeten sie, und als sie fort waren, seufzte Großvater vor Genugtuung.

»Es würde mich nicht wundern«, sagte er, »wenn der alte Glencorn am Rande des Bankrotts stünde.«

Die einzelnen Tage schienen langsam zu vergehen, und doch war, ehe ich es mich versah, eine Woche ganz verstrichen und eine weitere zur Hälfte. Ich wußte, daß ich mich rasch dem Abgrund näherte. Miss Elton würde nur noch einen Monat bleiben, denn inzwischen war es schon Februar. Das Ultimatum meines Großvaters konnte jeden Augenblick über mich hereinbrechen, und ich träumte noch immer unmögliche Träume, wie ich in jenes ferne Land ging, das für mich nichts als ein Name war. Ich hatte es oft auf der Landkarte betrachet: ein kleiner rosa Fleck, winzig und unbedeutend im Vergleich zu den Flächen von Amerika, Afrika und Europa, aus dem unsere kleine Insel seitlich herausragte. Aber uns gehörten ja alle die vielen roten Stellen, die das große britische Reich kennzeichneten, in dem die Sonne nicht unterging. Doch der Ort, wohin es mich zog, und über den ich mehr erfahren wollte, war ein kleiner rosa Fleck inmitten lauter braungezeichneter Bergketten.
In meiner Verzweiflung ging ich noch einmal nach Granter's Grange. Als ich gerade über den Rasen gehen wollte, kam mir ein Mann entgegen.
Ich erschrak, weil ich einen Moment lang dachte, er sei Francines Geliebter. Ich hielt den Atem an und muß wohl bleich geworden sein.
»Fehlt Ihnen etwas?« fragte er.
»Nein, ich bin nur gekommen, um einen Besuch zu machen … bei …«
»Einen Besuch, bei?« wiederholte er aufmunternd.
»Ich habe die Gräfin kennengelernt, als sie vor ein paar Jahren hier war. Sie war so freundlich und hat mich aufgefordert, sie wieder zu besuchen.«
»Ich bedaure, sie ist nicht hier.« Er sprach ein tadelloses Eng-

lisch mit einem ganz leichten Anflug von einem ausländischen Akzent. »Kann ich Ihnen irgendwie behilflich sein?«
»Sind Sie …?«
»Oh, ich bin nur hier, um im Haus nach dem Rechten zu sehen. Es ist einige Zeit her, seit es bewohnt wurde, und das bekommt einem Haus nicht. Darf ich Ihren Namen wissen?«
»Ich bin Philippa Ewell.«
Er merkte auf. Der Zeitungsausschnitt kam mir in den Sinn. »Die Identität der Frau konnte festgestellt werden. Es handelt sich um Francine Ewell …«
Er hätte den Namen erkennen müssen, aber er sagte nur: »Sehr angenehm«, und fügte hinzu: »Möchten Sie mit ins Haus kommen?«
»Aber Sie sagten, die Familie ist nicht zu Hause?«
Er lachte. »Es wäre der Frau Gräfin gewiß nicht recht, wenn ich ungastlich bin. Ich heiße Sie also in ihrem Namen willkommen.«
»Sind Sie so etwas wie ein – wie heißt das doch gleich? Ein Majordomus?«
»Das ist eine treffliche Bezeichnung.«
Ich hatte also seine Position richtig erkannt. Er war ein Bediensteter, aber einer von hohem Rang. Er war gekommen, um sich zu vergewissern, daß im Haus alles in Ordnung war. Das klang sehr plausibel.
»Ich nehme an, Sie bereiten das Haus zur Ankunft der Familie vor?«
»Das könnte gut sein«, sagte er. »Kommen Sie herein, ich biete Ihnen eine Erfrischung an. Bei Ihnen trinkt man Tee zu dieser Stunde, nicht wahr?«
»Ja.«
»Dann lassen Sie uns zusammen Tee trinken.«
»Halten Sie das für richtig?«
»Warum nicht?«
Ich erinnerte mich, wie Hans uns herumgeführt hatte, und wie peinlich das ausgegangen war. Dennoch wollte ich das Angebot

nicht ausschlagen. Meine Wangen brannten wie immer, wenn ich sehr aufgeregt war. Francine hatte einmal gesagt: »Mach dir nichts draus. Das sieht richtig hübsch aus.«
Der Mann öffnete die Tür, und wir gingen ins Haus. Ich erinnerte mich so gut an alles: die Halle, die Treppe, der kleine Raum, wo die Gräfin uns bewirtet hatte.
Der Tee wurde von einem Dienstmädchen hereingebracht. Sie schien nicht im mindesten überrascht. Der Mann lächelte mich an. »Würden Sie vielleicht, wie man so sagt die Honneurs übernehmen?«
Ich schenkte den Tee ein und sagte: »Ich – ich wüßte gern, ob Sie meine Schwester gekannt haben.«
Er hob die Augenbrauen. »Ich war in den letzten Jahren selten in England. Ich habe in meiner Kindheit einige Jahre hier verbracht ... für meine Ausbildung.«
»Oh«, sagte ich, »es war vor vier oder fünf Jahren. Sie hat in diesem Haus jemanden kennengelernt. Sie hat ihn geheiratet, und dann ... dann ist sie gestorben.«
»Ich glaube, ich weiß, worauf Sie anspielen«, sagte er langsam. »Es war damals ein großer Skandal. Ja ... ich besinne mich auf den Namen der Freundin des Barons.«
»Meine Schwester war seine Gattin.«
Er zuckte kaum merklich mit den Schultern. Dann sagte er: »Ich weiß von einer Freundschaft ... einer Liaison.«
Ich glühte vor Empörung. »Das ist nicht wahr!« rief ich schrill. »Ich weiß, in dem Zeitungsbericht war sie als seine Geliebte bezeichnet. Aber ich versichere Ihnen, sie war seine Frau.«
»Nicht zornig werden«, sagte er. »Ich kann mir denken, wie Ihnen zumute ist. Aber der Baron hätte Ihre Schwester gar nicht heiraten können. Seine Heirat wäre von höchster Bedeutung für das Land gewesen, weil er der Erbe des Herrscherhauses war.«
»Wollen Sie damit sagen, daß meine Schwester nicht gut genug für ihn war?«
»Das nicht gerade, aber er hätte eine Frau von seiner Nationali-

tät geheiratet … eine, die man für ihn vorgesehen hatte. Eine andere wäre nicht in Frage gekommen.«

»Ich muß Ihnen versichern, daß meine Schwester würdig war, einen jeden zu heiraten.«

»Das glaube ich gern, aber sehen Sie, das ist keine Frage der Würde. Es ist eine Frage der Politik, verstehen Sie?«

»Ich weiß aber, daß meine Schwester mit ihm verheiratet war.«

Er schüttelte den Kopf. »Sie war seine Geliebte«, sagte er. »So ist das eben. Sie war weder die erste, noch wäre sie die letzte gewesen … wenn er noch lebte.«

»Ich finde diese Bemerkungen höchst ungehörig.«

»Sie sollten die Wahrheit nicht ungehörig finden. Sie müssen realistisch sein.«

Ich stand auf. »Ich bleibe nicht hier, um mir anzuhören, wie meine Schwester beleidigt wird.«

Tränen traten mir in die Augen, und ich war wütend auf ihn, weil er mich dazu gebracht hatte, meine Gefühle zu zeigen. »Bitte«, sagte er sanft, »lassen Sie uns vernünftig miteinander reden. Sie müssen das Ganze wie eine kluge Frau betrachten. Ich nehme an, die beiden haben sich auf romantische Weise kennengelernt. Sie waren verliebt. Nun, das ist reizend. Aber eine Heirat, für einen Mann in seiner Position, mit einer Frau, die … oh, ich bin sicher, sie war schön und bezaubernd, würdig in jeder Beziehung … aber es wäre eben nicht angemessen gewesen. Ein Mann wie er muß auf seine Verpflichtungen Rücksicht nehmen … und das hat er immer getan.«

»Und ich sage Ihnen, sie *waren* verheiratet.«

Er lächelte, und seine Ruhe machte mich zorniger als alles andere. Daß er von dieser Tragödie reden konnte, wie von irgend etwas Alltäglichem, das verletzte mich so tief, daß ich spürte, ich würde meine Selbstbeherrschung vollends verlieren, wenn ich noch länger bleiben und dieses gelassene, lächelnde Gesicht ansehen müßte.

»Wenn Sie mich bitte entschuldigen wollen«, sagte ich.

Er stand auf und verbeugte sich.
»Ich muß gehen«, fuhr ich fort. »Sie reden Unsinn, und obendrein lügen Sie ... Ich glaube, das wissen Sie ganz genau. Auf Wiedersehen.«
Damit wandte ich mich ab und lief aus dem Haus – gerade noch rechtzeitig, denn nun strömten die Tränen über meine Wangen, und ich hätte auf keinen Fall gewollt, daß er mich weinen sah.
Ich eilte nach Hause und hinauf in das Zimmer, das ich einst mit Francine geteilt hatte. Ich warf mich auf mein Bett, und zum ersten Mal, seit ich diese entsetzlichen Zeitungsausschnitte gesehen hatte, weinte ich hemmungslos.

Danach zog es mich nicht mehr nach Granter's Grange. Es war mir unbegreiflich, warum mich dieser Mann so aufgewühlt hatte. Vielleicht weil er mich ein wenig an Francines Baron erinnerte. Ich sagte mir, daß er ja nur ein Bediensteter war, aber wohl jedermann auf seine Vorrangstellung unter dem Personal aufmerksam machen wollte. Bei Rudolph dagegen hatte die Majestät – oder wie man das bei diesen Grafen und Baronen nennen mochte – ganz selbstverständlich gewirkt. Alle wußten, daß er der Baron war, und er hatte niemand darauf hinweisen müssen. Aber womöglich tat ich dem Mann Unrecht, nur weil er so felsenfest behauptete, Francine sei nicht verheiratet gewesen.
Ich wollte ihn jedenfalls nicht wiedersehen. Aber vielleicht war das töricht; denn es hätte durchaus sein können, daß er noch mehr wußte. Möglicherweise hätte er mir Aufschluß darüber geben können, was aus dem Kind geworden war.
Schon bereute ich meinen überstürzten Aufbruch. Was hätte es schon ausgemacht, wenn er meinen Kummer bemerkt hätte?
Am nächsten Tag sah ich ihn wieder. Wahrscheinlich hatte er mir aufgelauert. Als ich zum Nachmittagsspaziergang hinausging, mußte er wohl gesehen haben, wie ich das Haus verließ, und er folgte mir, als ich mit schnellen Schritten zum Wald ging.

Ich setzte mich unter einen Baum und wartete, bis er kam.
»Guten Tag«, sagte er. »So trifft man sich wieder.«
Da ich wußte, daß er mir nachgestiegen war, schien mir diese Bemerkung, gelinde ausgedrückt, unaufrichtig.
»Guten Tag«, erwiderte ich kühl.
»Darf ich?« fragte er und setzte sich neben mich. Er lächelte mich an.
»Ich bin froh, daß Sie mir nicht mehr böse sind«, sagte er.
»Ich fürchte, ich habe mich ziemlich albern benommen.«
»Nein ... nein.« Er beugte sich zu mir herüber und legte einen Augenblick lang seine Hand auf die meine. »Es war doch ganz natürlich, daß Sie sich aufgeregt haben. Was Ihrer Schwester zugestoßen ist, ist entsetzlich.«
»Es war niederträchtig. Ich wollte, ich wüßte ... ich wollte, ich könnte ihre Mörder finden.«
»Es war aber nicht möglich, sie zu finden«, sagte er. »Natürlich gab es eine Untersuchung. Dabei kam nichts ans Licht, und deshalb bleibt es ein Geheimnis.«
»Würden Sie mir bitte alles erzählen, was Sie darüber wissen? Die beiden hatten ein Kind. Was ist aus ihm geworden?«
»Ein Kind! Das ist ausgeschlossen.«
»Meine Schwester hatte einen Sohn. Sie hat es mir geschrieben.«
»Das ist unmöglich.«
»Wieso ist es unmöglich, daß zwei Menschen ein Kind haben?«
»So wie Sie es sehen, ist es nicht unmöglich, aber im Hinblick auf Rudolphs Stellung ...«
»Die hatte doch damit nichts zu tun. Er war mit meiner Schwester verheiratet, und es ist die natürlichste Sache von der Welt, daß sie ein Kind bekamen.«
»Davon verstehen Sie nichts.«
»Ich wäre Ihnen dankbar, wenn Sie mich nicht wie ein Kind behandeln würden, und wie ein schwachsinniges noch dazu.«
»Oh, ich halte Sie nicht für ein Kind, und ich bin überzeugt, daß

Sie alles andere als dumm sind. Ich weiß außerdem, daß Sie eine sehr ungestüme junge Dame sind.«
»Die Sache ist für mich sehr wichtig. Meine Schwester ist tot, aber ich dulde nicht, daß ihr Andenken besudelt wird.«
»Das sind harte Worte, meine liebe junge Dame.«
Er hatte sich zu mir herübergebeugt und griff nach meiner Hand. Ich zog sie entschieden zurück. »Ich bin nicht Ihre liebe junge Dame.«
»Hm ...« Er legte den Kopf auf die Seite und musterte mich. »Sie sind jung, und Sie sind eine Dame ...«
»Aus einer Familie, die nicht würdig ist, Ausländer zu ehelichen, die unserem Land die Ehre geben, es gelegentlich zu besuchen.«
Er lachte laut auf. Ich bemerkte die klaren Konturen seines Kinns und die schimmernden weißen Zähne. Er erinnerte mich unwillkürlich an Arthur ... weil er das genaue Gegenteil war.
»Würdig ... würdig gewiß«, sagte er. »Aber wegen bestimmter politischer Verpflichtungen dürfen solche Heiraten nicht sein.«
»Glauben Sie etwa, ein Mädchen wie meine Schwester hätte sich herabgelassen, die Geliebte dieses hochmächtigen Potentaten zu werden?«
Er blickte mich ernst an und nickte.
»So ein Unsinn«, sagte ich.
»Ich habe mich geirrt«, sagte er, indem er mich auf eine merkwürdig eindringliche Art ansah, »als ich Sie *meine* liebe junge Dame nannte. Meine sind Sie nicht.«
»Ich finde diese Unterhaltung absurd. Wir sprachen von einer äußerst ernsten Angelegenheit, und Sie haben diesen frivolen Ton angeschlagen.«
»Es ist oft klug, in leichtfertigem Ton über ernste Angelegenheiten zu sprechen. Das verhindert, daß man aufbrausend wird.«
»Bei mir nicht.«
»Sie sind ja auch eine sehr heißblütige Dame.«
»Hören Sie«, sagte ich. »Wenn Sie nicht bereit sind, ernsthaft

über diese Sache zu reden, ist es sinnlos, daß wir uns überhaupt unterhalten.«

»Oh, finden Sie? Das ist bedauerlich. Ich war immer der Meinung, daß es durchaus sinnvoll ist, sich über alles mögliche zu unterhalten. Ich möchte Sie gern näher kennenlernen und hoffe, daß auch Sie ein wenig neugierig auf mich sind.«

»Ich muß herausfinden, was mit meiner Schwester passiert ist und warum. Und ich möchte mich vergewissern, daß für das Kind gesorgt ist.«

»Sie fordern eine ganze Menge. Die Polizei war nicht imstande, das Geheimnis zu lösen und zu klären, was sich in jener Nacht in der Jagdhütte abgespielt hat. Und was das nicht existierende Kind betrifft ...«

»Ich werde Ihnen nicht mehr zuhören.«

Er sprach nicht weiter, sondern saß still da und sah mich von der Seite an. Am liebsten wäre ich aufgestanden und fortgegangen, aber der Wunsch, die Wahrheit zu erfahren, gewann wieder die Oberhand. Ich machte zwar Anstalten, mich zu entfernen, doch er ergriff meine Hand und sah mich flehend an. Ich spürte, wie ich errötete. Er hatte etwas, das mich erregte. Mir mißfielen seine Arroganz und die Behauptung, Francines Baron könne sich niemals herabgelassen haben, sie zu heiraten. Die Anspielung, die ganze Angelegenheit sei eine romantische Phantasterei von Francine und mir gewesen, machte mich wütend, und doch – ich konnte mir nicht erklären, was es war, weil ich noch zu unerfahren war – und doch gab mir seine Nähe ein Gefühl der Erregung, wie ich sie nie zuvor verspürt hatte. Ich redete mir ein, das liege daran, daß ich im Begriff war, etwas zu entdecken, und daß hier jemand war, der Baron Rudolph gekannt hatte. Irgendwie hatte ich bei diesem Mann den Eindruck, daß er mehr wußte, als er zugab, und ich sagte mir, daß ich ihn so oft wie möglich sehen müsse, egal, welche Wirkung er auf mich ausübte.

Ich weiß nicht, wie lange wir so verharrten: er meine Hand

haltend, und ich in dem halbherzigen Versuch, mich von ihm loszureißen, während er mich mit einem eigenwilligen Lächeln betrachtete, als könne er meine Gedanken lesen, und mehr noch, als wisse er um meine Verletzlichkeit.

»Bitte setzen Sie sich. Mir scheint, wir haben einander viel zu sagen«, meinte er.

Ich setzte mich. »Sie wissen ja, wer ich bin«, begann ich. »Meine Schwester und ich lebten in Greystone Manor. Dann ging sie zu diesem unseligen Ball.«

»Wo sie ihren Liebhaber kennenlernte.«

»Sie kannte ihn schon vorher, und die Gräfin hat sie eingeladen. Es war nicht einfach, hinzukommen. Sie müssen nicht denken, daß diese Einladung für uns in Greystone Manor eine große Ehre war. Meine Schwester konnte den Ball nur mit großer List besuchen.«

»Mit Lug und Trug?« fragte er.

»Sie sind wohl absichtlich beleidigend.«

»Bestimmt nicht. Aber ich muß darauf bestehen, daß wir den Tatsachen ins Gesicht sehen, wenn wir etwas herausfinden wollen. Ihre Schwester stahl sich im Ballkleid aus dem Haus und ging nach Granter's Grange. Ihre Familie, mit Ausnahme ihrer kleinen Schwester, die in das Geheimnis eingeweiht war, wußte nichts davon. Ist das richtig?«

»Ja ... mehr oder weniger.«

»Und dort hat sie sich in den Baron verliebt. Sie brannten durch, sie reiste als seine Frau ... um den Konventionen zu genügen.«

»Sie *war* seine Frau.«

»Jetzt sind wir wieder beim Anfang angelangt. Die Ehe konnte gar nicht geschlossen werden.«

»Doch. Ich weiß es.«

»Lassen Sie es mich Ihnen erklären. Rudolphs Land ist ein kleiner Staat, der ständig darum kämpft, seine Unabhängigkeit zu wahren. Deshalb darf man nicht von den Konventionen abweichen. Die habgierigen Nachbarstaaten sind ständig darauf aus, ihr Reich zu vergrößern und ihre Macht auszudehnen. Eines Tages werden sie sich alle zu einem einzigen Reich zusammenschließen, und das wird zweifellos gut sein, aber im Augenblick sind es lauter Kleinstaaten: Herzogtümer, Markgrafschaften, Fürstentümer und so weiter. Eines davon ist Bruxenstein. Rudolphs Vater ist ein alter Mann. Rudolph war sein einziger Sohn. Er sollte aus Gründen der Staatsräson die Tochter des Regenten eines Nachbarstaates heiraten. Er wäre diese Mesalliance niemals eingegangen. Es stand zuviel auf dem Spiel.«

»Er hat es aber getan.«

»Halten Sie das wirklich für möglich?«

»Ja. Er war verliebt.«

»Wie reizend, aber Liebe ist etwas anderes als Politik und Pflicht. Das Leben von Tausenden steht auf dem Spiel ... es geht um den Unterschied zwischen Krieg und Frieden.«

»Er muß meine Schwester innig geliebt haben. Ich kann das verstehen. Sie war die bezauberndste Person, die ich je gekannt habe. Oh, ich sehe, Sie verspotten mich. Sie glauben mir nicht.«

»Doch, ich glaube Ihnen alles, was Sie von ihr erzählen. Ich habe ja Sie, ihre Schwester, gesehen, und deshalb kann ich es mir leicht vorstellen.«

»Sie machen sich über mich lustig. Ich weiß, ich bin unansehnlich und Francine gar nicht ähnlich.«

Er ergriff meine Hand und küßte sie. »Das dürfen Sie nicht denken. Ich bin sicher, Sie sind ebenso charmant wie Ihre Schwester, aber vielleicht auf andere Weise.«

Wieder zog ich entschlossen meine Hand zurück. »Sie dürfen sich nicht über mich lustig machen«, sagte ich. »Sie wollen gar nicht über dieses Thema sprechen, nicht wahr?«

»Es gibt eigentlich wenig dazu zu sagen. Ihre Schwester und Rudolph wurden in dem Jagdhaus ermordet. Meiner Ansicht nach war es ein politischer Mord. Jemand wollte den Erben aus dem Weg räumen.«

»Und wer soll dieses Herzogtum erben … oder Fürstentum … was immer es ist? Vielleicht ist er der Mörder.«
»So einfach ist es nicht. Der nächste in der Erbfolge war zu der Zeit nicht im Lande.«
»Aber solche Leute haben ihre Agenten, nicht wahr?«
»Es gab eine gründliche Untersuchung.«
»So gründlich kann sie nicht gewesen sein. Die sind wohl nicht sehr tüchtig in dem kleinen Nest.«
Er lachte. »Doch. Es gab eine eingehende Ermittlung, aber dabei kam nichts ans Licht.«
»Ich nehme an, meine Schwester wurde getötet, weil sie zufällig dort war.«
»Es sieht so aus. Es tut mir leid. Welch ein Jammer, daß sie Greystone Manor verlassen hat.«
»Wenn nicht, hätte sie womöglich Cousin Arthur heiraten müssen … aber das hätte sie nie getan.«
»So … es gab also noch einen Verehrer.«
»Mein Großvater hat diese Heirat gewollt. Ich vermute, das ist ziemlich ähnlich wie bei Ihnen in Bruxenstein. Er hat zwar kein Herzogtum oder Fürstentum, aber ein schönes altes Haus, das seit Generationen im Familienbesitz ist. Und er ist sehr reich, glaube ich.«
»Da haben Sie ja dieselben Probleme wie wir in Bruxenstein.«
»Probleme, die nur vom Standesdünkel der Menschen kommen. Solche Probleme dürfte es überhaupt nicht geben. Niemand sollte es wagen dürfen, anderen Menschen die Ehepartner vorzuschreiben. Wenn Menschen sich lieben, sollten sie auch heiraten dürfen.«
»Wohl gesprochen!« rief er aus. »Endlich haben wir etwas gefunden, worin wir übereinstimmen.«
Ich sagte: »Ich muß jetzt gehen, Miss Elton sucht mich bestimmt schon.«
»Wer ist Miss Elton?«

»Meine Gouvernante. Sie verläßt uns aber bald, weil man meint, daß ich keine mehr brauche.«
»Schon fast eine Frau«, bemerkte er.
Er trat zu mir und legte seine Hände auf meine Schultern. Ich wollte nicht, daß er mich berührte, als er es aber tat, überkam mich ein unergründliches Verlangen, bei ihm zu bleiben. Es war die entgegengesetzte Wirkung von jener, die Arthurs schlaffe Hände auf mich ausübten, doch beide Männer schienen die gleiche Vorliebe für das Anfassen zu haben.
Er zog mich an sich und küßte mich sachte auf die Stirn.
»Warum haben Sie das getan?« Ich wurde scharlachrot und wich hastig zurück.
»Weil ich es wollte.«
»Fremde küßt man nicht.«
»Wir sind doch keine Fremden. Wir haben zusammen Tee getrunken. Ich dachte, das sei ein englischer Brauch. Wenn man zusammen Tee trinkt, muß man befreundet sein.«
»Sie haben offenbar keine Ahnung von englischen Bräuchen. Man kann mit seinen ärgsten Feinden Tee trinken.«
»Dann habe ich die Lage mißdeutet, und Sie müssen mir vergeben.«
»Das vergebe ich Ihnen gern, nicht aber Ihre Einstellung zu meiner Schwester. Ich weiß, daß sie verheiratet war. Ich habe Beweise, aber es hat ja doch keinen Sinn zu versuchen, Sie zu überzeugen.«
»Beweise?« fragte er in scharfem Ton. »Was für Beweise?«
»Briefe. Ihre Briefe zum Beispiel.«
»Briefe an Sie? In denen sie beteuert, daß sie verheiratet ist?«
»Sie hat es nicht beteuert. Das hatte sie nicht nötig. Sie brauchte es lediglich mitzuteilen.«
»Darf ich … diese Briefe sehen?«
Ich zögerte.
»Sie müssen mich überzeugen, wissen Sie.«
»Also gut.«

»Wollen wir uns hier treffen ... oder möchten Sie lieber ins Landhaus kommen?«
»Hier«, erwiderte ich.
»Ich werde morgen zur Stelle sein.«
Ich lief weg. Am Waldrand angekommen, blickte ich zurück und sah ihn zwischen den Bäumen stehen. Ein eigentümliches Lächeln lag auf seinen Lippen.
Ich war den ganzen Tag über wie benommen. Miss Elton war mitten im Packen begriffen und bemerkte meine Geistesabwesenheit nicht. Sie würde in wenigen Tagen abreisen, und ich wußte, daß sie sich um mich sorgte, aber auch keinen richtigen Ausweg aus meinen Schwierigkeiten wußte. Ich nahm mir vor, meiner Großmutter von diesem Mann zu erzählen, doch aus irgendeinem Grunde zögerte ich. Ich kannte ja nicht einmal seinen Namen. Er benahm sich allzu vertraulich. Wie hatte er es wagen können, mich zu küssen! Was dachte er sich eigentlich? Daß alle Mädchen hier sich bereitwillig küssen ließen und intime Beziehungen ohne Trauschein eingingen?
In dieser Nacht blieb ich lange auf und las die Briefe meiner Schwester. Alles war so klar: Francines Begeisterung, ihre Ehe. Und hatte ich nicht den Eintrag im Register gesehen? Ich hätte dem Mann von diesem untrüglichen Beweis erzählen sollen. Warum hatte ich es nicht getan? Hatte ich es absichtlich zurückgehalten, damit er, wenn ich ihm später damit bewies, daß er unrecht hatte, sich um so mehr gedemütigt fühlte? Natürlich war Francine verheiratet gewesen. Sie hatte von ihrem Baby erzählt, dem wonnigen kleinen Cubby. Angenommen, sie hätte mir wirklich nur von der Heirat berichtet, weil sie es für schicklich hielt, das Kind hätte sie doch nie erfunden. Francine war keine übertrieben mütterliche Frau, dessen war ich sicher; aber als sie erst einmal ein Kind hatte, da liebte sie es innig, und das merkte man ihren Briefen an.
Am folgenden Tag fand ich mich zeitig an unserem Treffpunkt ein, aber der Mann war bereits da.

Bei diesem Anblick schlug mein Herz schneller. Ich wünschte, er hätte nicht diese Wirkung auf mich, weil ich mich dadurch im Nachteil fühlte. Er trat auf mich zu; er verbeugte sich ein wenig spöttisch, wie ich fand, und küßte mir die Hand.

»Diese Förmlichkeiten können Sie sich bei mir sparen«, sagte ich.

»Förmlichkeiten! Das sind keine Förmlichkeiten. Eine übliche Begrüßung in meiner Heimat. Ältere Damen und Kinder bekommen freilich oft einen Kuß auf die Wange statt auf die Hand.«

»Da ich weder das eine noch das andere bin, können Sie darauf verzichten.«

»Wie schade«, meinte er.

Ich war jedoch entschlossen, den Ernst der Lage nicht durch diese recht unverschämten Neckereien beeinträchtigen zu lassen.

»Ich habe die Briefe mitgebracht«, sagte ich. »Wenn Sie die gelesen haben, werden Sie sich mit der Wahrheit abfinden müssen.«

»Setzen wir uns. Der Boden ist ziemlich hart, und dies ist nicht der bequemste Ort für eine Konferenz. Sie hätten ins Haus kommen sollen.«

»Ich glaube kaum, daß das recht wäre, wenn Ihre Herrschaft nicht da ist.«

»Mag sein«, sagte er. »Hm ... kann ich die Briefe sehen?« Ich reichte sie ihm, und er begann zu lesen.

Ich betrachtete ihn. Diese ausgeprägte Männlichkeit war es wohl, die dermaßen auf mich wirkte. So ähnlich mußte es Francine ergangen sein. Aber nein, das war ja lächerlich. Sie hatte sich leidenschaftlich verliebt. Meine Gefühle waren ganz anders. Eigentlich war ich diesem Mann feindlich gesinnt, obwohl seine Gegenwart mich überaus erregte. Ich kannte nur wenige Männer. Antonio und die Menschen auf der Insel konnte man nicht zählen. Damals war ich viel zu jung gewesen. Aber hin und wieder kamen Leute zu meinem Großvater ins Haus,

und weil ich jeden an Cousin Arthur maß, wirkten sie alle ausgesprochen attraktiv auf mich.
Ich zuckte plötzlich zusammen. Ich hatte das Gefühl, daß wir beobachtet wurden. Ich drehte mich ruckartig um. Bewegte sich da nicht etwas zwischen den Bäumen? Es mußte Einbildung gewesen sein. Seit ich diesem Mann begegnet war, befand ich mich ständig in einem Zustand der Erregung ... und das nur, weil ich glaubte, ein paar Teile in das geheimnisvolle Puzzlespiel um den Mord in der Jagdhütte eingesetzt zu haben. Vielleicht hatte ein Knacken im trockenen Farnkraut oder das plötzliche Flattern eines aufgescheuchten Vogels in mir dieses seltsam unheimliche Gefühl erweckt, daß wir beobachtet wurden.
»Ich glaube, jemand beobachtet uns«, sagte ich.
»Beobachtet? Wieso?«
»Es gibt Leute, die ...«
Er ließ die Briefe sinken und sprang auf. »Wo?« rief er. »Welche Richtung?« Jetzt war ich sicher, daß ich eilige Schritte hörte.
»Da drüben«, sagte ich, und er rannte in der genannten Richtung davon. Nach ein paar Minuten kam er zurück.
»Niemand zu sehen«, sagte er.
»Aber ich war sicher ...«
Er lächelte mich an. Er setzte sich, nahm die Briefe wieder zur Hand und las. Danach sah er mich mit ernster Miene an.
»Ihre Schwester dachte wohl, es würde Sie beruhigen, wenn sie Ihnen erzählte, sie sei verheiratet.«
Jetzt war der Augenblick gekommen. »Es gibt noch etwas, das Sie nicht wissen«, eröffnete ich ihm triumphierend. »Ich habe einen unumstößlichen Beweis. Ich habe das Kirchenregister gesehen.«
»Was?« Es hatte sich gelohnt, bis zu diesem Augenblick damit zu warten. Er war fassungslos.
»O ja«, fuhr ich fort. »Dort steht es klipp und klar. Sie sehen also, Sie befanden sich absolut im Irrtum.«
»Wo?« fragte er schroff.

»In der Kirche von Birley. Miss Elton und ich sind hingegangen und haben den Eintrag gefunden.«
»Das hätte ich Rudolph nie zugetraut.«
»Ob Sie es ihm zugetraut haben oder nicht, das spielt keine Rolle. Die Trauung hat stattgefunden. Ich kann es beweisen.«
»Warum haben Sie das nicht gleich gesagt?«
»Weil Sie so eigensinnig und stur waren.«
»Ich verstehe«, sagte er langsam. »Wo ist diese Kirche?«
»In Birley, nicht weit von Dover. Sie sollten hingehen. Sehen Sie es mit eigenen Augen … dann glauben Sie es vielleicht.«
»Gut«, sagte er, »wird gemacht.«
»Sie können mit der Eisenbahn nach Dover fahren. Es ist ganz einfach. Von dort nehmen Sie eine Kutsche nach Birley. Es ist ungefähr drei Meilen von Dover entfernt.«
»Ich gehe hin, ganz bestimmt.«
»Und wenn Sie es gesehen haben, kommen Sie zurück und bitten mich um Entschuldigung.«
»Untertänigst.«
Er faltete die Briefe zusammen und wollte sie wie geistesabwesend in seine Tasche schieben.
»Die gehören mir.«
»Ach ja.« Er gab sie mir zurück.
Ich sagte: »Ich weiß nicht einmal Ihren Namen.«
»Konrad.«
»Konrad … und weiter?«
»Mit dem Rest möchte ich Sie nicht behelligen. Der wäre für Sie unaussprechlich.«
»Ich könnte es immerhin versuchen.«
»Lassen Sie nur. Für Sie bin ich einfach Konrad, das genügt.«
»Wann fahren Sie nach Birley, Konrad?«
»Morgen, denke ich.«
»Und wollen wir uns übermorgen hier wieder treffen?«
»Mit dem größten Vergnügen.«
Ich stopfte die Briefe in mein Mieder.

»Es sieht so aus«, sagte er, »als verdächtigen Sie mich, daß ich sie stehlen will.«
»Wieso kommen Sie darauf?«
»Sie sind von Natur aus ziemlich mißtrauisch, und insbesondere gegen mich.«
Er trat zu mir und legte seine Hand in den Ausschnitt meines Mieders. Ich schrie erschrocken auf, und er ließ die Hand sinken. »War nur Spaß«, sagte er. »Sie haben sie aber auch an eine sehr verführerische Stelle gesteckt.«
»Sie sind unverschämt.«
»Ich fürchte, Sie haben recht. Aber Sie dürfen nicht vergessen, ich komme aus diesem ausländischen Nest, von dem Sie nie gehört hatten, bis Ihre Schwester dorthin ging.«
Mein Blick wurde verschwommen: Ich stellte mir Francine an jenem Abend vor, als sie fortging. Er bemerkte meine Traurigkeit und legte seine Hände auf meine Schultern.
»Verzeihen Sie mir«, sagte er. »Ich bin ebenso ungeschickt wie unverschämt. Ich weiß, was Sie für Ihre Schwester empfinden. Glauben Sie mir, ich achte Ihre Gefühle. Wir treffen uns also übermorgen. Ich bin bereit, demütig Abbitte zu leisten, wenn es sich erweist, daß ich im Unrecht war.«
»Darauf dürfen Sie sich gefaßt machen. Und ich erwarte, daß Sie mich untertänigst um Verzeihung bitten.«
»Das können Sie haben, wenn Ihre Behauptung bewiesen ist. So, das ist besser, jetzt lächeln Sie ... zufrieden ... selbstsicher. Weil Sie wissen, daß Sie recht haben?«
»Ja. Leben Sie wohl.«
»*Au revoir*. Auf Wiedersehen. Nicht Lebewohl. Das mag ich nicht. Es klingt so endgültig. Es würde mir ganz und gar nicht behagen, wenn wir uns Lebewohl sagen müßten.«
Ich drehte mich um und rannte davon. Ich war sogar ein wenig bedrückt, weil ich ihn einen ganzen Tag nicht sehen würde. Doch übermorgen würde ich voll Befriedigung seine Bestürzung sehen, und es lohnte sich, darauf zu warten.

Sobald ich ins Haus trat nahm ich mir vor, meine Großmutter zu besuchen. Sie würde ihren Mittagsschlaf beendet haben und jetzt vermutlich Tee trinken. Ich mußte ihr von Konrad erzählen, aber ich würde mich vorsehen, um nicht zu verraten, welche Wirkung er auf mich hatte. Was das anbetraf, war ich wohl ziemlich albern. Aber er war einfach der erste Mann, der mir auf diese Weise begegnete, und wenn Miss Elton meine Geistesabwesenheit aufgefallen wäre, hätte sie sicher gesagt daß mir das zu Kopf gestiegen sei. Das traf zu. Ich war einsam. Niemand hatte mir je Aufmerksamkeit geschenkt, außer Cousin Arthur, der auf Anweisung meines Großvaters handelte. Und hier war nun ein attraktiver Mann, der mir gegenüber ein recht kokettes Benehmen an den Tag legte. Manchmal hatte ich das Gefühl, daß er es ernst meinte und mich wirklich gern hatte; dann wieder glaubte ich, daß er sich über mich lustig machte. Vielleicht war von beidem ein bißchen richtig.

Ich klopfte bei meiner Großmutter an, und Agnes Warden kam an die Tür. »Ach du bist es, Philippa. Deine Großmutter schläft.«

»So? Ich dachte, sie trinkt jetzt Tee.«

»Sie hatte heute nachmittag einen leichten Anfall, und jetzt ruht sie sich aus.«

»Einen Anfall?«

»Ja. Du weißt doch, sie hat ein schwaches Herz. Hin und wieder bekommt sie solche Anfälle. Die nehmen sie sehr mit, und danach muß sie unbedingt ruhen.«

Ich war enttäuscht.

Auf dem Weg zu meinem Zimmer traf ich Miss Elton auf dem Flur. »Wenn es möglich ist, möchte ich morgen abreisen«, sagte sie, »und nicht mehr bis zum Wochenende warten. Meine Cousine kann mich abholen, und sie meint, wir könnten uns noch eine Woche Ferien gönnen, ehe wir uns bei unseren Herrschaften einfinden. Sie hat es arrangiert, daß wir bei einer Freundin von ihr wohnen können. Glauben Sie, Ihr Großvater ist einverstanden, daß ich morgen gehe?«

»Bestimmt. Sie sind ja ohnehin nicht mehr richtig bei ihm angestellt.«
»Aber ich möchte ihn trotzdem nicht verärgern. Ich muß an meine Referenzen denken.«
»An Ihrer Stelle würde ich ihn gleich aufsuchen. Ich bin sicher, daß er Sie gehen läßt.«
»Gut, dann gehe ich jetzt zu ihm.«
Ungefähr zehn Minuten später kam sie in mein Zimmer. Ihre Wangen waren gerötet, und sie sah zufrieden aus.
»Er ist einverstanden; ich kann gehen. O Philippa, es ist so aufregend. Meine Cousine sagt, es ist ein angenehmes Haus, und die Kinder sind reizend.«
»Schon ein kleiner Unterschied zu Greystone, hm? Mein Großvater war nicht gerade der beste Brotherr.«
»Aber ich hatte ja Sie zwei, Sie und Ihre Schwester. Ich glaube kaum, daß ich für andere Schülerinnen jemals dasselbe empfinden werde.«
»Wie für Francine, natürlich.« Wieder überkam mich Traurigkeit. Miss Elton legte ihren Arm um mich.
»Für Sie auch ... genauso. Ich hatte Sie beide sehr gern. Deshalb bin ich ja jetzt so besorgt um Sie.«
»Sie werden mir fehlen.«
»Philippa, was haben Sie vor? Bald ist es soweit ...«
»Ich weiß. Ich weiß ... ich kann im Augenblick einfach nicht nachdenken. Aber ich werde mir etwas einfallen lassen.«
»Die Zeit wird knapp.«
»Bitte, Miss Elton, machen Sie sich meinetwegen keine Sorgen. Manchmal träume ich, daß ich nach Bruxenstein gehe und herausfinde, was wirklich passiert ist. Und da ist ja auch noch das Kind, wie Sie wissen.«
»Am besten, Sie vergessen es. Aber Sie müssen fort von hier, es sei denn, Sie wollen sich den Wünschen Ihres Großvaters fügen.«
»Nie ... niemals!« sagte ich entschieden. Seit ich Konrad kannte,

war der Gedanke an Arthurs schlaffe Hände, die mich betasteten, zu einem Alptraum geworden.
Miss Elton schüttelte den Kopf. Ich sah ihr an, daß sie glaubte, am Ende würde ich mich wohl doch mit meinem Schicksal abfinden. Und weil ich nur an Konrad denken konnte, hatte ich nicht das Bedürfnis, mit ihr zu sprechen, wie ich es sonst getan hätte. Ich verstand mich selbst nicht, aber im Unterbewußtsein dachte ich wohl, durch ihn würde sich eine Lösung bieten, so wie sie sein Landsmann Francine gebracht hatte.
»Nun«, sagte Miss Elton, »morgen heißt es Lebewohl. Es ist immer arg, sich von seinen Schülerinnen zu trennen, aber dieser Abschied fällt mir besonders schwer.«
Als sie hinausgegangen war, sah ich auf das Bett, das einst Francines gewesen war, und mich ergriff Verzweiflung. Meine Großmutter war krank, Miss Elton ging fort; ich war ganz allein. Da wurde mir bewußt, wie sehr ich auf diese zwei Menschen angewiesen war.
Und doch ging mir Konrad nicht aus dem Sinn.
Am nächsten Morgen reiste Miss Elton ab. Ich umarmte sie ein letztes Mal. Sie war sehr gerührt. »Möge es Ihnen wohl ergehen«, sagte sie bewegt.
»Ihnen auch«, erwiderte ich.
Dann war sie fort.
Ich ging zu meiner Großmutter hinauf. Agnes kam an die Tür. »Du darfst nicht lange bleiben«, sagte sie. »Sie ist sehr schwach.«
Ich setzte mich zu ihr ans Bett, und sie lächelte matt. Ich hätte ihr so gern von Konrad erzählt und von den eigentümlichen Gefühlen, die er in mir erregte. Ich wollte mir darüber klar werden, ob das an ihm selbst lag oder lediglich daran, daß er von dort kam, wo Francine den Tod gefunden hatte. Doch ich merkte, daß meine Großmutter nicht so recht wußte, wer da an ihrem Bett saß, und mich zuweilen mit Grace verwechselte, und als ich sie verließ, war mir trostloser zumute denn je.

Ich konnte Konrads Rückkehr kaum erwarten. Ich war vor der verabredeten Zeit im Wald. Er war pünktlich, und mein Herz machte einen Sprung, als er mir entgegenkam.
Er ergriff meine Hände und verbeugte sich, bevor er zuerst die eine, dann die andere küßte.
»Nun?« sagte ich.
»Ich war dort«, sagte er. »Es war eine ganz nette Fahrt.«
»Haben Sie es gesehen?«
Er sah mich fest an. »Ich habe die Kirche gefunden. Der Pfarrer war sehr hilfsbereit.«
»Er war nicht da, als ich mit Miss Elton dort war. Wir haben mit dem Küster gesprochen.«
Sein Blick wurde eindringlicher. »Sie dürfen es sich nicht zu Herzen nehmen. Ich weiß, Sie dachten, Sie hätten den Eintrag gesehen ...«
»Ich dachte? Ich habe ihn gesehen! Was reden Sie da?«
Er schüttelte den Kopf. »Der Pfarrer hat mir das Register gezeigt. Da ist kein Eintrag.«
»Das ist ja absurd. Ich habe ihn gesehen!«
»Nein«, beharrte er. »Da war nichts zu sehen. Ich hatte zweifellos das richtige Datum. Da ist kein Eintrag.«
»Sie wollen mich auf den Arm nehmen.«
»Ich wünschte, es wäre so. Ich bedaure, daß ich Ihnen so viel Verdruß bereite.«
»Sie bedauern! Sie sind froh. Außerdem ist es gelogen. Das können Sie mir nicht weismachen. Ich versichere Ihnen, ich habe es mit eigenen Augen gesehen.«
»Wissen Sie, was ich denke?« sagte er beschwichtigend. »Sie wollten es sehen, und da haben Sie es sich eben eingebildet.«
»Mit anderen Worten, ich leide an Wahnvorstellungen, ich bin verrückt, wie?«
Er sah mich traurig an. »Meine liebe, liebe Philippa, es tut mir leid. Glauben Sie mir, ich hätte es gern gesehen. Ich wollte, Sie hätten recht.«

»Ich werde selbst nachsehen. Ich gehe noch einmal hin. Ich werde es finden. Sie müssen an der falschen Stelle nachgeschaut haben.«
»Nein. Ich hatte das richtige Datum. Das Datum, das Sie mir angegeben haben. Wenn sie getraut worden wären, hätte es dort gestanden. Es ist nichts eingetragen, Philippa. Ganz bestimmt nicht.«
»Ich gehe hin. Ich werde keine Zeit verlieren.«
»Wann?«
»Morgen.«
»Ich komme mit. Ich zeige Ihnen, daß Sie sich geirrt haben.«
»Und ich zeige Ihnen, daß ich mich nicht geirrt habe«, erwiderte ich heftig.
Er ergriff meinen Arm, doch ich wehrte ihn ab.
»Nehmen Sie es sich doch nicht so zu Herzen«, sagte er. »Es ist erledigt. Ob sie verheiratet war oder nicht, was spielt das jetzt noch für eine Rolle?«
»Für mich spielt es eine Rolle … und für das Kind.«
»Es gibt auch kein Kind«, sagte er. »Keine Ehe und kein Kind.«
»Wie können Sie es wagen, zu behaupten, daß meine Schwester eine Lügnerin war, oder daß ich verrückt bin? Gehen Sie … gehen Sie doch in Ihre Heimat zurück.«
»Ich fürchte, das werde ich wohl müssen … bald. Aber vorher fahre ich mit Ihnen nach Birley … morgen.«
»Ja«, sagte ich entschlossen, »morgen.«
Aber ich hatte mir keine Gedanken darüber gemacht, wie ich das anstellen sollte. Beim letzten Mal war es einfacher gewesen. Doch ich ließ mich nicht entmutigen. Ich wollte unbedingt beweisen, daß Konrad sich irrte. Ich erzählte Mrs. Greaves, ich wolle eine alte Kirche besichtigen und wisse nicht, wie lange ich fort sei.
»Ihrem Großvater wird es nicht recht sein, daß Sie ohne Begleitung gehen.«
»Ich gehe nicht ohne Begleitung.«

»Und mit wem gehen Sie? Mit Miss Sophia Glencorn?«
Ich nickte. Es blieb mir nichts anderes übrig. Ich wollte keine Auseinandersetzung vor dem Weggehen.
Konrad war wie verabredet am Bahnhof.
Als ich ihm gegenübersaß, dachte ich, wie vergnüglich es doch sein könnte, wenn wir einfach einen Ausflug machten. Ich betrachtete ihn, als er so mit verschränkten Armen dasaß und mich ansah.
Er hatte ein markantes Gesicht mit scharfen Zügen und tiefliegenden blauen Augen und blondes Haar, das über der hohen Stirn nach hinten gestrichen war. Ich stellte mir vor, wie er als wikingischer Eroberer in einem dieser schlanken Schiffe an unserer Küste landete.
»Nun«, sagte er, »machen Sie sich ein Bild von mir?«
»Bloß oberflächlich«, gab ich zurück.
»Ich hoffe, ich gefalle Ihnen.«
»Spielt das eine Rolle?«
»Und ob.«
»Sie machen sich schon wieder über mich lustig. Weil Sie wissen, was wir in der Kirche finden werden. Sie treiben wohl Ihren Scherz damit. Ein übler Scherz.«
Er beugte sich vor und legte seine Hand auf mein Knie.
»Es würde mir nicht im Traum einfallen, über etwas zu scherzen, was Ihnen so sehr am Herzen liegt«, sagte er ernst. »Ich möchte nur nicht, daß Sie allzu unglücklich sind, wenn …«
»Wollen wir nicht von etwas anderem sprechen?«
»Vom Wetter? Ein schöner Tag für diese Jahreszeit. In meiner Heimat ist es im Winter nicht so warm. Das liegt wohl am Golfstrom, mit dem Gott die Engländer gesegnet hat.«
»Ich glaube, wir sollten lieber schweigen.«
»Wie Sie wollen. Ihr Wunsch ist mir Befehl … jetzt und immerdar.«
Ich schloß die Augen. Seine Worte rührten an eine Seite tief in meinem Innern. Es hörte sich an, als sei unsere Beziehung für

ihn nicht nur eine flüchtige Bekanntschaft, wie ich angenommen hatte, und dieser Gedanke hob meine Stimmung.

Schweigend fuhren wir weiter. Er sah mich an, doch ich schaute aus dem Fenster, ohne jedoch viel von der Landschaft wahrzunehmen. Schließlich konnte ich die See riechen, und wir näherten uns der Stadt. Wieder sah ich die weißen Klippen und die Festung, die von den Königen des Mittelalters das Tor Englands genannt worden war.

Wir gingen in das Gasthaus, denn Konrad bestand darauf, daß wir etwas aßen.

»Wir müssen auch wegen des Einspänners dorthin«, sagte er. »Außerdem brauchen Sie eine kleine Erfrischung.«

»Ich kann nichts essen«, sagte ich.

»Aber ich«, erwiderte er. »Und Sie werden auch etwas zu sich nehmen.«

Wieder gab es Brot, Käse und Apfelmost. Es gelang mir sogar, ein wenig zu essen.

»Sehen Sie«, bemerkte er, »ich weiß, was gut für Sie ist.«

»Wann können wir gehen?« fragte ich.

»Geduld«, erwiderte er. »Wissen Sie, unter anderen Umständen wäre das hier ein richtiges Vergnügen. Vielleicht können wir demnächst ein paar Ausflüge in die Umgebung machen. Was halten Sie davon?«

»Das würde mein Großvater niemals erlauben.«

»Hat er es heute erlaubt?«

»Ich habe ein bißchen ... geschwindelt.«

»Oh, Sie sind also zu Intrigen imstande?«

»Ich mußte hierher«, sagte ich. »Nichts hätte mich abhalten können.«

»Sie sind so ungestüm. Das gefällt mir. Mir gefällt überhaupt vieles an Ihnen, Miss Philippa. Dabei weiß ich so wenig von Ihnen, muß Sie erst noch richtig kennenlernen. Das dürfte eine fabelhafte Entdeckungsreise werden.«

»Ich fürchte, Sie dürfte ziemlich langweilig für Sie werden.«

»Was sind Sie doch für eine widersprüchliche Frau! Zuerst zürnen Sie mir, weil Sie denken, daß ich Sie zu gering schätze, und in der nächsten Minute erzählen Sie mir, daß Sie einer Erforschung nicht wert sind. Was soll ich nur von Ihnen halten?«

»Ich würde mit dem Erforschen aufhören, wenn ich Sie wäre.«

»Aber ich bin so gefesselt.«

»Glauben Sie, wir sind jetzt soweit?«

»Immer diese Ungeduld!« murmelte er.

Wir gingen zu dem Einspänner hinaus, und als wir uns der Kirche von Birley näherten, konnte ich meine Ungeduld kaum zügeln.

»Wir gehen zuerst ins Pfarrhaus zu dem freundlichen Pfarrer«, sagte er. »Er war so hilfsbereit. Ich habe vor, einen großen Beitrag zur Instandhaltung der Kirche zu spenden.«

Das Pfarrhaus war beinahe so alt wie die Kirche. Eine Frau, offenbar die Pfarrersfrau, kam an die Tür. Wir hätten Glück, meinte sie. Der Pfarrer sei soeben nach Hause gekommen.

Wir traten in eine etwas ärmliche, aber gemütliche Wohnstube.

»Welche Freude, Sie wiederzusehen«, begrüßte der Pfarrer Konrad herzlich.

»Ich habe eine Bitte«, erklärte Konrad. »Wir möchten das Register noch einmal sehen.«

»Das ist kein Problem. Hatten Sie das falsche Datum?«

Mein Herz klopfte schneller. Ich war überzeugt, daß irgendwo ein Irrtum unterlaufen sei, der nun aufgedeckt werden würde.

»Ich bin nicht sicher«, meinte Konrad. »Es wäre möglich. Dies ist Miss Ewell; sie ist besonders daran interessiert. Sie war auch schon einmal hier.«

»Ich habe Sie damals nicht angetroffen«, sagte ich zu dem Pfarrer. »Sie waren nicht da. Ich habe mit dem Küster gesprochen.«

»Ach ja, Thomas Borton. Ich war vor kurzem eine Weile weg. Wenn Sie jetzt mit in die Kirche kommen, zeige ich Ihnen, was Sie wünschen.«

Wir gingen in die Kirche. Wieder war da dieser Geruch von Feuchte, alten Gesangbüchern und der merkwürdigen Möbelpolitur.
Wir traten in die Sakristei. Das Register wurde uns vorgelegt, und ich blätterte die Seiten um. Ich starrte auf das Papier. Der Eintrag war nicht da! An dem betreffenden Tag war keine Trauung verzeichnet.
Ich stammelte: »Da muß ein Irrtum vorliegen ...«
Konrad hatte seinen Arm unter den meinen geschoben, doch nun stieß ich ihn ungeduldig zurück. Ich sah von ihm zu dem Pfarrer.
»Aber ich habe es doch gesehen«, fuhr ich fort. »Es stand da ... es stand in dem Buch –«
»Nein«, sagte der Pfarrer. »Das kann nicht sein. Sie müssen sich im Datum irren. Sind Sie sicher, daß Sie das richtige Jahr haben?«
»Ganz bestimmt. Ich weiß, wann es war. Die Braut war meine Schwester.«
Der Pfarrer machte ein betretenes Gesicht.
Ich fuhr fort: »Sie müssen sich doch auch erinnern. Es muß eine ziemlich eilige Trauung gewesen sein ...«
»Ich war damals noch nicht hier. Ich habe die Pfründe erst vor zwei Jahren übernommen.«
»Es *stand* hier«, konnte ich nur beharrlich wiederholen. »Ich habe es gesehen ... da stand es ... ganz deutlich ... jeder konnte es lesen.«
»Es muß ein Irrtum vorliegen. Sie haben bestimmt das falsche Datum.«
»Ja«, sagte Konrad. Er stand dicht neben mir. »Es ist ein Irrtum. Es tut mir leid, aber Sie wollten ja unbedingt selbst nachsehen.«
»Der Küster war mit uns hier!« rief ich. »Er wird sich erinnern. Er hat uns das Buch gezeigt und war dabei, als wir den Eintrag fanden. Wo ist der Küster? Ich muß ihn sprechen. Er wird es noch wissen.«

»Das ist doch nicht nötig«, sagte Konrad. »Es steht nicht da. Es war ein Irrtum. Sie haben nur gemeint, Sie hätten es gesehen ...«
»Man meint nicht, daß man etwas sieht! Ich sage Ihnen, ich habe es gesehen. Ich möchte den Küster sprechen.«
»Das ist gewiß möglich«, meinte der Pfarrer. »Er wohnt im Dorf. Haus Nummer sechs auf der Hauptstraße. Es gibt nur eine Straße im Dorf, die diese Bezeichnung verdient.«
»Wir gehen sofort zu ihm«, sagte ich.
Konrad wandte sich an den Pfarrer. »Sie haben uns wirklich geholfen«, sagte er.
»Ich bedaure, wenn Sie Ärger gehabt haben.«
Ich warf noch einmal einen Blick in das Register. Ich versuchte heraufzubeschwören, was ich an jenem Tag mit Miss Elton gesehen hatte. Es half nichts. Es war einfach nicht da.
Konrad warf zur Freude des Pfarrers beim Hinausgehen zwei Goldmünzen in den Opferstock.
»Sie treffen Tom Borton gewiß in seinem Garten an. Er ist ein eifriger Gärtner.«
Es war nicht schwierig, ihn zu finden. Er sah uns mit einiger Verwunderung an.
»Der Pfarrer hat uns gesagt, wo Sie wohnen«, erklärte Konrad. »Miss Ewell möchte Sie dringend sprechen.«
Als der Küster sich mir zuwandte, deutete nichts in seinem Blick darauf hin, daß er mich wiedererkannte.
Ich sagte: »Sie erinnern sich gewiß an mich. Ich war mit einer Dame hier.«
Er kniff die Augen zusammen und schnippte eine Fliege vom Jackenärmel.
»Sie müssen sich doch erinnern«, beharrte ich. »Wir haben uns das Register in der Sakristei angesehen. Sie haben es uns gezeigt ... und ich habe darin gefunden, was ich suchte.«
»Ab und zu kommen Leute, um sich das Register anzusehen ... nicht oft ... nur hin und wieder.«

»Sie erinnern sich also. Der Pfarrer war nicht da … wir haben Sie in der Kirche getroffen.«
Er schüttelte den Kopf. »Nicht daß ich wüßte.«
»Aber Sie müssen es doch wissen. Sie waren dort. Sie *müssen* sich erinnern.«
»Es tut mir leid, aber ich kann mich überhaupt nicht erinnern.«
»Ich habe Sie sofort wiedererkannt.«
Er lächelte. »Ich kann nicht behaupten, daß ich Sie schon mal gesehen hätte, Miss … hm, Ewell, sagten Sie?«
»Nun denn«, ließ sich Konrad vernehmen, »es tut uns leid, daß wir Sie gestört haben.«
»Ach, das macht nichts, Sir. Bedaure, daß ich Ihnen nicht helfen konnte. Ich glaube, die junge Dame muß mich verwechseln. Ich habe sie bestimmt noch nie gesehen.«
Konrad führte mich fort. Ich war verwirrt. Mir war, als wäre dies ein Alptraum, aus dem ich bald erwachen müßte.
»Kommen Sie, wir müssen unseren Zug erreichen«, sagte Konrad.
Wir waren fünf Minuten vor der Zeit am Bahnhof und setzten uns. Konrad hatte meinen Arm genommen und hielt ihn ganz fest. »Nicht verzweifeln«, sagte er.
»Ich bin aber verzweifelt. Was kann ich dafür? Ich habe den Eintrag deutlich gesehen, und dieser Mann hat gelogen. Er muß sich an mich erinnert haben. Er hat selbst gesagt, daß nicht oft Leute kommen, um sich das Register anzuschauen.«
»Hören Sie, Philippa, jedem passiert manchmal etwas Seltsames. Sie hatten eben eine Art Halluzination.«
»Wie können Sie es wagen, so etwas zu behaupten?«
»Was gäbe es sonst für eine Erklärung?«
»Ich weiß es nicht. Aber ich werde es herausfinden.«
Der Zug kam, und wir stiegen ein. Ich war froh, daß wir ein Abteil für uns allein hatten, denn ich war erschöpft von der Aufregung, und eine unbestimmte Furcht hatte mich ergriffen. Ich war nahe daran zu glauben, daß ich mir das Ganze nur eingebildet hatte.

Miss Elton war fort, sie konnte ich nicht fragen. Sie hatte mit mir in das Register geschaut. Aber hatte sie den Eintrag tatsächlich gesehen? Ich war nicht sicher. Ich erinnerte mich nur, daß ich ihn gesehen und triumphierend aufgeschrien hatte. Ich versuchte, mich an die Szene zu erinnern, aber ich wußte nicht mehr, ob Miss Elton tatsächlich neben mir gestanden und in das Buch geschaut hatte.

Und der Küster hatte behauptet, er hätte mich noch nie gesehen. Dabei zeigte er das Register nur selten jemand. Er *mußte* sich erinnert haben.

Konrad setzte sich zu mir und legte seinen Arm um mich. Zu meiner Verwunderung tröstete mich dies ein wenig.

Er sagte: »Hören Sie auf mich, Philippa. Es gibt keinen Eintrag. Nun ist das alles vorbei. Ihre Schwester ist tot. Hätten Sie einen Eintrag gefunden, so wäre sie davon auch nicht wieder lebendig geworden. Es ist eine traurige Geschichte, aber es ist vorbei. Sie müssen Ihr eigenes Leben leben.«

Ich hörte kaum, was er sagte. Ich spürte nur den Trost seiner Nähe und wollte nicht von ihm fort.

Wir verließen den Bahnhof, und Konrad brachte mich bis an den Wald. Ich wollte nicht, daß er noch weiter mitging. Es hätte zu vieler Erklärungen bedurft, wenn man mich mit einem Mann gesehen hätte.

Als ich ins Haus trat, stand Mrs. Greaves oben auf der Treppe. »Sind Sie es, Miss Philippa?« sagte Sie. »Gottlob, daß Sie zurück sind. Ihre Großmutter ist heute nachmittag schwer erkrankt.« Sie sah mich unverwandt an.

Ich sagte: »Sie ist tot, nicht wahr?«

Und Mrs. Greaves nickte.

Unter Mordverdacht

Ich war völlig durcheinander. Ich hatte mir eine Erklärung für meine Abwesenheit zurechtgelegt, aber sie war nicht vonnöten, da mich wegen Großmutters Tod niemand vermißt hatte.

»Sie ist ganz sanft im Schlaf gestorben«, sagte Mrs. Greaves zu mir.

Es mußte genau zu der Zeit geschehen sein, als ich fassungslos vor dem Register stand.

»Hat sie nach mir gefragt?« erkundigte ich mich.

»Nein, Miss, sie war den ganzen Tag nicht bei Bewußtsein.«

Ich ging in mein Zimmer hinauf. Ich blieb mitten im Raum stehen. Verzweiflung brach über mich herein und ein Gefühl unendlicher Verlassenheit. Ich hatte alle verloren, Francine, Daisy, Miss Elton und nun meine Großmutter. Ein grausames Schicksal nahm mir alle Menschen, die mir etwas bedeuteten.

Plötzlich fiel mir Konrad ein. Er war rührend gewesen. Ich war sicher, daß es ihm wirklich leid tat, daß ich den Eintrag nicht finden konnte.

Als wir abends beim Essen saßen, redete mein Großvater über die Vorkehrungen für das Begräbnis und sagte, daß die Familiengruft geöffnet werden müsse. Da er den Pfarrer nicht leiden konnte, sollte Cousin Arthur zu ihm gehen. Großvater wollte auch vermeiden, dort womöglich Grace oder ihrem Mann zu begegnen.

Cousin Arthur sagte: »Ich bin sehr glücklich, daß ich Ihnen behilflich sein kann, Onkel.«

Mein Großvater erwiderte: »Das bist du doch immer, Arthur.«

Der senkte den Kopf und sah so zufrieden drein, wie es die Umstände und seine übertriebene Bescheidenheit zuließen.
»Es ist ein harter Schlag für uns alle«, fuhr mein Großvater fort, »aber das Leben muß weitergehen. Sie hätte keinesfalls gewollt, daß ihr Tod das Leben der anderen durcheinanderbringt. Wir müssen also daran denken, was sie gewünscht hätte.«
Ich dachte, daß er das jetzt wohl zum ersten Mal tat. Mußten die Menschen denn erst sterben, bevor man ein wenig Rücksicht auf sie nahm?
Man hatte den Sarg ins Haus gebracht, ein prunkvolles Stück aus poliertem Mahagoni mit vielen Messingbeschlägen. Er wurde in den Raum neben dem Zimmer meines Großvaters gestellt. Hier war sie ihm näher, als sie es seit vielen Jahren gewesen war. Das Begräbnis sollte in fünf Tagen stattfinden. Unterdessen lag sie dort, und die Dienstboten defilierten nacheinander vorüber, um ihr bedrückt die letzte Ehre zu erweisen.
Die ganze Nacht hindurch brannten Kerzen in dem Zimmer, je drei am Kopfende und am Fußende des Sarges.
Ich ging zu ihr hinein. Der Holzgeruch und der Anblick dieses Totenzimmers prägten sich meinem Gedächtnis auf immer ein. Es hatte überhaupt nichts Unheimliches. Sie lag da, und man konnte nur ihr Gesicht sehen, die Haare waren unter einer gestärkten Haube verborgen. Sie wirkte jung und schön. So ähnlich mußte sie ausgesehen haben, als sie einst als Braut nach Greystone Manor gekommen war … Man brauchte sich nicht zu ängstigen, selbst wenn der Raum voller Schatten war, die das flackernde Kerzenlicht warf. Sie war im Leben so gütig und liebevoll gewesen, warum sollte man sich da im Tod vor ihr fürchten?
Aber eine schreckliche Einsamkeit überkam mich, ein beklemmendes Gefühl der Verlassenheit und die Erkenntnis, daß ich nun ganz allein auf der Welt war.
Zwei Tage später ging ich in den Wald. Es war die Zeit, zu der ich meistens spazierenging. Ich setzte mich unter einen

Baum und hoffte, Konrad wäre da. Würde er es merken und kommen?

Als ich ihn bald darauf tatsächlich kommen sah, war ich sehr erleichtert.

Er setzte sich neben mich, ergriff meine Hand und küßte sie. »Nun, wie geht's?« fragte er.

Ich sagte: »Als ich nach Hause kam, war meine Großmutter gestorben.«

»Kam es unerwartet?«

»Eigentlich nicht. Sie war alt und gebrechlich und in letzter Zeit sehr krank. Aber es war ein schlimmer Schock, zumal ich ...«

»Erzählen Sie«, bat er.

»Alle sind weg«, fuhr ich fort. »Meine Schwester und das Hausmädchen Daisy, die wie eine Freundin war. Dann Miss Elton und nun meine Großmutter. Jetzt ist niemand mehr da.«

»Mein liebes kleines Mädchen ...«

Ausnahmsweise machte es mir nichts aus, ein kleines Mädchen genannt zu werden. Er fuhr leise fort: »Wie alt sind Sie?«

»Ich werde bald siebzehn.«

»So jung ... und so unglücklich«, murmelte er.

»Wären meine Eltern nicht gestorben, dann wäre alles anders gekommen. Wir wären auf der Insel geblieben. Francine wäre nicht gestorben. Und ich stünde nicht allein hier ... ohne einen Menschen.«

»Und Ihr Großvater?«

Ich lachte bitter. »Der will mich zwingen, Cousin Arthur zu heiraten.«

»Sie zwingen! Sie sehen nicht so aus wie eine, die sich zwingen läßt.«

»Das habe ich zwar immer behauptet, aber ich hätte etwas unternehmen müssen. Das hat Miss Elton auch gesagt. Ich hätte mir eine Stellung suchen sollen. Aber wer würde mich in meinem Alter beschäftigen?«

»Sie sind allerdings sehr jung«, stimmte er zu. »Und Sie sind natürlich nicht gerade in Cousin Arthur vernarrt.«
»Ich hasse ihn.«
»Warum?«
»Wenn Sie ihn sähen, würden Sie es verstehen. Francine hat ihn auch gehaßt. Erst sollte sie ihn heiraten. Sie war die Ältere, wissen Sie, aber dann hat sie Rudolph geheiratet. Denn sie *waren* verheiratet, das weiß ich genau.«
»Wir wollen uns jetzt lieber mit Ihrem Problem befassen. Das ist wirklich wichtiger.«
»Wenn ich siebzehn bin, will mein Großvater mich mit Cousin Arthur verheiraten, und ich werde bald siebzehn. Dann heißt es ›Heirate Arthur oder verschwinde!‹. Ich würde gern fortgehen, aber wohin? Ich muß eine Stellung finden. Wäre ich nur ... sagen wir, zwei Jahre älter ... verstehen Sie, was ich meine?«
»Ja, vollkommen.«
»Meine Großmutter war so lieb und gütig und verständnisvoll. Mit ihr konnte ich reden. Jetzt habe ich niemanden mehr.«
»Aber ich bin doch da«, sagte Konrad.
»Sie!«
»Ja, ich. Mein armes kleines Mädchen, ich mag nicht, wenn Sie unglücklich sind. Ich mag es, wenn Sie hitzig gegen mich wüten ... ja. Obwohl ich Sie vielleicht doch lieber zärtlich hätte. Aber jedenfalls, ich mag Sie nicht verzweifelt sehen.«
»Ich bin es aber. Ich wollte mit meiner Großmutter reden. Ich wollte ihr von dem Register erzählen. Jetzt habe ich niemanden mehr, mit dem ich sprechen kann. Ich bin ganz allein.«
Er nahm mich in die Arme und hielt mich fest. Er wiegte mich sanft und küßte mich auf die Stirn, auf die Nasenspitze und schließlich auf die Lippen. In diesem Augenblick war ich trotz allem beinahe glücklich.
Ich hatte Angst vor meinen Gefühlen und wich ein wenig zurück. Es kam mir seltsam vor, daß ich so für jemanden empfinden

konnte, der eben erst bewiesen hatte, daß ich mich in einer Angelegenheit irrte, die mir so sehr am Herzen lag.
Ich war verwirrt und wußte nicht ein noch aus.
Konrad sagte sanft: »Sie sind nicht allein. Ich bin doch da. Ich bin Ihr Freund.«
»Mein Freund!« rief ich aus. »Sie! Und dabei haben Sie versucht, mir den Glauben an meine Zurechnungsfähigkeit zu nehmen.«
»Sie sind ungerecht. Ich habe Sie lediglich der Wahrheit gegenübergestellt. Man muß der Wahrheit stets ins Auge sehen ... auch wenn sie unangenehm ist.«
»Das war nicht die Wahrheit. Es muß eine Erklärung geben. Wenn ich sie doch nur wüßte!«
»Eines kann ich Ihnen sagen, meine liebe Philippa. Sie sind so in der Vergangenheit gefangen, daß Sie die jetzigen Gefahren einfach auf sich zukommen lassen. Was wollen Sie denn wegen Cousin Arthur unternehmen?«
»Ich werde ihn auf keinen Fall heiraten.«
»Und wenn Ihr Großvater Sie hinauswirft ... was dann?«
»Mir fällt gerade ein, daß sich die Sache durch den Tod meiner Großmutter verzögern dürfte. Eine Hochzeit kann doch nicht so dicht auf eine Beerdigung folgen, nicht wahr? Mein Großvater würde sich stets an die Anstandsregeln halten.«
»Sie denken also, der Unglückstag ist aufgeschoben.«
»Ich habe zumindest mehr Zeit, einen Ausweg zu finden. Meine Tante Grace wird mir bestimmt helfen. Sie ist von Greystone Manor geflohen und ist jetzt sehr glücklich. Vielleicht könnte ich eine Weile im Pfarrhaus unterkommen.«
»Immerhin ein Hoffnungsschimmer«, sagte Konrad. »Und was glauben Sie, wie Ihnen zumute wäre, wenn Sie als Dienstbote in einen fremden Haushalt gehen müßten? Nach dem Leben, das Sie bisher geführt haben?«
»Das war nicht gerade glücklich, seit ich hierhergekommen bin. Ich habe mich in Greystone Manor immer eher wie eine Gefangene gefühlt und Francine ging es genauso. Es ist also keine

sehr prächtige Vergangenheit, auf die ich zurückblicken kann. Außerdem könnte ich Gouvernante werden. Gouvernanten sind doch eigentlich keine Dienstboten.«

»Irgendwas dazwischen«, sagte er. »Arme, arme Philippa. Das sind schlimme Aussichten, die sich Ihnen da bieten.«

Ich schauderte, und er hielt mich noch fester.

»Ich muß Ihnen sagen«, fuhr er fort, »daß ich England morgen abend verlasse.«

Ich war dermaßen erschüttert, daß ich nicht sprechen konnte. Ich starrte unglücklich vor mich hin. Alle gingen fort, und ich blieb der Gnade von Großvater und Arthur ausgeliefert.

»Darf ich annehmen, daß es Ihnen ein wenig leid tut, daß ich fortgehe?«

»Es war tröstlich für mich, mit Ihnen sprechen zu können.«

»Und Sie verzeihen mir die Rolle, die ich in dieser unseligen Registerangelegenheit gespielt habe?«

»Sie konnten nichts dafür. Ich mache Ihnen keinen Vorwurf.«

»Ich dachte, Sie würden mich deswegen hassen.«

»Ganz so dumm bin ich nicht.«

»Und Sie versprechen mir, daß Sie das alles vergessen? Werden Sie aufhören, immer wieder darauf zurückzublicken?«

»Das kann ich nicht. Ich muß alles erfahren. Sie war meine Schwester.«

»Ich weiß. Ich verstehe vollkommen. Liebe Philippa, verzweifeln Sie nicht, denn es wird sich etwas für Sie finden. Es tut mir leid, daß ich fort muß, aber es ist von größter Wichtigkeit.«

»Ich nehme an, Ihre Herrschaften haben Sie zurückgerufen?«

»Das stimmt. Aber ich habe noch einen Tag. Wir treffen uns morgen. Ich versuche, eine Lösung zu finden.«

»Wie wollen Sie das bewerkstelligen?«

»Ich bin eine Art Zauberer«, sagte er. »Haben Sie das nicht geahnt? Daß ich nicht bin, was ich scheine?«

Ich lachte gezwungen. Mir war elend zumute, weil er fortging, und ich wollte ihn nicht merken lassen, wie tief mich das berührte.

»Ich werde Sie vor Cousin Arthurs Armen bewahren, Philippa ... wenn Sie mich lassen.«

»Ich glaube nicht, daß Ihre Zauberkraft so weit reicht.«

»Abwarten. Wollen Sie mir vertrauen?« Er erhob sich. »Ich muß jetzt gehen.«

Er streckte eine Hand aus und half mir auf. Wir standen dicht beieinander. Dann hielt er mich in den Armen. Seine Küsse waren jetzt anders, verwirrend und ein wenig erschreckend. Und ich wünschte, sie würden nie aufhören.

Als er mich losließ, lachte er. »Ich glaube, jetzt sind Sie mir ein wenig wohler gesonnen«, meinte er.

»Ich weiß nicht, was ich fühle ...«

»Uns bleibt nicht mehr viel Zeit«, sagte er. »Werden Sie mir vertrauen?«

»Eine merkwürdige Frage. Soll ich?«

»Nein«, erwiderte er. »Vertrauen Sie niemandem. Und schon gar nicht Menschen, von denen Sie nichts wissen.«

»Soll das eine Warnung sein?«

Er nickte. »Gewissermaßen eine Vorbereitung.«

»Das hört sich so geheimnisvoll an. Zuerst wollen Sie mir helfen, und im nächsten Moment warnen Sie mich vor sich.«

»Das Leben ist voller Widersprüche. Wollen wir uns morgen wieder hier treffen? Vielleicht fällt mir eine Lösung ein. Das hängt natürlich von Ihnen ab.«

»Ich werde morgen hier sein.«

Er nahm mein Kinn in seine Hände und sagte: *»Nil desperandum.«* Dann küßte er mich sachte und ging mit mir bis an den Waldrand. Dort trennten wir uns.

Ich ging ins Haus und am Totenzimmer vorbei in mein Zimmer hinauf. Dort warf ich mich auf Francines Bett, wodurch sie mir näher zu kommen schien.

Es gab keinen Zweifel. Konrad erregte mich, und ich wollte bei ihm sein. Bei ihm konnte ich fast alles andere vergessen.

Ich konnte es nicht ertragen, in diesem Todeshaus zu sein, und doch war das Gefühl der Einsamkeit ein wenig gewichen. Morgen würde ich mich mit Konrad treffen, und er hatte gesagt, daß er eine Lösung finden wollte. Ich hielt es zwar kaum für möglich, dennoch war es ein tröstlicher Gedanke. Das Zusammensein mit ihm war wie ein Betäubungsmittel, und in meiner Verzweiflung klammerte ich mich willig an alles, was sich mir bot.
Ich hielt es im Haus nicht mehr aus und ging in den Garten. Dort kam einer von Daisys Brüdern und sagte zu mir: »Ich soll Ihnen das geben, wenn keiner guckt, Miss.«
Ich nahm es entgegen. »Wer ...?« begann ich.
»Jemand von Granter's Grange.«
»Danke«, sagte ich.
Ich schlitzte den Umschlag auf und entnahm ihm ein weißes Blatt Papier mit einem goldenen Wappen. Briefpapier vom Landhaus, dachte ich, und dann las ich:

Philippa,
ich muß morgen in aller Frühe aufbrechen. Ich muß Sie sehen, bevor ich gehe. Bitte kommen Sie heute abend um zehn, wenn Sie können. Ich erwarte Sie am Landhaus bei den Büschen.

Konrad.

Meine Hände zitterten. Morgen ging er also fort. Er hatte gesagt, er würde eine Lösung für mich finden. War das möglich?
Ich müßte aus dem Haus schleichen und die Tür unverschlossen lassen. Doch nein, das könnte entdeckt werden. Aber es gab ein niedriges Fenster zum Innenhof. Wenn ich das entriegelte, könnte ich leicht hineinschlüpfen ... nur für den Fall, daß die Tür bei meiner Rückkehr verschlossen wäre.

Ich mußte ihn sehen.
Ich weiß nicht, wie ich den Tag überstand. Ich schützte Kopfweh vor und ging nicht zum Abendessen zu Großvater und Cousin Arthur hinunter. Die Entschuldigung schien durchaus plausibel, zumal die übliche Routine im Haushalt durch den Tod meiner Großmutter und wegen der Vorkehrungen für das Begräbnis ohnehin etwas durcheinandergeraten war.
Ich hatte das Fenster zum Innenhof ausprobiert. Dort kam selten jemand vorbei, daher konnte ich mich einigermaßen sicher fühlen.
Um Viertel vor zehn machte ich mich auf den Weg. Konrad wartete bei den Sträuchern auf mich, und als er mich sah, umfing er mich mit den Armen und drückte mich an sich. »Lassen Sie uns ins Haus gehen«, sagte er.
»Sollen wir?«
»Warum nicht?«
»Es ist nicht Ihr Haus. Sie sind nur der Haushofmeister.«
»Sagen wir, ich habe die Verantwortung. Kommen Sie.«
Wir traten in das Landhaus, und beim Durchqueren der Halle sah ich furchtsam hinauf zu den Öffnungen hoch oben in der Wand, durch die man, wie ich wußte, vom Sonnenzimmer aus herunterspähen konnte.
»Niemand kann uns sehen«, flüsterte Konrad. »Sie schlafen alle. Sie waren den ganzen Tag mit den Vorbereitungen für die Abreise beschäftigt.«
»Reisen alle morgen ab?«
»Die anderen fahren einen Tag später.«
Wir stiegen die Treppe hinauf. »Wohin gehen wir?« fragte ich.
»In die Weinstube?«
»Sie werden sehen.«
Er stieß eine Tür auf, und wir traten in einen Raum, in dem ein Kaminfeuer brannte. Es war ein großes Zimmer mit schweren Samtvorhängen. Ich bemerkte einen Alkoven mit dem Himmelbett.

»Wessen Zimmer ist das?« stieß ich hervor.
»Meins«, erwiderte er. »Hier sind wir sicher.«
»Ich verstehe nicht …«
»Macht nichts. Kommen Sie, setzen Sie sich. Ich habe einen ausgezeichneten Wein hier. Den müssen Sie kosten.«
»Ich verstehe nichts von Wein.«
»Aber Sie trinken doch gewiß welchen in Greystone Manor?«
»Mein Großvater ordnet stets an, was es gibt und jedermann muß es trinken und gut finden.«
»Ein Despot, Ihr Großvater.«
»Was wollten Sie mir sagen?«
»Ich reise ab. Ich mußte Sie sehen.«
»Ja«, sagte ich, »das haben Sie mir geschrieben.«
Konrad ergriff meine Hand und zog mich mit sich auf einen großen thronartigen Sessel, so daß ich auf seinen Knien saß.
»Haben Sie keine Angst«, sagte er. »Sie brauchen nichts zu fürchten. Ihr Wohlergehen soll von nun an meine größte Sorge sein.«
»Sie reden sehr ungewöhnliches Zeug. Ich denke, ich bin hierhergekommen, um Ihnen Lebewohl zu sagen.«
»Das hoffe ich nicht.«
»Was denn sonst?«
»Ihre Schwierigkeiten sind nicht unüberwindlich.«
Seine Hände streichelten zärtlich meinen Hals. Leise regte sich in mir der Wunsch, für immer in diesem Zimmer zu bleiben.
»Was fühlen Sie für mich?« fragte er.
Ich versuchte, mich von seinen tastenden Händen zu befreien.
»Wir kennen uns doch kaum«, stammelte ich. »Sie sind kein … Engländer.«
»Ist das ein großer Nachteil?«
»Natürlich nicht, aber es bedeutet …«
»Was?«
»Daß wir vielleicht bei allem verschiedener Auffassung sind.

Jetzt würde ich lieber auf einem Stuhl sitzen und mir anhören, was Sie mir zu sagen haben.«
»Aber ich möchte lieber, daß Sie hier bei mir bleiben. Philippa, Sie müssen wissen, daß ich drauf und dran bin, mich in Sie zu verlieben.«
Plötzlich war ich wie trunken von Glückseligkeit; mir war, als sinke ich in einen tiefen Brunnen von Zufriedenheit; dennoch machte mir eine warnende innere Stimme bewußt: Es war ein gefährlicher Brunnen.
»Philippa«, fuhr Konrad fort, »welch schöner Name! Philippa.«
Ich sagte: »Meine Familie hat mich immer Pippa genannt.«
»Pippa. Eine Abkürzung von Philippa. Gefällt mir. Es erinnert mich an ein Gedicht, ›Pippas Gesang‹ ... oder ›Pippa geht vorüber‹. Sehen Sie, ich bin zwar kein Engländer, aber ich bin hier erzogen. Ich kenne meinen Browning. ›Gott ist im Himmel – in Frieden die Welt.‹ Das ist Pippas Gesang. Trifft es auch auf Sie zu?«
»Sie wissen genau, daß es nicht so ist.«
»Aber vielleicht könnte ich Ihnen dazu verhelfen. Ich wäre sehr glücklich, wenn es mir gelänge. ›In Frieden die Welt.‹ Ich möchte, daß es für Sie wahr wird.«
»Sie gehen fort, und ich sehe Sie heute abend zum letzten Mal.«
»Darüber will ich ja mit Ihnen reden; denn ob wir uns wiedersehen oder nicht, hängt ganz von Ihnen ab.«
»Ich verstehe Sie nicht.«
»Ich könnte Sie mitnehmen.«
»Mitnehmen nach ...«
»Ganz recht. In meine Heimat.«
»Wie sollte das gehen?«
»Ganz einfach: Wir treffen uns morgen am Bahnhof; wir fahren nicht nach Dover wie letztes Mal, sondern nach London und von da nach Harwich; wir schiffen uns ein, und später nehmen wir wieder einen Zug, bis wir schließlich in meine Heimat gelangen. Was halten Sie davon?«

»Sie machen sich über mich lustig!«
»Nein, bestimmt nicht, ich schwöre es. Ich möchte, daß Sie immer bei mir sind. Begreifen Sie denn nicht, daß ich mich in Sie verliebt habe?«
»Aber ... wie soll ich es denn anstellen, daß ich mit Ihnen komme?«
»Wieso sollte es nicht gehen?«
»Das würde doch mein Großvater niemals zulassen.«
»Ich dachte, Sie wollen Ihren Großvater und Ihren Cousin überlisten. Dann brauchen wir auch von keinem eine Einwilligung. Pippa, lassen Sie mich Ihnen zeigen, wie sehr ich Sie liebe.«
»Ich ... kann nicht ...«
»Dann will ich es Ihnen beibringen«, sagte er.
Er hatte mein Mieder aufgeknöpft. Ich wollte ihn mit meinen Händen abwehren, aber da nahm er sie einfach und küßte sie. Mir war bange, und doch hatte mich eine Erregung ergriffen, wie ich sie nie zuvor gekannt hatte. Alles schien zu verblassen ... die Vergangenheit ... die Zukunft ... alles, was mir Angst machte. Es gab nichts als diesen Augenblick. Konrad küßte mich, während er mir das Mieder abstreifte.
»Was geschieht mit mir«, stammelte ich. »Ich muß gehen.«
Aber ich machte keine Anstalten zu gehen. Ich war von einem unwiderstehlichen Verlangen übermannt.
Er sagte mir fortwährend, daß er mich liebte und daß ich nichts zu befürchten hätte. Wir würden immer und ewig zusammenbleiben. Ich könnte meinen Großvater vergessen, könnte Cousin Arthur vergessen. Sie gehörten der Vergangenheit an. Nichts zählte mehr außer unserer wunderbaren Liebe.
Der Kontrast zu alldem, was ich seit Francines Weggehen empfunden hatte, war so stark, daß ich einfach alles außer diesem einen Augenblick vergessen wollte. Ein Teil von mir versuchte, vernünftig zu bleiben, doch der andere wollte nicht hören.
»Ich muß jetzt gehen ...«, begann ich; er aber lachte leise, und auf einmal war ich in dem Himmelbett, und er war bei mir. Die

ganze Zeit murmelte er Koseworte, und ich war erschrocken und erschüttert und von Wonne überwältigt.
Hinterher lag er still da und hielt mich in seinen Armen. Ich zitterte und war sehr glücklich, und von einem eigentümlichen Trotz erfaßt sagte ich mir, daß ich es gar nicht anders haben wollte, selbst wenn ich die Möglichkeit hätte, es ungeschehen zu machen.
Er streichelte mein Haar und sagte, ich sei schön und anbetungswürdig, und er würde mich ewig lieben.
»Etwas Derartiges ist mir noch nie geschehen«, hauchte ich.
»Ich weiß«, erwiderte er. »Ist es nicht wundervoll, so zusammen zu sein? Komm, kleine Pippa, sag mir die Wahrheit.«
Ich bestätigte es.
»Und du bereust es nicht?«
»Nein«, sagte ich fest. »Nein.«
Dann küßte er mich und liebte mich wieder, und diesmal war es ganz anders: kein Erschrecken mehr, nur ein nie gekannter Sinnenrausch. Ich merkte, daß meine Wangen naß waren; ich mußte geweint haben. Er küßte mir die Tränen fort und sagte, er sei nie im Leben so glücklich gewesen.
Er stand auf und zog einen goldgemusterten Morgenmantel aus blauer Seide an. Das Blau paßte zu seinen Augen, und er sah aus wie ein nordischer Gott.
»Bist du ein Sterblicher?« fragte ich, »Oder bist du Thor oder Odin oder einer von den nordischen Göttern oder Helden?«
»Wie ich sehe, kennst du dich aus in unserer Mythologie.«
»Francine und ich haben bei Miss Elton drüber gelesen.«
»Als wen hättest du mich denn gern, als Sigurd? Ich fand es immer dumm von ihm, den Zaubertrank zu trinken und Gudrun zu heiraten, wo doch Brunhild seine wahre Liebe war, oder?«
»Ja«, stimmte ich zu, »sehr dumm.«
»Ach, kleine Pippa, wir werden so glücklich sein.« Er trat an den Tisch und schenkte Wein ein. »Eine Erfrischung nach unseren

Anstrengungen«, sagte er. »Das gibt uns Kraft, sie zu wiederholen.«
Ich lachte: Etwas geschah mit mir; ich trank den Wein. Konrad schien immer größer zu werden, und ich fühlte mich ein wenig benommen.
»Der Wein«, sagte ich.
Dann umfingen mich seine Arme, und wir liebten uns abermals.
In dieser Nacht wurde ich erwachsen. Ich war kein Kind mehr, war nicht mehr Jungfrau. Ich schlief ein wenig, und als ich aufwachte, war die Wirkung des Weins verflogen.
Ich setzte mich hastig auf und sah auf Konrad hinab. Er rührte sich und streckte die Arme nach mir aus. Wie um mich zu ermahnen, daß die zauberhafte Nacht zu Ende sei, schlug die Kirchturmuhr vier. Vier Uhr morgens, und ich war seit zehn Uhr fort!
Ich berührte erschrocken meinen nackten Körper. Meine Kleider lagen auf dem Boden.
Ich rief: »Ich muß gehen!«
Konrad war jetzt vollends wach. Er legte seine Arme um mich. »Du brauchst nichts zu befürchten. Du kommst mit mir.«
Ich sagte: »Wo heiraten wir … in einer Kirche, wie Francine?«
Er sah mich stumm an. Dann lächelte er und zog mich an sich. »Pippa«, sagte er, »eine Heirat ist ebenso ausgeschlossen wie bei Francine.«
»Aber wir haben …«
Mein Blick erfaßte das unordentliche Bett und den nackten Mann an meiner Seite und die Spuren der Nacht, die wir zusammen verbracht hatten: die leere Weinflasche, die Asche im Kamin.
Konrad lächelte sanft und sagte: »Ich liebe dich. Ich nehme dich mit. Ich will immer für dich sorgen. Vielleicht werden wir Kinder haben. Oh, du wirst ein wunderbares Leben führen, Pippa. Es wird dir an nichts fehlen.«

»Aber wir *müssen* heiraten«, sagte ich naiv. »Ich dachte, das hättest du gemeint, als du sagtest, daß du mich liebst.«
Er lächelte, zärtlich und doch, wie ich fand, leicht zynisch. »Liebe und Ehe sind nicht immer zu vereinbaren.«
»Aber ich kann nicht ... so mit dir ... wenn ich nicht deine Frau bin.«
»Doch, du kannst, und du hast es ja schon bewiesen.«
»Aber ... das ist unmöglich.«
»In der Welt von Greystone Manor vielleicht. Die lassen wir hinter uns; von nun an wird alles anders. Ich wünsche bei Gott, ich könnte dich heiraten. Das würde mich sehr glücklich machen. Aber ich bin bereits so gut wie verheiratet.«
»Soll das heißen, du hast eine Frau?«
Er nickte. »Gewissermaßen. So ist es eben in meiner Heimat. Eine Frau wird für uns bestimmt, und wir unterziehen uns einer Zeremonie, die einer Eheschließung gleichkommt.«
»Dann hättest du mir nicht vorgaukeln dürfen, wir würden heiraten.«
»Ich habe dir nichts vorgegaukelt. Von Heirat war nicht die Rede.«
»Aber ich habe es geglaubt. Ich dachte, du hättest das auch gemeint, als du sagtest, du würdest mich mitnehmen.«
»Ich werde alles tun, was ich gesagt habe. Nur heiraten kann ich dich nicht.«
»Und was schlägst du vor? Daß ich deine Geliebte werde?«
»Manch einer würde sagen, daß du es bereits bist.«
Ich schlug die Hände vors Gesicht. Dann sprang ich aus dem Bett und raffte meine Kleider zusammen.
»Pippa«, sagte er, »sei vernünftig. Ich liebe dich. Ich möchte für immer mit dir zusammen sein. Bitte, versteh ...«
»Ja, ich verstehe. Du machst das, weil es dich amüsiert. Du liebst mich nicht. Ich bin für dich bloß das, was man wohl ein leichtes Mädchen nennt.«
»Ein ziemlich altmodischer Ausdruck, finde ich.«

»Mach bitte keine Witze. Ich sehe, ich habe mich wieder mal dumm benommen. Es macht dir Spaß, mich als töricht hinzustellen. Schon in der Sakristei. Es war das falsche Register, nicht wahr? Das hast du arrangiert.«
»Ich versichere dir, ich habe nichts dergleichen getan.«
»Und du hast das hier geplant. Du hast mir den Wein gegeben ... und jetzt hast du mich zerstört.«
»Mein liebes Kind, du sprichst wie eine Figur in einem billigen Rührstück.«
»Vielleicht bin ich billig ... billig zu haben. Ich war allzu leicht bereit, nicht wahr? Und das hast du ausgenutzt ... und nun behauptest du, daß du eine Frau hast. Ich glaube dir nicht.«
»Ich versichere dir, es ist wahr. Pippa, glaube mir, wenn es nicht so wäre, hätte ich dich gebeten, mich zu heiraten. Weißt du, was zwischen uns ist, wird wachsen und wachsen ... es wird die wundervollste Liebe, und das ist das Herrlichste, was es auf der Welt gibt.«
Mir war elend. Infolge meiner puritanischen Erziehung in Greystone sah ich mich als zerstörte, als gefallene Frau.
»Hör zu«, sagte Konrad. »Komm mit mir. Ich zeige dir ein neues Leben. Eine Beziehung zwischen zwei Menschen ist mehr als ein Eintrag in einem Register. Ich liebe dich. Wir zwei können ein wunderbares Leben haben.«
»Und deine Frau?«
»Die hat nichts damit zu tun.«
»Du bist grausam und zynisch.«
»Ich bin realistisch. Diese Ehe wird aus familiären Rücksichten geschlossen. Es ist eine Vernunftehe. Das ist allgemein üblich. Das heißt nicht, daß ich nicht eine andere lieben darf, eine, die mir so teuer ist wie niemand sonst auf Erden. Du glaubst mir nicht, oder?«
»Nein«, erwiderte ich. »Ich habe von solchen Männern gehört, wie du einer bist. Ich war unbedacht. Ich habe mich hinreißen lassen.«

Wieder legte er seine Arme um mich. Er sagte: »Du bist reizend. Schau mal, du liebst mich. Du wolltest mich. Da hast du mich nicht gefragt, ›wann heiratest du mich?‹ Das ist dir nicht in den Sinn gekommen.«
»Ich merke, daß ich sehr wenig davon weiß, wie es auf der Welt zugeht.«
»Komm mit mir, dann lernst du es. Die Sitten sind für Männer und Frauen gemacht, nicht Männer und Frauen für die Sitten.«
»Ich kann deine Lebensanschauung nicht teilen.«
Ich begann mich anzuziehen. Er sagte: »Was hast du vor? Wirst du heute vormittag am Bahnhof sein?«
»Wie könnte ich? Es wäre falsch.«
»Du läßt mich also allein fortgehen?«
»Was bleibt mir anderes übrig?«
»›Komm, leb mit mir und sei meine Liebe, und wir erproben alle Wonnen!‹ Du siehst, ich kenne eure englischen Dichter gut. Ach, kleine Pippa, du bist immer noch ein Kind … Obwohl ich dich zur Frau gemacht habe. Du mußt noch viel lernen. Wenn du heute nicht mit mir kommst, wirst du es dein Leben lang bereuen.«
»Ich könnte es bereuen, wenn ich mitkäme.«
»Das Risiko müssen wir eingehen. Nimm deine Chance wahr, Pippa. Tu, was du tun möchtest.«
»Aber ich weiß, daß es falsch wäre.«
»Wirf deine Konventionen über Bord, Pippa. Lerne zu leben.«
»Ich muß zurück«, sagte ich.
»Ich begleite dich.«
»Nein.«
»Doch. Warte einen Moment.«
Ich stand da und sah ihm zu. Heftige Zweifel rührten sich in meinem Herzen. Ich sah mich zum Bahnhof gehen. Er würde dort sein. Wir würden zusammen in den Zug steigen … auf zu Liebe und Abenteuer. Es war wie eine Wiederholung von Francines Geschichte.

»Komm.« Er schob seinen Arm durch den meinen und küßte mich zärtlich. »Mein Liebling«, fuhr er fort, »ich verspreche dir, du wirst es nie bereuen.«
Mir war, als sei Francine ganz nahe bei mir. Und der Eintrag im Register? Hatte ich ihn wirklich gesehen? Hatte Francine vor dem gleichen Dilemma gestanden? Ich war verwirrt und kam mir hilflos und unerfahren vor.
Wir traten in die frische Luft des frühen Morgens hinaus. »Du mußt wieder hineingehen«, sagte ich. »Man darf dich nicht mit mir sehen.«
»Hoffen wir, daß niemand dich zu dieser frühen Morgenstunde zurückkommen sieht.«
Er hielt meine Hand fest an sich gedrückt. »Heute morgen«, sagte er. »Um zehn Uhr am Bahnhof. Sei vorsichtig. Wir steigen getrennt in den Zug. Deine Fahrkarte besorge ich.«
Ich riß mich los und rannte davon. Mein Herz klopfte wild, als ich in den Innenhof kam. Ich hatte Glück, das Fenster war, wie ich es verlassen hatte. Ich kletterte hinein und schloß es, dann eilte ich durch die Halle und die Treppe hinauf. Plötzlich erstarrte ich. Oben stand Mrs. Greaves und beobachtete mich. Sie war in Morgenrock und Pantoffeln und hatte Lockenwickler im Haar.
»Oh, Miss Philippa«, rief sie. »Sie haben mich aber wirklich erschreckt. Ich dachte, ich hätte jemanden gehört. Wo sind Sie nur gewesen?«
»Ich konnte nicht mehr schlafen. Ich habe einen kleinen Spaziergang im Garten gemacht.«
Sie musterte ungläubig mein zerzaustes Haar. Ich bot gewiß ein recht merkwürdiges Bild.
Sie trat zur Seite, um mich vorbeizulassen, und ich hastete in mein Zimmer. Ich ließ mich aufs Bett sinken. Ich fühlte mich zerschlagen und durcheinander und wagte nicht, in die Zukunft zu blicken.

Schließlich schlief ich ein, denn ich war körperlich und geistig erschöpft. Als ich aufwachte, stellte ich erschrocken fest, daß es neun Uhr war. Ich blieb im Bett liegen, dachte an die Ereignisse der letzten Nacht und sehnte mich nach ihm. Ich wollte meine Skrupel vergessen und mit ihm gehen, einerlei, ob es falsch, ja gänzlich gegen meine Erziehung war. Ich wollte einfach bei ihm sein.

Liegen bleiben – das war alles, was ich tun konnte, um mich davon abzuhalten, hastig ein paar Sachen zusammenzupacken und zum Bahnhof zu laufen. Was machte es schon, wenn wir nicht heiraten konnten? Ich war ja bereits seine Frau. Hätte doch Francine bei mir sein können! Sie hätte gesagt: ›Du mußt mit ihm gehen!‹ Francine hätte es getan. War sie nicht mit Rudolph gegangen? War es ähnlich wie bei mir gewesen? War ihre Behauptung, daß sie verheiratet war, eine Lüge gewesen, um der Konvention zu genügen? Hatte ich mir nur eingebildet, daß ich den Eintrag im Register gesehen hatte? Das Leben ähnelte immer mehr einem bizarren Traum.

Sicher hätte Miss Elton die Lage nüchterner betrachtet. Ich konnte mir vorstellen, wie sie die Hände falten und sagen würde: »Sie können unmöglich mit einem Mann zusammenleben, der Sie nicht heiraten will.« Und ich hätte einsehen müssen, daß das nicht nur richtig, sondern die einzig mögliche Antwort war.

Aber ich wollte gehen! Wie verzweifelt wünschte ich, mit ihm zu gehen!

Es war halb zehn. Zu spät.

Ein Hausmädchen klopfte an die Tür. »Miss Philippa, fühlen Sie sich nicht wohl?«

»Ich habe Kopfweh«, erwiderte ich.

»Das dachte ich mir. Ich hab' Sir Matthew gesagt, daß Sie sich nicht wohl fühlen. Er tat sehr besorgt.«

»Danke, Amy.«

»Soll man Ihnen etwas heraufbringen, Miss?«

»Nein, danke. Ich stehe nachher auf.«
Noch zwanzig Minuten bis zehn Uhr. Ja, es war zu spät. Ich könnte nicht mehr rechtzeitig dort sein. Ich stellte mir Konrad am Bahnhof vor, wartend, hoffend, vielleicht gar sich sehnend. Er hatte mich gern, dessen war ich sicher.
Und wenn der Zug ohne mich abfuhr? Vielleicht würde Konrad bloß die Achseln zucken und sagen: »Schade. Ich habe sie gemocht und hätte gern eine Frau aus ihr gemacht. Aber sie ist nicht gekommen. Sie hatte nicht den Mut dazu. Eine konventionelle kleine Maus ist sie, weiter nichts. Schade!«
Ich war nichts als eine Episode in seinem Leben.
Als Haushofmeister eines Großherzogs oder eines Markgrafen führte er gewiß ein romantisches Leben irgendwo in den Bergen und beaufsichtigte die feierlichen Zeremonien in einem alten Schloß.
Ich wäre so gern bei ihm gewesen.
Es schlug zehn Uhr, schrill und wie es schien triumphierend. Zu spät. Die Tugend hatte gesiegt.
Ich war den ganzen Tag wie betäubt. Beim Abendessen zeigte sich mein Großvater sehr besorgt. Ich hatte ihn noch nie so wohlwollend erlebt. Er erkundigte sich nach meinem Kopfweh und sagte, es freue ihn zu sehen, daß ich offenbar wieder genesen sei, und er wolle nach dem Essen gern in seinem Arbeitszimmer mit mir reden.
Meine Gedanken waren so von Konrad erfüllt, daß mir nicht sogleich klar wurde, daß nun der lange gefürchtete Augenblick gekommen war, und ich dachte auch noch nicht daran, als mein Großvater mich mit demselben Wohlwollen, das er beim Essen an den Tag gelegt hatte, in seinem Arbeitszimmer empfing. Er lächelte freundlich, nicht ahnend, daß seine Pläne auf Widerstand stoßen würden.
Er erhob sich mit den Händen in den Taschen, als wende er sich an eine öffentliche Versammlung.
»Dieses Haus hat einen schmerzlichen Verlust erlitten«, sagte

er. »Deine arme Großmutter liegt im Sarg, und wir alle sind in tiefer Trauer. Aber sie wäre die letzte gewesen, die erwartet hätte, daß das Leben stillsteht, nur weil sie dahingegangen ist. Sie wäre vielmehr die erste, die wünschte, daß das Leben weitergeht und wir vielleicht ein wenig Licht in die Schwermut unserer Tage bringen.«

Ich hörte kaum hin. Meine Gedanken waren bei Konrad.

»Ich hatte ein großes Fest geplant für deinen siebzehnten Geburtstag, an dem du eine Frau wirst.«

Am liebsten hätte ich ausgerufen: »Das bin ich schon, Großvater! Ich habe in Granter's Grange eine himmlische Nacht mit dem wunderbarsten Liebhaber verbracht, und nun ist er fort, und ich habe mich nie im Leben so verlassen gefühlt ... nicht einmal, als Francine fortging!«

»Aber ein Fest wäre unter diesen Umständen nicht schicklich«, fuhr der Großvater fort. »Der Tod deiner Großmutter« – es klang ein wenig mißmutig, als *sei es* äußerst rücksichtslos von ihr gewesen, ausgerechnet zu diesem Zeitpunkt zu sterben – »der Tod deiner Großmutter macht das leider unmöglich. Dennoch gedenke ich, zu diesem Anlaß eine Abendgesellschaft für ein paar Freunde zu geben ... und dabei könnten wir die Verlobung bekanntgeben.«

»Die Verlobung!«

»Du kennst die Pläne, die ich mit dir und Cousin Arthur habe. Seine Wünsche stimmen mit meinen überein, und deine ebenso, dessen bin ich sicher. Ich sehe keinen Grund für einen Aufschub, nur weil wir einen Todesfall in der Familie haben. Selbstverständlich müssen die Feierlichkeiten stiller vonstatten gehen, als ich es ursprünglich beabsichtigt hatte... aber es gibt keinen Grund, warum wir es aufschieben sollten. An deinem siebzehnten Geburtstag werden wir die Verlobung bekanntgeben. Ich habe nie viel von langen Verlöbnissen gehalten. Ihr könnt, sagen wir, in drei Monaten heiraten. Das läßt allen genügend Zeit zur Vorbereitung.«

Darauf hörte ich mich sprechen, und es war, als ob meine Stimme körperlos sei und nicht zu mir gehöre.
»Sie irren sich, Großvater, wenn Sie denken, daß ich Cousin Arthur heirate.«
»Was?« rief er.
»Ich sagte, ich habe nicht die Absicht, Arthur zu heiraten.«
»Du bist verrückt geworden!«
»Nein. Ich hatte nie vor, ihn zu heiraten, ebensowenig wie meine Schwester.«
»Sprich mir nicht von deiner Schwester! Sie war eine Dirne, und es ist gut, daß wir sie los sind. Die hätte ich mir nicht zur Mutter meiner Erben gewünscht.«
»Francine war keine Dirne«, widersprach ich heftig. »Sie war eine Frau, die sich nicht in eine Ehe zwingen lassen wollte ... genausowenig wie ich.«
»Ich rate dir« – er war so erzürnt, daß er mich anbrüllte – »du wirst tun, was ich sage, oder du lebst fortan nicht mehr unter meinem Dach!«
»Wenn das so ist«, sagte ich matt, »dann muß ich eben gehen.«
»Die ganze Zeit habe ich eine Schlange an meinem Busen genährt!«
Ich konnte ein hysterisches Auflachen nicht unterdrücken. Das Klischee paßte kaum hierher, und die Vorstellung, wie mein Großvater etwas an seinem Busen nährte, war ausgesprochen komisch.
»Du unverschämtes Ding«, brüllte er. »Wie kannst du es wagen! Ich glaube, du bist von Sinnen! Ich sage dir, das wirst du bereuen. Du warst in meinem Testament großzügig bedacht – wenn du Cousin Arthur geheiratet hättest. Morgen früh schicke ich nach meinen Anwälten. Keinen Pfennig sollst du bekommen. Du wirfst alles weg – verstehst du? Dieses Haus ... einen guten Ehemann ...«
»Nicht alles, Großvater«, sagte ich. »Ich werde meine Freiheit haben.«

»Freiheit? Freiheit wofür? Zum Verhungern? Oder eine niedrige Arbeit anzunehmen? Denn das ist deine einzige Wahl, Mädchen. Du wirst nicht unter meinem Dach bleiben und ein Leben in Luxus führen. Ich habe dich aus der Wildnis geholt ... ich habe dich aufgezogen ... dich ernährt ...«

»Weil ich Ihre Enkelin bin, vergessen Sie das nicht.«

»Ich will es aber vergessen!« Er hatte die Stimme wieder erhoben, und ich fragte mich, ob wir wohl belauscht würden. Ich war sicher, daß die Dienstboten alles hören konnten.

Plötzlich wandelte sich seine Stimmung, und er wurde beinahe versöhnlich. »Vielleicht hast du dir das nur nicht richtig überlegt ... du hättest wirklich glänzende Aussichten. Vielleicht hast du voreilig gesprochen ...«

»Nein«, sagte ich fest. »Ich wußte, was Sie im Sinn hatten und habe sehr viel darüber nachgedacht. Ich werde Cousin Arthur unter keinen Umständen heiraten.«

»Hinaus!« schrie er wieder. »Hinaus, bevor ich tätlich werde. Ich suche sofort meinen Anwalt auf, und ich sorge dafür, daß dir nichts zugute kommt, was mir gehört ... niemals. Du wirst ohne einen Pfennig dastehen ... ohne einen Pfennig, sage ich dir.«

Ich wandte mich zur Tür und ging mit hocherhobenem Kopf und funkelnden Augen hinaus. Als ich in den Flur trat, hörte ich ein Schlurfen und Rascheln, und da wußte ich, daß wir belauscht worden waren.

Ich stieg die Treppe hinauf. Jetzt war es also geschehen. Alles brach gleichzeitig über mich herein. Ich war allein, und morgen würde ich auch noch heimatlos sein. Ich hatte keine Ahnung, wohin ich gehen oder was ich tun sollte.

Ich öffnete die Tür zu dem Raum neben dem Schlafzimmer meines Großvaters, wo meine Großmutter aufgebahrt war. Die Kerzen waren erst frisch angezündet worden. Bevor die Hausbewohner zur Ruhe gingen, würden sie nochmals ausgewechselt werden und dann die ganze Nacht brennen.

Ich blieb auf der Schwelle stehen, sah auf das friedliche Gesicht

und murmelte: »Ach, liebe Großmutter, warum bist du nicht lebendig und rätst mir, was ich tun soll? Warum hast du mich einsam und allein gelassen? Hilf mir. Bitte hilf mir. Sag mir, was ich tun soll.«
Wie still und friedlich es in diesem Raum war. Fast hätte ich glauben können, daß ihre kalten Lippen mir aufmunternd zulächelten.

Als ich erwachte, war es dunkel, und ich wußte nicht, was mich aufgeweckt hatte. Ich hatte am Abend lange Zeit wachgelegen und mir überlegt, was der kommende Tag bringen würde und wohin ich gehen sollte, wenn ich Greystone Manor verließ. Dann muß ich vor lauter Erschöpfung in einen tiefen Schlaf gesunken sein.
Ich setzte mich im Bett auf. Ich nahm einen eigenartigen Geruch wahr und ein Geräusch, das ich nicht sogleich deuten konnte. Ich hörte genauer hin, und dann war ich mit einem Satz aus dem Bett.
Feuer!
Ich fuhr hastig in meine Pantoffeln und rannte hinaus.
Das Zimmer meines Großvaters lag am Ende des Flurs, und daneben war der Raum, in dem Großmutter aufgebahrt war. Ich sah die Flammen unter seiner Zimmertür hervorzüngeln.
»Feuer!« schrie ich. »Feuer!«
Ich lief zum Zimmer meines Großvaters und traf unterwegs auf Cousin Arthur.
»Was gibt's?« rief er, und als er merkte, was los war: »Oh! Helf' uns Gott.«
»Es brennt in Großvaters Zimmer«, rief ich.
Inzwischen waren auch etliche Dienstboten erschienen. Cousin Arthur öffnete die Tür zum Zimmer meines Großvaters, und die Flammen schlugen ihm entgegen.
»Gebt Alarm!« schrie Cousin Arthur. »Bleibt von dem Zimmer weg. Es brennt lichterloh. Das daneben auch.«

Aber da bahnte sich bereits ein Diener einen Weg durch Rauch und Flammen. Er verschwand im Zimmer meines Großvaters, und als er wieder herauskam, schleifte er meinen Großvater über den Boden.

Cousin Arthur rief: »Holt Wasser ... rasch! Löscht das Feuer, sonst geht das ganze Haus in Flammen auf. Die Balken sind trocken wie Stroh.«

Alles hetzte hin und her. Ich trat zu Cousin Arthur, der sich über meinen Großvater beugte.

»Jemand soll den Doktor holen – schnell«, sagte er.

Ich lief nach unten und traf auf einen Stallknecht, der den Tumult gehört und das Feuer gesehen hatte.

Er eilte ohne ein Wort davon, und ich ging wieder zurück. Alles war voll Wasser, und der Rauch würgte mich, doch ich sah, daß sie das Feuer unter Kontrolle hatten.

Es war anscheinend in dem Zimmer ausgebrochen, wo meine Großmutter lag.

Cousin Arthur sagte: »Ich hielt es immer für riskant, die Kerzen die ganze Nacht brennen zu lassen.«

Es war erschütternd, meinen Großvater auf dem Flur liegen zu sehen, ein Kissen unter dem Kopf und mit Decken zugedeckt. Er sah dem Mann gar nicht ähnlich, der mich ein paar Stunden zuvor in seinem Arbeitszimmer angeschrien hatte; er wirkte hilflos und hinfällig; sein Bart war vollständig verkohlt, und was ich von Gesicht und Hals sehen konnte, war voller Brandwunden. Er muß schreckliche Schmerzen haben, dachte ich. Aber er gab keinen Laut von sich.

Ich stand immer noch da, als der Arzt kam. Das Feuer war gelöscht, die Gefahr war gebannt.

Nach einem Blick auf meinen Großvater sagte der Arzt: »Sir Matthew ist tot.«

Was für eine seltsame Nacht ... ich hatte noch den Brandgeruch in der Nase, und mein Großvater, der mich kurz zuvor noch laut beschimpft hatte, war tot.

Ich will mich bemühen, die Geschehnisse jener Nacht nacheinander aufzuzählen, aber das ist nicht einfach.
Ich erinnere mich, daß Cousin Arthur, in einem langen braunen Schlafrock, mir etwas zu trinken anbot. Er war so freundlich wie noch nie, weniger selbstgerecht, menschlicher. Er war sichtlich erschüttert. Sein Wohltäter war tot.
»Du darfst dich nicht grämen, Philippa«, sagte er. »Ich weiß, daß du heute abend eine kleine Auseinandersetzung mit ihm hattest.«
Ich schwieg.
Er tätschelte meine Hand. »Quäle dich nicht«, sagte er. »Ich kann es verstehen.«
Der Arzt machte ein bedenkliches Gesicht. Er wollte ein paar Worte mit Cousin Arthur sprechen. Er war beunruhigt, denn er glaubte nicht, daß Großvaters Tod auf Erstickung zurückzuführen war, weil dieser eine Verletzung am Hinterkopf hatte.
»Er muß hingefallen sein«, meinte Cousin Arthur.
»Schon möglich«, erwiderte der Arzt zweifelnd.
»Meine Cousine hat eine schreckliche Nacht hinter sich«, fuhr Cousin Arthur fort. »Ob Sie ihr wohl ein Beruhigungsmittel geben könnten?« Er blickte mich dermaßen mitfühlend an, daß ich mich fragte, ob ich ihn bisher überhaupt richtig gekannt hatte. Zudem hatte er eine neue Autorität an sich, als sei er bereits der Herr im Haus. Er rief ein Dienstmädchen herbei und trug ihr auf, mich in mein Zimmer zu begleiten.
Ich ließ mich von ihr wegführen und warf mich auf mein Bett. Ich mochte nicht glauben, daß dies alles Wirklichkeit war. Mein Leben hatte eine unerwartete Wendung genommen. Es war so lange ereignislos verlaufen, und nun folgte ein dramatischer Vorfall auf den anderen.
Ich nahm den Trank, den das Mädchen mir im Auftrag des Doktors brachte. Bald fiel ich in einen tiefen Schlaf.

Am nächsten Morgen setzte sich der Alptraum fort. Das Haus war in Aufruhr, und überall waren Fremde.
Cousin Arthur bat mich ins Arbeitszimmer meines Großvaters und eröffnete mir, daß man den Leichnam meines Großvaters fortgebracht hatte, weil man über seine Todesursache im unklaren sei. Es würde eine gerichtliche Untersuchung geben. »Es war von einem Schlag auf den Hinterkopf die Rede.«
»Heißt das, er hat sich beim Hinfallen den Kopf aufgeschlagen?«
»Es wäre möglich, daß er das Feuer bemerkte und stürzte, als er aus dem Zimmer eilen wollte. Eine Kerze am Sarg deiner Großmutter muß umgefallen sein und den Teppich in Brand gesetzt haben. Der Sarg stand auf der Seite, die unmittelbar an das Zimmer deines Großvaters angrenzt. Wie du weißt, ist zwischen den beiden Zimmern eine Verbindungstür, und die Flammen konnten durch die Türritzen dringen. Ich bin natürlich nicht sicher. Ich stelle nur Mutmaßungen an ... aber Tatsache ist ... diese zwei Räume sind die einzigen, die zerstört sind, und das Schlafzimmer deines Großvaters mehr als das Zimmer, in dem der Sarg stand. Ein Feuer kann sich auf alle mögliche Art ausbreiten.«
Ich nickte.
»Ich kann mir denken, Philippa, wie dir wegen des Wortwechsels gestern abend zumute ist.«
»Ich mußte ihm meine Meinung sagen«, erklärte ich.
»Ich weiß. Und ich weiß auch, worüber ihr diskutiert habt. Du sollst wissen, daß ich dein Freund bin, Philippa. Es war der Wunsch deines Großvaters, daß wir beide heiraten, aber du wolltest nicht. Das ist eine Enttäuschung für mich, aber du darfst nicht denken, daß ich dir das zum Vorwurf mache.«
Es war verblüffend, welche Veränderung die neue Situation bei Cousin Arthur hervorgerufen hatte. Er hatte mit dem Tod meines Großvaters eine neue Haltung angenommen. Verschwunden war der demütige, unterwürfige Verwandte, der ständig

bestrebt war, sich einzuschmeicheln. Jetzt trat er auf wie der Herr des Hauses, und zu mir war er gütig und verständnisvoll. Er lächelte wehmütig. »Wir können unsere Neigungen nicht zwingen«, sagte er. »Dein Großvater hatte dich ausersehen, die direkte Linie der Familie fortzusetzen. Nun ist er tot und ich möchte nicht, daß du zu einer Ehe gezwungen wirst, die dir zuwider ist. Andererseits sollst du dieses Haus als dein Heim betrachten ... solange du willst.«

»O Cousin Arthur, das ist lieb von Ihnen, denn ich nehme an, daß jetzt alles Ihnen gehört.«

»Dein Großvater sagte immer, daß ich ihn beerben sollte. Vielleicht war mein Angebot ein wenig voreilig. Ich sollte lieber sagen, wenn sich das, was man uns glauben machte, als richtig herausstellt, dann ist dies dein Heim, solange du es wünschst.«

»Ich kann nicht hierbleiben«, sagte ich. »Er hat mich hinausgeworfen. Aber ich nehme Ihr freundliches Anerbieten erleichtert an, bis ich einen Plan gefaßt habe.«

Er lächelte mich liebevoll an. »Damit wäre diese kleine Angelegenheit erledigt. Wir haben schwere Tage vor uns. Ich möchte deinen Sorgen keine neuen hinzufügen. Es wird vielleicht Unannehmlichkeiten geben. Dieser Schlag auf den Kopf ... Nun, er ist vermutlich gestürzt, aber du darfst dir keine Vorwürfe machen, Philippa.«

»Nein. Ich mußte ihm die Wahrheit sagen, und ich würde es wieder tun. Ich konnte mich nicht von ihm zwingen lassen ...«

»Nein, natürlich nicht. Noch etwas: Der Sarg deiner Großmutter ist zwar vom Feuer in Mitleidenschaft gezogen, aber er ist heil, und ich glaube, es ist das Beste, wenn wir das Begräbnis vornehmen, als ob dies alles nicht geschehen wäre. Sie wird morgen nach den schon getroffenen Vorbereitungen beigesetzt. Findest du nicht auch, daß es so am besten ist?«

Ich bejahte.

»Gut«, sagte er, indem er mir auf die Schulter klopfte, »dann bleibt es dabei.«

Natürlich hatte auch er unter dem dominierenden Einfluß meines Großvaters gestanden. Er wollte ebensowenig zur Heirat gezwungen werden wie ich. Der Unterschied zwischen uns war, daß er im Gegensatz zu mir bereit gewesen war, sehr weit zu gehen, um meinem Großvater zu gefallen und ihn zu beerben. Wahrscheinlich wäre Arthur mittellos in die rauhe Welt hinausgewiesen worden, wenn er meinem Großvater nicht gehorcht hätte, und ein Dasein als schlecht bezahlter Hilfspfarrer wäre gewiß nicht nach seinem Geschmack gewesen. Das konnte ich verstehen, und ich mochte ihn nun ein wenig besser leiden.
Die Beisetzung meiner Großmutter fand am folgenden Tag statt. Tante Grace kam mit Charles Daventry zu uns, und wir unterhielten uns. Tante Grace war über den Tod ihrer Mutter sehr erschüttert und auch darüber, daß sie sie nicht hatte besuchen dürfen, als es mit ihr zu Ende ging. Sie war bestürzt über den Tod ihres Vaters, aber wenn wir ganz ehrlich waren, mußten wir zugeben, daß es für uns alle eine Erleichterung war.
Wir standen am Grab, und als der angekohlte Sarg in die Erde gesenkt wurde und man hörte, wie die Erdklumpen darauf geworfen wurden, kamen mir die Gespräche mit ihr in den Sinn und alles, was Großmutter in den ersten schweren Tagen in Greystone Manor für uns getan hatte. Sie war wie ein Rettungsanker für zwei entwurzelte junge Menschen gewesen. Ich würde sie schmerzlich vermissen.
Aber nun würde sich alles ändern. Ich mußte mich endlich auf die Suche nach einer Stellung machen. Schließlich wurde ich bald siebzehn, die Schwelle zum Erwachsensein. Wenn ich darlegen würde, daß ich bei meinem Großvater in Greystone Manor gelebt hatte und plötzlich in Armut geraten sei, könnte ich es vielleicht schaffen.
Wir kehrten ins Haus zurück und versammelten uns im Arbeitszimmer meines Großvaters bei Keksen und Portwein, um die Verlesung des Testaments zu hören. Wir erfuhren mit Staunen, daß meine Großmutter ein beträchtliches eigenes Vermögen

besessen hatte, von dem mein Großvater nichts ahnte. Hätte er von ihrem Reichtum gewußt, so hätte er es gewiß verstanden, ihn sich anzueignen. Sie war immer eine willensstarke Frau gewesen; ihre freundliche Art hatte nur darüber hinweggetäuscht. Sie war auch gütig, doch einmal zu einer Ehe gezwungen, war sie entschlossen, sich nicht völlig von ihrem Mann beherrschen zu lassen. So hatte sie ihre Geheimnisse bewahrt, und dies war eines davon.

Die Verteilung des Geldes war eine noch größere Überraschung für mich. Agnes Warden muß in das Geheimnis eingeweiht gewesen sein, denn sie bekannte später, daß sie den Anwalt zu meiner Großmutter geführt hatte. Agnes erhielt eine Leibrente; dann gab es noch ein oder zwei Legate, aber der größte Teil fiel an ihre Tochter Grace und ihre Enkelin Philippa, »um ihnen ein unabhängiges Leben zu ermöglichen«.

Ich war wie betäubt. Das große Problem, vor dem ich gestanden hatte, war durch diese Geste meiner Großmutter beseitigt. Ich würde ziemlich wohlhabend sein und brauchte mich nicht mehr mit der Suche nach einer Stellung zu plagen. Ich konnte dieses Haus als wohlhabende Frau mit eigenem Vermögen verlassen. »Um ein unabhängiges Leben zu führen!« Ich blickte Grace an. Sie weinte leise.

Am folgenden Tag fand die Gerichtsverhandlung statt, in der die Ursache für den Tod meines Großvaters festgestellt werden sollte. Dieser Tag ist mir als der seltsamste meines Lebens in Erinnerung. Ich saß dort mit Cousin Arthur, Grace und Charles und hörte die Aussage des Arztes. Die Atmosphäre im Raum, das Stimmengemurmel, das ganze Ritual waren ehrfurchtgebietend. Ich versuchte die Bedeutung dessen zu erfassen, was der Arzt aussagte. Der Tod von Sir Matthew Ewell sei nicht auf Erstickung oder Verbrennungen zurückzuführen. Er könne infolge eines Sturzes eingetreten sein, bei dem Sir Matthew mit dem Kopf auf der Kante eines Kamingitters oder auf ein Möbelstück aufgeschlagen sei; es bestehe jedoch auch die Möglichkeit, daß der Tod durch einen, von einer oder mehreren Personen zugefügten, Schlag herbeigeführt worden sei. Sir Matthew sei wahrscheinlich aus dem Schlaf erwacht und habe das Feuer im Nebenzimmer bemerkt. Daraufhin könne er hastig aus dem Bett getaumelt und dabei gestürzt sein. Aber all dies seien Mutmaßungen und unmöglich zu beweisen, weil der Leichnam aus dem Zimmer geschleppt worden sei und sich daher die Lage des Körpers zum Zeitpunkt des Todes nicht feststellen lasse.

Hierauf setzte eine ausführliche Diskussion ein, und schließlich wurde die Untersuchung bis zur nächsten Woche vertagt.

»Was hat das zu bedeuten?« erkundigte sich Tante Grace bei Charles.

Charles sagte, das heiße, daß sie mit dem Ergebnis nicht ganz zufrieden seien.

Es folgte eine merkwürdige Woche. Ich bewegte mich in einem Zustand der Benommenheit durchs Haus und sehnte mich fort … je eher, je besser.

»Du kannst keine Pläne machen, ehe diese leidige Angelegenheit vorüber ist«, sagte Cousin Arthur.

Die Dienstboten sahen mich so komisch an. Ich las Argwohn in ihren Blicken. Das konnte nur eines bedeuten. Sie hatten den Streit mit meinem Großvater mitangehört und wußten, daß er gedroht hatte, mich hinauszuwerfen. Und nun das Gerede, daß jemand ihm einen Hieb versetzt hätte … Ich verstand die Anspielung. Jemand hatte ihn geschlagen, ihn getötet und dann das Feuer gelegt, um die schreckliche Tat zu vertuschen.

Ich mochte es nicht glauben. Galten die finsteren Blicke mir? Dachten sie etwa, *ich* hätte es getan?

Allmählich bekam ich Angst.

Mrs. Greaves fiel mir besonders auf, denn sie beobachtete mich auf Schritt und Tritt. Es war lächerlich. Das war ja Unsinn! Als ob ich meinen eigenen Großvater umbringen würde!

Agnes Warden war nett zu mir, auch Tante Grace und Charles.

»Ich weiß nicht, was dieses ganze Getue soll«, sagte Charles. »Es ist doch ganz klar, daß Sir Matthew gestürzt und daran gestorben ist.«
»Im Falle eines plötzlichen Todes wird immer eine Untersuchung durchgeführt«, erklärte Cousin Arthur.
Das Testament meines Großvaters wurde verlesen. Arthur erbte das Vermögen und das Haus. Ich war auch erwähnt. Im Falle meiner Heirat mit Arthur war ein Vermächtnis ausgesetzt sowie ein kleines Einkommen auf Lebenszeit, das bei der Geburt eines jeden Kindes erhöht werden sollte.
Das hatte er ändern wollen, sobald der Anwalt gekommen wäre. Er hatte deutlich machen wollen, daß ich angesichts meiner Undankbarkeit keinen Pfennig von seinem Geld bekommen sollte.
Arthur übernahm die Verantwortung für das Hauswesen, und ich kam aus dem Staunen über seine rücksichtsvolle Haltung mir gegenüber nicht heraus.
»Er hofft wohl«, sagte Grace, »daß du es dir anders überlegst und sich alles so fügt, wie mein Vater es gewünscht hat.«
»Niemals«, erklärte ich. »Ich bin Cousin Arthur dankbar für seine Rücksichtnahme, aber heiraten könnte ich ihn nie.«
Grace nickte. Geborgen in ihrem neuen Leben mit Charles, meinte sie, eine Menge von Liebe und Ehe zu verstehen.
Mrs. Greaves' Verhalten mir gegenüber wurde so kühl, daß ich sie eines Tages fragte, ob etwas nicht stimme.
Sie blickte mich fest an. Sie hatte ein hartes, ja grausames Gesicht. Ich hatte immer gedacht, daß sie durch den langjährigen Dienst im Haus meines Großvaters so geworden war.
»Diese Frage sollten Sie sich selbst stellen, Miss«, sagte sie streng.
»Wie meinen Sie das, Mrs. Greaves?«
»Ich denke, das wissen Sie ganz genau.«
»Nein«, erwiderte ich.
»Nun, es gibt eine Menge Vermutungen darüber, wie der arme

Herr gestorben ist ... und man ist der Ansicht, daß es hier im Haus jemanden gibt, der ein wenig Licht in die Angelegenheit bringen könnte.«

»Und damit meinen Sie *mich?«*

»Fragen Sie sich selbst, Miss. Wir haben den Streit an dem Abend gehört, an dem mein Herr starb. Ich war zufällig in der Nähe, ich mußte es einfach mitanhören.«

»Es war gewiß eine große Pein für Sie, daß Sie gezwungen waren zu lauschen, Mrs. Greaves.«

»Ich bitte um Vergebung, Miss, aber ich habe erwartet, daß Sie so etwas sagen würden. Ich habe den Streit gehört, weil ich in der Nähe war, und hinterher sah ich Sie in das Zimmer Ihrer Großmutter gehen.«

»Was glauben Sie, was ich dort gemacht habe? Feuer im Zimmer gelegt und es stundenlang schwelen lassen, bevor ich es ins Zimmer meines Großvaters lenkte?«

»Nein. Das Feuer wurde später gelegt.«

»Wurde gelegt, Mrs. Greaves? Sie meinen, es brach aus. Niemand hat es gelegt.«

»Wer weiß. Und ich nehme an, bei der Untersuchung haben ein paar Leute sich ihre eigene Meinung gebildet.«

»Was wollen Sie damit andeuten? Und warum sagen Sie es nicht geradeheraus?«

»Na ja, es hat irgendwas Geheimnisvolles. Aber auch Geheimnisse werden aufgeklärt, und ich kann nur sagen, daß manche Leute nicht sind, was sie scheinen. Ich hab' nicht vergessen, Miss, daß ich Sie zu früher Morgenstunde hereinkommen sah, ist noch gar nicht lange her. Ich hab' mich bloß gefragt, was Sie wohl getrieben haben. Da zeigt sich, daß man nie wissen kann, was die Leute so machen, nicht?«

Ich war tief erschüttert, als sie auf die Nacht mit Konrad anspielte. Ich war verärgert und verletzt. Warum war ich nicht mit ihm durchgebrannt? Warum hatte ich mich von meinem dummen puritanischen Gewissen abhalten lassen? Wäre ich fortgegan-

gen, hätte ich nicht hier sein können, als mein Großvater starb. Und auch die Szene in seinem Arbeitszimmer hätte nie stattgefunden.
Mrs. Greaves merkte, wie sehr ihre Worte mich getroffen hatten. Ich hörte sie leise kichern, als sie sich umdrehte und ohne ein weiteres Wort davonging.
Da wurde mir klar, daß ich mich in einer sehr gefährlichen Lage befand.

Trotzdem war ich wohl durch all die plötzlichen Geschehnisse viel zu benommen, um das ganze Ausmaß dieser Gefahr zu erfassen, und das war vielleicht mein Glück.
Arthur war weiterhin ausgesprochen nett zu mir, beinahe zärtlich, und ich fragte mich flüchtig, ob Grace vielleicht recht hatte und er sich tatsächlich bemühte, mich umzustimmen.
»Wenn sie dir Fragen stellen«, riet er mir, »sag einfach die Wahrheit. Dann kann dir nichts geschehen. Man darf vor Gericht niemals lügen, denn wenn man dabei ertappt wird, glaubt einem keiner mehr auch nur das geringste. Es wird schon gutgehen, Philippa. Wir sind ja bei dir.«
Das Gericht mit seinen Würdenträgern übertraf alle meine Vorstellungen. Dabei war dies nur ein Untersuchungsgericht. Es gab keinen Angeklagten, sondern hier sollte nur festgestellt werden, ob mein Großvater durch einen Unfall gestorben oder vorsätzlich getötet worden war. Wäre letzteres der Fall, würde Anklage erhoben ... und es käme vielleicht zu einem Prozeß.
Ich mochte einfach nicht glauben, daß ich dies alles wirklich erlebte. Ich konnte mir nur immer wieder sagen, daß ich mit dem Mann, den ich, wie mir nun klar wurde, zweifellos liebte, in einem fremden Land glücklich sein könnte, wenn ich nur den Regungen meines Herzens gefolgt wäre.
Die Leute machten ihre Aussagen. Die Ärzte, die den Leichnam meines Großvaters untersucht hatten, bestätigten, daß er nicht erstickt, sondern an dem Schlag auf den Kopf gestorben war,

und der Tod sei etwa eine Stunde, bevor das Feuer entdeckt wurde, eingetreten. Dafür gebe es eine Erklärung. Mein Großvater könnte den schwelenden Teppich gerochen haben, aufgestanden, gestürzt und dann gestorben sein. Das Feuer hatte sich nur langsam ausgebreitet, daher war das Zimmer, in dem meine Großmutter lag, nicht so arg ausgebrannt wie das Zimmer meines Großvaters. Experten bestätigten, daß es gut möglich wäre, daß der Teppich fast eine Stunde lang geglimmt hatte, ehe er in Flammen aufging, und das könne die Zeitspanne zwischen der Verletzung meines Großvaters und der Entdeckung des Feuers durch die anderen Hausbewohner erklären.

Nach den Ärzten wurden wir anderen in den Zeugenstand gerufen, zuerst Cousin Arthur. Er schilderte, wie er den Ruf »Feuer« gehört habe und sogleich zum Zimmer meines Großvaters gelaufen sei, wo ein Bediensteter den Leichnam herausschleppte. In dem Glauben, daß mein Großvater noch lebte, habe er nach dem Arzt geschickt. Er wurde gefragt, ob an dem betreffenden Abend ein Streit zwischen Sir Matthew und einem der Hausbewohner stattgefunden hat.

Sichtlich widerstrebend erklärte Cousin Arthur, daß Sir Matthew eine Auseinandersetzung mit seiner Enkelin Philippa gehabt habe.

Ob er wisse, worum es dabei ging?

Cousin Arthur meinte, daß Sir Matthew seinem Wunsch nach einer ehelichen Verbindung zwischen seiner Enkelin und ihm, Arthur, Ausdruck verliehen und sie es abgelehnt habe, sich zu fügen.

»Hat er sie Ihres Wissens bedroht?«

Cousin Arthur sagte ausweichend: »Ich war nicht zugegen, aber Sir Matthew geriet leicht in Wut, wenn man sich ihm widersetzte.« Er habe wohl ein bißchen gebrüllt, meinte Arthur.

»Worum ging es dabei? Daß er sie aus seinem Testament ausschließen werde? Daß sie das Haus verlassen müsse?«

»Möglicherweise.«

»War Miss Philippa deswegen aufgebracht?«
»Ich habe sie nicht gesehen.«
»Wann sahen Sie sie nach dem Streit?«
»Auf dem Flur vor dem Zimmer, in dem das Feuer ausgebrochen war.«
»Schliefen Sie auf demselben Flur?«
»Ja, dort liegen mehrere Schlafräume.«
»Ihrer auch?«
»Ja.«
»Und die Dienstboten?«
»Ihre Räume befinden sich ein Stockwerk höher.«
Arthur verließ den Zeugenstand, und Mrs. Greaves wurde aufgerufen. Sie habe den Streit zwischen meinem Großvater und mir mitangehört, sagte sie.
»Hat er gedroht, sie wegzujagen und zu enterben?«
»Ja«, bestätigte Mrs. Greaves beflissen.
»Haben Sie ein gutes Gehör, Mrs. Greaves?«
»Ich höre ausgezeichnet.«
»Sehr nützlich in Ihrer Position. Haben Sie Miss Philippa nach der Unterredung gesehen?«
»Ja. Ich sah sie in das Zimmer gehen, wo ihre Großmutter aufgebahrt war.«
»Und haben Sie sie später noch einmal gesehen?«
»Nein. Aber das muß nicht heißen, daß sie die ganze Nacht in ihrem Zimmer war.«
»Wir fragen Sie nicht nach Ihrer Meinung, Mrs. Greaves, sondern nach Tatsachen.«
»Ja, Sir, aber ich darf doch wohl sagen, daß Miss Ewell seltsame Gewohnheiten hatte. Sie ist nachts umhergestreift.«
»In jener Nacht auch?«
»Da habe ich sie nicht gesehen. Aber einmal frühmorgens. Ich hatte ein Geräusch gehört ...«
»Wieder dank Ihres ausgezeichneten Gehörs, Mrs. Greaves?«
»Ich hielt es für meine Pflicht nachzusehen, wer dort herum-

schlich. Ich muß mich doch um die Hausmädchen kümmern und darauf achten, daß sie sich anständig benehmen, Sir.«
»Noch eine ausgezeichnete Fähigkeit! Und bei dieser Gelegenheit ...«
»Sah ich Miss Philippa ins Haus kommen. Es muß fünf Uhr morgens gewesen sein. Sie war vollständig angekleidet und hatte die Haare offen.«
»Und welchen Schluß zogen Sie daraus?«
»Daß sie die ganze Nacht weg war.«
»Hat sie Ihnen das erzählt?«
»Sie sagte, sie hätte nur einen Spaziergang im Garten gemacht.«
»Ich sehe nicht, warum Miss Ewell nicht frühmorgens spazierengehen soll, wenn sie dazu Lust hat, und ich würde auch nicht erwarten, daß sie sich vorher frisiert.«
Es war offensichtlich, daß Mrs. Greaves damit nicht den von ihr beabsichtigten Eindruck machte, aber die Erwähnung jenes Morgens erschreckte mich trotzdem. Was sollte ich sagen, wenn man mich danach fragte? Sollte ich erzählen, daß ich die Nacht mit einem Liebhaber verbracht hatte? Dann würde man gleich den Stab über mich brechen. Eine Menge Leute würden denken, lockere Sitten – denn dessen würde man mich bezichtigen – seien ein ebenso schweres Verbrechen wie Mord. Noch nie im Leben war mir so bange gewesen.
Dann kam ich an die Reihe.
»Miss Ewell, Ihr Großvater hatte den Wunsch, daß Sie Ihren Cousin heiraten, und Sie weigerten sich?«
»Ja.«
»Und Ihre Weigerung ärgerte ihn?«
»Ja.«
»Er drohte, Sie aus dem Haus zu werfen und zu enterben.«
»Das stimmt.«
»Was haben Sie dazu gesagt?«
»Ich sagte: ›Ich kann keinen Mann heiraten, den ich nicht liebe, und ich werde das Haus sobald wie möglich verlassen.‹«

»Und das hatten Sie am nächsten Tag vor? Wohin wären Sie gegangen?«
»Ich hatte gedacht, ich könnte bei meiner Tante Grace oder in einer der Hütten unterkommen, bis ich etwas Geeignetes fände.«
»Und was haben Sie nach dieser stürmischen Unterredung gemacht?«
»Ich ging zum Sarg meiner Großmutter. Wir haben uns sehr gern gehabt.«
Ich erntete ein mitfühlendes Nicken. Ich hatte den Eindruck, daß der Fragesteller mir gewogen war und mir glaubte, und daß er Mrs. Greaves nicht leiden konnte und sie insgeheim der Gehässigkeit bezichtigte. Das machte mir Mut.
»Was geschah im Zimmer Ihrer Großmutter?«
»Ich habe sie nur angeschaut und gewünscht, sie würde noch leben und mir helfen.«
»Brannten die Kerzen, als Sie in ihr Zimmer gingen?«
»Ja, sie brannten, seit sie gestorben war.«
»Kam Ihnen das nicht gefährlich vor?«
»Nein.«
»Ich glaube, Ihre Großmutter hat Ihnen Geld hinterlassen mit dem Wunsch, daß Sie ein unabhängiges Leben führen sollen. War sie der Meinung, daß Ihr Großvater zu streng mit Ihnen war?«
»Ja.«
»Danke, Miss Ewell.«
Es war einfacher gewesen, als ich gedacht hatte, und ich war sehr erleichtert, weil die frühmorgendliche Begegnung mit Mrs. Greaves nicht zur Sprache gekommen war.
Danach ging es endlos weiter. Es wurde viel diskutiert, und ich saß ermattet da und wartete. Cousin Arthur nahm meine Hand und drückte sie, und ausnahmsweise verspürte ich nicht den Wunsch, ihn zurückzustoßen.
Dann der Urteilsspruch: Tod durch Unfall. Nach Ansicht des

Untersuchungsrichters gab es keinen stichhaltigen Beweis dafür, wie der Schlag zustande gekommen war, und er war der Meinung, daß Sir Matthew gestürzt und mit dem Kopf auf der scharfen Kante des Kamingitters in seinem Schlafzimmer aufgeschlagen war.

Wir waren frei. Die furchtbare Bedrohung, die mir nur halbwegs bewußt gewesen war, war von mir genommen.

Als ich mit Cousin Arthur, Tante Grace und ihrem Mann das Gerichtsgebäude verließ, glaubte ich jemanden zu sehen, der mir irgendwie bekannt vorkam. Mir fiel nicht auf Anhieb ein, wer es war, aber später ging mir blitzartig ein Licht auf. Es war der Mann, den ich gesehen hatte, als ich mit Miss Elton wegen des Registers nach Dover gefahren war, der Mann, von dem ich angenommen hatte, daß er im Dorfgasthof abgestiegen war, um die Umgebung zu erkunden.

Ich verbannte ihn wieder aus meinen Gedanken. Es gab so viel anderes, das mich beschäftigte.

Jetzt endlich war ich frei, um Pläne zu machen.

Ich wollte nicht in Greystone Manor bleiben. Dort herrschte eine bedrückende Atmosphäre des Argwohns, die, dessen war ich sicher, von Mrs. Greaves geschürt wurde. Ich bemerkte, daß die Dienstboten mich verstohlen beobachteten, und wenn ich aufblickte und sie unversehens ertappte, wandten sie sich verlegen ab.

Cousin Arthur war weiterhin ausgesprochen nett zu mir.

»Du mußt hierbleiben, solange du magst«, sagte er. »Wirklich, du kannst Greystone Manor als dein Heim betrachten.«

»Das könnte ich ganz bestimmt nicht. Mein Großvater hat mich hinausgewiesen, und ich werde gehen.«

»Das Haus gehört jetzt mir, wie du weißt.«

»Das ist wirklich gut gemeint, aber ich muß fort, und zwar schnell.«

Tante Grace brachte mir die Rettung. »Du mußt zu Charles und mir ziehen«, sagte sie. »Bleib, solange es dir gefällt, mein Liebes.

Wir haben jetzt das Geld, um uns ein eigenes Haus zu kaufen, nicht weit vom Pfarrhaus entfernt. ›Wisteria Cottage‹ heißt es. Kennst du es? Charles meint, es ist genau das richtige für uns, und es hat einen großen Garten, wo er seine Werkstatt einrichten und seine Skulpturen ausstellen kann. Komm und hilf uns beim Umzug.«

Das war lieb von ihr. Sie freute sich sehr über das von ihrer Mutter geerbte Geld, mit dem diese auch ihre Ehe mit Charles stillschweigend gebilligt hatte. Noch im Tode hatte meine Großmutter uns die Hilfe gegeben, die wir brauchten.

Ich verließ also Greystone Manor und zog zu meiner Tante. Das Pfarrhaus war sehr geräumig, und der Pfarrer überließ mir freundlicherweise bis zum Umzug nach Wisteria Cottage ein Zimmer.

Tante Grace tat in diesen Wochen sehr viel für mich. Ich unterhielt mich oft mit ihr und Charles, und wir überlegten gemeinsam, was ich anfangen sollte. Ich hatte es nun nicht mehr nötig, eine Stellung anzunehmen, die mir nicht zusagte. Ich war eine unabhängige Frau, und Tante Grace meinte, ich müßte mir Zeit lassen, um zu beschließen, wie ich mein Leben gestalten wollte.

Da entschied das Schicksal für mich.

Ich sortierte in Charles' Schuppen Bücher aus, als ich draußen Schritte hörte. Ich ging zur Tür und stand zu meinem Erstaunen und Entzücken Daisy gegenüber.

Sie hatte sich verändert, seit ich sie das letzte Mal gesehen hatte. Sie war fülliger geworden, doch ihre Wangen waren rosig wie immer, und der Schalk blitzte nach wie vor in ihren Augen. Wie um ihre Freude zu zeigen und zu bekunden, daß dies ein überaus freudiger Anlaß sei, bedachte sie mich mit jenem gewissen Zwinkern, an das ich mich so gut erinnerte.

»Miss Pip!« sagte sie.

»O Daisy!« rief ich, und wir fielen uns in die Arme. »Du bist wieder zu Hause ... endlich.«

»Nur zu Besuch. Das Personal ist in Granter's Grange, sie

richten das Haus her, wie immer. Ich bin mitgekommen. Hans ist nicht hier, aber er hat mich gehen lassen. Er meint, ich hab's verdient, meine Familie wiederzusehen. Er mußte zurückbleiben, denn er hat jetzt einen wichtigen Posten. Ich bin verheiratet, wissen Sie. Frau Schmidt bin ich jetzt. Wie finden Sie das? Hans hat eine ehrbare Frau aus mir gemacht ... als Klein-Hans geboren wurde. Ich bin Mutter, denken Sie nur, Miss Pip. So was wie meinen Hansi haben Sie noch nie gesehen. Ein richtiger Bengel, sag' ich Ihnen.«

»Daisy, mußt du nicht mal Luft holen? Meinst du, Granter's Grange wird wieder bewohnt?«

»Ja, bald. Weiß nicht genau wann, aber alles muß vorbereitet sein.«

»Und du ...«

»Oh, ich gehöre nicht mehr zum Personal. Ich bin Frau Schmidt. Ich bleibe hier, bis welche von den Dienstboten zurückkehren, dann geh' ich mit. Aber jetzt erzählen Sie mal, was machen Sie so? Und der alte Knabe ... der ist tot. Na, ich glaub' nicht daß die Engel ihn so willkommen heißen, wie er es sich gedacht hat.«

»Du hast es schon gehört?«

»Hab' nichts anderes zu hören gekriegt.«

»Daisy, sie haben mich in Verdacht.«

»Aber nicht meine Ma. Pa auch nicht. Sie sagen, der olle Kerl ist wütend aus'm Bett gestiegen und hat gekriegt, was er verdient hat. Nichts für ungut, man soll ja nicht schlecht von den Toten reden, aber in diesem Fall ist es bestimmt erlaubt. Nie werd' ich vergessen, wie ich da in der Kapelle stand in meiner Schmach, wie er das nannte ... und bloß wegen 'n bißchen Spaß auf'm Kirchhof. Aber das war einmal. Und Sie, Miss Pip? Wie viele Jahre haben wir uns nicht gesehen?«

»Zu viele. Fünf müssen es sein. Ich war zwölf, als ihr fortgingt, du und Francine, und jetzt bin ich siebzehn.«

»Ich hab' Sie kaum wiedererkannt. Sind richtig erwachsen geworden. Damals waren Sie noch 'n kleiner Grünschnabel.«

»Daisy, was weißt du von Francine?«

»Oh.« Ihr Gesicht wurde für eine Weile ernst. »Das war vielleicht ein Schock damals. Ich hab' geheult bis zur Bewußtlosigkeit, als ich es gehört hab'. Sie war für mich das schönste Mädchen, das ich je gesehen hab' – jedenfalls beinahe – und zu denken, daß sie ermordet wurde ...«

»Ich will wissen, was passiert ist, Daisy.«

»Also, das war in diesem Jagdhaus. Da haben sie damals gewohnt. Es ist nie aufgeklärt worden. Wir wissen nicht, wer sie umgebracht hat. Das hatte nichts mit Miss Francine zu tun. Sie war bloß bei ihm ... als sie kamen, um ihn zu töten ... und weil sie bei ihm war, hat man sie auch umgebracht.«

»Aber wer könnte es getan haben?«

»Sie stellen aber Fragen. Wenn *die* das nicht wissen, wie soll ich's dann wissen?«

»Wer sind *die?«*

»Das Militär ... die Herrscherfamilie, die Polizei ... die alle.«

»Ich stehe noch immer vor einem Rätsel. Ich möchte, daß du mir alles sagst, was du weißt. Komm in den Schuppen. Es ist niemand da. Meine Tante und ihr Mann bereiten den Umzug vor.«

»Oh, ich hab' davon gehört. So 'ne Veränderung, was? Miss Grace verheiratet. Das hätte sie schon vor Jahren tun sollen.«

»Ich bin froh, daß sie es getan hat, bevor sie das Geld bekam. Sie mußte ausbrechen, genau wie ich. Aber setz dich doch, Daisy, und erzähle mir alles, was du über meine Schwester weißt.«

»Also, sie ist weggegangen, nicht wahr?«

»Ja, ja«, sagte ich ungeduldig.

»Und der Graf und die Gräfin sind abgereist, und ich war bei ihnen in Stellung ... also zieh' ich mit. Ist 'ne wunderhübsche Gegend, wenn man so was mag. Bäume und Berge ... o ja, es ist schön. Trotzdem, manchmal hab' ich 'n bißchen Heimweh nach den Feldern und Hecken, den Feldwegen und den Butterblumen und Gänseblümchen. Aber Hans war ja da, und ich und Hans, wir verstehen uns prima. Ulkig, er lacht mich aus, wie ich die deutschen Wörter ausspreche, aber ich kann ihn auch auslachen, wie er unsere ausspricht. Das ist spaßig.«

»Du bist also glücklich verheiratet. Das freut mich. Und du hast deinen süßen kleinen Hans. Aber was weißt du von meiner Schwester?«

»Bloß, daß sie mit dem Baron nach drüben ging. Ich hab' damals nicht gewußt, wer er war. Sicher, ich wußte, daß er irgendwas Besonderes war, aber nicht, daß er so ein hohes Tier war. Hans hat's mir erzählt. Er sagte, dieser Baron Rudolph ist der einzige Sohn von dem Großherzog, und dieser Großherzog ist so 'ne Art König. Natürlich nicht wie unsere Königin, sondern der Regent von diesem Herzogtum oder wie das heißt. Bei denen ist alles ganz anders als bei uns. Lauter kleine Staaten, alle mit ihrem eigenen König; uns kommen sie zwar klein vor, aber die da drüben halten sie für ganz schön groß.«

»Ich verstehe.«

»Da bin ich aber erleichtert, daß Sie das verstehen, Miss Pip, da geht's Ihnen besser als mir. Aber was ich sagen wollte, als Rudolph mit Ihrer Schwester zurückkam, hat's 'nen Mordswirbel gegeben. Sehen Sie, er ist der Erbe und soll so 'ne hochstehende Dame aus 'nem anderen Staat heiraten, und wenn er's nicht tut, könnte es Krieg geben ... und davor haben sie Angst. Also soll Baron Rudolph die Dame heiraten. Das bedeutet, er muß Miss Francine da raushalten.«

»Aber er war mit meiner Schwester verheiratet, wie hätte er da diese Dame heiraten können?«

»Na ja, anscheinend war er nicht richtig verheiratet ...«

»Doch. Sie wurden in der Nähe von Dover getraut, bevor sie das Land verließen.«

»Es hieß aber, sie war seine Geliebte. Das ist bei denen gang und gäbe. Er hatte vorher auch schon welche ... wie alle Großherzöge. Aber mit der Heirat war das so eine Sache … falls Sie verstehen, was ich meine.«

»Hör zu, Daisy, meine Schwester wurde in der Kirche von Birley mit ihm getraut. Ich habe …«

Ich brach ab. Ich *hatte* den Eintrag gesehen, oder nicht? Im Hinblick auf alles, was in jüngster Zeit geschehen war, kamen mir allmählich Zweifel.

»Ich schätze, das war so 'ne Scheinehe«, sagte Daisy. »Das war die einzige Möglichkeit, und Rudolph hat es natürlich gewußt. Er mußte Miss Francine raushalten … er hätte es jedenfalls tun sollen. Aber in einem Teil des Landes war er sehr beliebt … ich glaube, dort ist er mit ihr gewesen.«

»Hast du sie nie gesehen, Daisy?«

»O nein, ich war ja im Schloß von dem Grafen. Die haben 'ne Menge schöne Schlösser da drüben, genau wie bei uns. Nein, die beiden sind nie zu uns ins Schloß gekommen. Der Graf war dem Großherzog sehr ergeben, und der Graf und die Gräfin meinten, Rudolph sollte endlich mal lernen, wie man das Land regiert, weil er das ja tun müßte, wenn der Großherzog stürbe. Sie meinten auch, er sollte alles tun, um diesen Krieg zu verhindern, vor dem alle solche Angst hatten und der ausbrechen würde, wenn er diese Frau nicht heiratete, die man für ihn bestimmt hatte.«

»Dann hast du sie also die ganze Zeit nicht gesehen. Was ist aus dem Kind geworden?«

»Kind? Von was für 'nem Kind sprechen Sie, Miss Pip?«

»Meine Schwester hatte einen kleinen Sohn. Sie war sehr stolz auf ihn.«

»Davon habe ich nie gehört.«

»Ach Daisy, wenn ich doch nur wüßte, was passiert ist!«

»Sie wissen, daß sie in dieser Jagdhütte ermordet wurde.«

»Wo lag diese Hütte?«

»Gar nicht weit vom Schloß. Mitten im Kiefernwald. Es war ein furchtbarer Schock, als es passierte. Die Stadt war einen ganzen

Monat lang in Trauer. Es hieß, es hätte dem Großherzog fast das Herz gebrochen ... sein einziger Sohn. Sie haben die Mörder überall gesucht, aber sie konnten sie nicht finden. Es hieß, es war politisch. Wissen Sie, da ist noch ein Neffe. Der wird der nächste Großherzog, wenn der alte Herr stirbt.«

»Glaubt man, *der* hat sie getötet?«

»So weit wagen sie nicht zu gehen. Aber dieser Baron Sigmund ... also der ist ein Sohn vom Bruder des alten Herrn und der nächste in der Erbfolge, weil Rudolph ja tot ist ... falls Sie mir folgen können. Wenn also jemand Rudolph aus dem Weg räumen wollte, könnte es Sigmund gewesen sein ... aber Hans meint es hätte auch jemand sein können, der Rudolph bloß beseitigen wollte, weil er ihn nicht für geeignet hielt, der nächste Großherzog zu werden.«

»Also, jemand, der Rudolph aus dem Weg haben wollte, hat ihn in der Jagdhütte ermordet ... und bloß weil Francine bei ihm war, wurde sie auch erschossen.«

»Stimmt. Das wird allgemein angenommen. Niemand kann sicher sein ...«

»Aber was ist mit dem Kind? Wo ist es zu der Zeit gewesen?«

»Von einem Kind war nie die Rede, Miss Pip.«

»Das ist sehr mysteriös. Ich bin überzeugt, daß Francine richtig verheiratet war und ein Kind hatte. Ich will es *wissen,* Daisy. Das ist das einzige, was mich im Augenblick interessiert.«

»Oh, Sie wollen doch bestimmt nicht in den ganzen Schlamassel reingezogen werden, Miss Pip. Lassen Sie's gut sein und heiraten Sie 'nen netten jungen Mann. Geldsorgen haben Sie ja nicht mehr, nicht wahr? Heiraten Sie, bekommen Sie Kinder. Eins kann ich Ihnen sagen ... ich kann mir nichts Schöneres denken, als das eigene kleine Baby in den Armen zu halten ...«

»O Daisy! Du als Mutter, das ist eine köstliche Vorstellung.«

»Sie sollten meinen kleinen Hansi mal sehen.«

»Ich wollte, ich könnte es.« Ich sah ihr ins Gesicht. »Daisy«, fuhr ich fort, »warum eigentlich nicht?«

Die Idee war aufgetaucht und ließ sich nicht mehr verscheuchen. Sie erregte mich, wie nichts seit langem mich erregt hatte. Sie würde mir einen Lebenszweck geben, mich wegbringen aus der Atmosphäre verstohlenen Argwohns, der ich hier ausgeliefert war. Und in meinem Unterbewußtsein regte sich der Gedanke, daß ich dort vielleicht Konrad wiedersehen könnte.

Während der letzten Wochen hatte ich mit der Möglichkeit gerechnet, daß mein Zusammensein mit Konrad nicht ohne Folgen geblieben war. Ich hatte es sogar gehofft. Zwar hätte das meine Schwierigkeiten noch vermehrt, aber ich glaube, die Freude hätte mich dafür entschädigt. Ich wäre in eine verzweifelte Lage geraten ... doch ich sehnte mich danach, ein Kind zu haben, ein lebendiges Andenken an die Stunden, die ich mit Konrad verbracht hatte.

Es war eine seltsame Mischung aus Erleichterung und Enttäuschung, als ich merkte, daß ich nicht schwanger war, und ich fühlte, daß ich meinem Leben endlich einen Inhalt geben mußte. Und nun war Daisy erschienen und hatte mir gewissermaßen eine Tür geöffnet.

»Daisy«, sagte ich, »wie wäre es, wenn ich mit dir käme, wenn du zurückkehrst?«

»Sie, Miss Pip! Mit mir?«

»Ich habe jetzt Geld. Dank meiner Großmutter bin ich unabhängig. Ich möchte Francines Kind finden. Ich weiß, daß es existiert und spüre irgendwie, daß es nach mir verlangt. Es dürfte jetzt fast vier Jahre alt sein. Ich möchte es sehen und mich vergewissern, daß gut für es gesorgt ist.«

»Nun, wie gesagt, ich hab' nie was davon gehört, und ich schätze, 'ne Menge Leute werden rauszukriegen versucht haben, ob da ein Kind war. Die sind ganz versessen auf 'n bißchen Tratsch, genau wie überall.«

»Ich bin überzeugt, daß es das Kind gibt und daß Francine verheiratet war. Und das möchte ich klären, Daisy.«

»Also fein. Wann wollen Sie gehen?«

»Wann reist du ab, Daisy?«
»Eigentlich sollte ich bleiben, bis jemand von den anderen zurückfährt, aber ich mag gar nicht mehr so lange warten. Ich vermisse meine zwei Hänse sehr, das kann ich Ihnen sagen.«
»Wollen wir nicht zusammen reisen? Du wärst mir eine große Hilfe, genau wie früher.«
Daisys Augen funkelten. »Ich denke, das läßt sich machen. Wie lange wollen Sie noch warten?«
»Ich möchte aufbrechen, sobald ich kann.«
»Ich sehe keinen Grund, warum 's nicht losgehen soll, sobald Sie bereit sind.«
»Ich könnte mich in der Stadt in einem Gasthof einquartieren und mich dort umschauen.«
»Gasthof ist ja gut und schön, aber ich sag Ihnen was. Warum wohnen Sie nicht bei mir, bis Sie sich eingelebt haben? Ich hab' ein Häuschen, 'ne nette kleine Hütte im Tal, direkt unterm Schloß. Wir sind eingezogen, als das Baby unterwegs war. Da wollte Hans nicht mehr, daß ich arbeite. Die Gräfin ist sehr gut zu ihren Dienstboten, und sie und Fräulein Tatjana haben mir Möbel geschenkt. Sie könnten doch vorläufig bei mir wohnen.«
»O Daisy, das wäre wunderbar. Das wäre mir eine große Hilfe. Ich könnte mich umschauen und herausfinden, wie ich vorgehen muß. Ich wünsche mir so sehr, endlich etwas zu unternehmen. Aber es will gut überlegt sein. Ich gehe dorthin und werde herausbekommen, wer meine Schwester getötet hat. Und ich werde ihr Baby finden.«
Daisy lächelte nachsichtig. »Nun, wenn Sie's besser können als die Polizei und die Wachen des Großherzogs, dann sind Sie 'n kleines Wunder. Denken Sie, die haben nicht versucht, die Mörder zu finden?«
»Vielleicht haben sie sich keine richtige Mühe gegeben. Sie ist meine Schwester … mein eigenes Fleisch und Blut.«
»Dann wollen Sie wohl so 'ne Art Detektiv werden, was?«
»Richtig.«

Ich war so aufgeregt. Auf einmal hatte mein Leben einen Sinn bekommen. Ich war beinahe glücklich. Seit Konrad fort war, war ich nicht mehr glücklich gewesen. Ich fühlte, daß ich endlich aus diesem Abgrund der Verzweiflung emportauchte.
Ich sprach mit Grace, mit Charles und mit Daisy über mein Vorhaben. Tante Grace fand es unsinnig, aber Charles meinte, eine kleine Reise würde mir nicht schaden, und wenn ich mit Daisy führe, hätte ich Gesellschaft, denn allein zu reisen wäre unmöglich gewesen.
Sie erörterten die möglichen Schwierigkeiten, und ich ließ sie reden. Tante Grace versuchte, mich umzustimmen. Sie bot mir ein Heim in Wisteria Cottage, und ich wußte, daß sie für die nicht allzu ferne Zukunft an einen Ehemann für mich dachte.
Cousin Arthur schaute in Wisteria Cottage vorbei. Er war sehr liebenswürdig; die Rolle des Landedelmannes paßte zu ihm. Er war recht würdevoll, nachdem er die alte Unterwürfigkeit abgelegt hatte. Nachdenklich hörte er sich meine Pläne an und war dann erstaunlich verständnisvoll. »Es wird dir bestimmt guttun«, sagte er. »Du mußt eine Zeitlang fort von hier. Meine liebe Cousine, wenn du zurückkommst, können wir vielleicht so gute Freunde werden, wie ich immer gehofft hatte.«
Er blickte mich versonnen an, und ich fragte mich, welche Bedeutung hinter seinen Worten stecken mochte. Er erwies sich als praktische Hilfe, denn er meinte, für eine so weite Reise, die zudem durch verschiedene Länder führte, brauchte ich gewiß diverse Papiere sowie einen Paß. Er erkundigte sich und begleitete mich sogar nach London, um die nötigen Papiere zu beschaffen.
Ich sagte: »Ohne Sie wäre ich nie darauf gekommen, Cousin Arthur.«
»Es freut mich, daß ich dir ein wenig behilflich sein kann«, erwiderte er.
»Cousin Arthur, geht alles gut in Greystone?«
»O ja. Im Moment ist es sehr ruhig bei uns. Ich gebe keinerlei

Gesellschaften. Nur die Glencorns sind ein- oder zweimal dagewesen, aber das sind ja alte Freunde. Ich hoffe, daß du mich oft besuchst, wenn du zurückkommst. Wie du weißt, bleibt Greystone Manor immer dein Zuhause.«

»Das ist lieb von Ihnen, Cousin Arthur, aber ich weiß noch nicht, wie meine Pläne aussehen. Ich will erst einmal diese – hm – Ferien hinter mich bringen und dann sehen, wonach mir der Sinn steht.«

»Das ist ganz natürlich, liebe Philippa. Du hast eine schwere Zeit durchgemacht. Verreisen und vergessen, hm?«

»Ich werde mich bemühen.«

Ich half Tante Grace beim Umzug nach Wisteria Cottage und traf gleichzeitig meine Reisevorbereitungen. Ich sah Daisy häufig, denn es gab viel zu besprechen. Sie beschrieb mir das Land und das Leben, das sie dort führte. Sie war sehr glücklich in ihrem Häuschen im Tal nahe beim Schloß. Sie erzählte mir, daß Hans jeden Abend heimkäme, und alles sei sehr gemütlich, und ihr Leben sei romantisch und schön.

»Natürlich«, bemerkte sie, »wird manch einer gesagt haben, ich bin ein schlechtes und verdorbenes Mädchen, weil ich mit Hans auf und davon bin. Ich fand das nicht. Ich denke, wenn man sich liebt, ist alles gut. Ist doch besser, als jemand wegen Geld zu heiraten, oder? Nun, Ende gut, alles gut, heißt es, und mit Hans und mir geht's sehr gut, Gott sei Dank.«

Sie ahnte nicht, wie nahe ich daran gewesen war, dasselbe zu tun, was sie getan hatte, und ich fragte mich oft, wie mein Leben verlaufen wäre, wenn ich an jenem Abend meiner natürlichen Regung gefolgt wäre. Jedoch, was geschehen war, war geschehen, hätte Daisy gesagt, und jetzt müssen wir weitermachen. Das war eines von ihren Lieblingssprichwörtern.

Je mehr ich über meinen Entschluß nachdachte, um so mehr erschien es mir wie ein Wunder, daß ich nun in der Lage war, das zu tun, was ich im Grunde meines Herzens immer gewollt hatte. Ich würde dorthin gehen … in Konrads Heimat. Würde ich ihn wiedersehen? Was, wenn ich noch einmal eine Chance hätte? Ich mußte abwarten und sehen, was das Leben zu bieten hatte. Vielleicht wünschte er gar nicht, unsere Bekanntschaft zu erneuern. Daß er ein Mann mit vielen Liebschaften war, glaubte ich ohne weiteres, aber ich dachte auch, daß seine Ritterlichkeit ihn daran gehindert hätte, so mir nichts, dir nichts eine Jungfrau zu verführen. Ich gefiel mir in der Vorstellung, daß seine Leidenschaft ihn fortgetragen hatte, und daß er ernstlich gewünscht hatte, daß wir zusammenblieben. O ja, ich glaubte wirklich, daß er sich etwas aus mir gemacht hatte.

»Ich sag' Ihnen, was aus Ihnen wird«, sagte Daisy munter, »so was wie ein Detektiv. Dabei fällt mir was ein. Sie haben denselben Namen wie Ihre Schwester, und über sie stand ziemlich viel in den Zeitungen. Da hieß sie ›die Frau namens Ewell‹. Sie verstehen, was ich meine. Ein paar Leute könnten sich an den Namen erinnern. Dann erzählen sie Ihnen womöglich nichts, weil sie denken, Sie schnüffeln herum. Können Sie mir folgen?«

Das konnte ich allerdings.

»Sie könnten sich anders nennen«, schlug Daisy vor. »Ich denke, das wäre das Beste.«

»Du hast recht. Ein kluger Gedanke.«

»Als die Leute hier waren, sind Sie im Landhaus gewesen, nicht wahr? Einige haben Sie gesehen. Wenn die Sie wiedersähen und hörten, daß Sie Philippa Ewell sind, dann würden sie sich gleich erinnern. Zwölf waren Sie damals. Sie sehen jetzt anders aus ... fünf Jahre älter ... 'n himmelweiter Unterschied. Wenn Sie sich anders nennen, ahnt kein Mensch, wer Sie sind.«

»Weißt du was? Ich nehme den Mädchennamen meiner Mutter an. Sie hieß Ayres. Ich werde mich Philippa Ayres nennen.«

»Bleibt immer noch die Philippa.«

»Wie wäre es mit Anne Ayres? Anne ist mein zweiter Vorname.«

»Das klingt gut. Keiner wird Anne Ayres mit Philippa Ewell in Verbindung bringen, wenn Sie mich fragen.«

Als ich meine Kleider für die Reise zurechtlegte, stieß ich auf die Brille, die Miss Elton mir besorgt hatte, als wir davon sprachen, daß ich mir eine Stellung suchen sollte. Ich setzte sie auf, und sie veränderte mich sehr. Dann strich ich mein dichtes Haar aus der Stirn und drehte es auf dem Kopf zu einem Knoten. Die Wirkung war verblüffend. Ich sah wie ein anderer Mensch aus.

Als Daisy zu mir kam, empfing ich sie mit der Brille und der neuen Frisur. Sie starrte mich an, weil sie mich im ersten Moment nicht erkannte.

»Oh, Miss Pip!« rief sie. »Sehen Sie aber komisch aus. Gar nicht wie Sie selbst.«

»Das ist meine Verkleidung, Daisy.«

»Aber so wollen Sie doch nicht reisen, oder?«

»Nein, aber ich nehme die Brille mit. Vielleicht kann ich sie gebrauchen.«

Die Zeit verging. Wir waren zur Abreise bereit, und unter Daisys Führung machte ich mich auf in Konrads Heimatland.

Die Jagdhütte

Unsere Reise war lang, aber keineswegs ermüdend, denn ich befand mich seit dem Aufbruch in einem Zustand größter Erregung. Es war ein unwahrscheinliches Glück für mich, daß Daisy just zu diesem Zeitpunkt nach England gekommen war. Sie war eine sehr einfallsreiche junge Frau und gefiel sich in der Rolle einer erfahrenen Reisenden.

Ich hatte darauf bestanden, daß wir erster Klasse reisten, und daß ich Daisys Fahrtkosten bezahlte, da sie ja meine Gefährtin und Führerin sein sollte. Als ich im Zug nach Harwich zurückgelehnt im Abteil erster Klasse einer äußerst zufriedenen Daisy gegenübersaß, wußte ich, daß Cousin Arthur recht hatte, als er meinte, dies sei das Beste, was ich tun könnte. Ich begann ein neues Leben und war froh, den nahezu unerträglichen letzten Wochen entronnen zu sein.

Von nun an würde mein Leben sich abenteuerlich gestalten, davon war ich überzeugt. Ich hatte mir Großes vorgenommen und kam mir vor, als machte ich mich auf, mein Glück zu suchen.

Die Überfahrt von Harwich nach Hook van Holland verlief ereignislos; nach einer Nacht in einem Gasthof bestiegen wir die Eisenbahn und fuhren kilometerweit durch so flache Gegenden, wie ich noch nie gesehen hatte.

»Das bleibt nicht so«, erklärte Daisy. »In Bruxenstein werden Sie noch genug Berge und Wälder zu sehen bekommen. Dann kriegen Sie vielleicht noch Sehnsucht nach ein bißchen Flachland.«

»Ich kann es kaum erwarten, endlich dort zu sein«, sagte ich.

»Bis dahin ist noch ein weiter Weg, Miss Pip.«

Sie hatte wahrlich recht! Wieder einmal hatte ich Grund, Cousin Arthur dankbar zu sein, da er bei einer Londoner Firma, die derartige Angelegenheiten erledigte, die Arrangements für uns getroffen hatte, so daß unsere Reise genau festgelegt war. Wir verbrachten eine Nacht in Utrecht, bevor wir den Zug in Richtung Süden nahmen, und nun wurde die Reise so interessant, daß ich gern länger an den einzelnen Stationen verweilt hätte, wenn ich nicht so erpicht gewesen wäre, möglichst bald an mein Ziel zu gelangen.

Die Abteile der ersten Klasse mit ihren jeweils vier sich gegenüberliegenden Sitzen und der trennenden Mitteltür sahen genauso aus wie die bei uns, jedoch herrschte hier eine förmlichere Atmosphäre, eine geradezu sichtbare Disziplin; die Kondukteure trugen Dreispitze und Säbel und sahen beinahe militärisch aus.

»So ähnlich geht es in Bruxenstein auch zu«, erklärte Daisy. »Das ewige Hackenschlagen und die tiefen Verbeugungen … manchmal möchte ich mich darüber totlachen.«

In Arnheim waren zwei Männer und eine Frau zu uns ins Abteil gestiegen. Sie sahen fröhlich aus und lächelten uns zu. Ich stellte uns als Engländerinnen vor, worauf sie eine Unterhaltung in unserer Sprache begannen, obwohl sie diese nur mäßig beherrschten.

Dank Miss Elton und meiner früheren Kenntnisse war mein Deutsch besser als deren Englisch.

Sie erkundigten sich, wohin wir wollten. Ich erklärte, wir wollten nach Bruxenstein.

»Tatsächlich?« sagte einer von den Männern. »Bruxenstein, eine interessante Gegend … momentan.«

»Wieso sagten Sie momentan?« fragte ich. »Aus einem bestimmten Grund?«

»Die Lage ist seit Baron Rudolphs Tod ein wenig … wie sagt man bei Ihnen … auf dem Siedepunkt.«

Mein Herz schlug schneller. Daisy saß sittsam neben mir, ganz die brave kleine Zofe, für die jedermann sie halten sollte, denn so traten wir auf: sie als Dienerin, ich als Herrin.

»Hat es da nicht einen Skandal gegeben?« tastete ich mich vor.

»Einen Skandal, jawohl. Der Baron wurde in seinem Jagdhaus erschossen. Er hatte eine Frau bei sich, die ebenfalls getötet wurde.«

»Davon habe ich gehört.«

»Die Nachricht ist also bis nach England gedrungen?«

Die Frau meinte: »Vermutlich, weil die betreffende Dame Engländerin war.«

»Mag sein«, sagte der Mann. »Jedenfalls ist es seitdem ein wenig unruhig im Land.«

»Wissen Sie«, warf der andere Mann ein, »in diesen Kleinstaaten ist dauernd etwas im Gange. Es wird Zeit, daß sie sich zusammenschließen und zum Deutschen Reich vereinigen.«

»Du als Preuße mußt das ja sagen, Otto«, meinte der andere lächelnd.

»Wissen Sie denn, was sich bei dieser Schießerei wirklich zugetragen hat?« fragte ich.

»Das weiß niemand so richtig, aber man kann es sich denken. Es gibt da so Theorien ... eine ganze Menge. Vielleicht hatte die Dame noch einen anderen Liebhaber, und der war eifersüchtig. Das ist eine von den Mutmaßungen. Aber ich glaube nicht, daß sie stimmt. Nein. Jemand wollte nicht, daß Rudolph die Provinz regiert, und deshalb hat man ihm eine Kugel verpaßt. Vermutlich einer von der anderen Seite.«

»Sie meinen, er hatte einen Rivalen?«

»Es gibt immer einen nächsten in der Erbfolge. Der regierende Herzog hat einen Neffen. Wie heißt der doch gleich, Otto?«

»Baron Sigmund.«

»Ja, der Sohn eines jüngeren Bruders des Großherzogs, nicht wahr?«

»Stimmt genau. Manche halten ihn anscheinend für besser

geeignet und finden es gar nicht so übel, daß Rudolph aus dem Weg ist.«

»Mord ist aber ein ziemlich drastisches Mittel, um diese Dinge zu regeln!« sagte ich.

»Dennoch«, fuhr Otto fort, »ist es besser, wenn einer oder zwei sterben, als wenn Tausende der Tyrannei unterworfen werden.«

»War denn dieser Rudolph ein Tyrann?«

»Beileibe nicht. Ich habe gehört, er war ein rechter Schwerenöter, ein junger Mann, dem das Plaisir zu wichtig war, um zum Herrscher zu taugen. Diese Sorte ist immer von den Falschen umringt, die statt seiner regieren. Der gegenwärtige Großherzog ist ein guter Herrscher. Schade, daß er so alt ist. Soviel ich weiß, war er schon alt, als Rudolph geboren wurde. Er war zweimal verheiratet; die erste Ehe war kinderlos. Sein Bruder kam bei einem Aufstand oder im Krieg ums Leben ... daher steht Sigmund in der Erbfolge hinter Rudolph.«

»Sie wissen ja über die Familienverhältnisse gut Bescheid.«

»Das ist allgemein bekannt. Es ist ein kleines Fürstentum – oder vielmehr Herzogtum –, und die herzogliche Familie steht dem Volk sehr nahe. Anders als in Ihrer Heimat, Miss ... hm ...«

Ich zögerte kurz, dann sagte ich rasch: »Ayres. Anne Ayres.«

»Ganz anders als bei Ihnen, Miss Ayres. Obgleich ich annehme, daß das Privatleben Ihrer Königin für das Volk auch nicht gerade ein Buch mit sieben Siegeln ist.«

»Sie lebt so vorbildlich«, entgegnete ich, »daß dazu keine Notwendigkeit besteht. Falls es aber innerhalb der königlichen Familie Meinungsverschiedenheiten und Spannungen gäbe, nehme ich allerdings an, daß man bestrebt sein würde, sie geheimzuhalten.«

»Da mögen Sie recht haben. Und ich darf wohl behaupten, daß es gewiß vieles gibt, was das Volk von Bruxenstein von der herrschenden Familie nicht weiß.«

Ich hörte kaum zu. Meine Gedanken waren wieder bei Francine, die tot auf dem Bett in der Jagdhütte lag.

Nachdem wir die deutsche Grenze passiert und unsere Reisegefährten sich verabschiedet hatten, steigerte sich meine Aufregung noch. Die mit Tannen bewachsenen Berge, die kleinen Flüßchen, der mächtige Strom und seine Burgen, die scheinbar geringschätzig auf die Landschaft darunter herabblickten, die kleinen Dörfer, anscheinend den Märchen der Gebrüder Grimm entstiegen, die Miss Elton uns oft auf deutsch vorgelesen hatte ... all das verwob sich mir wie eine Legende. Dies war das Land der Kobolde und Elfen, der Zwerge und Riesen, der Berggeister und Schneeköniginnen, der Kinder, die sich in verzauberten Wäldern verirrten, wo Wölfe umherstreunten und Knusperhäuschen standen. All das lag in der Luft ... ich konnte es spüren – im Höllental, im herrlichen Schwarzwald, im Thüringer Wald, im Odenwald ... in den weinbedeckten Hügeln. Kilometerweit Bäume ... Eichen, Buchen, aber hauptsächlich Tannen und Kiefern. Es war ein romantisches Land, Konrads Land, und je weiter ich hineindrang, um so mehr dachte ich an ihn.

Die Fahrt dauerte mehrere Tage, da wir auf Anraten der Firma, die sie arrangiert hatte, gemächlich und bequem reisten. Das erwies sich als eine gute Entscheidung, denn obwohl ich mich danach sehnte, endlich dorthin zu gelangen, wo ich die Lösung des Rätsels zu finden glaubte, bekam ich dadurch doch einen Einblick in das Land und lernte dank der Leute, denen ich unterwegs begegnete, auch das Volk verstehen.

Schließlich kamen wir nach Bruxburg, der Hauptstadt von Bruxenstein, und wir nahmen eine Droschke zu der Hütte, wo Daisy und Hans zu Hause waren. Wir fuhren durch die Stadt. Sie war ziemlich groß, aber ich sah wenig davon, abgesehen von dem Platz mit dem Rathaus und ein paar anderen imposanten Gebäuden. Ich bemerkte jedoch sogleich das Schloß auf der Anhöhe über der Stadt. Es war denen, die ich auf der Reise durch das Land gesehen hatte, ganz ähnlich, und ich fand es eindrucksvoll und schön mit seinen Türmen und grauen Steinmauern.

»Wir wohnen gleich darunter«, sagte Daisy. »Man kann ganz leicht hinkommen. Von der Hütte führt ein Weg direkt zum Schloß.«

»Daisy«, fragte ich, »was wirst du Hans über mich erzählen?«

»Über Sie? Wie meinen Sie das?«

»Er wird mich gewiß erkennen.«

»Das glaube ich nicht.«

»Aber meinst du nicht, die Dienstboten … wenn sie von Granter's Grange zurückkommen …?«

»Die erkennen Sie nie. Sie haben sich doch mächtig verändert, seit Sie ein zwölfjähriges Mädchen waren. Ich erzähle Hans alles, und wir erklären ihm, weil Sie Ewell heißen und es diesen Skandal mit Ihrer Schwester gab, haben Sie sich entschlossen, sich Anne Ayres zu nennen. Hans sieht bestimmt ein, warum das nötig ist. Wir sagen den Leuten, daß Sie, Miss Ayres aus England, mit mir gekommen sind und bei uns wohnen. Als zahlender Gast, sozusagen.«

So beschwichtigte sie meine Bedenken.

Die Droschke lud uns mit dem Gepäck vor dem Häuschen ab, und Hans kam heraus, um uns zu begrüßen. Er und Daisy waren sogleich in einer innigen Umarmung verschlungen; dann wandte er sich zu mir. Ich erkannte ihn sogleich. Er verbeugte sich vor mir, während Daisy ihm recht atemlos die Lage erklärte. Ich sei zahlender Gast bei ihnen, bis ich entschieden habe, was ich anfangen sollte. Ich wolle mich ein wenig in der Umgebung umsehen. Sie finde das fabelhaft. Und wie gehe es ihrem süßen kleinen Hans?

Dem kleinen Hans ging es prima. Frau Wurtzer hatte gut für ihn gesorgt, und Hans hatte ihn während Daisys Abwesenheit fast täglich besucht.

»Morgen früh hole ich als erstes den kleinen Bengel«, sagte Daisy.

Ich trat in die Hütte. Sie war makellos sauber. Später entdeckte ich, daß sie oben zwei Schlafzimmer und eine Kammer, unten

zwei kleine Kammern und eine Küche hatte. Die Luft war köstlich frisch, und ich konnte die Kiefern des nahegelegenen Waldes riechen.
Hans hieß mich herzlich willkommen. Ich war mir nicht sicher, ob er dies nur aus angeborener Höflichkeit tat und in Wirklichkeit über meine Anwesenheit in diesem ziemlich kleinen Haus nicht doch verstimmt war.
Drinnen erschien eine rundgesichtige Frau in der Küchentür. Sie trug eine große, saubere Kattunschürze und hatte die Ärmel aufgerollt; in der Hand hielt sie eine Schöpfkelle.
Daisy stürzte auf sie zu. »Gisela!« rief sie.
»Daisy ...«
Daisy stellte sie mir vor: »Das ist meine liebe Freundin Gisela Wurtzer; sie hat sich um Hansi gekümmert.«
Die Frau lächelte und blickte Hans verschwörerisch an.
»Er ist hier!« rief Daisy. »Mein kleiner Hans ist hier!«
Sie stürmte die Treppe hinauf, und Hans sah mich lächelnd an.
»Sie hat ihr Baby vermißt«, sagte er, »aber ich dachte, sie sollte die Gelegenheit wahrnehmen und ihre Mutter und ihren Vater besuchen. Man hat doch Pflichten gegenüber seinen Eltern, wenn sie alt werden, nicht?«
Ich stimmte ihm zu, und Gisela deutete mit einem Nicken an, daß auch sie dieser Meinung sei. Daisy kam die Treppe herunter, auf dem Arm einen kräftigen Knaben, der sich die Augen rieb und ein wenig mürrisch dreinblickte; er war offensichtlich aus dem Schlaf geweckt worden.
»Schauen Sie ihn an, Miss –« Sie wollte »Pip« sagen, hielt sich aber noch rechtzeitig zurück. »Na, haben Sie jemals einen niedlicheren Buben gesehen?«
»Bestimmt nicht!« rief ich.
Sie küßte ihn innig, und er, nun vollends wach, betrachtete mich aus einem Paar hellblauer Augen.
Ich drückte einen Kuß auf seine dicke kleine Hand.
»Er mag Sie leiden«, sagte Gisela.

»Das ist wahr«, bestätigte Daisy. »Er ist ein heller kleiner Bursche. Wie ist es ihm gegangen, Gisela, hat er seine Mami vermißt?«
Hans mußte fast alles übersetzen, weil Daisy englisch sprach, und da Gisela kein Englisch konnte, war die Unterhaltung etwas schwierig. Doch das gute Einverständnis zwischen den beiden Frauen war unübersehbar.
»Sag ihr, wie lieb es von ihr war, ihn herzubringen, so daß ich nicht warten mußte«, forderte Daisy.
Gisela lächelte, als sie das hörte. »Aber das ist doch selbstverständlich«, sagte sie.
Ich mußte mir sämtliche wunderbaren Eigenschaften von Klein-Hans anhören, auf englisch von Daisy und auf deutsch von Gisela und Hans.
»Gisela kennt sich aus«, sagte Hans, »sie kann ausgesprochen gut mit Kindern umgehen.«
»Kein Wunder«, erwiderte Gisela. »Hab' ja selber sechs. Viel hilft viel. Die Großen passen auf die Kleinen auf.«
Klein-Hans gab Anzeichen, daß er wieder in sein Bettchen wollte; Daisy brachte ihn hinauf, und Gisela, die den Tisch gedeckt hatte, sagte, das Essen sei fertig. Wir aßen eine Suppe, die ziemlich rätselhaft, aber köstlich schmeckte, dazu Roggenbrot; danach gab es kaltes Schweinefleisch mit Gemüse und hinterher eine mit Äpfeln gefüllte Pastete. Es war ein ausgezeichnetes Mahl, und Gisela war sichtlich stolz darauf. Sie trug auf und aß mit uns, während wir von der Reise erzählten, und dann sagte sie, sie müsse zurück, weil sie Arnulf nicht allzu lange mit den Kleinen allein lassen mochte.
Hans begleitete sie nach Hause.
»Jetzt sehen Sie's, Miss Pip«, sagte Daisy, als wir allein waren, »wie hübsch ich's getroffen habe.«
»O ja, Daisy«, erwiderte ich. »Aber solltest du nicht aufhören, mich Miss Pip zu nennen?«
»Das werd' ich wohl müssen, aber Miss Ayres hört sich so

komisch an. Paßt gar nicht zu Ihnen. Miss Pip ist genau richtig. Macht aber nichts, wenn ich mich mal verspreche. Das ist ja das Gute: man sagt was Falsches und gibt der Sprache die Schuld. Das hält die Räder am Laufen.«

»O Daisy, du mußt sehr glücklich sein. Hans ist so nett, und das Baby ist einfach süß.«

»Tja, wie gesagt, Miss P –, ich meine, Miss Ayres – ich schätze, ich hab's wirklich fein getroffen.«

»Du hast auch alles Glück der Welt verdient.«

»Nun, wenn man's recht bedenkt, könnten Sie auch ein bißchen davon gebrauchen, und von Rechts wegen steht ihnen das auch zu.«

Sie zeigte mir mein Zimmer. Es war sehr klein, mit Chintzvorhängen, einem Bett, einem Stuhl und einem Schrank ... mehr enthielt es kaum, aber ich war froh, das ich es hatte.

»Wir benutzen es nicht oft«, sagte Daisy entschuldigend. »Es soll mal Hansis werden, wenn er 'n bißchen größer ist. Vorläufig steht sein Bett in dem Kämmerchen neben unserem Schlafzimmer, und das genügt noch für ein paar Monate.«

»Bis dahin bin ich bestimmt fort.«

»Reden Sie nicht vom Fortgehen, Sie sind doch gerade erst gekommen.« Daisy hatte sich zu mir umgedreht, ihre Augen leuchteten. »Es ist ja so aufregend, daß Sie hier sind. Ich schätze, wir geben 'n Paar feine Detektive ab, Sie und ich.« Sie hielt inne. »Wissen Sie, die Gisela ... sie war Wirtschafterin in der Hütte ... sie sieht dort draußen immer noch nach dem Rechten.«

»Daisy!« rief ich. »Dann weiß sie womöglich ...«

»Glauben Sie, wir haben nicht darüber gesprochen? Sie weiß nicht mehr als alle anderen. Ich habe von ihr nichts rausgekriegt, weil sie nichts weiß.«

»Niemand ... und sei er noch so befreundet ... darf wissen, warum ich hier bin.«

»Auf mich können Sie sich verlassen«, sagte Daisy. »Ich bin verschwiegen wie ein Grab.«

Hans kam zurück, und Daisy meinte, es sei Zeit zum Schlafengehen. »Wir können uns morgen weiter unterhalten«, fügte sie hinzu, und wir stimmten ihr zu.

Am nächsten Tag beschloß ich, die Stadt zu erkunden. Daisy konnte mich nicht begleiten, weil sie sich um ihren Sohn kümmern mußte. Wenn sie in die Stadt wollte, kam ein Bediensteter vom Schloß mit einem Ponywägelchen, das sie für kurze Fahrten benutzten, und kutschierte sie hin. Das geschah zweimal in der Woche, so daß sie ihre Einkäufe erledigen konnte. Hans hatte jetzt im Hauswesen des Grafen anscheinend einen so bedeutenden Posten, daß er solche Vorrechte beanspruchen konnte.
Es war ein schöner Morgen. Die Sonne schien auf das grüne Laub, die roten Hausdächer und die grauen Mauern des Schlosses. Wenn hie und da ein Sonnenstrahl auf die scharfen Quarzsplitter fiel, glitzerten sie wie Diamanten.
Ich war guter Dinge. Ich hatte schon recht viel erreicht und war überzeugt, daß bald etwas Ungeheuerliches geschehen werde. Ich fragte mich, was ich wohl tun würde, wenn ich bei meinem Stadtbummel Konrad begegnen sollte. Ich wußte so wenig von ihm und kannte nicht einmal seinen Nachnamen. Für mich war er einfach Konrad. Ich mußte regelrecht betäubt gewesen sein, daß ich ihn nicht mehr gefragt hatte und mich so leicht mit Ausflüchten abfertigen ließ. Haushofmeister eines Edelmannes! Ich fragte mich, ob es sich dabei um den Grafen handeln könnte, der sich in Granter's Grange aufgehalten hatte, obwohl, wie ich annahm, das Landhaus von mehreren Familien benutzt wurde. Wenn aber der Graf Konrads Brotherr war, so könnte er sich in diesem Augenblick dort hinter den grauen Steinmauern aufhalten.
Wie wunderbar wäre es, ihn wiederzusehen. Ich versuchte, mir unsere Begrüßung auszumalen. Würde er überrascht sein? Erfreut? Oder hatte er mich aus seinen Gedanken verbannt als eine Frau von der Sorte, die einen Mann trifft, mit der er sich amüsiert

und von der er sich abwendet ... in wenigen Monaten, ja Wochen vergessen?
Ich sah den bläulich-grauen Fluß sich durch die Stadt winden; die Hänge zu beiden Seiten waren mit Kiefern und Tannen bewachsen, und in der Ferne waren Weinreben im Überfluß zu erkennen. Ich fühlte mich in die Zeit zurückversetzt, als Miss Elton uns vorlas. Dort hinten im Wald würde man gewiß Kuhglocken durch den Dunst läuten hören. Miss Elton hatte uns von ihren Besuchen an solchen Orten erzählt, wenn sie zu den Verwandten ihrer Mutter mitgenommen wurde. Dort streiften die Götter umher, dort ritten die Walküren. Ich konnte das alles förmlich spüren. Auf jenem Platz sah ich den Bürgermeister mit seinen Gemeinderäten eifrig diskutieren; ich sah den Rattenfänger auf seiner verzauberten Flöte spielen und damit die Ratten in den Fluß, die Kinder aber in den Berg locken. Ich war zutiefst gerührt, und die Vergangenheit war mir bewußt. Ich stellte mir Francine vor, wie sie mit Rudolph hierhergekommen war und fragte mich, was sie empfunden haben mochte; ob sie von Anfang an gewußt hatte, daß ihre Liaison – ich hatte aufgehört, sie in Gedanken als Ehe zu bezeichnen – ein Geheimnis bleiben mußte.
Ich sah etliche große Häuser mit vorspringenden Erkerfenstern, die mit Holzschnitzereien verziert waren. Es schien eine wohlhabende Stadt zu sein. Um das Münster mit seinem spitzen Turm gruppierten sich Gassen mit kleinen Häusern. Ich vermutete, daß viele Leute, die nicht in den feinen Häusern beschäftigt waren, in den Weinbergen arbeiteten. Ich kam an einer Schmiede und einer Mühle vorüber ... und dann war ich mitten in der Stadt.
Ich wanderte über den Markt, wo Molkereiwaren und Gemüse feilgeboten wurden. Ein paar Leute blickten mich neugierig an. Sie erkannten wohl auf Anhieb, daß ich eine Fremde war, und ich nahm an, daß nicht oft Reisende hierherkamen.
Schließlich gelangte ich zu einem Gasthaus, das sich auf einem

Schild, das im Wind knarrte, als Schenke zum Großherzog empfahl. Ich sah Pferdeställe, und hinter dem Haus war ein Garten mit Tischen und Stühlen. Ich setzte mich, und eine mollige Frau kam lächelnd heraus und erkundigte sich nach meinen Wünschen. Da ich annahm, daß dies einer von den Wirtsgärten war, von denen ich gelesen hatte, bat ich sie um einen Krug Bier, wobei ich mich fragte, ob das hier bei den Frauen üblich war oder ob ich etwas Kurioses tat.

Die Frau brachte mir das Bier und war anscheinend zum Plaudern aufgelegt. »Sind Sie auf der Durchreise in unserer Stadt, Fräulein?«

»Ich bin zu Besuch hier«, erwiderte ich.

»Das ist fein. Eine schöne Stadt, nicht wahr?«

Ich stimmte ihr zu. Mir war eine Idee gekommen. »Wie ich sehe, haben Sie Pferde. Es ist nicht immer einfach, zu Fuß herumzukommen. Leihen Sie auch Pferde aus?«

»Das wird zwar nicht oft verlangt, aber ich denke, mein Mann macht's.«

»Ich möchte mich ein bißchen in der Umgebung umsehen. Zu Hause in England reite ich sehr viel. Wenn ich ein Pferd leihen könnte ...«

»Wo sind Sie denn abgestiegen, Fräulein, wenn ich fragen darf?«

»Ich wohne bei den Schmidts. Ich bin eine Freundin von Frau Schmidt.«

»Ah!« Ein Lächeln ging über ihr Gesicht. »Sie sprechen von unserem guten Hans. Ein sehr feiner Mann. Er hat eine Engländerin zur Frau und einen lieben kleinen Buben.«

»O ja ... den kleinen Hans.«

»Seine Frau ist sehr nett.«

»Ja, sehr.«

»Und Sie stammen auch von dort ... und sind bei Ihrer Freundin zu Besuch?«

»Ja. Ich wollte sie besuchen, um das Baby zu sehen ... und Ihr wunderschönes Land.«

»O ja, es ist sehr schön. Zu Pferd können Sie die Umgebung gut erkunden. Sind Sie eine erfahrene Reiterin, Fräulein?«
»Ja, allerdings. Zu Hause reite ich sehr viel.«
»Dann läßt *es* sich gewiß machen. Gegen eine Gebühr.«
»Aber selbstverständlich.«
»Wenn Sie Ihr Bier ausgetrunken haben, müssen Sie mit meinem Mann sprechen.«
»Ja, gern.«
»Er ist drinnen.«
Sie schien nicht gewillt, mich allein zu lassen. Wahrscheinlich war sie ein wenig gefesselt von meiner fremdländischen Erscheinung und auch von meiner Redeweise, denn obwohl ich fließend sprach, hatte mein Akzent wohl doch meine Herkunft verraten.
»Es gibt viel Schönes zu besichtigen«, fuhr die Frau fort. »Sie können die Ruine von dem alten Schloß besuchen, das früher die Residenz der Großherzöge war. Sie können das Jagdhaus ... o nein, lieber nicht.«
»Das Jagdhaus?«
»Ja. Es gehört dem Großherzog. Sein Schloß können Sie nicht besichtigen. Nein, nicht das, was Sie da oben auf dem Hügel sehen. Das ist das Schloß des Grafen von Bindorf. Das Schloß des Großherzogs ist nur von der anderen Seite der Stadt zu sehen. Sie können freilich nicht hinein, aber man hat eine schöne Aussicht von dort, die ist wirklich sehenswert.«
Ich fragte: »Was hat es mit dem Jagdhaus für eine Bewandtnis?«
Sie zog die Schultern hoch. »Da hat sich eine Tragödie abgespielt.«
»Meinen Sie das Jagdhaus, wo der Baron ermordet wurde?«
Sie nickte. »Ist ein paar Jahre her.«
»*Ist es* hier in der Nähe?« fragte ich rasch.
»Ungefähr zwei Kilometer von Schmidts Hütte. Aber da wollen Sie bestimmt nicht hin. Ist so trostlos jetzt. Früher mal ... aber lassen wir das. Nein, das wollen Sie bestimmt nicht besichtigen.«

Ich erwiderte nichts. Ich wollte unbedingt ein Pferd leihen und das Jagdhaus sobald wie möglich in Augenschein nehmen. Bevor ich aufbrach, sprach ich noch mit dem Wirt. Ich bestellte ein Pferd für den nächsten Tag und wanderte zu Daisys Hütte zurück. Ich machte Fortschritte. Morgen würde ich den Schauplatz des Verbrechens aufsuchen.

Nicht einmal Daisy gegenüber erwähnte ich, daß ich zu der Jagdhütte wollte. Ich erzählte ihr lediglich, daß ich in der Schenke zum Großherzog Pferde gesehen und beschlossen hatte, eines zu leihen, um die Gegend besser erkunden zu können. Das freute sie, denn ihr Haushalt und der kleine Hans füllten sie so aus, daß sie für anderes wirklich keine Zeit hatte.
So ging ich denn am nächsten Tag wieder in die Stadt, und bald ritt ich denselben Weg, den ich gekommen war, zurück, vorbei an Daisys Häuschen, weil die Wirtsfrau gesagt hatte, die Jagdhütte sei zwei Kilometer von dort entfernt.
Da Daisys Hütte nahe am Waldrand lag, wunderte es mich nicht, daß kurz dahinter die Bäume dichter beisammen standen. Nur ein einziger Pfad führte hindurch, und den schlug ich ein.
Es war ein schöner Morgen. Ich ritt zwischen den Bäumen entlang. Von einigen Eichen und Buchen abgesehen, waren es hauptsächlich Kiefern und Tannen, und ein strenger Harzgeruch lag in der Luft. Ich konnte mich des Gefühls nicht erwehren, daß ich mich inmitten eines der Märchen vom Wald befand, die Miss Elton uns erzählt hatte.
Nachdem ich eine kurze Strecke geritten war, kam ich zu einer Hütte und überlegte, ob hier wohl Gisela wohne. Beinahe hätte ich angehalten, um mich zu erkundigen, aber ich wollte ja niemanden – auch nicht eine Freundin von Daisy – merken lassen, daß ich mich übermäßig für die Jagdhütte interessierte. Die Tür war geschlossen; in dem kleinen Garten stand ein Kinderschubkarren. Ich ritt vorüber und weiter den Pfad entlang. Nach ungefähr achthundert Metern sah ich sie. Sie war

größer als ich angenommen hatte. Unter einer Jagdhütte stellt man sich eher ein ziemlich kleines Gebäude vor, eine Bleibe für eine oder zwei Nächte, wenn die Leute im Wald auf die Jagd gehen. Aber es handelte sich freilich um eine herzogliche Jagdhütte, und die war natürlich feudaler.

Mein Herz hämmerte wild. Ich stellte mir vor, wie Francine mit ihrem Geliebten durch den Wald hierherkam. Wie war es bei ihnen zugegangen? Dies also war Francines Heim gewesen. Sie hatte hier gewohnt, weil ihr Geliebter so bedeutend war, daß er sich nicht erlauben konnte, eine nicht standesgemäße Ehe einzugehen. Die Vorstellung, daß Francine nicht standesgemäß für jemanden gewesen sein sollte, weil sie nicht für würdig genug erachtet wurde, machte mich richtig zornig. Ich befahl mir, nicht albern zu sein. Wenn ich mich in dummen Gefühlsduseleien erging, würde ich mich bald verraten.

Das aus grauem Stein gebaute Jagdhaus sah wie ein Miniaturschloß aus. Es hatte zwei Türme – auf jeder Seite einen – und eine überwölbte Veranda. An der Vorderfront befanden sich mehrere Fenster. Kein Zweifel: Ich war am Ziel. Ich stieg ab und band mein Pferd an einen Pfosten, der offensichtlich für diesen Zweck vorgesehen war. Die Szenerie hatte etwas Unheimliches. War es, weil ich wußte, daß hier ein Mord geschehen war, oder weil die Bäume so dicht standen, daß es dunkel und voller Schatten war, und weil die leichte Brise in den Blättern wie wispernde Stimmen klang?

Mein Herz klopfte noch heftiger, als ich mir einen Weg durch das hohe Gras bahnte.

Zitternd vor Aufregung betrat ich die Veranda. Ieh blieb stehen und lauschte. Auf einer Seite befand sich eine Glocke an einer langen Kette. Ich zog daran, und ein ohrenbetäubender Lärm durchbrach die Stille.

Horchend hielt ich den Atem an. In der Tür bemerkte ich eine Klappe, die sich zurückschieben ließ, so daß man von innen hinausspähen konnte, um zu sehen, wer draußen stand. Ich starrte auf die Klappe. Nichts geschah. Und dann hörte ich drinnen ein fast unmerkliches Geräusch. Es war, als schleiche jemand zur Tür.

Ich stand mucksmäuschenstill, und mir war, als wolle mir das Herz aus dem Leib springen. Ich überlegte mir schon, was ich sagen würde, wenn jemand von mir wissen wollte, was ich hier zu schaffen hätte: Daß ich fremd hier wäre und mich im Wald verirrt hätte. Und daß ich nach dem Weg zur Hütte der Schmidts fragen wollte, wo ich während meines Aufenthalts in Bruxenstein wohnte.

Ich stand wartend da, und allmählich fragte ich mich, ob die Geräusche, die ich vernahm, nicht bloß das wilde Hämmern meines Herzens seien. Nein, gewiß nicht. Ich hörte etwas über den Fußboden schleifen. Ich wartete, an allen Gliedern zitternd, aber es geschah nichts. Doch eines wußte ich sicher: In der Jagdhütte war jemand.

So verharrte ich mehrere Minuten. Es herrschte vollkommene Stille, doch ich wußte, daß auf der anderen Seite der Tür jemand war.

Ich läutete die Glocke noch einmal, und der Ton erschallte laut und hallend. Ich lauschte, den Blick auf die Klappe gerichtet. Aber es geschah nichts.

Ich wandte mich ab, und im Weggehen hörte ich hinter mir ein leises Geräusch. Die Klappe hatte sich bewegt. O ja, ich hatte recht. Es war jemand im Haus, jemand, der auf mein Läuten nicht öffnen wollte. Warum?

Das Ganze war ziemlich unheimlich.

Ich trat an ein Fenster und spähte hinein. Schonbezüge bedeckten die Möbel. Ich ging um das Haus herum.

»O Francine«, murmelte ich, »was ist geschehen? Jemand ist da drinnen. Ist es ein Mensch? Oder sind es Geister?«

Ich war zur Rückseite des Hauses gelangt. Irgendwo im Wald hörte ich einen Vogel singen. Eine sanfte Brise bewegte die Kiefern, und ihr Duft erschien mir strenger denn je. Ich rüttelte

laut an der Hintertür, und dann vernahm ich hinter mir eine Bewegung. Ich drehte mich abrupt um. Mein Blick fiel auf ein Gebüsch, in dem sich etwas zu rühren schien.
»Wer ist da?« rief ich. »Kommen Sie heraus und zeigen Sie mir den Weg. Ich habe mich verirrt.«
Ich hörte leises Lachen, eigentlich mehr ein Kichern. Ich trat an das Gebüsch.
Da standen sie vor mir, mit weit aufgerissenen blauen Augen und zerzausten Haaren. Beide trugen dunkelblaue Kittel und blaue Röcke. Eines war ein wenig größer als das andere, aber ich hielt sie für gleichaltrig, nicht älter als vier oder fünf Jahre.
»Wer seid ihr?« fragte ich auf deutsch.
»Die Zwillinge«, erwiderten sie wie aus einem Mund.
»Was macht ihr hier?«
»Spielen.«
»Habt ihr mich beobachtet?«
Da lachten sie und nickten.
»Wo seid ihr hergekommen?«
Das eine deutete vage irgendwohin.
»Seid ihr weit von zu Hause fort?«
Dasselbe Kind nickte.
»Wie heißt ihr?«
Das eine wies auf den blauen Kittel und sagte: »Karl.« Das andere tat es ihm gleich und sagte: »Liesel.«
»Du bist also ein kleines Mädchen und du ein kleiner Junge.«
Sie nickten lachend.
»Ist jemand da drin?« fragte ich, indem ich auf das Haus deutete.
Wieder kicherten sie und nickten.
»Wer?«
Sie zogen die Schultern hoch und sahen sich an.
»Wollt ihr es mir nicht verraten?« fragte ich.
»Nein«, sagte der Junge. »Du hast ein Pferd.«
»Ja. Wollt ihr's euch anschauen?«
Beide nickten begeistert. Als wir an der Vorderseite der Jagd-

hütte vorbeigingen, sah ich zur Veranda, und die Kinder ebenfalls. Ich war sicher, daß sie wußten, wer im Haus war, und ich nahm mir vor, es aus ihnen herauszubringen.

Die Kinder waren von meinem Pferd entzückt. »Kommt ihm nicht zu nahe«, warnte ich, und sie traten folgsam zurück.

»Könnt ihr mich in das Haus bringen?« fragte ich die Zwillinge.

Sie sahen einander an, ohne zu antworten.

»Kommt«, sagte ich, »laßt uns mal nachsehen. Wie kommt man hinein?«

Sie sagten immer noch nichts, und wie wir so dastanden, erschien ein anderer Junge. Er mußte von der Rückseite der Jagdhütte gekommen sein. Er rief: »Karl! Liesel! Was macht ihr?« Seine Wangen waren gerötet, und er machte einen aufgeweckten Eindruck.

»Guten Tag«, sagte ich. »Wo kommst denn du her?«

Er antwortete nicht, und ich fuhr fort: »Ich habe mich im Wald verirrt. Ich sah dieses Haus und dachte, jemand könnte mir den Weg zeigen.«

Ich fand, daß er erleichtert wirkte.

»Warst du das im Haus?« fragte ich. »Hast du mich durch die Klappe beobachtet?«

Er antwortete nicht, sondern fragte statt dessen: »Wo wollen Sie denn hin? Die Stadt liegt da drüben.« Er zeigte auf den Weg, den ich gekommen war.

»Danke«, sagte ich. »Dies ist aber ein interessantes Haus.«

»Hier ist mal wer ermordet worden«, erklärte er mir.

»So?«

»Ja. Der Thronerbe.«

»Wie bist du da hineingekommen?«

»Ich hab' einen Schlüssel«, sagte er wichtigtuerisch, und die Zwillinge betrachteten ihn mit unverhohlener Bewunderung.

»Und wie bist du an den Schlüssel gekommen?«

Er preßte die Lippen fest aufeinander und schwieg.

»Ich werde es nicht verraten«, versprach ich. »Ich bin hier

fremd … ich habe mich bloß im Wald verirrt. Ich würde gern einen Blick in das Haus werfen. Ich habe noch nie einen Ort gesehen, wo ein Mord begangen wurde.«

Der Junge blickte mich mitleidig an. Ich schätzte ihn auf etwa elf Jahre.

Ich fuhr fort: »Wie heißt du?«

Er gab zurück: »Wie heißen Sie?«

»Anne Ayres.«

»Sie sind Ausländerin.«

»Stimmt. Ich sehe mich hier in der Gegend um. Es ist sehr hübsch hier, aber am allerliebsten möchte ich ein Haus besichtigen, in dem es einen Mord gegeben hat.«

»Das war in dem großen Schlafzimmer«, sagte er. »Ist jetzt alles zugedeckt. Kommt keiner mehr her. Wer will schon wo schlafen, wo jemand ermordet wurde?«

»Da hast du recht. Gibt es hier Gespenster?«

»Ich weiß nicht«, sagte er.

»Kommst du denn oft her?«

»Wir haben ja den Schlüssel«, machte er sich wieder wichtig.

»Und warum habt ihr den Schlüssel?«

»Damit Mutter reingehen und saubermachen kann.«

Nun wußte ich, wem die Kinder gehörten.

»Ach so. Würdest du mich hineinlassen?« Als er zögerte, sagte ich: »Wenn du mich läßt dürft ihr einmal auf meinem Pferd reiten.«

Ich sah das Funkeln in seinen Augen, und die Zwillinge sahen mich ehrfürchtig an.

»Also gut«, sagte er. »Kommen Sie!«

Wir gingen um die Veranda herum, und ich sagte zu ihm: »Du hast gehört, daß ich geläutet habe, nicht wahr?«

Er nickte.

»Und da hast du etwas hingestellt, um durch die Klappe schauen und mich sehen zu können.«

»Nächstes Jahr werde ich groß genug sein.«

»Sicher.«
Stolz öffnete er die Tür, die mit einem Quietschen aufging. Wir traten in eine Halle mit einem Holzfußboden und Wänden aus Eichenholz. In der Mitte stand ein großer Tisch, und an den Wänden hingen Speere und Lanzen. Alles war mit Staubbezügen verhüllt. Die Zwillinge kamen Hand in Hand herein, und die Tür klappte zu.
»Wie heißt du eigentlich?« fragte ich den größeren Jungen. »Daß die Kleinen Karl und Liesel heißen, weiß ich schon.«
»Arnulf«, antwortete er.
»Also, Arnulf, das ist nett von dir, daß du mir alles zeigst.«
Sein Mißtrauen gegen mich schien zu schwinden. Er sagte: »Eigentlich darf ich gar nicht herkommen.«
»Oh, ich verstehe. Deshalb hast du die Tür nicht geöffnet.«
Er nickte.
»Gisela wollte eigentlich auch mit mir herkommen.«
»Wer ist Gisela?«
»Meine Schwester. Sie wollte nicht mitgehen, weil sie Angst vor Gespenstern hat. Sie hat gesagt, daß sie sich nicht allein hertrauen würde.«
»Und da wolltest du ihr zeigen, daß du dich schon traust.« Er sah sich verächtlich nach den Zwillingen um. »Die folgen mir überallhin.«
Die Zwillinge sahen einander an und lächelten, als hätten sie etwas Schlaues angestellt.
»Aber die zwei da hab' ich nicht reingelassen. Die mußten draußen warten. Ich dachte, wenn's da Gespenster gibt, haben sie's vielleicht nicht gern, wenn die kichernden Zwillinge drinnen sind. Die kichern nämlich immerzu.«
»Und du hast nicht geglaubt, die Gespenster könnten etwas gegen dich haben?«
»Ach, die zwei sind ja richtige Babys. Und nie geht einer ohne den anderen wohin.«
»Das hat man oft bei Zwillingen«, sagte ich verständnisvoll.

Er ging die Stufen hinauf. »Ich zeig' Ihnen das Schlafzimmer«, sagte er. »Wo's passiert ist.«
»Der Mord«, flüsterte ich.
Er stieß die Tür mit der Gebärde eines Schaustellers auf, der sein Meisterstück vorführt.
Jetzt war ich wahrhaftig an der Stelle ... wo Francine ermordet wurde.
Das Bett war teilweise mit Schonbezügen bedeckt, doch die vier Pfosten und die kostbaren roten Vorhänge waren zu sehen. Die Bewegung übermannte mich. Den Schauplatz des Verbrechens unmittelbar vor Augen, konnte ich es mir deutlich vorstellen: Meine schöne Schwester, in diesem Bett mit ihrem hübschen, romantischen, aber ach so gefährdeten Liebhaber. Am liebsten hätte ich mich auf die Schonbezüge geworfen, den weichen Samt der Vorhänge berührt und den bitteren Tränen, die ich mit Mühe zurückhielt, freien Lauf gelassen ... geweint, weil alles so traurig war.
»Ist Ihnen nicht gut?« fragte der Junge.
»Doch ... doch. Ist das aber ein großes Bett.«
»Mußte es doch. Waren ja zwei drin.«
Meine Stimme zitterte leicht, als ich fragte: »Was weißt du darüber? Warum wurden sie ermordet?«
»Weil die nicht wollten, daß er Großherzog wurde, und weil sie dabei war und alles gesehen hat.« Er tat die Sache ab, als wäre sie kaum von Belang. »Mein Vater ist der Verwalter«, fügte er stolz hinzu. »Und meine Mutter kommt zum Saubermachen.«
»Aha. Das erklärt alles. Kommst du oft hierher?«
Er zog die Schultern hoch und antwortete nicht. Dann sagte er: »Wir müssen jetzt gehen.«
Ich schwankte zwischen meinem Verlangen, in diesem Zimmer zu bleiben, und der Notwendigkeit, es zu verlassen, wenn ich meine Gefühle unter Kontrolle halten wollte. Ich fragte rasch: »Kann ich die anderen Räume auch sehen?«
»Aber schnell.«

»Dann zeig sie mir.«
Es machte ihm Spaß, mich herumzuführen. Am besten gefalle ihm die Küche, erzählte er mir, wo an den großen Spießen und in den Kesseln Wildbret zubereitet wurde; jetzt Relikte vergangener Tage, und doch bis vor kurzem noch benutzt. Es waren etliche Schlafkammern vorhanden, ich vermutete für Dienstboten und Jäger, sowie eine Kammer voller Gewehre.
Ich sah aus einem rückwärtigen Fenster auf die Ställe, die jetzt leer waren.
»Kommen Sie«, sagte der Junge. »Es ist schon spät.«
»Vielleicht kannst du mir ein anderes Mal mehr zeigen«, sagte ich. »Hier, das ist für dich.« Ich gab ihm ein Geldstück, und er betrachtete es verwundert. »Führer werden immer belohnt«, erklärte ich ihm.
»Bin ich denn ein Führer?«
»Heute morgen warst du's.«
Er blickte ungläubig auf das Geldstück, und die Zwillinge kamen herbei, um es in Augenschein zu nehmen. Sie hatten offensichtlich eine sehr hohe Meinung von ihrem Bruder.
»Arnulf ist ein Führer«, sagte Karl zu Liesel.
Sie nickte und wiederholte ständig das Wort: Führer.
»Nun«, sagte ich, »falls ich wieder einmal vorbeischauen möchte ...«
Arnulf lächelte mich an.
»Sag mir, wo du wohnst«, bat ich. »Ist es weit von hier?«
Er schüttelte den Kopf.
»Ich bringe euch nach Hause«, sagte ich. »Wißt ihr was? Ihr könnt alle auf meinem Pferd reiten, und ich gehe neben euch her. Was meint ihr?«
Sie nickten fröhlich. Arnulf räumte die Bank zurück, die er an die Tür geschoben hatte, um durch die Klappe zu spähen, dann gingen wir hinaus, und er verschloß die Tür.
Als die drei Kinder auf meinem Pferd saßen, machten wir uns auf den Weg. Ich war nicht überrascht, als Gisela an der Hütten-

tür erschien, aber sie dafür um so mehr. »Was«, rief sie, »Fräulein Ayres!«
Arnulf durchlitt eine bange Minute, als er merkte, daß ich seine Mutter kannte.
Ich sagte schnell: »Na so was, Sie sind die Mutter dieser Kinder. Wir haben uns im Wald getroffen. Wir haben miteinander geplaudert, und ich habe ihnen angeboten, sie auf dem Pferd nach Hause zu bringen.«
Ihr fülliges Gesicht legte sich beim Lächeln in lauter Falten. »Na, da hatten Sie ja einen netten Vormittag«, meinte sie. »Und die Zwillinge auch.«
Ich hob sie herunter. Arnulf bewies seine Überlegenheit dadurch, daß er keine Hilfe brauchte.
»Ich denke«, sagte Gisela, »wir müssen Fräulein Ayres eine Stärkung anbieten.«
»O ja, bitte, Mutti«, rief Arnulf, und die Zwillinge nickten heftig.
Es war ein angenehmes Gefühl, daß sie die Zuneigung, die ich zu ihnen gefaßt hatte, erwiderten.
Ich band das Pferd fest, und wir gingen in die Hütte. Sie war klein, aber peinlich sauber. Wir setzten uns an den Tisch, und Gisela schöpfte Suppe in Teller. Sie schmeckte ähnlich wie jene, die es bei der Ankunft in Daisys Heim gegeben hatte, und wieder wurde Roggenbrot dazu gegessen.
Ich sagte: »Das ist sehr liebenswürdig von Ihnen. Ich hatte schon überlegt, ob ich in die Stadt zurückkehren und im Gasthaus essen sollte.«
»Waren Sie bei der Jagdhütte?« fragte Gisela. »Dieser Weg führt nämlich dorthin.«
Einen Augenblick herrschte Schweigen am Tisch, während drei Augenpaare mich ängstlich beobachteten, gespannt, ob ich etwas verraten würde.
»Meinen Sie das recht luxuriöse Haus etwa achthundert Meter von hier?«
»Ja. Ist ja auch keine richtige Hütte. Gehört zum herzoglichen

Besitz. Arnulf und ich müssen uns drum kümmern. Diese Pflicht gehört zu unserem Wohnrecht.«

»Arnulf ist mein Vater«, erklärte der Knabe Arnulf, »nicht ich. Ich bin nach ihm benannt.«

»Verstehe«, sagte ich.

Gisela lächelte Arnulf und mir zu. Sie war eine sehr mütterliche Frau, und sie gefiel mir immer besser.

»Die Zwillinge hast du mitgenommen«, sagte sie zu Arnulf. »Wo sind die anderen?«

»Gisela wollte nicht mitkommen.«

»Und die anderen sind wohl bei ihr.« Sie lächelte mich an. »Sie spielen mit Vorliebe im Wald, aber Gisela läßt sie nicht allzu weit hineingehen. Arnulf, hol die anderen.«

Arnulf ging hinaus. Die Zwillinge folgten ihm ein wenig zögernd, offensichtlich hin und her gerissen zwischen ihrer Gewohnheit, ihrem älteren Bruder nachzulaufen, und dem Wunsch, zu bleiben und die fremde Frau zu beobachten.

Gisela sagte: »Die halten mich auf Trab, aber wenn die Großen sich um die Kleinen kümmern, das ist schon eine Erleichterung.«

»Sie müssen eine Menge zu tun haben ... Ihr Heim ... die Kinder ... und das Jagdhaus.«

»Ich gehe jetzt nur noch zwei- oder dreimal die Woche hin. Früher war das anders. Da waren Leute dort. Sie haben auch Feste gefeiert. Es war eins von den Lieblingshäusern des Barons.«

»Ist das der, der ermordet wurde?«

»Richtig.«

»Er war dort mit ...«

»Ja, mit seiner Freundin. Eine sehr schöne junge Dame.«

»Haben Sie sie gekannt?«

»Aber ja, ich war doch dort ... hab' mich ums Haus gekümmert, und dann die ganze Aufregung, als sie dort wohnten. Er kam immer, wenn er konnte. Sie waren sehr verliebt. Ach, es war ein Jammer.«

»War sie sehr lange dort?«
»Eine ganze Weile. Sehen Sie, er konnte sie ja nicht gut in der Stadt wohnen lassen. Das hätte der Großherzog nie zugelassen.«
»Aber wenn sie geheiratet hätten ...«
»Oh, das kam überhaupt nicht in Frage. Rudolph hatte auch früher schon seine Geliebten ... aber diese schien ...«
»Was?«
»Nun, einfach anders. Sie war reizend, freundlich zu den Dienstboten, hat immer gelacht. Wir hatten sie alle gern, und es war ein schwerer Schlag für uns, als es passierte. Es gibt andauernd Eifersüchteleien zwischen den Herrscherhäusern hier, müssen Sie wissen.«
Ich wurde immer aufgeregter. Dies war ein aufschlußreicher Vormittag gewesen. Ich hatte nicht nur den Schauplatz des Verbrechens besichtigt, sondern unterhielt mich tatsächlich mit jemandem, der Francine gut gekannt hatte.
»Ich habe da etwas von einem Kind gehört«, begann ich vorsichtig.
Sie starrte mich bestürzt an. »Wo um alles in der Welt können Sie so ein Geschwätz gehört haben?«
»Ich ... hm ... hab's eben gehört«, wiederholte ich stockend.
»Seit Sie hier sind?«
»N ... nein. In den englischen Zeitungen stand auch etwas über den Mord.«
»Und da wurde ein Kind erwähnt?«
»Es ist ein paar Jahre her ...«
»Ja, es war vor ein paar Jahren. Aber ein Kind! Das überrascht mich.«
»Sie müßten es ja eigentlich wissen ... wo Sie hier leben.«
»O ja, ich hätte es wissen müssen. Ich muß gestehen, es wäre mir lieber, wenn wir uns jetzt nicht mehr um das Haus kümmern müßten. Es kommt mir immer ein bißchen gespenstisch vor. Natürlich, es war von jeher finster und ziemlich dumpfig, so

mitten im Wald, aber jetzt um so mehr, wo es nicht mehr bewohnt ist.«
»Meinen Sie, es wird wieder benutzt?«
»Freilich, mit der Zeit. Noch eine Weile, und alles ist vergessen. Wenn der Großherzog stirbt und Sigmund seine Nachfolge antritt, wird sich sicher einiges ändern.«
»Meinen Sie, zum Guten?«
»Wir werden alle betrübt sein, wenn der Großherzog von uns geht. Er ist ein guter Landesvater. Sigmund ...? Der ist mir noch ein kleines Rätsel. Er hat eine gewisse Anziehungskraft ... die hatte Rudolph auch. Sie sehen alle gut aus und haben ein freundliches Wesen, die ganze Familie, das kann man nicht anders sagen. Wenn Sigmund die junge Komteß heiratet, wird er wohl zur Ruhe kommen.«
Die Zukunft interessierte mich nicht; die Vergangenheit war es, die mich beschäftigte. Ich verabschiedete mich mit vielem Dank, und Gisela nahm mir das Versprechen ab, bald wieder zu kommen, um den Rest ihrer Familie kennenzulernen.
Ich brachte das Pferd zum Gasthof zurück und versprach, es ein andermal wieder auszuleihen.
Ich war sehr zufrieden. Es war ein aufschlußreicher Tag gewesen.

Nach einem dermaßen guten Anfang, der mich innerhalb weniger Tage nach der Ankunft schon so weit geführt hatte, konnte eine Enttäuschung nicht ausbleiben.
Ich schilderte Daisy meine Begegnung im Wald und erzählte ihr, wie ich auf das Jagdhaus und Giselas Hütte gestoßen war. Ja, bestätigte Daisy, Gisela bewohnte die sogenannte kleine Jagdhütte und sah im großen Jagdhaus nach dem Rechten. Sie war eine sehr beschäftigte Frau, und sie hatten nicht oft Zeit, sich zu besuchen, taten dies jedoch, wann immer es ihnen möglich war.

Ich sagte: »Daisy, du mußt meine Schwester doch gesehen haben, wenn du bei Gisela warst.«
»Nein. Als Ihre Schwester dort war, hab' ich Gisela nicht besucht. Erst als Klein-Hans geboren war und wir in die Hütte zogen, sind wir Nachbarn geworden. Vorher war ich droben im Schloß, und das liegt ein gutes Stück vom Wald entfernt.«
»Vier bis fünf Kilometer, schätze ich.«
»Das dürfte ungefähr stimmen, und wir sind uns nicht oft über den Weg gelaufen. Erst seit ich hier wohne.«
»Merkwürdig, wie ich den Kindern begegnet bin.«
»Eher ein glücklicher Zufall. Gisela hätte Sie bestimmt herumgeführt, wenn sie dort gewesen wäre. Ich sehe, Sie sind ganz durcheinander nach alledem. Was hilft Ihnen das schon? Wenn man's recht bedenkt, wozu soll das gut sein, wenn Sie rauskriegen, wer sie ermordet hat?«
»Ich möchte zweierlei herausfinden, Daisy. Und zwar: Ob sie wirklich verheiratet war, und wo das Kind geblieben ist.«
Daisy schüttelte den Kopf. »Diese Barone heiraten nicht so mir nichts, dir nichts. Das wird alles festgelegt. Und von einem Kind war nie die Rede.«
»Aber Daisy, Francine hat es mir doch geschrieben. Sie schrieb, daß sie geheiratet hatte, und wo die Trauung vorgenommen worden war. Ich ging zu der Kirche und sah den Eintrag im Register ... und als ich noch einmal dort war, war er nicht mehr da. Sie erzählte mir in ihren Briefen, daß sie einen kleinen Jungen hatte, der Rudolph hieß. Das hätte sie doch niemals erfunden.«
Daisy meinte nachdenklich: »Vielleicht doch. Denken Sie doch mal, was für ein Schock das für sie gewesen sein muß. Sie rechnete damit, daß er sie heiraten würde, und als sie erfuhr, daß es unmöglich war, hat sie es sich eben erträumt. Sie kennen Miss France. Sie hat immer nur auf die Sonnenseite geguckt, und wenn irgendwas nicht ging, wie sie's haben wollte, dann wollte sie wenigstens glauben, daß alles in Ordnung wäre.«

»Aber ich sage dir, ich habe den Eintrag gesehen.«
»Aber nicht, als Sie noch mal hingingen.«
Ich merkte ihr an, daß sie dachte, ich sei ein wenig wie Francine: Wenn die Dinge sich nicht so verhielten, wie ich es wollte, dann würde ich es mir so fest einbilden, daß ich am Ende glaubte, alles sei so, wie ich es mir wünschte.
Eine Woche verging, und ich war nicht mehr weitergekommen. Ich hatte mir mehrmals das Pferd ausgeliehen und war in den Wald geritten. Es hatte keinen Sinn, daß ich mich im Jagdhaus umschaute, das brachte mich nicht weiter. So erkundete ich die Stadt. Ich setzte mich in den Wirtsgarten, und die Leute plauderten hin und wieder mit mir, wohl weil ich eine Fremde war. Sie gaben mir Hinweise zum Besuch der Sehenswürdigkeiten in der Umgebung. Eigentlich gab es nur ein Thema, über das ich sprechen wollte, aber ich wagte es nicht allzu oft anzuschneiden. Die Auskunft, die ich erhielt, war immer dieselbe: Rudolph war von einem politischen Gegner ermordet worden, und seine Geliebte mit ihm, weil sie zufällig zugegen war. Von einem Kind war nie die Rede.
Ich besuchte die kleine Jagdhütte und ließ die Kinder auf dem Pferd reiten. Ich unterhielt mich mit Gisela bei Roggenbrot und heißer Suppe, von der stets ein Kessel voll über dem offenen Feuer brodelte. Ich lernte die anderen Kinder kennen: Gisela, Jakob und Max. Max, der Jüngste, war ungefähr zwei Jahre alt, Jakob war offenbar der Zweitälteste. Das war alles interessant und nett, aber ich hatte ja nur ein Ziel und wurde langsam unruhig.
Daisy spürte es. »Also, ich weiß immer noch nicht, was Sie dabei rauskriegen wollen«, sagte sie. »Aber bestimmt ist das Geheimnis in höheren Kreisen zu finden. Auf keinen Fall im Wald, das ist mal sicher. Irgendwo da droben, schätze ich. Die Lösung liegt wohl bei denen im Schloß.«
»Wenn ich es doch nur erfahren könnte!«
»Nun, Sie kriegen bestimmt keine Einladung ins Schloß, wenn

Sie denen erzählen, daß Sie Miss Philippa Ewell sind, die Schwester der toten Dame, und daß Sie gekommen sind, um das Geheimnis zu ergründen – das ist mal sicher.«
Sie hatte natürlich recht, doch die Einsicht deprimierte mich.
Und dann, als ich schier verzweifeln wollte, weil ich allmählich erkannte, daß es dumm von mir war, lediglich aufgrund meines anfänglichen Erfolges zu hoffen, trat ein erstaunlicher Glücksfall ein, den ich Hans zu verdanken hatte.
Ich saß mit Daisy in dem kleinen Garten, und Hansi lief auf dem schmalen Rasenstück herum und versuchte, die Rabatten zu gießen, indem er Wasser aus einem Eimer spritzte. Daisy und ich lachten über seine Possen, denn Hansi bekam mehr Wasser ab als die Blumen, aber er hatte solchen Spaß an seinem Tun, daß wir unwillkürlich in seine Fröhlichkeit einstimmten. Plötzlich erschien Hans, der ältere, bei uns.
»Ich dachte, ich komme lieber gleich nach Hause, um es Ihnen zu erzählen«, sagte er und sah mich dabei an. »Es ist nämlich so, die Komteß Freya ...«
»Wer ist das?« fragte ich.
»Sie ist die Verlobte von Sigmund, dem Thronerben, und sie wird im Großen Schloß beim Großherzog erzogen. Es ist Sitte, daß die Bräute in der Familie ihres zukünftigen Gemahls erzogen werden, damit sie sich mit der Lebensart und den Gewohnheiten ihres neuen Heims vertraut machen.«
»Ja, Hans, wir wissen ja, daß sie dort lebt«, sagte Daisy ungeduldig.
»Miss Philippa hat es aber nicht gewußt.«
»Nein, da hast du recht, und sie heißt Miss Ayres, solange sie hier ist.«
»Ach ja«, sagte Hans, »Verzeihung. Also, ich habe gehört, daß die Komteß Freya ihr Englisch verbessern muß. Ihre jetzige Gouvernante hat ihr die Sprache beigebracht, aber sie finden, daß ihre Aussprache nicht stimmt und möchten eine Engländerin, um sie zu berichtigen.«

Ich starrte Hans perplex an, während mir hundert Möglichkeiten durch den Kopf schossen.
Hans nickte und lächelte. »Ich dachte mir«, sagte er, »wenn Sie im Schloß sind, könnten Sie vielleicht dahinterkommen, ob an dem ganzen Gerede was dran ist.«
»Die Komteß in Englisch unterrichten«, murmelte ich.
»Was redet ihr denn da?« rief Daisy, und als wir es ihr übersetzt hatten, war sie genauso maßlos aufgeregt wie ich. »Das ist genau das Richtige. Sie haben's satt, hier rumzusitzen, ohne daß sich was tut ... Sie würden sicher bald fortgehen, wenn nicht schleunigst was geschieht. Und dorthin ... ins Schloß, wenn das kein Jux ist!«
»O Daisy, es wäre so aufregend.«
»Hören Sie«, sagte Hans, »wenn Sie wollen, spreche ich mit dem Haushofmeister des herzoglichen Haushalts. Der ist ein Freund von mir, und mit einer Empfehlung von mir kommen Sie ein gutes Stück voran. Aber wenn die wüßten, daß Sie Miss Francines Schwester sind ...«
»Warum sollten sie?« ereiferte sich Daisy. »Oh, wie gut, daß Sie als Miss Ayres hierhergekommen sind.«
»Wenn es herauskommen sollte, wer Sie sind, sage ich, daß ich nichts davon gewußt habe«, fuhr Hans rasch fort. »Ich sage, Sie seien eine Bekannte meiner Frau, und weil Sie eine Weile hierbleiben wollten und wir einen kleinen zusätzlichen Verdienst gut gebrauchen können, haben wir Sie als zahlenden Gast aufgenommen.«
»Gut«, sagte Daisy. »Das trifft den Nagel auf den Kopf.«
»Aber Daisy, *du* könntest kaum behaupten, du hättest nicht gewußt, wer ich bin.«
»Über *die* Hürde steigen wir erst, wenn wir hinkommen. Wenn man mir peinliche Fragen stellt, sag' ich immer, ich kann die Sprache nicht.«
»Das ist meine große Chance!« rief ich. »Es ist Manna vom Himmel. Eben dachte ich noch, daß alles doch hoffnungslos

ist und ich wohl überhaupt nichts erreiche ... und jetzt das!«
»Sie wollen's also machen«, sagte Daisy.
»Ja, und ob! Bitte, Hans, werden Sie sich für mich verwenden?«
Doch Hans war ein vorsichtiger Mann. Er wollte nicht in etwas verwickelt werden, das ihn in Schwierigkeiten bringen könnte.
»Woher sollten Sie denn wissen, wer ich bin?« beharrte ich. »In England haben Sie mich kaum gesehen. Ich bin als Anne Ayres hier. Sogar Daisy hatte mich fünf Jahre nicht gesehen und mich beinahe nicht wiedererkannt. Falls sie dahinterkommen, wer ich bin, sage ich, ich wußte, daß Daisy hier war, und da bin ich unerkannt als Anne Ayres hierhergekommen. Aber ich sehe wirklich nicht, warum meine wahre Identität entdeckt werden sollte.«
»Natürlich nicht«, bekräftigte Daisy. Sie war ebenso aufgeregt wie ich.
Schließlich kamen wir überein, daß ich mich um die Stellung bewerben sollte. Hans sprach mit dem Haushofmeister des Großherzogs, und wenige Tage später war ich auf dem Weg zum sogenannten Großen Schloß zu einer Unterredung mit dem Haushofmeister und der Hausdame über die wichtige Aufgabe, die erlauchte junge Dame in Englisch zu unterrichten.
Ich wurde mit einer Kutsche abgeholt, und als diese vor der Hütte vorfuhr, betrachteten Daisy und ich sie beinahe ehrfürchtig. An der Seite war das herzogliche Wappen derer von Bruxenstein eingraviert, gekreuzte Schwerter unter einer Krone, darüber die Inschrift »Auf zum Sieg«.
Ich hatte mit Daisy ausführlich beraten, wie ich mich kleiden sollte, und wir beschlossen, daß ich meine schlichtesten Sachen anzog und mein Haar – das ziemlich schwer zu bändigen, jedoch in seiner Fülle das einzig wirklich Schöne an mir war – straff aus dem Gesicht kämmte und zu einem Nackenknoten zusammenfaßte, so daß ich meinen dunkelblauen Strohhut ganz sittsam auf den Kopf setzen konnte.

Ich trug einen dunkelblauen Rock mit einer Pelerine, dazu eine weiße Bluse, und ich fand, ich sah sehr züchtig aus, als hätte ich nie auch nur davon gehört, daß es auf der Welt so etwas wie Frivolität gäbe.
Daisy schlug die Hände zusammen, als sie mich sah, und ich hatte das Gefühl, daß ich Philippa Ewell endgültig hinter mir gelassen und eine neue Persönlichkeit angenommen hatte: Miss Anne Ayres.
Ein livrierter Lakai half mir in die Kutsche und sprang hinten auf; der Kutscher trieb die beiden edlen Braunen mit der Peitsche an, und wir preschten davon. Ich wußte, daß Daisy uns vom Dachfenster aus nachsah, genauso aufgeregt wie ich, denn sie hatte oft gesagt: »Ich halte es nicht aus, wenn sich nicht bald was tut. Lieber *irgendwas* ... als gar nichts.«
Als wir durch die Stadt rumpelten, blieben ein paar Leute stehen und bestaunten die herzogliche Kutsche, die sie sogleich erkannten, und ich bildete mir ein, daß einer oder zwei, die einen Blick auf die Insassin erhaschen konnten, sich neugierig fragten, wer diese schlicht gekleidete und ziemlich prüde wirkende junge Dame wohl sein mochte.
Am Schloßportal passierten wir die Wachen, die in ihren hellblauen Uniformen und den schimmernden Helmen mit den hellroten Federbüschen prächtig aussahen. Ihre Säbel rasselten, als sie vor der Kutsche salutierten.
Wir kamen in einen Innenhof. Ich stieg aus, und ich wurde in eine Halle geführt, die beträchtlich größer war als die im Jagdhaus. Sie hatte eine gewölbte Decke und dicke Mauern, in die steinerne Bänke eingelassen waren.
Ein livrierter Diener erschien und forderte mich auf, ihm zu folgen. Er führte mich in ein kleines Zimmer unmittelbar neben der Halle.
»Wenn Sie hier bitte einen Augenblick warten wollen«, sagte er.
Ich nickte und setzte mich.

Etwa fünf Minuten verstrichen, bis ich Schritte hörte und die Tür aufging. Ein Mann und eine Frau kamen herein.
Ich erhob mich und neigte den Kopf. Sie erwiderten meinen Gruß.
»Sie sind Fräulein Ayres?« fragte der Mann. »Mein Name ist Fritsch, und dies ist Frau Strelitz.«
Ich sagte, daß Herr Fritsch der Haushofmeister und Freund von Hans war, und ich vermutete, daß Frau Strelitz die Hausdame war, die es zu beeindrucken galt, wenn ich die Stellung bekommen wollte.
»Sie sind aus England?« fragte sie.
Ich bejahte.
»Und Sie suchen hier eine Stellung?«
»Ich war nicht gerade auf der Suche, aber ich hörte durch Herrn Schmidt von dieser Stellung und dachte, das würde ich gern machen.«
»Sie sind keine Gouvernante.«
»Ich habe noch nie in einer solchen Stellung gearbeitet.«
»Sie sind sehr jung.«
Mein Mut sank. Hatte meine sittsame Frisur mich nicht so verwandelt, wie ich gehofft hatte?
»Nun, und Sie sind hier, um unser Land kennenzulernen?«
»Ich habe meine Großmutter beerbt und dachte, es wäre schön, mir damit einen lange gehegten Wunsch zu erfüllen und mir die Welt anzusehen.«
»Demnach beabsichtigen Sie, weiterzureisen und sich hier nur vorübergehend aufzuhalten?«
»Ich hatte keine festen Pläne. Ich dachte, die Stellung hier dürfte interessant sein.«
Der Schatzmeister warf Frau Strelitz einen Blick zu. Sie nickte fast unmerklich.
»Ihre Aufgabe bestünde darin, eine junge Dame zu lehren, fließend Englisch zu sprechen. Sie hat es zwar gelernt, aber sie hat Schwierigkeiten mit der Aussprache.«

»Ich verstehe vollkommen.«
Frau Strelitz zögerte. »Es wäre nur für ein Jahr … nicht länger. Bis die Komteß heiratet.«
»Ich verstehe.«
»Das wird ungefähr in einem Jahr sein. Sie ist jetzt fünfzehn. Die Vermählung wird sehr wahrscheinlich stattfinden, wenn sie sechzehn ist.«
Ich nickte.
»Sie haben eine gute Ausbildung genossen, nehme ich an.«
»Ich wurde von einer Gouvernante erzogen, deren Mutter Deutsche war, und diesem Umstand habe ich es auch zu verdanken, daß ich Ihre Sprache beherrsche.«
»Und zwar sehr gut«, warf der Haushofmeister ein, dem wegen seiner Freundschaft mit Hans sichtlich daran gelegen war, daß ich die Stellung bekam.
»Ja, wirklich gut«, stimmte Frau Strelitz zu.
»Fräulein Ayres ist eine sehr gebildete junge Dame«, sagte der Haushofmeister. »Das ist wichtig für die richtige Aussprache.«
»Es handelt sich um eine sehr verantwortungsvolle Stellung«, fuhr Frau Strelitz fort. »Sie müssen wissen, Fräulein Ayres, daß Ihre Schülerin eines Tages die erste Dame des Landes sein wird, denn sie wird den Erben des Großherzogs heiraten. Deswegen müssen wir so sorgfältig vorgehen.«
»Selbstverständlich«, sagte ich. »Ich verstehe vollkommen.«
»Ihre Referenzen von einem früheren Dienstherrn …«
»Ich habe keinen früheren Dienstherrn.«
»Gibt es sonst jemanden, der sich für Sie verbürgen könnte?«
Ich zögerte. Charles Daventry und der Pfarrer fielen mir ein, aber die hatten nie von Anne Ayres gehört, und dann war da noch Cousin Arthur. Ob ich ihnen meine Situation würde erklären können?
Ich sagte: »Ja, zu Hause. Ich habe Freunde … und dann den Pfarrer. Wenn Sie wünschen …«

»Wir werden Sie einen Augenblick allein lassen«, sagte Frau Strelitz. »Bitte entschuldigen Sie uns.«

»Gewiß.«

Sie gingen hinaus und schlossen die Tür hinter sich. Ich fieberte vor Ungeduld. Ich mußte diese Stellung unbedingt bekommen; wenn nicht, blieb mir nichts anderes übrig, als mir mein Versagen einzugestehen und heimzukehren.

Das Glück war mir gewogen. Nach zehn Minuten kamen sie zurück. Der Haushofmeister strahlte.

Frau Strelitz sagte: »Wir haben beschlossen, es mit Ihnen zu versuchen, Fräulein Ayres. Ich hoffe, Sie halten uns nicht für unhöflich. Es ist eine so verantwortungsvolle Stellung, weil die Komteß betroffen ist, und sie muß mit unserer Wahl zufrieden sein. Wir geben Ihnen eine Probewoche ... und dann noch einmal drei Wochen. Wenn wir Sie danach für geeignet halten, dann ...«

»Selbstverständlich«, rief ich aus. »Ich verstehe.«

»Wir haben beschlossen, nicht wegen der Referenzen nach England zu schreiben«, sagte der Haushofmeister. »Mein Freund, Herr Schmidt, sagte, daß Sie aus guter Familie sind. Das ist Voraussetzung, im Hinblick auf den Rang unserer jungen Dame. Wir wollten auch niemanden, der eine dauerhafte Stellung sucht. Es wäre gut, wenn Sie also zu Beginn der nächsten Woche anfangen könnten. Wollen wir jetzt über die Vergütung sprechen?«

Ich wußte, daß es da keine Schwierigkeiten geben würde. Alles, was ich wollte, war, in das herzogliche Schloß zu gelangen.

Ich wurde in der Kutsche zurückgefahren und lief in die Küche, wo Daisy über den Herd gebeugt stand.

»Es hat geklappt!« rief ich. »Vor dir steht die Gouvernante der wichtigsten Dame des Landes!«

Wir tanzten durch die Küche, und Klein-Hans watschelte herbei und stimmte in unsere Ausgelassenheit ein. Vor lauter Lachen ging uns der Atem aus.

»Das ist der Anfang«, sagte ich.

Die englische Gouvernante

Am darauffolgenden Montag holte die Kutsche mich mitsamt meiner Reisetasche ab. Einen Teil meiner Habe ließ ich bei Daisy. Ich war fieberhaft aufgeregt, als ich im Schloß ankam und in das nämliche kleine Zimmer geführt wurde, wo die Unterredung stattgefunden hatte. Kurz darauf kam Frau Strelitz zu mir.

»Ah, Fräulein Ayres«, sagte sie, »die Komteß kann es kaum erwarten, Sie kennenzulernen. Die Räume der Komteß befinden sich in der dritten Etage. Dort ist auch das Schulzimmer, und Ihr Zimmer liegt ebenfalls ganz in der Nähe. Die Komteß hat eine Gouvernante. Mit ihr werden Sie den Stundenplan besprechen. Der Großherzog legt großen Wert darauf, daß die Komteß ihr Englisch verbessert. Das ist im Augenblick bei ihrem Studium das Wichtigste. Ihr zukünftiger Gemahl, der einst unser Herrscher wird, wenn der Großherzog stirbt – was, so Gott will, nicht so bald sein wird –, also der Baron spricht ausgezeichnet Englisch, und sie muß es ebenso beherrschen. Wenn er sie besucht, erwartet er Fortschritte.«

»Sie dürfen versichert sein, daß ich mein Bestes tun werde.«

»Davon bin ich überzeugt. Allerdings werden Sie es mit Komteß Freya zuweilen ein wenig schwer haben. Sie ist ein lebhaftes Mädchen und das Bewußtsein ihrer Position macht sie natürlich etwas … nun ja, sie ist ein wenig eigenwillig. Sie übernehmen eine große Verantwortung, Fräulein Ayres, dabei dürften Sie kaum älter sein als die Komteß.«

Sie musterte mich zweifelnd. Vielleicht war meine Frisur doch nicht so streng, wie sie hätte sein sollen. Ich merkte, daß meine widerspenstigen Haare sich aufzulösen begannen.

»Ich bin weit gereist, Frau Strelitz, und ich bin sicher, daß einer Dame von Welt wie Ihnen bekannt ist, daß der Erwerb von Wissen nicht unbedingt eine Frage des Alters ist.«
»Da haben Sie recht, Fräulein. Nun, ich wünsche Ihnen viel Glück. Ich muß Sie jedoch darauf aufmerksam machen, daß Sie kaum werden hierbleiben können, wenn die Komteß keinen Gefallen an Ihnen finden sollte.«
»Ich nehme an, jede Gouvernante steht hin und wieder vor dieser Situation.«
»Und Sie sind ja auch nicht für Ihren Lebensunterhalt auf diese Stellung angewiesen.«
»Um so eifriger werde ich es angehen«, sagte ich. »Es ist für mich mehr eine Arbeit aus Neigung denn aus Notwendigkeit.«
Ich schien sie angenehm zu beeindrucken, denn ihre Haltung wurde herzlicher.
»Sehr gut«, sagte sie. »Wenn Sie mir jetzt folgen wollen, zeige ich Ihnen Ihr Zimmer und stelle Sie Ihrer Schülerin vor.«
Das Große Schloß machte seinem Namen alle Ehre. Es war auf einem Hügel über der Stadt erbaut, auf die man von sämtlichen Fenstern einen prächtigen Ausblick hatte. Überall waren livrierte Diener, und ich wurde durch Galerien geführt, vorbei an Räumen, vor denen Wächter postiert waren, bis ich schließlich zu den Gemächern der Komteß kam.
»Die Komteß bewohnt diese Räume, seit sie von Kollnitz hierherkam. Das war nach dem Tod von Baron Rudolph, als sie sich mit Baron Sigmund verlobte.« Ich nickte. »Von da an«, fuhr Frau Strelitz fort, »war sie natürlich eine wichtige Persönlichkeit. Sowohl der Markgraf von Kollnitz wie auch der Großherzog sind bestrebt, die Markgrafschaft und das Herzogtum durch diese Vermählung zu vereinigen.«
Frau Strelitz hielt inne und klopfte an eine Tür. Eine Stimme rief »Herein!«, und wir gingen hinein. Eine Frau mittleren Alters erhob sich und trat uns entgegen.
»Fräulein Kratz«, sagte Frau Strelitz, »dies ist Fräulein Ayres.«

Fräulein Kratz hatte ein blasses, faltiges Gesicht und wirkte ziemlich verschüchtert. Ich hatte auf Anhieb Mitleid mit ihr. Ich merkte, daß sie von meiner Jugend überrascht war.
Ein junges Mädchen war vom Tisch aufgestanden und kam in leicht gebieterischer Haltung zu mir.
»Hoheit«, sagte Frau Strelitz, »darf ich Ihnen Fräulein Ayres, Ihre englische Gouvernante, vorstellen?«
Ich verneigte mich und sagte auf englisch: »Ich bin erfreut, Ihre Bekanntschaft zu machen, Komteß.«
Sie erwiderte auf deutsch: »Sie sind also hier, um mir beizubringen, Englisch zu sprechen wie die Engländer.«
»Was natürlich die beste Art ist, es zu sprechen«, gab ich auf englisch zurück.
Sie war sehr blond, so blond, daß ihre Wimpern und Augenbrauen kaum wahrnehmbar waren. Ihre hellblauen Augen waren nicht groß genug, um schön zu sein, zumal die dunklen Wimpern fehlten, die sie hätten größer erscheinen lassen; die ungewöhnliche Helligkeit der Augen verlieh ihr einen Ausdruck unentwegten Staunens, den ich recht anziehend fand. Sie hatte eine lange, leicht gebogene Nase und einen sehr entschlossenen Mund. Ihr dichtes blondes Haar war zu Zöpfen geflochten, und sie wirkte beinahe wie ein aufsässiges Schulmädchen. Ich war gespannt, welchen Eindruck ich auf sie machte.
»Ich hoffe, Sie werden eine gute Schülerin sein«, fuhr ich fort.
Sie lachte; denn sie verstand sehr gut Englisch. »Ich bin gewiß eine schlechte. Das bin ich meistens, nicht wahr, Krätzchen?«
»Die Komteß ist wirklich sehr gescheit«, sagte Fräulein Kratz.
Die Komteß lachte. »Durch das ›wirklich‹ haben Sie es verdorben, nicht wahr, Fräulein Ayres? Das nimmt alles zurück.«
»Also, Fräulein Ayres«, warf Frau Strelitz ein, »Sie werden mit Fräulein Kratz vereinbaren, wann Sie jeweils unterrichten. Jetzt bringe ich Sie in Ihr Zimmer, und später können Sie alles besprechen.«

»*Ich* bringe Fräulein Ayres in Ihr Zimmer«, verkündete die Komteß.
»Euer Hoheit ...«
»Meine Hoheit«, äffte die Komteß, »will es so. Kommen Sie, Fräulein. Wir müssen uns kennenlernen, wenn wir uns in Ihrer abscheulichen Sprache unterhalten wollen.«
»Sie meinen natürlich, in meiner schönen Sprache, Komteß«, sagte ich.
Sie lachte. »Ich bringe Sie in Ihr Zimmer. Der Unterricht fällt aus. Krätzchen und Frau Strelitz, Sie sind entlassen.«
Ich war ein wenig erschrocken über das herrische Gehabe meiner Schülerin, dennoch war ich guter Dinge. Ich sah schon, daß uns interessante Gespräche bevorstanden.
»Lassen Sie sofort ihr Gepäck heraufbringen«, befahl die Komteß. »Ich will sehen, was sie mitgebracht hat.« Sie lachte mich an. »In Kollnitz, wo ich herkomme, herrschen rauhe Sitten. Wir sind nicht so kultiviert wie die hier in Bruxenstein. Ist Ihnen das schon aufgefallen, Fräulein Ayres?«
»Es dämmert mir allmählich.«
Darüber mußte sie lachen.
»Kommen Sie«, sagte sie. »Ich muß mich doch mit Ihnen unterhalten, nicht?«
»Auf englisch«, erwiderte ich, »und ich sehe keinen Grund, warum wir nicht gleich damit anfangen sollen.«
»Aber ich. Sie sind bloß eine Gouvernante. Ich bin die Komteß, die zukünftige Großherzogin. Deshalb sollten Sie sich lieber vorsehen.«
»Im Gegenteil, Sie werden sich vorsehen müssen.«
»Wie meinen Sie das?«
»Ich bin eine unabhängige Frau und habe es nicht nötig, hier zu bleiben, denn ich tu es nur aus Vergnügen. Ich muß mir nicht meinen Lebensunterhalt damit verdienen. Ich denke, das sollte ich von Anfang an klarstellen.«
Sie starrte mich an. Dann lachte sie wieder.

Die beiden Frauen zögerten noch auf der Türschwelle, und die Komteß rief: »Ich habe Ihnen doch gesagt, Sie können gehen. Entfernen Sie sich. Ich kümmere mich schon um die englische Gouvernante.«

Ich lächelte Frau Strelitz entschuldigend an. »Es ist nützlich, wenn wir uns unterhalten«, sagte ich. »Ich werde darauf bestehen, mit der Komteß ausschließlich Englisch zu sprechen, denn dies scheint mir von allergrößter Wichtigkeit.«

Das junge Mädchen war zu überrascht, um etwas einzuwenden, und ich spürte, daß ich die erste Partie gewonnen hatte. Auch hatte ich die Bewunderung der bedauernswerten verschüchterten Fräulein Kratz und den Beifall von Frau Strelitz errungen. Doch die Komteß war es, mit der ich mich befassen mußte.

»Das ist Ihr Zimmer«, sagte sie, indem sie eine Tür aufstieß. »Meine Räume befinden sich am Ende dieses Flurs. Sie sind natürlich viel eleganter, aber für eine Gouvernante ist dieses Zimmer nicht schlecht.«

»Ich würde sagen, es ist angemessen.«

»Zweifellos besser, als Sie es gewöhnt sind«, meinte sie.

»Durchaus nicht. Ich bin in einem großen Herrschaftshaus aufgewachsen, das ganz gewiß ebenso luxuriös war wie Ihr Schloß«.

»Und Sie tun das wirklich alles … zum Vergnügen?«

»So könnte man sagen.«

»Sie sind noch ziemlich jung, nicht wahr?«

»Ich habe genügend Welterfahrung.«

»So? Ich wollte, das könnte ich von mir auch behaupten. Ich bin nicht annähernd so erfahren, wie ich es gern sein möchte.«

»Das kommt mit den Jahren.«

»Wie alt sind Sie?«

»Im April werde ich achtzehn.«

»Ich bin fünfzehn. Das ist kein so großer Unterschied.«

»Und ob das ein Unterschied ist, ein sehr großer sogar. Die

nächsten vier Jahre werden zu den wichtigsten Ihres Lebens gehören.«
»Wieso?«
»Weil Sie sich vom Mädchen zur Frau entwickeln.«
»Ich heirate nächstes Jahr.«
»Das habe ich gehört.«
»Die Leute klatschen viel über uns, nicht wahr?«
»Gewisse Tatsachen sind ihnen geläufig.«
»Ich wollte, Sie würden nicht immerfort nur englisch sprechen.«
»Aber deswegen bin ich hier.«
»Das schränkt die Unterhaltung so ein. Ich möchte so viel von Ihnen wissen, und wenn Sie englisch sprechen, verstehe ich nicht immer alles richtig.«
»Das wird ein Anreiz für Sie sein, die Sprache zu beherrschen.«
»Sie reden wie eine richtige Gouvernante. Ich hatte schon eine ganze Menge, aber die bleiben nie lange, weil ich eine ziemlich schwierige Person bin. So eine wie Sie hatte ich noch nie.«
»Das ist eine Abwechslung für Sie.«
»Ich nehme nicht an, daß Sie lange bleiben.«
»Natürlich nur, solange Sie mich brauchen.«
»Ich wage zu behaupten, daß Sie schon eher gehen. Ich bin nicht einfach, wissen Sie.«
»Das habe ich bereits gemerkt.«
»Die arme Krätzchen hat Angst vor mir. Frau Strelitz auch ein bißchen.«
»Ich finde nicht, daß Sie sich darauf etwas einbilden sollten.«
»Warum nicht?«
»Die Tatsache, daß Sie jemandem das Leben schwermachen, ist jedenfalls kein Grund, vor Zufriedenheit zu strahlen. Es ist doch leicht, nicht wahr, die zu besiegen, die nicht zurückschlagen können.«
»Aber warum schlagen sie denn nicht zurück?«
»Weil sie hier angestellt sind.«
»Soll ich Sie auch besiegen?«

»Das wird Ihnen nicht gelingen.«
»Warum nicht?«
»Weil ich nicht darauf angewiesen bin, Ihnen zu schmeicheln. Wenn Sie mich nicht mögen, können Sie sagen, ich soll gehen, und wenn ich Sie nicht mag, kann ich genauso leicht gehen.«
Sie sah mich erstaunt an, und dann lächelte sie langsam.
»Wie heißen Sie?«
»Ayres.«
»Ich meine mit Vornamen.«
»Anne.«
»Dann werde ich Sie so nennen.«
»Und Ihr Vorname?«
»Den kennen Sie doch. Jeder kennt ihn. Ich bin die Komteß Freya von Kollnitz.«
»Freya. Das war eine Göttin.«
»Die Göttin der Schönheit«, sagte sie eitel. »Wußten Sie, daß der Riese Thrym dem Thor seinen verlorenen Hammer nur zurückgeben wollte, wenn Freya als seine Braut ins Reich der Riesen käme?«
»Ja. Und Thor ging als Freya verkleidet ins Land der Riesen und holte sich seinen Hammer zurück. Meine Gouvernante hat mir diese Sagen erzählt. Ihre Mutter war Deutsche.«
»Sie hatten also auch eine Gouvernante. War sie nett? Mochten Sie sie leiden?«
»Sie war sehr nett, und ich hatte sie gern.«
»Sie waren ein braves Mädchen, nehme ich an.«
»Nicht immer. Aber wir waren wohlerzogen.«
»Wer ist *wir?*«
»Meine Schwester und ich.« Ich spürte, daß ich leicht errötete, was ihr natürlich nicht entging.
»Wo ist Ihre Schwester jetzt?«
»Sie ist tot.«
»Darüber sind Sie traurig, nicht wahr?«
»Sehr traurig.«

»Erzählen Sie mir von Ihrer Gouvernante.«
Ich berichtete ihr alles, was ich von Miss Elton und ihrer Familie wußte.
Die Komteß zeigte sich sehr interessiert, aber mir fiel auf, daß sie rasch von einem Thema zum anderen flatterte. Sie hatte mein Gepäck gesehen und fragte: »Wollen Sie jetzt auspacken?«
»Ja.«
»Ich schaue Ihnen zu.«
Sie beobachtete, wie ich meine Kleider aufhängte und machte Bemerkungen darüber. »Das ist abscheulich. Das ist nicht übel.«
Ich sagte: »Ich sehe, was Sie unter Kollnitz-Sitten verstehen!«, worauf sie in schallendes Gelächter ausbrach. Sie griff nach dem Buch, das auf dem Koffer lag, und las langsam, mit starkem deutschem Akzent: »Robert Browning. Gedichte.«
Ich sagte: »Ich merke, daß wir hart an Ihrer Aussprache arbeiten müssen.«
Das Buch klappte von selbst an einer bestimmten Seite auf, und das hatte seinen Grund: Ich hatte dieses gewisse Gedicht oft aufgeschlagen.
»Pippa singt«, las sie langsam.

»Das Jahr durchwebt
Von Frühling und Glanz –«

Ach, das kann ich nicht lesen. Poesie ist mir zu schwer.«
Ich nahm ihr das Buch aus der Hand und las das Gedicht laut vor. Meine Stimme zitterte leicht, als ich zu den letzten Zeilen kam

»›Gott ist im Himmel
In Frieden die Welt!‹«

Ich klappte das Buch zu. Die Komteß sah mich eindringlich an. Dann lächelte ich langsam, und sie erwiderte mein Lächeln.

Ich dachte: Alles wird gut. Ich fange an, meine kleine Komteß gern zu haben.

Die folgenden Tage brachten eine Menge neuer Eindrücke. Zum Erstaunen der Dienstboten verstanden die Komteß und ich uns ausnehmend gut. Das war wohl auch meiner Unabhängigkeit und der Tatsache zuzuschreiben, daß ich jederzeit gehen konnte, ohne an die finanziellen Dinge zu denken, und das beeinflußte unser gegenseitiges Verhalten. Ich interessierte sie ebenso wie sie mich. Sie war gern mit mir zusammen und hätte am liebsten ihre anderen Studien vernachlässigt, um ihr Englisch zu verbessern.

Meine Arbeit war nicht schwierig, weil es keine Lektionen vorzubereiten gab. Freya hatte die Grundzüge der Sprache erlernt und mußte sich lediglich in der Konversation üben. So konnten wir uns über die unterschiedlichsten Themen unterhalten, und wenn sie einen Fehler machte, wies ich sie darauf hin.

Manchmal fragte ich sie: »Müßten Sie jetzt nicht eigentlich mit Fräulein Kratz lernen?«

Dann schnitt sie eine Grimasse. »Ach was, ich will mein Englisch vervollkommnen. Das ist das Wichtigste. Wer schert sich schon um Mathematik, so ein albernes Zeug. Wen kümmert schon Geschichte? Was spielt es für eine Rolle, was Könige und Königinnen vor Jahren gemacht haben? Daran kann ich doch nichts mehr ändern, oder? Ich habe wirklich das Bedürfnis, mit meinem Englisch weiterzukommen.«

Darauf erwiderte ich: »Sie vergessen, daß mir auch Freizeit zusteht, über die Sie so einfach verfügen.«

Ich glaube, sie dachte selten an jemand anderen außer sich selbst, doch sie wurde nachdenklich und begab sich recht kleinlaut ins Schulzimmer.

Ich war zufrieden. Als ich Daisy besuchte, erfuhr ich, daß der Haushofmeister Hans erzählt hatte, daß man über meinen Er-

folg bei der Komteß verblüfft sei. Das war sehr schmeichelhaft für mich.
Wir waren sehr viel beisammen und wurden in gewisser Weise Freundinnen. Allerdings war das Leben im herzoglichen Haushalt nicht ganz so, wie ich es erwartet hatte. Wir waren ziemlich abgesondert, und obwohl ich schon zwei Wochen da war, hatte ich den Großherzog noch nicht zu Gesicht bekommen. Der Turm, in dem sich unsere Räume befanden, lag ziemlich weit von den herzoglichen Gemächern entfernt, und das stete Kommen und Gehen von Sendboten und dergleichen berührte uns in keiner Weise. Es war wie das Leben in einem abgelegenen Flügel eines Landhauses, ein Teil der Residenz, und doch gänzlich abgeschnitten.
Freya und ich spazierten in den Parkanlagen des Schlosses, und wir ritten zusammen aus. Sie war eine gute Reiterin, aber ich konnte mich durchaus mit ihr messen.
Einmal sagte sie mit widerwilliger Bewunderung: »Sie können einfach alles.«
Wenn sie ausritt, war sie stets unauffällig gekleidet, doch es ärgerte sie, daß uns immer zwei Stallknechte begleiten mußten. Ich sagte, daß sie aber doch sehr diskret seien und sich stets im Hintergrund hielten. »Das will ich ihnen auch raten«, gab Freya darauf mit blitzenden Augen zurück.
Wir ritten durch den Wald, und sie erzählte mir alte, überlieferte Geschichten. Sie zeigte mir eine alte Schloßruine, wo einst eine Baronin die Geliebte ihres Gemahls hatte einmauern lassen. »Sie sagte, man solle ihr ein neues Zimmer anbauen, und als die Handwerker bei der Arbeit waren, brachte sie das schöne Mädchen zu ihnen und ließ es einmauern. Es heißt, daß man in manchen Nächten noch die Schreie des Mädchens hören kann.«
Sie zeigte mir den Klingenfels mit der tief unten gelegenen Schlucht. »Früher wurden die Menschen hierhergebracht, und man stellte ihnen anheim, sich selbst hinabzustürzen oder ein noch schlimmeres Schicksal zu erleiden.«

»Reizende Bräuche hat man hier in Bruxenstein.«
»Alle Völker haben ihre Bräuche«, gab Freya zurück. »Sie sprechen nur nicht immer darüber. Und dies ist ja auch schon lange her. Die Klingenburg gehörte einst einem Räuberhauptmann, der Reisenden auflauerte, sie gefangennahm und festhielt, um Lösegeld zu erpressen. Er hat ihnen einen Finger nach dem anderen abgehackt und an die Angehörigen geschickt, und mit jedem Finger wurde das Lösegeld erhöht. Und wenn es nicht bezahlt wurde, stieß er die Gefangenen vom Felsen ... um sie los zu sein.«
»Wie entsetzlich.«
»Die Götter sind netter«, meinte Freya, und ihre Augen glänzten, wenn sie von Thor erzählte. »Er war stark ... der Donnergott.« Er war ihr Liebling unter den Göttern. »Er hatte rote Haare und einen roten Bart. Er war der stärkste von allen und sehr gutmütig, aber wenn er zornig war, sprühten Funken aus seinen Augen.«
»Hoffentlich wurde er nicht oft zornig. Es ist töricht, denn Zorn nützt überhaupt nichts.«
»Werden Sie nie zornig, Fräulein Anne?«
»Doch, dann und wann. Glücklicherweise bin ich nicht Thor, so brauchen Sie keine Funken zu befürchten.«
Sie lachte, wie sie es in meiner Gesellschaft zumeist tat. Ich merkte, wie die Dienstboten nach uns sahen, wenn sie Freya hörten, und ich erwarb mir den Ruf, mich auf den Umgang mit der Komteß zu verstehen.
Ich erfuhr, daß sie aufgrund ihrer Position sehr abgesondert gelebt hatte; sie hatte kaum andere Kinder gekannt und nie einen Spielgefährten gehabt. Alles, was sie besaß, war ihre vornehme Abkunft, die sich in ihrer Macht über andere kundtat. Sie hatte sie ausgeübt, weil das alles war, was sie hatte.
Ich empfand großes Mitleid mit meiner hochmütigen kleinen Komteß. Ich ermutigte sie, über sich zu reden. Sie hatte wenig aus ihrem Alltagsleben zu berichten; sie lebte in ihrer eigenen

Welt, die bevölkert war von Göttern und Helden. Und natürlich sprach sie oft von Freya, der Göttin, nach der sie genannt war.
»Sie hatte goldenes Haar und blaue Augen«, sagte sie einmal zu mir, wobei sie selbstgefällig ihr Spiegelbild betrachtete, »und weil sie so schön war, galt sie als die Verkörperung der Erde. Sie war mit Odur vermählt, der ein Symbol für die Sommersonne war, und sie hatte zwei Töchter, die waren genauso schön wie sie … nun ja, nicht ganz, aber fast. Sie liebte sie innig, aber noch mehr liebte sie ihren Gemahl. Doch der war ein Wanderer und wollte nicht ständig zu Hause sein. Ob Sigmund auch so ein Wanderer ist? Ich glaube schon, denn er ist fast nie hier. Er ist auf Reisen. Vielleicht mag er nicht dort sein, wo ich bin.«
Ich sagte: »Sie dürfen nicht denken, daß Ihr Dasein so wird wie das der Göttin. Wir leben in einer modernen Zeit.«
Sie sah mich eindringlich an und sagte mit einem Anflug von Weisheit: »Aber die Menschen haben sich kaum verändert … sie sind zu allen Zeiten dieselben geblieben. Sie heiraten … und werden untreu und gehen auf Wanderschaft.«
»Es wird Ihre Aufgabe sein, dafür zu sorgen, daß Sigmund das nicht tut.«
»Jetzt reden Sie wie Krätzchen. Ach bitte, werden Sie bloß nicht wie die. Sie müssen Sie selbst bleiben. Ich könnte es nicht ertragen, wenn Sie wem anders ähnlich würden.«
»Ich bleibe hoffentlich immer ich selbst, und ich bin der Meinung, diese schöne Freya hätte ihren Gemahl ziehen lassen und sich seinetwegen nicht grämen sollen.«
»Sie war so unglücklich. Sie weinte, und als ihre Tränen ins Meer fielen, haben sie sich in Bernstein verwandelt.«
»Ich glaube aber nicht, daß das die wissenschaftliche Erklärung für dessen Vorhandensein ist.«
Sie lachte wieder, und ich war froh über ihre Heiterkeit, denn ich spürte hinter diesen Gesprächen, wie stark ihre bevorstehende Vermählung mit diesem Sigmund sie beschäftigte, und

daß ihr bange davor war. Ich hoffte, daß sie mir mit der Zeit ihre Empfindungen anvertrauen würde.

»Freya machte sich auf die Suche nach Odur und weinte viel, und dort, wohin ihre Tränen fielen, wurde später Gold gefunden.«

»Eine Menge Menschen müßten der tränenreichen Dame dankbar sein«, sagte ich.

»Heute ist das alles schwer zu glauben, doch ich bin froh, daß man mich Freya genannt hat. Freya hat Sigmund jedoch nicht geheiratet. Er war mit Borghild vermählt ... aber die war böse, und er hat sie verstoßen. Dann nahm er wieder eine Frau, Hjördis. Nicht Freya.«

»Sie nehmen diese alten Sagen zu wörtlich«, sagte ich zu ihr. »Die sind doch gar nicht immer so ernst gemeint. Dieser Sigmund war einer von den Helden, nicht? Ich weiß, Sie halten sich selbst für eine Göttin, aber ich an Ihrer Stelle würde mich darauf besinnen, daß Sigmund ein Mensch ist, ein Mann, und Sie eine Frau. Und wenn Sie glücklich zusammen leben wollen, dürfen Sie das nicht vergessen.«

»Bei Ihnen hört sich alles so einfach an. Ist es für Sie immer so einfach?«

»Nein«, sagte ich bestimmt, »durchaus nicht.«

»Ich möchte Ihnen etwas sagen.«

»Ja?«

»Ich bin froh, daß Sie hier sind.«

Ein beachtlicher Fortschritt, und das nach nur zwei Wochen! Sie beschrieb mir das Leben in Kollnitz. »Dort ging es nicht so förmlich zu wie hier«, sagte sie. »Mein Vater, der Markgraf, regiert freilich nur ein kleines Reich, aber ein wichtiges, und darauf kommt es an. Es ist die Lage von Kollnitz, die es bedeutend macht, nicht unsere Macht oder unser Reichtum oder dergleichen. Bruxenstein ist auf die Freundschaft mit der Markgrafschaft angewiesen, weil Kollnitz nämlich ein sogenannter Pufferstaat ist, verstehen Sie?«

»Ja.«

»Wie würde es Ihnen gefallen, ein Puffer zu sein?«

Sie blickte mich fragend an, und ich erwiderte impulsiv: »Ich denke, das würde von Sigmund abhängen.«

Das brachte sie abermals zum Lachen. »Sigmund ist groß und stattlich. Ich glaube, der Held Sigmund muß ihm ziemlich ähnlich gewesen sein. Aber vielleicht ist er auch mehr wie Sigurd, der mir eigentlich immer lieber war. Er ist mein Lieblingsheld.«

»Sie müssen von all diesen Mythen loskommen. Erzählen Sie mir von Kollnitz.«

»Ich war das einzige Kind. Es ist ein Unglück für sie, keine Söhne zu haben. Anscheinend geben sie mir die Schuld.«

»Ich bin sicher, daß sie das nicht tun.«

»Und ich bin sicher, daß sie es doch tun. Und bitte reden Sie nicht wie Krätzchen.«

»Schon gut. Wollen wir uns also darauf einigen, daß sie über einen weiblichen Nachkommen ein wenig betrübt sind?«

»Das klingt schon besser«, sagte sie.

»Aber da es nicht Ihre Schuld war, sollten Sie es sich auch nicht zu Herzen nehmen.«

»Das tu ich auch nicht. Doch … ein bißchen vielleicht. Deshalb hatten es wohl alle so schwer mit mir … Kindermädchen, Gouvernanten. Ich wollte sie wissen lassen, daß ich, wenn auch nur ein Mädchen, dennoch wichtig war, die Erbin eben. Und dann habe ich mich mit Sigmund verlobt, aber erst, nachdem Rudolph ermordet wurde.«

»Was wissen Sie darüber?« fragte ich begierig.

»Über Rudolph? Er war mit seiner Geliebten im Jagdhaus, und jemand drang dort ein und tötete beide mit einem Gewehr aus der dortigen Waffenkammer. Ich habe erst später davon gehört, dabei hätte ich doch Rudolph später heiraten sollen.«

»Sie?«

»Ja, weil doch Kollnitz der Puffer ist und sie wollen, daß es mit Bruxenstein vereinigt wird.«

»Und was ist damals geschehen?«
»Es ist lange her, und ich war noch sehr jung. Ich hörte sie flüstern, aber sie brachen immer ab, wenn sie mich sahen. Dann erfuhr ich, daß ich mich mit Sigmund verloben sollte. Anfangs konnte ich es nicht begreifen, weil sie mir vorher immer gesagt hatten, daß Rudolph mein Gemahl würde.«
»Wann haben Sie erfahren, daß er tot war?«
»Bei der Verlobung mit Sigmund. Da mußten sie mir sagen, daß es nicht Rudolph sein werde, und warum. Ich war nie förmlich mit Rudolph verlobt, aber es stand alles im Vertrag. Als dann hier in der Schloßkapelle die Verlobungsfeier stattfand, legten Sigmund und ich das Gelöbnis ab. Es war keine Trauung ... nur eine Verlobung, aber es bedeutet, daß wir einander versprochen sind. Ohne Dispens könnten wir niemand anderen heiraten, und ein Dispens wird niemals erteilt werden, weil mein Vater und der Großherzog das nicht zulassen würden.«
»Ich sehe nun, was für eine bedeutende Persönlichkeit Sie sind.«
»Ein Puffer«, erwiderte sie.
Ich legte die Hände auf ihre Schultern. »Komteß«, sagte ich, »ich sehe, daß Sie sehr glücklich werden.«
»Woran sehen Sie das?«
»An den Sternen.«
»Ist das wahr?«
»Ganz bestimmt.«
»Aber ich frage mich, warum Sigmund immer so lange fortbleibt. Meinen Sie nicht, das tut er, weil er mich nicht leiden kann?«
»Gewiß nicht. Er ist fort, weil er Verträge und dergleichen mit auswärtigen Mächten aushandeln muß.«
Sie lachte, doch dann wurde sie ernst. »Schon möglich«, meinte sie. »Wissen Sie, er wurde erst wichtig, als Rudolph tot war. Vorher war er nur der Sohn des jüngeren Bruders des Großherzogs.«
»Sein Leben muß sich dadurch sehr verändert haben.«

»Allerdings. Er wird Großherzog, wenn der jetzige stirbt. Oh, ich hoffe, daß er nicht umherzieht wie Freyas Gemahl.«
»Bestimmt nicht. Und Sie werden ihm nicht nachweinen müssen, selbst wenn das die Vorräte an Bernstein und Gold auf der Erde vermehren würde.«
»Ach, Fräulein Anne, ich hab' Sie wirklich gern. Weil Sie lustig sind. Darf ich Sie einfach Anne nennen, ohne Fräulein? Sie sind ja schließlich nicht irgendeine alte Gouvernante.«
»Ich sehe, wir machen rasche Fortschritte. Ihre Manieren bessern sich im gleichen Maß wie Ihre englische Aussprache, und Sie fragen mich um Erlaubnis. Liebe Komteß, es ist mir recht, wenn Sie mich einfach Anne nennen.«
»Und Sie sagen Freya zu mir?«
»Wenn wir allein sind«, sagte ich. »Aber in Gegenwart anderer ist es wohl klüger, bei einer gewissen Förmlichkeit zu bleiben.«
Sie gab mir einen Kuß, und ich war zutiefst gerührt. O ja, wir wurden tatsächlich Freundinnen.

Ich war ungefähr einen Monat bei Freya, als sie sagte, sie möchte das Mausoleum besuchen, denn es sei der Todestag ihrer Urgroßmutter, die dort beigesetzt sei. Ich wollte wissen, wie es dazu gekommen war, und Freya erzählte mir, daß ihre Urgroßmutter in zweiter Ehe nach Bruxenstein geheiratet und ihre letzten Lebensjahre dort verbracht hatte; die Kinder aus ihrer ersten Ehe wären jedoch in Kollnitz geblieben.
Ich war auf alles begierig, was mit der Familie zusammenhing, und war daher auf dieses Mausoleum gespannt.
Den Schlüssel dazu mußte man beim Haushofmeister holen, und er begrüßte mich mit einem Lächeln. Natürlich hatte auch er von meinem Erfolg bei der jungen Komteß gehört, und er fühlte sich als Urheber dieser glücklichen Fügung. Er eröffnete mir, daß der Großherzog, nachdem ihm von Frau Strelitz und anderen Bericht erstattet worden war, ihn sogar persönlich beglückwünscht hatte.

Ich erzählte ihm, daß mir die Arbeit gefalle und die Komteß beachtliche Fortschritte mache.
»Wie man hört, ist sie von Ihrem Englischunterricht so angetan, daß sie geneigt ist, ihre anderen Studien zu vernachlässigen«, sagte er selbstzufrieden.
»Fräulein Kratz und ich sind um eine gerechte Aufteilung bemüht.«
Herr Fritsch strahlte. Er gab mir den Schlüssel zum Mausoleum mit der Bitte, ihn nach dem Besuch zurückzubringen. Das versprach ich, und Freya und ich machten uns zu Fuß auf, denn die Grabstätte befand sich nahe beim Schloß. Sie war wunderschön gelegen, hoch oben, mit einem herrlichen Ausblick auf die Stadt darunter. Etliche erst kürzlich angelegte Gräber waren mit frischen Blumen und Kränzen geschmückt. Das Mausoleum war ein prächtiges, imposantes Gebäude. Freya flüsterte, es sei vor vielen Jahren von einem berühmten Baumeister errichtet worden.
Sie schloß die Tür auf und stieg ein paar Stufen hinab. Der Fußboden war aus Marmor, und die Kapelle ebenfalls. Auf seitlichen Galerien waren die Sarkophage aufgestellt.
»Wie still es hier ist«, sagte ich.
»Still wie ein Grab«, ergänzte Freya. »Anne, fürchtest du dich ein bißchen?«
»Was gibt es hier zu fürchten?«
»Vielleicht Geister?« meinte Freya.
»Die Toten können den Lebenden nichts anhaben.«
»Manche Leute glauben es aber. Und wenn sie nun ermordet wurden? Man sagt, daß Menschen, die eines gewaltsamen Todes gestorben sind, keine Ruhe finden können.«
»Wer sagt das?«
»Man.«
»Ich glaube nie, was man sagt. Diese Leute sind immer so schemenhaft, als scheuten sie sich, ihre Namen zu nennen.«
»Dies ist der Sarg meiner Urgroßmutter. Jedesmal, wenn ich

hierherkomme, frage ich mich, wie sie wohl gewesen sein mag. Sie kam aus Kollnitz nach Bruxenstein … genau wie ich. Aber sie war älter als ich und schon einmal verheiratet … sie hatte Erfahrung. Ich spreche ein kurzes Gebet und hoffe, daß sie im Himmel glücklich ist. Ich habe einmal ein Bildnis von ihr gesehen. Man sagt, sie war wie ich.«

»*Man.* Immer man. Diese Leute sind anscheinend überall.«

Sie lachte laut auf, dann legte sie die Finger an die Lippen. »Wir sollten hier drinnen lieber nicht lachen.«

»Warum nicht?«

»Die Geister mögen es vielleicht nicht«, flüsterte sie.

»Ach was«, sagte ich laut, »von denen haben wir nichts zu befürchten, und sie nichts von uns.«

»Sieh mal«, sagte sie, indem sie mich zu einem Sarg führte, der auf einem Sockel stand. »Kannst du die Inschrift lesen?«

Ich beugte mich vor. »Rudolph Wilhelm Otto Baron von Gruton Fuchs. Im Alter von dreiundzwanzig Jahren …«

»Ja«, unterbrach Freya, »das ist der, der ermordet wurde. Ob er wohl in Frieden ruht?«

Ich starrte wie betäubt in stummem Schrecken auf den Sarg, obgleich ich mir ja hätte denken können, daß Rudolph hier beigesetzt war. Meine Gedanken gingen zurück zu dem Tag, an dem ich ihn in Granter's Grange gesehen hatte …

Plötzlich merkte ich, daß ich allein war. Ich drehte mich abrupt um und hörte, wie der Schlüssel herumgedreht wurde. Ich war verblüfft und entsetzt: Freya hatte mich eingeschlossen.

Ich starrte auf die Tür. Dann stellte ich mich dicht davor und sagte streng: »Mach sofort auf!«

Aber ich bekam keine Antwort. Ich hämmerte mit den Fäusten, doch das nützte nichts.

Ich wußte nicht, was ich tun sollte. Ich war nicht in Gefahr. Man würde mich sicher bald vermissen und würde wissen, wo ich war, weil der Haushofmeister mir den Schlüssel gegeben hatte, und wenn Freya ohne mich zurückkehrte, würden sie sogleich kommen und mich befreien. Am meisten traf mich die Enttäuschung, daß Freya so etwas hatte tun können. Ich wußte, daß sie damit versuchte, mich aus der Fassung zu bringen und mir Angst zu machen, um zu beweisen, daß ich dieselben Schwächen hatte wie sie; aber in einem Mausoleum eingeschlossen zu sein, wo man nur die Toten zur Gesellschaft hatte, war schon ein entsetzliches Erlebnis, und sie war sich dessen gewiß bewußt. Und doch hatte sie mich ungeachtet unserer Freundschaft dem ausgesetzt!

Es war unheimlich an dieser Stätte. Ich betrachtete die Sarkophage und dachte an die Toten ... und Rudolph war unter ihnen. Könnte er doch lebendig werden und mir erzählen, was sich damals in Wahrheit zugetragen hatte, dafür war ich bereit, alles auf mich zu nehmen.

Ich setzte mich auf die Stufen und starrte vor mich hin. »Ach Rudolph«, murmelte ich, »komm doch zu mir, ich fürchte mich nicht. Ich möchte so vieles wissen ...«

Und dann plötzlich ... ich spürte, daß da etwas war ... ganz nahe bei mir. Ich bildete mir ein, unterdrücktes Lachen zu hören.

Ich wandte mich ruckartig um, und die Stille wurde durch Freyas Fröhlichkeit gebrochen. Sie hatte leise die Tür aufgeschlossen und stand nun hinter mir.

»Hast du dich gefürchtet?« fragte sie.

»Als du mich dummerweise eingesperrt hast, war ich, sagen wir, sehr erstaunt.«

»Warum?«

»Weil du so etwas tun konntest. So etwas ...«

»Kindisches?«

»Nein. Das wäre verzeihlich.«

»Bist du mir böse? Wirst du mir nicht verzeihen? Wirst du jetzt fortgehen?«

»Freya«, sagte ich, »so manchem wäre wirklich angst und bange geworden, wenn man ihn an so einem Ort eingeschlossen hätte.«

»Aber dir nicht.«
»Woher weißt du das?«
»Dir ist vor nichts bange.«
»Gütiger Himmel! Habe ich diesen Eindruck auf dich gemacht?«
Sie nickte.
»Es war grausam von dir«, fuhr ich fort. »So etwas darfst du niemanden antun.«
»Ich weiß. Ich habe auch Angst bekommen, als ich es getan hatte. Ich dachte, deine Haare würden binnen einer Minute weiß. So ergeht es nämlich manchen Menschen, wenn sie erschrecken. Ich dachte, du könntest vielleicht vor Schreck sterben. Dann sagte ich mir aber, es würde dir sicher nichts ausmachen. Doch ich bekam Angst, du würdest so zornig, daß du fortgehst. Da habe ich die Tür wieder aufgeschlossen … und du bist dagesessen und hast Selbstgespräche geführt.«
»Gib mir den Schlüssel«, sagte ich. »Hast du ihn aus meiner Tasche genommen?«
Sie nickte.
»Das war sehr dumm«, bemerkte ich.
»Nicht unbedingt«, hielt sie mir entgegen, »denn es beweist mir, daß du wirklich so tapfer bist, wie ich geglaubt habe. Denn du hast weder geschrien noch geschimpft. Du bist einfach dagesessen und hast gewartet, weil du wußtest, daß es mir bald leid tun würde.«
Ich schob sie unsanft hinaus und verschloß die Tür. Auf dem Rückweg zum Schloß sagte Freya: »Ich weiß noch ein Grab. Ich zeige es dir, wenn du willst.«
»Was für ein Grab?«
»Ein ganz besonderes. Es ist ein Geheimnis. Ich zeige es dir morgen. Ich hab' dich wirklich gern, Anne. Es tut mir leid, daß ich den Schlüssel genommen und dich eingesperrt habe. Aber du hast dich nicht gefürchtet, nicht wahr? Ich glaube, du hast niemals Angst. Ich glaube, du hast überirdische Kräfte.«

»Bitte verwechsle mich nicht mit deinen Göttern und Helden. Ich bin keiner von denen.«
»Wer bist du denn, Anne?«
»Die nachsichtige englische Gouvernante.«

Es war ein erfreulicher Charakterzug von Freya, daß sie ehrlich zerknirscht über ihren Streich war und sich alle Mühe gab, ihr Benehmen wieder gutzumachen.
Ich maß dem keine große Bedeutung mehr bei und meinte, da sie *es so* bald bereut habe, könnten wir es vergessen.
Sie war nichtsdestoweniger entschlossen, mich zu versöhnen und schlug tags darauf einen Ritt in den Wald vor. Wir brachen mit zwei Stallknechten auf, die in gebührendem Abstand hinter uns ritten, und ich stellte verwundert fest, daß wir den Weg zum Jagdhaus einschlugen. Wir kamen an Giselas Hütte vorbei.
Von den Kindern war nichts zu sehen.
Ich sagte: »In dieser Hütte wohnen Freunde von mir.«
»Die Leute, die das Jagdhaus verwalten?«
»Ja. Sie haben reizende Kinder.«
»Oh, die haben auch damals das Jagdhaus in Ordnung gehalten, als der Mord geschah.«
»Ja, ich weiß.«
Wir schwiegen eine Weile, dann sagte Freya: »Gleich sind wir da.«
Und da stand es, beeindruckender denn je. Freya hielt ihr Pferd an und stieg zu meiner Verwunderung ab.
»Gehen wir hinein?« fragte ich. Ich hoffte, daß sie die Erregung in meiner Stimme nicht bemerkte.
Sie schüttelte den Kopf. »Da ist nichts zu sehen«, meinte sie. »Niemand geht mehr hinein. Möchtest du dir etwa anschauen, wo ein Mord begangen wurde?«
Ich schauderte.
»Jetzt hast du ein ganz ängstliches Gesicht gemacht, Anne.« Sie

musterte mich eindringlich. »Banger als im Mausoleum. Nein, nicht direkt bange … aber irgendwie komisch.«
»Ich versichere dir, mir ist nicht bange.«
»Um so besser. Also komm mit.«
»Wohin gehen wir?«
»Ich hab's dir doch gesagt. Ich habe dir versprochen, dir etwas zu zeigen.«
Meine Aufregung wurde größer. Ich spürte, daß ich kurz vor einer Entdeckung stand. Erstaunlich, daß ich sie durch die Komteß machen sollte.
Sie rief den Stallknechten, die uns in diskretem Abstand folgten, zu: »Wir machen einen Spaziergang ums Haus. Ihr bleibt bei den Pferden. Komm«, fur sie, an mich gewandt, fort. »Hier entlang.«
Ich folgte ihr. Ich hätte gern gewußt, ob Arnulf, die Zwillinge oder eins von den anderen Kindern in der Nähe waren. Aber nirgendwo rührte sich etwas.
Freya führte mich hinter das Haus, geradewegs an eine Pforte, die zu einem mit einem grünen Lattenzaun umgebenen Waldstück führte. Freya ging auf ein Gatter zu, das aus ebensolchen grünen Latten bestand.
»Kannst du dir denken, was hier drin ist?« fragte sie.
»Nein.«
»Es ist ein Grab.« Sie öffnete das Gatter, und wir gingen hinein. In der Mitte eines Rasenfleckens war ein Hügel. Jemand hatte einen Rosenstrauch darauf gepflanzt, und das Gras war säuberlich gemäht.
Ich kniete nieder und las die Inschrift auf der Grabplatte, die fast ganz unter dem Rosenstrauch versteckt war.
»Francine Ewell.« Und das Datum ihres Todestages.
Mich überkam eine heftige Bewegung. Dies hatte ich am allerwenigsten erwartet! Ich hätte mich am liebsten auf die Erde geworfen und um sie geweint, meine gute, schöne, geliebte Schwester. Jetzt lag sie hier unter der Erde. Wenigstens hatte ich nun ihr Grab gefunden.

Freya war zu mir getreten. »Das ist … die Frau«, flüsterte sie. Ich antwortete nicht, denn ich konnte nicht sprechen.
»Man mußte sie hier begraben … nahe dem Jagdhaus, wo sie starb«, erklärte Freya.
Ich stand auf, und Freya fuhr fort: »Das hatte ich dir zeigen wollen. Ich dachte, es würde dich interessieren … und das tut es auch, nicht? Du läßt dir gern von dem Mord erzählen.« Sie sah mich eindringlich an. »Fehlt dir etwas, Anne?«
»Nein, mir ist ganz wohl.«
»Du siehst ein bißchen komisch aus.«
»Das macht das Licht hier … die vielen Bäume. Dich machen sie auch blaß.«
»Also, das war's, was ich dir zeigen wollte. Interessant, nicht wahr?«
Ich stimmte ihr zu.
Ich bemühte mich, wie immer zu sein, aber ich mußte ständig daran denken, wie Francines Leichnam aus dem Jagdhaus getragen und nahebei begraben wurde.
Auf dem Rückweg durchfuhr mich der Gedanke: jemand pflegt ihr Grab! Wer könnte das sein?

Ich wollte unbedingt dorthin zurück … allein. Das war fast unmöglich, denn ich konnte mich nicht so lange entfernen.
Schließlich erzählte ich Frau Strelitz, daß ich gern einen halben Tag frei hätte, um Frau Schmidt zu besuchen.
»Aber selbstverständlich, Fräulein«, sagte sie. »Sie sollen sich doch bei uns nicht wie eine Gefangene fühlen. Sie müssen sich öfters freinehmen. Sie und die Komteß sind beinahe wie Freundinnen, deshalb kam ich gar nicht auf den Gedanken, daß Sie einmal allein fortgehen möchten.«
Mit Freya war es nicht so einfach. Sie mochte nicht einsehen, warum sie nicht mitkommen konnte.
»Es wäre meinen Freunden peinlich. Sie sind es nicht gewöhnt, in ihrer winzigen Hütte hohe Herrschaften zu bewirten.«

»Mir würde das nichts ausmachen.«
»Darauf kommt es nicht an. *Ihnen* wäre es peinlich.«
»Das ist die Frau von Herrn Schmidt, nicht wahr? Der ist bei dem Grafen von Bindorf beschäftigt.«
»Das weißt du also.«
»Ich will *alles* von dir wissen, Anne.« Sie lachte laut auf. »Du hast einen Moment lang so ängstlich geguckt. Ich glaube, du hast ein Geheimnis. Oh, ist das wahr ...? Hast du ein Geheimnis?«
»Jetzt ergehst du dich wieder in deinen wilden Phantastereien.«
Ich tat die Angelegenheit so obenhin ab, wie mir nur möglich war, wobei ich mich fragte, ob ich Freya hatte wirklich täuschen können. Sie war sehr scharfsinnig.
Immerhin bekam ich meinen freien Nachmittag und ritt zu Daisy. Sie war entzückt, mich zu sehen und erzählte mir, sie habe von Hans gehört, wie erfolgreich ich in meiner Stellung sei und daß die Komteß sehr viel mit mir zusammen sei.
»Ist ja ganz natürlich«, meinte sie. »Sie sind in einem Herrschaftshaus aufgewachsen, und ich finde, eine richtige englische Lady ist allemal so gut wie so eine ausländische Komteß.«
»Laß das nur niemanden hören. Man würde dir gewiß nicht zustimmen.«
»Wir behalten es für uns«, sagte Daisy mit einem Zwinkern. »Jetzt hole ich Ihnen ein Glas Wein. Ich hab' auch gutes Gebäck dazu. Das halte ich immer für die Freunde von Hans bereit.«
Ich trank den Wein und erzählte ihr, daß ich Francines Grab gesehen hatte.
Sie war verblüfft.
»Das Merkwürdige ist«, fuhr ich fort, »daß jemand es offenbar pflegt.«
»Wer könnte das wohl sein?«
»Daisy, es muß jemand sein, der sie gekannt hat.«
»Nicht unbedingt. Manche Leute kümmern sich auch um fremde Gräber, einfach aus Achtung vor den Toten.«
»Ich möchte es mir noch einmal ansehen.«

»Jetzt?«
»Ja. Die Gelegenheit bietet sich so bald nicht wieder.«
»Wie ich höre, ist die Komteß ganz vernarrt in Sie. Das arme Ding wird zur Heirat gezwungen. Rudolph war für sie bestimmt. Nun ja. Er wurde ermordet, und jetzt ist es eben Sigmund.«
»Rudolph hätte sie niemals heiraten können«, sagte ich fest, »weil er mit Francine verheiratet war.«
Daisy erwiderte nichts. Sie wollte mir wohl nicht in einer Angelegenheit widersprechen, von der ich so überzeugt war. »Wir sehen uns dann, wenn Sie wieder zurückkommen«, meinte sie. Ich glaube, sie war ziemlich enttäuscht, weil ich nicht bei ihr blieb, aber sie konnte meinen brennenden Wunsch verstehen, noch einmal zu dem Grab zu gehen.
Ich ritt in großer Eile davon und kam bald darauf an Giselas Hütte vorbei. Ich erspähte die Zwillinge, die im Garten spielten. Sie bemerkten mich und riefen mir nach. Ich drehte mich um, winkte und setzte meinen Weg fort.
Ich kam zum Jagdhaus, stieg ab, band mein Pferd an den Pflock und ging um das Haus herum. Ich trat durch das grüne Gatter, kniete am Grab nieder und dachte an Francine.
Ich wünschte, ich hätte Blumen mitgebracht, um sie ihr aufs Grab zu legen. Oder wäre das töricht gewesen? Würde es jemandem auffallen? Würde man sich fragen, warum diese fremde Engländerin dieses Grab besucht?
Vielleicht hätte ich lieber nicht mehr kommen sollen. Vielleicht hatte meine Ergriffenheit mich bereits vor Freya verraten. Was, wenn jemand mich hier fände?
Ich stand auf, denn mir war, als würde ich beobachtet, als spähe jemand durch die Bäume. Ich bildete mir ein, flüsternde Stimmen zu hören, aber es war nur der Wind, der in den Kiefern säuselte.
Man durfte mich nicht hier finden. Die Kinder hatten mich schon beim Jagdhaus entdeckt. Was würden die Leute denken, wenn sie wüßten, daß ich zurückgekehrt war? Gewiß würden

sie sich wundern über mein fast schon krankhaftes Interesse an einem schon so lange zurückliegenden Mord.
Ich eilte zu meinem Pferd und ritt davon. Als ich zu der Hütte kam, stand Gisela, den kleinen Max auf dem Arm, in der Tür. Sie wünschte mir einen guten Tag. »Wie geht es Ihnen? Frau Schmidt hat mir erzählt, daß Sie jetzt eine Stellung im Großen Schloß haben.«
»Ja. Es gefällt mir gut dort. Die Komteß ist reizend.«
»Und ist sie eine gute Schülerin?«
»Eine sehr gute ... jedenfalls, was ihr Englisch betrifft.«
»Waren Sie beim Jagdhaus?«
»Ich bin vorübergeritten.« Ich zögerte, dann fuhr ich hastig fort: »Übrigens, was ist das für ein kleines umzäuntes Stück Land hinter dem Haus?«
Gisela sah einen Moment ratlos aus, dann sagte sie: »Ach so ... ich glaube, Sie meinen das Grab.«
»Ein seltsamer Ort für ein Grab.«
»Ich nehme an, das hat seine Gründe.«
»Es sieht aus, als ob sich jemand darum kümmert ... vielleicht ein Freund desjenigen, der da begraben liegt?«
»Oh ... haben Sie es sich angeschaut?«
»Ich bin abgestiegen und durch das kleine Gatter gegangen. Es sieht sehr gepflegt aus. Wer das wohl macht?«
»Ich bringe es ab und zu ein bißchen in Ordnung. Es liegt ja so dicht beim Jagdhaus, und wenn ich dort ohnehin nach dem Rechten sehe ...«
»Wissen Sie, wer dort begraben liegt?«
Nach kurzem Zögern sagte sie: »Die junge Frau, die damals erschossen wurde.«
»Merkwürdig, daß man sie dort begraben hat. Warum nicht auf einem Friedhof?«
»Ich habe gehört, daß man sie ganz schnell beerdigt hat. Man wollte keine Feierlichkeiten. Hier kommen wenig Leute heraus ... Aber ich weiß es nicht. Es ist nur eine Vermutung.«

»Nun«, sagte ich, »es ist lange her.«
»Ja. Sehr lange.«
Ich verabschiedete mich und ritt nachdenklich zu Daisy zurück. Ich war enttäuscht. Ich hatte gehofft, auf jemanden zu treffen, der Francines Grab so liebevoll pflegte, jemand, der sie gekannt hatte und mir eine Menge hätte erzählen können.
Ich plauderte noch mit Daisy, und wir sprachen hauptsächlich über mein Leben im Großen Schloß, was sie ungemein interessierte.
»Sie haben noch nichts herausgefunden?« erkundigte sie sich neugierig.
Ich schüttelte den Kopf. Ich berichtete ihr, daß ich bei Gisela war und von ihr erfahren hatte, daß sie das Grab meiner Schwester in Ordnung hielt.
»Das sieht ihr ähnlich. Gisela hat den deutschen Hang zu Ordnung und Sauberkeit.«
»Es wirkte aber nicht, als würde es lediglich in Ordnung gehalten«, meinte ich. »Es sah aus, als ob jemand es sorgfältig pflegte.«
Ich sagte Daisy Lebewohl und ritt durch die Stadt zurück zum Großen Schloß. Als ich mich dem Portal näherte, merkte ich, daß etwas geschehen sein mußte. Ein Mann auf einem Pferd ritt sehr schnell an mir vorüber.
Die Wächter wollten mich anhalten, doch als sie mich erkannten, ließen sie mich passieren. In der Halle kam ein Diener eilig auf mich zu.
»Frau Strelitz wünscht Sie unverzüglich in ihrem Zimmer zu sprechen.«
Ich begab mich ein wenig ängstlich zu ihr und fragte mich, was wohl geschehen sein mochte.
Sie erwartete mich bereits. »Ah, Fräulein Ayres. Ich bin froh, daß Sie zurück sind. Der Großherzog hatte einen Anfall.«
»Ist er ...«
»Nein, nein, aber es geht ihm sehr schlecht. Er hatte so etwas

früher schon einmal. Doch wenn er sterben sollte, würde Baron Sigmund unverzüglich Großherzog. Sie können sich vielleicht denken, daß das Schwierigkeiten verursachen könnte. Nach dem unglückseligen Tod von Rudolph, der als leiblicher Sohn des Großherzogs als Nachfolger unumstritten war, ist alles nicht mehr so einfach. Etliche sind der Meinung, daß ein anderer berechtigtere Ansprüche hat. Er nennt sich Otto der Bastard, weil er behauptet, ein unehelicher Sohn des Großherzogs zu sein. Es ist unser großer Wunsch, daß der Großherzog am Leben bleibt ... auf jeden Fall aber müssen wir sichergehen, daß er nicht stirbt, bevor Sigmund eintrifft.«

»Wo ist denn dieser ständig abwesende Sigmund? Ich habe viel von ihm gehört.«

»Er ist auf Reisen im Ausland. Es ist seine Pflicht, die Staatsoberhäupter verschiedener Länder aufzusuchen. Wir haben sogleich Kuriere nach ihm ausgesandt. Er muß jetzt unbedingt zurückkehren, denn falls der Großherzog stürbe ... Sie verstehen? Wir wollen nicht in einen Krieg gestürzt werden.«

»Ah, daher also diese Veränderungen hier. Ich habe es gleich gespürt, als ich durch das Portal kam.«

»Es wird vielleicht vonnöten sein, daß Sie sich mit der Komteß eine Weile nicht im Großen Schloß aufhalten. Noch sind wir nicht sicher, was geschehen wird, aber ich möchte Sie vorbereiten. Wir müssen jetzt vor allem für die Genesung des Großherzogs beten.«

Ich ging zu Freya. Sie wartete schon auf mich.

»Da siehst du, was passiert, wenn du fortgehst«, sagte sie. »Jetzt ist der Großherzog krank.«

»Das hat bestimmt nichts damit zu tun, daß ich heute nachmittag aus war.«

Sie blickte mich aus zusammengekniffenen Augen an. »Vielleicht doch«, sagte sie. »Anne, du bist nicht, was du scheinst.«

»Wie meinst du das?« fragte ich streng.

Sie deutete mit dem Finger auf mich. »Eine Hexe bist du nicht,

oder? Du bist eine Göttin, die zur Erde zurückgekehrt ist. Du kannst jede beliebige Gestalt annehmen ...«
»Hör mit diesem Unsinn auf«, schalt ich. »Dies ist eine ernste Angelegenheit. Der Großherzog ist sehr krank.«
»Ich weiß. Er wird sterben, und ich kann nur an eines denken, Anne: Sigmund kommt nach Hause.«

Am nächsten Morgen schickte Frau Strelitz nach mir. Sie eröffnete mir, daß es dem Großherzog ein wenig besser gehe. Er hatte früher schon einmal einen derartigen Anfall gehabt, von dem er genesen war, es bestand also Hoffnung, daß er auch diesmal gesund würde.
Seine Minister hatten die ganze Nacht beraten. »Sie erwarten ungeduldig die Rückkehr des Erben«, erklärte Frau Strelitz. »Sie sind der Ansicht, daß sich Komteß Freya vorläufig nicht im Großen Schloß aufhalten soll ... falls es Schwierigkeiten gibt. Wir haben daher beschlossen, daß sie mit Ihnen und Fräulein Kratz sowie ein paar Dienstboten fortgeht.«
»Ich verstehe. Wann sollen wir aufbrechen?«
»Morgen. Die Minister des Großherzogs meinen, je eher, desto besser ... natürlich nur für alle Fälle. Wir haben allen Grund zu der Hoffnung, daß der Großherzog genesen wird. Allerdings sollte die Komteß sich nicht allzu weit entfernen. Der Markgraf von Kollnitz würde sehr mißtrauisch, wenn wir sie aus der Hauptstadt herausbrächten, daher haben wir es arrangiert, daß sie in dem Schloß am anderen Ufer des Flusses Aufnahme findet. Graf von Bindorf hat Ihnen allen seine Gastfreundschaft angeboten, bis die Lage geklärt ist.«
Mir war, als ob das Zimmer sich um mich drehte. Ich sollte zu Graf und Gräfin von Bindorf gehen! Etliche Mitglieder ihres Hauswesens sowie die Gräfin und ihre Tochter Tatjana hatten mich damals gesehen. Würden sie mich wiedererkennen? Und wenn, was würde geschehen? Es machte gewiß nicht gerade einen günstigen Eindruck, daß ich unter falschem Namen hier

war, um ein Geheimnis aufzuklären, in das meine Schwester verwickelt war.
Ich war in meinem Zimmer und packte meine Habe zusammen, als Freya hereinkam und sich auf mein Bett setzte. Ich hielt gerade die Brille in der Hand, die Miss Elton mir besorgt hatte, und überlegte, ob ich sie aufsetzen sollte, wenn wir in das andere Schloß gingen.
»Was hast du da?« wollte Freya wissen. »Oh ... eine Brille. Die trägst du aber nicht, oder?«
»Manchmal ...«
»Hast du schlechte Augen? Arme Anne! Immer mußt du so viel lesen. Werden deine Augen müde davon? Schmerzt dir der Kopf?«
»Wahrscheinlich sollte ich sie öfter tragen«, sagte ich.
»Setz sie auf und laß dich anschauen.«
Ich tat ihr den Gefallen, und Freya lachte. »Du siehst verändert aus«, meinte sie.
Es freute mich, das zu hören.
»Du wirkst streng«, fuhr sie fort. »Wie eine richtige Gouvernante. Regelrecht zum Fürchten.«
»Dann sollte ich sie unbedingt öfter tragen.«
»Aber ohne sie bist du hübscher.«
»Es gibt Wichtigeres als gutes Aussehen.«
»Ich glaube, du trägst sie aus einem ganz bestimmten Grund.«
Sie machte mir angst. Manchmal schien es, als schaue sie unmittelbar in meine Gedanken hinein. Sie sah mich verschmitzt an. Sie neckte mich, wie sie es so gern tat.
»Aus welchem Grund?« fragte ich schroff.
»Welchen Grund könnte es sonst geben, außer daß du mir Angst einjagen willst?«
Ich lachte erleichtert. Aber manchmal erschreckten mich ihre Bemerkungen.
Während der Vorbereitungen zum Aufbruch in das andere Schloß kamen mir unablässig Bruchstücke von jener weit zu-

rückliegenden Begegnung in den Sinn. Konnte die Gräfin von Bindorf sich meiner überhaupt erinnern? Ich war damals ein Schulmädchen gewesen, unscheinbar wie so viele Mädchen meines Alters. Ich war um etliche Zentimeter größer geworden, nachdem ich ziemlich plötzlich aufgeschossen war, und aus dem kleinen Mädchen war eine recht groß gewachsene Frau geworden. Ich vermutete zwar, daß mich dennoch jeder wiedererkannt hätte; aber die Gräfin hatte mich nur kurz gesehen, und da war sie sichtlich mehr an Francine interessiert gewesen.
Trotzdem konnte die Brille nützlich sein. Ich wollte sie aufsetzen, falls es sich als nötig erweisen würde, und ich nahm nicht an, daß Freya deswegen wirklich mißtrauisch war. Ich war übernervös. Ich sagte mir aber, daß ich nichts zu befürchten hätte, denn es war kaum wahrscheinlich, daß die Gräfin der Gouvernante ihres hohen Gastes große Aufmerksamkeit widmen würde.
Am nächsten Tag brachte uns die Kutsche zum gräflichen Schloß. In den Straßen hatten sich kleine Gruppen von Menschen gebildet, und vor dem Großen Schloß war eine ansehnliche Menge versammelt. Die Leute lasen ein Bulletin über den Zustand des Großherzogs, das der Haushofmeister am Portal angeschlagen hatte. Ich sah ihre Gesichter, als wir durch die Menge fuhren. Einige Hochrufe für die Komteß wurden laut, die sie mit einer der Situation angepaßten Anmut und Würde entgegennahm.
Ich dachte: Sie wird eine gute Großherzogin abgeben, wenn die Zeit kommt.
Fräulein Kratz und ich saßen zurückgelehnt in der Kutsche, als wir durch die Stadt und über die Brücke fuhren. Ich dachte, ich werde näher bei Daisy sein, und Hans ist in demselben Schloß. Es war ein tröstlicher Gedanke.
Wir fuhren unter einem Fallgatter hindurch in einen Innenhof, wo die Gräfin und der Graf sich zur Begrüßung der Komteß

eingefunden hatten. Ihnen zur Seite standen ein junger Mann und eine junge Frau. Letztere kam mir bekannt vor, und ich wußte sogleich: Ach ja, Tatjana. Wieder überkam mich ein Schauder der Spannung. Ich mußte mich nicht nur vor der Entdeckung durch die Gräfin hüten, sondern auch durch ihre Tochter, zumal ich mich erinnerte, daß Tatjana sich damals sehr für mich interessiert hatte, weil wir gleichaltrig waren. Ich hätte doch die Brille aufsetzen sollen.

Ein Bediensteter half Freya aus der Kutsche, und sie ging geradewegs zum Grafen und zu der Gräfin, welche sich erst verbeugten und sie dann umarmten.

Fräulein Kratz kletterte aus der Kutsche und trat zur Seite. Ich folgte ihr mit gesenktem Kopf. Sie stellte sich ans Ende der Gruppe. Ich blieb dicht bei ihr und war erleichtert, daß jedermann anscheinend nur Augen für Freya hatte, während ich kaum mehr als einen flüchtigen Blick empfing.

Freya wurde von Tatjana und dem jungen Mann begrüßt, der sich verbeugte. Freya lächelte anmutig, und die Gräfin nahm sie bei der Hand und führte sie ins Schloß.

Ich mischte mich unter eine Gruppe Leute. Die sind nicht von Rang, dachte ich. Dem Himmel sei Dank.

Plötzlich sah ich Hans. Er mußte nach mir Ausschau gehalten haben, denn er kam zu mir und sprach mich an.

»Ich bringe Sie zu den Zimmern, die man Ihnen und Fräulein Kratz zugewiesen hat«, sagte er. »Sie befinden sich neben den Räumen der Komteß.«

Ich lächelte dankbar, und zusammen mit Fräulein Kratz entfernte ich mich unauffällig von denen, welche die Herrschaften umringten. Wir wurden durch einen schmalen Gang und eine steinerne Wendeltreppe hinaufgeführt. Ein dickes Seil diente als Handlauf.

»Ihre Räume sind auch über die Haupttreppe zu erreichen«, erklärte Hans, »aber in diesem Fall ist es besser, diesen Aufgang zu benutzen.«

Ich war ihm dankbar. Er mußte meine ängstliche Spannung geahnt haben.
Er führte uns zu einer Zimmerflucht. Fräulein Kratz und ich hatten nebeneinanderliegende Zimmer. Ein großer Raum konnte als Schulzimmer dienen. Die Gemächer der Komteß befanden sich gegenüber.
Fräulein Kratz meinte nervös, sie hoffe, daß der Großherzog bald genesen werde.
»Das gilt als so gut wie sicher«, erklärte Hans.
»Ich bin ganz erschöpft«, klagte Fräulein Kratz.
»Ruhen Sie sich ein wenig aus«, schlug ich vor.
»Ich muß mich erst einmal eingewöhnen«, sagte sie und ging in ihr Zimmer. Hans und ich waren allein.
Ich sah ihn fragend an.
»Die erkennen Sie nie wieder«, sagte er. »Sie haben sich sehr verändert. Ich habe Sie auch nicht erkannt, als ich Sie nach der langen Zeit wiedersah. Die schauen die Leute kaum an, wenn es sich nicht um Großherzöge oder Grafen handelt. Sie können also unbesorgt sein.«
»Hans, hoffentlich bekommen Sie keine Schwierigkeiten, wenn man mich doch entdeckt.«
»Ich würde abstreiten, irgend etwas zu wissen. Daisy wird dann schon etwas einfallen. Auf Daisy ist Verlaß.«
Er versuchte mich aufzumuntern, indem er Daisys Zwinkern nachahmte, was so komisch aussah, daß ich lächeln mußte.
»Ich denke nicht, daß Sie lange hierbleiben«, sagte er. »Sobald es dem Großherzog besser geht, kehren Sie zurück. Und er wird sicher genesen. Er hat sich damals auch erholt.«
Ich war in meinem Zimmer, als ich hörte, daß die Komteß in ihre Gemächer begleitet wurde. Das ging unter großem Palaver vonstatten, und ich erkannte Freyas helle Stimme.
Dann hörte ich sie sagen: »Gräfin, Sie müssen meine Freundin kennenlernen, Fräulein Ayres. Sie ist eine englische Lady und unterrichtet mich in Englisch … bloß zum Vergnügen.«

Mir war auf einmal übel vor Angst. Ich setzte die Brille auf und tat so, als betrachtete ich die Aussicht, als die Tür aufging und Freya mit der Gräfin hereinkam. Ich stand mit dem Rücken zum Licht.

Als ich mich umwandte, sah ich, daß Tatjana und der junge Mann bei ihnen waren.

»Fräulein Ayres«, sagte Freya überaus würdevoll, »ich möchte Sie Gräfin von Bindorf, Graf Günther sowie Komteß Tatjana vorstellen.«

Ich verneigte mich tief.

Die Augen der Gräfin streiften mich kurz und ließen gleich wieder von mir ab. In Tatjana konnte ich schwach das kleine Mädchen erkennen, das ich in Granter's Grange gesehen hatte. Ihr blondes Haar war elegant frisiert und hoch auf dem Kopf aufgetürmt. Wenn sie auch beträchtlich gewachsen war, so war sie beileibe nicht groß. Sie hätte eine Schönheit sein können, wären nicht die eng zusammenstehenden Augen gewesen, und ihre verkniffenen Lippen ließen sie nahezu finster erscheinen. Ganz anders Günther. Wohl war er so blond wie sie und hatte auch ähnlich engstehende Augen, doch um die seinen waren Lachfältchen, und seine fröhliche Miene ließ darauf schließen, daß er das Leben als Spaß betrachtete. Tatjana stieß mich ab, aber ihr Bruder gefiel mir auf Anhieb.

»Willkommen«, sagte er. »Ich hoffe, Sie werden sich hier wohl fühlen.«

»O gewiß«, sagte Freya. »Fräulein Ayres und ich fühlen uns immer wohl. Wir lieben unsere englischen Plaudereien, nicht wahr?«

Ich bemühte mich um eine gouvernantenhafte Miene. »Die Komteß macht ausgezeichnete Fortschritte«, sagte ich.

Die Gräfin wandte sich ab mit dem Gehabe eines Menschen, der den Launen eines Kindes nachgegeben hat. Sie legte eine Hand auf Freyas Arm und sagte. »Kommen Sie, liebe Komteß, wir haben uns viel zu erzählen.«

Im Hinausgehen warf Tatjana einen Blick zurück. Ich hielt die Augen gesenkt und wandte mich ab. Sie hatten keine Ahnung, wer ich war, dessen war ich sicher.

Während der folgenden Tage bekam ich Freya nicht oft zu sehen. Ihr war das gar nicht recht. Sie beschwerte sich, daß man sie unablässig mit Beschlag belege. Die Gräfin wollte ihr unbedingt alle Ehren erweisen. »Sie denkt an die Zukunft, wenn ich Großherzogin sein werde«, sagte Freya. »Ich weiß nicht, warum ... aber sie rümpft die Nase über mich, wenn sie meint, daß ich es nicht sehe, dabei sagt sie mir dauernd Schmeicheleien ins Gesicht. Ich glaube, sie mag mich kein bißchen leiden, und dabei tut sie so, als ob sie mich bewundert. Ich wollte, wir wären wieder im Großen Schloß. Aber Günther ist nett. Er ist nicht wie die anderen und scheint sich wirklich zu freuen, daß ich hier bin.«
Die Bulletins über den Zustand des Großherzogs waren weiterhin günstig, und es schien nun sicher, daß er genesen würde.
Meine anfänglichen Befürchtungen waren beschwichtigt. Es war sicher, daß ich die Gräfin und ihre Tochter nicht oft zu Gesicht bekommen würde, und wann immer ich zu ihnen befohlen würde, wollte ich auf jeden Fall meine Brille aufsetzen und zusehen, daß mein Haar strenger frisiert war als gewöhnlich. Doch stand kaum zu befürchten, daß sie mich zu sich rufen würden und ich fühlte eine ungeheure Erleichterung. Unser Aufenthalt hier würde von kurzer Dauer sein, da es dem Großherzog mit jedem Tag besser ging, und solange ich anonym blieb, würde niemand mich mit Francine in Verbindung bringen. Wieder einmal dachte ich, wie klug es gewesen war, als Anne Ayres hierher zu kommen. Mein wirklicher Name hätte mich sofort verraten.
Drei Tage nach unserer Ankunft platzte Freya in mein Zimmer. »Tag, Anne«, rief sie. »Wir sehen uns so selten, das gefällt mir nicht. Ich bin froh, wenn wir endlich zurückkehren. Aber das

weißt du ja, nicht wahr? Und jetzt erzähle ich dir etwas, was du nicht weißt.«

»Was?«

»Sigmund kommt morgen.«

»Oh, das wird aber auch Zeit, nicht?«

»Sie mußten ihn ja erst benachrichtigen, und dann mußte er die Rückreise antreten. Er wird zuerst dem Großherzog im Großen Schloß seine Aufwartung machen, und anschließend kommt er her. Er wird am Abend eintreffen, und die Gräfin möchte aus diesem Anlaß ein Fest veranstalten, aber es darf natürlich wegen der Krankheit des Großherzogs nicht allzu groß sein.«

»Nur ein kleines Abendessen, nehme ich an.«

»Ein bißchen größer. Weißt du, dem Großherzog geht es ja viel besser. Er hat sogar schon im Bett gesessen und etwas gegessen.«

»Das ist eine gute Nachricht. Sigmund hätte also seine Vergnügungen nicht unterbrechen müssen.«

»Er muß aber hier sein. Staatspflichten und so weiter. Er ist jetzt so eine Art Regent. Außerdem muß er mir den Hof machen.«

»Der Ärmste! Was für eine Aufgabe!«

»Anne, es tut so gut, mit dir zusammen zu sein. Die anderen sind alle so ernst und lachen nie, dabei lache ich doch so schrecklich gern.«

»Das zeugt von einem glücklichen Naturell«, sagte ich.

»Anne, hör zu. Sie veranstalten so etwas wie einen Liliputball.«

»Was, um alles in der Welt, ist das?«

»Ein Ball ... aber natürlich kein großer. Weniger Leute ... weniger Aufwand ... nicht so festlich ... aber immerhin ein Ball.«

»Wie deine Augen funkeln! Ist das wegen dem Ball oder wegen Sigmund, dem Zauderer?«

»Warum nennst du ihn einen Zauderer?«

»Weil er so lange zögert. Er ist ein Zauderer in der Liebe. Hoffentlich ist er kein Feigling im Krieg.«

»Zitierst du wieder ein Gedicht?«

»Zugegeben.«
»Das macht dir Spaß, nicht wahr? Ich brauche für diesen Ball ein neues Kleid. Ich gehe zu Madame Chabris, die sich in der Stadt als Hofschneiderin niedergelassen hat. Sie ist aus Paris, und wie du weißt, kommen dort die schicksten Moden her.«
»Das habe ich gehört«, erwiderte ich. »Wann gehen wir zu Madame Chabris?«
»Jetzt gleich.«
»Kann denn das Kleid rechtzeitig bis morgen fertig werden?«
»Madame Chabris ist phantastisch. Sie kennt meine Maße und hat schon etliche Kleider für mich gemacht. Sie wußte, daß Sigmund kommen würde und daß ich dann ein Galakleid brauchte. Es würde mich nicht wundern, wenn Madame Chabris genau das Passende für mich bereit hielte.«
»Sie scheint sehr tüchtig zu sein.«
»Aber das Beste kommt erst jetzt: Du bist auch dabei, Anne.«
»Ich?«
»Ich habe darauf bestanden und gebe zu, daß es schwierig war. Die Gräfin sagte: ›Eine Gouvernante!‹ Ich habe ihr aber erklärt, daß du eine ganz besondere Gouvernante bist. Daß du ja aus einem beinahe ebenso edlen Haus wie wir bist und dies bloß tust, weil du dir die Welt anschaust, auf Europareise bist und es ziemlich fad findest, ziellos umherzureisen. Außerdem könntest du uns jederzeit verlassen, was mir überhaupt nicht behagen würde, und ich würde es keinem verzeihen, der dich wie einen Dienstboten behandelt. Tatjana war das gar nicht recht, aber ich kann Tatjana sowieso nicht leiden. Günther war einverstanden. Er sagte: ›Was kann es schon schaden, Mama? Laß die englische Lady doch kommen. Sie geht ja zwischen den Gästen ohnehin unter.‹ Wie gefällt dir die Vorstellung, unterzugehen?«
»Halt mal eine Minute an. Meinst du wirklich, daß ich auf den Ball gehen soll?«
»Ja, Aschenputtel. Ich bin deine gute Fee. Ich winke mit meinem Zauberstab.«

»Unmöglich! Ich habe nichts anzuziehen.«

»Hat Aschenputtel das nicht auch gesagt? Ich werde das mit Madame Chabris arrangieren.«

»Die Zeit ist zu knapp.«

»Heute vormittag gehen wir zu Madame Chabris, und ich wette ...«

»Bitte nicht wetten. Das schickt sich nicht. Und da die Gräfin meine Teilnahme eindeutig mißbilligt, gehe ich ganz bestimmt nicht hin.«

»Sei mal eine Minute still. Du kommst mit, Anne Ayres. Mir zuliebe. Ich möchte, daß du dabei bist. Ich bin die Komteß ... die zukünftige Großherzogin ... und wenn du nicht das Risiko eingehen willst, mich zu beleidigen, kommst du mit.«

»Du vergißt, daß ich nicht zu deinen Untertanen gehöre. Ich kann wieder gehen, wenn es mir beliebt.«

»Ach liebe, liebe Anne, du willst mich doch nicht enttäuschen. Ich habe mich so angestrengt, um ihre Einwilligung zu bekommen. Der wahre Grund ist, daß ich Angst habe. Die Begegnung mit diesem Sigmund ... ich brauche die Gewißheit daß du da bist.«

»So ein Unsinn«, sagte ich. »Er ist doch kein Fremder für dich.«

»Nein. Aber ich brauche deinen Beistand. Du muß kommen. Oh, versprich es ... *versprich* es.«

Ich zögerte. Eine ungeheure Erregung überkam mich. Ich kam nur sehr mühsam voran. Wer weiß, was ich entdecken könnte, wenn ich mich unter Leute mischte, die Rudolph höchstwahrscheinlich gekannt hatten?

»Nimm deinen Umhang«, drängte Freya. »Ich habe die Kutsche vorfahren lassen. Wir gehen unverzüglich zum Salon von Madame Chabris.«

Es war wie eine Offenbarung, mich von Madame Chabris ankleiden zu lassen. Ihr Salon war hübsch. Ich sagte: »Der ist beinahe

so glanzvoll, wie ich mir den Spiegelsaal von Versailles vorstelle.«
»Sie ist ja auch Französin«, erinnerte mich Freya.
Wir wurden sehr freundlich willkommen geheißen. Madame Chabris, überaus elegant, perfekt frisiert und beschuht sowie erlesen gekleidet, begrüßte uns persönlich.
Sie hatte genau das Kleid, das Freya brauchte. Sie erklärte, daß sie zuweilen Kleider entwarf für Leute, die sie bewunderte, und so sei es nicht erstaunlich, daß sie genau das Richtige für Komteß Freya vorrätig hatte. Was mich anging, so stellte sie fest, daß ich eine gute Figur habe, und natürlich habe sie auch für mich das Passende.
Freya probierte ihr Kleid an und drehte sich vor den Spiegeln, so daß sie sich rundum im ganzen Salon sehen konnte.
»Wie schön!« rief sie aus. »O Madame Chabris, Sie sind phantastisch!«
Madame Chabris' Miene drückte gedämpfte Zufriedenheit aus, als sei ein solch überschwengliches Kompliment für jemanden von ihrer Begabung etwas Alltägliches.
Dann war die Reihe an mir. Das Kleid war dunkelblau, mit Goldfäden durchwirkt.
»Das ist mein Modell Lapislazuli«, sagte Madame Chabris. »Es ist sehr schön … nur leider ein wenig teuer.«
»Fräulein Ayres ist unabhängig und hat eigenes Vermögen«, sagte Freya rasch. »Sie arbeitet nur, weil sie will. Wir sind gute Freundinnen, daher weiß ich das.«
»Dann bin ich überzeugt daß sie den Preis als nicht so wichtig erachtet, wenn sie erst sieht, wie das Lapisblau den Schimmer ihrer Haut zur Geltung bringt.«
Ich probierte es an. Madame Chabris hatte recht: Das Kleid schmeichelte mir sehr.
»Es bedarf nur geringfügiger Änderungen«, sagte Madame Chabris munter. »Meine Mädchen erledigen das binnen zwei Stunden. Sie sind sehr schlank, Fräulein, und haben eine hübsche

Figur, aber wenn ich so sagen darf, es ist Ihnen noch nicht bewußt. Das Lapismodell wird es Ihnen klarmachen. Wenn Sie bitte hier eintreten wollen ... ich schicke eine Schneiderin zu Ihnen.«

Ich trat in eine kleine Kabine, und kurz darauf kam eine Frau mittleren Alters mit einem Mund voll Stecknadeln zu mir. Ich mußte zugeben, die Verwandlung war erstaunlich. Nach dem Abstecken saß das Kleid perfekt. Dazu gehörte ein goldfarbener Gürtel, der zu den Fäden im Stoff paßte. Die Wirkung war verblüffend.

Freya klatschte in die Hände und vollführte einen Freudentanz, als sie mich sah.

»Das Fräulein wird noch eine andere Frisur brauchen«, meinte Madame Chabris fürsorglich.

»Die wird sie bekommen«, versprach Freya.

Plötzlich war ihr wieder eingefallen, daß sie die zukünftige Großherzogin war, und sie nahm ein leicht gebieterisches Gehabe an. »Sie bekommen das Kleid, Fräulein. Madame Chabris, Sie lassen es ändern und liefern es morgen früh. Dann hat Fräulein Ayres noch genügend Zeit, es zu probieren und sich zu vergewissern, daß alles richtig sitzt.«

»Selbstverständlich, Komteß«, sagte Madame Chabris.

Freya lachte auf dem ganzen Rückweg zum Schloß. Sie sagte immer wieder: »Ach Anne, ich bin wirklich gern mit dir zusammen. Wir haben eine Menge Spaß, nicht?«

Ich würde also auf den Ball gehen. Ich war sehr aufgeregt und wußte instinktiv, daß ich mich in Gefahr begab, aber das kümmerte mich nicht mehr. Ich redete mir ein, daß ich hingehen müsse, wenn ich etwas entdecken wollte.

Mein Kleid wurde gebracht, und ich probierte es an. Als Fräulein Kratz mich darin sah, starrte sie mich erstaunt an.

»Die Komteß bestand darauf«, sagte ich.

»Und die Gräfin war einverstanden?«

Ich nickte.
»Die Komteß ist sehr eigenwillig.«
»Sie ist reizend«, beteuerte ich. »Sie hat einen starken Charakter und wird einmal eine sehr gute Großherzogin.«
»Ich wollte, sie würde sich etwas konventioneller betragen.«
»Ach was, sie ist eben eigenwillig. Das ist weit interessanter, als mit der Masse zu gehen.«
»In ihrer Position ist es oft besser, mit der Masse zu gehen«, gab Fräulein Kratz zurück. »Und Sie, Fräulein Ayres, ist Ihnen nicht bange? Ich hätte Angst.«
»Wovor?« fragte ich schroff. Manchmal dachte ich, man müßte mir anmerken, daß ich etwas zu verbergen hatte.
»Nun ja, ich hätte Angst«, bekannte sie freimütig. »Das letzte, was ich mir wünschte, wäre, auf einen von deren Bälle zu gehen.«
»Ich freue mich darauf«, sagte ich bestimmt, und sie wandte sich achselzuckend ab.
Den Rest des Tages ging ich wie auf Wolken. Ich war noch nie auf einem Ball gewesen. Großvater hatte in Greystone Manor nie Einladungen in so großem Stil gegeben; das höchste war ein kleines Souper gewesen. Allerdings nahm ich an, daß ich sehr im Hintergrund stehen würde.
Freya schilderte mir, wie es sich wahrscheinlich abspielen würde: Sigmund würde bei seiner Ankunft von ihr und der Familie des Grafen begrüßt, und dann würden sie in die große Halle gehen, wo sich die Leute versammelt hätten. »Sie werden sich in zwei Reihen aufstellen. Ich fürchte, du wirst irgendwo am Ende stehen, Anne.«
»Aber natürlich«, erwiderte ich.
»Dann wird Sigmund meine Hand nehmen, und wir gehen zwischen den beiden Reihen hindurch. Sigmund wird kurz mit einigen wichtigen Leuten sprechen, aber sicher nicht mit dir, Anne.«
»Natürlich nicht.«

»Du mußt dann einen Hofknicks machen, wenn wir vorbeigehen.«
»Ich denke, den werde ich zustande bringen.«
»Das wäre alles. Danach wird getanzt ... recht sittsam ... dann werden wir alle gemeinsam soupieren, und um Mitternacht wird es aus Respekt vor dem Großherzog schon zu Ende sein.«
So zog ich denn das schönste und schmeichelndste Kleid an, das ich je besessen hatte, und war erstaunt über meine Verwandlung. Während ich mich mit meinem Haar abmühte, kam Freya mit einer kleinen, brünetten Frau herein, die Kämme und Haarnadeln bei sich hatte.
»Das ist die Kammerzofe der Gräfin«, verkündete Freya.
»Sie hat mein Haar frisiert. Ist sie nicht tüchtig? Jetzt nimmt sie sich deines vor.«
»Oh, aber ...«, begann ich.
»Es muß sein«, beharrte Freya. »Und ich habe darauf bestanden, daß sie es macht.«
»Du bist sehr gut zu mir«, sagte ich impulsiv.
Freyas Lippen zuckten leicht, und ich war wie jedesmal tief gerührt von diesen Beweisen ihrer Selbstlosigkeit. Sie war wirklich ein bezauberndes Mädchen.
Mein Haar wurde frisiert, und ein wenig bange begab ich mich auf den Ball. Ich gesellte mich zu den Damen und Herren, die sich an einem Ende der Halle versammelten. Sie lächelten mir zu und waren alle ziemlich nervös, wie mir schien. Ich hielt sie für die armen Verwandten einer adeligen Familie, die von der Gesellschaft ein wenig eingeschüchtert waren. Ich hatte das Gefühl, daß mein Platz bei ihnen sei. Mir kam der Gedanke, daß es womöglich solche Leute seien, bei denen ich etwas erfahren könnte, das mir bei der Entschlüsselung des Geheimnisses helfen würde.
Freya war nicht in der Halle. Sie war bei der gräflichen Familie, und aus den Geräuschen von draußen schloß ich, daß der erlauchte Sigmund angekommen war. Die Gesellschaft stellte

sich in zwei Reihen auf, und eine Gruppe von Männern in blauen Uniformen, mit Federbüschen auf den Helmen und Schwertern an der Seite, trat, von Trompetenklängen begleitet, in den Saal. In ihrer Mitte ging ein Mann, der etwas größer war als die übrigen. Ich konnte ihn nicht deutlich sehen, weil mir der Blick von den Leuten verstellt war.

Die Gruppe bewegte sich auf uns zu. Ich bemerkte, daß alle ganz still standen und die Augen niedergeschlagen hatten, und ich tat es ihnen gleich.

Sie kamen heran ... der Graf zur einen, Freya zur anderen Seite dieser illustren Persönlichkeit.

Mir schwindelte. Dies alles hatte etwas Unwirkliches. Ich dachte: Ich träume! Das ist nicht wirklich!

Denn da stand er: Konrad ... mein Liebhaber. Konrad, den ich nie vergessen hatte, obwohl ich es mir vorzutäuschen versucht hatte.

»Das ist Fräulein Ayres, die mir das gute Englisch beibringt.« Freya strahlte. Sie war stolz auf mich ... stolz auf ihn.

Ich machte einen Hofknicks, wie ich es die anderen hatte tun sehen.

»Fräulein Ayres«, murmelte er. Alles war da: Die Stimme, die Erscheinung, alles, woran ich mich erinnerte. Seine Bestürzung war ebenso groß wie meine ... wenn nicht gar größer.

»Sie sind Engländerin?« sagte er. Er hatte meine zitternde Hand ergriffen und starrte mich an. »Wie ich höre, sind Sie eine gute Lehrerin.«

Dann ging er weiter. Ich meinte, in Ohnmacht fallen zu müssen, aber ich mußte wieder zu mir kommen. Undeutlich hörte ich ihn mit jemand anderem in der Reihe sprechen.

Ich wollte fort, wollte aus diesem Raum fliehen und über das, was ich soeben entdeckt hatte, in Ruhe nachdenken.

Als er am Ende der Reihe angekommen war, nahm er Freyas Hand, und sie gingen in die Mitte der Halle, um den Tanz zu eröffnen. Die Leute schlossen sich ihnen nach und nach an.

Jemand berührte meinen Ellbogen. Es war Günther.
Ich stammelte: »Graf Günther ...«
»Komteß Freya bat mich, Sie im Auge zu behalten.«
»Sie ist so ein liebes Mädchen«, erwiderte ich. »Aber vielleicht sollte ich von der Komteß nicht so sprechen.«
»Es ist wahr«, sagte er. »Sie spricht ebenso lobend von Ihnen, und ihr liegt sehr viel an Ihnen. Sie bestand darauf, daß Sie auch auf den Ball kommen. Darf ich um diesen Tanz bitten?«
»Ich kenne Ihre Tänze gar nicht. Aber ich danke Ihnen.«
»Es ist ganz leicht. Kommen Sie ... ein paar Schritte, dann eine Drehung.«
»Hat die Komteß Ihnen gesagt, daß Sie mich zum Tanzen auffordern sollen?«
Er gab es zu.
»Nun, dann haben Sie Ihre Pflicht getan.«
»Nicht Pflicht«, erwiderte er mit einem charmanten Lächeln, »es ist mir ein Vergnügen.«
»Ich denke aber, ich sollte mich bald zurückziehen. Es war lieb von Komteß Freya, auf meinem Kommen zu bestehen ... aber ich habe wirklich das Gefühl, daß ich nicht hierher gehöre.« Er hatte mich auf das Parkett geführt, und ich fand den Tanz wirklich sehr einfach.
»Sie machen es großartig«, sagte Günther. »Schauen Sie sich Komteß Freya an. Sie wird eine bezaubernde Großherzogin, finden Sie nicht?«
»Allerdings. Wann findet denn die Hochzeit statt?«
»Etwa in einem Jahr, da sich der Großherzog ja nun erholt. Ich hoffe jedenfalls, daß er genesen wird.« Er blickte ein wenig wehmütig drein, und mir kam der Gedanke, daß er in meine kleine Komteß verliebt war.
Und Konrad? Liebte er sie auch?
Warum hatte er mir einen falschen Namen genannt? Er wollte wohl seine Identität nicht verraten. Aber warum hatte er sich für den Haushofmeister des Grafen ausgegeben? Doch hatte er das

wirklich? Oder hatte ich es nur angenommen? Er hatte es zumindest nicht abgestritten. Mir war sehr unbehaglich zumute, und auf einmal war ich unsagbar traurig.
Ich wollte fort von diesem Ball. Ich konnte es nicht ertragen, ihn hier inmitten der Leute zu sehen. Natürlich mußte er das tun, denn er war der künftige Regent des Herzogtums und der bedeutendste Mann unter den Anwesenden. Diese Veranstaltung fand ihm zu Ehren statt, auch wenn es wegen der Krankheit des Großherzogs kein großer Ball war; aber irgendein Fest mußte anläßlich der Heimkehr des Erben gegeben werden.
Ich hoffte, daß er mich nicht beachten würde. Denn wie hätte ich ihm in diesem Raum noch einmal ins Gesicht sehen können?
Ich mußte schleunigst fort.
Es war nicht schwierig. Ich stahl mich davon, aber im Hinausgehen sah ich ihn in meine Richtung blicken, ohne sein Lächeln und Plaudern zu unterbrechen.
Ich war unendlich betrübt. Welch eine Närrin war ich gewesen, mich in den erstbesten Mann zu verlieben, der mir über den Weg lief! Ich hätte wirklich vernünftiger sein sollen. Und wie bereitwillig war ich in die Falle getappt, die er mir gestellt hatte! Erst leicht zu haben und dann wenig geachtet.
Aber was war er für ein Mann! Wie ein Sagenheld. Ich hatte ihn mit Sigurd verglichen, als ich das erste Mal mit ihm beisammen war. Wie ein Nordländer, ein wikingischer Heerführer hatte er damals ausgesehen. Und nun, in seiner Uniform, wirkte er mehr denn je wie ein Sagenheld. Er stach alle Anwesenden aus und verkörperte all das, was ich aus meinen Gedanken zu verbannen versucht hatte.
Ich hätte doch nicht herkommen sollen. Es war töricht gewesen. Was hatte ich jetzt noch hier zu suchen? Ich mußte fort, das war unabänderlich. Ich mußte vergessen, weshalb ich überhaupt hergekommen war, und nach England zurückkehren. Ich könnte bei Tante Grace wohnen und ein ruhiges, gleichförmiges

Leben führen. Das war die einzige Möglichkeit, um nicht noch schmerzlicher verletzt zu werden.
In meinem Zimmer setzte ich mich an das offene Fenster. Ich konnte die Lichter der Stadt sehen, die Brücke und den Fluß, der sich wie eine schwarze Schlange durch die Stadt wand. Ich hatte den Ort liebgewonnen, ich hatte Freya liebgewonnen. Das würde ich nie vergessen, und es würde meinem Herzen jedesmal einen Stich versetzen, wenn ich daran dachte.
Und er? Würde ich ihn jemals vergessen? Ich hatte es mir eingeredet und hatte mir selbst untersagt, an ihn zu denken. Ich hatte versucht, diese Episode zu vergessen, mir einzureden, daß sie in Wirklichkeit niemals stattgefunden hätte; ich hatte mich geweigert, mir einzugestehen, daß er mir ständig durch den Sinn ging, und daß ich jene aufflackernden Erinnerungen nicht los wurde, die mir so lebendig Szenen aus der Zeit, die wir zusammen verbracht hatten, vor Augen führten. Insgeheim hatte ich immer gewußt, daß ich ihn niemals vergessen würde. Konrad, der Betrüger, Sigmund, der Erbe eines bedrohten Herzogtums, verlobt mit meiner kleinen Freya.
Sie würden zu gegebener Zeit heiraten, das war unausweichlich, denn sie waren einander versprochen. Das hatte er gemeint, als er sagte, er könne mich nicht heiraten.
Ich hörte Schritte im Flur. Jemand war an der Tür. Der Knauf drehte sich langsam.
Und da stand er und sah mich an.
»Pippa«, sagte er. »Pippa!«
Ich versuchte, ihn nicht anzusehen. Ich sagte. »Ich bin Anne Ayres.«
»Was soll das? Was hat das zu bedeuten?«
Ich erwiderte: »Was suchen Sie in meinem Zimmer, hm … wie nenne ich Sie, Baron?«
»Du sagst Konrad zu mir.«
»Und der erhabene Herr Sigmund?«
»Das ist mein offizieller Name. Sigmund Konrad Wilhelm Otto.

Man hat mich mit einem reichlichen Vorrat bedacht. Aber, Pippa, Namen sind so unwichtig. Und wie steht es um dich?«
Er hatte das Zimmer durchquert und ergriff meine Hände. Er zog mich hoch und drückte mich an sich. Ich fühlte meinen Widerstand schwinden.
Ich konnte nur sagen: »Geh! Geh fort, bitte. Du hast hier nichts verloren.«
Er nahm mein Kinn in seine Hände und sah mir ins Gesicht. »Ich habe dich gesucht«, sagte er. »Ich bin in England gewesen. Ich wollte dich holen ... notfalls mit Gewalt. Ich konnte dich nicht finden ... und dann bin ich voll Verzweiflung hierher zurückgekommen ... und du bist hier. Du wolltest mich finden, nicht wahr? Während ich dich suchte, hast du mich gesucht.«
»Nein, nein. Ich bin nicht deinetwegen hier.«
»Du lügst, Pippa. Du bist meinetwegen gekommen, und jetzt haben wir uns gefunden und werden uns nie wieder trennen.«
»Du irrst dich. Ich wollte dich nicht wiedersehen. Ich kehre nach England zurück. Ich weiß jetzt, wer du bist. Du bist mit Freya verlobt, und euer Verlöbnis kommt einer Vermählung gleich. Dem kannst du dich nicht entziehen. Ich habe einiges von den Problemen hier erfahren. Kollnitz ist ein Pufferstaat, und ihr braucht seine Hilfe. Du mußt also Freya heiraten, weil ihr auf diese Verbindung angewiesen seid. Aber das weißt du ja selbst, und du weißt auch, daß ich heimkehren muß.«
»Hier wird von nun an deine Heimat sein! Hör zu, Pippa, du bist hier. Wir haben uns gefunden ... und werden uns nie mehr trennen. Wir bleiben zusammen. Ich werde eine Zuflucht finden, wo wir uns unser Heim einrichten können.«
»Im Wald ganz in der Nähe steht eine Jagdhütte leer«, sagte ich mit einem Anflug von Bitterkeit.
»Sprich nicht davon. Mit uns wird es nicht so. Ich liebe dich, Pippa. Nichts vermag daran etwas zu ändern. Gleich als ich damals fort war, wußte ich, wie sehr ich dich liebe. Ich hätte nicht abreisen sollen, als du nicht am Bahnhof warst. Ich hätte

dich holen und mitnehmen sollen, aber nun bist du zu mir gekommen. Es war klug von dir, deinen Namen zu ändern. Es ist besser, wenn niemand weiß, daß du Francines Schwester bist. Du bist da ... meine liebe kluge Pippa. Du weißt so gut wie ich, daß unsere Liebe anders ist als alles, was uns beiden jemals widerfahren ist. Jetzt bleiben wir zusammen ... was auch immer geschieht.«

»Du hast mich überrascht.«

»Du mich auch, meine Geliebte«, erwiderte er. Er küßte mich leidenschaftlich, und in Gedanken war ich plötzlich wieder in jenem vom Feuerschein erleuchteten Zimmer in Granter's Grange. Ich wünschte, ich wäre wieder dort und könnte seine Bindung an Freya vergessen. Ich wollte so gern mit ihm zusammen sein.

»Die wunderbarste Überraschung meines Lebens«, sagte er. »Du hier ... meine Pippa ... und wirst mich nie, nie mehr verlassen.«

Ich spürte seine heftige Leidenschaft, spürte meine Bereitschaft, sie zu erwidern. Ich erinnerte mich so lebhaft an jenes andere Mal und wußte instinktiv, daß er ein Mann war, der es nie gelernt hatte, sich etwas zu versagen. Ich wußte so viel von ihm. Und ich liebte ihn. Es war zwecklos zu versuchen, mir etwas anderes einzureden, da er nun hier war ... dicht bei mir ... mich in seinen Armen hielt ... ich würde ihn nie vergessen können. Ich war eine Närrin, denn ich erkannte die Hoffnungslosigkeit der Situation. Ich fürchtete, daß mein Widerstand hier und jetzt ebenso dahinschmelzen würde wie damals. Ich mußte an Freya denken. Was wäre, wenn sie hereinkommen und ihn hier finden würde? Meine Abwesenheit würde ihr vielleicht nicht auffallen, aber seine gewiß. Jedermann würde es bemerken. Was, wenn sie ihn suchen ging? Natürlich würde sie ihn niemals in meinem Zimmer vermuten. Aber wenn sie zu mir käme ... und mich in den Armen ihres zukünftigen Mannes fände?

Es war eine gefährliche und unmögliche Situation.
Ich entzog mich ihm und sagte, so kühl ich konnte: »Man wird dich im Ballsaal vermissen.«
»Das kümmert mich nicht.«
»Nein? Der Erbe von allem hier … Natürlich kümmert es dich. Es ist deine Pflicht, dich zu kümmern. Du mußt zurück, und wir dürfen uns nicht wiedersehen.«
»Was du vorschlägst, ist unmöglich.«
»Und was würdest du vorschlagen?«
»Ich habe Pläne.«
»Ich kann mir denken, was das für Pläne sind.«
»Pippa, wenn ich jetzt gehe, wirst du mir etwas versprechen?«
»Was?«
»Daß wir uns morgen treffen. Sagen wir im Wald? Bitte, Pippa, ich muß mit dir sprechen. Aber wo? Wo?«
»Ich kenn nur eine Stelle im Wald …«
»Dann treffen wir uns dort.«
»… das Jagdhaus«, sagte ich. »Wir treffen uns dort, um miteinander zu reden.«
»Es gibt doch nichts mehr zu sagen. Ich habe mich täuschen lassen. Vielleicht war ich selbst schuld, weil ich nicht genug Fragen gestellt habe. Ich hielt dich für einen Haushofmeister … einen Bediensteten des Grafen … und du hast nicht versucht, mich aufzuklären … Du mußt doch gewußt haben, daß ich keine Ahnung hatte, wer du wirklich bist.«
»Es schien nicht wichtig.«
Ich lachte bitter. »Nein, gewiß nicht. Du gedachtest dich während deines kurzen Aufenthalts in England zu amüsieren. Ich verstehe vollkommen.«
»Du verstehst nichts! Du verstehst überhaupt nichts.«
Ich horchte plötzlich auf. »Die Musik hat aufgehört«, sagte ich. »Gewiß hat man die Abwesenheit des Ehrengastes bemerkt. Bitte geh jetzt.«

Er hatte meine Hände ergriffen und küßte sie leidenschaftlich.
»Morgen«, sagte er. »Beim Jagdhaus. Um zehn.«
»Das ist nicht sicher. Es ist nicht einfach für mich, fortzukommen. Du vergißt, daß ich hier angestellt bin.«
»Die Komteß sagte, daß du nur aus Gefälligkeit hier bist und gehen würdest, wenn sie nicht nett zu dir ist.«
»Sie hat übertrieben. Vergiß nicht, daß ich vielleicht nicht kommen kann.«
»Du wirst kommen. Ich werde dich dort erwarten.«
Ich wand mich aus seinen Armen, aber er riß mich wieder an sich und hielt mich fest. Er küßte mich auf Lippen und Hals, und es war der damaligen Situation dermaßen ähnlich, daß ich mich vor meinen Gefühlen ängstigte.
Doch dann war er fort.
Ich ging ans Fenster und sah wieder auf die Stadt hinunter. So saß ich eine Weile, ohne zu merken, wie die Zeit verging. Ich war wieder in Granter's Grange, durchlebte jene Stunden, die ich mit ihm verbracht hatte und die ich, mich selbst täuschend, aus meiner Erinnerung gelöscht zu haben glaubte. Auf einmal hörte ich die Turmuhr Mitternacht schlagen. Damit war der Ball, aus Rücksicht auf das Befinden des Großherzogs, zu Ende, und dem Lärmen unten entnahm ich, daß die Gäste aufbrachen. Pomp und Zeremoniell würden Konrad begleiten, wohin er auch ging, es sei denn, er war weit fort von daheim und lebte inkognito.
Ich mußte neue Pläne machen und alle Hoffnung, hierbleiben und das Geheimnis um den Tod meiner Schwester enträtseln zu können, aufgeben. Doch im Hintergrund meiner Gedanken war die Vorstellung, daß irgendwo – vermutlich in der Nähe – ihr Kind lebte. Ich würde keinen Frieden finden, solange ich nicht wußte, was aus dem Kleinen geworden war ... aber wie hätte ich jetzt noch bleiben können? Meine Beziehung zu Freya war unhaltbar geworden.
Ich saß noch immer in meinem Lapislazulikleid am Fenster, als

es an die Tür klopfte. Sie wurde aufgestoßen, ehe ich Zeit hatte, zum Eintreten aufzufordern.
Es war Freya, wie ich vermutet hatte. Ihr Gesicht war gerötet, ihre Augen funkelten, und sie sah in ihrem Chabris-Kleid sehr hübsch aus.
»Anne!« rief sie. »Du warst auf einmal verschwunden. Ich habe dich gesucht und habe auch Günther nach dir ausgeschickt, aber wir konnten dich nirgends finden.«
Ich schauderte innerlich, als ich mir vorstellte, was geschehen wäre, wenn sie ihren Verlobten in meinem Schlafzimmer angetroffen hätte.
»Ich hätte doch nicht auf den Ball gehen sollen«, sagte ich leise. »Was ist denn geschehen?«
»Ach ... ich habe mich einfach davongemacht.«
»Es muß doch irgendwas passiert sein. Du siehst so ...« Sie beäugte mich mißtrauisch.
Ich sagte rasch – zu rasch: »Wie sehe ich aus?«
»So seltsam angeregt ... irgendwie strahlend. Bist du dem Königssohn begegnet?«
»Aber Freya, ich bitte dich«, sagte ich ziemlich verkrampft.
»Nun, wir haben dich doch mit Aschenputtel verglichen. Sie ist dem Königssohn begegnet; nicht wahr, und sie ist geflohen und hat ihren Schuh verloren.«
Sie blickte auf meine Füße, und ich konnte trotz allem nicht umhin, über ihre Kindlichkeit zu lächeln.
»Ich kann dir versichern, daß ich beide Schuhe anbehalten habe. Ich mußte nicht Schlag zwölf fort, und zu mir gehörte kein Königssohn. Der gehört ... zu dir.«
»Wie findest du Sigmund? Er hat mit dir gesprochen, nicht?«
»Ja.«
»Ich hoffe, er hat dir gefallen, ja? Ja? Warum antwortest du nicht?«
»Es fällt mir schwer, darauf zu antworten.«
Sie warf den Kopf zurück und lachte. »Ach Anne, du bist wirklich

komisch. Du meinst wohl, daß du bei oberflächlicher Bekanntschaft kein Urteil über Leute abgeben willst. Ich habe dich ja auch nicht um eine Bewertung seines Charakters gebeten.«
»Das ist klug von dir, denn die hättest du auch nicht bekommen.«
»Ich meinte ja nur, hat er einen günstigen Eindruck auf dich gemacht, oder?«
»O ja, natürlich.«
»Und meinst du, er wird ein guter Ehemann?«
»Das wirst du zu gegebener Zeit selbst herausfinden müssen.«
»Oh, immer so vorsichtig! Er sieht gut aus, nicht?«
»Ja, ich denke, das darf man von ihm sagen.«
»Er ist so vornehm. Er ist ein Mann von Welt. Das findest du doch auch, nicht wahr?«
»Ich habe dir gesagt, daß ich ...«
»Schon gut. Er hat ja auch bloß kurz mit dir gesprochen. Aber Günther hat mit dir getanzt, nicht? Ich habe euch gesehen. Ich hab's ihm gesagt, weißt du.«
»Ja, ich weiß. Das war lieb von dir, aber es wäre nicht nötig gewesen. Ich hatte es nicht erwartet, aber er ist seiner Pflicht vortrefflich nachgekommen.«
»Günther ist sehr nett, findest du nicht auch?«
»Ja.«
»Oh, über ihn hast du dir doch bestimmt schon eine Meinung gebildet. Er ist natürlich nicht so ungeheuer attraktiv wie Sigmund. Ich habe fast so etwas wie Respekt vor Sigmund. Er erscheint ... allzu irdisch. Ist das das richtige Wort?«
»Ich denke, das dürfte genau treffen, was du meinst.«
»Er hat bestimmt schon viele Geliebte gehabt. Er gehört zu dieser Sorte von Männern, die so etwas tun, und in der Familie Fuchs sind alle so veranlagt, weißt du ... sinnlich und amourös.«
»Freya«, fragte ich ernst »willst du diesen Mann heiraten?«
Sie überlegte einen Augenblick. Dann sagte sie: »Ich will Großherzogin sein.«

Darauf erinnerte ich sie daran, daß es Zeit sei, zu Bett zu gehen, jedenfalls für mich, auch wenn sie noch keine Lust dazu verspüre.

»Dann gute Nacht, Anne ... liebe Anne. Ich will nicht, daß du fortgehst, wenn ich verheiratet bin. Du mußt hierbleiben und mich trösten, wenn Sigmund mich mit seinen vielen Geliebten betrügt.«

»Wenn du von seiner zukünftigen Untreue so überzeugt bist, solltest du ihn besser nicht heiraten.«

Sie sprang auf und salutierte spöttisch. »Bruxenstein!« rief sie. »Für Kollnitz! Gute Nacht, Anne«, fuhr sie fort. »Jedenfalls ist alles ziemlich aufregend, findest du nicht?«

Ich stimmte ihr zu.

Am nächsten Morgen war ich früh auf. Ich spähte zu Freya hinein, die noch tief schlief. Ich war froh, denn somit hatte ich eine Chance, fortzukommen. Ich trank eine Tasse Kaffee und aß eines von den Kümmelbrötchen, die mir so sehr mundeten, seit ich in Bruxenstein war. Heute morgen aber spürte ich kaum etwas von seinem Geschmack. Nach diesem kurzen Frühstück ging ich zu den Stallungen und sattelte ein Pferd. In weniger als einer halben Stunde war ich bei der Jagdhütte angelangt. Konrad erwartete mich bereits ungeduldig. Er hatte sein Pferd an den Pflock gebunden und half mir beim Absteigen. Er streckte seine Arme aus, und ich ließ mich hineingleiten. Er hielt mich fest und küßte mich.

Ich sagte: »Es hat alles keinen Sinn.«

»Du irrst dich«, widersprach er. »Laß uns spazierengehen und reden. Ich habe dir unendlich viel zu sagen.«

Er legte seinen Arm um mich, und wir gingen in den Wald, fort vom Jagdhaus.

»Ich habe die ganze Nacht über uns nachgedacht«, sagte er. »Du bist hier, und du wirst bleiben. Mich hat der Zufall der Geburt in diese Position gedrängt, aber ich habe nicht vor, mich mit einem aufgezwungenen Schicksal abzufinden und das aufzugeben, ohne das ich nicht leben kann. Ich weiß, daß ich diese Heirat über mich ergehen lassen und meine Pflicht gegenüber meinem Land und meiner Familie erfüllen muß ... aber ich bin auch entschlossen, mein eigenes Leben zu leben. So ist es vielen von uns ergangen, denn es ist die einzige Möglichkeit, das zu tun, was wir tun müssen. Meine Familie ... das Leben, das ich mir wünsche und das zu führen ich fest entschlossen bin ... der Pfad der Pflicht: Ich kann alles in Einklang bringen.«

»Wie Rudolph?«

»Er hätte mit deiner Schwester glücklich sein können, aber er war leichtsinnig. Das war er immer. Er wurde getötet, weil jemand ... weil ein paar Mitglieder einer Partei verhindern wollten, daß er an die Macht kam. Es war ein rein politischer Mord. Unglücklicherweise war deine Schwester bei ihm.«

»Dasselbe könnte auch dir zustoßen«, sagte ich, wobei ich mich fragte, ob er das ängstliche Zittern in meiner Stimme bemerkte.

»Wer von uns kann schon wissen, was ihm von einem Augenblick zum anderen zustößt? Der Tod kann den geringsten Bauern unvermutet ereilen. Ich weiß, daß Rudolph als Nachfolger seines Vaters nicht beliebt gewesen wäre. Er war zu schwach, zu vergnügungssüchtig und hatte etliche Parteien gegen sich.«

»Und du?«

»Ich hatte nichts damit zu tun. Das Letzte, was ich mir wünschte, war dort zu stehen, wo ich heute bin.«

»Könntest du dich nicht weigern, deine Position zu akzeptieren?«

»Es gibt niemanden sonst, der diese Stelle einnehmen könnte. Das Land würde ins Chaos stürzen, unsere Feinde würden eingreifen. Unser Land braucht einen starken Herrscher, wie mein Onkel einer war. Ich hoffe bei Gott, daß er am Leben bleibt, denn so lange haben wir Sicherheit. Und ich muß diese Sicherheit bewahren.«

»Kannst du das?«

»Ich weiß, daß ich es kann … vorausgesetzt, daß unsere Verbündeten uns unterstützen.«
»Solche wie Kollnitz?«
Er nickte und fuhr fort: »Gleich nach Rudolphs Tod mußte ich mich mit dem Kind Freya verloben. Diese besondere Verbindung kommt einer Eheschließung gleich, bis auf den Vollzug der Ehe. An Freyas sechzehntem Geburtstag findet eine offizielle Trauungszeremonie statt. Dann haben wir die unausweichliche Pflicht, einen Erben hervorzubringen. Aber ich muß mein eigenes Leben führen. Das eine ist mein öffentliches Leben, aber ich will auch ein Privatleben haben.«
»Das du mit mir zu teilen gedenkst?«
»Das ich mit dir teilen werde. Ohne das könnte ich nicht leben. Man kann nicht sein ganzes Dasein als Marionette verbringen, die sich stets so bewegt, wie es verlangt wird. Nein! Das werde ich nicht tun. Ich wünschte, ich könnte das alles aufgeben und heimlich mit dir fortgehen … um irgendwo in Frieden zu leben. Aber was würde geschehen, wenn ich das täte? Chaos, Krieg. Ich weiß nicht, wo das enden würde.«
»Du mußt deine Pflicht tun«, sagte ich.
»Und du und ich …«
»Ich werde nach England zurückkehren, denn es ist unmöglich zu leben, wie du vorschlägst.«
»Warum?«
»Weil es nicht glücken würde. Ich wäre nur eine Belastung.«
»Die verehrteste und geliebteste Belastung, die es je gab.«
»Aber eben doch eine Belastung. Manchmal denke ich, daß Rudolphs Beziehung zu meiner Schwester die Ursache für seinen Tod gewesen sein könnte. Möglicherweise wäre ich die Ursache für deinen Tod.«
»Ich bin bereit, dieses Wagnis einzugehen.«
»Und Kinder?« sagte ich. »Was wäre mit Kindern?«
»Sie würden alles haben, was ein Kind sich nur wünschen kann.«
»Meine Schwester hatte auch ein Kind. Wo mag es jetzt sein?

Denk nur, ein kleiner Knabe. Ich weiß, daß es ein Knabe war, weil sie es mir geschrieben hat. Was ist wohl aus ihm geworden? Wo ist er hingeraten, als man seinen Vater und seine Mutter ermordete? Und du sprichst davon, daß wir zusammenleben, daß wir Kinder haben werden. Heimlich, nehme ich an. Und Freya, welche Rolle kommt ihr dabei zu?«
»Freya würde es verstehen. Sie weiß, daß unsere Ehe eine Vernunftehe ist. Ich würde es ihr begreiflich machen können.«
»Ich kenne sie sehr gut und bezweifle daher, daß sie es verstehen würde ... und daß ausgerechnet ich diejenige wäre ... das wäre unerträglich. Das Ganze ist unmöglich, und ich muß schleunigst abreisen.«
»Nein«, rief er, »nein! Versprich mir eins: Du wirst nicht fortlaufen und dich verstecken. Du wirst mit mir sprechen, bevor du etwas unternimmst.«
Er war stehengeblieben und hatte seine Hände auf meine Schultern gelegt. Ich wünschte, er würde mich nicht so ansehen; denn wenn ich ihm von Angesicht zu Angesicht gegenüberstand, war alles schwieriger, und ich fühlte, wie meine Entschlußkraft zerschmolz.
»Natürlich gebe ich dir Bescheid, wenn ich abreise«, versprach ich.
Er lächelte zuversichtlich. »Mit der Zeit werde ich dir die Augen öffnen. Was hast du gefühlt, als du mich sahst?«
»Ich dachte, ich träume.«
»Ich auch. Ich habe oft davon geträumt ... daß ich dir wieder gegenüberstehe ... dich plötzlich finde. Ich wollte dich immer suchen. Nicht auszudenken, daß ich noch immer in England sein könnte ... auf der Suche nach dir ...«
»Was hast du dort unternommen? Wo hast du dich erkundigt?«
»Ich wollte zu dem Bildhauer, weil ich wußte, daß ihr befreundet wart. Er war aber nicht mehr dort, und der Pfarrer war verreist. Sein Vertreter sagte, deine Tante und ihr Mann seien fortgezo-

gen, und er wüßte nicht, wohin. In Greystone Manor war niemand außer den Dienstboten.«
»Aber mein Cousin Arthur müßte doch dagewesen sein.«
»Sie sagten, er sei auf der Hochzeitsreise.«
»Hochzeitsreise! O nein, das kann nicht sein.«
»Das hat man mir aber erzählt. Es war wie eine Verschwörung gegen mich. Ich erfuhr auch vom Tod deines Großvaters.«
»Was hast du gehört?«
»Daß er bei einem Brand ums Leben kam.«
»Hast du irgendwas gehört ... daß ich etwas damit zu tun hatte?«
Er runzelte die Stirn. »Es gab ein paar Andeutungen. Ich wußte nicht, was das zu bedeuten hatte. Es waren so versteckte Bemerkungen. Ich war im Gasthaus abgestiegen, aber auch dort war man nicht sehr redselig.«
Ich sagte: »An dem Abend, als mein Großvater starb, hatte ich Streit mit ihm. Die Leute im Haus haben es gehört, weil er mich anschrie. Er wollte, daß ich meinen Cousin Arthur heirate und drohte, mich hinauszuwerfen, wenn ich nicht gehorchte.«
»Ach, wäre ich nur dort gewesen!«
»In jener Nacht ist er gestorben. Sein Zimmer und das daneben sind ausgebrannt. Das Feuer war auf diese beiden Räume beschränkt. Mein Großvater war tot, als man ihn hinaustrug ... aber er war nicht erstickt, sondern starb an einem Schlag auf den Kopf. Man nahm an, er könnte gefallen sein ... oder auch nicht.«
»Du meinst, sie dachten, es war ein Verbrechen.«
»Sie waren nicht sicher. Der Spruch bei der Untersuchung lautete ›Tod durch Unfall‹. Aber etliche Leute hatten unsere Auseinandersetzung gehört.«
»Guter Gott! Meine arme Pippa. Wäre ich dort gewesen ...«
»Ja, wärst du nur! Aber ich hatte Tante Grace. Sie war lieb zu mir, und Cousin Arthur war gütig ... und meine Großmutter hinterließ mir ein Erbe, das es mir ermöglichte, fortzugehen ... hierherzukommen.«

Er drückte mich eng an sich. »Meine liebste Pippa«, sagte er. »Von nun an werde ich mich um dich kümmern.«
Einen Moment lehnte ich mich an ihn, ihn in dem Glauben lassend, daß es möglich sei ... und vielleicht mich selbst täuschend.
Er sagte: »Das ist nun alles vorbei. Es muß wie ein Alptraum gewesen sein. Ich hätte dort sein sollen. Auf dem Bahnsteig habe ich gezögert. Ich wollte dich holen, aber dann dachte ich, wie kann ich das tun, wenn sie nicht mitkommen will?«
»Ich wollte ja kommen. Und wie ich es wollte.«
»Liebe, liebe Pippa, hättest du es nur getan!«
»Aber wohin? Zu dem Versteckspiel, das du dir ausgedacht hast? Eine Jagdhütte im Wald! Es ist wie ein Muster, das sich ständig wiederholt. Francine und ich. Wir haben uns stets nahegestanden ... wie ein und dieselbe Person. Manchmal glaube ich, ich lebe ihr Leben nach. Wir waren immer zusammen, bis sie sich so unklug verliebte. Und nun habe ich es anscheinend genauso gemacht.«
»Mich zu lieben wird sich als das Klügste erweisen, das du je getan hast.«
Ich schüttelte den Kopf. »Ach wärst du doch ein gewöhnlicher Mensch, der Haushofmeister vielleicht, für den ich dich anfangs hielt. Ich wünschte, du wärst alles andere als das, was du bist ... mit diesen Verpflichtungen ... insbesondere gegenüber Freya.«
»Wir werden über all dem stehen. Ich werde ein Haus für dich finden. Unser Heim. Ich will dir alles geben, was ich habe.«
»Aber das kannst du nicht. Deinen Namen kannst du mir niemals geben.«
»Ich kann dir all meine Verehrung und meine Liebe geben, Pippa.«
»Du mußt an deine Vermählung denken. Ich habe Freya lieb gewonnen. Sie ist noch ein Kind ... ein bezauberndes Kind. Sie wird dich verlocken, sie zu lieben.«
»Ich lasse mich nicht von meiner Pippa fortlocken. O Pippa,

liebste Pippa, horch auf den Gesang der Vögel. ›Die Lerche entschwebt … In Frieden die Welt.‹ Erinnerst du dich? Pippas Gesang. Die Welt ist in Frieden, wenn wir zusammen sind, du und ich.«

»Ich muß zurück. Man wird mich vermissen. Dich auch, nehme ich an.«

»Wir treffen uns wieder … morgen. Ich werde das finden, wo wir zusammen sein können. Es muß sein, und es hat keinen Sinn, dagegen anzukämpfen. Von dem Augenblick an, als wir uns begegneten, war es mir klar. Ich sagte mir: ›Die und keine andere auf der ganzen Welt.‹«

Ich schüttelte den Kopf. Ich schwankte zwischen Entzücken und Verzweiflung und fühlte, daß ich schwach werden würde. Ich wußte, daß ich nehmen mußte, was ich bekommen konnte.

Er spürte es auch, denn ich hatte meine Gefühle allzu bereitwillig verraten.

»Auf morgen. Morgen, Pippa. Versprich es. Hier.«

Ich versprach es, und wir kehrten zu unseren Pferden zurück. Als er mir beim Aufsteigen half, nahm er meine Hand und blickte mich flehentlich an, und ich liebte ihn so sehr, daß ich tief in meinem Herzen wußte, ich würde alles tun, worum er mich bat. Ich zog meine Hand zurück, denn mir war sehr bange vor meinen Gefühlen, und sagte so kühl ich konnte: »Wir dürfen nicht zusammen fortreiten. Man könnte uns sehen. Bitte reite du voraus.«

»Wir reiten zusammen.«

»Nein. Mir ist es so lieber. Es könnte schwierig für mich werden, wieder frei zu bekommen, wenn man uns zusammen sehen würde.«

Er neigte den Kopf, denn er sah ein, daß es so klüger war. »Vielleicht sollten wir eine Weile vorsichtig sein«, meinte er. Er küßte mir inbrünstig die Hand und ritt davon.

Ich blieb noch ein paar Minuten und betrachtete das Jagdhaus. Ich hatte keine Lust, sogleich zum Schloß zurückzukehren. Ich dachte mir Entschuldigungen für meine Abwesenheit aus, denn Freya würde wissen wollen, wo ich gewesen war. Ich würde ihr sagen, daß ich nach der vorausgegangenen Nacht das Bedürfnis nach frischer Luft und Bewegung verspürt hätte und deshalb in den Wald geritten sei.

Plötzlich überkam mich das Verlangen, wieder abzusteigen und Francines Grab zu besuchen. Ich fühlte mich ihr so nahe. Ich band das Pferd an und ging um das Haus herum.

Als ich mich dem Grab näherte, hatte ich das unheimliche Gefühl, daß ich nicht allein war. Zuerst dachte ich, ich würde von jemand verfolgt, der mein Treffen mit Konrad beobachtet hatte. Mir wurde eiskalt vor Angst. Wie kommt es, daß man die Gegenwart eines anderen Menschen spüren kann? Hatte ich ein Geräusch gehört? Oder war es Instinkt?

Ich hatte die Einfriedung erreicht und nahm eine Bewegung wahr ... das Aufblitzen von etwas Buntem. Dann bemerkte ich jemanden am Grab.

Ich zog mich zurück, um mich nicht bemerkbar zu machen; denn ich nahm an, es sei Gisela. Ich stand ganz still und hielt den Atem an. Eine Gestalt erhob sich. Sie hielt eine kleine Schaufel in der Hand und hatte offenbar etwas eingepflanzt.

Es war nicht Gisela. Es war eine junge Frau, größer, blonder als Gisela. Sie stand einen Augenblick still und betrachtete ihr Werk. Plötzlich rief sie: »Rudi! Komm her, Rudi.«

Dann sah ich ein Kind. Es war ein Knabe von etwa vier oder fünf Jahren. Sein lockiges Haar war hell wie der Sonnenschein.

»Komm her, Rudi. Schau, die schönen Blumen.«

Das Kind ging zu ihr und stellte sich neben sie.

»Jetzt müssen wir gehen«, fuhr sie fort. »Aber vorher ...«

Ich war verblüfft, als sie zusammen niederknieten. Ich betrachtete das Kind, es hatte die Augen geschlossen und die Handflächen fest aneinandergepreßt; murmelnd bewegte es die Lippen. Doch ich konnte nicht hören, was es sagte.

Sie standen auf. Die Frau hielt in der einen Hand einen Korb, in dem die Schaufel lag, und mit der anderen nahm sie die Hand des Kindes.

Ich zog mich in den Schutz des dichten Gebüschs zurück und beobachtete, wie sie durch das Gatter kamen und in den Wald gingen.

Mein Herz schlug schnell, meine Gedanken rasten. Wer war diese Frau? Wer war das Kind? Und ich hatte wie betäubt dagestanden und sie beobachtet, anstatt daß ich sie angesprochen hätte, um zu entdecken, warum sie das Grab meiner Schwester pflegte.

Ich hatte sie jedoch nicht aus den Augen verloren. Ich konnte ihr wenigstens folgen und sehen, wohin sie ging.

Ich behielt sie im Blick. Es war nicht schwierig, mich verborgen zu halten, weil die Bäume mir guten Schutz boten. Und wenn sie mich sah, so konnte ich ja einfach nur ein Spaziergänger sein.

Sie waren zu einem kleinen, aber hübschen Haus gelangt. Ich blieb stehen und beobachtete sie. Die Frau ließ die Hand des Knaben los, und er lief ihr auf dem Weg zur Tür voraus. Auf der Veranda hüpfte er auf und ab, während er auf sie wartete, dann gingen sie zusammen hinein.

Ich war verblüfft über das, was ich gesehen hatte. Warum pflegte sie Francines Grab? Wer war sie? Und noch wichtiger, wer war das Kind?

Ich war unentschlossen, was ich tun sollte. Konnte ich wohl an die Tür klopfen, nach dem Weg fragen und sie so in ein Gespräch verwickeln?

Aber es war schon spät. Es würde schwer werden, meine Abwesenheit zu erklären. Ein andermal? dachte ich. Ich werde wiederkommen. Unterdessen kann ich mir überlegen, wie ich das hier am besten angehe.

Mir war schwindelig wegen dem, was ich gesehen hatte, und wegen meiner Begegnung mit Konrad, und verwirrt und unsicher fragte ich mich, was als nächstes geschehen würde. Ich sagte mir, daß ich auf alles gefaßt sein müsse.

Ins Schloß zurückgekehrt, mußte ich mich Freya stellen. Sie hatte mich vermißt.
»Wo bist du denn gewesen? Was ist mit dir los?«
»Ich hatte das Bedürfnis nach frischer Luft.«
»Die hättest du im Garten haben können.«
»Ich wollte aber ausreiten.«
»Du warst im Wald, nicht wahr?«
»Woher weißt du das?«
»Ich habe meine Späher.« Sie kniff die Augen zusammen, und ein paar Sekunden lang dachte ich, sie wüßte von meinem Treffen mit Konrad. »Außerdem«, fuhr sie fort, »haben wir hier einen Beweis.« Sie pflückte eine Tannennadel von meiner Jacke. »Du siehst richtig erschrocken aus. Du bist nicht, was du zu sein vorgibst, Anne. Vielleicht planst du einen Putsch. Daher auch deine Unabhängigkeit. Wer hätte je von einer Gouvernante gehört, die nicht fürchtete, ihre Stellung zu verlieren und auf die Straße gesetzt zu werden?«
»Du«, sagte ich, mein Gleichgewicht wiederfindend. »Und diese Gouvernante steht hier vor dir.«
»Warum bist du fortgegangen, ohne mir Bescheid zu sagen?«
»Du hast tief geschlafen nach deinen Erlebnissen als Ballkönigin, und ich dachte, du hast den Schlummer nötig.«
»Ich hab' mir Sorgen gemacht. Ich dachte, du hättest mich womöglich verlassen.«
»Dummes Kind!«
Plötzlich warf sie sich in meine Arme. »Verlaß mich nicht, Anne. Du darfst nicht fortgehen.«
»Wovor fürchtest du dich?« fragte ich.
Sie blickte mich fest an und sagte: »Vor allem vor der Ehe … der Veränderung … vor dem Erwachsenwerden. Ich will nicht erwachsen werden, Anne. Ich will bleiben, wie ich bin.« Ich küßte sie zärtlich. »Du wirst schon damit fertig, wenn die Zeit kommt.«
»Meinst du? Aber ich bin sehr aufsässig. Ich würde niemals dulden, daß er Geliebte hat.«

»Vielleicht hat er keine.«
Sie sagte sehr bestimmt: »Das will ich ihm auch raten.«
»Es gibt ein englisches Sprichwort: Man soll die Brücken erst überqueren, wenn man hinkommt.«
»Sehr gut«, erwiderte sie. »So will ich es halten. Aber ich werde sie auf meine Weise überqueren.«
»Da ich dich kenne, bin ich sicher, daß du gehörig um das kämpfen wirst, was du haben willst.«
»Das Dumme ist, Sigmund scheint mir ein Mensch zu sein, der durchsetzt, was er will. Macht er auf dich nicht auch diesen Eindruck, Anne?«
»Ja, allerdings«, sagte ich langsam.
»Dann wird es darauf ankommen, wer stärker ist.«
»Es muß nicht unbedingt Streit geben, denn es ist doch möglich, daß ihr beide dasselbe wollt.«
»Kluge Anne. Du wirst bei mir bleiben. Ich bestehe darauf. Ich ernenne dich zu meinem Großwesir.«
»Für diesen Posten bin ich höchst ungeeignet.«
»Diese Brücke wollen wir überqueren, wenn wir hinkommen«, zitierte Freya beinahe selbstgefällig.
Ich lachte, aber ich dachte dabei: Was soll ich tun? Ich muß fortgehen. Doch das wird er niemals zulassen. Ich werde bleiben. Wir werden zusammen leben ... vielleicht im Schatten, aber zusammen ... wie Francine und Rudolph.
Und ich mußte herausbekommen, wer die Frau war, die Blumen auf Francines Grab gepflanzt hatte. Und was vielleicht noch wichtiger war: Wer war das Kind?

Das Gasthaus
»Zum König des Waldes«

Das Glück war mir gewogen.

Am frühen Nachmittag kam Freya schmollend zu mir. Der Graf und die Gräfin wünschten, daß sie mit ihnen sowie Tatjana und Günther den Großherzog besuchte.

»Was ist daran so schlimm?« fragte ich.

»Ich wollte mit dir ausreiten.«

»Das kannst du doch auch ein anderes Mal.«

»Ich bezweifle, ob wir ihn überhaupt zu sehen bekommen, und immer muß man so ein Brimborium über sich ergehen lassen. Ach, wenn ich doch nicht mit müßte.«

»Du hast es ja bald überstanden.«

»Ich nehme an, Sigmund ist dort.«

»Aber ihn möchtest du doch bestimmt gern sehen.«

Sie zog eine Grimasse.

Ich beobachtete den Aufbruch der Gruppe und begab mich gleich anschließend in den Stall. Ich hatte also einen freien Nachmittag, und binnen kurzem befand ich mich auf einem Ritt durch den Wald, an der Jagdhütte vorbei zu dem Haus, das ich entdeckt hatte.

Die Frau war im Garten. Ich erkannte sie sogleich und grüßte sie. Ich erkundigte mich nach dem Weg in die Stadt.

Sie kam an den Lattenzaun, beugte sich herüber und wies mir die Richtung.

Bemüht, ein Gespräch mit ihr anzufangen, sagte ich: »Dies ist ein sehr schöner Wald.«

Sie stimmte mir zu.

»Ist das nicht ein einsames Leben hier?« fragte ich.
»Davon merke ich nichts, denn ich habe viel zu tun. Ich halte meinem Bruder das Haus in Ordnung.«
»Nur Sie beide ...«, murmelte ich, wobei ich mich fragte, ob ich nicht neugierig und unverschämt wirkte.
Von einem Ehemann war jedenfalls nicht die Rede, und die verschiedensten Möglichkeiten jagten mir durch den Kopf.
»Ich bin an dem Jagdhaus vorbeigekommen«, fuhr ich fort. »Es kam mir verlassen vor.«
»O ja, es steht jetzt leer.«
Sie hatte ein aufrichtiges, offenes Gesicht und war freundlich. Vielleicht fand sie Gefallen an einem Schwatz, da sie zweifellos wenig Leute zu Gesicht bekam.
»Sind Sie zu Besuch hier?« fragte sie.
»Eigentlich nicht. Ich arbeite im Schloß.«
»So?« Sie zeigte Interesse. »Mein Bruder arbeitet für den Grafen.«
»Ich ... bin die englische Gouvernante der Komteß Freya.«
Das schien sie nicht übermäßig zu interessieren. »Ach ja, ich habe gehört, daß dort eine Engländerin ist. Und Sie sind ausgeritten und haben sich verirrt?«
»Das kann einem im Wald leicht passieren.«
»Nirgends leichter als hier. Aber Sie sind nicht weit von der Stadt. Wenn Sie zum Jagdhaus zurückkehren und sich auf dem Reitweg halten, kommen Sie zu der kleinen Jagdhütte, und von dort gibt es eine Straße. Sie können von da aus die Stadt schon sehen.«
»Dann weiß ich wieder, wo ich bin. Das Jagdhaus schaut interessant aus, aber ziemlich düster.«
»Ja, es wird nicht mehr benutzt.«
»Schade um das schöne alte Haus.«
»Ach ja ... Früher kam man häufig zur Jagd hin. Sie sollten sich vorsehen, wenn Sie durch den Wald gehen. Wenn es auch fast nur Rehe gibt, zeigt sich doch gelegentlich ein Wildschwein.«

»Ich glaube, ich habe da ein Grab gesehen … irgendwo hinter dem Jagdhaus.«
»O ja, dort ist ein Grab.«
»Ein merkwürdiger Ort für ein Grab, finde ich. Warum hat man jemanden dort beerdigt statt auf einem Friedhof?«
»Ich denke, das hatte seine Gründe.«
Ich wartete, aber sie schien nichts mehr sagen zu wollen, daher fuhr ich fort: »Es macht einen sehr gepflegten Eindruck.«
»Ja. Ich kümmere mich darum. Ich mag nicht, wenn es überwuchert ist. Ich finde, das darf bei Gräbern nicht sein. Das sieht so aus, als ob niemand sich etwas aus dem Menschen macht, der dort begraben liegt.«
»Dann war es wohl jemand, mit dem Sie befreundet waren?«
»Ja«, sagte sie. »Sie müssen mich jetzt entschuldigen. Ich höre meinen Buben. Er ist aus seinem Schläfchen aufgewacht. Sie dürften Ihren Weg jetzt mühelos finden. Guten Tag.«
Ich hatte die Situation falsch angepackt und hatte nichts herausgefunden, außer daß sie mit Francine befreundet gewesen war. Aber ich wollte sie nochmals besuchen. Immerhin hatte sich mir ein Weg geöffnet, wo scheinbar ein Nichts gewesen war.

Als ich durch die Stadt zurückritt, kam ich an dem Gasthaus vorüber, wo ich einst ein Pferd ausgeliehen hatte, und ich beschloß, in dem Wirtsgarten einzukehren. Ich gab mein Pferd in den Stall und setzte mich. Ich hatte das Bedürfnis, mit jemand zu sprechen, und die Wirtsfrau war damals sehr freundlich gewesen.
Als sie mir einen Krug Bier brachte, sagte sie, daß sie sich an mich erinnere. Da sie zögerte, war es nicht schwierig, sie aufzuhalten.
Ich erzählte ihr, daß ich jetzt im Schloß arbeite.
»Ich hab' gehört, die Komteß hat eine Engländerin, die ihr die Sprache beibringt«, sagte sie.
»Das bin ich«, erwiderte ich.

»Und, gefällt es Ihnen?«
»Sehr«, gab ich zur Antwort. »Die Komteß ist reizend.«
»Sie ist beliebt, und der Baron auch. Es würde mich nicht wundern, wenn sie die Hochzeit vorverlegen würden. Ich nehme an, das hängt vom Großherzog ab. Wenn er wieder gesund wird, wird wohl alles weitergehen wie bisher.«
Ich stimmte ihr zu und sagte, ich fände den Wald zauberhaft.
»Unsere Wälder sind durch viele Sagen und Lieder berühmt«, erwiderte sie. »Es heißt, dort tummelt sich alles Mögliche: Kobolde, Elfen, Riesen und die alten Götter ... manche behaupten sogar, sie seien noch dort ... und manche Leute haben die Gabe, sie zu sehen.«
»Es muß ziemlich unheimlich sein, mitten darin zu leben. Ich bin heute an einem Haus vorbeigekommen.«
»Am Jagdhaus?«
»Ja, das habe ich gesehen, aber ich meine ein anderes, kleineres Haus im Wald ... in der Nähe des Jagdhauses. Ich habe mich gewundert, wer da wohnen könnte.«
»Ach ja, ich weiß, was Sie meinen. Das muß Schwartzens Haus sein.«
»Ich habe dort eine Frau nach dem Weg gefragt.«
»Das kann nur Katja gewesen sein.«
»Hat sie einen kleinen Buben?«
»Ja. Rudolph.«
»Arbeitet ihr Mann in einem der Schlösser?«
»Sie hat keinen Mann.«
»Oh ... ich verstehe.«
»Arme Katja. Sie hat es sehr schwer gehabt.«
»Wie traurig. Sie war so freundlich. Ich fand sie ausgesprochen reizend.«
»Ja, das ist sie auch. Das Leben hat ihr übel mitgespielt. Aber sie hat den Kleinen, und sie liebt ihn zärtlich. Ein braver kleiner Bursche.«
»Er ist ungefähr vier oder fünf, nicht wahr?«

»Ja, so lange ist es wohl her, denke ich. Ziemlich geheimnisvoll, das alles.«
»Was?«
»Na ja, wer kann schon sagen, was in solchen Fällen passiert. Scheint ein bißchen unheilvoll ... dieser Teil des Waldes ... wenn man bedenkt, was sich im Jagdhaus abgespielt hat.«
»Sie meinen den Mord?«
»Ja. Es war schrecklich damals. Manche sagen, es war Eifersucht, aber daran hab' ich nie geglaubt. Das war jemand, der Rudolph aus dem Weg haben wollte, damit Sigmund in seine Fußstapfen treten konnte.«
»Sie meinen doch nicht, daß Sigmund ...«
»Pst! Ich meine nur, das war alles sehr geheimnisvoll ... und es ist lange her. Wir sollten es lieber vergessen. Wie ich höre, hat Sigmund das Zeug zu einem guten Großherzog. Er ist stark, und sie wollen einen starken Mann. Horch!« Sie neigte den Kopf auf die Seite. »Ich glaube, sie kommen hier vorbei.«
»Wer?«
»Der Graf und die Gräfin mit Sigmund und der Komteß. Ich hab' gehört, sie haben heute nachmittag den Großherzog besucht. Sigmund wird sie wohl zum Schloß zurück begleiten. Ich lauf' mal geschwind raus und guck' nach.«
»Darf ich mitkommen?«
»Aber sicher.«
Ich stand mit ihr und anderen in die Tür gedrängt, und mein Herz klopfte vor Stolz und Bangnis, als ich ihn sah. Er sah prächtig aus, wie er auf seinem Schimmel die Hochrufe der Leute entgegennahm. Und neben ihm ritt Freya mit rosigen Wangen und leuchtenden Augen. Sie sah sehr hübsch aus. Es war offensichtlich, daß sie beim Volk beliebt war.
»Niedliche kleine Person«, hörte ich jemanden sagen. »Sie ist bezaubernd, nicht wahr?«
Dann kamen der Graf und die Gräfin mit Günther und Tatjana. Ein paar Wächter ritten mit ihnen, farbenprächtig in ihren blau-

braunen Uniformen mit den blauen Federn an ihren silbernen Helmen.
Als ich so stand und sie beobachtete, wurde mir die Hoffnungslosigkeit meiner Situation von neuem bewußt, und ich sah für mich keinen rechten Platz in Sigmunds Leben. Ich würde seine Geliebte sein, die sich verstecken müßte ... und würde auf die Tage warten, die er für mich erübrigen könnte. Und wenn wir Kinder hätten, wie würde es um sie stehen? Wie konnte ich so etwas tun? Ich mußte fort!
O Francine, dachte ich, ist es bei dir auch so gewesen?

Als ich zu meinem Zimmer kam, stand ein Lakai an der Tür.
Er sagte: »Ich habe einen Brief für Sie, Fräulein. Ich habe den Auftrag, ihn niemand anderem als Ihnen zu geben.«
»Danke«, sagte ich und nahm das Schreiben entgegen.
Der Lakai entfernte sich mit einer Verbeugung.
Noch bevor ich den Brief öffnete, wußte ich, wer ihn geschickt hatte. Er war auf blauem Papier geschrieben, welches das Wappen mit dem Löwen und den gekreuzten Schwertern zierte, das ich schon einmal gesehen hatte.
»Meine Liebste«, stand da auf englisch, und weiter:

> *Ich muß Dich sehen. Ich möchte mit Dir reden. Es ist unerträglich, daß Du so nahe bist und doch nicht bei mir. Ich kann nicht bis morgen warten. Ich möchte Dich heute abend sehen. Unmittelbar unterhalb des Schlosses gibt es einen Gasthof. Er heißt »Zum König des Waldes«. Komm dorthin, bitte. Ich erwarte Dich um neun. Bis dahin werdet Ihr zu Abend gegessen haben, und Du kannst Dich fortstehlen.*
>
> *K.*

»Zum König des Waldes«. Ich hatte es gesehen. Es lag nahe beim Eingang des Schlosses. Konnte ich es wagen? Doch, es würde gehen. Ich könnte Kopfweh vorschützen, mich zeitig zurückziehen und hinausschleichen. Aber es wäre unklug und würde so ausgehen wie in Granter's Grange. Ich durfte nicht gehen. Doch ich stellte mir vor, wie er wartete und unglücklich wäre. Menschen wie Konrad und Freya waren es gewöhnt, daß alles nach ihrem Willen ging, aber sie würden lernen müssen, daß es nicht immer so sein konnte. Und doch ... ich wollte gehen.

Aber ich sagte mir, daß ich nicht durfte. Es war jedoch auch nicht möglich, ihm eine Botschaft zukommen zu lassen. Wie könnte *ich* jemanden bitten, Baron Sigmund einen Brief zu überbringen!

Nein. Ich mußte hingehen und ihm klarmachen, daß ich ihn nicht wiedersehen konnte. Ich mußte aus dem Schloß ausziehen. Und wenn ich wieder zu Daisy ginge? Das wäre nicht weit genug, dort würde er mich aufspüren. Nein. Ich wollte zu ihm gehen und ihm erklären, daß wir uns nicht mehr treffen durften.

Es gelang mir ohne weiteres fortzukommen. Freya war ein wenig geistesabwesend. Sie hatte es genossen, unter den Hochrufen der Menge mit Sigmund durch die Straßen zu reiten. Als ich sagte, ich würde mich gern zeitig zurückziehen, weil ich Kopfweh hätte, meinte sie nur: »Dann schlaf gut, Anne. Vielleicht gehe ich auch früh zu Bett.«

So konnte ich ohne große Mühe fort.

Er hielt schon nach mir Ausschau und war bei mir, ehe ich den Gasthof erreichte. Er trug einen dunklen Umhang und einen schwarzen Hut und sah aus wie ein reisender Geschäftsmann, doch konnte diese Kleidung, wie ich sie schon an vielen Männern gesehen hatte, seiner vornehmen Erscheinung keinen Abbruch tun.

Er umklammerte meinen Arm und sagte: »Ich habe ein Zimmer besorgt, wo wir ungestört sind.«

»Ich bin nur gekommen, um dir zu sagen, daß ich fortgehen muß«, erwiderte ich.

Er antwortete nicht, sondern drückte meinen Arm nur noch fester.
Wir gingen in den Gasthof und eine Hintertreppe hinauf. Ich dachte, so wird es immer sein: immer im Schatten. Und auf einmal machte es mir nichts mehr aus. Ich liebte ihn und wußte, daß ich fern von ihm niemals glücklich sein würde. Wie lautete das alte spanische Sprichwort: »Nimm, was du willst«, sagte Gott. »Nimm es ... und bezahle dafür.«
Das Zimmer war klein, aber vom Kerzenschein freundlich erleuchtet, was ihm eine romantische Atmosphäre verlieh; vielleicht kam mir das jedoch nur so vor, weil ich hier mit Konrad allein war. Er schob die Kapuze meines Umhangs zurück und zog die Nadeln aus meinem widerspenstigen Haar.
»Pippa«, murmelte er, »endlich. Ich habe an dich gedacht ... von dir geträumt ... und nun bist du hier.«
»Ich darf nicht bleiben«, begann ich. »Ich bin nur gekommen, um dir zu sagen ...«
Er lächelte mich an und nahm mir den Umhang ab.
»Nicht«, sagte ich, um Festigkeit bemüht.
»Doch«, gab er zurück. »Das hier ist uns bestimmt, weißt du. Dem kannst du nicht ausweichen. O Pippa, du bist zu mir zurückgekommen ... und wir werden uns nie mehr trennen.«
»Ich muß gehen«, beharrte ich. »Ich hätte nicht kommen sollen. Ich dachte, du wolltest mit mir reden.«
»Ich will alles«, erwiderte er.
»Hör mich an«, fuhr ich fort. »Wir müssen vernünftig sein. Diesmal ist es anders. Damals wußte ich nicht, wer du bist. Ich ließ mich fortreißen. Ich war völlig unschuldig ... unerfahren und hatte noch nie einen Liebhaber gehabt. Ich dachte, wir würden heiraten und so leben ... wie ein Ehepaar. So arglos war ich. Jetzt ist alles anders. Ich weiß, daß es falsch ist, was wir hier tun.«
»Mein Liebling, diese Konventionen hat sich die Gesellschaft zu ihrer Bequemlichkeit erdacht ...«

Ich unterbrach ihn: »Das ist nicht alles. Vergiß Freya nicht. Ich habe sie liebgewonnen. Was würde sie denken, wenn sie uns jetzt sähe? Es ist falsch, gänzlich falsch. Und ich muß gehen.«
»Das lasse ich nicht zu.«
»Die Entscheidung liegt bei mir.«
»So grausam kannst du nicht sein.«
»Ich bin wohl immer noch naiv. Du warst gewiß schon oft in einer ähnlichen Situation.«
»Vor dir habe ich keine geliebt. Genügt dir das nicht?«
»Ist das wirklich wahr?«
»Ich schwöre es. Ich liebe dich jetzt und immerdar ... und nur dich allein.«
»Wie kannst du wissen, was du in Zukunft empfindest?«
»Ich wußte es sofort, als ich dich sah. Du nicht?«
Ich zögerte, dann sagte ich: »Vielleicht wußte ich, daß es bei mir so sein würde. Aber ich dachte, bei dir würde es anders sein, und du würdest mich sicher vergessen, wenn ich fortginge.«
»Niemals!«
»Es gibt so vieles in deinem Leben, was dich für den Verlust entschädigen würde, wenn eine Frau dich zurückweist.«
»Du willst mich nicht verstehen. Wenn es nur um mich ginge, wäre ich bereit, alles aufzugeben.«
»All der Beifall und die Hochrufe, das bedeutet dir doch viel. Ich habe dich heute beobachtet. Ich stand auf der Veranda eines Gasthofes, als du mit Freya vorbeigeritten bist. Ich habe gesehen, wie du gelächelt hast und wie ihr den Leuten gefallen habt, alle beide. Dergleichen machst du sehr gut, weil es dir viel bedeutet.«
»Ich bin dazu erzogen worden«, gab er zu. »Aber ich hätte nie gedacht, daß es so weit kommen würde, weil Rudolph doch da war. Ich war nur ein Zweig des Baumes. Wenn Rudolph noch lebte ... aber, meine Liebste, was soll's? Laß uns aus dem Leben machen, was wir können.«
»Nein. Ich muß gehen. Ich werde nach England zurückkehren.

Das halte ich für das Beste. Ich gehe zu Tante Grace und versuche ...«

Er hatte meinen Umhang beiseite geworfen und hielt mich in seinen Armen.

»Pippa«, sagte er, »ich liebe dich, und die Zeit ist kurz ... heute. Doch wir werden auf Jahre zusammensein.«

»Und dein Leben ... und Freyas ...?«

»Ich werde etwas arrangieren. Bitte, mein Liebling ... laß uns glücklich sein ... jetzt.«

Meine Lippen sagten nein, doch mein ganzer übriger Körper schrie: Ja, ja! Er war unwiderstehlich, und das wußte er, und ich wußte es auch.

Ich will keine Entschuldigung vorbringen, denn es gibt keine. Wir wurden einfach von der Macht unserer Leidenschaft fortgerissen. Keiner von uns dachte mehr an etwas anderes, als daß wir in diesem Zimmer allein waren.

Es war wie in Granter's Grange. Es gab nichts mehr außer unserer Liebe und unserem gegenseitigen Verlangen. Ich konnte nicht mehr an mich halten und lag, halb in Tränen, halb lachend, in seinen Armen; hingebungsvoll und glücklich schob ich die Wolke aus Schuld und Bangnis beiseite, die sich über mich herabsenken wollte. Dann lag ich still, und er hatte seinen Arm um mich gelegt und fuhr wie ein Blinder mit den Fingern über mein Gesicht.

»Ich will jeden Teil von dir so gründlich kennen, daß es ein Teil von mir wird«, flüsterte er. »Ich muß die Erinnerung an dich bewahren, wenn ich nicht bei dir bin. Ich habe schon ein Heim für uns gefunden. Nicht weit von der Stadt ... im Wald ... ein bezauberndes kleines Haus, das unseres werden kann.«

Eine Vision von der Jagdhütte – dunkel, trist, von Gespenstern heimgesucht – brachte mich plötzlich aus olympischen Höhen auf die Erde zurück.

»Es liegt westlich der Stadt«, fuhr er fort und meinte damit, daß die Stadt zwischen uns und der Jagdhütte liegen würde. »Ich werde es dir zeigen. Wir machen es zu unserem Heim. Ich werde jede mögliche Minute dort sein. Pippa, ich wünsche bei Gott, daß es anders sein könnte.«

»Ich tu's nicht«, sagte ich. »Ich kann nicht. Ich schäme mich so. Kannst du dir vorstellen, wie es ist, mit Freya zusammenzusein ... diesem lieben, unschuldigen Kind. Ich habe sie liebgewonnen ...«

»Ich bin derjenige, den du liebst, vergiß das nicht«, ermahnte er mich. »Niemand darf sich uns in den Weg stellen.«

»Aber ich kann nicht mehr bei Freya bleiben, nachdem wir ...«

»Dann komm in unser Haus im Wald.«

»Ich muß darüber nachdenken. Ich kann mich jetzt nicht entscheiden. Was könnte ich ihr sagen? Was würde sie empfinden? Sie wird deine Frau sein, und ich deine Geliebte.«

»So ist es nicht«, sagte er.

»Wie denn sonst? Ich glaube, ich kann es nicht. Nicht mit Freya. Sogar jetzt komme ich mir verächtlich vor. Als sie heute besonders zärtlich gestimmt war, hat sie mich sogar geküßt ... und ich habe ihren Kuß erwidert. Ich war entsetzt. Ich gebe mich für ihre Freundin aus, während ich sie gleichzeitig hintergehe. Ich dachte: Das ist der Judaskuß. Nein. Nein, es wäre besser, ich würde heimkehren. Ich könnte zu Tante Grace gehen, ich könnte ein neues Leben anfangen ... vielleicht irgendwo weit weg von Greystone Manor.«

»Du bleibst hier. Ich werde nicht zulassen, daß du gehst.«

»Ich bin ein freier Mensch. Vergiß das nicht.«

»Niemand ist frei, wenn er liebt. Auch du bist gebunden, mein Liebling, und wir gehören für den Rest unseres Lebens zusammen. Sieh doch ein, daß es der einzige Weg ist.«

»Für mich ist Fortgehen der einzige Weg.«

»Das ist für mich unannehmbar ... und für dich auch. Wäre ich nur frei, um dich zu heiraten, ich wäre der glücklichste Mann auf der Welt.«

»Es geht aber nicht.«

»Es sei denn, wir entdeckten einen neuen Erben. Wäre Rudolph verheiratet gewesen ...«
»Er war verheiratet.«
»Ach, der Eintrag im Register. Er war aber nicht da, nicht wahr? Wir haben doch nachgeforscht. Gäbe es nur einen Beweis für seine Heirat, und einen Erben dazu. Könnten wir diesen Erben doch vorweisen, wenn der Großherzog stirbt, und sagen: ›Dies ist der neue Herrscher von Bruxenstein.‹«
»Aber er wäre doch in jedem Fall noch ein Kind.«
»Kinder werden erwachsen.«
»Und wie würde es dann weitergehen? Ich nehme an, man würde eine Regentschaft errichten.«
»Ja, so ungefähr.«
»Und du würdest der Regent?«
»Ich vermute, daß es so kommen würde. Aber ich wäre dann frei. Kollnitz würde keine Allianz mit einem Regenten wollen. Bestimmt würden sie wollen, daß Freya den Erben heiratet.«
»Bei dem Altersunterschied käme das aber wohl nicht in Frage.«
»Darauf würden sie keine große Rücksicht nehmen. Es hat schon mehr unpassende Heiraten zum Wohle des Staates gegeben. Angenommen, sie wäre etwa zehn Jahre älter, das würde man nicht als Hinderungsgrund betrachten. Ich bin übrigens acht Jahre älter als Freya. Aber wir verschwenden unsere Zeit mit unnützen Mutmaßungen. Wir müssen es hinnehmen, wie es ist. Ich muß diese Trauungszeremonie mit Freya über mich ergehen lassen, und wir müssen einen Erben hervorbringen. Damit habe ich meine Pflicht erfüllt. Aber dich lasse ich nicht gehen, Pippa, nie, nie, nie. Wenn du fortliefest, käme ich dir nach. Ich würde ganz England durchsuchen, die ganze Welt ... und dich zurückholen.«
»Auch gegen meinen Willen?«
»Liebe, liebe Pippa, es wäre nicht gegen deinen Willen. All deine Entschlüsse würden zerbröckeln, wenn wir zusammen wären. Habe ich das nicht bereits zweimal bewiesen?«

»Ich bin schwach, töricht … unmoralisch. Das steht fest.«
»Du bist liebenswert und anbetungswürdig.«
»Du hast kein Recht, mich in Versuchung zu führen.«
»Ich habe das Recht der wahren Liebe.«
»Was bin ich doch für eine Närrin! Beinahe glaube ich dir was du sagst.«
»Du bist eine Närrin, weil du mir nicht ganz glaubst.«
»Ist es denn wirklich wahr?«
»Das weißt du doch.«
»Ja, ich glaube, ich weiß es. Wir beide befinden uns in einer ungewöhnlichen Situation. Ob es dergleichen schon früher gegeben hat?«
»Deiner eigenen Schwester ist es auch so ergangen«, sagte er. »Es war zwar nicht ganz dasselbe … doch Rudolph hätte sie nicht heiraten können.«
»Warum nicht?«
»Weil er für Freya bestimmt war.«
»Er hat sich aber nie dieser Verlobungszeremonie unterzogen, die einer Eheschließung gleichkommt.«
»Das stimmt. Trotzdem wußte er, daß er ohne Zustimmung der herzoglichen Minister nicht heiraten durfte. Liebling, du mußt es vergessen. Mach das Beste aus dem, was wir haben, und ich verspreche dir, das wird sehr, sehr viel sein.«
»Ich muß jetzt gehen. Es ist schon spät.«
»Nur wenn du mir versprichst, daß wir uns bald wieder treffen. Ich will dir doch unser zukünftiges Heim zeigen. Ich möchte, daß du morgen abend wieder herkommst, ja?«
»Ich kann nicht. Wie soll ich das bewerkstelligen? Es würde auffallen, und Freya würde Verdacht schöpfen.«
»Ich werde morgen um dieselbe Zeit hier sein. Liebste Pippa, bitte komm.«
Ich zog mich an, und er begleitete mich fast bis ans Schloßportal. Es schien mir, als sähen die Wächter mich merkwürdig an. Ich wünschte, ich könnte die wilde, jauchzende Glückseligkeit zum

Verstummen bringen, die mich einhüllte und meine Ängste fortschwemmte.

Ich glaubte, Freya nicht ins Gesicht sehen zu können. Falls sie von Sigmund sprechen würde, müßte ich befürchten, mich zu verraten. Sie war wachsam und kannte mich gut, daher würde sie bestimmt merken, daß etwas geschehen war.
Freya hatte sich verändert, seit wir bei dem Grafen lebten. Sie schien älter geworden, mehr in sich gekehrt und mit sich selbst beschäftigt. Früher wäre ihr wohl sofort aufgefallen, wenn mein Benehmen sonderbar gewesen wäre.
Auch Fräulein Kratz hatte Freyas Veränderung bemerkt und klagte: »Sie ist sehr unaufmerksam im Unterricht. Ich glaube, das Leben hier, das Wiedersehen mit dem Baron und die Erkenntnis, was die Zukunft bringt, hat ihr den Kopf verdreht.«
»Das reicht, um jedem den Kopf zu verdrehen.«
»Sie kann sich nicht lange konzentrieren und möchte dauernd den Unterricht ausfallen lassen. Es ist schwer, sich durchzusetzen. Was sagen Sie dazu, Fräulein Ayres?«
»Bei mir ist es anders, weil wir keinen festgelegten Unterricht haben und einfach auf englisch plaudern. Wir müssen uns nicht hinsetzen und Bücher studieren, obgleich ich gern möchte, daß sie englisch liest.«
»Wahrscheinlich muß man sich damit abfinden.«
»Das sollten Sie wirklich, Fräulein Kratz, und außerdem haben Sie auf diese Weise doch ein wenig freie Zeit.«
Das gab sie zu. Mir ging es ebenso, und zu meiner Erleichterung sollte es auch an diesem Nachmittag so sein.
Ich sah Freya kurz beim Mittagessen. Sie war in Reitkleidung und sah sehr hübsch aus in dem marineblauen Kostüm, das ihr blondes Haar besonders gut zur Geltung brachte.
»Ich reite heute nachmittag aus, Anne«, sagte sie. »Ich nehme an, du hast dasselbe vor, oder du gehst in die Stadt.«
»Wie du willst.«

»O nein ... so habe ich es nicht gemeint. Ich muß mit Günther und Tatjana gehen und kann nicht mit dir kommen.«
Mein Herz hüpfte vor Freude, denn das gab mir ein wenig Zeit für meinen eigenen Plan.
»Ich wünsche dir viel Vergnügen«, sagte ich.
»Es tut mir leid, daß du nicht mitkommen kannst.«
»Aber das macht doch nichts. Viel Spaß.«
Sie schlang ihre Arme um meinen Hals. »Ich wünsche dir einen schönen Nachmittag, liebe Anne.«
»Ich werde mich amüsieren.«
»Und wir werden viel englisch sprechen ... morgen oder übermorgen.«
Ich ging in mein Zimmer und zog mein Reitkostüm an, und wenig später war ich unterwegs in den Wald.
Den Plan hatte ich gefaßt, als ich am Morgen aufgewacht war. Ich wollte die Frau aufsuchen, die Francines Grab in Ordnung hielt, denn ich war fest überzeugt, daß sie etwas wußte, und das mußte ich herausfinden. Das Kind ging mir nicht aus dem Sinn. Es war eine wilde Vermutung ... aber immerhin war sein Name Rudolph. Warum sollte man einen Vierjährigen am Grab einer Fremden niederknien lassen? Was, wenn dieser kleine Rudolph das Kind war, von dem Francine mir geschrieben hatte? Wenn ich beweisen könnte, daß Francine wirklich verheiratet gewesen war, und wenn ich ihr Kind finden könnte, dann wäre der kleine Knabe der Erbe des Herzogtums. Er stünde in der Erbfolge vor Konrad. Hier in Bruxenstein, wohin ich gekommen war, um das Rätsel um das Leben und den Tod meiner Schwester aufzuklären, konnte ich womöglich gleichzeitig die Lösung für mein eigenes Problem finden.
Vielleicht ging meine Phantasie mit mir durch, vielleicht neigte ich zu sehr zur Vereinfachung. Ich konnte es nur versuchen, aber das wollte ich unbedingt.
Als ich an Giselas Haus vorbei durch den Wald zur Jagdhütte ritt, dachte ich an den letzten Abend, an Konrad, an das wilde,

leidenschaftliche Verlangen, das uns beide verzehrte und uns jeglichen anderen Bewußtseins beraubte. Wie konnte ich, die ich mich stets für eine einigermaßen achtbare Person gehalten hatte, mich auf diese leidenschaftliche Affäre mit dem Verlobten meiner Schülerin einlassen? Ich verstand mich selbst nicht. Ich schien nicht mehr die Philippa Ewell zu sein, mit der ich mein Leben lang vertraut gewesen war. Ich wußte nur eins: Ich mußte mit ihm zusammen sein; ich mußte mich hingeben; ich wünsche vor allem, ihm zu gefallen und auf ewig bei ihm zu sein.

Ich band das Pferd an der gewohnten Stelle fest und ging um das Jagdhaus herum, vorbei an dem Grab und zu Katjas Haus.

Als ich gleich hinter dem Jagdhaus in den dichteren Teil des Waldes kam, hörte ich Pferdehufe. Ich trat auf dem ziemlich schmalen Pfad beiseite, um Pferd und Reiter vorbeizulassen.

Es war ein Mann, der mir merkwürdig bekannt vorkam.

Er führte auf diesem Saumpfad sein Pferd am Zügel und sah mich erstaunt an. Als er vorüberging, neigte er grüßend den Kopf, und ich erwiderte stumm seinen Gruß. Im Weitergehen überlegte ich, wo ich den Mann schon einmal gesehen haben konnte. Im Schloß gingen natürlich viele Leute ein und aus; vielleicht war er auch dort beschäftigt.

Mein Kopf war jedoch zu voll mit anderen Dingen, als daß ich meine Gedanken länger an einen Fremden verschwendet hätte.

Ich kam zu dem Haus, das ganz still schien. Vorsichtig öffnete ich das Gatter und kam zu einer Veranda, die mit Topfpflanzen bewachsen war. Ich betätigte den an der Tür befindlichen Klopfer.

Stille. Dann Schritte. Die Tür ging auf, und da stand Katja. Sie starrte mich überrascht an; sie erkannte mich nicht gleich.

Ich hatte mir schon zurechtgelegt, was ich sagen wollte, und begann: »Ich möchte Sie gern sprechen, denn ich muß Sie etwas Wichtiges fragen. Erlauben Sie?« Sie machte ein verwirrtes Gesicht, und ich fuhr fort: »Es ist sehr wichtig für mich.« Sie trat

zurück und hielt die Tür weiter auf. »Ich habe Sie doch schon mal gesehen«, sagte sie.
»Ja. Ich habe neulich nach dem Weg gefragt.«
Sie lächelte. »Ah ... jetzt erinnere ich mich. Bitte kommen Sie herein.«
Ich trat in die Diele, und mir fiel auf, wie sauber und blank alles war. Katja öffnete eine Tür, und wir gingen in eine freundliche Stube, die einfach, aber behaglich eingerichtet war.
»Bitte nehmen Sie Platz«, forderte sie mich auf.
Ich setzte mich. »Es ist mir klar, daß Ihnen mein Anliegen sehr merkwürdig vorkommen muß«, sagte ich. »Ich interessiere mich für das Grab der Frau, die mit Baron Rudolph ermordet wurde.«
»So?« Sie war leicht erschrocken. »Warum ... warum fragen Sie mich?«
»Weil Sie sie gut kannten. Sie hatten sie gern und kümmern sich um das Grab. Sie bringen auch den kleinen Jungen dorthin und haben sie sicher geachtet.«
»Ich nehme meinen kleinen Buben mit, weil ich ihn nicht allein lassen kann. Jetzt schläft er. Das ist die einzige Zeit, wo ich im Haus etwas schaffen kann.«
»Bitte erzählen Sie mir von Ihrer Freundschaft mit der Frau, die ermordet wurde.«
»Darf ich fragen, warum Sie das interessiert?«
Ich zögerte erst. Dann faßte ich einen plötzlichen Entschluß, weil ich sah, daß es die einzige Hoffnung war, die Auskunft zu erhalten, die ich mir so sehr wünschte. Ich sagte: »Ich bin ihre Schwester.«
Sie starrte mich fassungslos an. Ich wartete, daß sie etwas sagte, und schließlich begann sie: »Ja, ich weiß, daß sie eine Schwester hatte ... Pippa. Sie hat immer so liebevoll von ihr gesprochen.«
Diese schlichten Worte rührten mich zutiefst. Meine Lippen zitterten, als ich hervorstieß: »Dann werden Sie mich auch verstehen. Sie wissen, warum ich ...« Ich spürte sogleich, daß

ich nichts erreicht hätte, wenn ich ihr nicht eröffnet hätte, wer ich war; plötzlich hatte sich die Beziehung zwischen uns gewandelt.

Ich fuhr fort: »Ich sah Sie das Grab pflegen und mit dem kleinen Knaben zusammen niederknien. Da wußte ich, daß Sie meine Schwester liebhatten. Deswegen habe ich mich entschlossen, mit Ihnen zu sprechen.«

»Ich habe von Anfang an nicht geglaubt, daß Sie sich verirrt hatten«, sagte sie. »Ich wußte, daß irgendwas im Spiel war.«

»Ich glaube, daß meine Schwester mit Rudolph verheiratet war.«

Sie senkte die Augen. »Es heißt, sie war nur seine Geliebte.«

»Aber es gibt irgendwo einen Beweis ...«

Sie schwieg.

»Erzählen Sie mir von ihr. Sie hat hier im Jagdhaus gelebt, nicht wahr? Sie waren Nachbarn.«

»Es war ihr Heim. Sehen Sie, man konnte sie nicht im Schloß aufnehmen. Der Baron hatte seine Pflichten. Er kam, wann er konnte, und er kam oft. Sie waren sehr verliebt. Sie war so ein fröhliches Wesen und lachte viel. Nie habe ich sie traurig gesehen. Sie hatte sich mit ihrer Lage abgefunden. Ich bin sicher, der Baron flüchtete sich zu ihr, wann immer er konnte.«

»Erzählen Sie mir, wie Sie sich kennenlernten.«

»Damals lebte mein Vater noch. Er und mein Bruder waren bei Graf von Bindorf beschäftigt, wie ja die meisten Leute dieser Gegend entweder dort oder beim Großherzog arbeiten. Mein Bruder Hermann arbeitet noch als Kurier beim Grafen und ist daher nicht oft hier.«

»Und weiter?«

»Mir ist etwas Entsetzliches zugestoßen. Es war im Wald. Ich war jung und unschuldig, und es war grauenhaft. Niemand kann das nachfühlen, der es nicht selbst erlebt hat. Da war ein Mann, der mich wohl schon geraume Zeit beobachtet hatte ... ich hatte nämlich manchmal gemeint, ich würde verfolgt. Und eines Tages ... es dämmerte ...« Sie hielt inne und blickte starr vor sich hin, und ich dachte mir, daß sie das Entsetzliche in Gedanken noch einmal durchlebte. »Er war Wächter im Großen Schloß. Er packte mich und zerrte mich zwischen die Bäume, und dann …«

»… hat er Sie vergewaltigt.«

Sie nickte. »Ich hatte solche Angst. Ich wußte, daß er einer von den Wächtern war … und dachte, man würde mir nicht glauben … darum habe ich nichts gesagt. Es war wie ein Alptraum, aber ich dachte, es sei nun einmal geschehen, und ich müßte es vergessen … Doch dann … merkte ich, daß ich ein Kind bekam.«

»Sie tun mir leid.«

»Es ist vorbei. Auch solche Erlebnisse verblassen. Ich denke nicht mehr so oft daran. Nur wenn ich davon spreche, ist es wieder da. Mein Vater war ein sehr frommer Mann, verstehen Sie? Er war entsetzt, als er es erfuhr, und …« Ihr Gesicht verzog sich, und ich konnte sie mir als das bedauernswerte wehrlose Mädchen vorstellen, das sie damals gewesen sein mußte. »Sie haben mir nicht geglaubt«, fuhr sie fort. »Sie sagten, ich sei eine Dirne und hätte Schande über die Familie gebracht. Sie haben mich verstoßen.«

»Und wo sind Sie hingegangen?«

»Ich wußte keinen anderen Ausweg, als zu ihr zu gehen, zu Ihrer Schwester. Sie hat mich aufgenommen. Nicht nur das … sie hat alles für mich getan. *Sie* hat mir geglaubt. Mehr noch, sie meinte, selbst wenn es so wäre, daß ich mich hingegeben hätte, sei das schließlich keine so schlimme Sünde. Aber sie hat mir *geglaubt.* Sie sagte, sie hätte mir in jedem Fall geholfen. Und das tat sie … und ich habe mein Kind im Jagdhaus zur Welt gebracht.«

Mein Herz schlug heftig. »Hatte sie nicht auch ein Kind … das ungefähr zur selben Zeit geboren wurde?«

»Ich weiß nichts von einem Kind«, sagte sie. »Ich habe dort nie eines gesehen.«

»Es wäre gefährlich gewesen, wenn sie ein Kind gehabt hätte. Ihr Sohn wäre der Erbe des Herzogtums gewesen.«
Sie schüttelte den Kopf. »Dazu hätte sie wohl verheiratet sein müssen.«
»Ich glaube aber, daß sie verheiratet war.«
»Jedermann sagt doch, daß sie es nicht war.«
»Hat meine Schwester je von einer Heirat gesprochen?«
»Nein.«
»Hat sie erwähnt, daß sie schwanger war?«
»Nein.«
»Und Sie sagen, Ihr Baby wurde in der Jagdhütte geboren.«
»Ja. Ich war dort gut aufgehoben. Dafür hat sie gesorgt. Und als das Baby kam, haben auch meine Alpträume aufgehört. Ich konnte nicht mehr über etwas betrübt sein, dem ich das Kind verdankte.«
»Und Sie hatten meine Schwester lieb, nicht wahr?«
»Wie sollte man jemanden nicht liebhaben, der alles getan hat ... sie hat mich vor dem schrecklichen Schicksal bewahrt, dem ich sonst ausgeliefert gewesen wäre. Ich war halb wahnsinnig vor Kummer und Angst, denn ich dachte, ich sei verdammt, wie mein Vater gesagt hatte. Sie lachte nur darüber und half mir, ein gesundes Kind zur Welt zu bringen. Sie hat uns beide gerettet. Das werde ich nie vergessen.«
»Und ... deswegen pflegen Sie ihr Grab.«
Sie nickte. »Das werde ich tun, solange ich lebe und in der Nähe bin. Ich werde es nie vergessen, und ich möchte, daß auch Rudolph es nie vergißt. Ich werde ihm die Geschichte erzählen, wenn er größer ist.«
»Danke, daß Sie es mir erzählt haben.«
»Was haben Sie hier vor?«
»Ich möchte ihr Kind finden, weil ich nämlich glaube, daß sie eines hatte.«
Sie schüttelte den Kopf.
»Ich muß Ihnen etwas gestehen«, fuhr ich fort. »Die Komteß

und die anderen im Schloß, wo ich beschäftigt bin, wissen nicht, wer ich wirklich bin. Ich bin hier als Fräulein Ayres. Sie werden mich doch nicht verraten?«

»Niemals«, versprach sie in einer plötzlichen Gefülsanwandlung.

»Das hätte ich auch nicht von Ihnen gedacht. Und ich mußte es Ihnen sagen, weil ich wußte, daß Sie mir sonst Ihr Geheimnis nicht anvertrauen würden.«

Sie gab mir recht. Ich erzählte ihr, daß ich etwas geerbt hatte und es mir deshalb möglich war, hierherzukommmen. Ich wiederholte, daß ich fest daran glaubte, daß meine Schwester und Rudolph verheiratet waren und ein Kind hatten.

»Sie haben Ihren Sohn«, sagte ich. »Da werden Sie verstehen, was meine Schwester für den ihren empfand. Ich möchte ihn finden und für ihn sorgen. Das soll ihn für den Verlust der Mutter entschädigen. Und wenn es ihn wirklich gibt, wie kann ich erfahren, wie er lebt? Das bin ich ihr schuldig.«

»Ich verstehe Sie ... falls sie ein Kind hatte ... aber ...«

»Sie hat mir in ihren Briefen von ihm erzählt.«

»Sie hat sich ein Kind gewünscht, das weiß ich. Ich erinnere mich, wie sie zu meinem Rudi war. Und wenn die Menschen sich nach etwas sehnen, dann träumen sie zuweilen ...«

Immer dieselbe Erklärung. Aber nicht Francine, dachte ich. Sie stand fest mit beiden Füßen auf der Erde und war keine Träumerin. Das war eher meine Art, und dennoch konnte ich mir nicht vorstellen, daß ich mir einbilden könnte, ein Kind zu haben und sogar in Briefen von ihm zu erzählen.

Ich sagte: »Ich bin Ihnen sehr verbunden, und ich danke Ihnen, daß Sie sich um das Grab meiner Schwester kümmern. Falls Sie je mit mir sprechen möchten, denken Sie bitte daran, daß ich als Fräulein Ayres hier bin.«

Sie nickte.

Ich verließ ihr Haus kaum klüger als zuvor; ich hatte lediglich herausgefunden, warum sie Francines Grab pflegte.

Als ich wieder im Schloß war und in mein Zimmer hinaufgehen wollte, lief ich Tatjana über den Weg. Sie blickte mich auf ihre hochmütige Art an und sagte: »Guten Tag, Fräulein.« Ich erwiderte ihren Gruß und wollte weitergehen, doch sie fuhr fort: »Ich glaube, die Komteß macht im Englischen gute Fortschritte.«

»O ja«, sagte ich. »Sie ist eine gute Schülerin.« Tatjana musterte mich interessiert, und mir wurde unbehaglich zumute. Ich wünschte, ich hätte meine Brille auf. Mein Haar hatte sich gelöst und schaute unter meinem Reithut hervor.

»Ich glaube, sie hat Angst, daß Sie sie verlassen. Sie erwähnte, daß Sie über eigenes Vermögen verfügen und unabhängig sind.«

»Es stimmt, daß ich mir nicht meinen Lebensunterhalt verdienen muß, aber meine Arbeit mit der Komteß macht mir viel Freude.«

»Dann sind ihre Befürchtungen also grundlos, und Sie bleiben bis zu ihrer Vermählung?«

»Das ist ziemlich weit vorausgedacht.«

»Ein Jahr ... vielleicht auch weniger. Die Umstände dürften Ihnen ja bekannt sein. Ich glaube, Sie stehen mit ihr auf sehr vertraulichem Fuße.«

»Wir sind so gute Freundinnen, wie es angesichts unserer Positionen möglich ist.«

Sie neigte den Kopf und gab mir damit zu verstehen, daß ihrer Ansicht nach eine große Kluft zwischen unseren gesellschaftlichen Stellungen bestand.

Dann sah sie mich eindringlich an und sagte: »Merkwürdig, Fräulein Ayres, ich habe das Gefühl, daß ich Sie früher schon einmal gesehen habe.«

»Wäre das denn möglich, Komteß?« fragte ich.

»Durchaus. Ich war in England, in der Grafschaft Kent.«

»Ich kenne Kent gut. Es liegt im südwestlichen Zipfel von England. Ich habe eine Weile dort gelebt. Aber es ist sehr unwahr-

scheinlich, daß wir uns dort begegnet sind. Ich würde mich gewiß daran erinnern.«
Ich fürchtete, daß sie das Thema weiter verfolgen würde, doch zu meiner Erleichterung wandte sie sich ab und gab mir damit zu verstehen, daß das Gespräch beendet war.
Ich ging mit wild klopfendem Herzen in mein Zimmer hinauf. Einen Augenblick lang dachte ich, sie hätte mich erkannt, aber dann hätte sie mich bestimmt eingehender ausgefragt.
Ungefähr eine Stunde später kehrte Freya zurück. Ich wunderte mich, weil ich angenommen hatte, sie sei mit Tatjana und Günther fortgewesen. Sie kam in mein Zimmer. Ihre Wangen waren gerötet, und sie lächelte.
»Wir sind kilometerweit geritten«, sagte sie. »Günther und ich und zwei Stallknechte haben die anderen verloren.«
»Ihr habt euch doch nicht im Wald verirrt?«
»Nicht richtig. Aber es war ein langer Weg.«
»Komteß Tatjana ist längst zurück.«
Freya lächelte verschwörerisch. »Ich kann Tatjana nicht leiden. Immer hat sie etwas an mir auszusetzen. Sie bildet sich viel auf ihre Stellung ein und hält mich für einen ungehobelten Wildfang.«
»Da mag sie sogar recht haben.«
»Ja? Bin ich ein Wildfang? Ach, weißt du, das ist mir einerlei. Und du magst doch Wildfänge, oder?«
»Ich hab' dich gern, Freya«, sagte ich bewegt. »Ich hab' dich sogar sehr gern.«
Da schlang sie ihre Arme um mich, und ich dachte an Konrad und an alles, was geschehen war, und schämte mich entsetzlich.
Am Abend dachte ich an ihn, wie er im Gasthaus »Zum König des Waldes« wartete. Sicher war er bitter enttäuscht, aber er mußte einsehen, daß er diesen Betrug nicht so einfach fortsetzen konnte. Auch mußte er verstehen, daß ich, selbst wenn es leichter wäre, wegzukommen, dennoch nicht so ohne weiteres zu ihm gehen könnte.

Es war ein großer Unterschied, ob ich in der Abgeschiedenheit meines Zimmers über dies alles nachdachte oder mich fortschwemmen ließ von einer übermächtigen Leidenschaft, die meine Sinne mit sich riß und mein Anstandsempfinden betäubte, während ich vergeblich dagegen ankämpfte. Er mußte begreifen, daß ich die Situation verachtete, wenn ich in Ruhe darüber nachdachte. Ich schämte mich, Freya ins Gesicht zu sehen.

In der Nacht wachte ich auf. Ich setzte mich im Bett auf und wunderte mich, warum ich so hellwach war. Plötzlich wußte ich es: Es war wie eine Erleuchtung, und sie mußte mir im Traum gekommen sein.

Der Mann, dem ich im Wald auf dem Weg zu Katja Schwartz begegnet war, war derselbe, den ich mehrmals in der Nähe von Greystone Manor gesehen hatte! Es war der Mann, der im Gasthof abgestiegen war und den ich für einen Ferienreisenden gehalten hatte. Ich hatte ihn auch auf dem Weg zu der Kirche bei Dover gesehen, als Miss Elton und ich dorthin unterwegs waren, um das Register anzuschauen.

Welch ein merkwürdiger Zufall, daß er nun hier in Bruxenstein war.

Ich konnte nicht mehr einschlafen. Ich lag da und dachte über alles nach: meine Beziehung zu Konrad, mein Gespräch mit Katja Schwartz, den Verdacht, den ich in Tatjanas Augen hatte aufkeimen sehen ... und den Mann im Wald.

Am nächsten Morgen wurde mir ein Brief von Konrad überbracht. Ich fand es sehr leichtsinnig von ihm, mir auf diese Weise eine Nachricht zukommen zu lassen, denn es war nicht auszuschließen, daß die Briefe abgefangen wurden. Doch ich hatte längst begriffen, daß er sich, wenn er sich etwas in den Kopf gesetzt hatte, von keinen nebensächlichen Erwägungen abhalten ließ.

Er schrieb:

Meine Liebste,
Du wirst am späten Vormittag fort können. Ich werde einen Gesandten schicken und den Grafen beauftragen, daß er diesen mit seiner Familie und Komteß Freya empfangen soll. Dann hast Du frei. Der Gesandte wird bis zum späten Nachmittag bleiben.
Ich erwarte Dich bei unserem Gasthof, und wir werden in den Wald gehen, denn ich möchte Dir etwas zeigen.
Ich liebe Dich jetzt und immerdar.
K.

Ich war gleichermaßen freudig erregt und erschrocken, denn ich sah mich mehr und mehr in eine geheime Liebschaft verstrickt, aus der ich mich nicht aus eigener Kraft würde befreien können, und welche die schrecklichsten Konsequenzen haben konnte. Ich hatte frei, weil Konrad über die Macht verfügte, es zu arrangieren.
Ich langte beizeiten bei dem Gasthof an und fragte mich, ob Konrads Verkleidung viele Leute zu täuschen vermochte. Ich hätte ihn auf Anhieb erkannt, aber das mag daran gelegen haben, daß ich ihn liebte.
Wir aßen in einem separaten Zimmer. Ich war so glücklich wie selten, als ich dort mit ihm saß und seine Hand über den Tisch hinweg hin und wieder die meine berührte. Er war überaus zärtlich und fürsorglich an diesem Tag. Er plante kein hastiges Beisammensein, sondern unsere Zukunft.
Er wollte mir unbedingt das Haus zeigen, das er für uns vorgesehen hatte; ich aber protestierte die ganze Zeit, daß ich niemals einwilligen könne, Freya zu hintergehen.
»Komm, sieh es dir an«, sagte er. »Es ist wirklich bezaubernd.«
»Und sei es noch so bezaubernd, nie könnte es meine Überzeugung beeinflussen, daß es falsch ist und ich mich niemals darauf einlassen darf.«

Er lächelte mich flehend an. »Dann laß uns wenigstens so tun als ob … für eine Weile.«
Wir ritten zusammen aus dem Hof des Gasthofes und durch die Stadt. Die Sonne stand hoch am Himmel und schien warm auf uns herab, und einen Moment dachte ich: ja, ich will so tun, als ob. Ich will diese Stunden genießen und die Erinnerung daran durch die kommenden Jahre bewahren.
Bei unserem Ritt durch die Stadt kamen wir an einem Platz vorüber, wo eine Festlichkeit stattfand. Es war ein hübscher Anblick. Die Mädchen und Frauen trugen ihre Tracht, weite rote Röcke mit weißen Blusen, und hatten rote Blumen im Haar. Die Männer hatten weiße Kniehosen an, dazu gelbe Strümpfe und weiße Hemden, und von ihren enganliegenden Kappen baumelten lange Quasten fast bis auf den Rücken hinab.
Sie tanzten zu den Klängen einer Violine, und wir hielten an, um zuzuschauen.
Wie hübsch das war: dieser herrliche Sommertag, die vergnügten, zufriedenen Mienen der Leute, während das junge Volk einen Gesang anstimmte.
Plötzlich kam ein junges Mädchen auf uns zu. Es hielt einen kleinen Blumenstrauß in der Hand, den es mir überreichte. Ich nahm ihn entgegen und dankte, und im Nu waren wir von Leuten umringt, welche die Nationalhymne sangen.
»Sigmund!« riefen sie. »Sigmund und Freya!«
Konrad schien nicht im mindesten verstört. Er lächelte und sprach zu ihnen; er hoffe, sagte er, daß sie den Tag genießen mögen, und es sei ihm ein großes Vergnügen, ohne Zeremoniell unter ihnen zu sein.
Er schwenkte seinen Hut. Ich hätte am liebsten kehrtgemacht und wäre, so schnell ich konnte, davongeritten. Ich wußte, daß ihm der Beifall des Volkes eine Menge bedeutete, und als ich ihn so sah, erkannte ich, wie sehr er für seine Bestimmung geeignet war … und wie schlecht ich dazu paßte.
Sie umringten uns, und einer brachte aus einem Haus mehrere

Tücher, die sie zusammenknoteten und quer über unseren Weg spannten. Sie lachten und waren guter Dinge.
»Komm«, sagte Konrad. Er nahm mein Pferd und führte mich. Wir ritten auf die Tücher zu, und unter Seufzern ließ man sie zu Boden sinken. Wir ritten durch die hochrufende Menge auf den Wald zu.
»Du gefällst ihnen«, sagte Konrad.
»Sie hielten mich für Freya.«
»Sie haben sich gefreut, als sie uns sahen.«
»Sie werden bald wissen, daß ich nicht Freya bin. Ich wundere mich, wie sie mich mit ihr verwechseln konnten. Sie sehen sie doch ab und zu.«
»Ich glaube, ein paar haben es gemerkt. Es kann gar nicht anders sein. Ihr erster Gedanke war Freya ... und als sie dann erkannten, daß du nicht Freya warst, haben sie so getan, als ob du's wärst.«
»Was werden sie nun denken?«
»Sie werden lächeln, weil sie nicht von mir erwarten, daß ich die Gesellschaft sämtlicher anderer Frauen meide.«
»Ach ja«, sagte ich langsam, »sie werden lächeln und die Achseln zucken ... wie bei Rudolph.«
»Nicht traurig sein. Es war ein amüsanter Vorfall.«
»Jedenfalls war es aufschlußreich. Ich sehe nun deutlich, wie gut deine Rolle zu dir paßt.«
»Ich muß sie akzeptieren und damit leben. Ich muß dem Land den Frieden bewahren. Dem kann ich mich nicht entziehen. Unser gemeinsames Leben wird seine Schattenseiten haben – ich will nicht versuchen, dir etwas vorzumachen – aber wir müssen einfach zusammensein, und ich weigere mich, es mir anders vorzustellen. Wir müssen nehmen, was die Götter uns bescheren, Pippa ... und es genießen. Denn es wird wunderbar sein, das kann ich dir versprechen. Nur mit dir zusammensein ... mehr verlange ich nicht.«
Wenn er so sprach, war ich schwach vor Wonne. Ich fühlte

meine Grundsätze mehr und mehr schwinden, während ich meinen sinnlichen Wünschen, diesem unwiderstehlichen Drängen nachgab. Ich liebte ihn. Jedesmal, wenn ich ihn sah, liebte ich ihn mehr. Ich versuchte, mir ein Leben ohne ihn vorzustellen, aber ich konnte den Gedanken nicht ertragen. Die Zukunft, die ich dann vor mir sah, war so trostlos, daß ich in tiefe Verzweiflung geriet. Dachte ich dagegen über das Leben nach, das er für uns im Sinn hatte, so war ich von einer unbändigen Heiterkeit erfüllt... aber auch mit ängstlicher Spannung.

Ich wußte, daß ich nahe daran war, der Versuchung nachzugeben. Wenn nur Freya nicht wäre, dachte ich, und dann überwältigte mich die Ungeheuerlichkeit meines Tuns, und ich dachte wieder: Ich muß fort. Ich wage es nicht, so weiterzumachen.

Wie schön der Wald war! Als die Bäume sich ein wenig lichteten, konnte ich in der Ferne die Berge sehen. Sie waren mit Fichten bewachsen, und im Tal sah ich kleine zusammengeduckte Häuser; ich konnte den Rauch riechen, der von den Meilern der Köhler aufstieg, und ich sog die reine Bergluft in tiefen Zügen ein.

»Du liebst diese Landschaft«, bemerkte Konrad.

»Sie ist zauberhaft.«

»Hier wird unser Zuhause sein. O Pippa, ich bin so glücklich, daß du hier bist. Du kannst dir nicht vorstellen, wie ich gelitten habe, als ich dachte, ich hätte dich verloren. Ich habe mich verflucht und einen Narren gescholten, weil ich dich gehen ließ. Nie wieder, Pippa. Nie wieder.«

Ich schüttelte den Kopf, aber er lachte nur. Er war seiner sicher und überzeugt, daß sich das Leben nach seinen Wünschen richten würde.

Wir ritten einen Hügel hinan.

»Horch«, sagte Konrad, »die Kuhglocken. Du wirst sie durch den Nebel hören. Sicher wirst du den Nebel lieben, denn er hat etwas geheimnisvoll Romantisches. Als Junge habe ich ihn blauer Nebel genannt. Man steigt im blauen Nebel durch die Wälder hinauf ... und nach einer Weile ist man plötzlich im hellen Sonnenschein. Ich bin früher oft hierhergekommen. Das Haus gehört unserer Familie. Manchmal, wenn es heiß war drunten in der Stadt, sind wir hier heraufgeritten und haben den Tag hier verbracht. Zuweilen sind wir auch über Nacht geblieben und haben oft im Freien geschlafen. Mit diesem Ort verbinden sich für mich lauter glückliche Erinnerungen, aber sie werden nichts sein im Vergleich zu dem, was vor uns liegt.«

»Konrad ...«, begann ich. »Ich kann dich niemals Sigmund nennen.«

»Bitte nicht. Sigmund gemahnt an Pflichten. Konrad bin ich für diejenigen, die ich liebe und die mich lieben.«

»Konrad«, fuhr ich fort, »hast du immer bekommen, was du wolltest?«

Er lachte. »Sagen wir, ich habe mich immer redlich bemüht, es zu erreichen, und wenn man wirklich entschlossen ist, dann gelingt es meist auch. Liebste Pippa, laß deine Bedenken fahren und sei glücklich. Wir sind hier zusammen. Wir ziehen in unser Heim. Es ist ein Haus des Glücks, und wir machen es zu unserem.«

Das Haus war bezaubernd. Es war wie ein Miniaturschloß gebaut und hatte vier pechnasenbewehrte Türmchen an den Ecken. Es war so groß wie eine englische Herrschaftsvilla.

»Komm«, sagte er. »Es ist niemand hier. Ich habe dafür gesorgt, daß wir ganz allein sind.«

»Wer könnte denn sonst hier sein?« fragte ich.

»Die Leute, die das Haus in Ordnung halten. Sie wohnen in der Nähe. Es ist eine Familie mit zwei Söhnen und zwei Töchtern. Sie erledigen alles Nötige im Haus, und bei großen Festen haben wir unsere Dienstboten zu ihrer Unterstützung hergeschickt.«

»Es ist schön«, sagte ich.
»Ich wußte, daß es dir gefallen würde. Auch ich mag es sehr gern. Es ist als Haus Marmorsaal bekannt. Du wirst sehen, warum. Es hat nämlich einen kostbaren Fußboden in der Eingangshalle, die den eigentlichen Mittelpunkt des Hauses bildet.«
Ein von niedrigem Gebüsch gesäumter Torweg führte zu dem Haus. »Wir halten die Sträucher so niedrig, damit es nicht finster wird«, erklärte Konrad. »Ich mag die Finsternis nicht, und du? Wer mag es schon düster haben? Das hat etwas Beklemmendes. Dies war immer ein Haus des Glücks, deshalb haben wir die Bäume gefällt und diese niedrigen, blühenden Sträucher gepflanzt. Das wirkt hübsch und läßt mehr Licht herein.«
»Über dem Tor ist eine Inschrift«, bemerkte ich.
»Ja, die stammt von einem meiner Vorfahren, der eine Weile hier gelebt hat. Er war ein Tunichtgut, das schwarze Schaf der Familie ... deshalb haben sie ihn hierher in den Wald geschickt. Seine große Leidenschaft war die Wildschweinjagd. Er wollte allein sein und widersetzte sich allen Bemühungen, ihn in den Schoß der Familie zurückzuholen. Er ließ die Inschrift an dem Tor anbringen. Kannst du sie lesen?«
»Sie thun mir nichts, und ich thue ihnen nichts.«
»Ein ausgezeichneter Wahlspruch, findest du nicht? Niemand wird uns etwas tun, niemand wird uns behelligen, das versichere ich dir. Dies ist unser Zuhause, Pippa.«
Er schloß die Tür auf und hob mich auf.
»Ist es auch in England Sitte, daß man die Braut über die Schwelle trägt?«
»Ja.«
»Und da wären wir nun, mein Liebes. Wir zwei ... in unserem neuen Heim.«
Es war schön, das mußte ich zugeben. Der Fußboden in der Halle war mit edelstem Carrara-Marmor ausgelegt. Ich war von ihrer erlesenen Schönheit hellauf begeistert.

An den Wänden hingen Bilder; auf einem großen Tisch in der Mitte stand eine Vase mit Blumen.
Konrad hielt mich eng umschlungen. »Gefällt es dir?« fragte er.
»Es ist überwältigend.«
»Hier werden wir glücklich sein … das ist das Wichtigste.« Und da er mit mir dort war, glaubte ich es.
Wir besichtigten das ganze Haus. Alles war in peinlichster Ordnung, und ich nahm an, daß dies auf seine Anweisungen zurückzuführen war. Ich fragte mich, was wohl die Leute im Wald denken mochten. Sicher würden sie ahnen, daß er eine Frau herbrachte … seine Geliebte … und sie werden wissen, daß diese hier wohnen sollte. Sie würden lächeln und die Achseln zucken, wie Konrad immer sagte.
Sollten wir so durchs Leben gehen? Während die Leute lächelten und die Achseln zuckten? Und unsere Kinder? Was sollte aus ihnen werden? Wer weiß, vielleicht war ich sogar schon schwanger.
O ja, ich war ein weites Stück den schlüpfrigen Abhang hinabgeglitten, und es würde mir schwerfallen, auf den richtigen Weg, den Weg der Rechtschaffenheit, zurückzuklettern. Ja, ich war tief gesunken. Das wurde mir klar, sobald ich nur an Freyas unschuldiges Gesicht dachte.
Dennoch war ich von der prächtigen Ausstattung des Hauses entzückt: von dem Speisezimmer mit den hohen schmalen Fenstern und den Stühlen mit den hübsch bestickten Polstern; von dem Sonnenzimmer, das dem zu Hause glich; von den Schlafzimmern, die zwar nicht groß wie in einem Schloß, aber hell und hübsch möbliert waren. Von den Fenstern hatte man einen Blick auf den Wald und die fernen Berge. Es war ein schönes Haus in einer prachtvollen Umgebung.
»Gefällt es dir?« fragte er gespannt.
Ich konnte nur erwidern, daß es ganz bezaubernd sei.
»Und du wirst hier glücklich sein?«

Darauf vermochte ich nicht zu antworten. Im Grunde meines Herzens wußte ich, daß ich nicht vollkommen glücklich sein konnte – weder mit ihm noch fern von ihm –, und ich konnte ihm nichts vormachen.
»Ich werde alle deine Skrupel verscheuchen. Du wirst einsehen, daß dies die einzige Möglichkeit zu leben ist.«
»Von welcher vor dir Barone, Grafen und Markgrafen Gebrauch gemacht haben.«
»Aber es gibt nur diesen Weg. Wir sind unser Leben lang gefesselt, wenn wir nicht ausbrechen. Du mußt das verstehen, Pippa.«
»Ich wünschte ... aber was hat Wünschen schon für einen Sinn? Obgleich ...«
»Obgleich was?«
»Ich könnte mir vorstellen, daß hier alles Mögliche geschieht. Dies ist das Land der Sagen, das Land der Gebrüder Grimm und des Rattenfängers. Es liegt ein Zauber in der Luft. Ich spüre, daß in diesem Wald ... alles geschehen könnte.«
»Wir schaffen uns unseren eigenen Zauber. Komm und sei glücklich. Nimm, was dir gegeben ist. Du liebst mich doch, oder?«
»Von ganzem Herzen.«
»Was ist sonst noch wichtig?«
»Sehr viel, leider.«
»Nichts, das nicht überwunden werden könnte.«
»Niemals könnte ich die Scham über meine Treulosigkeit gegen Freya überwinden.«
»Aber sie ist doch noch ein Kind. Wenn sie erwachsen ist, wird sie es verstehen.«
»Nein, das glaube ich nicht. Nicht, wenn ich diejenige bin, die ...«
»Vergiß sie.«
»Kannst du das?«
»Ich denke nur an dich.«

»Du bist so ein erfahrener Liebhaber. Du sagst immer, was ich am liebsten hören möchte.«
»Es wird der Zweck meines Lebens sein, dich zu erfreuen.«
»Bitte ... bitte nicht ...«, flehte ich.
Er drückte mich eng an sich. Er war in einer ungewöhnlichen Stimmung. Es war fast, als betrachte er unsere Anwesenheit in diesem Haus gewissermaßen als etwas Heiliges.
Ich sagte: »Ist es denn nicht möglich, daß wir zwei wie ganz gewöhnliche Menschen sind, daß du von deinen Pflichten entbunden wirst, so daß wir heiraten und Kinder haben und ein normales Leben führen können?«
»Wenn Rudolph nicht tot wäre, dann hätte es so sein können. Aber er ist zu jung gestorben ... ohne Erben. Aber wenn ein Kind da wäre und deine Schwester und Rudolph verheiratet gewesen wären ... ja, dann dürften wir unsere Gedanken in andere Bahnen lenken.«
»Würdest du mich dann heiraten wollen?«
»Das wünsche ich mir mehr als alles andere auf der Welt. Wenn ich dich heiraten könnte statt Freya, würde ich nichts anderes mehr begehren.«
»Ich habe immer geglaubt, daß meine Schwester ein Kind hatte.«
»Selbst wenn, so hätte das für die Erbfolge keine Konsequenzen.«
»Wenn sie mit Rudolph verheiratet gewesen wäre, schon.«
»Aber sie waren nicht verheiratet.«
Beinahe hätte ich wieder gesagt, daß ich den Eintrag doch gefunden hatte ... aber er hatte ja mit eigenen Augen gesehen, daß er nicht vorhanden war.
»Und es würde alles ändern«, fuhr ich fort, »wenn sie verheiratet gewesen wären und sich herausstellen würde, daß sie ein Kind hatten?«
»Natürlich. Wie sehr man die Heirat auch mißbilligt hätte, es wäre nichtsdestoweniger eine Ehe gewesen.«

Plötzlich durchflutete mich eine abenteuerliche Hoffnung. Das kam vom Zauber des Waldes. Es waren der blaue Nebel, die fichtenbestandenen Berge und das Gefühl, daß ich mich in einem Zauberwald befand, wo sich die merkwürdigsten Dinge ereigneten.
Und so gab ich mich in unserem neuen Zuhause dem Glück mit Konrad hin. Ich hatte die seltsame Überzeugung, daß ich finden würde, was ich brauchte.

Als ich ins Schloß zurückkam, war zu meiner Erleichterung der Gesandte noch dort, so daß ich unbemerkt in mein Zimmer hinaufschlüpfen konnte. Ich hatte immer Angst, Freya unmittelbar nach einem Treffen mit Konrad zu sehen, weil sie mir vielleicht etwas anmerken könnte.
Ich warf meine Reitjacke ab und setzte mich aufs Bett; ich dachte an die vergangenen Stunden, und dabei fiel mein Blick auf die Frisierkommode.
Plötzlich bemerkte ich, daß die kleine Dose, in der ich meine Haarnadeln aufbewahrte, nicht an ihrem Platz stand. Ich überlegte, wann ich sie fortgerückt hatte. Es war eine Belanglosigkeit, und doch fand ich es ein wenig seltsam. Ich versank wieder in Gedanken an Konrad und verfiel in die zwischen Hoffnung und Bangen schwankende Stimmung, in der ich mich jedesmal befand, nachdem ich mit ihm zusammen war. Zuweilen gab ich mich Träumen anheim und stellte mir vor, wie Konrad und ich zusammen wären und sich alles glücklich für uns gefügt hätte. Ich bildete mir ein, ich hätte Francines Kind gefunden, und es sei jubelnd als Erbe begrüßt worden; Konrad sei frei, und wir würden heiraten und für immer glücklich sein. Phantasien ... wilde Träume ... Wie konnten sie jemals wahr werden?
Ich mußte meine Reitkleidung ausziehen. Der Gesandte würde gewiß bald aufbrechen, und dann würde Freya kommen und mir berichten, wie ihr Tag verlaufen war. Sie schien in letzter Zeit

gereift; ich nahm an, da ihre Heirat demnächst bevorstand, interessierte sie sich für die Politik des Landes, in dem sie als Großherzogin eine Rolle spielen würde.

Manchmal hatte ich den Eindruck, daß sie das Leben aufregend fand. War sie womöglich im Begriff, sich in Konrad zu verlieben? Das wäre bei einem romantischen jungen Mädchen durchaus zu verstehen.

Ich hängte meine Jacke auf und holte ein Kleid aus dem Schrank. Dann nahm ich mein Halstuch ab und öffnete die Schublade, in der ich meine Halstücher, die Handschuhe und Taschentücher aufbewahrte. Merkwürdigerweise lagen die Handschuhe, die gewöhnlich unter den Taschentüchern waren, obenauf. Kein Zweifel, jemand hatte die Schublade durchsucht. Warum?

Mich beschlich kalte Furcht. In einer verschlossenen Schublade verwahrte ich die Papiere, die Cousin Arthur mir besorgt hatte, ehe ich England verließ. Die würden meine wahre Identität enthüllen. Wenn jemand sie gesehen hatte, war ich verraten, denn wer immer sie entdeckte, wußte, daß ich nicht Anne Ayres war, sondern Philippa Ewell ... und man würde sich erinnern, daß die junge Frau, die ermordet worden war, Ewell geheißen hatte.

Ich suchte fieberhaft den Schlüssel zu der Schublade. Ich hatte ihn hinten in eine andere Schublade unter meine Unterwäsche gesteckt. Er lag woanders. Ich schloß die Schublade auf und durchsuchte sie hastig. Ich fand die Papiere, aber mir schien, sie lagen nicht so, wie ich sie hingelegt hatte.

Jetzt war ich so gut wie sicher, daß jemand mein Zimmer durchsucht und die Papiere gefunden hatte. Und dann hatte er den Schlüssel an den falschen Platz gelegt. Ich war verraten. Wer konnte das getan haben?

Mein erster Gedanke war: Freya. Ich hatte oft das Gefühl, daß sie mir mißtraute. Sie hatte so eine komische Art, mich anzusehen. Mehr als einmal hatte sie gesagt: »Du bist nicht, was du

scheinst!«, und dabei hatte sie so einen abschätzenden Blick gehabt.
Konnte es sein, daß sie beschlossen hatte, es herauszufinden, und in meiner Abwesenheit meine Schubladen durchsucht hatte?
Das würde sich leicht feststellen lassen.
Falls sie die Papiere gesehen hatte, würde ich ihr beichten müssen. Ich würde ihr die ganze Geschichte erzählen, und ich wußte, daß sie mich verstehen würde.
Der Gedanke, daß es Freya war, hatte trotz allem etwas Tröstliches.
Aber es hätte natürlich auch jemand anders sein können.

Die Entdeckung

Im Dom sollte ein Dankgottesdienst für die Genesung des Großherzogs stattfinden.
Konrad war an den Vorbereitungen beteiligt, und die gräfliche Familie hielt sich zwei Tage im Großen Schloß auf, um zu helfen.
Freya und ich waren während dieser Tage öfter zusammen, als wir es in letzter Zeit gewesen waren. Ich war vor ihr auf der Hut, denn ich fragte mich ständig, ob sie die Papiere in meiner Schublade gesehen hatte.
Sie ließ sich jedoch nichts anmerken, und das war eigentlich seltsam; denn ich hätte eher angenommen, daß sie sogleich mit ihrer Entdeckung herausplatzen würde.
Sie war allerdings ein wenig still. Vielleicht war das darauf zurückzuführen, daß ihre Vermählung näherrückte.
Wir ritten zusammen in den Wald. Ich mied sowohl das Jagdhaus wie das Haus ›Marmorsaal‹; und Freya war in so nachdenklicher Stimmung, daß sie mich vorausreiten ließ.
Nach einer Weile banden wir unsere Pferde an, streckten uns im Gras aus und plauderten.
»Der Wald ist schön«, sagte ich. »Horch … hörst du die Kuhglocken in der Ferne?«
»Nein«, sagte Freya bestimmt. »Ich bin so froh, daß der Großherzog wieder gesund ist.«
»Darüber ist jeder froh. Es ist ein Anlaß zu einem landesweiten Freudenfest.«
»Wenn er nicht mehr lebte, wäre ich jetzt schon verheiratet.«
»Ängstigt dich diese Vorstellung?« fragte ich vorsichtig.
»Ich möchte lieber noch warten.«

»Natürlich.«
»Warum bist du nicht verheiratet?«
»Aus dem einzigen Grund, weil mich noch niemand gefragt hat.«
»Das wundert mich. Du bist doch sehr attraktiv.«
»Vielen Dank.«
»Und du bist nicht alt, noch nicht.«
»Mit jedem Tag komme ich dem Greisenalter ein bißchen näher.«
»Ich auch. Jeder. Sogar Tatjana ...«
»Wieso erwähnst du ausgerechnet Tatjana?«
»Weil sie sich für anders hält als alle anderen, wie eine der Göttinnen.«
»Ich kenne eine, die hatte ähnliche Ansichten über sich.«
»Ach, das lag doch bloß an meinem Namen. Was besagt schon ein Name?«
»Daß, was wir eine Rose heißen, mit jedem Namen duften tät' so süß.«
»Schon wieder Poesie! Wirklich, Anne, du kannst einen schon sehr verdrießen. Kommst mit Poesie daher, wenn ich vom Heiraten sprechen will.«
Ich zupfte einen Grashalm aus und starrte ihn an. Ich fürchtete, sie könnte die aufsteigende Röte auf meinen Wangen bemerken. Ich fragte langsam: »Bist du in ... Sigmund verliebt?«
Sie schwieg. Dann sagte sie: »Ja, ich glaube, ich bin verliebt.«
»Dann mußt du doch glücklich sein.«
»Bin ich auch. Ja, ich bin glücklich. Glaubst du, ich bin zu jung zum Heiraten?«
»Es ist ja noch ein Weilchen hin. In einem Jahr bist du im richtigen Alter.«
»Ich dachte, jetzt. Woran merkt man, daß man verliebt ist? Ach so ... das hatte ich vergessen ... du kannst es ja nicht wissen. Du warst nie verliebt, und keiner war je in dich verliebt.«
Ich schwieg. Schließlich sagte ich: »Ich glaube, man würde es spüren.«

»Ja, das glaube ich auch.«
»So?« Mir war, als warte der ganze Wald mit mir auf ihre Antwort.
»Ja«, sagte sie fest. »Ich weiß, daß ich verliebt bin.«
Sie schlang ihre Arme um mich und drückte mich an sich. Sie küßte mich sanft. Ich drückte meine Lippen an ihre Stirn und dachte dabei: Der Judaskuß.
Ich war entsetzlich verzweifelt und bekümmert.

Der Dankgottesdienst sollte am folgenden Samstag stattfinden. Die Straßen der Stadt wurden geschmückt, und die Leute bereiteten einen Festzug vor, um dem Großherzog bei seiner Fahrt durch die Straßen ihre Anhänglichkeit zu beweisen. Kein Zweifel, das Volk schätzte seinen Großherzog sehr.
Konrad, als der Erbe, würde mit dem Großherzog in der Staatskarosse fahren, und ihr würden weitere Mitglieder der herzoglichen Familie sowie des Adels in ihren eigenen Kutschen folgen. Die gesamte Streitmacht würde aufgeboten, und es sollte sehr eindrucksvoll werden.
»Ich fahre mit dem Grafen und der Gräfin«, erzählte mir Freya. »Tatjana ist wütend, weil sie etliche Kutschen weiter hinten ist. Günther ist das einerlei. Er macht sich nicht viel aus solchen Dingen. Ich glaube, Tatjana kann mich nicht leiden.«
»Wieso?«
»Oh, sie hat ihre Gründe.«
»Was für Gründe?«
»Der Hauptgrund ist, daß sie ich sein will. Sie will Sigmund heiraten und Großherzogin werden.«
»Wie kommst du darauf?«
»Ich weiß es eben. Ich halte nämlich die Augen offen, liebe Anne.«
Sie blickte mich spöttisch an, und einen Moment war ich sicher, daß sie die Papiere gesehen hatte.
»Tatjana ist ehrgeizig«, fuhr sie fort. »Sie haßt es, lediglich die

Tochter des Grafen zu sein. Sie wird natürlich eine grandiose Partie machen. Aber sie will den Allerwichtigsten, und das ist natürlich Sigmund … denn den Großherzog könnte sie ja nicht gut heiraten, oder?«

»Kaum.«

»Also will sie Sigmund, aber der ist mit mir verlobt, und sie hat keine Chance. Arme Tatjana.«

»Glaubst du, sie ist in … Sigmund verliebt?«

Ich wollte, ich könnte aufhören, jedesmal eine Pause zu machen, bevor ich seinen Namen aussprach.

»Tatjana ist nur in einen Menschen verliebt, in sich selbst. Es ist sicher nicht übel, in sich selbst verliebt zu sein. Da wird man nie enttäuscht, nicht wahr? Und man hat immer Entschuldigungen für den, den man liebt. Auf diese Weise hat man eine vollkommene Liebesaffäre.«

»Freya, du bist ziemlich ironisch.«

»Ich weiß. Aber du magst mich so, nicht? Meinst du, mein Mann wird das auch mögen?«

»Ich denke schon.«

»Anne … ist etwas mit dir?«

»Wie meinst du das?« fragte ich erschrocken.

»Du kommst mir verändert vor.«

»Inwiefern?«

»Weil … mal guckst du über die Schulter, als erwartetest du, daß was Schreckliches passiert … mal machst du ein Gesicht, als ob etwas Wunderbares geschehen wäre. Das ist sehr verwirrend, weißt du.«

»Das bildest du dir ein.«

»Wirklich, Anne?«

»Natürlich«, sagte ich schroff.

»Vielleicht phantasiere ich. Ich muß wohl doch verliebt sein. Das macht die Menschen ein bißchen verdreht, glaube ich.«

»Allerdings.«

Abermals fragte ich mich, ob sie die Papiere gesehen hatte.

Wieder kam ein Brief von Konrad:

Liebste,
wenn die Feierlichkeiten vorbei sind, möchte ich, daß Du das Schloß verläßt und in unser Haus kommst. Laß Dir für Freya eine Ausrede einfallen und komm. Dort werden wir alle möglichen Pläne machen. Ich sehne mich so sehr nach Dir. Ich liebe Dich jetzt und immerdar.

K.

Wie alle seine Briefe, erfüllte mich auch dieser mit Entzücken und Bangen. Als ich aber das Siegel betrachtete, bildete ich mir ein, der Brief sei aufgebrochen und neu versiegelt worden, ehe er mich erreichte.
Ich überlegte, ob das möglich war. Konrad war leichtfertig, das war mir klar. Er war es so gewöhnt, seinen Willen zu bekommen und unbedingten Gehorsam zu verlangen, daß es ihm wohl gar nicht in den Sinn kam, daß er einen ungetreuen Diener haben könnte.
Wenn jemand den Brief gelesen hatte, würde er sogleich wissen, wie es zwischen uns stand. Konnte es Freya sein? Nein. Sie hätte dergleichen nie für sich behalten. Aber mit ihren jüngsten Äußerungen hatte sie mich erstaunt. Warum hatte sie so über Liebe und Heirat gesprochen? Es war, als steckten ihre Bemerkungen voller Anspielungen, als hätten ihre Worte einen Hintersinn, doch ihre Zuneigung zu mir schien unvermindert. Sie hatte gesagt, sie sei verliebt. Wenn sie den Brief gelesen hätte, müßte sie eifersüchtig auf mich sein. Aber davon war nichts zu merken.
Es war ein beunruhigender Gedanke, daß der Brief abgefangen worden sein könnte. Ich versuchte mir einzureden, ich hätte mir das aufgrund meines schlechten Gewissens eingebildet; aber da blieben immer noch die Anzeichen, daß mein Zimmer durchsucht worden war.
Es klopfte, und nach meiner Aufforderung öffnete ein Dienst-

mädchen die Tür, das im Hereintreten einen Brief aus der Tasche zog.

»Den soll ich Ihnen geben«, sagte sie, »und man hat mir eingeschärft, ihn niemand sonst auszuhändigen.«

Ich dachte sogleich an Konrad, aber er hätte ihn gewiß keinem Dienstmädchen anvertraut. Die Handschrift auf dem Umschlag war mir unbekannt.

»Eine junge Frau hat ihn mir gegeben und sagte, Sie wüßten schon Bescheid.«

Ich konnte es kaum erwarten, bis das Mädchen wieder hinausging, dann öffnete ich das Kuvert und las: »Kommen Sie zu mir. Ich zeige Ihnen etwas, das Sie bestimmt gern sehen möchten. Katja Schwartz.«

Ich war schrecklich aufgeregt und beschloß, sobald ich konnte, zu dem Haus im Wald zu gehen.

Es war nicht einfach. Freya würde fragen, wo ich hinging, und mitkommen wollen. Ich sah keine Möglichkeit, als mich bis zum Tag des Dankfestes zu gedulden. Man würde natürlich erwarten, daß ich daran teilnahm, aber ich könnte sicher eine Ausrede finden, um mich zu entfernen.

Freya eröffnete mir, daß ich mit Fräulein Kratz und vielleicht noch zwei anderen in einer Kutsche fahren würde.

»Liebe Anne«, sagte sie, »es tut mir leid, daß du mit der Gouvernante fahren mußt.«

»Wieso? Dort ist mein Platz.«

»Aber du weißt doch, du bist … anders.«

»Im Gegenteil, ich bin als englische Gouvernante hier, und es ist nur recht und billig, wenn ich als solche behandelt werde.«

»Ich habe mit der Gräfin darüber gesprochen.«

»Das hättest du nicht tun sollen.«

»Ich rede, wie und wann es mir paßt.«

»Ich weiß, aber es war unklug.«

»Tatjana war sehr wütend. Sie sagte, du bist eine Gouvernante, und dein Platz ist in der Kutsche bei Fräulein Kratz.«

»Sie hat durchaus recht.«
»Nein. Du bist meine Freundin.«
»Freya, du mußt dich auf deine Stellung besinnen.«
»Das tu ich ja, und deswegen lasse ich sie auch wissen, wenn ich mit etwas nicht einverstanden bin.«
»Ich bin vollkommen zufrieden mit der Gouvernantenkutsche. Es ist doch sehr nett, daß sie uns überhaupt eine Kutsche zur Verfügung stellen.«
»Jetzt spielst du die Bescheidene. Ich habe dich immer in Verdacht, wenn du so bist.«
»In Verdacht? Weswegen?«
Sie kniff die Augen zusammen und sagte: »Wegen allem Möglichen.«
»Was ziehst du zum Gottesdienst an?« fragte ich.
»Etwas Helles, Hübsches. Es ist schließlich ein freudiger Anlaß.«
»Allerdings.«
Der Tag kam. Es war warm, und wie immer, wenn der Wind aus einer bestimmten Richtung wehte, war die Luft von Kieferduft erfüllt. Ich liebte diesen Duft.
Es war ein großes Ereignis – und ein neuerlicher Anlaß für mich, mir schmerzlich der tiefen Kluft zwischen mir und Konrad bewußt zu werden. Was, wenn ich seinen Wünschen nachgab? Es würde häufig so sein, daß er irgendeinem Zeremoniell beiwohnen mußte. Und ich? Wo war ich dann? Wahrscheinlich irgendwo in der Menge. Oder vielleicht gar nicht dabei. Eigentlich war es auch nicht wichtig. Ich liebte ihn genug, um ihm das Leben so angenehm wie möglich machen zu wollen, und wenn das bedeutete, daß ich eine Rolle im verborgenen spielen sollte, so machte es mir nichts aus. Und doch fand ich es in gewisser Weise erniedrigend, unannehmbar ... ich schwankte immer noch zwischen meinem Verlangen nach ihm und etwas in meinem Innern, das mich mahnte, fortzugehen, solange es noch Zeit war und bevor ich mich unentwirrbar verstrickt hatte.

Der Großherzog sah ausgesprochen wohl aus, wenn man bedachte, in welcher Gefahr er sich befunden hatte. Er nahm die Huldigungen der Menge mit milder Duldsamkeit entgegen. Konrad war an seiner Seite in der Kutsche, er sah prächtig aus in einer Generalsuniform in zwei Schattierungen von Blau, mit silbernen Tressen sowie einem silbernen Helm mit einer blauen Feder.

Freya fuhr unmittelbar hinter dem Grafen und der Gräfin und den Abgesandten von Kollnitz. Sie wirkte sehr jung und anziehend. Die Leute jubelten ihr zu, und ich war gerührt von ihrem sichtlichen Entzücken über die Zuneigung, die sie ihr entgegenbrachten.

Kinder in Nationaltracht beschenkten sie mit Blumen und sangen mit patriotischer Inbrunst Hymnen, und Fahnen flatterten in den Straßen, wo sich die Zuschauer drängten.

Dann gingen wir in den Dom, und der Dankgottesdienst begann. Ich saß mit Fräulein Kratz weit hinten, und als ich dem Gesang und den Gebeten lauschte und der Dankespredigt, die von einem hohen kirchlichen Würdenträger gehalten wurde, kam mir die Mißlichkeit meiner Situation erneut zum Bewußtsein. So mußte es auch Francine ergangen sein. Wann hatte sie erkannt, daß es für sie unmöglich war, mit Rudolph eine normale, glückliche Ehe zu führen? Hatte sie jemals einer Zeremonie wie dieser beigewohnt?

Fräulein Kratz neben mir sang inbrünstig »Eine feste Burg ist unser Gott« mit. Ich bemerkte Tränen in ihren Augen.

Ich verspürte ein starkes Verlangen, fortzugehen. Auf einmal glaubte ich, die Zukunft deutlich überschauen zu können, und mir schien, daß ich für Konrad nur eine Belastung sein würde. Unsere Zusammenkünfte würden immer verstohlen sein, »Heimlich, still und leise«, wie Daisy sagen würde. Ich mußte mich davonstehlen und nach England zurückkehren. Dort könnte ich mich eine Weile bei Tante Grace verstecken und Pläne für ein neues Leben machen.

Ich wollte fort und wollte allein sein, um meinen Entschluß zu festigen. Wenn ich tun wollte, was ich nun als meine wahre Pflicht erkannte, durfte ich Konrad nicht wiedersehen; denn er machte mich wankend und beraubte mich meiner Willenskraft. Er weigerte sich, den Tatsachen ins Gesicht zu sehen und wollte das Leben nach seinen Wünschen gestalten.

Der Gottesdienst war zu Ende. Freya und die erlauchte Gesellschaft würden sich nun zum Großen Schloß begeben, wo weitere Feierlichkeiten stattfinden sollten, und Fräulein Kratz und ich konnten uns ins Schloß des Grafen zurückziehen.

Mir kam der Gedanke, daß Freya nun, da der Großherzog wieder wohlauf war, nicht länger beim Grafen zu Gast sein würde. Sie würde ins Große Schloß zurückkehren, und ich müßte natürlich mit ihr gehen. Ich versuchte mir vorzustellen, wie es sein würde, mit Konrad unter einem Dach zu leben, und ich sah uns mit jedem Tag näher auf eine Katastrophe zusteuern.

Es war vier Uhr, als wir im Schloß anlangten. Ich zog mein Reitkostüm an und brach unverzüglich in den Wald auf.

Katja erwartete mich. Sie sagte: »Mein Bruder nimmt als Bediensteter des Grafen auch an den Feierlichkeiten teil. Ich dachte mir, daß Sie kommen würden, sobald es eine Gelegenheit gäbe.«

»Ja. Ich bin sehr gespannt, seit ich Ihren Brief erhielt.«

»Kommen Sie herein. Ich will Sie nicht länger im ungewissen lassen.«

Sie führte mich in dieselbe Stube, in der ich schon einmal gewesen war. Sie ließ mich ein paar Minuten allein, und als sie zurückkam, hielt sie ein Blatt Papier in der Hand.

Sie sah mich mit einem merkwürdigen Ausdruck an und schien unschlüssig, ob sie mir das Papier geben sollte; dabei wußte ich, daß es dies war, was sie mir hatte zeigen wollen. Sie sagte zögernd: »Sie sind ihre Schwester. Sie waren offen zu mir. Das hätte sehr gefährlich für Sie werden können … aber Sie haben mir die Wahrheit gesagt. Und deshalb meine ich, ich darf Ihnen das hier nicht vorenthalten.«

»Was ist das?« fragte ich, und sie reichte es mir.

Als ich es ansah, fühlte ich, wie mir das Blut ins Gesicht schoß. Meine Hände zitterten. Da war es ... so deutlich, wie ich es damals gesehen hatte ... die Unterschrift, der Beweis für die Eheschließung.

»Aber ...«, stammelte ich.

»Das Blatt ist sehr sorgfältig entfernt worden. Das hat mein Bruder besorgt, und dann hat er es hierhergebracht.«

»Ich wußte, daß ich es gesehen hatte. Ich ... ich kann jetzt nicht klar denken. Das ... das wird alles ändern. Es beweist ...«

Sie nickte. »Es beweist, daß eine Trauung stattgefunden hat. Ich habe nicht daran geglaubt, bis ich das hier sah. Sie nannte ihn immer ihren Mann, aber ich dachte, das tat sie nur, weil sie ihn als solchen betrachtete. Doch er war es wirklich ... wie man sieht. Ich dachte, das bin ich ihr schuldig. Deshalb zeige ich es Ihnen.«

Ich sagte langsam: »Das erklärt so vieles. Ich hatte es gesehen ... und dann war es verschwunden. Manchmal dachte ich, ich sei nicht ganz richtig im Kopf. Was wissen Sie darüber?«

»Ich weiß nur, daß mein Bruder es aus England hierhergebracht hat.«

»Ihr Bruder! Natürlich! Er war der Mann, den ich einige Male gesehen habe. Er ist mir gefolgt ... und nachdem ich den Eintrag gesehen hatte, hat er ihn entfernt. Ich ... ich weiß nicht, wie ich Ihnen danken soll. Sie können nicht ermessen, was Sie für mich getan haben. Wie lange habe ich an mir selbst gezweifelt! Warum ... warum mag er diesen Eintrag entfernt haben?«

»Weil jemand darauf bedacht war zu verheimlichen, daß die Trauung stattgefunden hat.«

»Sie meinen ... der Graf?«

»Nicht unbedingt. Mein Bruder ist ein Spion. Er könnte für mehrere Leute arbeiten.«

Ich schwieg. Jemand war darauf bedacht, die Eheschließung zu verheimlichen. Aber wer? Sie waren tot, was konnte es da noch ausmachen? Es gab nur einen Grund: das Kind.
Ich sagte bestimmt: »Irgendwo ist das Kind. Es ist der Erbe des Herzogtums; denn hier haben wir den eindeutigen Beweis, daß Rudolph und Francine verheiratet waren.«
Wirre Möglichkeiten schwirrten mir durch den Kopf. Ich würde das Kind finden ... es lieben, wie Francine es von mir erwartet hätte. Ich könnte zu Konrad gehen und sagen: »Was wir uns ersehnt haben, ist eingetreten. Du bist frei. Wenn wir das Kind finden können ... wenn es noch lebt, bist du nicht mehr der Erbe. Du kannst deine Bindung mit Freya lösen.« Es war, als sei ein Traum wahr geworden.
Ich starrte unentwegt auf das Blatt in meiner Hand. Es war wie ein Talisman, der Schlüssel zu meiner Zukunft.
Aber das Kind. Ich mußte den Jungen finden.
Katja beobachtete mich aufmerksam. Dann schüttelte sie den Kopf. »Ich dachte nur, Sie sollten wissen, daß sie wirklich verheiratet war. Weiter können wir nicht gehen.«
Sie hatte einen leicht fanatischen Ausdruck in den Augen, und ich hatte den Eindruck, daß sie nicht wollte, daß ich das Kind suchte.
Sie sagte: »Es war ein großes Wagnis für mich, Ihnen das Papier zu geben. Mein Bruder ... und die anderen ... würden mich töten, wenn es herauskäme.«
»Er wird merken, daß es fort ist.«
»Nein. Er glaubt, es wurde schon gestohlen, nachdem er es hergebracht hatte.«
»Wie das?«
»Als er aus England nach Hause kam, hatte er das Papier in einer flachen Ledermappe, die er immer bei sich trug, wenn er verreiste. Er war nach einer beschwerlichen Reise erschöpft. Ich gebe zu, ich war neugierig und wollte wissen, was für Geschäfte er betrieb. Denn ich ahnte, daß es diesmal keine gewöhnliche

Mission für den Grafen war, der ihn ziemlich oft in der Welt herumschickte. Ich schaute in seiner Mappe nach und fand das Blatt. Ich wußte gleich, was es war, und daß es die Freundin betraf, die so gut zu mir gewesen ist.«

»Und da haben Sie es an sich genommen?«

»O nein … noch nicht. Er mußte am nächsten Tag in die Stadt zum Schloß, aber vorher mußte er sein Pferd zum Beschlagen zum Hufschmied bringen. Während seiner langen Abwesenheit täuschte ich einen Raubüberfall vor. Ich nahm das Papier und noch ein paar andere Sachen, damit er nicht denken sollte, jemand sei allein deswegen eingebrochen. Außerdem zerstörte ich das Türschloß und brachte alles in Unordnung. Dann vergrub ich die Ledermappe unter der Inschrift auf dem Grab Ihrer Schwester. Ich wartete ab, bis er zurückgekehrt war, ehe ich nach Hause ging, so daß er es war, der die Unordnung entdeckte. Er ist schier wahnsinnig geworden und sagte, er sei ruiniert. Er war wütend auf mich, weil ich das Haus unbeaufsichtigt gelassen hatte, worauf ich erwiderte, ich hätte schließlich nicht wissen können, daß die Dokumente so wichtig waren, denn er hatte es mir ja nicht gesagt. Danach hat er tagelang nicht mit mir gesprochen … aber das ging vorüber, und ich besorge nach wie vor das Haus für ihn. Ein paar von den Sachen sind noch immer rund um das Grab versteckt. Ich habe das Papier herausgeholt, nachdem Sie mir gesagt hatten, wer Sie sind. Ich beschloß, es Ihnen zu geben.«

»Das war sehr geschickt von Ihnen. Dies ist eines von den beiden Dingen, die zu beweisen ich hierhergekommen bin.«

»Ein Kind gibt es nicht«, behauptete sie fest. »Aber der Beweis für die Heirat ist da.«

Ich sagte: »Ich bin mit meiner Suche so weit gediehen, und werde sie fortsetzen.«

»Nun, jetzt wissen Sie es. Ich fühle mich sehr erleichtert. Das war ich ihr schuldig, meine ich. Sie war so gut zu mir. Niemand

war je gütiger … zumal in der Zeit meiner Not. Ich mußte es für sie tun.«
»Ich bin Ihnen so dankbar. Horch! Ruft da nicht Ihr kleiner Junge?«
Sie nickte und lächelte. »Ja. Er ist aufgewacht.«
»Holen Sie ihn doch«, bat ich. »Ich liebe Kinder, und er ist so ein wonniger kleiner Kerl.«
Sie ging mit geschmeichelter Miene hinaus; binnen kurzem kam sie mit dem Jungen zurück. Er war verschlafen; mit der einen Hand rieb er sich die Augen, in der anderen hielt er ein Spielzeug.
Ich sagte: »Guten Tag, Rudi.«
»Guten Tag«, erwiderte er.
»Ich bin gekommen, um deine Mutter zu besuchen … und dich.«
Er beäugte mich.
»Was hast du da?« fragte ich und faßte nach dem weichen Spielzeug in seiner Hand.
»Das ist mein Kasperl.«
»Ach ja?«
Ich bemerkte, daß ein Ohr durchnäßt war. Ich berührte es vorsichtig, und Katja lachte. »Oh, manchmal ist er noch ein richtiges Baby, nicht wahr, Rudi? Er hat den Kasperl schon gehabt, als er noch ganz klein war, und er nimmt ihn immer mit ins Bett.«
»Mein Kasperl«, sagte Rudi anhänglich.
»Er lutscht immer noch an seinem rechten Ohr. Das war schon sein Trost, als er ein Baby war.«
Mir war, als drehte sich das Zimmer um mich. Wörter tanzten mir vor den Augen. Wie hatte Francine geschrieben? »Er hat einen Kasperl, den nimmt er immer mit ins Bett.« Lutschte er nicht auch an seinem rechten Ohr, um sich zu trösten?
Ich streckte meine Hände nach dem Kind aus, streichelte es leicht und sagte: »Der Sohn meiner Schwester hieß Rudolph …

wie der Kleine hier. Sie schrieb mir von ihm ... so voller Liebe. Er hatte auch einen Kasperl, den er mit ins Bett nahm und tröstete sich, indem er an seinem Ohr lutschte.«
Katja war einen Schritt von mir zurückgewichen.
»Viele Kinder haben Kasperl«, sagte sie heftig. »Sie haben doch immer was zum Lutschen ... ein Spielzeug, oder den Zipfel einer Decke. Das ist ganz natürlich. Das machen sie alle.«
Sie drückte den Knaben an sich und musterte mich mißtrauisch.
Ich aber dachte: Ich glaube, er ist es. Er hat das richtige Alter, den Namen und den Kasperl.
Doch ich konnte nichts unternehmen ... noch nicht. Daher sagte ich: »Ich muß jetzt zurückreiten«, und sogleich entspannte sich die Atmosphäre.
Ich muß es herausfinden, dachte ich. Ich muß Konrad fragen, was wir tun sollen. Wir werden es gemeinsam in die Hand nehmen. Und wenn es wirklich so ist ... kann dann für uns alles gut werden?
Ich berührte Katja leicht am Arm und lächelte sie dankbar an. »Sie können nicht ermessen, was Sie für mich getan haben«, sagte ich.
Ich hatte das Papier zusammengefaltet und in den Ausschnitt meines Kleides gesteckt. Ich wollte Bruxenstein nicht verlassen, bevor ich es Konrad gezeigt hatte.
Ich verabschiedete mich mit vielen Dankesworten und ritt in den Wald. Katja, den verschlafenen Knaben eng an sich gedrückt, blieb in der Tür stehen und sah mir lange nach.

Ich verbrachte die Nacht in fiebriger Ungeduld. Wieder und wieder betrachtete ich das Blatt aus dem Register und erinnerte mich, wie ich es das erstemal gesehen hatte, als ich mit Miss Elton in der Sakristei stand. Ich fügte alle Bruchstücke zusammen, und allmählich entstand ein klares Bild. Der Mann, der mir gefolgt war und mich vom Kirchhof her beobachtet hatte, war Katjas Bruder gewesen, der beauftragt war, den Beweis für die

Trauung zu vernichten. Ich dachte über den Küster nach, der abgestritten hatte, mich schon einmal gesehen zu haben. Er war natürlich bestochen worden. Katjas Bruder war gewiß ermächtigt gewesen, ihm eine beträchtliche Summe zu bieten, damit er leugnete, daß er mir das Register gezeigt hatte. Ich konnte mir vorstellen, wie er in Versuchung geraten war, und im Rückblick hatte ich den Eindruck, daß er ein wenig zu glatt, ein wenig zu sicher gewesen war. Ich hätte die Sache weiter verfolgen und versuchen sollen, ihm eine Falle zu stellen, aber ich war so durcheinander gewesen, daß er leichtes Spiel mit mir hatte.

Und nun hielt ich den Beweis in der Hand. Ich überlegte, wie ich es anstellen könnte, Konrad sofort zu sehen. Ich erwog sogar, zum Großen Schloß zu reiten, ließ aber den Gedanken sogleich wieder fallen, denn das konnte ich unmöglich, ohne die Neugier vieler Menschen zu erregen. Nein, ich mußte mich gedulden und eine Gelegenheit abwarten.

Der nächste Tag ging dahin. Ich vermutete, daß Konrad mit den Gästen beschäftigt war, die zum Danksagungsfest gekommen waren, doch am Nachmittag erhielt ich einen Brief. Er wollte mich im Gasthaus treffen.

Ich stahl mich davon, und es kümmerte mich nicht sehr, ob man mich vermissen würde. Ich hatte Freya den ganzen Tag kaum gesehen. Ich glaubte, sie sei mit Tatjana und Günther weg, doch als ich fortritt, sah ich Tatjana bei den Stallungen und schloß daraus, daß sie zurückgekehrt waren.

Konrad wartete auf mich in den dunklen Kleidern, die er stets bei diesen heimlichen Gelegenheiten trug. Er umarmte mich leidenschaftlicher denn je.

»Ich mußte dich sehen«, sagte er. »Wir gehen hier in das Zimmer.«

»Ich muß dir etwas zeigen«, eröffnete ich ihm.

Wir gingen wieder die Hintertreppe hinauf, und als wir allein waren, küßte er mich auf die vertraute, begehrliche Weise.

»Ich habe eine große Entdeckung gemacht«, sagte ich. »Das

kann alles für uns ändern.« Ich zog das Papier aus meinem Mieder. Er starrte darauf, dann sah er mich an.
»Das ist es!« rief ich triumphierend. »Das fehlende Blatt aus dem Register. Ich hatte es nämlich doch gesehen. Doch ehe ich es dir zeigen konnte, hatte jemand es entfernt.«
Er war verblüfft. »Aber der Küster ...«
»Der hat gelogen. Er war offensichtlich bestochen. Von dem Mann, der das Papier genommen hat. Jetzt ist mir alles vollkommen klar.«
»Wer war das?«
»Das kann ich dir sagen. Es war Katjas Bruder.«
»Katja ...?«
»Katja Schwartz. Sie wohnt im Wald, in der Nähe vom Jagdhaus. Sie hat meine Schwester gekannt. Ich habe sie entdeckt, als ich feststellte, daß sich jemand um das Grab meiner Schwester kümmert. Ich faßte Vertrauen zu ihr und erzählte ihr, wer ich bin, und sie hat mir das hier gegeben.«
»Es ist unglaublich«, sagte er.
»Nein, es ist durchaus glaubhaft. Hermann Schwartz hat für jemand spioniert, dem daran gelegen war, dieses Blatt zu entfernen.«
Konrad sah mich merkwürdig an und fragte: »Wer?«
»Das weiß ich noch nicht.«
»Pippa, du glaubst doch nicht, daß *ich* den Auftrag gab?«
»Du?«
»Nun ja, wenn du ein Motiv suchst, wer hatte am meisten zu gewinnen?«
»Konrad ... du hast doch nicht ...«
»Natürlich nicht.«
»Aber wer?«
»Das müssen wir eben herausfinden.«
»Es gibt nur einen Grund, warum es nötig war, so etwas zu tun.«
Er nickte. »Wenn ein Kind da wäre ...«
Ich rief: »Es *muß* ein Kind da sein! Warum hätte Francine es mir

sonst erzählen sollen? Warum wäre es sonst nötig gewesen, das Blatt aus dem Register zu entfernen?«

Er schwieg. Er war völlig überwältigt.

Ich fuhr fort: »Wenn wir das Kind finden könnten ...«

»Es wäre der Erbe des Herzogtums«, murmelte er sehr leise.

»Und du wärst frei, Konrad, für unser gemeinsames Leben.«

»Falls es das Kind gibt ...«

»Es muß es geben. Jemand will den Beweis für die Trauung beseitigen. Das Kind muß da sein ... vielleicht irgendwo in der Nähe, Francines Sohn, der Erbe des Herzogtums.«

»Wir werden ihn finden.«

»Und dann?«

Er nahm mein Gesicht zwischen seine Hände und küßte mich.

»Dann haben wir zwei die Freiheit, die wir uns wünschen.«

»Und Freya?«

»Sie wird wohl warten müssen, bis der Junge erwachsen ist. Wie alt ist er jetzt?«

»Ungefähr vier.«

»Da muß Freya noch lange warten.«

»Und du wärst frei, Konrad. Aber ... es wäre schmerzlich für Freya.«

»Es wäre keine Demütigung für sie. Die Machtpositionen hätten sich lediglich verändert. Wenn wir diesen Knaben finden können, bin ich frei und kann tun, was ich will.«

»Ich glaube, der Knabe ist gefunden.«

»Was?«

»Seine Ziehmutter wird ihn nicht hergeben wollen, und sie wird lügen, was seine Identität betrifft.«

»Was hast du entdeckt?«

»Es ist Katja Schwartz, die Ärmste. Sie gab mir das Papier aus Dankbarkeit gegenüber Francine. Es wird bitter für sie sein, wenn sie dadurch das Kind verliert.«

»Hast du es gesehen?«

»Ja. Es hat das gleiche Alter, es hat blonde Haare und blaue

Augen, und es heißt Rudolph wie das Baby meiner Schwester. Sie schrieb mir von ihm. Und was ganz wichtig ist: Francine berichtete mir, daß er ein Spielzeug hatte, einen Kasperl, an dessen einem Ohr er immer gelutscht hat. Als ich jetzt bei Katja war und das Kind sah, hatte es einen Kasperl, und ich erfuhr, daß es schon als Baby an einem Ohr gelutscht hat.«

»Ich werde alles nachprüfen lassen, soweit es die Frau betrifft, und jede Einzelheit herausfinden, die das Kind betrifft.«

»Wenn es sich als wahr herausstellt ...«, flüsterte ich.

Er sagte mit einem leisen Auflachen: »Ich glaube, du bist eine Hexe. Du kommst verkleidet hierher ... du entdeckst Geheimnisse, die alle anderen genarrt haben. Du verzauberst mich. Was bist du, Pippa?«

»Ich hoffe, ich bin die, die du liebst. Das ist alles, was ich sein will.«

Dann besprachen wir, wie wir vorgehen und was wir unternehmen würden, wenn wir beweisen konnten, daß der Junge im Wald tatsächlich der Erbe des Herzogtums war.

»Ich müßte hierbleiben, bis er mündig ist«, sagte Konrad. »Es wäre meine Pflicht, ihm das Herzogtum zu erhalten und ihn zu unterweisen, wie er später zu regieren hätte. Wir müßten uns viel im Großen Schloß aufhalten, aber unser wirkliches Zuhause wäre Haus Marmorsaal. O Pippa ... Pippa ... kannst du dir das vorstellen?«

Das konnte ich allerdings.

Er sagte: »Morgen werde ich alles in Bewegung setzen. Es dürfte nicht lange dauern. Katja Schwartz wird beweisen müssen, daß das Kind, das sie bei sich hat, ihr eigenes ist. Falls wir die erwünschten Auskünfte bekommen, werden wir bekanntgeben, daß Rudolph rechtmäßig verheiratet war und einen Sohn hatte.«

Ungefähr zwei Stunden später verließ ich den Gasthof. Als wir aufbrachen, sagte Konrad zu mir: »Ich wollte es dir vorhin nicht sagen – ich dachte, es würde unser Zusammensein verderben –, aber in zwei oder drei Tagen muß ich fort. Nur für etwa eine Woche. Ich muß unsere Gäste nach Schollstein begleiten und muß mit ihnen etliche Verträge aushandeln. Wenn ich wieder zurück bin, möchte ich, daß du ins Haus Marmorsaal ziehst, einerlei, was geschieht. Wir wollen es nicht länger hinauszögern. Es sei denn natürlich, wir finden den Erben, dann gibt es eine Hochzeit. Statt in Sünde zu leben, werden wir uns öffentlich in tugendhafter Konvention verbinden ... was jedermann im Herzogtum wohlgefallen wird.«

Er nahm die Angelegenheit leichter als ich, was mich ein wenig verstörte. Ob er es denn nicht ein kleines bißchen bedauern würde, die höchste Macht im Lande aufzugeben? Bedeutete sie ihm nicht viel mehr als eine formelle Verbindung mit mir?

Ich sah in ihm einen Mann, der vollkommen glücklich sein konnte, solange ich nur da war. Mein Unbehagen wuchs. Wenn ein Außenstehender gefragt worden wäre, wessen Interessen die Geheimhaltung von Francines und Rudolphs Eheschließung und der Existenz ihres Kindes am meisten zugute käme, hätte seine Antwort unweigerlich gelautet: Konrads.

Ich schüttelte diese finsteren Gedanken von mir ab und machte mir klar, daß er das Kind ebenso eifrig zu finden wünschte wie ich. Er hatte das Registerblatt an sich genommen und gesagt, er wolle es hinter Schloß und Riegel verwahren, denn es sei gefährlich für mich, es bei mir zu tragen.

Als er das sagte, war es mir vernünftig erschienen. Doch ich wünschte, ich könnte meine Zweifel abschütteln.

Ich sah ihn erst zwei Tage später wieder, und tags darauf wollte er abreisen. Er kam unerwartet zum gräflichen Schloß, als weder der Graf noch die Gräfin zu Hause waren. Freya war mit Günther und anderen ausgeritten. Ich glaubte, Tatjana wäre auch bei ihnen.

Als ich Konrad kommen sah, tat mein Herz einen Sprung. Unten war ein großes Durcheinander, weil niemand da war, um ihn zu

empfangen. Ich hörte ihn in der Halle, wie er alle beschwichtigte auf seine freundliche Art, die ihn so beliebt machte.
»Lassen Sie nur«, hörte ich ihn sagen. »Ich werde mir schon die Zeit vertreiben, bis der Graf zurückkehrt.« Ich stieg ein paar Stufen hinab, und er sah mich. »Ah«, rief er, »da kommt ja die englische Gouvernante. Vielleicht kann sie mir eine halbe Stunde Gesellschaft leisten. Das ist eine gute Übung für mein Englisch.«
Ich ging zu ihm und verneigte mich. Er küßte mir die Hand, wie es hier der Brauch war.
»Lassen Sie uns irgendwohin gehen, wo wir plaudern können, Fräulein ...«
»Ayres, Herr Baron«, sagte ich.
»Ach ja, Fräulein Ayres.«
Ich ging voraus in ein kleines Zimmer, das unmittelbar an die Halle angrenzte. Er schloß die Tür und lachte.
»Ich konnte mich beim besten Willen nicht auf deinen Namen besinnen. Die süße Pippa kenne ich gut ... aber Fräulein Ayres, die ist mir fremd.«
Dann lag ich in seinen Armen.
»Es ist gefährlich hier ...«, sagte ich.
»Bald sind wir frei von solchen Zwängen.«
»Hast du etwas über das Kind herausgefunden?«
Er schüttelte bekümmert den Kopf. »Es besteht kein Zweifel, daß das Kind, das du gesehen hast, der Sohn von Katja Schwartz ist. Sie wurde im Wald vergewaltigt, daher ist uns der Name des Vaters nicht bekannt. Wir haben die Hebamme befragt, die ihr bei der Entbindung beistand und sich hinterher um Katja gekümmert hat. Es war ein gesunder Knabe. Er wurde Rudolph genannt, und mehrere Leute können bezeugen, daß er seither bei seiner Mutter lebt.«
»Aber die Tatsache, daß sie meine Schwester gekannt hat ... daß ich den Kasperl fand ...«
»Ja, sie kannte deine Schwester. Das hat sie auch nicht abge-

stritten. Der Kasperl ist ein gewöhnliches Kinderspielzeug, das im ganzen Land verbreitet ist ... und man sagte mir, es kommt häufig vor, daß die Kleinen an deren Ohren und Zehen lutschen. Nein, es steht fest, daß der Junge von Katja Schwartz ihr eigenes Kind ist.«

»Dann muß Francines Kind woanders sein.«

»Falls es existiert, werden wir es finden.«

»Aber wie?«

»Ich kann diskrete Nachforschungen anstellen lassen. Verlaß dich darauf, wenn der Knabe lebt, werden wir ihn finden, denn ohne ihn hat das Blatt aus dem Register keine Bedeutung.«

»Für mich schon, auch wenn wir den Knaben nicht finden können; denn es beweist, daß meine Schwester die Wahrheit gesagt hat. Es beweist, daß sie nicht Rudolphs Geliebte war, sondern seine Frau. Und wenn das stimmt, was sie von der Trauung berichtete, dann stimmt folglich auch, was sie von dem Knaben erzählte.«

»Wir werden ihn finden.«

Wir fuhren plötzlich auseinander, denn die Tür war aufgegangen, und Tatjana stand auf der Schwelle.

»Ich hörte, daß Sie hier sind, Baron«, sagte sie. Sie war in Reitkleidung. Offenbar war sie eben erst gekommen. »Sie müssen uns vergeben. Es war sehr nachlässig von uns, nicht hier zu sein, als Sie zu Besuch kamen. Was werden Sie nun von uns denken.«

Konrad trat zu ihr und küßte ihr die Hand, wie er vor wenigen Minuten die meine geküßt hatte.

»Meine liebe Komteß«, sagte er. »Ich bitte Sie, entschuldigen Sie sich doch nicht bei mir. Vielmehr habe ich mich zu entschuldigen, weil ich zu so ungelegener Zeit gekommen bin.«

»Unser Schloß steht Ihnen jederzeit zur Verfügung«, sagte sie. Ihre Wangen waren gerötet, und sie sah sehr hübsch aus. »Es ist unverzeihlich, daß niemand hier war, Sie zu empfangen.«

»Fräulein Ayres hat Ihrem Hause durchaus Ehre gemacht.« Er

wandte sich lächelnd zu mir um, und ich hätte gern gewußt, ob Tatjana das schelmische Zwinkern in seinen Augen bemerkte.
»Das war sehr liebenswürdig von Ihnen, Fräulein«, sagte Tatjana. »Ich darf annehmen, daß Sie viel zu tun haben.«
Das bedeutete, daß ich entlassen war. Ich verneigte mich und ging zur Tür.
»Ich nahm die Gelegenheit wahr, um mein Englisch aufzufrischen«, sagte Konrad.
»Das ist immer sehr nützlich«, murmelte Tatjana.
Im Hinausgehen warf ich einen kurzen Blick auf Konrad und sah, wie er sie anlächelte.
Törichterweise war ich darüber wütend und hätte beinahe vergessen, daß ich schließlich nur die Gouvernante war.
Ich ging in mein Zimmer hinauf. Meine Euphorie der letzten Tage war verflogen. Die Nachforschungen hatten nichts ergeben, und Tatjana hatte mich erkennen lassen, wie gering meine Stellung hier war.
Ungefähr eine Stunde später hörte ich Konrad aufbrechen. Ich sah aus dem Fenster. Tatjana war bei ihm. Sie gingen zusammen zu den Stallungen und schienen in ein sehr amüsantes Gespräch vertieft.

Ich hatte keine Gelegenheit, ihn noch einmal zu sehen, bevor er seine einwöchige Reise antrat. Offenbar hatte sich nichts Neues ergeben, denn dann hätte er einen Weg gefunden, mich zu benachrichtigen.
Am Tage seiner Abreise wurde mir jedoch ein Brief von ihm überbracht, der die üblichen Zärtlichkeiten enthielt: Er sehne sich, wieder bei mir zu sein, und wenn er zurückkomme, müsse ich bald in das Haus Marmorsaal ziehen, wir dürften nicht länger zögern. Er lasse bezüglich »unserer kleinen Angelegenheit«, wie er es nannte, Nachforschungen anstellen, und wenn etwas ans Licht komme, werde er es mich unverzüglich wissen lassen.
Ein Tag verging, dann noch einer. Freya war zumeist geistesab-

wesend. In der einen Minute war sie überaus lebhaft, in der nächsten völlig in sich gekehrt. Ich fragte mich, ob ich ihr je von Konrad und mir erzählen könnte. Je mehr ich versuchte, mit mir ins reine zu kommen, um so verächtlicher erschien mir meine Situation. Wie konnte ich sagen: »Ich liebe deinen zukünftigen Ehemann. Wir sind ein Liebespaar und gedenken es auch nach eurer Hochzeit zu bleiben.«

Nie hätte ich geglaubt daß ich in eine solche Situation geraten könnte. Ich wünschte mir jemanden, dem ich mich anvertrauen konnte. Wenn ich hin und wieder zu Daisy ging, wurde ich jedesmal herzlich empfangen, und ich spielte gern mit dem kleinen Hans.

Am Tag nach Konrads Abreise vertraute ich mich ihr bis zu einem gewissen Grade an, weil Daisy eine natürliche Gabe besaß, Einzelheiten aufzuschnappen und zu einem vollständigen Bild zusammenzufügen. Sie hörte gern Klatschgeschichten über die Herrscherfamilie, und war sie auch nicht an Ort und Stelle, so wußte sie doch, was sich die Leute auf der Straße erzählten. Es schien, daß jegliche Nachricht zu ihr durchsickerte und daß sie zuweilen ein klareres Bild hatte als ich, die ich inmitten des Geschehens lebte.

So fand ich denn Trost darin, mit Daisy zu sprechen. Ich erzählte ihr nichts von der Wiederauffindung des Registerblattes, weil ich es für zu gefährlich hielt, aber ich erwähnte, daß ich Katja kennengelernt hatte, die sich um Francines Grab kümmerte.

»Das war eine Tragödie für sie, aber sie ist glücklich ausgegangen«, bemerkte Daisy. »Das arme Ding … im Wald vergewaltigt … und dann hat ihr Vater ihr die Schuld gegeben. Ehrlich, so manchem Mann gehörte mal ein Denkzettel verpaßt.«

»Kennst du sie, Daisy?«

»Ich hab' sie ein- oder zweimal bei Gisela gesehen. Und die Leute haben über sie geredet.«

»Man hätte meinen können, daß sie das Kind nach einem solchen Erlebnis verloren hätte.«

»Nein, es heißt, das Kind hat ihr den Verstand gerettet. Als sie den Buben hatte, ist sie anders geworden. Es war, als hätte alles auch sein Gutes gehabt ... weil sie den Jungen bekam. Sie ist immer eine zärtliche Mutter gewesen.«

Hans zeigte mir seine Spielsachen, darunter einen Kasperl, der jenem ähnlich war, den ich bei Rudi gesehen hatte.

Ich fragte ihn, was das sei.

»Mein Kasperl«, sagte er.

»Nimmst du ihn abends immer mit ins Bett?«

Er schüttelte den Kopf. Es sei ein böser Kasperl, erklärte er. Der müsse allein in einem dunklen Schrank schlafen. Er nehme seinen Hund mit ins Bett ... wenn er brav war.

Daisy betrachtete ihn entzückt. Ihr kleiner Hansi! Sie konnte verstehen, was Katja für ihren Rudi empfand.

»Ach ja, die Kleinen«, sagte sie. »Sie sind schon rechte Plagegeister. Ein Naseweis ist er, unser Hansi. Aber wir möchten um nichts in der Welt ohne ihn sein. Das sagt Hans auch. Hansi war schließlich der Grund, warum er eine ehrbare Frau aus mir gemacht hat. Und weil wir gerade von der Ehe sprechen – ich denke, ehe das Jahr um ist, haben wir die Hochzeit des Jahres. Dann wird sich für Sie einiges ändern, Miss Pip.«

»Ja. Bis dahin muß ich mich entschieden haben.«

»Hoffentlich verlassen Sie uns nicht. Wir haben uns so daran gewöhnt, daß Sie hier sind. Ich denke gern an Sie, wie Sie da oben im Schloß sind. Hans sagt, die halten große Stücke auf Sie. Miss Freya ganz bestimmt. Ich schätze, sie bleibt bis zur Hochzeit beim Grafen und der Gräfin. Wär' auch nicht recht, daß sie mit ihrem Zukünftigen unter einem Dach lebt – nicht mal unter so einem. Ist ja weiß Gott weitläufig genug! Ich bin neugierig, wann die Hochzeit ist. Es wird ja so manches gemunkelt, wissen Sie. Es heißt, Sigmund hat eine andere im Sinn.«

Ich fühlte, wie ich errötete. Ich sah zu Boden und hob ein Spielzeug von Hansi auf. »So ...«, sagte ich matt.

»Na ja, Freya ist fast noch ein Kind, nicht? Was kann man da erwarten?«
»Was sagst du … man munkelt in der Stadt?«
»O ja. Eine ganze Menge. Er trifft sich sehr oft mit ihr, und weil es nun mal die Natur des Menschen ist …«
»Sag mir, was reden sie, Daisy?«
»Also, es ist die Komteß Tatjana. Er sieht sie scheint's sehr oft. Die Leute haben sie zusammen gesehen. Sehr vertraut. Wenn diese Verlobung mit Freya nicht wäre … Sie verstehen, was ich meine.«
»Ja«, sagte ich leise, »allerdings.«
»Ob was dran ist, das steht auf einem andren Blatt. Ich schätze, die Hochzeit findet auf alle Fälle statt. Muß sie ja. Politik und so. Sigmund wäre der erste, der das einsieht. Schätze, was immer er für Tatjana fühlt, er wird Freya heiraten. Hansis Kaninchen scheint Sie ja sehr zu fesseln.«
»Es ist niedlich«, meinte ich.
»Ich finde, es ist ein gräßliches kleines Vieh. Aber über Geschmack läßt sich nicht streiten, wie das Sprichwort sagt. Hansi hat es gern.«
Bald darauf verabschiedete ich mich. Ich war verwirrt und völlig verstört.

Als ich ins Schloß zurückkehrte, war Freya nicht da.
Ich war in den letzten Tagen so sehr mit meinen eigenen Angelegenheiten beschäftigt, daß ich kaum an sie gedacht hatte. Fräulein Kratz war jedoch mit mir einer Meinung, daß Freya dem Schulzimmer allmählich entwuchs und wir damit rechnen mußten, daß sie hin und wieder den Unterricht ausfallen ließ.
»Seit der Baron zurück ist und wir in dieses Schloß gezogen sind, hat sie sich sehr verändert.«
»Das ist ganz natürlich«, erklärte ich.
Mein Gewissen bedrückte mich. Vielleicht sollte ich versuchen,

mit Freya zu sprechen. Ich fragte mich, wieviel sie von dem Klatsch über Tatjana wußte.

Ich sah sie am frühen Morgen. Sie begrüßte mich leicht zerstreut.

Ich fragte sie: »Freya, bedrückt dich etwas?«

»Ob mich was bedrückt?« gab sie in scharfem Ton zurück. »Was sollte mich denn bedrücken?«

»Ich meine ja bloß. Du scheinst mir ein bißchen ...«

»Ein bißchen was?« Wieder sprach sie gereizt.

»Nachdenklich?« tastete ich mich vor.

»Ich habe über vieles nachzudenken.«

»Wir haben in letzter Zeit wenig englisch gesprochen.«

»Mein Englisch ist wirklich ganz gut, glaube ich.«

»Es hat sich erheblich gebessert, seit ich hier bin.«

»Was natürlich der Zweck des ganzen Unternehmens war«, sagte sie schnippisch. Dann legte sie ihre Arme um mich. »Liebe Anne«, fuhr sie fort. »Mach dir meinetwegen keine Sorgen. Mir fehlt nichts. Was hältst du von Tatjana?«

Die Frage überraschte mich, weil meine Gedanken auch so sehr mit Tatjana beschäftigt waren, und ich erschrak sichtlich.

Freya lachte. »Oh, ich weiß, was du sagen willst. Was du von ihr hältst, spielt keine Rolle. Es steht dir nicht zu ... es ist nicht deine Pflicht ... eine Meinung über Tatjana zu haben. Aber das kann nicht verhindern, daß du trotzdem eine hast, und ich möchte schwören, du hast eine Meinung über sie.«

»Ich weiß sehr wenig von ihr.«

»Du hast sie gesehen und hast sicher deine Schlüsse gezogen. Ich glaube, Sigmund hat sie gern. O ja, ich glaube, er hat sie sehr gern.«

»Wie meinst du das?« Ich hoffte, daß sie das Zittern in meiner Stimme nicht bemerkte.

»Genau, wie ich es gesagt habe. Weißt du was? Ich bin sicher, er wäre viel lieber mit Tatjana verlobt als mit mir.«

»Unsinn!«

»Gar kein Unsinn. Sie ist reif … mannbar … ist das das richtige Wort? Und schön … ich denke, sie ist schön. Findest du das auch?«

»Ich nehme an, man kann sie so nennen.«

»Da hast du's. Ist es nicht ausgesprochen vernünftig von ihm, wenn er sie vorzieht?«

»Es wäre ein großer Fehler von ihm«, sagte ich in einem Ton verletzten Ehrgefühls, und ich schämte mich deswegen, weil ich mir wie eine gemeine Heuchlerin vorkam. »Und«, fügte ich matt hinzu, »Ich bin sicher, er wäre zu … zu …«

»Zu was?«

»Zu … hm … ehrenhaft, nehme ich an, um dergleichen in Betracht zu ziehen.«

»Anne Ayres, manchmal glaube ich, du bist ein Wickelkind. Was weißt du schon von den Männern?«

»Vielleicht sehr wenig.«

»Nichts«, erklärte sie. »Rein gar nichts. Sigmund ist ein Mann, und die Männer sind nun mal so … samt und sonders, bis auf die Priester und die, die schon zu alt sind.«

»Freya, ich glaube wirklich, deine Phantasie geht mit dir durch.«

»Ich sehe, was ich sehe. Und ich bin überzeugt, daß ich nicht diejenige bin, die er wirklich heiraten möchte.«

»Und da bist du auf Tatjana verfallen.«

»Ich habe meine Gründe«, sagte sie geheimnisvoll.

Ich wurde das Gefühl nicht los, daß sie deswegen nicht besonders beunruhigt war, und doch wirkte sie gleichzeitig seltsam entrückt.

Der Klingenfels

Wenn ich versuche, mir die Ereignisse jener Nacht zurückzurufen, geraten sie selbst jetzt noch in meinem Kopf durcheinander, doch mir war von vornherein klar, daß sich ein grauenhaftes Muster in meinem Leben wiederholte.

Ich erwachte mit einem furchtsamen Gefühl. Es ging etwas Merkwürdiges vor. Ich spürte es, als ich aus einem Alptraum zu mir kam. Stimmen ... hastige Schritte ... seltsame, unbekannte Geräusche ... und dazu die entsetzliche Gewißheit, daß ich das alles schon einmal gehört hatte. Es war unverkennbar ... der beißende Brandgeruch, die rauchgeschwängerte Luft.

Im Nu war ich aus dem Bett und rannte in den Flur.

Da wußte ich es.

Im Schloß brannte es.

Ich war wie betäubt. Freya ... tot! Und auf diese grauenhafte Weise. Das Feuer war in ihrem Zimmer ausgebrochen, und es bestand für sie keine Hoffnung auf Rettung, obwohl der Brand eingedämmt werden konnte.

Jene Nacht war wie eine Ewigkeit und schien auch dann noch kein Ende zu nehmen, als die Feuerwehr abgezogen war und wir uns flüsternd in der Halle zusammendrängten.

Was war geschehen? Niemand vermochte es genau zu sagen. Fest stand nur, daß das Feuer im Zimmer der jungen Komteß ausgebrochen war, und daß sie fast sofort vom Rauch überwältigt worden sein mußte. Man hatte mehrere Versuche zu ihrer Rettung unternommen, aber es war zu spät; niemandem war es gelungen, in das lichterloh brennende Zimmer vorzudringen.

Ich saß zitternd bei den anderen, wartete auf den Morgen und dachte an meine kluge Schülerin, die ich so liebgewonnen hatte. Als die Dämmerung kam, stellte man fest, daß drei oder vier Räume – einschließlich desjenigen, in dem Freya schlief – ausgebrannt waren; aber dank des dicken Gemäuers war der Rest des Gebäudes unbeschädigt und nur rund um die Brandstätte ein wenig in Mitleidenschaft gezogen.
Fräulein Kratz war neben mir in der Halle und murmelte immerzu: »Es ist nicht zu glauben ... sie war so jung.«
Ich konnte es nicht ertragen, von ihr zu sprechen. Ich würde sie nie vergessen ... würde mir nie verzeihen, daß ich sie hintergangen hatte. Die liebe, unschuldige Freya, die niemandem etwas zuleide getan hatte ... daß sie so sterben mußte!
Ich war unendlich unglücklich, und in meinem Kopf regte sich der Gedanke, wie merkwürdig es war, daß sich etwas Ähnliches schon einmal in meinem Leben ereignet hatte. Ich erinnerte mich lebhaft jener Ereignisse, als in Greystone Manor das Feuer ausbrach, und an die Beschuldigungen, die man gegen mich vorgebracht hatte.
Ich schauderte, da ich hierin ein böses Omen sah.

Den folgenden Tag durchlebte ich in alptraumhafter Beklommenheit. Im Schloß herrschte ein ständiges Kommen und Gehen, und die Leute unterhielten sich im Flüsterton. Ich kapselte mich ab. Ich mochte mich nicht damit abfinden, daß Freya tot war. Bis zu diesem Augenblick war mir nicht bewußt gewesen, wie sehr ich an ihr hing.
Am Abend kam Tatjana zu mir. Sie öffnete die Tür zu meinem Schlafzimmer und trat unaufgefordert ein. Sie wirkte verwirrt, wie zweifellos auch ich. Sie sagte zunächst nichts, sondern stand nur da und sah mich an.
Dann sagte sie: »So ... das ist also Ihr Werk.«
Ich starrte sie verständnislos an.
»Ich weiß alles«, sagte sie. »Sie waren sich Ihrer selbst allzu

sicher. Sie hielten sich für so klug. Ich vermutete, daß Sie sich für jemand anderen ausgaben. Ich weiß, daß Sie Philippa Ewell sind, die Schwester von Francine Ewell, der Geliebten von Baron Rudolph. Ich habe Ihnen von vornherein nicht getraut, weil ich mich erinnerte, daß ich Sie früher schon einmal gesehen hatte. Sie sind in Granter's Grange eingebrochen, wissen Sie noch?«

»Ich wollte mich umschauen. Ich bin nicht eingebrochen.«

»Jetzt ist keine Zeit für Spitzfindigkeiten. Sie sind eine Abenteuerin. Wie Ihre Schwester. Ich habe Ihre Papiere gesehen.«

»Sie waren das also …«

»Ich war es der Komteß schuldig, herauszufinden, was für eine Person Sie sind.« ihre Stimme schwankte. »Das liebe unschuldige Kind … ermordet.«

»Ermordet?« rief ich aus.

»Ein bißchen Intelligenz dürfen Sie mir ruhig zutrauen. Ich weiß, wer Sie sind. Ich weiß eine ganze Menge über Sie, auch daß Sie denselben Kniff schon an Ihrem Großvater erprobt haben. Wir haben in allen Ecken der Welt Freunde, die unsere Interessen wahren. Ihre Schwester hat versucht, sich hier einzunisten, deshalb haben wir über ihre Beziehungen gewacht. Sie dachten, es sei bei Ihrem Großvater geglückt, und deshalb haben Sie es hier noch einmal probiert.«

»Ich verstehe nicht …«

»Machen Sie mir doch nichts vor. Sie verstehen sehr gut. Der arme alte Herr ist gestorben, nicht wahr? Warum also nicht auch das junge Mädchen? Beide standen Ihnen im Weg. Sie hatten ein starkes Motiv … heute wie damals. Aber ein zweites Mal kommt man nicht so leicht mit Mord davon … selbst wenn jemand so klug ist, wie Sie von sich glauben.«

»Sie reden Unsinn … schieren Unsinn.«

»Das finde ich gar nicht, und andere werden es auch nicht finden. Alles paßt haargenau zusammen. Sie sind auf Rang und Reichtum aus, genau wie Ihre Schwester. Sie endete tot in einem

Jagdhaus. Was glauben Sie, wo Sie enden werden, Fräulein Ewell?«

»Ich lasse nicht auf diese Weise mit mir reden«, sagte ich. »Ich bin nicht bei Ihnen angestellt. Meine Dienste sind leider nicht mehr erforderlich. Ich werde dieses Haus auf der Stelle verlassen.«

»Mörderinnen müssen bestraft werden«, erwiderte sie.

»Wie lautet Ihre Anschuldigung?«

»Daß Sie Komteß Freya vorsätzlich ermordet haben, auf eine Weise, die Sie bereits erfolgreich bei Ihrem Großvater angewandt haben. Sie wollen doch nicht leugnen, daß der Herr in einem brennenden Zimmer den Tod fand?«

»Ich leugne es nicht, aber es hat hiermit nichts zu tun.«

»Gestatten Sie, daß ich widerspreche. Es hat sehr wohl etwas hiermit zu tun. Sie haben sich über Ihren Großvater geärgert. Er wollte Sie hinausweisen ... und deshalb mußte er sterben. Ich glaube, Sie sind bei der Sache glimpflich davongekommen.«

»Das ist ungeheuerlich! Mein Geld habe ich nicht von meinem Großvater, sondern von meiner Großmutter. Mit seinem Tod hatte ich nichts zu tun.«

»Ich habe meine Freunde drüben. Ich weiß genau, was vorgefallen ist. Er drohte, Sie hinauszuwerfen, und just an demselben Abend ist er gestorben ... unter mysteriösen Umständen. O ja, ich weiß, man konnte Ihnen nichts beweisen, aber Sie standen unter dringendem Verdacht nicht wahr? Ihr Großvater befand sich in einem brennenden Raum, aber es brannte nicht lange genug, um den Beweis zu vernichten. Den Fehler wollten Sie kein zweites Mal begehen. Sie haben dafür gesorgt, daß im Fall unserer armen Komteß der Beweis vollständig vernichtet wurde.«

»Sie reden wirren Unsinn. Ich hatte die Komteß lieb. Wir waren die besten Freundinnen.«

»Glauben Sie, ich weiß nicht, wie sehnlich Sie sie loszuwerden wünschten? Sie sind eine ehrgeizige Person, Fräulein. Sie dachten, wenn sie nicht wäre – wenn Baron Sigmund von seinem Verlöbnis mit ihr entbunden wäre –, könnten Sie als Großherzogin von Bruxenstein herrschen.«

Ich starrte sie entgeistert an, und sie lachte bitter.

»Ich weiß von den Zusammenkünften«, fuhr sie fort. »Ich weiß über die zärtliche kleine Romanze Bescheid ...«

Jetzt bekam ich Angst. Ich sah, wie alles zusammenpaßte. Ich erinnerte mich an das Entsetzen jener Wochen in Greystone Manor, als ich unter Verdacht stand. Ich sah in Tatjanas boshaftes Gesicht und fühlte, wie das Netz sich um mich zusammenzog.

Sicher, wenn Freya nicht mehr war, hatte ich eine Chance, Konrad zu heiraten. Aber Tatjanas Annahme war einfach ungeheuerlich! Und doch, wenn ich die Beweise gegen mich bedachte, sah ich, daß ich mich in akuter Gefahr befand.

Konrad würde mir glauben, dessen war ich sicher. Ich mußte ihn sehen. Nach dem, was Freya Entsetzliches widerfahren war, würde er gewiß herkommen.

Ich konnte nicht klar denken. Ich konnte mich nur bemühen, gegen die schreckliche Benommenheit anzukämpfen, gegen dieses Gefühl drohenden Unheils, das mich befallen hatte.

»Sie waren schlau, aber nicht schlau genug«, ließ Tatjana sich wieder vernehmen. »Sie waren zu vertrauensselig. Sie kamen her, weil Ihre Schwester auch hier war. Sie gedachten, in ihre Fußstapfen zu treten, aber erfolgreicher zu sein. Sie wollten beweisen, daß sie tatsächlich mit Rudolph verheiratet war. Sie dachten wohl, das würde Ihnen einen gewissen Vorteil einbringen.«

»Sie *war* mit Rudolph verheiratet«, sagte ich.

Sie schnappte mit den Fingern und rief: »Sie Närrin! Wer, denken Sie, wollte Rudolph aus dem Weg haben, wenn nicht Sigmund und seine Freunde? Sigmund war zu schlau für Sie. Er hat mir von Ihrer Gefühlsduselei berichtet. Ich weiß natürlich über Ihre Affäre mit ihm Bescheid. Er fand das sehr amüsant.

Er mußte ja herausbekommen, was Sie vorhatten. ›Es war ganz leicht‹, sagte er, ›dem Fräulein große Hoffnungen vorzugaukeln und dabei zu entdecken, was sie für Pläne hatte. Sie ist ziemlich gerissen ... aber sie hat ihre Schwächen, und die habe ich aufgedeckt.‹«

»Ich glaube Ihnen kein Wort.«

»Nein? Das war Ihre Schwäche: Sie waren zu leichtgläubig. Aber wir sind nicht hier, um über Ihr Liebesabenteuer mit Sigmund zu plaudern. Das ist für ihn und für seine Sache ohne Belang. Sie dachten, er würde Sie heiraten, wenn Freya beseitigt wäre. Zu Ihrem Pech war Sigmund nicht der, für den Sie ihn hielten, und wir wußten zuviel von Ihnen. Sie können dieselbe Methode nicht zweimal anwenden.«

»Das ist ein Alptraum ...«

»Bedenken Sie, was es für die arme Komteß Freya gewesen sein muß.«

Ich schlug die Hände vors Gesicht. Der Verlust meiner lieben kleinen Freundin ... das Wissen, daß ich als Francines Schwester entdeckt war ... die Andeutungen über Konrad, die ich nicht glaubte ... all diese schrecklichen Gefahren.

»Sie stehen unter Arrest«, sagte Tatjana. »Sie sind der Ermordung von Komteß Freya beschuldigt.«

»Ich verlange ...«

»Ja?« spottete sie. »Wen verlangen Sie zu sprechen? Baron Sigmund ist nicht da. Und selbst wenn er es wäre, würde er Sie nicht sehen wollen. Möchten Sie sonst noch jemanden sprechen, falls es Ihnen gestattet würde?«

Ich dachte an Hans, aber ich wollte ihn nicht da hineinziehen. Der Graf war sein Brotherr. Ich dachte an Daisy, aber sie stand Hans zu nahe. Wen gäbe es sonst noch?

Tatjana lächelte verächtlich. »Strengen Sie Ihren Geist nicht an«, sagte sie. »Ersparen Sie sich die Mühe, denn es würde Ihnen doch nicht gestattet. Packen Sie ein paar Sachen zusammen. Ich lasse Sie zu Ihrem eigenen Schutz von hier wegschaffen. Wenn allgemein bekannt wird, daß Komteß Freya ermordet wurde – und von wem und aus welchem Grund –, wird das Volk Sie nicht der Landesjustiz überlassen. Es wird das Gesetz selbst in die Hand nehmen. Es könnte sein, daß Kollnitz Ihre Auslieferung verlangt. Dann möchte ich nicht in Ihrer Haut stecken, Fräulein Ewell.«

Ich rief aus: »Ich bin unschuldig an dem, dessen Sie mich bezichtigen. Ich sage Ihnen, ich hatte sie lieb. Nie im Leben hätte ich ihr etwas zuleide getan.«

»Packen Sie Ihre Sachen. Meine Eltern und ich sind übereingekommen, daß wir Sie an einen sicheren Ort schaffen, bis Sie vor Gericht kommen. Beeilen Sie sich. Die Zeit drängt.«

Sie ging zur Tür. Dort drehte sie sich um und sah mich gehässig an. »Seien Sie in zehn Minuten bereit«, sagte sie.

Die Tür schloß sich, und ich ließ mich in einen Sessel sinken. Es war wahrhaftig ein Alptraum. Nicht nur, daß Freya tot war, nun wurde ich auch noch beschuldigt, sie ermordet zu haben!

Binnen einer halben Stunde ritt ich, von Wächtern begleitet, aus der Stadt. Beim Schloß standen Leute in Gruppen und unterhielten sich flüsternd. In den Straßen herrschte gedrückte Stimmung. Ich konnte den Rauch in der Luft riechen. Ich sah zum Schloß zurück. Die beschädigte Mauer hob sich deutlich vor dem Sonnenlicht ab.

Wir ließen die Stadt hinter uns und gelangten in den Wald. Wir kamen in der Nähe von Haus Marmorsaal vorüber und ritten weiter. Wir überquerten den Fluß, und dann ging es bergauf. Am späten Vormittag erreichten wir den Klingenfels. Ich kannte ihn von einem Ausritt mit Freya. Damals hatte sie mir die Geschichte des Felsens und der Burg erzählt, die nahe beim Gipfel stand.

In alter Zeit wurden hier Gefangene verwahrt, und wenn sie zum Tode verurteilt waren, hatte man ihnen anheimgestellt, sich vom Felsen in die Schlucht zu stürzen, statt die Hinrichtung auf sich zu nehmen.

Ich glaube, ich befand mich in einem Schockzustand, denn ich konnte nicht ganz erfassen, was mit mir geschah. Gestern noch war ich frei gewesen, um durch den Wald zu reiten, um zu meinem Geliebten zu gehen ... Und nun war ich hier, eine Gefangene und fälschlicherweise des Mordes an einem Menschen beschuldigt, den ich geliebt hatte.

Ich hatte meine liebe Freya verloren, in jedem Fall eine Tragödie, aber unter diesen Umständen ... Ich konnte das Ausmaß des Geschehenen nicht erfassen: Den Verlust eines lieben Menschen, den schrecklichen Verdacht, der auf mir lastete, und meine Schutzlosigkeit gegenüber den Gefahren, die mich umringten.

Wir erklommen eine holperige Straße, die in den Berghang gehauen war, und gelangten schließlich an ein Tor, das von einem grobschlächtigen Mann geöffnet wurde. Er musterte mich streng unter struppigen Augenbrauen hervor.

»Das ist also die Gefangene«, sagte er, und dann zu mir: »Steigen Sie runter. Wir haben nicht den ganzen Tag Zeit.«

Ich stieg ab. Er nahm mein Pferd, das er mit begierigem Blick beäugte. Eine Frau erschien.

»Das ist sie, Martha«, sagte er.

Die Frau packte mich unsanft am Arm und gaffte mir ins Gesicht. Ich war entsetzt über ihren harten, ja grausamen Ausdruck.

»Zigeuner!« rief sie, und ein verschüchtert wirkender Junge in zerlumpten Kleidern kam herbeigelaufen.

Sie befahl ihm: »Bring sie hinauf. Zeig ihr ihre Unterkunft.«

Ich folgte dem Jungen in die mit Steinen ausgelegte Halle, und er wies auf eine Wendeltreppe in einer Ecke. Die steinernen Stufen waren steil, und der Handlauf war ein rauhes Seil.

»Hier entlang«, sagte er.

»Danke«, erwiderte ich, worauf er ein erstauntes Gesicht machte.

Wir stiegen eine ganze Weile in Wendungen nach oben, bis wir die Spitze eines Turmes erreichten. Der Junge stieß die Tür auf,

und ich erblickte eine kleine Kammer mit einer Strohpritsche, einem Krug und einer Waschschüssel sowie einem Schemel. Der Junge sah mich bekümmert an.
»Ist das alles?« fragte ich.
Er nickte. Er hatte den Schlüssel von der Innenseite der Tür abgezogen. »Ich muß Sie einschließen«, sagte er mit einem matten Lächeln. »Tut mir leid.«
»Du kannst nichts dafür. Arbeitest du hier?«
Wieder nickte er.
»Wie heißt du?«
»Ich werde Zig gerufen, weil ich ein Zigeuner bin. Ich hab' mich verlaufen und bin hier gelandet. Ist schon über ein Jahr her. Seitdem bin ich hier.«
»Das ist nicht sehr angenehm, oder?«
»Ich hab' zu essen.«
»Werden sie mich hierbehalten?« fragte ich.
»Sie werden versuchen, Sie zu überzeugen.«
»Wovon?«
Er deutete mit einem Nicken zum Fenster. »Kann nicht bleiben«, sagte er. »Sonst krieg' ich weniger zum Abendbrot.«
Er ging hinaus, schloß die Tür, und ich hörte, wie er den schweren Schlüssel herumdrehte.
Was hatte er damit gemeint, sie würden versuchen, mich zu überzeugen? Ich trat ans Fenster und sah hinaus. Ich sah den überhängenden Felsen, der steil in die Schlucht abfiel.
Ich setzte mich auf die Pritsche. Ich war immer noch so erschüttert und so durcheinander, daß ich nicht klar denken konnte. Dies alles wurde immer mehr zu einem grotesken Alptraum. Ich war angeklagt und verurteilt, ohne eine Möglichkeit, mich zu verteidigen. Ich fühlte mich verloren und entsetzlich einsam. Dann tauchte irgendwo aus dem Hintergrund meines Hirns der Gedanke auf: Konrad wird mich holen. Er wird erfahren, was geschehen ist, und dann kommt er und rettet mich.

Der Junge brachte mir ein Eintopfgericht herauf. Ich konnte es nicht essen. Er blickte mich mitleidig an, als ich mich kopfschüttelnd abwandte.
»Sie sollten aber essen«, meinte er.
»Ich will nicht«, sagte ich. »Habt ihr hier viele Leute wie mich?«
Er schüttelte den Kopf.
»Was haben Sie angestellt, Fräulein?« wollte er wissen.
»Ich habe nichts getan, was diese Behandlung rechtfertigt.«
Er sah mich eindringlich an und flüsterte: »Haben Sie hohe Herrschaften beleidigt? Deswegen wird man nämlich hierhergebracht.«
Er ließ den Teller bei mir stehen, und beim Anblick des erstarrenden Fetts auf der Brühe wurde mir übel. Ich wandte mich ab und sah aus dem Fenster. Berge ... Kiefern überall ... der große schroffe Felsen und unten – tief unten – die Schlucht. Das ist Wahnsinn, dachte ich. Es ist ein böser Traum. Dergleichen widerfährt einem, wenn man vom üblichen Pfad abweicht. Hatten die Leute dafür strenge Regeln für die Gesellschaft aufgestellt? Wer hätte gedacht, daß ich, Philippa Ewell, ziemlich still, nicht besonders attraktiv, die Geliebte eines bedeutenden Mannes in einem fernen Land werden und dann wegen Mordes angeklagt und in diese Burg auf einem Berg gebracht würde, um auf mein Verfahren zu warten ... auf die Hinrichtung wegen Mordes.
Was in Greystone Manor geschehen war, als ich verdächtigt wurde, den Tod meines Großvaters verursacht zu haben, war nichts im Vergleich zu dem, was mir hier widerfuhr.
Ich war von dem schmalen üblichen Pfad abgewichen. Hätte ich Cousin Arthur geheiratet, wäre ich niemals in die Lage geraten, in der ich mich nun befand. Aber dann hätte ich auch nicht die Wonnen erfahren, die ich mit Konrad erlebt hatte. Ich hatte mich für ein gefährliches Leben entschieden, und jetzt war der Augenblick gekommen, um dafür zu bezahlen. Wieder mußte ich an

das spanische Sprichwort denken: »Nimm, was du willst, sagte Gott. Nimm es und bezahle dafür.«
Wir hatten beide genommen, Francine und ich. Francine hatte es mit ihrem Leben bezahlt. Stand mir nun dasselbe bevor?
Der Tag verging, und die Dunkelheit brach herein. Der Junge brachte mir eine Kerze in einem eisernen Ständer. Als sie angezündet war, warf sie unheimliche Schatten in die Kammer, die mehr und mehr wie eine Zelle aussah. Er warf eine Decke auf die Pritsche. »Es wird kalt in der Nacht«, sagte er. »Wir sind hoch in den Bergen, und die dicken Mauern halten tagsüber die Sonnenwärme ab. Sagen Sie nicht, daß ich Ihnen die Decke gegeben habe. Sagen Sie einfach, sie war schon da, falls sie fragen.«
»Zig«, fragte ich, »wer ist alles hier?«
Er zählte auf: »Die Alten und der Dicke und Sie und ich.«
»Die Alten sind der Mann und die Frau, die ich gesehen habe.«
»Die verwalten die Klingenburg. Dann ist da noch der Dicke, der ist ein Riese, und der ist da, wenn er gebraucht wird. Nicht für Sie, schätze ich – Sie sind bloß 'ne Frau –, und dann noch sie, seine Frau.«
»Sie sind also zu viert.«
»Und ich. Ich mach die Arbeit und krieg dafür mein Essen.«
»Und wer war sonst noch alles hier?«
»'n paar andere.«
»Was ist aus ihnen geworden?«
Seine Augen schweiften zum Fenster.
»Du meinst, sie wurden vom Felsen gestürzt?«
»Deswegen hat man sie hergebracht.«
»Haben sie das auch mit mir vor?«
»Sonst hätten sie Sie nicht hergebracht.«
»Wer sind sie? Für wen arbeitest du? Für wen arbeiten sie?«
»Für hochgestellte Leute.«
»Ich verstehe. Es handelt sich um eine Art Politik.«
»Sie bringen sie her, damit sie wählen können. Springen oder

sich fügen, worein sie sich fügen müssen. Das machen sie, wenn sie es geheimhalten wollen, ohne große Verhandlung und so. Wenn sie eine Sache im dunkeln lassen wollen.«

»Welche Chance hätte ich, zu entkommen?«

Er schüttelte den Kopf. »Da ist der Dicke. Wenn Sie's versuchen, kippt der Sie auf der Stelle runter … und man würde nie wieder von Ihnen hören.«

»Zig, ich bin unschuldig an dem, wessen sie mich bezichtigen.«

»Darauf kommt es nicht immer an«, meinte er betrübt. Er nahm den Teller mit dem nicht angerührten Essen und ging hinaus. Ich hörte ihn die Tür hinter sich abschließen.

Diese Nacht in der Klingenburg erschien mir wie eine Ewigkeit. Auf der harten Pritsche liegend, versuchte ich, Ordnung in die Gedanken zu bringen, die mir im Kopf kreisten.

War es möglich, von hier zu entkommen? Mein größter Wunsch war, Konrad alles zu erklären. Würde er mich für schuldig halten? Das könnte ich nicht ertragen. Das wäre das Schlimmste an der ganzen schrecklichen Angelegenheit. Er wußte, wie sehr ich wünschte, ihn zu heiraten, und daß ich die Situation, die er mir bot, nicht freudig akzeptieren konnte, zumal die liebe unschuldige Freya dazwischen stand.

Konnte er wirklich glauben, ich hätte sie umgebracht?

Ich malte mir aus, wie deutlich Tatjana ihm die Sache darlegen würde. Alles paßte säuberlich zusammen. »Sie hat es schon einmal getan«, hörte ich sie ihm erklären. »Sie hat ihren Großvater ermordet. Sie ist davongekommen und dachte, das würde ihr auch diesmal gelingen. Gottlob habe ich ihren ruchlosen Verrat entdeckt. Ich habe sie auf die Klingenburg geschickt. Ich dachte, es würde uns eine Menge Ärger ersparen, wenn sie den Sprung wählte. Und das tat sie natürlich, als sie einsah, daß ihr kein anderer Ausweg blieb.«

Aber ich wollte den Sprung nicht wählen. Ich würde eine Fluchtmöglichkeit finden. Darüber mußte ich jetzt nachdenken. Und schien es noch so unmöglich, es mußte einen Weg geben. Ich mußte zu Konrad.

Aber was, wenn …? Nein, ich mußte diese Zweifel abwehren. Sie waren mehr, als ich ertragen konnte. Aber sie blieben bestehen. Es hatte Gerüchte über Konrad und Tatjana gegeben. Und wenn sie stimmten? Tatjana behauptete, er hätte sich auf meine Kosten amüsiert. Ich erinnerte mich, wie unbeschwert er gewesen war, wie er mich zu überreden versucht hatte, ins Haus Marmorsaal zu ziehen. Wie gut kannte ich Konrad? Ich wußte, er hatte eine Gestalt wie die nordländischen Götter und Helden; ich wußte, daß die Erscheinung eines Helden aus alter Zeit gepaart war mit den Artigkeiten und gewinnenden Manieren eines modernen Prinzen. Er gehörte zu der Sorte Männer, die für jede Frau der ideale Liebhaber wären. War er zu attraktiv? War er so ein wunderbarer Liebhaber, weil er so erfahren war? Doch mit solchen Mutmaßungen vergeudete ich nur Zeit. Ich mußte mir einen Fluchtplan ausdenken. Wenn ich hier herauskäme, das Pferd nähme, auf dem ich hergekommen war, fortreiten würde … aber wohin? Zu Daisy. Sie bitten, mich zu verstekken? Zu Gisela? Zu Katja? Ich durfte keine von ihnen mit hineinziehen. Ich befand mich in der Hand meiner Feinde, festgehalten wegen Mordes.

Und die Beweise gegen mich könnten unwiderlegbar erscheinen. Ich war im Schloß, als das Feuer ausbrach; ich hatte eine Liebesaffäre mit Freyas Verlobtem, und es war durchaus denkbar, daß ich, wäre sie nicht gewesen, ihn hätte heiraten und schließlich Großherzogin werden können. In was für einem Ränkespiel war ich da wie in einem Irrgarten gefangen, ohne wieder herausfinden zu können. Überdies war ich unter falschem Namen hierhergekommen. All dies würde mich als Intrigantin erscheinen lassen, und man würde mich für schuldig befinden.

O Freya, du liebes, süßes Kind, wie kann nur irgend jemand denken, ich könnte dir etwas zuleide getan haben! Und Konrad … wo bist du? Er hatte inzwischen gewiß erfahren, was geschehen war. Ihn hatte man bestimmt als ersten von Freyas Tod benachrichtigt. Er würde kommen … er würde ganz bestimmt kommen.

Ich konnte Tatjanas Worte nicht vergessen. War es möglich, daß *sie* diejenige war, die er begehrte? Hatte er die Episode mit mir wirklich »amüsant« gefunden?

Ein anderer Gedanke durchfuhr mich. Er wußte, warum ich gekommen war, und daß ich entschlossen war, den Beweis für Francines Ehe und das Vorhandensein ihres Kindes zu erbringen. Und wenn mir das gelänge, wäre er nicht mehr der Erbe des Herzogtums. Er hatte zwar gesagt, er wäre froh, wenn es so käme, aber war es auch wahr?

So kreisten mir während der langen und schrecklichen Nacht die Gedanken durch den Kopf, und mit dem ersten Dämmerlicht stand ich am Fenster und betrachtete den Klingenfels.

Es war am Nachmittag des zweiten Tages. Die Minuten schienen wie Stunden. Ich war ganz geschwächt, denn ich hatte seit der Brandnacht nichts gegessen. Ich war so erschöpft, daß ich sogar kurze Zeit einnickte.

Niemand außer dem Zigeunerjungen kam zu mir. Seine Gegenwart tröstete mich ein wenig, denn er hatte sichtlich Mitleid mit mir. Er sagte, der Absturz sei geschwind, und man sei tot, bevor man die zackigen Felsen am Grunde der Schlucht erreiche.

Ich dachte an die Vergangenheit. Ich konnte das Meer und die schönen Blumen auf der Insel riechen und erinnerte mich deutlich an die Bougainvillea, die rund um das Atelier wuchsen. Ich sah Francine die Kunden vom Genie meines Vaters überzeugen und sah uns traurig am Bett meiner Mutter. Ich hörte meines Vaters Stimme: »Das ist Pippas Gesang: ›Gott ist im Himmel, in Frieden die Welt.‹«

So grübelte und wartete ich. Die Welt um mich schien mir unwirklich. Ich wollte, daß die Zeit rascher vergehen sollte und

hatte doch Angst, damit schneller an mein Lebensende zu gelangen.
Zig brachte mir abermals einen Teller Eintopf, und ich wandte mich schaudernd ab. »Sie sollten aber sehen, daß Sie bei Kräften bleiben«, sagte er.
Ich glaube, daß der arme Junge es draußen vor der Tür selbst aß, weil sie ihm sicher nur sehr wenig zu essen gaben.
Wer waren diese Leute? Wohl Bedienstete des Grafen. Ob er immer seine Feinde zu ihnen schickte, um sie beseitigen zu lassen?
Es war so still in den Bergen, daß man Geräusche aus weiter Ferne hören konnte. Deshalb merkte ich, daß sich Reiter näherten, bevor ich sie sehen konnte.
Ich war am Fenster. Sie kamen auf die Burg zu. Sie waren zu sechst. Konrad, dachte ich. Aber nein! Er war nicht dabei. Ihn hätte ich sogleich erkannt. Er stach immer von allen ab. Als sie näherkamen, sah ich, daß Tatjana ihnen voranritt, und ihre Begleiter sahen wie Schloßwachen aus.
Da wußte ich, daß mein Verhängnis mich ereilt hatte. Ich war sicher, daß Tatjana entschlossen war, mich zu vernichten. Sie hatte mich für schuldig befunden und wollte mich nun dafür büßen lassen.
Ich sah sie näherkommen. Man nahm sich ihrer Pferde an, und sie gingen in die Burg. Ich wartete gespannt und ahnte, daß Tatjana binnen kurzem bei mir sein würde.
Ich hatte recht. Ich hörte, wie der Schlüssel im Schloß herumgedreht wurde, und dann stand sie vor mir.
»Ich hoffe, Sie hatten ein bequemes Quartier«, sagte sie, wobei sie die Lippen verzog.
»Darauf brauche ich wohl nichts zu erwidern«, gab ich zurück. Ich fühlte mich überlegen. Ich würde sterben, aber ich wollte mich bemühen, tapfer zu sein.
»Wir haben die Beweise zusammengefügt«, sagte sie, »und Sie für schuldig befunden.«

»Wie konnten Sie das, ohne daß ich zugegen war, um mich zu verteidigen?«
»Ihre Anwesenheit war nicht erforderlich. Die Tatsachen sind eindeutig. Sie haben sich mit dem Baron im Gasthaus getroffen. Er bestätigt das. Sie haben klar zu erkennen gegeben, daß Sie ihn zu heiraten hofften, was nur ohne sein Verlöbnis mit Freya möglich gewesen wäre. Ein stärkeres Motiv kann man sich nicht denken. Und Sie haben es bei Ihrem Großvater schon einmal ausprobiert. Menschen, die Ihnen im Weg sind, beseitigen Sie einfach. Die Strafe für Mord ist der Tod.«
»Jeder muß eine gerechte Verhandlung bekommen. Das ist Gesetz.«
»Wessen Gesetz? Vielleicht das Gesetz Ihres Landes. Sie sind aber nicht dort. Wenn Sie in einem Land leben, gelten die Gesetze dieses Landes auch für Sie. Sie sind für schuldig befunden und zum Tode verurteilt. Wegen der betroffenen Personen ist dies ein ungewöhnlicher Fall, und es wäre gefährlich, wenn Sie zur Aburteilung zurückkehrten. Das würde eine sehr heikle Situation schaffen. Womöglich gäbe es Krieg zwischen Kollnitz und Bruxenstein. Freya war eine wichtige Persönlichkeit, und ihr Land wird Rache für ihren Tod fordern und die Auslieferung der Mörderin verlangen. Deshalb biete ich Ihnen die Wahl.«
»Sie bieten mir den Klingenfels.«
Sie nickte. »Das erspart uns eine Menge Schwierigkeiten ... vielleicht den Krieg. Sie werden hinabstürzen, und wir schicken Ihre sterblichen Überreste nach Kollnitz. Man wird mit Befriedigung zur Kenntnis nehmen, daß die Mörderin der Komteß tot ist. Man wird sehen, daß der Gerechtigkeit Genüge getan ist. Wir brechen in zehn Minuten zum Felsen auf, und Sie werden tun, was getan werden muß.«
»Das werde ich nicht tun«, sagte ich.
Sie lächelte. »Sie werden überzeugt werden und Ihre Meinung ändern.«

»Ich weiß, was das bedeutet. Und das geschieht auf Ihre Veranlassung?«
»Auf meine und die anderer.«
»Und wer sind die anderen?«
»Der Großherzog, Baron Sigmund, meine Eltern. Wir sind übereingekommen, daß dies für Sie der beste und humanste Weg ist ... obwohl Mörderinnen es eigentlich nicht verdient haben, daß es ihnen so leicht gemacht wird.«
»Ich glaube Ihnen nicht und bin überzeugt, es geschieht ganz allein auf Ihren Befehl.« Sie hob fragend die Augenbrauen, und ich fuhr fort: »Weil Sie mich aus dem Weg haben wollen, so wie Sie auch Freya aus dem Weg haben wollten.«
»Sie sollten sich bereitmachen. Es ist bald soweit.«
Damit ging sie hinaus.
Ich stellte mich wieder ans Fenster. Der Tod, dachte ich. Ein rascher Sturz, und dann ... Finsternis. Und Konrad? Wenn ich ihn nur noch einmal sehen könnte ... wenn ich ihn sagen hören könnte, daß er mich wirklich geliebt hat ... daß er hieran keinen Anteil hatte ...
Aber ich würde ihn nicht wiedersehen. Ich würde es nie wirklich wissen.
Sie waren an der Tür. Diesmal war es der Dicke, und eine Frau war bei ihm. Sie hatten bleiche, verschlossene Gesichter, die keinerlei Gefühlsregung erkennen ließen; kühl, abweisend, als sei der Tod für sie etwas Alltägliches. Vielleicht war es so. Ich fragte mich, wie viele Menschen sie schon vom Klingenfels gestoßen haben mochten.
Ich nahm meinen Umhang, und der Mann ging voran die Treppe hinunter. Ich folgte ihm, und hinter mir kam die Frau. In der Halle war die ganze Gesellschaft versammelt. Dies war mein Trauerzug. Wie viele Menschen sind schon bei ihrem eigenen Trauerzug dabei? Und alle Anwesenden waren meine Feinde ... außer dem Zigeunerjungen, der mit leicht geöffnetem Mund und echtem Mitgefühl in den Augen dastand.

Hinaus in die kalte Bergluft. Sie war atembeklemmend nach der Enge meines Gefängnisses. Ich sah die kleinen Edelweiß und schimmernde Bächlein, die den Berghang hinabrannen. Alles hatte so etwas Ausgeprägtes, Klares. Sah ich es so deutlich, weil ich es nun verlassen würde?

Tatjanas Augen glitzerten. Sie haßte mich. Sie sehnte den Moment herbei, da ich über die Felskante verschwinden würde ... hinab in die Vergessenheit ... für immer aus ihrem Leben.

Wir ritten eine kurze Strecke, dann mußten wir die Pferde zurücklassen und zu Fuß zum Gipfel gehen. Das Gras wuchs hier oben spärlich, und unsere Schritte knirschten auf der braunen Erde.

Und dann, genau auf dem Kamm des Felsens, an der Stelle, wo ich stehen sollte, um den Sprung zu tun, hob sich plötzlich eine Gestalt vor dem Himmel ab. Sie rührte sich nicht. Sie verharrte regungslos mit dem Gesicht zu uns. Ich habe Halluzinationen, dachte ich. Ist das so, wenn man sich dem Tode nähert? Dann hörte ich den Schrei aus mir hervorbrechen: »Freya!«

Die Gestalt rührte sich nicht. Sie stand einfach da. Sie konnte nicht wirklich sein, war nur meiner fiebernden Phantasie entwachsen. Freya war tot, und ich bildete mir ein, sie dort zu sehen.

Ich drehte mich zu Tatjana um. Sie starrte geradeaus; ihr Gesicht war bleich, sie zitterte vor Angst am ganzen Leibe.

Und plötzlich bewegte sich die Erscheinung auf uns zu.

Tatjana schrie: »Nein ... nein ... du bist tot!«

Dann lief sie los, und ich sah sie in den Armen des Dicken zappeln.

Freya sagte: »Anne, Anne ... sie wollte dich wahrhaftig hinabstoßen lassen. Anne, was ist dir? Glaubst du, ich bin ein Geist?«

Sie schlang ihre Arme um mich und hielt mich fest. Ein Schluchzen erschütterte meinen Körper. Ich war unfähig zu sprechen, unfähig, meine Gefühle zu zügeln, unfähig, an etwas anderes zu denken, als daß sie da war ... in welcher Form auch immer ... und daß sie mir das Leben gerettet hatte.

»Aber Anne«, sagte sie, »beruhige dich doch. Ich bin kein Geist. Den hab' ich nur gespielt. Wenn du aufhörst zu zittern, erkläre ich dir, was das alles zu bedeuten hat.«
Sie stieß einen Ruf aus, und mehrere Reiter kamen hinter einer Reihe von Steinblöcken hervor, wo sie sich versteckt gehalten hatten. Günther war unter ihnen. Er sagte zu dem Dicken: »Bring meine Schwester in die Burg. Wir kommen nach.«
»Anne sieht entsetzlich aus«, meinte Freya. »Ist ja auch kein Wunder. Ich wußte, daß Tatjana vorhatte, sie den Felsen hinabstoßen zu lassen. Aber jetzt bringen wir sie erst mal zurück.«
Sie wollte mir erst alles erzählen, wenn wir in die Burg zurückgekehrt waren. Dort gingen wir in ein kleines Zimmer neben der Halle. Freya ließ mich in einem Sessel Platz nehmen, während sie einen Schemel heranzog und sich zu meinen Füßen setzte. Sie hatte es absichtlich so eingerichtet, daß wir allein waren.
Sie sagte: »Ich will vorerst niemanden dabeihaben. Ich möchte es dir allein erzählen. Günther kommt herein, sobald ich ihn rufe.«
»O Freya!« rief ich aus. »Ich kann an nichts anderes denken, als daß du da bist … du lebst … wo wir doch dachten …«
»Na, na, werde nur nicht rührselig. Wo ist meine nette, ruhige englische Gouvernante geblieben? Ich hätte mich von niemandem zwingen lassen, jemanden zu heiraten, den ich nicht wollte.«
»Du meinst Sigmund?«
»Ich wollte Sigmund genauso wenig wie er mich. Warum sollten wir uns in eine Ehe pressen lassen? Lächerlich. Ich weigerte mich, mich damit abzufinden. Günther auch. Weißt du, wir zwei waren nämlich entschlossen zu heiraten, Günther und ich. Das hätten sie nie erlaubt, deshalb mußten wir sie vor vollendete Tatsachen stellen. Das ist nicht mehr rückgängig zu machen, mit oder ohne Verlöbnis. Wir haben geheiratet und die Ehe vollzogen, punktum. Wer weiß, vielleicht bin ich schon schwan-

ger. Das halte ich für sehr wahrscheinlich. Wie könnte ich da einen anderen heiraten?«

»O Freya … Freya … nicht so schnell.«

»Also, wir beschlossen durchzubrennen. Die Vorsehung war in jener Nacht auf meiner Seite. Ich habe ein paar Kleider zusammengerollt und ins Bett gesteckt, bevor ich fortging. Ich habe das Bettzeug so hingelegt, daß es aussah, als ob Komteß Freya schliefe. Nur für den Fall, daß jemand hereinschaute, damit er nicht Alarm schlug, bevor wir weit genug gekommen waren. Tatjana hatte den Plan, hereinzukommen, mich bewußtlos zu schlagen und Feuer zu legen. Das war mir auf einmal klar, als ich zurückkam und hörte, was geschehen war. Sie war nämlich in meinem Zimmer gewesen, bevor ich wegging. Ich saß mit dem Morgenmantel über den Ausgehkleidern am Fenster und wartete auf den Augenblick, da ich mich fortstehlen konnte, als meine Tür leise geöffnet wurde. Ich befand mich hinter dem Vorhang, so daß ich mich einigermaßen versteckt halten konnte, und ich sah sie mit einem Feuerhaken in der Hand an mein Bett schleichen.

Es war dunkel im Zimmer, weil ich keine Aufmerksamkeit erregen wollte … so saß ich am Fenster und wartete auf Günthers Ruf von unten, daß die Luft rein sei. Ich rief ihr zu: Was willst du, Tatjana? Sie war furchtbar erschrocken und sagte, sie hätte geglaubt, mich rufen zu hören. Ich erklärte ihr, daß ich nicht gerufen hatte, und fragte sie, was sie da in der Hand habe. Sie sagte: ›Oh, den habe ich in der Eile gar nicht weggelegt. Ich war mit dem Feuer in meinem Zimmer zugange, als ich dachte, ich hörte dich rufen.‹ Das war natürlich alles sehr merkwürdig, aber ich hatte andere Sachen im Kopf und vergaß es. Bald darauf waren Günther und ich auf dem Weg zu einem Priester. Wir wurden getraut, und es ist wundervoll, verheiratet zu sein, wenn es der Richtige ist.«

»O Freya, liebste Freya …«

»Keine Tränen. Ich bin da. Du bist in Sicherheit. Diese lächerliche Anklage gegen dich ist nichtig. Man kann schließlich keinen des Mordes beschuldigen, wenn gar kein Mord begangen wurde, nicht? Aber Tatjana hat versucht, mich zu töten, und das wäre ihr auch geglückt, wenn ich nicht just an dem Abend durchgebrannt wäre, um zu heiraten. Du siehst, das Glück ist mir gewogen. Ich bin so glücklich, Anne. Günther ist ein wunderbarer Ehemann, viel, viel besser, als Sigmund es je hätte sein können. Wer will schon so 'ne alte Großherzogin sein? Ich bin lieber Günthers Frau ... und denk nur an die süßen kleinen Babys, die wir haben werden, und die so aussehen wie er ... und ein paar vielleicht wie ich ... ich sehe doch nicht schlecht aus, oder? Günther findet mich schön.«

»O Freya, halt ein!« rief ich aus. »Sei doch mal ernst. Ist Sigmund gekommen?«

»Sie haben versucht, ihn zu erreichen, um ihm zu sagen, was passiert ist. Als ich mit Günther wiederkam, waren natürlich alle ganz durcheinander. Sie waren zu dem Schluß gekommen, daß du die Mörderin warst, und ich erfuhr, daß man dich zu deinem Schutz fortgeschafft hatte. Du kannst dir die Bestürzung vorstellen, als ich auf einmal wieder da war. Es gibt keinen Mord ohne ein Opfer. Der Graf und die Gräfin waren fassungslos. Du weißt, warum, nicht? Sie dachten, da ich nun aus dem Weg wäre, würde Tatjana Sigmund bekommen. Dann erschien ich. Ein Mord hatte nicht stattgefunden ... und jemand war zu seinem eigenen Schutz hastig fortgeschafft worden: Meine liebe Anne, die mir kein Haar krümmen würde und mich nur plagt, um mich diese gräßlichen englischen Wörter lernen zu lassen. Warum die Engländer nicht Deutsch zu ihrer Sprache machen konnten, werde ich nie begreifen. Es ist viel leichter, viel vemünftiger.«

»Freya, Freya, bitte ...«

»Ich weiß schon. Ich schwatze drauflos. Weil ich so glücklich bin! Ich habe Günther, das ist wunderbar. Und ich habe dich gerettet. O Anne, ich hatte fürchterliche Angst, daß ich zu spät käme. Ich wußte, daß Tatjana diejenige war ... und warum. Ich

hatte sie ja ertappt, ehe ich fortging. Ich dachte mir, daß sie noch mal zurückgekommen war. Sie hat im Dunkeln auf das Kleiderbündel eingeschlagen ... sie hatte natürlich keine Lampe mitgebracht. Und als sie meinte, ich sei bewußtlos, hat sie das Bett angezündet. Dann hat sie dir die Schuld zugeschoben. Als ich hörte, daß du in der Klingenburg bist, wußte ich, was sie vorhatte. Deshalb habe ich den Geist gespielt. Sie ist sehr abergläubisch, und ich wußte, sie würde vor Angst von Sinnen sein. Wer wäre das nicht, wenn er den Geist von jemandem sähe, den er ermordet zu haben glaubt? Ich finde, ich habe es ziemlich gut gemacht. Und jetzt hat sie ihre Schuld gestanden – oder sie wird es tun –, und wir zwei bleiben zusammen, du und ich ...«
Ich konnte nicht sprechen, die Bewegung überwältigte mich.

Wir waren noch keine Stunde in der Burg, als Konrad kam. Er war im Eiltempo galoppiert, und als er mich in seine Arme riß, meinte ich vor Glück zu sterben. Der Übergang von tiefster Verzweiflung zu den Höhen der Seligkeit war zu plötzlich. Und als Konrad mich auf Armeslänge von sich hielt und mich ansah, als müsse er jede Einzelheit meines Gesichts in sich aufnehmen, um sich zu vergewissern, daß ich wahrhaftig da war, fragte ich mich, wie ich je an ihm hatte zweifeln können.
Freya betrachtete uns zufrieden.
»Alles ist gut«, sagte sie. »Welch ein wunderbares Ende! Jetzt weiß ich, was gemeint ist, wenn es heißt: ›Und sie lebten alle glücklich bis an ihr Ende.‹ Und wenn man bedenkt, daß das alles meinem Geschick zu verdanken ist. Obgleich ich zugeben muß, daß Günther seine Hand dabei im Spiel hatte. Günther!« rief sie. Und dann waren wir zu viert und hielten uns lachend in den Armen.
Es war ein wundervolles Wiedersehen. Sicher, uns standen Schwierigkeiten bevor – niemand wußte das besser als Konrad –, aber im Augenblick überließen wir uns der ungetrübten Freude des Zusammenseins, einem Glück, das wegen der angst-

vollen Prüfung, die wir durchgemacht hatten, nur um so größer war. Konrad erzählte mir, er sei entsetzt gewesen, als er im Großen Schloß ankam und hörte, daß Freya tot und ich ihrer Ermordung beschuldigt und zur Klingenburg gebracht worden sei.

Dann hatte er erfahren, daß Freya geheiratet hatte. Er war zum Felsen gerast, und ehe er mich nicht sah, hatte er schreckliche Angst, er könne zu spät kommen.

Und ohne Freya wäre das ja auch der Fall gewesen.

»O Freya«, rief er aus, »wie kann ich dir das je vergelten!«

Freya strahlte uns an, und sie sah aus wie die wohltätige Göttin, als die sie sich in ihrer Einbildung so gern gesehen hatte.

»Ich weiß selbst nicht, wieso ich so gut zu dir bin, obwohl du eine andere vorziehst«, sagte sie streng.

»Und du? Du hast mich sitzen lassen«, gab er zurück, »und bist einfach durchgebrannt.«

»Das ist nichts gegen das, was du mir angetan hast. Verliebst dich in meine englische Gouvernante. Sei's drum. Ich verzeihe dir, weil ich sie zufällig auch sehr gern habe. Und von nun an muß ich sie sogar Philippa nennen, das kommt mir sehr komisch vor. Ich weiß nicht, wie ich das fertigbringen soll.«

Die liebe Freya! Sie konnte nicht über den Augenblick hinausschauen, und da es ein sehr glücklicher Augenblick war, tat sie vielleicht gut daran.

Später sagte Konrad zu mir: »Wir müssen es Freya und Günther nachmachen. Also, wir lassen uns von einem Priester trauen.«

»Du bist immer noch der Erbe des Großherzogs.«

»Aber ich bin nicht mehr mit Freya verlobt. Es wird ein Dispens erforderlich sein und dergleichen, aber sie hat das Verlöbnis unwiderruflich gebrochen. Jetzt heirate ich, wie es mir gefällt.«

»Aber vielleicht gefällt es den Leuten nicht.«

»Sie müssen sich damit abfinden oder mich verbannen.«

»Du riskierst eine ganze Menge.«

»Ich riskiere ein Leben im Unglück, wenn ich meine Chancen nicht ergreife.«
Wir ritten mit Freya und Günther zum Haus Marmorsaal. Wir fanden einen Priester, der uns dort traute.
»Es ist vollbracht«, meinte Konrad lachend. »Jetzt gibt es kein Zurück mehr.«
»Ich hoffe, du wirst es nie bereuen.«
Günther und Freya ritten mit uns zurück in die Stadt, und wir gelangten unbemerkt ins Große Schloß. Dort wurde ich dem Großherzog vorgestellt, und Konrad erklärte ihm, daß wir verheiratet seien. Freya und Günther waren auch dabei, und zu viert standen wir vor dem alten Herrn.
Er gab uns seinen Segen, obschon ihn die Situation sehr beunruhigte, und er meinte, daß wir ein höchst eigenwilliges Verhalten an den Tag legten.
Er sagte mit einem Lächeln, wobei er Konrad mit echter Zuneigung anblickte: »Ich sehe schon, ich muß noch ein wenig länger leben, bis man sich an diesen Zustand gewöhnt hat.«
Er sah mich ernst an. »Ich weiß, daß Sie fälschlicherweise beschuldigt wurden«, sagte er, »und ich weiß auch, daß zwischen Ihnen und dem Baron seit langem eine Freundschaft bestand. Sie haben ein Dasein gewählt, das viele Schwierigkeiten mit sich bringt. Ich hoffe, Ihre Liebe zu Ihrem Gatten wird Ihnen helfen, sie zu überwinden.«
Ich küßte seine Hand und dankte ihm. Ich fand ihn gütig und liebenswert.
Später sprach ich mit Konrad. Er sagte, sein Onkel verstehe die Situation, nachdem er sie ihm erklärt habe. Tatjana hatte danach gestrebt, zu gegebener Zeit Großherzogin zu werden, und sie gedachte, diesen Ehrgeiz mittels einer Heirat zu befriedigen. Zwei Menschen standen ihr dabei im Weg: Freya und ich. So faßte sie den Plan, sich unser beider gleichzeitig zu entledigen. Was in England geschehen war, war ihrer Familie bekannt, da sie im Mittelpunkt jener Partei stand,

die Rudolph beseitigen und Sigmund an seine Stelle setzen wollte.
»In diesen Kleinstaaten und Fürstentümern sind ständig Intrigen im Gange«, sagte Konrad. »Ich war immer der Meinung, es wäre gut, wenn wir uns zu einem großen Reich vereinigen könnten. Dann wären wir erfolgreicher. Wir wären eine Weltmacht. So wie es jetzt ist, bekämpfen wir uns nur gegenseitig. Es gibt Geheimbünde und Ränkespiele. Man kann keine einzelne Person des Mordes an Rudolph bezichtigen. Das war zweifellos ein gedungener Mörder.«
»Vielleicht Katjas Bruder.«
»Sehr wahrscheinlich. Er war nahe bei der Hand, und es wäre einfach gewesen, ihn zu dingen. Aber wer weiß? Und er könnte keineswegs wegen Mordes verurteilt werden, weil er auf Befehl handelte wie ein Soldat. Deine Schwester ist einzig und allein gestorben, weil sie zufällig anwesend war. Gegen sie gab es keine Intrige ... es sei denn, sie hätte ein Kind gehabt. Pippa, dasselbe könnte uns auch zustoßen, weißt du. Hast du bedacht, in was für ein Dasein du hineingeheiratet hast? Du lebst hier gefährlich. Es ist ein großer Unterschied zu deinem englischen Dorf, wo die Hauptsorge dem Klopfkäferbefall im Kirchendach und der Gemeinderatswahl gilt.«
»Ich weiß, was ich tue«, sagte ich. »Und Francine hat auch gewußt, was sie tat. So will ich es haben und nicht anders.«
Er sagte: »Da ist noch etwas. Das Volk mag unsere Heirat mißbilligen. Kollnitz kann zwar keine Einwände machen, weil Freya es war, die das Verlöbnis gebrochen hat. Aber das Volk hier ...«
»... sähe es lieber, wenn du Tatjana heiraten würdest.«
»Kaum, denn Tatjana wird ihr Stift gewiß nicht mehr verlassen. Man wird sie dort gesundpflegen, und dann wird sie sehr wahrscheinlich den Schleier nehmen. Das ist in solchen Fällen das übliche. Sie war immer unausgeglichen. Und jetzt, glaube ich, hat ihr Verstand sie verlassen. Er mag wiederkehren ... und

dann wird sie nichts anderes wollen als das klösterliche Leben. Und wir … wir müssen abwarten, Pippa. Wir werden ein zweites Hochzeitsfest feiern … mit großem Pomp in den Straßen. Es tut mir leid, aber schließlich hast du mich geheiratet und deshalb mußt du es über dich ergehen lassen. Ich denke, die Leute werden dich mögen … mit der Zeit. Wie könnte es anders sein? Vielleicht finden sie es sogar romantisch … zauberhaft. So sind sie nun einmal. Sie haben auch Freya verziehen und haben sie mit Blumen und Hochrufen begrüßt als sie durch die Straßen zog. Sie haben Freya immer gern gehabt.«

»Das kann ich gut verstehen«, sagte ich. »Freya ist reizend und jung, frisch und natürlich.«

»Und Günther mögen sie auch. Sie lieben das Romantische, und die Geschichte, wie sie mit dem, den sie liebt, durchgebrannt ist, hat ihre Phantasie beflügelt … und mit uns wird es genauso sein.«

»Konrad«, sagte ich ernst, »es ist doch gar nicht dein Wunsch, das alles aufzugeben, nicht wahr? Es bedeutet dir so viel … dieses Land …«

Ich sah den träumerischen, entzückten Ausdruck in seinen Augen.

Er war hier aufgewachsen. Er gehörte hierher. Ich mußte lernen, mich damit abzufinden.

»Gott ist im Himmel ...«

Zwei Monate später fand unsere offizielle Vermählung statt, und zu der Zeit war ich bereits fast sicher, daß ich ein Kind bekommen würde. Der Gedanke gab mir Zuversicht. Mein Platz war hier ... und das Kind, das ich erwartete, würde der Erbe des Herzogtums sein.

Konrad sah prachtvoll aus. Ich war in ein weißes, mit Perlen besticktes Gewand gekleidet. Etwas so Kostbares hatte ich noch nie getragen, und Freya versicherte mir, ich sehe blendend aus, jeder Zoll die zukünftige Großherzogin. Die Anwesenheit des Großherzogs bei der Hochzeitsfeier verlieh dieser das Siegel der offiziellen Billigung, und zu meiner Verwunderung bestand ich die Feuerprobe recht gut.

Anschließend fuhr ich in der mit dem herzoglichen Wappen verzierten Karosse durch die Straßen. Ich stand auf dem Balkon des Schlosses, zur einen Seite Konrad, zur anderen der Großherzog, und das Volk jubelte uns zu.

Konrad war hingerissen. Ich hatte mich würdig gehalten. An diesem Abend erzählte ich ihm von dem Kind.

Unser Kind sollte in sechs Monaten zur Welt kommen, und ich lebte zurückgezogen im Haus Marmorsaal im Wald. Für Ausflüge stand mir eine kleine Kutsche zur Verfügung, und da sie bescheiden und unauffällig war, konnte ich ohne Zeremoniell ausfahren.

Ich hatte den Zigeunerjungen ins Haus geholt. Ich konnte nicht vergessen, wie gut er zu mir war, als ich dessen am meisten

bedurfte. Seine Dankbarkeit war rührend, und ich wußte, daß ich auf Lebenszeit einen getreuen Diener hatte.
Ich war oft bei Daisy, die über die Wendung der Dinge entzückt war, und jedesmal, wenn ich sie besuchte, war sie mindestens fünf Minuten außerordentlich ehrfürchtig, ehe sie meinen neuen Rang vergaß und ich wieder schlicht Miss Pip für sie wurde.
Und dann ... Es geschah plötzlich, als ich es schon gar nicht mehr zu hoffen wagte.
Gisela war bei Daisy zu Besuch, als ich unvermutet vorbeikam. Daisy legte wieder ihr übliches anfängliches Getue an den Tag und führte mich in die kleine Wohnstube, wo Giselas Zwillinge Karl und Liesel mit Hansi spielten.
»Mal sehen ... wo können Sie sich hinsetzen ...« Daisy huschte mit geröteten Wangen nervös umher, und Gisela war fast genauso schlimm.
»Um Himmels willen, Daisy«, sagte ich, »hör auf. Ich bin doch dieselbe wie immer.«
Daisy zwinkerte Gisela zu. »Hör sie dir an, und das ist nun die zukünftige Großherzogin. Und wie ist Ihr Befinden heute, meine Dame? Was macht das Kleine?«
»Es ist ungewöhnlich lebhaft, Daisy.«
»Ein gutes Zeichen.«
»Ja, aber ziemlich ungemütlich. Und wie geht es Hansi?«
»Hansi ist ein braver Junge ... manchmal.«
»Und die Zwillinge?«
Sie standen auf und betrachteten mich ernst und nicht ohne Mißtrauen, denn gewiß war ihnen die übergroße Ehrfurcht nicht entgangen, die ihre Mütter mir entgegenbrachten.
»Aber du kennst mich doch«, sagte ich zu Karl.
Er nickte.
»Zeigt mir eure Spielsachen.«
Liesel hob ein Plüschtier vom Boden auf und hielt es mir hin.
»Ist das aber hübsch«, sagte ich. »Wie heißt es?«
»Franz«, antwortete Liesel.

»So ein süßes Lämmchen.«
Die Kinder nickten.
»Sie spielen nett zusammen, die Zwillinge und Hansi«, sagte Daisy. »Gisela tut es gut, herzukommen, und mir tut es gut, sie zu besuchen. So hat man Gesellschaft.«
Ich stimmte ihr zu.
»Warten Sie nur, bis Ihres da ist«, fuhr Daisy fort.
»Dann werden sämtliche Glocken geläutet«, fügte Gisela hinzu.
»Ich hab' auch eine Glocke«, verkündete Liesel.
»Ich hab' einen Fuchs ... einen kleinen Fuchs«, ergänzte Karl.
»Und wie heißt der?«
»Fuchs«, sagte Liesel.
Karl kam ganz dicht an mich heran. »Ich nenne ihn Cubby«, vertraute er mir an.
Plötzlich schien alles stillzustehen. Er hatte das englische Wort für Füchschen gesagt. Ich fühlte mich in die Vergangenheit zurückversetzt, erinnerte mich an Francines Brief. Ich kannte ihn Wort für Wort auswendig, weil ich ihn so viele Male gelesen hatte.
»Wie nennst du ihn?« fragte ich. Meine Stimme klang schrill vor plötzlicher Erregung.
»Cubby!« rief er. »Cubby, Cubby.«
»Warum?« fragte ich.
»So hat meine andere Mami mich immer gerufen«, sagte er. »Ist lange, lange her ...«
Es wurde ganz still im Zimmer. Gisela war sehr blaß geworden. Karl hatte seinen Fuchs aufgehoben und sagte: »Cubby ... braver Cubby.«
Ich hörte mich sprechen. »Er ist es also. Karl ist das Kind.«
Sie leugnete es nicht. Sie stand da und starrte mich an, bleich und mit schreckhaft aufgerissenen Augen.

Gisela sah ein, daß ihr nichts anderes übrig blieb, als die ganze Geschichte zu erzählen. Sie versicherte mir, daß sie es noch niemandem gesagt hatte, weil Sie Francine schwören mußte, daß sie es erst dann tun würde, wenn es nicht mehr gefährlich wäre.

Francine hatte im Jagdhaus ein ziemlich einsames Leben geführt. Sie hatte mit Gisela und Katja Freundschaft geschlossen, und durch Katja hatte sie einen Hinweis bekommen auf die Intrigen, die gesponnen wurden. Es mußte ihr bewußt gewesen sein, daß Rudolphs Leben in Gefahr war, und als sie entdeckte, daß sie ein Kind erwartete, verdoppelten sich ihre Befürchtungen. Da sie ohnedies im verborgenen lebte, konnte sie ihre Schwangerschaft geheimhalten, und sie hatte zuverlässige Freunde in den beiden Frauen sowie einem Priester und einer Hebamme, die alle nicht weit vom Jagdhaus wohnten. Rudolph und Francine beschlossen, die Tatsache, daß sie dem Erben des Großherzogs das Leben schenken würde, so lange zu verschweigen, bis man es gefahrlos entdecken könnte. Und mit Hilfe dieser Freunde gelang es auch, das Geheimnis zu bewahren.

Der Großherzog hatte von der Heirat nichts gewußt, denn Rudolph hatte Angst, es im Hinblick auf die politische Lage und die Hilfe von Kollnitz, auf die sein Land angewiesen war, seinem Vater zu gestehen. Es hätte in mehr als einer Hinsicht Schwierigkeiten gegeben, wenn bekannt geworden wäre, daß Rudolph die Verbindung mit Freya verschmäht hatte.

So war denn die große Mauer des Schweigens errichtet worden. Rudolph war ein reizender Mensch gewesen, aber er war schwach und war, wie ich nun sah, in jeder Situation den Weg des geringsten Widerstandes gegangen. So hatte er seine Ehe und die Geburt seines Kindes verschwiegen.

Als der Junge geboren und auf den Namen Rudolph getauft war, wurde die Sache leichter. Gisela brachte um dieselbe Zeit Liesel

zur Welt, und es schien ein Geniestreich, sie zur Mutter von Zwillingen zu machen.
So hatte Francine ihren Sohn nahe bei sich und konnte ihn jeden Tag sehen. Die beiden Kinder, Liesel und der kleine Knabe, den sie zur Sicherheit Karl riefen, waren zumeist bei ihr.
Francine hatte gehofft, daß Rudolph es seinem Vater beichten würde, aber er schob es hinaus, und dann kam jene Nacht, da Rudolph und Francine ermordet wurden.
Jetzt schwebte Gisela in großer Angst. Sie liebte ihren angenommenen Buben, und wenn herauskäme, wer er wirklich war, wäre sein Leben in Gefahr. Überdies hatte sie Francine geschworen, daß sie seine Identität nicht verraten würde, bis sie sicher wäre, daß er als der anerkannt würde, der er war. Wie seltsam, daß das Kind sich selbst offenbart hatte.
Der Großherzog hörte sich die Geschichte mit ernster Miene an. Dann trug er das Geheimnis seinen Ministern vor.
Der Beschluß war einstimmig: Dem Gesetz der Erbfolge mußte Genüge getan werden. Das Kind in der Hütte war der Erbe des Herzogtums und mußte im Hinblick auf seine zukünftigen Pflichten erzogen werden.
Es wurde beschlossen, daß nichts vertuscht werden sollte. Die ganze Geschichte sollte bekanntgegeben werden. Rudolphs und Francines Heirat ließ sich anhand des Registerblattes beweisen; der Priester, der sie getraut hatte, konnte gefunden werden.
Die Hebamme und jeder, der in der Verschwörung des Schweigens eine noch so kleine Rolle gespielt hatte, sollte aufgespürt und die Wahrheit nachgewiesen werden.
Es war eine abenteuerliche, leidenschaftliche und romantische Geschichte, aber so etwas war nicht ungewöhnlich. Die Wahrheit war eindeutig, und das Volk sollte sie erfahren.
Diese Tage sind mir als die merkwürdigsten meines Lebens im Gedächtnis geblieben. Ich erinnere mich, wie ich mit Konrad, dem Großherzog und dem kleinen Karl – jetzt Rudolph – in der herzoglichen Karosse durch die Straßen fuhr.

Der Knabe nahm alles wie selbstverständlich hin, als sei es für einen kleinen Jungen, der in einer Hütte aufgewachsen ist, die natürlichste Sache der Welt, in einer Kutsche zu fahren, während das Volk ihm zujubelt.
Eines jedoch mißfiel ihm, nämlich die Trennung von Liesel; daher holte man Liesel ins Schloß, so daß die beiden auch weiterhin zusammenblieben.
Gisela war außer sich vor Stolz. Zudem war sie unendlich erleichtert. Sie sagte, es sei, als sei ihr eine Last von den Schultern genommen. Sie hatte in ständiger Angst um Karl gelebt, und daß ihre kleine Liesel nun in einem Schloß wohnte und so etwas wie ein gebildetes Mädchen würde und mit Karl zusammen war (denn an ihn würde sie immer als an Karl denken), das war etwas, was sie nicht einmal im Traum für möglich gehalten hätte.
Es war ein guter Tag für sie gewesen, als Francine, die schöne Dame aus England, ihre Freundin wurde.
Es ist erstaunlich, wie schnell Sensationen vergessen sind. Binnen sechs Monaten schien die Geschichte eine Historie aus ferner Zeit. Als der Großherzog ein Jahr später starb, bekam Bruxenstein einen Regenten – Konrad – mit einer Gattin, die, obgleich Engländerin und die ehemalige Gouvernante der Komteß Freya, als Baronin und Gemahlin des Regenten anerkannt wurde. Inzwischen hatte ich einen Sohn, den ich nach seinem Vater Konrad nannte, und Freya, die selbst bald Mutterfreuden entgegensah, stand bei der feierlichen Taufe Pate.
Ich gewöhnte mich daran, Zeremonien als eine Daseinsform zu akzeptieren, und solange ich meine Familie um mich hatte, war ich glücklich. Ich war erleichtert, daß ich anerkannt wurde, denn schließlich war ich nicht nur die Gattin des Regenten, sondern auch die Tante des Erben des Herzogtums. Erstaunlicherweise entstand während der letzten Lebensmonate des Großherzogs eine Freundschaft zwischen ihm und mir. Er war nach dem anfänglichen Schrecken über den Gang der Dinge durchaus

nicht verstimmt, denn er sah, daß das Land weiterhin in Frieden und Wohlstand verblieb.

Freya und Günther waren glücklich, und der Graf und die Gräfin, die ich weder sehr gut gekannt noch verstanden hatte, fanden sich stillschweigend mit der Lage ab. Daß sie mit der für Rudolphs Ermordung verantwortlichen Partei verbunden waren, war sehr wahrscheinlich. Ob sie schon damals Pläne hatten, Sigmund mit Tatjana zu vermählen, oder nur wie anscheinend viele Leute das Gefühl hatten, daß Rudolphs Herrschaft für Bruxenstein eine Katastrophe bedeuten würde, habe ich nie erfahren. Ich hatte gemerkt, daß es viele Patrioten gab, die der Meinung waren, Rudolphs Tod sei einem Krieg vorzuziehen, in welchen eine schwache Regierung das Land hätte stürzen können. Es mochte durchaus sein, daß der Graf und die Gräfin zu jenen gehörten. Ich wußte aber, daß Sigmund bei Rudolphs Tod nicht die Hand im Spiel hatte; vielmehr zog er ein Leben in Freiheit vor, wie er es geführt hatte, bevor ihm die Verantwortung für den Staat aufgebürdet wurde.

»Das alles ist Vergangenheit«, bemerkte er, »und man gewinnt nichts, wenn man versucht, sie aufzurollen … auch wenn wir die ganze Wahrheit nie erfahren werden.«

Damit hatte er natürlich recht.

Tatjana blieb in ihrem Stift. Ob sie wirklich geistesgestört war oder es für angebracht hielt, sich so zu stellen, war noch etwas, dessen ich nicht sicher war. Sie hatte versucht, sowohl Freya wie mich zu ermorden, doch solange sie eingesperrt blieb, waren wir beide bereit zu vergessen, was sie uns hatte antun wollen.

So vergingen die Monate.

Als unser Sohn zwei Jahre alt war, unternahmen Konrad und ich eine Reise nach England. Das Landhaus war für unseren Aufenthalt hergerichtet worden, und es war eigenartig, dorthin zurückzukehren und die Reihe der Hütten zu sehen, wo Daisys Mutter nach wie vor Wäsche aufhängte oder an Sommerabenden draußen saß. Es war schön, daß Daisy mich begleitete, aber wir wollten nicht lange bleiben, weil wir unsere Kinder nicht gern allein ließen.

Ich stand vor Greystone Manor und betrachtete die grauen Mauern. Es schien verändert, denn auf dem Rasen spielten drei Kinder, zwei Mädchen und ein Junge.

Das mußten Cousin Arthurs Kinder sein.

Sophia hieß mich wärmstens willkommen. Sie war sichtlich glücklich, und ich fand es erstaunlich, daß Cousin Arthur, der Francine und mir als Ehemann unmöglich erschienen war, offenbar ideal zu Sophia paßte.

Ich war erst recht verwundert, als ich Cousin Arthur selbst sah. Er war füllig geworden und wirkte erstaunlich zufrieden. Das Familienleben tat ihm offensichtlich wohl, und ich stellte verblüfft fest, daß seine Kinder nicht die geringste Scheu vor ihm hatten. Ich hätte gern gewußt, wie er war, wenn er ihnen Religionsunterricht erteilte.

Als ich mit ihm allein war, wurde er ein wenig verlegen, als ob er mir etwas sagen wolle und nicht wisse, wie er anfangen sollte.

Ich bemerkte: »Die Ehe hat Sie verändert, Cousin Arthur.«

Er stimmte mir zu und murmelte: »Ich muß dir und Francine ziemlich unerträglich erschienen sein.«

»Allerdings«, bestätigte ich. »Aber jetzt sind Sie ein anderer Mensch.«

»Ich war ein Heuchler, Philippa«, gestand er. »Rückblickend, kann ich mich nur verachten. Und das ist noch nicht alles. Ich habe mich wirklich verbrecherisch benommen.«

Ich lachte. »Bestimmt nicht. Was nennen Sie verbrecherisch? Wenn Sie einmal vergessen, Ihr Abendgebet zu sprechen?«

Er beugte sich zu mir vor und nahm meine Hand. »Ich hatte Angst vor der Armut«, sagte er. »Ich wollte mich nicht kümmerlich als armseliger Hilfspfarrer durchschlagen. So wäre es aber gekommen, wenn dein Großvater nicht gewesen wäre. Ich wollte Greystone Manor ... ich wollte es unbedingt. Ich habe es bekommen ... aber ich habe es nicht verdient.«

»Unsinn. Sie haben es zu einem fröhlichen Ort gemacht. Die Kinder sind entzückend.«

»Das stimmt«, sagte er. »Aber ich verdiene mein Glück nicht. Ich bin froh, daß ich Gelegenheit habe, mit dir zu sprechen. Ich habe dir Unrecht getan, Philippa. Ich war bereit ... aber laß es mich erklären. Ich wollte Greystone Manor um jeden Preis, deshalb habe ich mich genauso verhalten, wie dein Großvater es wünschte, und daraufhin beschloß er, daß ich eine von euch Schwestern heiraten sollte. Wie das ausging, wissen wir. Ich habe weder dich noch Francine geheiratet. Ich habe immer nur Sophia gewollt.«

»Ach, Cousin Arthur, wenn wir das nur gewußt hätten!«

»Ich wagte nicht, es jemanden wissen zu lassen. Sophia und ich liebten uns schon eine ganze Zeit ... und dann wurde sie schwanger. Ich mußte etwas unternehmen. Dann kam die Nacht, als dein Großvater starb. Du hast mit ihm gestritten, und alle haben es gehört. Er war äußerst gereizt. Ich dachte, nachdem er nun keine Hoffnung mehr hatte, daß du auf seine Wünsche eingehen würdest, würde er uns nicht alle verlieren wollen, und solange er sich in dieser Stimmung befand, sei der Zeitpunkt günstig, ihm zu erzählen, was ich getan hatte. Deshalb ging ich in sein Schlafzimmer. Ich habe ihm gestanden, daß Sophia und ich sofort heiraten müßten. Sein Gesicht werde ich nie vergessen. Er hatte seine Nachthaube auf, und seine Finger zitterten, als er sich an das Laken klammerte. Er starrte mich ungläubig an, dann stieg er aus dem Bett. Ich glaube, er wollte mich schlagen. Er kam auf mich zu, und ich streckte meine Hände aus, um ihn abzuwehren. Ich weiß nicht, ob ich ihn gestoßen habe oder nicht. Es ging alles so schnell. Er kippte hintenüber und schlug mit dem Kopf auf. Ich bekam einen panischen Schrecken, als ich feststellte, daß er tot war. Ich habe ihn nicht getötet. Er ist gestürzt. Ich sah eine Menge Scherereien auf mich zukommen.

Alles würde entdeckt werden ... Ich mußte an Sophia denken ... und mußte rasch handeln.«

»Und deshalb«, sagte ich, »haben Sie Feuer gelegt.«

Er nickte.

»Ich hätte niemals zugelassen, daß du dafür büßen müßtest, Philippa«, beeilte er sich zu sagen. »Wenn es weitergegangen wäre ... dann hätte ich die Wahrheit gesagt. Aber da war Sophia mit dem Kind, das sie erwartete, du verstehst. Wenn wir es vertuschen könnten, wenn es vorübergehen würde ...«

»Aber der Verdacht ist auf mir geblieben.«

»Es wurde keine Anklage erhoben. Man erkannte auf Tod durch Unfall. Es *war* Tod durch Unfall. Und du warst jung, Philippa ... du bist fortgegangen. Ich fühlte keine Schuld ... außer, soweit es dich betraf.«

Meine Gedanken schweiften zu jenen merkwürdigen Tagen zurück. Ich erinnerte mich, wie gütig, wie unvermutet mitfühlend er zu mir gewesen war. Ich hörte das Kindergeschrei auf dem Rasen und ergriff seine Hand.

Ich war auf einmal sehr glücklich. Ich blickte hoch und sah eine Amsel aufsteigen. Da sagte ich:

»Die Lerche entschwebt
Zum luftigen Tanz
Gott ist im Himmel
In Frieden die Welt.«